Amber Lake

La luz de tu mirada

—·—

Un día más en el paraíso

Tiffany

Editado por Harlequin Ibérica.
Una división de HarperCollins Ibérica, S.A.
Avenida de Burgos, 8B - Planta 18
28036 Madrid

I.S.B.N.: 978-84-1074-212-3
Depósito legal: M-17857-2024
Impreso en España por: BLACK PRINT
Fecha impresión Argentina: 30.3.25
Distribuidor para México: Distibuidora Intermex, S.A. de C.V.
Distribuidores para Argentina: Interior, DGP, S.A. Alvarado 2118. Cap. Fed./Buenos
Aires y Gran Buenos Aires, VACCARO HNOS.

ÍNDICE

LA LUZ DE TU MIRADA

AMBER LAKE

El amor consuela como el resplandor del sol después de la lluvia.

William Shakespeare (1564-1616), dramaturgo, poeta y actor inglés.

PRÓLOGO

Madrid, enero de 2002

–¡Marina, no...!

Luis se despertó con una fuerte sensación de angustia y con el grito resonando en su cabeza. Se incorporó e intentó abrir los ojos, pero algo parecía impedírselo. La oscuridad le rodeaba como un manto protector.

–Tranquilízate, hijo. No hagas esfuerzos.

La inconfundible voz de su padre llegó a sus oídos. Volvió a dejarse caer y se llevó las manos a la cabeza. Sentía como si una taladradora estuviese trepanándole el cerebro.

–¿Dónde estoy? –preguntó confuso.

–En el hospital.

Otra vez la voz de su padre. En ella se distinguía preocupación mezclada con hondo pesar.

–¿En el hospital? ¿Qué ha...?

La pregunta quedó a medio pronunciar conforme los recuerdos se abrían paso en su confusa mente.

El potente Porsche circulaba veloz por la desierta carretera. Luis agarraba el volante con fuerza, intentando no derrapar a causa de las numerosas placas de hielo que se habían formado en el asfalto.

Sabía que era una temeridad conducir a esa velocidad, pero tenía prisa por llegar a casa. A su lado, Marina parecía dormida, con la cabeza recostada sobre el asiento y los ojos cerrados. Miró su bello perfil y una serie de poderosos y encontrados sentimientos lo embargaron.

–Ponte el cinturón –le pidió, al observar que no se lo había abrochado.

Ella se removió al oír la orden y, como siempre, no hizo ningún intento por obedecer.

–Por favor, ponte el cinturón de seguridad. Es una imprudencia no llevarlo puesto. La carretera parece una pista de patinaje. En cualquier momento voy a verme obligado a frenar de golpe –repitió en tono más enérgico.

Marina emitió una carcajada y lo miró con los ojos vidriosos. Había bebido demasiado.

–¿Temes que me ocurra algo, amor? Tranquilo, aún no ha llegado mi hora.

–No me obligues a parar y ponértelo yo mismo –amenazó él.

Ella volvió a reír con descaro. Se incorporó, abrió la ventanilla y asomó el rostro.

–¿Pero qué haces? ¿Quieres congelarte? –le recriminó Luis. Su voz sonaba temerosa, lo que no ocultaba la crispación que sentía.

–¡Tengo calor! Esto parece un horno. –Se movió para despojarse del abrigo de piel, que arrojó a sus pies sin el menor cuidado.

–No cometas estupideces.

–¡No me llames estúpida! –gritó Marina con rabia.

–Entonces no te comportes como tal.

Marina lo miró con un brillo de rencor en sus grandes ojos.

–¿Por qué hemos tenido que marcharnos tan pronto? ¡Me estaba divirtiendo! –le reprochó con voz pastosa.

–Demasiado, diría yo.

Ella le ignoró y sacó la cabeza por la ventanilla. El aire frío del exterior se colaba en el caldeado recinto. Luis sintió como si miles de alfileres se le clavaran en el rostro. Debían de estar a varios grados bajo cero.

–Cierra de una vez. Vas a coger un buen resfriado.

Marina, lejos de obedecer, se puso de rodillas y sacó medio cuerpo.

–¡Te has vuelto loca! ¡Vamos a tener un accidente! –exclamó Luis asustado. Buscó un sitio para detener el coche, pero la estrecha carretera de montaña no ofrecía muchos lugares para ello. Disminuyó la velocidad y la agarró del brazo para introducirla en el interior.

–¡Déjame en paz, bruto! –Intentó desasirse Marina, lanzando golpes y patadas.

Él no pudo esquivarlos y perdió el control del coche. Sintió en el rostro y en el pecho el impacto del airbag y la oscuridad lo engulló.

–¿Y Marina? –preguntó Luis alarmado. Oyó un suave murmullo seguido de un quedo sollozo, pero nadie respondió a su pregunta–. Padre, dime cómo se encuentra Marina y, por favor, enciende la luz–. La irritación comenzaba a dejar paso al temor.

Un nuevo sollozo seguido de un carraspeo le convenció de que no le iba a gustar la respuesta.

–Verás, hijo... –Unos largos segundos de silencio, que a Luis se le parecieron eternos, dieron paso a un desgarrado gemido–. ¡Marina ha muerto!

El llanto de su padre se hizo incontenible.

Luis se quedó muy quieto durante unos minutos, asimilando la noticia que acababa de recibir. Su mujer había muerto y con ella el niño que se gestaba en su vientre. Entonces comprendió el alcance de lo sucedido y un doloroso lamento escapó de sus labios. ¡Él los había matado!

–Soy el doctor Valera, señor Aranda. Desgraciadamente, no se ha podido hacer nada por salvar a su esposa. Murió en el acto –notificó una nueva voz.

Los sollozos de su padre llegaban a sus oídos. ¿Y él, por qué no podía llorar?

Volvió a tocarse el rostro. Un grueso vendaje lo cubría casi en su totalidad, dejando la nariz y la boca libres. Quiso quitárselo. Necesitaba mirar a su padre, consolarle. Él quería mucho a Marina y esperaba ese nieto con ilusión.

–No, hijo, no... –dijo la voz de su padre, al tiempo que le agarraban la mano que intentaba arrancarse las vendas del rostro.

–Ha recibido un fuerte golpe en la cabeza y, en consecuencia, el nervio óptico ha resultado dañado. Tiene afectada la visión –le informó el doctor.

–¿Quiere decir que me he quedado ciego?

–No es eso... –intentó consolarlo su padre.

–Deja que el doctor me explique la situación real –lo cortó Luis con aspereza.

–Creemos que no es irreversible. En la actualidad, la ciencia médica ha avanzado mucho. Le recomendaré una clínica en Suiza que está consiguiendo verdaderos milagros en este campo, siempre que el tratamiento se inicie lo antes posible. Con el paso del tiempo las posibilidades de éxito serán cada vez menores.

–¡Claro que sí! En cuanto le den el alta nos pondremos en camino, ¿verdad, Luis?

Él no respondió. Una sorprendente resignación lo invadió. Marina y el niño habían muerto y él estaba ciego; esa era una justa expiación por su culpa y también la única forma de tranquilizar su conciencia.

1

Madrid, junio 2002

–¿Por qué no contestas a ese anuncio, Ana? Parece interesante y diferente a los otros. ¿No estás cansada de cambiar pañales y leerles cuentos a esos pequeños tiranos? ¡Qué aburrido! Además, de ese modo podrías salir alguna noche y divertirte un poco, que buena falta te hace. Pareces una amargada solterona, siempre estudiando y...

Ana dejó de prestar atención a la charla de Teresa. La voz le llegaba algo apagada desde el baño, donde su amiga se arreglaba para salir. Siempre sucedía igual. Cuando no trabajaba de canguro, algo que hacía con bastante frecuencia, le insistía para que la acompañase en sus recorridos por los lugares de moda. A ella nunca le apetecía. Prefería quedarse estudiando a perder el tiempo en una ruidosa discoteca y regresar agotada a altas horas de la madrugada.

Tampoco podía permitirse ese lujo. Debía terminar la carrera lo antes posible para ahorrarles a sus padres el gasto que les suponía ayudarle en sus estudios. La beca que recibía todos los años le permitía pagar la matrícula y algo más para libros, pero la vida en Madrid era muy cara y los pisos, aunque fuesen compartidos, tenían un precio elevado.

El sueldo de su padre, empleado municipal de un pequeño pueblo de la provincia de Huesca, no daba para mucho, y también tenían que costear los estudios de su hermano menor, que pronto comenzaría la universidad. Por ese motivo, desde que llegó a la ciudad no había dejado de trabajar en todo lo que podía, y con ello sufragaba gran parte de su manutención y los pequeños gastos que se ocasionaban a diario.

Habían sido unos años muy duros, sin permitirse un respiro, con días de estudio y noches cuidando niños o haciendo los trabajos de otros; todo ello con el único fin de acabar el curso completo y con buenas notas para continuar disfrutando de la beca. En los veranos siempre se quedaba sin vacaciones, trabajando para obtener algunos ingresos que le ayudaran a mantenerse un año más.

Estaba agotada, al límite de sus fuerzas, pero ya quedaba poco. Solo le faltaba un examen y con él terminaría la carrera. Estaba convencida de que aprobaría todas las asignaturas y podría solicitar la beca de ampliación de estudios en el extranjero que tanto ansiaba. Era su mayor ilusión. Soñaba con ello. Estudiar un año en la prestigiosa Facultad de Arte de Florencia le abriría muchas puertas en su futura búsqueda de empleo. Sería un estupendo broche para su magnífico currículum. Además, como el importe de la beca era cuantioso, le permitiría pagar la estancia y los estudios casi por completo.

–¿Qué dices, Ana? ¿Vienes conmigo esta noche?

El sonido de la voz de Teresa a su espalda la impresionó. Estaba absorta en sus pensamientos y no la había oído llegar.

–Ya te he dicho que no puedo. Tengo un examen pasado mañana y me queda mucho por estudiar. Algo que tú deberías hacer de vez en cuando si quieres acabar la carrera –le regañó Ana con cierta sequedad. Al ver la expresión ofendida en la cara de su amiga, se arrepintió–. Lo siento, estoy algo agobiada. Ve y diviértete por mí.

Teresa la miró con pesar. Llevaban juntas cinco años, desde que comenzaron sus estudios en la misma facultad, aunque ella no siguió el ritmo y se había quedado retrasada. Sin embargo, no existía rivalidad ni había surgido el menor roce entre ellas, y eso se debía principalmente al carácter bondadoso y paciente de Ana, que siempre se mostraba dispuesta a ayudar a los demás.

Teresa la apreciaba. Como hija única, siempre añoró la presencia de hermanos, y encontró en Ana una hermana y una amiga al mismo tiempo. La echaría mucho de menos cuando se marchara a Italia el curso próximo. Había intentado convencerla de que se quedara. Sabía que no le sería difícil encontrar trabajo, pero estaba tan ilusionada que no quiso continuar presionándola y se resignó a no verla durante un año.

—Está bien, no insistiré; pero cuando termines ese maldito examen saldremos a divertirnos. Yo invito. Pronto será mi cumpleaños y para entonces no estaremos juntas —le advirtió, consciente de los apuros económicos de su amiga.

Ella no tenía esos problemas, por lo que intentaba ayudarla de la única forma que podía: invitándola a comer con frecuencia, regalándole ropa o libros que simulaba comprar para ella y que luego decía no necesitar. Le dolía verla sacrificar horas de sueño o diversión con el fin de no agravar los gastos de su familia.

—Te lo prometo. Y ahora, márchate y déjame estudiar. —Ana la miró con ternura, apreciando sus disimulados intentos por ayudarla.

—Como quieras, pero tú te lo pierdes. Esta noche salgo con un chico estupendo: alto, rubio, con unos ojos azules impresionantes... y tiene un amigo tan guapo como él. —Teresa hizo un expresivo gesto con la boca a la vez que ponía los ojos en blanco.

—¿No estabas saliendo con un moreno de ojos verdes? —preguntó Ana, que no pudo resistir una carcajada.

–¿Te refieres a Alex? –Teresa hizo un gesto de desdén y continuó–. ¡No! Comprendí enseguida que era un cretino. No dejaba de hablar del dinero de su papá y del próximo deportivo que se iba a comprar. No aguanté con él ni la tercera cita. Me marché dejándolo plantado en medio de la pista de baile. –Se acercó a Ana y la rodeó con un brazo–. Mario es tan diferente... –admitió con expresión soñadora–. Hemos salido pocas veces, es cierto, aunque ha sido suficiente para darme cuenta de sus grandes virtudes. Es amable, educado y siempre está pendiente de mí. ¡Hasta le gusta oírme hablar! –Suspiró feliz y sonrió–. Creo que me estoy enamorando de él.

Teresa se separó de su amiga dándole un rápido beso en la mejilla y se dirigió a la puerta. Cogió el bolso y se giró para mirarla.

–Tú deberías hacer lo mismo. Ya tienes veintidós años y apenas has salido con chicos. Y no será por falta de candidatos. Conozco a varios en la facultad que darían cualquier cosa por salir contigo.

Ana la observaba con expresión divertida.

–¿Y a qué están esperando para pedirme una cita? –bromeó. Lo cierto era que no le apetecía enredarse con esos temas ahora. Tenía un futuro proyectado y no podía perder el tiempo con enredos sentimentales.

–¿Cómo van a atreverse si saben que los rechazarías? Nunca vas a las fiestas que se organizan ni te dejas ver por la cafetería en los descansos. Si fueras más accesible, se acercarían a ti –dijo, acompañando sus palabras con una mirada acusadora. Se marchó cerrando la puerta con un sonoro golpe.

Ana quedó pensativa. Apreciaba a Teresa, aunque cada vez aguantaba menos sus continuas regañinas. Si hubiese seguido su ritmo de vida aún estaría en tercero, como ella.

Se dirigió a la cocina para preparar una taza de café. Se presentaba una larga noche y quería estar despejada para aprovechar al máximo las horas de estudio. Debía hacer un último esfuerzo y aprobar ese examen con buena nota. Ya se tomaría unos días de descanso antes de encontrar un empleo para el verano. Los ingresos que obtuviera con él, le permitirían mantenerse unos meses, en caso de no obtener la beca. Si se la concedían, lo necesitaría para el viaje a Florencia.

Se sentó en la mesa de la cocina a esperar que se hiciera el café y comenzó a hojear el periódico. Reparó en el anuncio que Teresa le había mencionado. En él pedían una chica de entre veinte y veinticinco años para acompañar a un invidente durante los meses de verano, y el lugar de trabajo era una finca situada en la provincia de Toledo. No especificaba el sueldo ni el horario efectivo, aunque Ana imaginó que se trataría de jornada completa con algún pequeño descanso semanal.

Parecía un trabajo sencillo y resultaría más cómodo que atender a clientes maleducados en alguna cafetería durante doce horas al día, como había ocurrido en veranos anteriores. Le atraía la idea de pasar dos meses en la tranquilidad del campo, alejada del asfixiante calor de la ciudad. No perdía nada por intentarlo, pensó. Por la mañana llamaría al teléfono que indicaba el anuncio y concertaría una cita.

Contenta con la decisión tomada, se sirvió el café y fue a la sala. Una vez que se puso delante de los libros desapareció de su cabeza cualquier otro pensamiento y se centró en lo que tenía delante.

2

Cuando Teresa regresó a las tres de la madrugada, encontró a su amiga en el mismo lugar donde la había dejado horas antes.

–Te vas a agotar, Ana. Deja ya de estudiar. ¡Si te lo sabes de memoria! –le regañó con cariño, y se derrumbó en el sofá.

–No puedo. Me queda un tema por repasar y mañana dispondré de poco tiempo. Tengo que terminar el trabajo que me ha encargado un compañero y por la noche he quedado para cuidar a los niños de los Beltrán –respondió Ana con voz cansada.

Teresa, indignada, se acercó a ella y la miró con una expresión de reproche.

–¿Cómo se te ocurre trabajar de canguro la víspera de un examen? Si tienes escasez de dinero podías habérmelo pedido, ¿no te parece?

–No es eso. Ya sabes que no me puedo negar cuando me piden que cuide a sus hijos. Ellos me han ayudado mucho durante estos años y les debo ese favor.

–Pues ya pueden ir acostumbrándose a prescindir de ti. ¿O piensas venir desde Italia cada vez que quieran salir de noche?

Ana sonrió ante el comentario de Teresa. Recogió los libros y se dispuso a hacer lo que le aconsejaba.

–No te enfades. Será la última vez –prometió. Cogió a Teresa del brazo y la sentó en el sofá, haciéndolo ella a su lado–. Ahora, cuéntame cómo lo has pasado.

El disgusto de Teresa desapareció en el acto y una soñadora sonrisa iluminó su cara. Se estiró y emitió un suspiro de placer.

–Oh, Ana, ¡le quiero! Mario es maravilloso. Nunca me había sentido así. No imaginas lo feliz que soy.

Ana la abrazó. Ella también lo era al verla tan ilusionada. Había llegado a quererla como a una hermana en esos años de convivencia. Congeniaron desde la primera vez que se vieron, al iniciar el primer curso, y al poco Teresa le ofreció compartir el apartamento que ocupaba. Ella aceptó encantada. Estaba deseosa de abandonar la lúgubre pensión en la que se hospedaba y se mudó de inmediato. Pronto comprendió que, más que para ayudarle a pagar el alquiler, lo que Teresa quería era una amiga con la que compartir las horas de soledad.

Teresa costeaba la mayoría de los gastos y Ana colaboraba en la alimentación y, en especial, de la forma que mejor podía hacerlo: ayudándola en sus estudios y encargándose del cuidado de la vivienda, algo para lo que su amiga demostraba poca habilidad, acostumbrada desde pequeña a tener servicio que se ocupaba de esos quehaceres. Con todo, Ana no se sentía como una sirvienta.

Teresa era algo inmadura y, aunque tenían la misma edad, Ana la consideraba una hermana pequeña a la que protegía y cuidaba. Durante todo el tiempo que llevaban viviendo juntas, había sido su confidente y el hombro sobre el que llorar los continuos desengaños, tanto amorosos como familiares. Los padres de su amiga, ocupados en sus negocios y su intensa vida social, parecían haberse olvidado de su única hija, que estudiaba a muchos kilómetros de distancia. Ana la había visto llorar esperando una llamada de felicitación por su cumpleaños o, simplemente, para interesarse por ella. También sabía de los solitarios veranos en su residencia de Tarragona mientras los padres se encontraban de viaje en lejanos países.

Muchas veces comparaba sus respectivos hogares. En el suyo se pasaba escasez, aunque no de cariño y atención por parte de todos sus miembros. Sus padres la llamaban a menudo, se interesaban por sus problemas, le contaban sus novedades y, en los pocos días que iba a visitarles, se desvivían por atenderla, por agradarla, por amarla.

Teresa la acompañó unas Navidades al pueblo en el que residía su familia tras enterarse de que sus padres se marchaban de viaje a Londres y no estarían en casa por esas fechas. A la vuelta estaba más triste y deprimida. Ana pensó que se debía a la falta de comodidades de la sencilla vivienda o la escasez de diversiones de la localidad y se sorprendió al conocer la verdadera razón.

–¿Sabes por qué estoy triste? –le confesó Teresa con lágrimas en los ojos–. Me he dado cuenta de que carezco de lo más importante. No tengo una familia ni un verdadero hogar. Tú lo tienes y te envidio por ello.

Ana le prodigaba sincero afecto, pero era consciente de que con ello no suplía el que sus padres deberían ofrecerle. Al hablar del chico con el que estaba saliendo, el rostro de Teresa mostraba una expresión de felicidad que nunca le había visto. Esperaba que Mario correspondiera a sus sentimientos, y no se tratase de una atracción pasajera como la mayoría de relaciones que había tenido. Era la única forma de alcanzar la estabilidad emocional de la que carecía.

–Me alegro mucho –le aseguró Ana. Se separó un poco para mirarla y le preguntó con fingida seriedad–. Y ahora, cuéntame cosas de tu príncipe azul. ¿Cómo es? ¿A qué se dedica? ¿Dónde vive?

–¡Para, que pareces mi madre! –la interrumpió entre risas, que pronto cambió por una mueca de decepción y tristeza para añadir: –No, no te pareces a ella. En realidad, a mi madre no le interesaría. Está demasiado ocupada con sus comités benéficos para importarle con quién sale su hija.

–No digas eso. Tus padres te quieren y se preocupan por ti. Están pendientes de tus caprichos y te dejan hacer lo que te da la gana. ¡Ojalá los míos fueran iguales! –quiso consolarla, aun sabiendo que era cierto.

Teresa la miró y negó con énfasis.

–No intentes disculparlos. Ellos piensan que con dinero pueden suplir su abandono y están equivocados. Esa «libertad» que me otorgan es solo falta de interés. No pretendas hacerme creer que actúan como padres porque no lo conseguirás.

Se levantó y caminó hacia la ventana, separó las cortinas y apoyó la frente en los cristales para observar el exterior con mirada ausente. Sin volverse, continuó hablando:

–Sé que no querían tenerme. En alguna ocasión los he oído decir que fue un embarazo inesperado, aunque imagino que no tuvieron valor para deshacerse de mí. Si hubiese sido chico, mi padre mostraría interés en mí porque podría sucederle al frente de la empresa; al ser mujer no considera necesario involucrarme en el negocio. Tampoco me ha preguntado lo que opino ni ha averiguado si tengo capacidad para ello. Solo esperan que termine mis estudios porque eso está bien visto en la «buena sociedad». Esa es una de las razones de que no me apetezca estudiar. Solo me dedico a perder el tiempo y a gastar su dinero. –Se secó de un manotazo las lágrimas que sus ojos derramaban y se encogió de hombros–. ¿Qué más da? No merece la pena preocuparse por ello, y menos ahora que he conocido al hombre de mi vida.

Se volvió y miró a Ana con una sonrisa en los labios,

borrando de ese modo la amarga expresión de momentos antes. La levantó y comenzaron a girar por la habitación, abrazadas y riendo durante unos minutos, hasta que Ana se dejó caer en el sofá.

–¡Para, loca!, estoy mareada –ordenó con voz entrecortada–. Cuéntame cosas de él. Estoy deseando conocerle.

Teresa se sentó a su lado y se llevó una mano al corazón para calmar sus furiosos latidos.

–¡Le quiero tanto, Ana!

–Eso ya me lo has dicho. Ahora quiero saber qué hace, su profesión o trabajo actual... –Frunció el entrecejo y la miró recelosa–. ¿No será otro cazafortunas que no da ni palo?

–No temas. Está terminando la carrera de Arquitectura y trabaja como proyectista para pagarse los estudios. Cuando la acabe, le han prometido un puesto en la misma empresa; entonces nos casaremos –confesó con entusiasmo.

A Ana le asombró tanta precipitación.

–¿Ya habéis pensado en casaros? ¡Pero si solo has salido con él un par de veces!

–Cuatro –la rectificó–. Y desde el primer momento ya lo deseaba. Fue un auténtico flechazo. Desde la primera mirada nos sentimos atraídos el uno por el otro. Parece increíble... Pensaba que solo ocurría en las novelas románticas, pero mira por dónde a mí me ha sucedido.

Ana suspiró. Teresa no cambiaría nunca. Siempre tan impulsiva, tan apasionada, queriendo conseguirlo todo al instante. Eran tan diferentes que le extrañaba que congeniasen.

Ella se consideraba más fría, más sensata y no se dejaba llevar por sus impulsos. Una de sus prioridades era la perseverancia. Pensaba que con paciencia y tesón se podía conseguir todo lo que uno se propusiera en la vida. Hasta ahora le había dado buen resultado y esperaba continuar de ese modo. Tampoco le apetecía perder el tiempo con chicos; ya tendría ocasiones para eso. De todas formas, no había conocido a ninguno que le provocara los sentimientos que su amiga describía, ni mucho menos había experimentado un flechazo, ni lo esperaba. No creía en esas ideas románticas de amores apasionados y deseos intensos.

El escepticismo que mostraba hacia las relaciones de pareja se basaba en su mala experiencia. Los chicos con los que había salido en el instituto resultaron una decepción, que le dejaron recuerdos poco agradables y un negativo concepto de las relaciones sexuales. Cuando se trasladó a Madrid para comenzar la carrera universitaria, decidió que se olvidaría de todo lo que no fueran sus estudios, y no le había costado trabajo hacerlo.

Eran muchas las diferencias que había entre ellas, incluso en el aspecto físico. Ana era alta y delgada. Teresa le decía que poseía tipo de modelo y que se podría haber dedicado a esa profesión; algo con lo que ella no estaba de acuerdo. Tampoco se consideraba guapa, como su amiga insistía en afirmar. Tenía, eso sí, un rostro de rasgos regulares en el que destacaban los ojos rasgados de intenso color azul y una boca de generosos labios que, según su amiga, le aportaba un exótico atractivo. El rubio cabello le caía en suaves ondas hasta los hombros, pero por comodidad y falta de tiempo solía llevar recogido en una coleta.

Teresa, en cambio, era menuda, pero de voluptuosas formas y muy bella. Poseía unos impresionantes ojos verdes bordeados por tupidas pestañas. Su nariz era pequeña y respingona, los pómulos altos y una boca con labios bien dibujados. Era morena, de largo y rizado cabello que llevaba arreglado con esmero, al igual que toda su persona. Solía vestir de grandes firmas, lo que acentuaba su natural elegancia. Una hermosa mujer que provocaba el deseo en todo hombre que se cruzase en su camino;

prueba de ello era la cantidad de nombres que engrosaban su larga lista de conquistas. Esperaba que Mario no fuese uno más a añadir.

–Estoy deseando ver a ese Superman. ¿Cuándo lo conoceré? ¿No temes que te lo quite? –preguntó Ana bromeando.

–Ni se te ocurra mirarlo, ¿entiendes? ¡Es mío! –exclamó Teresa con fingida ferocidad.

–Tendré que hacerlo para saber si me gusta y es el adecuado para ti. He de velar por tu futuro –dijo entre risas.

–Está bien. Pero nada de miradas tiernas y sonrisas insinuantes –accedió Teresa con falso enojo. Y con un brillo ilusionado en la mirada, continuó–: ¡Oh, Ana! Estoy deseando que lo conozcas. Te va a encantar. Es tan diferente de los chicos con los que he salido hasta ahora... Tiene veintiséis años y es muy inteligente. No ha terminado la carrera porque trabaja mucho para ayudar a su madre, que es viuda, y a su hermana pequeña. Le he pedido que se traslade aquí para ahorrarse el alquiler, pero no quiere. Dice que no acepta que lo mantengan. ¡Es tan tradicional en algunos aspectos! –se quejó pesarosa.

–Solo demuestra sentido común. Además, no os conocéis, aunque insistas en afirmar que es el hombre de tu vida –opinó Ana–. Es un gran paso que debes meditar. Y no estaría mal que lo consultases con tus padres. A ellos les gustaría saber con quién compartes tu vida, ¿no crees?

–No les importa lo más mínimo con quién vivo, y menos a quién meto en mi cama. Están cada vez menos interesados en mi existencia. Hace casi un mes que no hablo con mi madre, y en esa ocasión me llamó para comunicarme que estarían todo el verano de viaje y no esperaba que nos viéramos hasta finales de agosto. Me recomendó que fuera a casa de mis tíos en Mallorca si no quería pasar sola las vacaciones otra vez. Pero no me moveré de Madrid. Mario tiene que trabajar y solo dispondrá de unos días libres a primeros de agosto antes de preparar los exámenes de septiembre. Le quedan dos asignaturas y tiene la intención de aprobarlas. Si lo consigue, nos casaremos antes de que finalice el año. –La abrazó entusiasmada–. ¡Tienes que asistir porque quiero que seas mi dama de honor!

–Bien, ya veremos. –La calmó Ana. No le gustaba la precipitación de Teresa y estaba ansiosa por conocer a Mario y descubrir sus verdaderas intenciones. No sería el primero que iba tras su fortuna–. Ahora, contesta a mi pregunta: ¿cuándo le conoceré?

–Mañana hemos quedado a las siete, cuando salga de la oficina. Podemos vernos sobre esa hora e ir a cenar –propuso ansiosa. Estaba deseando presentárselo. La quería y la respetaba tanto que necesitaba conocer su opinión.

–No sé si podré –dudó Ana–. Debo estar en casa de los Beltrán a las nueve y antes tengo que entregar el trabajo y presentarme a la entrevista para el empleo del periódico. Te lo diré mañana cuando concierte la cita.

–Entonces, ¿estás decidida a intentarlo? ¿No te aburrirás encerrada todo el verano en el campo?

–No creo que tenga mucho tiempo para aburrirme si he de cuidar de un inválido. Además, me vendrá bien cambiar de actividad y descansar un poco. –Se tapó la boca para disimular un bostezo–. No adelantemos acontecimientos. No sé si me interesará el empleo y, sobre todo, aún no me han seleccionado. –Se levantó y tiró de la mano de Teresa–. Vamos, perezosa, es hora de dormir. Ya me has entretenido demasiado con tus locuras. Acuéstate y no pienses demasiado en tu príncipe azul porque te desvelarás –le aconsejó, y la empujó hacia su habitación.

–No creas que te vas a escapar, guapa. Te llegará la

hora de enamorarte y terminarás haciendo las mismas tonterías que todos y ni te darás cuenta, tenlo por seguro –dijo con una risita. Le sacó la lengua burlonamente y cerró la puerta.

Ana sonrió y se dirigió a su cuarto. No dudaba de que también le pasaría, pero no de forma tan repentina y turbulenta.

Ella creía más en el enamoramiento paulatino surgido de la relación diaria, en el conocimiento mutuo, en la camaradería y el compañerismo, y no en esos flechazos apasionados que te dejaban marcada para siempre. Se consideraba incapaz de dejarse arrastrar por la violencia de los sentimientos; era demasiado cerebral y práctica.

Los chicos con los que había salido, muy pocos en realidad, se cansaban de ella en las primeras citas, cuando les negaba la intimidad que pretendían. Martín, el único al que consideró novio y con el que perdió la virginidad, la tachó de fría por no responder a sus caricias de la forma que esperaba. Debía de ser cierto, porque apenas llegó a sentir un tibio deseo entre sus brazos. No le importaba, prefería ser desapasionada a sufrir los continuos desengaños de Teresa. Se podía vivir sin padecer ese sentimiento tormentoso que acarreaba más desdicha que satisfacción.

Se preparó para acostarse, pero antes se dirigió a la habitación de su amiga para ver si ya estaba dormida. Abrió la puerta. La luz estaba encendida y Teresa se hallaba sobre la cama, destapada y abrazada a la almohada. Se acercó a ella y la cubrió con la manta, al igual que en otras ocasiones.

Cuando se tendió en la cama, Ana descubrió lo cansada que estaba. Había sido una jornada agotadora y la siguiente lo sería más. Estaba al límite de sus fuerzas. Por suerte, dentro de unos días habrían acabado los exámenes y podría descansar hasta encontrar una ocupación para el verano. Volvió a pensar en el anuncio del periódico. Imaginó que se trataría de un anciano al que sus hijos no podían o no querían cuidar durante esos meses. No sería difícil y ella aprendía rápido. Pero no debía hacerse demasiadas ilusiones. El puesto atraería a muchas aspirantes. Suspiró, bostezó y al momento se quedó dormida.

3

Ana observaba la amplia sala donde la habían introducido momentos antes. Era confortable y estaba decorada con elegancia, al igual que el resto de lo que había visto hasta el momento. Debía de tratarse de una empresa importante para gastar tanto dinero en la decoración de sus oficinas, que ocupaban toda una planta en un céntrico edificio de la ciudad.

Cuando por la mañana llamó para concertar la cita, no le facilitaron muchos datos sobre las características del empleo ofertado, solo le indicaron lugar y hora para la entrevista. Pensó que se trataba de una casa particular, por ello se asombró al comprobar que eran las oficinas centrales de la Compañía de Importación-Exportación Aranda y Asociados.

Se alegraba de haberle hecho caso a Teresa, que le había insistido en que se pusiera su único traje para acudir a la cita. También le permitió que la maquillara y que la peinara con un bonito moño de estilo italiano que, según su amiga, le daba el aire serio y eficiente que una asistente personal requería. Para completar su refinado aspecto llevaba un bolso de piel, que armonizaba con los únicos zapatos de tacón que ella poseía y que Teresa insistió en prestarle. Cuando se miró al espejo antes de salir tuvo que reconocer que su imagen había mejorado bastante.

Volvió a mirar el reloj. Ya pasaban veinte minutos de las seis, la hora fijada para la entrevista, y continuaba esperando. Estaba impaciente. Había quedado con Teresa en un restaurante cercano para conocer a Mario y sabía lo importante que era para ella que no faltara a la cita.

–¿Quiere hacer el favor de seguirme, señorita Ballester? El señor Aranda la espera.

Ana se sobresaltó al oír a su lado la voz que la nombraba. Se trataba de una mujer de unos cincuenta años, de sonrisa franca, vestida con elegancia y adornada con discretas joyas. El cabello lo llevaba peinado en una media melena de tonos castaño con reflejos cobrizos, en el que se apreciaba la mano de un buen estilista. Las gafas de cristales al aire dejaban ver unos bonitos ojos, bondadosos e inteligentes.

Ana se levantó y la siguió por el largo pasillo hasta llegar a una puerta cerrada al final. La mujer, tras llamar, abrió la puerta y se hizo a un lado para dejarla pasar.

–Señor Aranda, la señorita Ballester –anunció.

–Gracias, Aurora.

Leandro se levantó y alargó la mano para estrechar la de Ana.

–Siéntese, por favor –dijo tras un rápido escrutinio, y le indicó con un gesto uno de los sillones de piel situados frente a la elegante mesa de cristal y maderas nobles que él ocupaba.

Ana, un tanto nerviosa, se dedicó a observar a su interlocutor mientras él ojeaba unos papeles. Se trataba de un hombre que no aparentaba más de sesenta años, alto y robusto. Vestía un traje oscuro que alegraba con una camisa blanca y una colorida corbata de seda. Desprendía un aire de distinción y poder que abrumó a Ana, haciéndola sentir como un insecto a punto de ser aplastado por su cuidada mano.

Intentó rehacerse y comenzó a observar la habitación en la que se encontraba. Era casi tan grande como el apartamento en el que vivían Teresa y ella y estaba decorada con sobria distinción. Sofás de piel, mesas de caoba con finos trabajos de taracea, mullidas alfombras y cuadros de modernos pintores se distribuían por la amplia sala dando una impresión de riqueza y poder.

Pensó con desaliento que ella, con sus humildes orígenes y su pobre vestimenta, estaba fuera de lugar y que era una completa locura soñar que le dieran el puesto. Pero no se acobardaría ante el lujoso entorno que la rodeaba y el hombre que tenía delante. Estaba orgullosa de su familia y de lo que ella misma había conseguido con tanto esfuerzo. Irguió los hombros en actitud desafiante, dispuesta a no dejarse humillar o, al menos, a no salir maltrecha del encuentro.

Leandro levantó la cabeza y se dedicó a estudiarla. Sus fríos ojos grises la recorrieron de arriba abajo con cierto brillo divertido. Ese escrutinio aumentó el nerviosismo de Ana, que logró mantenerle la mirada con gran esfuerzo. Una persona acostumbrada a ordenar y que no solía perder el tiempo en pequeñeces de ese tipo, pensó ella, por lo que el problema debía de ser grave para que se decidiese a resolverlo personalmente.

–Según leo en su currículum, está usted a punto de licenciarse en Historia del Arte, ¿no es así, señorita... Ballester?

Su voz denotaba cansancio y exasperación. Habría soportado un largo día de entrevistas y estaría deseando marcharse a casa para descansar junto a su mujer y sus hijos; mejor así, eso haría la reunión más corta y menos penosa para ella, se dijo Ana.

–En efecto, señor –contestó con voz serena, irguiéndose más en el asiento–. Mañana tengo el último examen y albergo grandes esperanzas de aprobarlo. Con ello, terminaré la carrera.

Él asintió y miró de nuevo los papeles que tenía delante.

–Posee experiencia en el cuidado de niños, ha trabajado como camarera, dependienta y dando clases particulares; además, corrige textos para estudiantes, escritores... –Levantó los ojos y le preguntó con ironía–: ¿De dónde saca usted el tiempo para estudiar si se pasa el día trabajando, señorita?

A Ana le ofendió el recelo que advirtió en sus palabras.

–Señor Aranda, no tengo la suerte de poseer unos padres ricos. Cuando decidí estudiar en la universidad sabía que tendría que trabajar duro para pagarme parte de los gastos. He tenido que sacrificar muchas horas de sueño y todas las diversiones para terminar la carrera sin suponer una carga excesiva para mi familia. Por lo tanto, si cree que he falsificado el currículum, dé por terminada la entrevista y no pierda más el tiempo conmigo. Buenas tardes. –Se levantó y se dirigió hacia la puerta.

–¡Siéntese! –La detuvo Leandro con voz autoritaria. Al momento, reconociendo su brusquedad, suavizó el tono y le rogó–: Por favor, siéntese y continuemos. Ha sido un día muy largo y estoy cansado de entrevistar a chicas que no me han contado nada más que mentiras. Esa es la causa de que desconfiara de usted y de su magnífico currículum.

Ana se sintió avergonzada por su arrebato y volvió a sentarse. Se había excedido llevada por tontos prejuicios. Él no tenía la obligación de creer todo lo que le dijese.

–No se apure. Me ha gustado su forma de defenderse. Demuestra coraje y yo aprecio a las personas valientes. –Le sonrió, mostrando por primera vez un talante menos serio y más cercano–. Es usted una muchachita singular: inteligente, culta, bien preparada en muchos aspectos... No comprendo por qué solicita un trabajo de este tipo cuando debería estar buscándolo en algún museo o galería importante.

Más tranquila ante el cambio de actitud de su interlocutor, Ana se relajó y hasta sonrió también. Su mirada tierna le recordó a su padre, al que no veía desde hacía tres meses.

–Decidí presentarme a esta selección por tratarse de un empleo temporal y porque creo que estoy cualificada para desempeñarlo. –Calló unos segundos, valorando hasta dónde podía sincerarse con él. Una vez que hubo tomado una decisión, continuó–. El caso es que voy a solicitar una beca para ampliar estudios en el extranjero y espero que me la concedan. Esa es la causa de que no busque un trabajo permanente. Esta propuesta me pareció interesante y los ingresos me ayudarían a sufragar el viaje sin tener que recurrir a mis padres, que ya han soportado una pesada carga todos estos años.

Leandro miró a Ana con renovado interés. Le gustaba la mezcla de orgullo y timidez que mostraba y la forma desafiante con la que levantaba su bonita cabeza; justo lo que estuvo buscando durante todo el día. El problema era que debía explicarle su plan y no estaba convencido de que lo aprobara.

–Me alegra que sea sincera, porque esa es otra cualidad que aprecio en las personas. Ahora me toca serlo a mí. –Suspiró con gesto abatido–. Necesito ayuda, señorita Ballester, pero, sobre todo, la necesita mi hijo.

Parpadeó para ahuyentar las lágrimas que se agolpaban en sus ojos y se levantó. Se acercó a la ventana y, de espaldas a Ana, estuvo durante unos segundos mirando las sombras que la creciente oscuridad dibujaba en la ciudad. Luego, con voz apenada, comenzó su relato:

–Luis quedó ciego en un accidente de automóvil en el que falleció su esposa, embarazada de tres meses. Sucedió en la madrugada del uno de enero, cuando volvían a su casa tras asistir a una fiesta en un céntrico hotel de la ciudad. Aunque no había bebido, iba a demasiada velocidad o se distrajo... No se sabe la causa exacta porque no quiere hablar del suceso. –Hizo una pausa y se volvió a mirarla. Sus ojos seguían húmedos y su rostro expresaba una enorme desolación.

Ana estaba conmovida. Su naturaleza bondadosa le llevaba a compadecerse de aquel hombre que parecía atormentado por algo a lo que no podía hacer frente con dinero.

–La juventud tiende a cometer excesos de todo tipo, aunque Luis nunca fue un loco. –Movió la cabeza con gesto apesadumbrado y se sumergió de nuevo en sus recuerdos–. Su madre murió cuando él contaba doce años y yo tuve que asumir la responsabilidad de educarlo. Terminó a los veintitrés años la carrera de derecho con brillantes notas y comenzó a trabajar en la empresa. Quiso hacerlo desde el puesto más bajo, para conocerla en su totalidad. Cuando tuvo el accidente desempeñaba el cargo de director general, puesto que se ganó a pulso, sin concesiones por mi parte. –Una leve sonrisa de satisfacción curvó su boca, fiel reflejo del orgullo que sentía por su hijo–. Era un chico alegre, simpático, caía bien a todo el mundo... –Volvió a callar. Parecía que le costaba ordenar sus pensamientos–. Conoció a Marina en una fiesta de la empresa a la que asistió por ser hija de un empleado. Era una mujer muy hermosa y jovial. Tenían ambos la misma edad, veintiséis años, aunque ella parecía mayor, más madura. Se casaron al poco de conocerse y se instalaron en su nueva casa, que fue mi regalo de bodas. Lo veía menos entonces, solo algunas horas durante el trabajo y no todos los días. Ella era encantadora y fueron muy felices durante los años que duró su matrimonio, a pesar de no pasar juntos demasiado tiempo. Él se dedicaba a viajar para supervisar las diferentes sucursales repartidas por el país y paraba poco en casa. Marina no le acompañaba. Su salud era algo delicada y prefería quedarse para evitar el cansancio de aquel continuo ajetreo. Lo único que les faltaba para completar su felicidad, y que Luis deseaba desde el primer día, era un hijo. Y cuando al fin se quedó embarazada... ocurrió la tragedia. –Su voz se quebró al pronunciar las últimas palabras y volvió a girarse hacia la ventana para evitar mostrar ante ella su desesperación.

Ana permaneció en silencio durante todo el relato, entendiendo que él agradecería que no le interrumpiera. Ya era demasiado dura su confesión como para responder a continuas preguntas.

–Perdone que la haya aburrido con mi historia, pero era necesario para que comprendiera la causa que ha llevado a mi hijo al estado en el que ahora se encuentra –continuó tras unos segundos de silencio, que necesitó para reponerse. Se acercó a la mesa y se sentó en el sillón que antes había ocupado. Abrió un cajón y extrajo de él un marco de fotografías. Se lo alargó a Ana para que lo mirara.

–Estos son... eran Luis y Marina. La fotografía corresponde al día que anunciaron su compromiso.

Ana la observó. En ella se veían dos figuras: la masculina pertenecía a un joven alto y delgado, de atractivo rostro, vuelto hacia la mujer, a la que miraba con rendida admiración. Ella era muy bella y con una exquisita figura, que el ceñido vestido rojo moldeaba a la perfección. Mostraba a la cámara una sonrisa contenida y un exultante brillo de triunfo en los ojos. Le repelió esa mujer desde el primer instante. Le pareció fría y calculadora, despiadada. Se arrepintió de sus pensamientos al recordar que estaba muerta. Devolvió el marco a su dueño, que volvió a dejarlo en el mismo lugar de donde lo había sacado.

–Como le decía, en el accidente murió Marina. No llevaba el cinturón de seguridad puesto y salió despedida del coche. Luis, que sí lo llevaba, recibió un fuerte golpe en la cabeza y el tórax. Cuando despertó en el hospital y se enteró de la muerte de su esposa y de su futuro hijo, pensé que iba a enloquecer. No quería aceptarlo y se consideraba culpable de sus muertes; aún se considera. Aceptó su ceguera con resignación, puede que por considerarlo una penitencia, un castigo, una forma de expiación... –Negó varias veces con la cabeza, delatando su contrariedad–. Los doctores que lo han examinado creen que su falta de visión tiene cura. El nervio óptico no está paralizado por completo y hay probabilidades de que recupere la vista si se opera lo antes posible. Pero él se niega y ya han transcurrido casi seis meses desde el accidente. –Su voz delataba la impotencia que sentía. Se pasó las manos por la cabeza, en un gesto de total desaliento y frustración ante una decisión que no comprendía y que se negaba a aceptar–. Desde que abandonó el hospital se encuentra en Arroyo Claro, nuestra finca en Toledo, con la única compañía del matrimonio que cuida la casa desde hace años y a los que conoce desde niño. Yo voy los fines de semana y alguna noche más, aunque no todo lo que quisiera. Al no estar él para ayudarme con el negocio, el trabajo es excesivo. –Suspiró con gesto de cansancio–. Temo caer enfermo, pero no puedo darme por vencido. Debo intentar convencerlo para que se opere lo antes posible. No pienso resignarme a verle vegetar el resto de sus días. ¿Comprende mi problema, señorita Ballester? –En la firmeza de su tono se advertía el deseo de salvar a su hijo.

Ana estaba conmovida ante el drama familiar que ese hombre estaba viviendo. Lo vio retorcer la pluma entre sus dedos. Parecía agotado psíquicamente, a punto de caer en la depresión. Lo único que le impedía claudicar era su férrea voluntad y el amor que sentía por su hijo.

–El caso es que he de marcharme un par de meses al extranjero –continuó al cabo de unos minutos–. Queremos aprovechar el hecho de haberse implantado el euro como moneda común en muchos de los países de la Unión Europea para introducirnos en los mercados de la eurozona con los que no tenemos relación. Era un proyecto que mi hijo codiciaba con entusiasmo. Él lo diseñó todo antes del accidente y pensaba realizar el viaje con su mujer. Decía que iba a ser como una segunda luna de miel. –Sonrió con tristeza, embargado por sus recuerdos–. Lo he ido posponiendo para que fuera él quien lo llevara a cabo y ya no puedo aplazarlo más. Llevamos seis meses de retraso. Las condiciones del mercado podrían cambiar y no nos sería posible implantarnos allí, malográndose al final el proyecto de Luis. Me marcho a últimos de este mes y no creo que regrese hasta primeros de septiembre. Necesito que alguien me reemplace a su lado durante ese tiempo. No tenemos parientes, solo alguno lejano que no estaría dispuesto a sacrificar el verano en un lugar apartado y cuidando de un amargado y taciturno invidente que, además, no desea compañía. Tampoco los amigos se prestarían a ello. Solo me queda la opción de contratar a alguien que desempeñe esa labor. No puedo permitir que Luis empeore durante los meses que yo esté fuera. Necesito a alguien que continúe con mi tarea de animarlo, de hacerle comprender que la vida tiene que continuar, de ayudarle a superar su complejo de culpa... –Suspiró. Se negaba a que el desánimo acabara ganando la partida–. He conseguido muy poco, pero temo que en mi ausencia se produzca un retroceso en él y vuelva a los primeros meses, cuando permanecía encerrado en su habitación sin querer ver a nadie. Ahora da largos paseos acompañado de su perro, escucha música, permite que le lea... Incluso charla con el médico del pueblo cercano, que va con frecuencia a visitarlo. Son pequeñas acciones que suponen un gran adelanto en su recuperación, según los doctores que lo tratan. El problema radica en que Luis es tan obstinado que se

negaría a aceptar a alguien que hubiese sido contratado para ello. No ha querido en ningún momento enfer-
meras o ayudantes que lo cuiden… –Calló, temeroso de
continuar. Esa chica era su última esperanza y no podía
equivocarse a la hora de abordar el tema.

Ana advirtió su indecisión e imaginó que no le iba a
gustar la propuesta que iba a hacerle.

–Continúe, por favor –le animó.

Leandro se animó ante la receptividad que mostraba.

–Alberto Romero, uno de mis consejeros y que me
acompañará en el viaje, es viudo y tiene una hija más o
menos de su edad. Luis sabe de la existencia de la joven,
aunque no la conoce en persona. Ella suele pasar los veranos trabajando de cooperante en una ONG y este año
también lo hará; es más, creo que ya se ha marchado a
Marruecos. Le ofrecí el empleo. Era la cobertura ideal.
Con su padre de viaje, y al no tener familia cercana, la invitación para esos meses en los que ella se quedaría sola
en el piso era lo correcto y mi hijo no sospecharía que su
intención era acompañarle. Pero no aceptó. Parece ser
que está enamorada de otro cooperante y no ha querido
dejar pasar la oportunidad de estar a su lado. –Leandro
la miró con intensidad antes de continuar hablando. Temía la repercusión a sus siguientes palabras–. La única
solución que se me ocurre es contratar a otra que la su-
plante, que se haga pasar por Victoria Romero hasta que
yo regrese.

La reacción de Ana, tal y como él esperaba, no fue
entusiasta. Se removió inquieta en su asiento. No le
gustaba participar en un engaño y menos en el que estuviese involucrada una persona con las facultades físicas
disminuidas. Sería cruel si llegaba a enterarse, algo que
podía suceder en cualquier momento. Y, aunque no llegara a saberlo jamás, consideraba poco ético someterlo
a esa farsa.

Miró al hombre con pesar, pero su recta conciencia suponía un obstáculo para hacer lo que le pedía.

–Señor Aranda –comenzó a decir, manteniendo con firmeza su mirada–. Entiendo las razones que tiene para recurrir a esa comedia, aunque no lo creo justo ni honrado para su hijo. En mi opinión, sería muy perjudicial para él si llegara a enterarse del engaño y...

–Comprendo sus escrúpulos, señorita, pero estoy desesperado. No se me ocurre nada más. –La interrumpió él. Su voz sonaba angustiada y en sus ojos se apreciaba el gran sufrimiento que padecía.

A Ana se le encogió el corazón. Era consciente de que tenía puestas sus esperanzas en ella.

–Luis no se enterará de la sustitución –continuó en un último intento por convencerla–. Usted es inteligente y parece honrada, por ello me he decidido a contratarla después de pasar todo el día entrevistando a ineptas y oportunistas. Sé que sabría salir airosa. Romero la ayudará en todo lo que pueda para que responda a las preguntas de Luis. Aunque él es poco dado a curiosear en la vida de los demás y no creo que se interese mucho por su historia familiar. –Su expresión se animó al observar vacilación en la cara de Ana–. Será sencillo. Mi hijo solo sabe que Romero tiene una hija universitaria de unos veinte y pocos años. Tampoco la ha visto ni hablado con ella. Usted es muy similar a la hija de Romero, casi de la misma edad, culta y con espíritu compasivo. Victoria estudia Filología Inglesa, pero muy bien podría estar estudiando Historia del Arte, porque Luis lo ignora. –Leandro evaluaba el impacto que sus palabras ejercían en la voluntad de la joven.

Ana seguía indecisa. El plan no le parecía tan descabellado como al principio. Estaba convencida de poder desempeñarlo, aunque continuaba dudando de su honradez.

–Pero usted olvida que van a ser dos meses de continua convivencia. No podré mantener el engaño durante todo ese tiempo. Cometeré algún error y lo descubrirá todo. –Intentó hacerle comprender lo arriesgado del plan, también por convencerse a sí misma.

–No crea, le será fácil. Solo tiene que actuar con naturalidad. Ella se llama Victoria, aunque usted podría seguir llamándose Ana si le dice que ese es su segundo nombre y el que prefiere usar. Como no tiene madre, hermanos o parientes cercanos, las referencias a ellos serán nulas; solo el padre, al que ve poco y del que desconoce su ocupación. Por otra parte, mi hijo no tuvo trato con Romero, ya que lleva pocos años trabajando con nosotros y en otro departamento –insistió, cada vez más esperanzado.

–Aunque lograse engañarle mientras esté allí, terminaría por enterarse algún día y le acusaría de esta burla. ¿Se da cuenta del riesgo que entraña lo que está dispuesto a hacer?

–Señorita Ballester, si consigo que mi hijo se opere y recupere la vista, él mismo me lo agradecerá. –Levantó los hombros en un gesto de impotencia–. Y si continúa ciego cuando se entere, ¿cree que importará? Me quedaría el consuelo de haber intentado ayudarle con todos los medios a mi alcance y su odio sería más soportable.

Ella coincidía con esos razonamientos, pero seguía dudando. Se levantó y comenzó a pasear. Leandro se acercó a ella. La sujetó por los hombros y la obligó a mirarlo.

–Por favor, tiene que ayudarme –suplicó con la mirada húmeda–. Usted es la última esperanza que me queda. Desde el primer momento he sabido que es la persona que necesito. Posee la paciencia e inteligencia necesarias para soportar la tozudez y el mal humor de mi hijo y un gran corazón, que le llevará a querer ayudarle en cuanto lo conozca. No me decepcione, se lo suplico.

Ana no podía seguir mirándole a los ojos y bajó la cabeza. Le apenaba la agonía que veía en ellos. Quedaron callados e inmóviles durante unos minutos mientras ella se debatía entre innumerables dudas. Leandro lo comprendió y no quiso presionarla más. Tras unos largos segundos, Ana se volvió a mirarlo.

–Está bien, le ayudaré... –aceptó con un suspiro de resignación.

–¡Dios la bendiga, criatura! –La abrazó emocionado–. Me marcho a finales de la semana próxima. ¿Cree que para entonces habrá resuelto todos sus problemas? –Ante el gesto afirmativo de ella, exclamó–: ¡Perfecto! La llevaremos a la finca antes de ir a coger el avión, así mi hijo no tendrá tiempo de protestar mucho. Nos acompañará Romero, que despedirá a su hija, a la que va a estar más de dos meses sin ver. –Se dirigió a la mesa y cogió dos carpetas, que le entregó a Ana–. Son los datos personales de Romero y su hija. Estúdielos, pero no se identifique demasiado con ella. Sea usted misma en todo lo que pueda. Eso evitará que cometa errores. Pásese el lunes por aquí sobre las seis de la tarde para concretar los últimos puntos. Iremos a cenar con Romero. Le conocerá y él le informará sobre aspectos de su hija que no estén reflejados en el informe. –Inspiró con satisfacción, como si se hubiese quitado un gran peso de encima–. No la entretengo más. Tal vez haya quedado con alguna persona... –No terminó la frase porque le vino a la mente una cuestión–. Se me olvidaba preguntarle si tiene pareja, novio o algún tipo de compromiso. No lo he visto reflejado en el informe que nos remitió.

–No tengo compromisos de ese tipo.

–Es difícil de creer que una chica tan bonita y dulce como usted no tenga pareja, aunque me alegro. Resultaría muy embarazoso tener esperando a un novio celoso ante la idea de que usted pueda estar con otro hombre –dijo con una sonrisa, y le acarició la mejilla en un gesto paternal.

–Espero no defraudarle. Creo que confía demasiado en mi habilidad para llevar este asunto.

–No tema, lo hará muy bien. Tengo buena intuición y siempre me he dejado guiar por ella. De no ser así, no habría llegado tan lejos con el pequeño negocio que me dejó mi padre. –Le apretó la mano con agradecimiento–. Confíe en mí. Todo saldrá bien. –La llevó hacia la puerta y la invitó a salir–. Hasta el lunes, Ana.

Ella se despidió y se marchó. Una vez en la calle, miró el reloj.

Eran más de las ocho y debía darse prisa si quería llegar a tiempo a casa de los Beltrán. Decidió coger un taxi. No le gustaba ser impuntual y, de ir a pie, no lo conseguiría. Pensó que ese pequeño gasto no arruinaría su economía. De pronto recordó que no habían tratado el tema económico. No importaba. Por poco que le pagaran, siempre igualaría al sueldo de camarera. Además, este trabajo iba a ser mucho más interesante y gratificante, se dijo al recordar el atractivo rostro de Luis Aranda, y también más arriesgado.

Al no disponer de tiempo para encontrarse con Teresa, la llamó para explicarle lo sucedido y le prometió recompensarla, dedicándole a Mario todo el tiempo que ella quisiera al día siguiente, después del examen.

Dominada por una secreta alegría a la que no encontraba explicación, se introdujo en el taxi y le dio la dirección al conductor.

4

El elegante Mercedes-Benz circulaba veloz por la carretera. Ana se hallaba sentada en el cómodo asiento trasero del espacioso automóvil mientras Aranda, que conducía con Romero a su lado, seguían enfrascados en su conversación.

Hacía una hora que habían salido de Madrid y aún le faltaba otra media hora para llegar. La estrecha carretera no estaba en tan buenas condiciones como la rápida autovía que acababan de dejar.

Cansada de mirar el paisaje, decidió cerrar los ojos y dormitar un poco. No lo consiguió y comenzó a recordar los acontecimientos de la última semana.

Al día siguiente de la entrevista, tras el examen, llegó al apartamento. Teresa estaba disgustada con ella por no haber acudido a la cita y ansiosa por saber cómo había transcurrido el encuentro.

Ella volvió a disculparse y le hizo un relato pormenorizado, mientras se cambiaba de ropa y comenzaba a preparar la comida. Su amiga la seguía de un lado a otro con el fin de no perderse detalle y entusiasmada con la historia que le estaba contando.

Ana sonrió al recordar la expresión de estupor en la

cara de Teresa cuando le explicó el plan ideado por su nuevo jefe.

–¿Quiere que te hagas pasar por otra persona? ¿Pero estás loca? ¡Eso es un delito!

–No temas, está todo pensado –la tranquilizó–. No creo que me resulte complicado suplantar a esa chica. Actuaré con naturalidad y hablaré solo de lo que tenga suficientes conocimientos.

–No me gusta –confesó Teresa preocupada. Pensaba que se estaban aprovechando de Ana, que siempre estaba dispuesta a ayudar a los demás–. Te va a suponer un gran esfuerzo el estar mintiendo durante tanto tiempo. ¡Pero si tú no sabes mentir! Te descubrirá enseguida y entonces, ¿qué pasará? Si el padre está a miles de kilómetros de distancia y no allí para explicar el acuerdo al que habéis llegado, el ciego te puede acusar de asumir la personalidad de otra persona y denunciarte. Creerá que le quieres estafar o robar..., cualquier cosa menos la verdad, que es bastante rebuscada. Incluso podrías ir a la cárcel hasta que todo se aclarase. Piénsalo bien, Ana. Este asunto me parece demasiado peligroso. No necesitas complicarte la vida de esa forma.

–No seas pesimista. No va a ocurrir nada de eso.

–Pero es imprudente quedarte allí sola, sin nadie que respalde tu historia. Se lo debe contar al matrimonio que cuida la casa y al médico del pueblo. ¿No dices que es amigo del ciego? Tampoco sería mala idea explicarle el proyecto al alcalde y a la policía para que estuviesen prevenidos.

Ana soltó una carcajada.

–¿Y no te parece que sería mejor publicarlo en la prensa para que todo el mundo esté al tanto? Como él no puede leerlo, no se enteraría –dijo entre risas.

–¡Muy graciosa! –replicó Teresa con enfado–. Pienso que debes cubrirte las espaldas de alguna manera; tener algún aliado, alguien que te defienda en caso de ser descubierta.

Ana agradecía la preocupación de su amiga, pero estaba convencida de que cuantas menos personas estuviesen enteradas de que ella no era la verdadera Victoria Romero, mejor desempeñaría su papel. El saber que otros estaban al tanto de aquella farsa, que era poco ética como mínimo, le provocaría una gran tensión y ello le llevaría a cometer errores que podían desenmascararla.

–Es conveniente para mí que nadie lo sepa. De ese modo me sentiré menos avergonzada por estar cometiendo un fraude. ¿No lo comprendes? –La miró con expresión suplicante, en la que reflejaba su profunda desazón por el engaño en el que iba a participar.

Teresa era consciente del esfuerzo que Ana tendría que realizar durante los próximos meses. Su carácter franco y su honradez eran los menos indicados para meterse en aquel enredo.

–Bien –aceptó remisa–, pero prométeme que le pedirás una declaración firmada que justifique tu presencia en aquella casa y que puedas presentar en caso de emergencia. Si algo le ocurriera a Aranda y no tuvieses a nadie que confirmara tu historia, estarías perdida.

Ana valoró la propuesta de Teresa. No le parecía mala idea. Era una forma de estar cubierta en caso de necesidad.

–Está bien, le hablaré de ese tema. El lunes cenaré con él y con Romero para concretar los últimos detalles. ¿Estás contenta?

–Un poco. ¿Y el examen? Bien, imagino. Seguro que sacas una notaza. –Suspiró con envidia.

–No creas. Aunque lo preparé a conciencia, no lograba concentrarme como en otras ocasiones. Debí aplazar la entrevista –reconoció con disgusto.

–Ya empieza a perjudicarte ese dichoso trabajo. ¡Con lo bien que estarías sirviendo hamburguesas!

–Si hubieses trabajado de camarera no hablarías así –le reprochó Ana irritada. Luego, suavizando el tono, intentó explicarle sus verdaderos motivos–. ¿No comprendes? Tengo que ayudar a ese hombre. Tú no lo has visto, no has hablado con él. Está destrozado. Es su único hijo y no se resigna a que quede ciego de por vida.

Teresa la abrazó con cariño.

–Eres demasiado buena, Ana. El hombre que consiga tu amor, será muy afortunado.

–¿Quién piensa en ello? –Rio divertida–. Solo me faltaba en estos momentos una complicación de ese tipo.

Comenzó a colocar los platos sobre la mesa mientras la imagen de Luis Aranda acudía de nuevo a su mente. La desechó con un brusco gesto.

–Vamos a comer o se enfriará esta exquisitez que he preparado.

–Eres perfecta. Creo que no te voy a presentar a Mario. Temo que quede deslumbrado por ti y me olvide –bromeó Teresa.

–No temas, no desplegaré todo mi encanto con él –aseguró Ana en el mismo tono–. ¿Cuándo le veré? Estoy libre hasta que me marche.

–Va a estar fuera todo el fin de semana. Ha ido a visitar a su familia. Su madre se encuentra enferma y él está preocupado. Regresa el domingo por la noche. Podemos quedar a cenar entonces.

–Acepto. Sabes que estoy deseando conocerle.

Cuando dos días después llamaron a la puerta, Teresa corrió a abrir y, emocionada, se arrojó en los brazos de Mario. Él la besó con pasión mientras murmuraba tiernas palabras de amor.

Ana, que había soportado durante el largo fin de semana los tristes suspiros de su amiga por la ausencia de su amor, se sintió incómoda ante esas muestras de intimidad y se retiró a la cocina. A los pocos minutos, entraron Teresa y Mario.

Ella estaba radiante y él, con expresión de felicidad en el rostro, la apretaba contra su cuerpo, intentando recuperar con la intensidad del abrazo las horas perdidas. Teresa, diminuta entre sus brazos, parecía perderse en ellos y estar dichosa de encontrarse allí.

De inmediato le agradó Mario. Aparte de su atractivo físico destacaba su gran calidad como persona y el sincero amor que sentía por su amiga. Se advertía en cada palabra, en cada sonrisa, en cada mirada. Cuando contemplaba a Teresa, no podía ocultar la adoración que sentía por ella. Su mirada le recordaba a la que Luis Aranda dirigía a su prometida, una mirada llena de amor y deseo; aunque la de Mario parecía más tierna y profunda.

Cenaron. Mario era divertido y de agradable conversación. Hablaron de muchas cosas, centrándose en los futuros proyectos. Ana le había pedido a Teresa que no divulgara la verdadera naturaleza del empleo que iba a desempeñar, aunque sospechaba que acabaría contándoselo a Mario. Pese a justificarlo ante ella, no estaba convencida de su honradez y eso la avergonzaba.

Terminada la cena, decidieron ir a tomar unas copas. Ana rehusó. Imaginaba que deseaban estar solos. Cuando se marcharon, comenzó a repasar la velada. La actitud de Mario hacia Teresa era exquisita, sin ocultar lo enamorado que estaba; al igual que Luis de su esposa.

Volvió a sentir esos absurdos celos que le asaltaban cada vez que recordaba la imagen de la fotografía y, como siempre, se esforzó por desterrarlos. Podía entender el hondo vacío que experimentaba ante tan enorme pérdida, pero no su empeño en no querer operarse, como si quisiese conservar en su retina la imagen de su mujer sin que otra la suplantara.

Marina era tan hermosa... Recordaba su magnífico cuerpo embutido en aquel ajustado vestido rojo y su larga y ondulada cabellera rojiza, sus grandes ojos azul violeta, bellos a pesar de la frialdad que transmitían, la voluptuosa boca curvada en una sonrisa de suficiencia y la línea de su largo cuello, erguido, desafiante. ¿Cómo podría Luis mirar a otra sin compararla con la belleza que había adorado? Cuando se ama con tanta intensidad como él amó a su esposa, nada más debía importarle.

Le sorprendió el pensar de esa manera. Ella no creía en amores impetuosos y pasiones desbocadas. El entorno romántico de aquella noche le había influido demasiado, llevándola a concebir pensamientos impropios de su naturaleza poco apasionada.

La cena del lunes con Aranda y Romero transcurrió de forma cordial. Romero era un hombre de mediana edad, bajo y regordete, simpático, amable y charlatán. No se parecían en nada y pronto comprendió que sería difícil hacerse pasar por hija suya, incluso ante una persona invidente. Él mismo proporcionó la solución al indicarle que siempre podía alegar un total parecido con su madre.

Aranda quedó en pasar a recogerla el jueves de esa misma semana a las cuatro de la tarde. Su avión con destino a Helsinki salía a las nueve de la noche y tendrían el tiempo justo de llevarla y regresar al aeropuerto. No pasaría mucho tiempo con su hijo, menos de una hora. Lo prefería, confesó. Temía la reacción de Luis ante la idea de compartir los próximos meses con una persona extraña y no deseaba darle la posibilidad de negarse.

También hablaron del sueldo. A Ana le impresionó la cifra. Nunca pensó que sería tan alta. Calculó que tendría para pagarse el viaje y pasar el año sin fatigas económicas y sin tener que trabajar para ayudar con los pequeños gastos que la beca no alcanzara a sufragar; hasta le quedaría algo para enviar a sus padres.

Para complacer a Teresa, Ana le comentó los problemas que podían surgir si su hijo descubría que no era quien pretendía ser, y él le aseguró que redactaría un documento que explicase la naturaleza del asunto. Eso la liberaría de toda responsabilidad y culpa. También le indicó que, ante cualquier problema, debía ponerse en contacto con Aurora, su secretaria, que estaba al tanto de la situación.

Tranquilizada y optimista, Ana comenzó a preparar todo lo necesario para los meses de ausencia. Como no tenía tiempo para visitar a sus padres les llamó para informarles del empleo, sin dar demasiados detalles y, por supuesto, omitiendo la suplantación que estaba dispuesta a realizar. Conocía lo rectos que eran y sabía que desaprobarían su decisión. Le afligía mentirles, pero le ayudaba el pensar que lo hacía por una buena causa.

Se había despedido de Teresa un rato antes y ya la añoraba. Recordaba sus lágrimas y sus interminables recomendaciones. Le prometió llamarla siempre que tuviese ocasión. No sabía las condiciones de la casa a la que iba y si tendría la oportunidad de hacerlo sin que la descubrieran. Teresa se había ofrecido en más de una ocasión a regalarle un teléfono móvil, ya que ella no se lo podía permitir, pero Ana se había negado. Su amiga ya era demasiado generosa y no quería abusar de ello; además, resultaba caro de mantener. Tampoco era conveniente. Pensaba que, cuanto menos contacto mantuviese con su verdadera personalidad, menos posibilidad habría de cometer errores.

Ahora, sentada en aquel lujoso automóvil y a punto de llegar a su destino, comenzaban a asaltarle las dudas que con anterioridad se negó a admitir.

Temía que Luis la rechazase, que no quisiera verla y se encerrara en sí mismo, lo que supondría un retroceso y destruiría los pocos avances que su padre había logrado en seis meses de constante dedicación. Le inquietaba decepcionar a ese hombre que ponía en ella todas sus esperanzas, el no estar a la altura de las expectativas, de no saber desenvolverse en el papel adjudicado...

También le intimidaba enfrentarse a Luis y a las emociones que le suscitaba. Llevaba toda la semana obsesionada con la imagen de aquel hombre, hasta el punto de no poder centrarse en nada; prueba de ello había sido la nota de su último examen, bastante más baja que las anteriores. Si con solo una fotografía y el relato de su vida lograba que se alterase de ese modo, no quería pensar en lo que ocurriría cuando estuviese cerca de él, compartiendo durante meses el mismo techo.

También podía ocurrir que Luis la decepcionase y borrase la imagen de héroe que le había atribuido en su imaginación. Incluso lo prefería. No quería complicaciones sentimentales. No las necesitaba ni las deseaba; y menos ahora, que tenía tan cerca la realización de su sueño. Se dedicaría a cumplir con su trabajo lo mejor posible. Lo acompañaría e intentaría convencerlo de que se operase, pero evitaría dejarse arrastrar por la incipiente atracción que sentía por él.

El suave frenazo la apartó de sus pensamientos y le hizo volver a la realidad. Abrió los ojos y miró por la ventanilla.

Se hallaban en un amplio espacio cercado por un alto muro, en cuyo centro destacaba una pequeña fuente de la que manaban varios chorritos de agua. A su espalda quedaba una gran puerta enrejada, que en ese momento un hombre se encargaba de cerrar.

Apenas pudo vislumbrar la casa, aunque sí hacerse una idea de su tamaño y antigüedad. Romero le abrió la puerta y ella bajó del coche. Entonces descubrió toda su amplitud. Tendría más de cien años y se conservaba en buen estado. Se trataba de una extensa construcción, de dos plantas, con terrazas balconadas y un gran porche delantero. Debía de pertenecer a la familia desde generaciones, ya que los nuevos ricos preferían los modernos chalets a los edificios ancestrales.

5

La puerta de la casa se abrió y por ella salió una mujer de algo más de sesenta años, vestida con sobrios tonos oscuros y con el pelo recogido en un apretado moño en la nuca. Su anguloso rostro surcado de arrugas parecía bondadoso y su sonrisa era agradable. Se dirigió hacia ellos con las manos extendidas para coger las maletas, al tiempo que se les unía el hombre que había cerrado la puerta de entrada y las arrebataba de las manos de la mujer.

—No le esperábamos tan pronto, don Leandro. ¡Ni con invitados! —exclamó alarmada.

—No te preocupes, Emilia. Nos marchamos en un par de horas. Se quedará la señorita Romero, que piensa pasar aquí el verano. —La tranquilizó, y procedió a presentarles a sus acompañantes.

Ana estaba nerviosa. Presentía que la iban a descubrir en cualquier momento y eso la aterraba. Sintió sobre ella la mirada interrogativa de la mujer mientras el hombre se adelantaba con el equipaje.

—¿Y mi hijo? ¿Cómo se encuentra? —preguntó Leandro, mientras se dirigía a la casa.

—Algo más triste desde que usted anunció que se marchaba de viaje. Casi no sale a pasear con el perro y se pasa los días encerrado en su habitación o en la biblioteca.

Ana advirtió consternación en aquellas palabras. Aranda le había explicado que Emilia entró a trabajar en la casa más de treinta años antes, cuando se casó con Pedro, que era hijo de los anteriores sirvientes, y que se había encariñado desde el primer momento con el pequeño Luis, al que le gustaba pasar allí todo el tiempo que podía. Ellos le ayudaron a superar el terrible golpe sufrido por la muerte de su madre y siempre lo cuidaron y quisieron como a un hijo.

Habían sido un gran consuelo para Luis tras el accidente, pero eran personas sencillas y mayores y no podían proporcionarle el apoyo que precisaba en esos momentos, y que ni él mismo era capaz de darle. Luis necesitaba alguien más cercano a su edad, que compartiera sus gustos e intereses y le estimulara a superar sus traumas, que le hiciera comprender, con la vitalidad y alegría propias de la juventud, que la vida estaba llena de momentos maravillosos esperando a ser disfrutados con todos los sentidos.

Ante las noticias que Emilia le había dado, Leandro suspiró con pesar y su rostro expresó el dolor que le causaban. Sabía que el viaje inquietaba a su hijo, aunque confiaba en que aquella joven valiente y capacitada consiguiera paliar los efectos que su larga ausencia le ocasionarían.

Le apretó un poco más el brazo a Ana. Sentía sus dudas, su nerviosismo, y admiraba la entereza que la mantenía erguida y serena ante los demás.

–Espero que la presencia de Ana en la casa lo anime y le haga volver a sus saludables costumbres –manifestó Leandro con un matiz de esperanza en la voz.

Emilia miró a la joven con simpatía. Dudaba que eso ocurriera. Conocía a Luis desde pequeño, cuando era un niño alegre y cariñoso que acabó convirtiéndose en un joven simpático y amable; nada que ver con el hombre taciturno de los últimos años. Antes, cuando venía de vacaciones a Arroyo Claro, le contaba sus cosas y gastaba bromas. Era comunicativo y se le veía feliz. Pero cuando conoció a aquella mujer, la que se convirtió en su esposa, cambió. Ya no aparecía casi nunca por allí y, si lo hacía, era solo. Su mujer prefería quedarse en Madrid. El campo no le gustaba, decía; se aburría allí. La única ocasión en la que fue, al poco de casarse, se quedaron solo un día y no dejó de quejarse por el frío y las incomodidades. No regresó.

No le gustó la mujer en esa ocasión ni tampoco la primera vez que la vio, el día de la boda. Era muy bella y vestía elegantes ropas, pero parecía vulgar, orgullosa y altanera. No era una verdadera dama como su antigua señora, la madre de Luis, tan amable, sencilla y delicada; pero el chico parecía amarla con locura y eso para ella era suficiente. Sin embargo, no le pareció que fuera feliz. La felicidad era alegría y a él se le veía malhumorado. Pedro y ella eran felices y siempre estaban contentos, aunque Dios no quiso honrarlos con un hijo. Pero tenían a Luis, que era como un hijo para ellos. Ahora estaban tristes porque la desgracia se cebaba en él.

Se le partía el corazón cada vez que miraba sus ojos, antes llenos de vida y ahora vacíos. Lloraba cuando lo observaba caminar con su bastón o agarrado al perro, tanteando, con cuidado de no caer. Él, que había alborotado la casa con sus diabluras y había recorrido aquellos campos sin descanso, perdiéndose en ocasiones y obligando a Pedro a ir a buscarlo antes de que su padre se enterase y lo castigara. Le encantaba subirse a los árboles, bañarse en el arroyo, pescar... Era un joven sano y feliz.

No comprendía por qué no quería curarse, por qué se resignaba a quedarse ciego toda la vida. Ella le rogaba que lo hiciera, pero Luis nunca la escuchaba y se disgustaba cuando insistía. Ahora estaba aquella joven allí y a ella no se le escapaba la razón de su visita. Don Leandro la había traído para animar a su hijo, para incitarlo a operarse. Se alegraría mucho si lograba ayudarle, aunque dudaba que lo consiguiera.

Luis parecía ajeno a todo, como si le diera igual vivir o morir. Solo se animaba un poco cuando su padre le visitaba. Él conseguía que su hijo regresara por unas horas de aquel lejano lugar en el que se refugiaba. El chico quería a su padre mucho y solía hacer lo que le pedía, menos someterse a esa operación que podía devolver la vista. ¿Por qué? No lograba entenderlo.

Todos entraron en la casa donde Pedro les esperaba con las maletas. A Ana le sorprendió la amplitud del vestíbulo y la sobriedad de la decoración. Los muebles eran antiguos, valiosos y estaban muy bien conservados. Al fondo partía una amplia escalera que llevaba a la planta superior y a los lados se habrían diversas puertas, que debían comunicar con otras dependencias. Todo estaba limpio y cuidado con esmero. Pensó que Emilia era una magnífica ama de llaves y realizaba una espléndida labor en el cuidado de aquella casa.

–Emilia, prepara una habitación para la señorita Romero –indicó Leandro. A continuación, temiendo hacer la pregunta, añadió–: ¿Dónde está mi hijo?

–En la piscina, señor. Pasa algunos ratos allí por las tardes, aunque nunca se baña.

Con gesto de desaliento, Leandro se encaminó hacia la parte posterior de la casa con Ana del brazo y seguidos por Romero. Caminaron unos metros hasta llegar a una amplia explanada, en ella se hallaba una piscina de grandes proporciones rodeada por un seto que la aislaba de las miradas del exterior. El sol estaba alto en el horizonte y Ana se vio cegada por la luz que se reflejaba en aquella superficie cristalina.

–¿Padre? –preguntó una voz profunda desde un rincón.

Ana se volvió hacia la voz y contuvo la respiración.

Allí, sentado bajo una sombrilla, se hallaba Luis Aranda, el hombre que había ocupado sus pensamientos durante la última semana. Si bien, este Luis difería bastante del muchacho delgado y sonriente de la fotografía. Era más ancho, más fuerte, mucho más atractivo. Un corto pantalón y un ajustado suéter de algodón resaltaban los fuertes músculos de su cuerpo. El oscuro cabello, salpicado por algunas canas, brillaba bajo los rayos solares. Su piel aparecía bronceada y sus manos eran grandes, poderosas; con una sujetaba un bastón blanco y con la otra acariciaba la cabeza del pastor alemán arrodillado a su lado.

Con todo, lo que más le impresionó fue su rostro. Las oscuras gafas de sol ocultaban sus ojos, pero no la expresión de dolor. Le pareció estar contemplando a una persona diferente a la de la fotografía tomada cuatro años antes. En aquella se veía un joven alegre, optimista, ilusionado; el Luis Aranda que tenía ante ella era un hombre triste, derrotado. La pérdida de su esposa le había sumido en un lamentable estado del que parecía no querer salir.

–Hola, Luis –contestó Leandro emocionado, y se dirigió a abrazar a su hijo.

Ana observó cómo el rictus amargo de la boca de Luis se suavizaba con una leve sonrisa al reconocer la voz de su padre. Se levantó para recibir su abrazo y Ana apreció su altura. Aranda era un hombre alto, pero su hijo lo era mucho más.

Tras un breve diálogo en el que ambos se interesaron por las novedades, Leandro se giró y les indicó a Ana y a Romero con un gesto que se acercaran.

–¿Recuerdas a Alberto Romero? –preguntó a su hijo y, ante el gesto afirmativo de este, continuó–. Ya sabes que me acompaña en el viaje.

–Me lo comentaste y me alegro de ello. No me gusta que vayas solo –contestó Luis. Tendió una mano que Romero se apresuró a estrechar–. Espero que se encargue de no dejarle trabajar demasiado.

–Puede contar con ello, señor Aranda –le aseguró Romero nervioso. No le gustaba el asunto, pero no podía negarse a secundarlo, pues se lo había pedido su jefe como favor personal.

–También ha venido con nosotros Ana, su hija –anunció Leandro–. Creo que no la conoces, aunque te hablé de ella la última vez que estuve aquí.

–En efecto, no he tenido el placer de conocerla. Le deseo un buen viaje, señorita Romero –saludó Luis, tendiéndole también la mano.

Ana la estrechó. El apretón fue firme y breve, pero lo suficiente para que ella advirtiese la fuerza y calidez de aquella palma. Sintió como si una corriente eléctrica le sacudiese la espina dorsal, lo que le provocó un visible azoramiento. Leandro, al observarlo, le dio un cariñoso golpecito en la espalda con el que quiso tranquilizarla.

–Bueno... en realidad, Ana no viaja con nosotros... No sé si recuerdas que te comenté la situación en la que... –comenzó a decir Leandro con cautela. Sabía que iba a ser difícil de aceptar y quería suavizar la noticia.

Luis le interrumpió.

–¿Qué ocurre, padre? ¿Me reservas alguna sorpresa de última hora? –preguntó con tono ácido.

Luis había percibido desde el primer momento la incomodidad de su padre, que había aumentado al presentarle a la joven. Todo ello unido a las veladas insinuaciones de su última visita le llevaba a imaginar lo que quería anunciarle.

Leandro, presumiendo que la conversación podría volverse tensa, pidió a sus acompañantes que le esperasen dentro de la casa. Debía conversar en privado con su hijo.

Romero se despidió con un cortés «Buenas tardes, señor Aranda» y Ana, incómoda por la tensión que se respiraba, no dijo nada. De regreso a la casa, Ana alcanzó a oír la voz airada de Luis y se molestó.

–¿No tendrás intención de dejarla aquí? –inquirió Luis, cada vez más receloso ante el mutismo de su padre.

Leandro inspiró. Necesitaba ánimo para enfrentarse a la oposición de su hijo, y se lanzó con rapidez a exponer la situación.

–Luis, ya te comenté lo que ocurría con la chica. Ella no puede venir con nosotros, como comprenderás, y tampoco es justo dejarla abandonada hasta que su padre regrese del viaje.

–¿Pretendes que haga de niñera de una mocosa entrometida durante todo el verano? –Sus sospechas se veían confirmadas y eso le irritaba.

–No se trata de una adolescente. Es una joven universitaria, amable e inteligente, con la que podrás disfrutar de agradable compañía –insinuó con precaución.

–Si el motivo de dejarla aquí es para que me acompañe, te recuerdo que no necesito otro lazarillo; tengo a mi perro –dijo Luis con un matiz de reproche en la voz al intuir el motivo para invitarla; al menos, uno de ellos.

–No es eso. Se trata de un acto de caridad. Ana no tiene familia que la acoja y he pensado que, al ser una casa tan grande, podría alojarse aquí hasta que regresáramos. De ese modo no se quedará sola en Madrid.

–No disimules, padre; he entendido perfectamente la situación. –Y dando por finalizada la conversación, se dirigió al lugar en el que estaba sentado.

Leandro suspiró con resignación. Le iba a costar más trabajo del que imaginaba conseguir que su hijo aceptara a la invitada.

Ana estaba molesta. El hombre que había encontrado era muy diferente del que imaginaba, tanto en aspecto como en carácter. Le había decepcionado su actitud, aunque en cierta forma le entendía. A cualquier persona en sus circunstancias le molestaría albergar a desconocidos en su hogar. Así se lo había dado a entender Emilia que, presintiendo lo que sucedería, les esperaba a la entrada de la casa y la recibió con una sonrisa compasiva.

–No le des tanta importancia –le dijo con dulzura en un intento por animarla al ver su serio rostro–. No es tan arisco como quiere hacer creer a todos. Hay que tener paciencia. Necesita ayuda, aunque él no quiera reconocerlo.

Cuando al poco Leandro regresó a la casa, encontró a Ana y a Romero en la biblioteca, donde Emilia los había conducido.

–Espero que disculpe a Luis, Ana; no suele ser tan poco cortés –se excusó Leandro.

–No se preocupe –intentó ella quitarle importancia–. Es cierto que no esperaba un recibimiento tan poco cordial, pero eso no va a afectarme. Estoy acostumbrada a tratar con personas... difíciles.

–Esa no es su forma de comportarse, créame; ha cambiado desde el accidente. Por eso tiene que operarse. Cuando recobre la visión, volverá a ser la excelente persona que siempre fue.

–Pero si se opone a que permanezca aquí, no podré desarrollar mi labor –dijo. Sentía una congoja interior difícil de explicar, y no a causa del empleo, que podía esfumarse si él insistía en rechazarla. Lo que le provocaba ese estado de ánimo era que Luis le negara la oportunidad de ayudarle.

–Acabará cediendo. En primer lugar, porque no es tan maleducado como ha dado a entender y, también, porque sabe que no puede negarse. Esta casa es mía y usted mi invitada.

–Lo dudo, señor Aranda; es más, temo que mi presencia puede afectarle negativamente –insistió Ana. Quería ser sincera a pesar de que eso le supusiese quedarse sin el trabajo.

–Cambiará. Confío en su habilidad, inteligencia y perseverancia para conseguirlo. Al principio se mostrará esquivo, puede que hasta grosero, pero no se deje intimidar. En ocasiones ladra mucho, pero nunca muerde.

Ana sonrió ante la comparación.

–Así me gusta –celebró Leandro con un brillo de aprobación en los ojos, y le acarició la mejilla–. Ahora nos vamos o perderemos el avión. La llamaré con frecuencia para interesarme por sus progresos. Usted podrá hablar con su supuesto padre –y señaló a Romero–, aunque en realidad hablará conmigo. Si tiene algo urgente que comunicar, no dude en llamar al teléfono que le he dado. Aurora sabrá dónde localizarme. –Le dio un cariñoso golpecito en la espalda y le sonrió–. Quédese aquí hasta que Emilia venga. Ella la acompañará a su habitación. Pídale todo lo que necesite, estará encantada de ayudarla. Es una gran persona, al igual que Pedro. Ellos serán un gran apoyo para usted, pero es mejor que permanezcan en la ignorancia. No sabrían disimular y todo podría malograrse.

Tras estas palabras de aliento, ambos salieron.

Ana se hundió en el sillón. Se sentía muy inquieta. Hasta ese momento había contado con la presencia y el apoyo de Aranda; a partir de ahora estaría sola. No pudo reprimir el temblor que ese pensamiento le produjo, acompañado de una agradable expectación. Siempre le habían gustado los retos y allí tenía uno de los mayores a los que se había enfrentado en su vida. No iba a ser un trabajo fácil, pero sí entretenido.

Lo que más le impulsaba a perseverar era él, Luis. Aunque le había decepcionado su actitud, la triste historia que arrastraba le movía a querer ayudarle. Tampoco podía negar su atractivo físico y el magnetismo que emanaba. Le había causado un fuerte impacto y unas emociones que decidió analizar con más detenimiento después, cuando no estuviese tan afectada.

6

Mientras esperaba a Emilia, Ana se dedicó a observar la habitación en la que se encontraba, que estaba decorada con elegancia, al igual que el resto de la casa.

Las estanterías con libros ocupaban todas las paredes. Había varios sillones y un amplio sofá. Una mesa de escritorio ocupaba uno de los laterales, frente a la gran ventana enrejada, y cerca de ella un equipo de sonido con una buena colección de CD, así como bastantes discos antiguos de vinilo. Los revisó con curiosidad. La mayoría eran de música clásica. También había un amplio repertorio de canciones de los años sesenta y setenta; bellas melodías que a ella le encantaban. Se decidió a poner uno, un disco de Elvis Presley. Le gustaban sus canciones lentas y melodiosas, llenas de sentimiento.

–¿Quién te ha dado permiso para poner música?

La tajante voz a su espalda sobrecogió a Ana, que estuvo a punto de dejar caer uno de los discos que tenía en la mano.

La alta figura de Luis se hallaba en el umbral de la puerta con una agria expresión. Ana, como una niña cogida en una travesura, continuó en su sitio sin moverse.

Al advertir que no obedecía, Luis se dirigió hacia ella con grandes zancadas y apagó el equipo de forma brusca.

Ana reaccionó. Se sobrepuso al ligero temblor que se había apoderado de su cuerpo y se le encaró.

—Lo siento. No pensé que molestaría a nadie —dijo con voz menos firme de lo que pretendía.

—Sí, molestas. Además, esta habitación es privada. Evita entrar en ella —indicó Luis, sin disimular la irritación que sentía.

Ella percibió su tensión. Tenía la mandíbula rígida y miraba en su dirección. Aunque sabía que no podía verla, sintió como si la estuviese traspasando con rayos X. Sabía que estaba disgustado por haber tenido que aceptar su presencia y le iba a poner las cosas muy difíciles, por lo que decidió no empeorar la situación y no replicó ante lo que consideraba una injustificada reprimenda.

—Descuide, no lo haré.

—Bien. Y te agradecería que procurases esquivarme cuando me veas venir ya que yo no podré hacerlo. Si estamos obligados a convivir los próximos meses, esa será la mejor forma de no causarnos problemas el uno al otro; ¿entendido?

—Perfectamente.

—Pues ya puedes marcharte.

Ana se apresuró a salir, esforzándose por contener las ganas de replicarle como se merecía. Una vez en el vestíbulo, apretó los puños con fuerza para calmarse. No debía dejarse llevar por sus impulsos, se recomendó, y tener paciencia. «Si uno no quiere, dos no pelean», le decía siempre su padre. Seguiría su consejo y evitaría las discusiones, que solo acarrearían un mayor distanciamiento entre ellos. Debía recordar que la habían contratado para acompañarle, y para ello tendría que ganarse su confianza, no esquivarle cuando lo viera venir, como pretendía que hiciera.

Emilia apareció cuando ella estaba a punto de ir a

buscarla. No quería que él la encontrara allí si decidía salir. Estaba demasiado alterada y no confiaba en mantener la calma.

–¿Qué ha sucedido? ¿Otra salida de tono de Luis? –preguntó al ver la tensión en el rostro de Ana. Hizo un gesto de pesadumbre y, sin esperar respuesta, le indicó–: Vamos, te enseñaré tu cuarto; querrás descansar.

Ana la siguió escaleras arriba y después por un largo pasillo. La presencia de Emilia, que transmitía confianza, le había hecho recuperar la calma.

–Tendrás que cenar sola porque Luis me ha dicho que lo hará en su habitación. Dime a qué hora deseas que la prepare.

–No tengo apetito, gracias. Prefiero acostarme temprano –contestó Ana. Estaba cansada tras el viaje y la tensión que había soportado.

–¡Nada de eso! –la recriminó Emilia con fingida dureza–. No voy a consentir que te mueras de hambre. Si no quieres bajar, te subiré una bandeja.

–No se moleste, por favor. Bajaré a cenar a las ocho, si le parece bien –concedió ante la insistencia de la mujer. No quería dar más trabajo del necesario.

–A las ocho, entonces. –Abrió una puerta y la invitó a pasar con un gesto–. Esta es tu habitación. La de Luis es la de enfrente. La nuestra está abajo, junto a la cocina. Él tiene un timbre para llamar cuando necesita algo. Este es el baño. –Señaló una puerta cerrada–. Todas las habitaciones tienen uno.

A Ana le sorprendió que aquella antigua casa contara con tantas comodidades.

–Don Leandro los instaló cuando se casó con la señora. La propiedad era de ella, pero su familia no tenía dinero. Cuando se casaron, él decidió modernizarlo todo porque sabía el cariño que su mujer le tenía a este viejo caserón. Y no ha dejado de hacerlo hasta ahora; en especial, desde que su hijo decidió instalarse aquí tras el accidente.

–¿Qué se produce en la finca? –quiso saber Ana, animada por la locuacidad de la mujer.

–La mayor parte está arrendada. Don Leandro no puede ocuparse, aunque le gustaría retirarse aquí, según dice. El resto, que en su mayoría es zona boscosa, está sin cultivar. En vida de la señora solían venir con amigos y pasaban los fines de semana y todo el verano. A Luis también le gustaba mucho y venía siempre que podía, aunque perdió la afición cuando se casó.

–¿No crían animales? He visto corrales y cuadras a un lado de la casa.

–Solo para consumo propio, al igual que la pequeña huerta de la que se ocupa mi marido. Ya lo verás todo mañana. Ahora descansa hasta la cena.

Emilia salió y dejó a Ana en la amplia y confortable habitación.

Tenía una gran cama en el centro y un bonito tocador a juego con las mesillas. Un gran armario empotrado ocupaba todo un lateral, con numerosos cajones y colgadores. Las cortinas y la colcha eran de un alegre estampado floral en tonos pastel. Se preguntó a qué mujer habría pertenecido, ya que en su decoración se apreciaba un toque muy femenino y personal, de exquisito gusto.

Las maletas estaban encima de la cama y la mayoría de su contenido colocado en el armario. Cogió sus objetos de aseo y se dirigió al baño. Estaba cansada y sudorosa. Como era pronto para la cena, decidió bañarse. Pensó con agrado en la piscina, pero rehusó intentarlo por temor a encontrarse con Luis. Se conformaría con la amplia bañera.

Se desnudó y se metió en ella. El agua tibia le produjo una intensa sensación de bienestar. Se relajó por primera vez en varias horas y comenzó a analizar los acontecimientos de esa tarde. Se lamentó al recordar lo ocurrido en la biblioteca. Había sido una torpeza por su parte poner la música, aunque no lo consideraba un acto tan grave; tampoco sabía que se tratase de una habitación privada en la que le estaba prohibida la entrada. Nada justificaba la desproporcionada reacción de Luis, su hostilidad desde el primer momento. Con todo, comprendía su desagrado ante la presencia de una extraña que podía ser un incordio durante los próximos meses.

Tendría que ganarse su confianza con tacto y paciencia. No solo era su obligación, también lo deseaba; era la única forma de ayudarle. Le iba a costar más esfuerzo de lo que supuso cuando aceptó el trabajo, pero acabaría consiguiéndolo. ¿No lograba siempre todo lo que se proponía?

Reconfortada y llena de optimismo, se vistió y bajó a cenar. Como no vio a Emilia por ningún lado, comenzó a buscarla. Evitó la biblioteca y se decidió a abrir algunas de las puertas situadas a ambos lados del vestíbulo.

La primera habitación correspondía a un amplio comedor con robustos muebles oscuros y una gran mesa en el centro con capacidad para doce comensales. Al fondo se abría una puerta doble que comunicaba con otra dependencia. Movida por la curiosidad decidió asomarse. Le impresionó la belleza y majestuosidad de aquella estancia. Se trataba de un espacioso salón amueblado con numerosos sillones y mesas bajas que dejaban un generoso espacio en el centro en el que se podía bailar. Dos grandes lámparas de cristal colgaban del techo y las paredes estaban decoradas con espejos de marcos dorados. Tres ventanales daban a la terraza, proporcionando abundante luz y ventilación. En una de las esquinas había un gran piano de cola, de Steinway&Sons, negro y brillante.

Lo que más le llamó la atención de aquel salón fue el cuadro que descansaba sobre la repisa de la gran chimenea. Se trataba del retrato de una hermosa mujer. La perfección y elegancia de sus rasgos le conferían un porte aristocrático. Dedujo que se trataba de la madre de Luis por el parecido que les unía. Tenía el rostro sonriente y la mirada feliz. Se preguntó cuál habría sido la causa de la muerte y sintió lástima por aquella vida segada prematuramente.

Salió de allí y continuó buscando a Emilia. Tras un corto recorrido la halló en la cocina preparando la cena.

–Déjeme que la ayude –propuso.

–De ningún modo, muchacha. Eres una invitada –rehusó.

Ante la insistencia de Ana, que le molestaba estar inactiva, Emilia acabó cediendo. Entre ambas dispusieron una bandeja para Luis y Ana se ofreció a llevarla. Sería un buen momento para acercarse a él.

–No creo que sea una buena idea. Está afectado por la marcha de su padre y tu presencia aquí, que altera sus costumbres. Deja que se haga a la idea; entonces podrás acercarte a él –sugirió con un guiño de complicidad.

Ana reconoció que tenía razón y aguardó allí mientras Emilia subía la cena. Se dedicó a observar la cuidada cocina. Estaba restaurada y equipada con los utensilios más modernos. Emilia le había comentado que no se acostumbraba a manejar algunos electrodomésticos. No confiaba en que una máquina dejara tan limpia la vajilla como sus propias manos o que otra lograra hacer un buen estofado en pocos minutos cuando ella tardaba más de una hora en una cazuela. Y ¿quién era capaz de elaborar todas aquellas recetas tan raras?

Ana entendía su desconcierto. Su mentalidad tradicional y la falta de asesoramiento le impedían sacar partido a los adelantos técnicos, y por ello se ofreció a enseñarle a utilizarlos de forma correcta.

Cuando regresó Emilia a los pocos minutos le comentó que Luis seguía de mal humor y que no pensaba salir de su habitación ni para su habitual paseo con el perro antes de acostarse.

Llegó Pedro y se sentaron a la mesa. Ana había insistido en cenar en la cocina con ellos y no sola en el comedor, como Emilia pretendía. La mujer se negó al principio, con el pretexto de que «ella era una invitada» y que «don Leandro se disgustaría si se enteraba». Acabó accediendo y la sencillez y simpatía de Ana contribuyeron a que olvidara sus prejuicios. Terminaron los tres charlando de forma amigable.

Pedro era un hombre reservado, de pocas palabras, aunque tierno y delicado con su mujer. Se apreciaba la gran unión que existía entre ellos y el intenso cariño que se profesaban. Al no tener hijos habían volcado todo su afecto en Luis, que era como un hijo para ellos. Emilia le confesó que, antes de su matrimonio, era un joven alegre y cariñoso. Cuando venía a pasar las vacaciones o los fines de semana sin su padre, comía con ellos en la cocina, salía con Pedro a recorrer los campos o a pescar en el arroyo, le ayudaba en el huerto o los corrales... Pero cuando se casó se convirtió en otro hombre. Su esposa lo cambió. Ya no venía casi nunca y, cuando lo hacía, se dedicaba a vagar solo por ahí y comía en la biblioteca o en su habitación.

Ana se preguntaba el porqué de ese cambio de actitud cuando, según su padre, estaba tan enamorado y era tan feliz en su matrimonio. Tal vez se debiera a las dificultades que ella tenía para quedarse embarazada, de ahí su desolación al morir su esposa llevando en su vientre a ese hijo tan deseado.

Terminaron de cenar y Ana pensó en acostarse. Quería levantarse temprano porque Pedro se había ofrecido a enseñarle una parte de la finca.

Subieron al piso superior, Emilia a retirar la bandeja de la cena de Luis y ella a su cuarto. Cuando iba a entrar, miró hacia la habitación de enfrente. Emilia había dejado la puerta abierta y pudo verle de pie, frente a la ventana, mirando sin ver la negrura de la noche. El corazón se le aceleró al recrearse en su figura. Los anchos hombros, las breves caderas, las largas y musculosas piernas, los fuertes brazos... Aunque fue su aire de tristeza y desaliento lo que más le impactó, y se prometió que intentaría aliviar su angustia.

Luis no se volvió cuando Emilia entró en la habitación. Continuó con la cabeza agachada y el rictus de amargura en el rostro.

–¿Has cenado bien? –preguntó Emilia con dulzura en la voz.

Él se volvió apenas y le dedicó una leve sonrisa, al tiempo que asentía.

–¿Necesitas alguna cosa? –continuó ella–. ¿Quieres que te prepare el baño?

–No, Emilia; gracias –contestó Luis con voz apagada–. Estoy cansado. Voy a acostarme enseguida.

–Como quieras, hijo. Y no olvides tomar las pastillas –le recordó, y le oprimió el brazo en un gesto de genuino cariño.

Ana cerró su puerta. No quería que Emilia pensara que les estaba espiando. No le sorprendió comprobar cuánto quería a Luis, ni el agrado con el que él recibía esas demostraciones. Recordó que fue ella la que ejerció de madre cuando perdió a la suya.

Aunque solo eran las diez de la noche, decidió acostarse. El largo viaje y los conflictos emocionales de las últimas horas la habían agotado. Fue al baño y se refrescó la cara. Hacía calor, pero no se decidía a dejar abierta la ventana. Temía que pudiera colarse alguna alimaña de las numerosas que poblaban los campos. Se desvistió y se metió en la cama. Acostumbrada al constante bullicio de la ciudad, le impresionaron la quietud y la ausencia de ruidos.

Aunque esta no era total. Al otro lado del pasillo se oían unas pisadas, un continuo deambular de un lado a otro. Imaginó que se trataba de Luis. Estaba levantado y se dedicaba a pasear por la habitación.

Se revolvió inquieta. Ella era la causante de ese desasosiego, sin duda; su presencia le había alterado. Ese pensamiento la torturaba. No debió aceptar el empleo, se repetía. La idea era descabellada desde el principio, pero ahora le parecía un verdadero disparate.

Se despertó pocas horas después de conseguir atrapar el sueño. Echaba en falta su cama y los ruidos habituales de la ciudad, pero fueron los gemidos ahogados y las palabras incoherentes que provenían de la habitación de enfrente los que la despertaron. Valoró la conveniencia de acercarse para descubrir qué sucedía y al final prefirió no intervenir. Luis tendría una pesadilla, y esta debía de ser muy desagradable. No entendía sus palabras, solo la frase «¡Marina, no!», seguida de un desgarrador grito que la sobresaltó. Al poco, todo quedó en silencio. Varios minutos después oyó pasos por la habitación y el sonido de agua cayendo durante un buen rato.

Ana pensó en tomar un baño. Su sueño había sido inquieto y necesitaba relajarse para volverse a dormir. Desistió, a cambio, decidió prepararse un vaso de leche caliente, que siempre le daba buenos resultados en las noches de insomnio. El problema era que tendría que bajar hasta la cocina y no quería despertar a nadie. Emilia y Pedro ocupaban unas dependencias adosadas a la cocina; podrían alarmarse si la oían por allí. Luis debía de estar dormido, ya que no se oía ningún sonido procedente de su habitación.

Dudó unos minutos. Si no encendía ninguna luz y procuraba no hacer ruido, nadie se enteraría. Se decidió. Con una ligera bata cubriendo su desnudez y descalza, abrió la puerta y salió al oscuro pasillo. Caminaba con precaución, tanteando con las manos. Experimentó un fuerte sentimiento de compasión al comprender lo duro que debía de ser para Luis su perenne oscuridad.

De pronto se paró y lanzó un pequeño grito al tropezar con algo grande al pie de la escalera. Sintió que una
mano la atraía y la aplastaba contra un sólido cuerpo,
mientras con la otra le tapaba la boca.

–Cállate o despertarás a todo el mundo –murmuró
Luis en su oído con disgusto. Liberó su boca, pero no la
soltó. La mantuvo pegada a él.

Ana se estremeció, no tanto por el sobresalto como
por la oleada de emociones que la recorrieron ante aquel
contacto. Se azoró aún más al advertir que la bata se le
había abierto y que uno de sus senos desnudos se aplastaba contra el duro pecho cubierto de suave vello. Este
contacto, unido a la conciencia de su desnudez bajo la
fina prenda, la incendió de vergüenza.

–¿Adónde vas? –preguntó Luis en el mismo tono irritado.

–Yo iba... No podía dormir y...

Su aturdimiento le impedía hablar con coherencia.
Él seguía apretándola contra su torso desnudo, por el
que resbalaban algunas gotitas de agua procedentes de
su cabello mojado. El agradable aroma que desprendía su cuerpo impregnaba sus fosas nasales y le provocaba una turbadora sensación. Intentó serenarse. No era
la primera vez que un hombre la abrazaba. No tenía que
reaccionar como una adolescente asustada.

–Iba a prepararme un vaso de leche, pero... ya no me
apetece. Volveré a mi habitación –consiguió terminar, e
hizo intentos por liberarse de su forzado abrazo.

–Sabia decisión. –Luis la apartó, aunque continuó
sujetándola por un brazo–. Y no vuelvas a merodear por
la casa a media noche como si fueses un ladrón. Pedro y
Emilia ya están mayores para sustos –la reprendió.

Ana se liberó y se dirigió a su habitación con rapidez, llevándose varios golpes por el camino. Se acostó y
se tapó hasta la barbilla, sabiendo que no podría quedarse dormida en horas; aquel torbellino de sensaciones

que fluían por su interior se lo impedían. ¿Cómo era posible que un simple contacto la perturbara de esa manera? Nunca había sentido unas emociones tan intensas como las que él le había provocado con su abrazo. Esa arrolladora masculinidad envolviéndola, llegando a hacerle perder la noción de la realidad, era algo desconocido e inquietante.

Recordó las palabras de Teresa: «Cuando Mario me abraza me siento más viva que nunca, y me gustaría fundirme en su cuerpo para no tener que separarme jamás». Ella había tenido una sensación muy parecida, había vibrado, aunque debería de haber reaccionado de forma muy distinta, teniendo en cuenta cómo la trataba.

Maldijo su debilidad. Se consideraba una persona fría y razonadora, que no se dejaba arrastrar por sentimientos y pasiones, y ahora se hallaba anhelando el contacto de unos fuertes brazos y un duro pecho como si se hubiese convertido en una quinceañera romántica. Una situación por la que nunca imaginó pasar, y menos con un hombre que no soportaba su presencia.

Continuó dando vueltas durante largo tiempo. Al fin, cuando las primeras luces del día se anunciaban, logró quedarse dormida.

7

Ana descansaba tendida en una colchoneta dentro de la piscina. Los rayos solares de aquella cálida tarde de julio acariciaban su bronceada piel. Estaba gozando por primera vez desde niña de unas relajadas vacaciones... o casi. Algo turbaba su placentera existencia y le impedía disfrutar de aquel idílico lugar: ya había transcurrido una semana y no conseguía avanzar en el trabajo para el que la habían contratado.

Luis continuaba con su mutismo y desconfianza, ignorándola y eludiéndola todo lo posible. Tampoco necesitaba hacerlo, pues casi nunca salía de su habitación, y cuando la abandonaba era para encerrarse en la biblioteca o dar un corto paseo con el perro. Habían llegado a encontrarse en algunas ocasiones y él siempre daba media vuelta y se alejaba en cuanto adivinaba su presencia.

Ana se desanimaba. Veía que pasaban los días y que le resultaba más difícil acercarse a Luis. Su presencia le intimidaba. A veces era ella la que se marchaba si lo veía venir o lo encontraba en la piscina. Era consciente de que no estaba actuando de forma correcta. Ella había ido allí a trabajar, no a relajarse, y su trabajo consistía en hacerle compañía y tratar de convencerle para que se operase. El evitarle, queriendo convencerse a sí misma de que lo hacía porque él así se lo había ordenado, no la eximía de su culpa. Tenía la sensación de estar estafando a Leandro Aranda, la persona que la había contratado, y su conciencia se lo recriminaba constantemente.

En verdad, esos últimos días se podían considerar unas auténticas vacaciones. Solía pasar el día deambulando por los alrededores de la casa o acercándose al pueblo cercano. Pedro le había mostrado gran parte de la finca, así como la huerta, los corrales, los establos... También le había enseñado a montar a caballo pese a los iniciales escrúpulos de ella. Una vez que logró superar sus temores, le resultó sencillo y descubrió una innata habilidad que desconocía. Desde entonces, se había aficionado a dar largos paseos por los campos a lomos de Pandora, la mansa yegua. Su lugar favorito era el entorno del arroyo, al que solía acercarse por las tardes. Cuando el sol estaba próximo a abandonar el horizonte, cabalgaba hasta allí y se bañaba.

Otro de sus entretenimientos era la cocina. Se había convertido en la cocinera de la casa para alivio de Emilia, que empezaba a temer que sus tradicionales menús saturaran el paladar de Luis. A Ana siempre le había gustado cocinar y demostraba grandes aptitudes, prueba de ello eran los deliciosos platos que preparaba y que él comía con gusto, aun sabiendo que era ella quien los preparaba.

Los días transcurrían con una agradable monotonía. Por las mañanas se levantaba temprano e iba a los corrales, donde ordeñaba la leche que bebía en el desayuno o con la que preparaba variados postres. Recogía los huevos y se acercaba a la cuadra a saludar a Pandora y a Senegal, un precioso semental negro. Tras el desayuno, y después de ayudar a Emilia con sus quehaceres, se dedicaba a recorrer la zona a lomos de Pandora o se marchaba al pueblo en la vieja bicicleta de Luis. Allí realizaba las compras diarias y aprovechaba para llamar a sus padres y a Teresa.

Había hablado con su amiga en dos ocasiones. Esta le informaba de sus intentos para que Mario se trasladara al apartamento, y lo que le irritaba que él se resistiera por temor a disgustar a los padres de ella. También porque, según Teresa, tenía unos anticuados principios morales que le impedían vivir su pasión con entera libertad. Por su parte, Ana le explicaba los nulos progresos en su tarea y lo mucho que estaba disfrutando de aquellos días de tranquilidad.

Por las tardes, aprovechando que Luis descansaba en su habitación, se dedicaba a tomar el sol y bañarse en la piscina, y por la noche veía una vieja película de vídeo en la salita que solía utilizar la madre de Luis. Se acostaba temprano, rendida por la actividad diaria, y su sueño solo era interrumpido por las continuas pesadillas y los atormentados paseos nocturnos de su vecino de cuarto. Lo que no volvió a repetir fue la excursión nocturna de la primera noche por temor a encontrarle de nuevo.

Aranda llamó al día siguiente de marcharse para informar que habían llegado bien, y dos veces más para interesarse por los progresos que hacía. Le supuso un gran esfuerzo simular que hablaba con su padre y al mismo tiempo informarle. Por temor a que pudieran escucharla se limitaba a contestar con monosílabos a las preguntas de Aranda. Tampoco podía mentirle, pues sabía que llamaba a diario al teléfono móvil de Luis.

Ana temía esos momentos porque le apenaba comunicarle que no hacía ningún progreso. Pensaba que estaba eludiendo su trabajo, que le estafaba a Aranda de alguna manera al disfrutar de su casa, su comida y del sueldo que cobraría sin hacer nada para ganarlo. Se sentía incompetente, incapaz de cumplir con su labor.

A pesar de sus remordimientos y de la inquietud que padecía cada vez que veía a Luis o se tropezaba con él estaba contenta, casi feliz. Había acabado sus estudios, no necesitaba pedir dinero a sus padres y hasta pensaba ayudarles cuando cobrara el sueldo que le habían prometido. Se sentía apreciada por Emilia y Pedro, que la cuidaban con mimo. Disponía del tiempo a su antojo. Podía dedicarse a holgazanear si le apetecía, y eso era muy importante para ella después de haber pasado los últimos cinco años en un constante esfuerzo para superar los cursos con buenas notas y mantener la beca.

En cuanto a Luis, no habían surgido problemas entre ellos excepto en dos ocasiones. La primera fue a causa de Thor, el magnífico pastor alemán que hacía las veces de perro lazarillo. Según le comentó Emilia, Luis le tenía gran cariño y siempre lo llevaba con él cuando salía a pasear, pero desde que ella había llegado no lo atendía, ya que pasaba la mayor parte del tiempo encerrado en la casa.

A Ana, que era muy amante de los animales, le dolía ver al perro deambular por el jardín con aspecto de abandono, y decidió hacerse cargo de él. Daban largos paseos y jugaban por los alrededores de la casa. Esto molestó a Luis, que le prohibió acercarse al perro para no acabar maleducándolo con sus mimos. «La misión de Thor es la de cuidar a un ciego y no la de servir de juguete a una niña ociosa», opinaba Luis, y así se lo comunicó Emilia.

Ana se indignó ante lo injusto de aquella decisión, y si Emilia no la hubiese detenido, le habría contestado como se merecía. A partir de ese momento el perro la seguía en silencio, deseoso de sus juegos, pero Ana se contenía. No estaba allí para irritar más a ese hombre, sino para hacerse su amiga, algo que cada día veía más difícil.

El otro problema surgió a causa de un libro. Una vez leídos los dos que había traído consigo, y al no encontrar otra lectura en la casa, se decidió a entrar en la biblioteca aprovechando una de las escasas salidas de

Luis. Aquella habitación le atraía por la paz que se sentía en ella.

Estaba tan absorta que no advirtió que la puerta se abría. Tampoco oyó los pasos que se acercaban silenciados por la gruesa alfombra hasta que una imprecación, seguida de un golpe seco, la alarmó. Giró la cabeza y vio a Luis en el suelo. Corrió hacia él para ayudarle, con el corazón martilleándole con fuerza en el pecho.

Luis, algo desorientado, tanteaba a su alrededor con precaución. Cuando sintió las manos de Ana en su brazo para ayudarle a levantarse, la apartó con un brusco gesto.

—¡Déjame! Ya has hecho suficiente —le dijo con furia al comprender que había sido ella la causante de su tropiezo.

—¿Se ha hecho daño? —preguntó Ana con temor.

Luis no le contestó. Se levantó con esfuerzo y se sentó en un sofá, masajeándose la rodilla derecha. Ana colocó en su lugar la silla con la que había tropezado y observó que todo estuviese en el lugar que recordaba.

—Siento haber movido la silla —se disculpó pesarosa. Se sentía responsable de lo sucedido y consideraba comprensible su disgusto.

—¿Lo sientes? —cuestionó en el mismo tono, clavando la mirada en el lugar donde ella estaba—. Te prohibí entrar en esta habitación. ¿Es que eres incapaz de acatar una orden?

Aunque sabía que no podía verla, Ana sintió que el rostro se le encendía.

—Solo he venido por un libro. No quería molestarle y, mucho menos, causar un accidente —intentó defenderse con voz poco firme.

—No necesito tus explicaciones de niña tonta. ¡Márchate ya! —le ordenó.

Molesta por la rudeza de sus palabras, Ana salió con rapidez. Cerró la puerta y se quedó parada, intentando serenar la mezcla de emociones que la sacudía en esos momentos y que conseguían que su cuerpo temblara de forma incontrolable. Pero no era solo por la humillación que sentía ante las palabras despectivas de Luis. Se avergonzaba de su torpeza, de haber cometido una estupidez en su presencia, y lo más grave, podía haber causado una tragedia.

Luis tendría memorizada la situación de los objetos en aquella habitación, que debía de ser muy precisa para que se moviera por ella sin tropezar, algo en lo que no había reparado hasta este momento. Un gran descuido por su parte. Si se había causado alguna lesión por su culpa, no se lo perdonaría... Ni él tampoco.

Dio media vuelta y se encaminó a su habitación con los ojos húmedos de lágrimas, en las que se mezclaban la pena y la decepción. El joven atractivo y sonriente de la fotografía con el que ella se había ilusionado era en la realidad un hombre frustrado e irascible.

Si ya albergaba serias dudas de que pudiera desempeñar su trabajo, ese incidente la convencía de que no era la persona adecuada para cuidarle. Pensó en abandonar, en regresar a Madrid e intentar encontrar algún empleo para esos meses. Sentiría renunciar al trabajo y los problemas que su marcha ocasionaría, pero le costaba continuar en aquella casa. La voz de Emilia llamándola para que la ayudase a preparar la cena la hizo recapacitar y su espíritu luchador se impuso ante los negativos pensamientos que cruzaban su mente.

No se dejaría vencer, se prometió. Estaba orgullosa de su tenacidad, que le había permitido conseguir lo que ahora tenía, y no iba a rendirse ante un par de contrariedades. Esperaría a que Luis se cansara de su ostracismo y entonces comenzaría a ganarse su confianza. Le demostraría que no era una niña tonta, como la había llamado, que era una mujer inteligente a la que no se podía ignorar por mucho tiempo.

Ahora, transcurridos unos días, se alegraba de haber tomado la decisión correcta. Al menos, estaba disfrutando del descanso que tanto necesitaba.

«Pero ya está bien de holgazanear y poner escusas para enfrentar los problemas. Es hora de ponerse a trabajar», se dijo con decisión.

El sonido de unos pasos acercándose por el camino de gravilla la alertó. Thor, que descansaba en el césped que rodeaba la piscina, se irguió y comenzó a menear la cola. Cuando vio aparecer a su amo, se dirigió hacia él ladrando con energía.

–¿Qué haces aquí, pequeño? No me gusta que entres solo a este lugar. Puedes caerte a la piscina y ahogarte –dijo Luis, mientras se sentaba y le acariciaba el cuello.

Ana se asombró ante la ternura que demostraba con aquel animal. Le alegraba su presencia y lo demostraba con una placentera sonrisa que iluminaba su rostro, que por lo general aparecía sombrío. Se sorprendió de la transformación que experimentaba con aquel simple gesto, y del gran atractivo que le aportaba. En esos momentos, y pese a las gafas negras que ocultaban sus ojos, se parecía al joven de la fotografía que la había impresionado.

Decidió que ese era el momento de intentar un avance. Se le veía relajado y, con suerte, no la rechazaría como en ocasiones anteriores. Hizo un movimiento con la mano para acercar la colchoneta al borde de la piscina y él se irguió, escuchando con atención.

–¿Quién está ahí? –preguntó Luis, aunque adivinaba la respuesta.

–Soy yo. Quería darme un baño y el perro me ha seguido. Nunca lo dejo entrar solo aquí –contestó con precaución.

Salió de la piscina y fue a coger la toalla, que se encontraba en una silla cercana a la que él ocupaba.

Luis se envaró al acercarse ella, seguido en el mismo

movimiento por el perro, como si ambos presintieran un peligro.

–No se preocupe, ya me marcho –dijo Ana al observar su reacción y olvidando el anterior propósito. Ya intentaría un acercamiento en otra ocasión–. Le aconsejo que se bañe. El agua está deliciosa y nadie le molestará ahora. –Su tono era burlón, lo que provocó la reacción de Luis.

–No necesito que nadie me dé consejos, y menos una niña tonta –dijo irritado.

Ana no pudo contenerse más y, perdiendo la paciencia, le contestó con toda la indignación que sentía en esos momentos.

–Estoy cansada de que me llame niña tonta. Con veintidós años hace mucho que soy una mujer. Además, dudo que su relación conmigo sea suficiente para creerse capaz de valorar mi inteligencia. Buenas tardes.

Ana acabó sofocada y se marchó con rapidez, por lo que no vio la expresión de perplejidad en el rostro de Luis ni la leve sonrisa que curvó su boca, divertido por aquella contestación. La creía una adolescente, no una mujer de veintidós. ¿Cómo se había confundido de ese modo?

Aunque si no hubiese estado tan ofuscado por el hecho de tener allí a una desconocida se habría dado cuenta de que no era tan joven como creía. Una niña no era capaz de preparar aquellos deliciosos platos que estaba comiendo los últimos días, y que su estómago agradecía como alivio de los pesados guisos de Emilia; y, sobre todo, una niña no podía poseer aquel voluptuoso cuerpo que había rodeado con sus brazos la noche que la encontró en el pasillo, y que recordaba con viveza.

Además, parecía tener coraje pese a lo apocada que se mostró en un primer momento. Lo que no dejaba de tener cierta lógica, ya que él se estaba comportando de forma despreciable, ofendiéndola cada vez que tenía la ocasión de hacerlo; y todo ello porque recelaba que había sido una artimaña de su padre para que tuviese compañía durante el tiempo que él estaba de viaje. Si era cierto que no tenía dónde quedarse, habría cometido un grave error y la chica estaría en su derecho de mostrarse dolida por la forma en que la trataba.

No debía de ser tan terrible cuando se había ganado el afecto de Emilia, algo evidente, ya que no paraba de hablar de ella a todas horas y de destacar su simpatía y su generosidad. Y lo más asombroso era que Pedro, siempre tan reservado, parecía entusiasmado también, y como su mujer, no dejaba pasar la oportunidad de elogiar sus muchas cualidades y su aguda inteligencia.

Por primera vez desde que Ana llegó se preguntó qué aspecto tendría. Las pocas veces que pensaba en ella la imaginaba con coletas, correctores dentales y gafas de miope. Lo que debía alejarse mucho de la realidad. Ahora esa imagen aparecía borrosa y sentía una gran curiosidad por saber cómo era en realidad, de qué color tendría los ojos, el cabello, cómo sería su nariz y su boca, la forma de sus cejas... Lo único que conocía con certeza, pues lo había comprobado, era su altura y la esbeltez de su cuerpo, pero nada más. La señorita Romero se había convertido en un enigma al revelarle su verdadera edad y mostrarle algo de su personalidad. Estaría bien descifrarlo.

Se estaba portando como un niño malcriado, encerrándose en su habitación sin querer hablar con nadie. Ella no era responsable de su desolación ni había hecho nada para ofenderlo. Entrar a la biblioteca para leer un libro o entretener a Thor cuando él no le prestaba atención, no constituían un delito.

Su empecinamiento en recluirse le estaba perjudicando. Necesitaba hacer ejercicio, agotarse. Era la única forma de que aquellas horribles pesadillas no se repitiesen noche tras noche, hasta el punto de creer que se estaba volviendo loco.

Al principio creyó que la ceguera sería suficiente expiación para su culpa, pero pronto comprendió que no le redimía. Aquellos torturantes recuerdos volvían una y otra vez hasta provocarle violentos dolores de cabeza. Por la noche era peor. Paseaba por la habitación deseando agotarse, en un intento desesperado por apartar de su lado los demonios que poblaban su vida. Pese a ello, cuando conseguía dormirse tras horas de intentarlo sin éxito, se repetían los delirios de los primeros meses y se despertaba atemorizado y empapado en sudor, y ya no podía volver a conciliar el sueño.

Tal vez era una estupidez actuar de ese modo, como todos insistían. Incluso, cuando su padre anunció que se marchaba para realizar el proyecto que él había concebido y desarrollado con tanta ilusión, se reveló por primera vez ante la ceguera que le impedía llevarlo a cabo; pero se mantendría firme y no cedería ante la debilidad. Debía cargar con las consecuencias de sus acciones y cumplir la penitencia que se había impuesto. Él estaba vivo mientras que Marina y el niño...

El lacerante recuerdo le provocó un repentino escalofrío que Thor percibió. El perro se tensó de inmediato, alerta a las reacciones de su amo. Pasado unos minutos, Luis se levantó y se dirigió a la casa. Tomaría un analgésico para calmar el dolor de cabeza y se quedaría en su habitación. Después, cuando se acostara, rogaría como todas las noches para poder dormir unas horas en paz.

Al marcharse de la piscina, Ana se dirigió a los establos. Estaba enfurecida a causa del leve encontronazo con Luis. Ese hombre la exasperaba. Era un bruto. No recordaba haber conocido a una persona así. Ni siquiera los clientes maleducados, a lo que tuvo que aguantar en su trabajo de camarera, habían logrado que perdiera la paciencia hasta ese punto.

Necesitaba serenarse para no cometer una estupidez, como llamar a Aranda y decirle que ya había soportado suficientes humillaciones y que podía quedarse con el empleo. A ver si era capaz de encontrar a otra que quisiese cargar con aquel déspota.

Cuando llegó al establo, colocó la brida a Pandora y la montó, sin pararse a ensillarla como Pedro le había enseñado. No quería perder tiempo, necesitaba alejarse de allí, de ese hombre que la trastornaba con su sola presencia.

Galopó sin rumbo fijo. Cabalgar, con el viento acariciándole el rostro, siempre le provocaba una sensación de paz que lograba hacerle olvidar los sinsabores y preocupaciones que no dejaban de acosarla desde que había llegado a aquel lugar.

Absorta en sus cavilaciones, no reaccionó a tiempo cuando un zorro se cruzó en el camino y espantó a Pandora. La yegua se encabritó y Ana no pudo sujetarse. Resbaló y al caer se golpeó en la cabeza con una piedra del camino. Sintió un agudo dolor y perdió el conocimiento.

Pedro la vio pasar rauda cerca de él y observó que no había ensillado al caballo; un riesgo que le haría notar para que no lo repitiera. Algo le debía de haber alterado porque ella no era tan imprudente ni atolondrada. Siempre seguía sus indicaciones y cabalgaba al trote, sin forzar al animal.

Dio la vuelta a la vieja camioneta que utilizaba para circular por el campo y siguió el camino que Ana había tomado momentos antes. Cuando la encontró, estaba tirada en el suelo y un hilo de sangre le corría por la frente. El caballo pacía tranquilo cerca de ella, sin haberse lastimado.

Pedro se asustó. Le tomó el pulso y comprobó que latía, pero no reaccionó al llamarla. No se decidía a moverla para no agravar alguna posible lesión, aunque tampoco se atrevía a dejarla hasta que regresara con ayuda. Algún jabalí de los muchos que se encontraban por aquellos montes podía atacarla. La llevaría a la casa y desde allí llamaría al médico. Él aconsejaría lo que debía hacerse.

Con sumo cuidado, la cogió en brazos y la acostó en la parte trasera de la camioneta. Condujo con extrema lentitud, a fin de amortiguar al máximo los baches del camino. Cuando llegó a la casa, comenzó a tocar la bocina.

–¡Emilia! ¡Emilia! –llamó angustiado.

La mujer apareció de inmediato y se acercó al vehículo.

–¿A qué viene ese escándalo?

–No pierdas tiempo y llama al doctor Salmerón –apremió Pedro–. Ana se ha caído del caballo.

–Dios mío, ¡qué desgracia tan grande! –Emilia comenzó a llorar mientras se dirigía a la casa.

–¿Qué ocurre, Pedro? –preguntó Luis, que había salido de la casa atraído por las voces.

–Ana ha tenido un accidente. No sé cómo ha ocurrido, aunque cabalgaba muy rápido. La he traído y Emilia está llamando al doctor –explicó de forma atropellada–. No sabía qué hacer. Está desmayada, pero su corazón late con fuerza y no parece tener nada roto. No me atrevo a llevarla al pueblo. El camino es largo y...

–Has hecho bien, Pedro. Tiéndela en el sofá de la biblioteca mientras llega Arturo. Si es necesario, se avisará a una ambulancia para que la traslade al hospital –le indicó Luis, esforzándose por evitar que se filtrara a sus palabras el temor que sentía.

Pedro se apresuró a obedecer. Cogió a Ana en brazos y la llevó al interior de la casa.

Luis estaba consternado. Una creciente sensación de culpa lo embargaba. Era consciente de que la discusión en la piscina podía haber sido la causa de su alocado comportamiento.

Se cubrió el rostro con las manos para ocultar su pavor. Otra vez, y por su causa, se producía un accidente en el que resultaba herida una persona.

–¡No me castigues más! –rogó impotente. No podría soportar otra muerte sobre su conciencia.

8

Ana intentó abrir los ojos y una abrumadora sensación de vértigo le hizo desistir. Vagamente oía voces, casi todas conocidas. Emilia lloriqueando y preguntándose qué le diría a Don Leandro cuando llamara; la voz enronquecida de Pedro, que se lamentaba por no haberla detenido antes de que sufriera el accidente, y una voz desconocida que intentaba tranquilizarlos, asegurándoles que unos días de reposo serían suficientes para una total recuperación.

De pronto, una voz fuerte y dominante se elevó sobre las demás.

—No quisiéramos correr ningún riesgo, Arturo, pero si crees que no es necesario llevarla al hospital, seguiremos tus consejos —consideró Luis, con una clara nota de ansiedad.

—No te preocupes, Luis. Solo tiene magulladuras y el consiguiente choque emocional producido por la caída. No detecto lesiones de otro tipo. De todas formas, si observáis algún desvanecimiento u otro problema, me llamáis de inmediato.

—Descuida. La tendremos bajo estricta vigilancia —le aseguró Luis.

–Pedro, pide estos medicamentos en la farmacia. Se los administráis según las indicaciones que os dejo en esta receta. Debe guardar cama dos o tres días; luego, que esté una semana más de descanso sin montar a caballo ni hacer esfuerzos.

–Le aseguro que no se moverá en un mes –contestó Emilia–. Por Dios, ¡que susto! Cuando se entere el señor...

–Tampoco hay que exagerar, mujer. –El médico rio divertido por los temores de Emilia–. Esto le hará dormir hasta mañana.

Ana sintió un pinchazo en el brazo y emitió un quejido. Intentó decir algo y las palabras se bloquearon en su garganta. Poco a poco se fue hundiendo en un pozo oscuro, ausente de todo y en el que reinaba una gran paz.

Despertó con una intensa sensación de cansancio. Abrió los ojos poco a poco y comprobó que se hallaba en una habitación que no era la suya. Percibió ruido cerca y volvió la cabeza en esa dirección. El brusco movimiento le provocó un fuerte pinchazo en la base del cráneo y una leve sensación de mareo.

–¿Cómo estás, Ana? –Se interesó Emilia, que se había levantado de la silla y se acercaba a ella para cogerle una mano. En su mirada se reflejaba la preocupación que sentía.

–Mareada –respondió ella con un intento de sonrisa en los labios. Al observar la luz que se filtraba por la ventana, preguntó–: ¿qué hora es? ¿Aún no ha oscurecido?

–Son las diez de la mañana. Has estado durmiendo desde ayer. El doctor te puso un sedante.

–¡Las diez! –Hizo intento de incorporarse y, al levantar la cabeza de la almohada, sintió un fuerte dolor y volvió a dejarse caer con un estremecimiento.

–¿Qué haces? ¡No debes levantarte! –exclamó Emilia–. El doctor Salmerón indicó que no te movieras en unos días. ¡Vaya susto! ¿Cómo se te ocurrió cabalgar de esa manera? Pedro dice que ibas sin montura y muy rápido.

—Lo siento. Fue una imprudencia no ensillar a Pandora —contestó con esfuerzo. Se sentía mareada por el movimiento que acababa de realizar—. ¿Cómo se encuentra? ¿Está herida?

—Tranquila; no se hizo nada. Fuiste tú la que se dio un buen golpe. ¡Podrías haberte matado, criatura!

—Debió asustarse con algo porque, sin previo aviso, se encabritó. Si hubiese estado más atenta, la habría controlado. No recuerdo nada después de la caída. Debí perder el conocimiento. ¿Cómo llegué aquí?

—Pedro te recogió y te trajo en la furgoneta. Luis se alarmó mucho y quería llevarte al hospital, pero el médico aseguró que no tenías nada grave.

—Siento haberles causado tantas molestias —se disculpó Ana consternada. No solo no estaba cumpliendo con su trabajo, ahora causaba problemas. Aranda no tardaría en despedirla.

—No te preocupes. Lo importante es que no ha sido grave. En unos días estarás bien. —Emilia le palmeó la mano para reconfortarla—. Debes comer algo. Te subiré el desayuno.

—¿Dónde estoy? Esta no es mi habitación —preguntó Ana, que seguía sin reconocer la habitación en la que se encontraba.

—Es el cuarto de Luis. Insistió en quedarse a cuidarte anoche para que yo pudiera dormir unas horas.

—¿Que él se quedó anoche a cuidarme? —preguntó Ana creyendo no haber oído bien.

—Eso he dicho. Como aquí hay timbre, le resultaba más cómodo por si tenía que llamarme.

—No debió de haberse molestado —dijo Ana cuando se rehízo. Las emociones que ese pensamiento le provocaba eran difíciles de analizar—. ¿Dónde se encuentra ahora?

–En la biblioteca. Se ha echado un rato en el sofá.

Emilia se marchó y Ana se incorporó con lentitud hasta quedar sentada y apoyada en el cabecero. Observó a su alrededor con curiosidad. La habitación era amplia, estaba bien iluminada y se apreciaba una decoración masculina con muebles sobrios de tonos oscuros. La gran cama en la que reposaba era antigua, como el resto del mobiliario, y tenía un magnífico cabecero tallado. Sintió un estremecimiento al pensar en quién la ocupaba.

El convencimiento de que Luis había pasado la noche a su lado le provocaba una rara turbación. Recordaba haber sentido una mano posándose sobre su frente y una voz profunda consolándola con compasivas palabras, pero debió de tratarse de un sueño. Estaría muy enfadado por las molestias que le estaba ocasionando. Si se ofreció a quedarse fue para aliviar a Emilia de esa penosa tarea, no porque deseara hacerlo. Un nuevo retroceso, si es que había conseguido algún avance desde que llegó.

¿Cómo pudo ser tan inconsciente y dejarse llevar por aquel arrebato? Ella no estaba allí para crear complicaciones, había ido a ayudar. Era una incompetente, no conseguía hacer nada provechoso.

Cerró los ojos. La cabeza le dolía y se sentía muy cansada. La debilidad, unida a un fuerte sentimiento de frustración, le provocaban un gran desánimo.

Emilia subió con el desayuno y la obligó a tomarlo. Ana insistió en levantarse para ir al baño, lo que acabó con sus escasas fuerzas. Mareada, se tendió en el lecho, sudando por el excesivo esfuerzo.

Al poco llegó el médico. Ana le oyó hablar con Emilia sin entender bien sus palabras. Sintió un nuevo pinchazo en el brazo y volvió a quedarse dormida.

Cuando despertó de nuevo, la oscuridad reinaba en la habitación. Miró inquieta hasta que recordó dónde se hallaba. Percibió la silueta de una persona sentada frente a ella, aunque no logró distinguir sus rasgos.

Se removió inquieta.

–¿Emilia? –llamó, e intentó levantarse.

–¡No te muevas! –exclamó Luis, y alargó una mano para inmovilizarla–. No vuelvas a cometer la tontería de esta mañana o te llevaremos al hospital –la reprendió con un tono de voz que denotaba preocupación–. ¿Necesitas alguna cosa? ¿Quieres que llame a Emilia?

–No... gracias. Estoy bien –mintió. Estaba nerviosa, sin atreverse a mover un solo músculo de su cuerpo–. ¿Qué hora es? –preguntó, y enseguida se arrepintió al recordar la deficiencia de Luis.

Ante la sorpresa de Ana, que no había reparado en el reloj especial para ciegos que llevaba en la muñeca, él contestó:

–Son las dos de la madrugada. Debes comer algo y tomar la medicación –indicó. Se levantó y encendió la luz.

Ana, deslumbrada, cerró los ojos, cuando volvió a abrirlos, Luis estaba muy cerca y pudo observarlo con detenimiento. Se estremeció. No lo había visto sin las gafas oscuras que ocultaban sus ojos y ahora no las llevaba. Estaba más atractivo que en la fotografía, con sus fuertes rasgos varoniles. Le impresionaron sus grandes ojos de un bello color miel, iguales que los de su madre, y moteados de manchas oscuras. Parecían dos gemas ambarinas de exótica belleza que la miraban inexpresivos, apagados. Inadvertidamente dejó escapar un gemido de pesar.

–¿Qué te ocurre? –se alarmó Luis. Se inclinó sobre ella y le colocó una mano en la frente para comprobar si tenía fiebre. Estaba fría.

–No es nada. Ya ha pasado. –Ana desvió la mirada de su rostro–. Creo que comeré algo. Estoy hambrienta.

–Eso es una buena señal.

Luis respiró aliviado y sonrió, con lo que el rostro se le iluminó y le dio un aspecto más joven y atractivo. Ana sintió que se le cortaba la respiración y el corazón se le aceleró inquieto debido a la intensa atracción que él le provocaba.

–Aquí tienes un vaso de leche y un trozo de tarta. Emilia la preparó siguiendo tu receta, aunque me temo que no ha tenido éxito; es una imitación muy pobre –admitió, sin dejar de sonreír, y le mostró los alimentos que se hallaban en una bandeja sobre la mesilla de noche.

Ana reprimió el quejido de dolor que le ocasionó el esfuerzo de incorporarse. No quería alarmarlo más. Le intimidaba el contacto de aquellas fuertes manos.

–Tienes que tomarte las pastillas que están en el plato, te ayudarán a descansar –dijo él, atento a los sonidos que ella producía.

–Gracias, puedo arreglármelas sola. Llamaré a Emilia si la necesito.

–No te preocupes, estoy muy cómodo aquí. Y preferiría que no la molestaras; está mayor y debe descansar.

–No es necesario que se quede, de verdad, me encuentro bien. He dormido toda la tarde y ahora no podré hacerlo –insistió. ¿Cómo iba a descansar sabiendo que estaba sentado a su lado?

–Sí podrás. Una de las pastillas es un fuerte somnífero y no tardarás en quedarte dormida.

Ana emitió un gemido de frustración. Necesitaba ir al baño y no sabía cómo resolver la situación.

–Yo tengo que... –Le costaba expresarse. Estaba avergonzada–. Quiero decir que...

Luis comprendió lo que quería decir.

–Si necesitas ir al baño no tienes más que decirlo, yo te ayudaré –se ofreció.

–Pero...

–No temas, tu pudor está a salvo conmigo. Te aseguro que no veré nada. –Su boca se curvó en una amarga sonrisa–. Pero me quedaré detrás la puerta si lo prefieres.

–Puedo ir sola. Me encuentro mucho mejor.

–Te ayudaré. –Se mostró tajante. Retiró la sábana y colocó un brazo bajo sus rodillas.

–¡¿Qué hace?! –Se alarmó Ana. ¿No pretendería llevarla en brazos?

–Voy a llevarte al baño –respondió Luis con aplomo–. No temas, conozco esta habitación como la palma de mi mano. No tropezaré. –La sujetó entre sus brazos y comenzó a caminar con ella sin esfuerzo.

A Ana le maravillaba la seguridad con la que circulaba por la habitación, midiendo las distancias con exactitud.

–¿Quieres que te ayude en algo más? –le preguntó al depositarla en el suelo.

–No, gracias.

«Debo estar roja como un tomate», pensó Ana, y se alegró de que él no pudiera verla.

Luis salió y cerró la puerta. Ana se apoyó en la pared para recuperarse de la turbación de momentos antes. La calidez que había experimentado entre sus brazos la perturbó. Cuando acabó, abrió la puerta. Él se encontraba de pie, frente a ella, esperándola. Volvió a ruborizarse al verle allí.

–¿Has terminado? –preguntó.

Ana asintió con la cabeza.

–Sí –dijo con timidez al darse cuenta de la inutilidad de su gesto.

–Te llevaré. –Y procedió a izarla de nuevo.

–Puedo ir caminando...

–Te llevaré –repitió, silenciando con firmeza su protesta, y se dirigió hacia la cama con ella en brazos–. ¿Tienes frío? –le preguntó, preocupado por su continuo temblor.

–Un poco –mintió Ana. No podía controlar su nerviosismo.

Cuando llegó al lecho, la depositó en él y la cubrió con la sábana.

–Te traeré algo de abrigo.

–No se moleste. Pasará pronto.

Luis no contestó. Ana vio que se dirigía al armario y sacaba de él una liviana manta. La colocó sobre la cama y la arropó con cuidado.

–Ahora debes dormir. Buenas noches. –Apagó la luz y regresó al cómodo sillón reclinable en el que estaba sentado.

–Buenas noches –contestó ella mirando aquella figura que se recortaba en la sombra. Imaginó que le costaría quedarse dormida. Para su sorpresa, comprobó que los párpados se le cerraban casi de inmediato y poco a poco fue hundiéndose en un pesado sueño plagado de pesadillas.

9

Cuando Ana despertó, ya era un nuevo día. Dirigió la mirada de inmediato al sitio que había ocupado Luis la noche anterior, pero en su lugar estaba una sonriente Emilia.

–¿Cómo te encuentras hoy? –preguntó la mujer.

Ana se sintió decepcionada. Deseaba y temía al mismo tiempo encontrar a Luis allí.

–Muy bien, Emilia. Creo que podré levantarme y trasladarme a mi habitación. Ya he abusado demasiado de la generosidad del señor Aranda –repuso decidida. En esta ocasión no se iba a dejar convencer. No pasaría otra noche con él velando su sueño.

–Debemos esperar a que venga el doctor y decida lo que se debe hacer. Mientras, permanecerás acostada y yo te subiré algo de comer. Y no te preocupes, a Luis no le importa que ocupes su habitación. Al contrario, parece más animado desde que sufriste el accidente; aunque eso no quiere decir que se haya alegrado, ya me entiendes –aclaró.

Ana sonrió ante el azoramiento de Emilia y le preguntó:

–¿Qué hora es?

–La una y media de la tarde. ¡Hora de comer! –contestó sin mirar ningún reloj–. Luis dice que te despertaste de madrugada y comiste lo que dejé preparado. Eso está bien. Ahora subiré la comida y descansarás un rato. El doctor Salmerón vendrá esta tarde y decidirá si estás en condiciones de ser trasladada.

Emilia salió de la habitación. Ana se volvió a recostar en la almohada y repasó los acontecimientos de la noche anterior: la agradable sensación de verse rodeada por los brazos de Luis, la vergüenza ante la insólita situación, la alegría por su positivo cambio de actitud... Pero había algo que la turbaba y que no estaba segura de si ocurrió en realidad o solo se trató de un sueño.

Se esforzó en recordar y volvió a revivir el terror que la sacudió en aquellos momentos. Corría por un escabroso sendero entre árboles, huyendo de un perseguidor sin rostro, cuando sintió que no había nada bajo sus pies y caía por un precipicio. Gritaba presa del pánico, pero quedaba suspendida en el aire. Una fuerte mano la agarraba en el último momento. Al mirar hacia arriba lo vio. Era él, Luis, que la contemplaba con sus hermosos ojos ambarinos, ahora llenos de vida. La cogía sin esfuerzo y la acariciaba mientras susurraba palabras tranquilizadoras, después la besaba. Recordaba aquella cálida presión sobre sus labios, suave al principio, para ir aumentando en intensidad y volverse apasionada, posesiva, enloquecedora.

Sintió un escalofrío al recordar el placer que la sacudió en aquellos momentos. Incluso estaba convencida de que respondió con todas sus fuerzas; aunque no podía ser cierto. Fue solo un sueño; extraño y muy realista, pero un sueño, al fin y al cabo.

Tuvo necesidad de ir al baño e intentó levantarse. Sintió un agudo dolor por la brusquedad del movimiento y procedió con calma hasta que, agarrándose a todo lo que podía, logró llegar. La cabeza parecía estallarle. Tenía el cuerpo magullado y le dolía cada parte de él, pero se sobrepuso. No iba a consentir que una torpe caída la tuviese inmovilizada por más tiempo.

Cuando Emilia volvió con la bandeja de la comida ella ya había regresado a la cama.

–Gracias. Esto tiene muy buena pinta. ¿Ha seguido una de mis recetas? –Se interesó Ana, al ver el contenido de la bandeja.

–Sí. Aunque no consigo entender ese trasto –se quejó. Con lo sencillo que a Ana le resultaba el manejo del microondas y ella no lograba sacar una comida decente.

–No se preocupe, en poco tiempo lo conseguirá –la animó Ana–. Cuando termine de comer, me trasladaré a mi habitación. Necesito tomar un baño y cambiarme. Me siento muy incómoda. Y ya no me mareo al levantarme.

–Esperaremos a que llegue don Arturo. No queremos que sufras una recaída.

Comenzó a comer con buen apetito ante la mirada complacida de Emilia.

–¿A qué hora ha venido usted? –preguntó con fingida despreocupación. Quería averiguar cuándo se había marchado él.

–A las seis me levanté y vine a relevar a Luis, pero prefirió esperar un poco más mientras yo preparaba los desayunos y ordenaba la casa. Cuando terminé, fue a acostarse y todavía duerme.

–Esta noche no dejaré que se quede. Ya estoy mucho mejor –repuso con determinación.

–No te precipites, muchacha. Además, él lo hace con gusto. Nunca le he visto hacer nada que no deseara, menos cuando... –Emilia guardó silencio y Ana advirtió que no quería seguir hablando de ello–. Voy a despertarle y prepararle la comida. Me comentó que quería estar presente cuando llegara el doctor. –Se levantó y se acercó para retirar la bandeja–. Ahora te dejaré descansar. Llama al timbre si necesitas alguna cosa.

–Gracias, Emilia.

Ana se recostó en los almohadones. Se sentía cansada, aunque menos dolorida, y eso la animó. Sus pensamientos volaron hacia Luis. Lo imaginaba tendido en el sofá de la biblioteca, dormido tras pasar la noche en el sillón, y un sentimiento de ternura se apoderó de ella. Le había confundido su amabilidad, después de todos esos días mostrándose huraño y hasta grosero. Pero lo que recordaba con más nitidez era la calidez de sus brazos, su delicadeza al sostenerla, la seguridad que sintió en ellos...

Y luego estaba aquel sueño. ¿O no había sido un sueño? Se revolvió inquieta. Tenía que serlo. Él no podía haberla besado porque la detestaba. Se lo había dado a entender en numerosas ocasiones. El que en estos últimos días se hubiese mostrado amable y considerado solo era un acto de humanidad y la forma de sofocar su sentimiento de culpa. Sí, eso era. Debía refrenar su imaginación o esta le causaría una mala jugada.

Con ese convencimiento, y la momentánea tranquilidad que le proporcionó, se quedó dormida. Por ello no escuchó los suaves pasos que se acercaban a su cama ni la grave voz que pronunció su nombre. Tampoco advirtió el leve roce de unos dedos sobre su brazo y el tenue gemido que precedió a una precipitada huida.

Luis estaba perplejo e inquieto, dos sentimientos que hacía tiempo que no padecía. Perplejo porque nunca habría imaginado que volvería a sentirse atraído por una mujer. Tras el duro golpe recibido, se había hecho el propósito de negarse a mantener cualquier contacto con ellas y así evitar un nuevo dolor. Y estaba inquieto porque lo que comenzaba a sentir por Ana iba más allá de la pura atracción física y el deseo. Cosa natural, ya que sus instintos masculinos no se habían cercenado, como ocurrió con su visión.

La deseaba y mucho, eso era innegable. Ya había tenido serios problemas para controlar su ardor en aquella ocasión, durante la primera noche, cuando la mantuvo abrazada en el pasillo y pudo apreciar la tibieza y esbeltez de su figura. Pero su deseo había aumentado durante las dos noches que permaneció a su lado, velando su sueño, en especial la última. Al acercarse para calmarla durante una pesadilla, ella le rodeó el cuello con los brazos. No pudo sofocar el ansia que lo dominaba y acabó besándola con pasión, hasta que el sentido común se impuso y se apartó de ella.

Aparte de ese sentimiento primitivo y natural, reconocía otros: paz, ternura, temor por su bienestar, dolor ante su propio sufrimiento... Quiso negar lo que todos ellos sugerían, ya que la capacidad para volver a experimentar ese sentimiento había sido arrancada de raíz mucho tiempo atrás, y los achacó a simples remordimientos.

Se sentía responsable de la caída de Ana. Sus continuos desplantes y arrebatos de mal humor la habían enojado hasta tal punto que acabó descuidando su seguridad. Él era el responsable del accidente y tendría que responder ante su propio padre, que la consideraba una invitada, y ante el padre de ella, que la había dejado a su cuidado.

Aceptaría las recriminaciones por parte de ambos, pero lo que no soportaría sería su resentimiento. Era importante para él que Ana no le guardara rencor. Deseaba que lo apreciara, que no le temiera y temblara cuando él se acercaba, que se abandonara en sus brazos como la noche anterior. Deseaba que ella...

No, era una locura. Ana nunca podría sentirse interesada por un hombre como él, por un ciego. Habría muchos jóvenes tras ella. Con seguridad, tendría un novio esperándola. Un chico que la quería y al que besaba con tanta pasión como le besó a él en sueños la noche anterior.

Estaba loco al dejarse arrastrar otra vez por sentimientos y anhelos que causaron su perdición en el pasado. Debía cercenarlos antes de que pudieran brotar. Trataría de evitarla, al igual que antes del accidente. Dos meses pasaban rápido. Hasta podía cansarse de la aburrida vida en el campo y marcharse antes de que su padre regresara.

Lo que no debía hacer bajo ningún concepto era cuidarla una noche más ni subir a la habitación para sentir su proximidad cuando supiese que estaba dormida, como había hecho horas antes con el pretexto de dejarle el libro que estaba leyendo en la biblioteca la tarde que la expulsó de allí de forma tan ruda. Desde aquel día, arrepentido de su acción, estuvo buscando una ocasión para devolvérselo, pero no se engañaba al reconocer que solo era una excusa para estar a su lado otra vez.

La llamada a la puerta cortó el hilo de sus pensamientos y le hizo incorporarse del sofá donde se hallaba tendido.

–¡Pase! –exclamó en voz alta.

La puerta se abrió y Emilia se hizo a un lado para dejar paso al doctor Salmerón.

–¡Hola, Luis! ¿Cómo te encuentras? –saludó el médico con su amable voz.

–Bien, Arturo. Aunque ahora no soy yo el que precisa de tus cuidados –le recordó con una sonrisa que pocas veces ofrecía–. ¿Cómo se encuentra nuestra enferma? ¿La has visitado ya? –Se interesó con impaciencia, mientras le indicaba con un gesto que se sentara.

–Acabo de hacerlo y la encuentro muy recuperada. Como ya pronostiqué en un principio, el accidente le ha causado daños leves. No tiene lesiones internas, ni fracturas o luxaciones, solo algunos hematomas que irán desapareciendo con medicación y descanso.

–¡Me alegro! –reconoció con alegría, y exhaló un hondo suspiro de alivio que no pasó desapercibido a su interlocutor–. ¿No quedarán secuelas del accidente, físicas o psíquicas?

–No, al menos físicas. En cuanto a las psíquicas, no lo puedo asegurar. Es algo que no descubriremos hasta que se recupere y esté en condiciones de montar de nuevo –opinó convencido–. No obstante, lo dudo. Me ha dado la impresión de que es una joven fuerte en todos los aspectos. Creo que en pocas semanas habrá olvidado el accidente y la veremos cabalgar de nuevo como si nada hubiese ocurrido.

–La veréis, no lo dudes –le corrigió Luis con ironía.

Esas palabras dieron pie al médico para comenzar con el segundo tema que le había llevado allí esa tarde, y también el más importante para él.

Conocía a Luis desde niño y había llegado a apreciarle casi como a su hijo. Siempre había sido un chico fuerte y voluntarioso, dotado de una gran alegría y ganas de vivir. Por ello le dolía verlo en aquel estado, dejando pasar los meses sin intentar luchar por recuperar la visión, desoyendo los ruegos de su padre y de todos los que le rodeaban, para que accediera a operarse como única posibilidad de curar su ceguera.

Pero Luis dejaba pasar los días y esa posibilidad se desvanecía. Él no podía verle resignado a su triste destino y aprovechaba cada visita para perseverar en su intento por convencerle; lo que resultaba inútil, ya que Luis no quería hablar del tema.

–Escúchame... –comenzó con paciencia, advirtiendo el súbito envaramiento de su interlocutor al darse cuenta del nuevo cariz que tomaba la conversación–. Escúchame, por favor. Sabes que el tiempo apremia. No debemos agotar las posibilidades de éxito y este depende de la rapidez con la que te operes. Ya has dejado pasar más de seis meses y con ello has malgastado el cincuenta por ciento de las posibilidades. Por favor, Luis, ¡accede! –le imploró con voz estremecida–. No puedo creer que quieras pasar el resto de tu vida en esa oscuridad. ¿Por qué te niegas a operarte?

–Ya hemos hablado de ese tema demasiadas veces, Arturo. Es mi decisión y nadie debe cuestionarla –declaró Luis con fría calma.

–No lo comprendo –negó abatido. Nunca entendería que una persona inteligente como aquella se negara esa posibilidad. Aunque no se daría por vencido. Apelaría como siempre al último recurso–. Puede que tengas tus razones, y no cuestiono que deben de ser poderosas, pero piensa en tu padre. Le estás matando, Luis. ¿No te das cuenta de lo afectado que se encuentra? Si pudieras verlo... Ha envejecido veinte años y me temo que, si pierdes esta oportunidad y quedas ciego de por vida, no lo resista. Ya sabes que su corazón no anda muy bien. La muerte de tu madre fue un duro golpe del que no se ha recuperado. Y ahora esto... –Se hundió en el sillón, abatido por el gesto imperturbable de Luis–. No puedo entenderte y eso que lo intento, créeme. Sé que estabas muy enamorado de tu mujer y que deseabas el hijo que ella esperaba, lo que no es excusa para negarte a una posible recuperación. Tu actitud no les va a devolver la vida. Eres joven, puedes volver a enamorarte y tener hijos.

Una agria sonrisa curvó los labios de Luis y continuó sin pronunciar palabra. Arturo, derrotado al igual que en ocasiones anteriores, se levantó para marcharse.

–Pasado mañana volveré para ver a la enferma. Le he permitido que se levante y se traslade de habitación. Sé que has pasado las dos últimas noches cuidándola. Ya no será necesario. Evoluciona favorablemente y es improbable que sufra un retroceso. Debe seguir con la medicación y en cama durante dos o tres días más, levantándose si lo desea y sin cansarse. Después, podrá bajar y dar cortos paseos. He dejado instrucciones a Emilia, aunque ella tiende a exagerar–. Ya en la puerta, dirigió una última mirada a Luis. Este continuaba sentado en el sillón con gesto impasible. Con un suspiro de impotencia, cerró y se marchó.

Luis abandonó su pretendida imperturbabilidad y, abatido, se hundió en el sillón. Sabía que el buen hombre dramatizaba llevado por su buena fe. El corazón de su padre marchaba todo lo bien que sus sesenta y cinco años permitían. Con todo, sabía que los acontecimientos pasados le habían afectado. Su padre apreciaba a Marina y deseaba un nieto.

Con un gesto de consternación, desechó los dolorosos pensamientos. No podía seguir torturándose, se volvería loco y eso sí sería una verdadera tragedia para su padre. ¿Por qué no le dejaban en paz? ¿Por qué seguían insistiendo? Era su decisión. Con ello no hacía mal a nadie excepto a él mismo. Era su justo castigo.

10

Habían transcurrido seis días desde el accidente y Ana estaba muy restablecida. Ya no se mareaba al levantarse, aunque se sentía dolorida en algunas zonas de su cuerpo, donde persistían los hematomas producidos por la caída del caballo y que ahora tenían un color verde amarillento. Estaba instalada en su habitación y se levantaba con frecuencia, aunque Emilia no la dejaba salir de allí.

El doctor volvió en dos ocasiones más a visitarla y se mostró satisfecho con los progresos. Emilia y Pedro se desvivían por atenderla y agradarla. Todos la cuidaban y mimaban; todos menos él.

No había vuelto a ver a Luis desde la última noche que la había cuidado. Sabía que preguntaba por ella y se interesaba por su salud, pero no la visitaba. Emilia le confesó que se pasaba el día en la biblioteca o de paseo con el perro, y subía a su habitación muy tarde por la noche. En alguna ocasión le pareció percibir unos pasos que se detenían delante de su puerta, pero continuaban a los pocos minutos. Ignoraba si seguía teniendo pesadillas, ya que ella dormía profundamente a causa de los medicamentos y no podía oírle.

Ana estaba perpleja. No imaginaba a qué se debía su cambio de actitud. Los primeros días se había dedicado a cuidarla y los siguientes a ignorarla. Parecía que no soportara su presencia. Repasaba una y otra vez sus recuerdos de aquella noche. Temía que este cambio se debiera a algo que había dicho en sueños la última noche que pasó a su lado, como desvelar el engaño al que lo estaban sometiendo. ¿O se debía a la respuesta apasionada a lo que, en principio, creyó que era un sueño? No lograba dar con la respuesta, pero era evidente que la evitaba.

Lo había imaginado cuando, unas tardes antes, tras despertar de un corto sueño, encontró sobre su cama uno de los libros que había estado mirando en la biblioteca el último día que entró en ella. Le había preguntado a Emilia y ella negó que lo hubiese dejado, luego, no quedaba otra opción que el propio Luis.

Por increíble que pareciese, lo añoraba. La sensación de aquellos brazos rodeándola y las emociones que le despertaba eran difíciles de olvidar. No negaba que sus sentimientos por Luis habían cambiado. En los cuatro días que llevaba sin verlo había tenido tiempo de pensar y analizarlos. La necesidad de verlo, de tenerle cerca, de consolarlo, el fuerte arrebato de ternura que la asaltó solo al pensar en él... Todos esos sentimientos desconocidos para ella no podían ser solo deseo, debían de ser algo más.

Ella siempre había sido sincera consigo misma y nunca dejaba de asumir sus responsabilidades y los problemas que surgían de sus actos, y en esta ocasión no iba a ser diferente. Tenía que enfrentarse al hecho de que se estaba enamorando de él sin que esta revelación influyera en su futura actuación ni en el objetivo que la había llevado allí.

Debía evitar por todos los medios, si no había ocurrido ya, que Luis adivinara lo que sentía por él. De ser así, se retraería más y resultaría imposible acercársele.

No podía permitirlo si quería ayudarle. Y ya no se trataba de cumplir con un trabajo; ahora era una necesidad. No olvidaba la visión de aquellos ojos sin vida. Tenía que convencerlo para que se operase.

Unos suaves golpes le hicieron volver a la realidad. Miró hacia la puerta y, por un momento, contuvo la respiración. Él estaba allí, alto, atractivo, varonil, con un corto pantalón oscuro y un suéter de algodón blanco que se ajustaba a su torso y resaltaba los fuertes músculos. Sintió que enrojecía, como si él pudiese leer sus pensamientos.

–¿Ana? –llamó–. ¿Estás despierta? ¿Puedo pasar?

–Sí... Puede pasar.

Luis se acercó a la cama con pasos seguros y le tendió un libro que llevaba en la mano.

–He venido a traerte otro libro. Imagino que ya habrás terminado el anterior y he pensado que este te gustaría.

Se lo alargó y ella lo cogió curiosa. Se trataba de un grueso volumen encuadernado en piel sobre la historia de la ciudad de Toledo. A Ana le fascinó la calidad del libro y la belleza de las numerosas ilustraciones de su interior.

–Gracias. Parece muy interesante. –Se animó, una vez superada la conmoción que le había provocado su presencia–. Debe de ser una hermosa ciudad.

–Lo es. ¿No la has visitado?

–No he tenido la oportunidad de hacerlo –contestó apurada ante la posibilidad de haber cometido un error que la descubriese.

–Si lo deseas, cuando te restablezcas, podemos ir. ¿Tienes carné de conducir?

–No –admitió. Esperaba que la chica a la que suplantaba tampoco lo tuviera.

–Entonces nos llevará Pedro. Yo te serviré de guía. Conozco la ciudad muy bien. Casi podría recorrerla con los ojos cerrados –ironizó con un regusto de amargura.

A Ana le alteró la proposición más que su presencia. No se explicaba ese cambio de actitud.

–Sí, desde luego. Me encantará.

Su turbación era manifiesta. Luis, perceptivo hacia los cambios de entonación, no dejó de advertirlo. Pasaron unos minutos en los que Ana se sintió observada por la poderosa intuición de él, lo que no le ayudaba a recuperar la serenidad.

–¿Por qué te intimido? –preguntó Luis, con un tono de voz en el que la aflicción estaba presente entre otras emociones.

Se arrepentía de haber sucumbido al poderoso impulso que lo había llevado hasta allí cuando se prometió no volver a acercarse a Ana. Pero no podía dejar de pensar en ella. Necesitaba sentir su presencia, oír su voz... Estuvo luchando contra ese deseo durante cuatro interminables días y al final, perdida la batalla, se rindió a aquella avasalladora necesidad. La excusa de llevarle un libro le pareció adecuada. No podía dejar que adivinara sus verdaderas intenciones; se reiría de él. Aunque no imaginaba que su presencia le intimidara tanto. Esa reacción que percibía en su voz le dolía tanto como su desprecio.

–No es cierto que...

–No lo niegues –la interrumpió Luis–. Y tampoco te lo reprocho, ya que me he mostrado desagradable contigo desde el principio. Quiero disculparme por ello y enmendarlo, si es posible. Me gustaría que fuésemos amigos.

–De acuerdo, si usted lo desea... –respondió Ana, aliviada al comprobar que él no sospechaba el verdadero objetivo de su estancia en aquella casa, como temía. También le sorprendía su espontánea confesión. Que reconociera que se había comportado como un cretino era un gran avance.

–Lo deseo –afirmó Luis con aquella sonrisa que Ana

ya conocía y que confería a su rostro un irresistible atractivo–. También me gustaría que me tutearas. No soy tan mayor como para que me trates con tanta ceremonia. ¿No te parece?

Ana estaba ensimismada mirándolo y apenas escuchaba lo que decía.

–Ana, ¿estás bien? –preguntó él ante su mutismo.

–Sí, perdone... perdona.

–Bien, te dejaré tranquila; debes de estar cansada. –Se dirigió hacia la puerta. Ya en ella dijo–: Mañana, si te encuentras con ánimos, podrás dar una vuelta por el jardín. El doctor ha aconsejado que comiences a hacer un poco de ejercicio sin cansarte demasiado. Si no te importa, me gustaría acompañarte. Te estaré esperando en la biblioteca cuando decidas bajar.

Ana permaneció largo rato mirando la puerta por la que Luis había salido. Si estaba confundida antes de que llegara, ahora lo estaba más. Se había mostrado amable, con deseos de complacerla y de estar a su lado, una actitud opuesta a la anterior; incluso durante aquellas dos noches que pasó velándola y en las que parecía estar actuando por obligación. El que ahora pareciese accesible, incluso humilde, la desconcertaba y podía causarle problemas.

Era fácil de desdeñar al Luis huraño y áspero, pero se consideraba incapaz de pasar mucho tiempo al lado de este nuevo Luis, atento y hasta simpático, refrenando esos sentimientos que se manifestaban cada vez con mayor fuerza, porque él acabaría descubriéndolos.

Con todo, el cambio de actitud no debería hacerle concebir falsas ilusiones; sería un error. Luis no le tenía ningún aprecio, solo se mostraba amigable porque, al ser su invitada, se sentía responsable de lo ocurrido y quería suavizar la mala impresión que le había causado desde el principio. El sentimiento de culpa había aflorado al fin, se dijo Ana.

Suspiró con desánimo. Cuando aceptó aquel trabajo no pensó que sería tan complicado. Ella, acostumbrada a resolver siempre todos los problemas que se le presentaban y crecerse ante las complicaciones, se sentía impotente e incapaz de lidiar con aquella situación en la que las emociones habían ganado la partida. Pero había accedido a realizarlo y ahora no podía, ni quería, renunciar a él.

11

Ana se despertó muy pronto a la mañana siguiente. Estaba temerosa y excitada al mismo tiempo ante la perspectiva de pasar unas horas con Luis después de más de dos semanas en Arroyo Claro.

Se arregló con esmero. Nunca había estado tan nerviosa ante una cita; aunque no debería llamarlo así, porque solo era parte de su trabajo.

Cuando Emilia llegó con la bandeja del desayuno, la encontró sentada junto a la ventana leyendo el libro que Luis le había traído el día anterior.

–¿Pero qué haces levantada ya, criatura? Debes descansar un rato más –la recriminó.

–Me encuentro muy bien, Emilia; y no soporto seguir encerrada entre estas cuatro paredes. Necesito salir, que me dé el aire.

–Creo que deberías esperar unos días, aunque el doctor diga lo contrario. ¡Si solo ha pasado una semana desde el accidente!

–Pero me encuentro fuerte, con ganas de hacer ejercicio y con apetito.

Ana se dirigió a la mesita en la que estaba la bandeja y comenzó a comer. Emilia la observada con atención.

–¿Se ha levantado ya Luis? –preguntó al poco, temiendo que su voz delatara la ansiedad que sentía.

–¡Oh sí! Suele madrugar. Siempre se levanta a las siete de la mañana y da un paseo antes del desayuno. Ahora está en la biblioteca, esperándote.

Ana dio un respingo ante esas palabras. No imaginaba que él le comentaría a Emilia sus planes.

–Entonces me apresuraré. No quiero retrasarme.

–Nada de eso. Desayunarás con calma y reposarás un rato la comida. Luis no tiene nada que hacer y te esperará todo el tiempo que haga falta. Es más, creo que debes retrasarte y dejarle hacer lo que está haciendo ahora.

–¿Y qué está haciendo? –preguntó intrigada.

–Está escuchando los discos que tanto le gustaban, los favoritos de su madre, y que no ponía desde el accidente. Hasta ahora solo oía música de funeral o las noticias por la radio. Es una buena señal, ¿no crees? –Emilia estaba entusiasmada al verle más animado.

–Lo es, sin duda.

Ana se alegraba también. El que volviese a sus antiguas costumbres era muy beneficioso. Podría significar que comenzaba a superar la pérdida de su esposa y aceptaba su situación.

–Bueno, como veo que no necesitas nada, bajaré a preparar la comida. Prefiero hacer el asado en horno de leña, como toda la vida. –Sonrió un poco avergonzada por su torpeza, ya que aún no dominaba el moderno horno eléctrico que tenía instalado en la cocina.

–No se preocupe; mañana continuaré enseñándole cómo funcionan los electrodomésticos. Muy pronto será toda una experta.

–No creo que ese día llegue, pero gracias. –Le sonrió y la miró con cariño–. Eres una buena chica, tan diferente de... –Emilia enmudeció de repente y su rostro mostró un gesto de repulsión. Comenzó a andar hacia la puerta. Antes de salir, se giró y la miró con una expresión rara en los ojos.

A Ana le intrigaron sus palabras. No imaginaba qué había querido decir y a quién se refería, pero decidió no preguntar. Se encogió de hombros y siguió desayunando.

Ana no siguió el consejo de Emilia y bajó diez minutos después. No podía esperar más. Nerviosa y excitada llamó a la puerta, a través de la cual llegaban las notas de una bella canción de The Beatles. Esperó unos segundos, extrañada de que Luis no le hubiese indicado que entrara. Comenzaba a pensar que no la había oído cuando la puerta se abrió. Como siempre que lo veía, sintió un estremecimiento y el pulso se le aceleró. Él estaba allí, alto, atractivo. No llevaba las gafas oscuras y sus ojos, de aquel bello color dorado, parecían sonreírle.

–¿Ana? –preguntó, perplejo ante su mutismo. Sabía que era ella. Su limpio olor a lavanda le llenaba las fosas nasales y le provocaba una placentera agitación interior.

–Sí, soy yo –contestó, fastidiada por aquella turbación que siempre notaba en su presencia y que la hacía parecer una tonta. ¿Dónde quedaban su aplomo, su desenvoltura, la madurez de carácter que había demostrado en numerosas ocasiones y que eran algunas de sus cualidades más valiosas? Ante ese hombre se sentía como una tímida adolescente, apocada e insegura. No se reconocía. Esa especie de corderito indefenso no podía ser ella.

–Te esperaba. Pasa –le pidió.

Ana entró y se sentó en un sillón. Luis se dirigió al equipo de sonido y quitó el disco. Sus movimientos eran hábiles, precisos. Parecía estar viendo lo que hacía. De espaldas a ella, preguntó:

–¿Has comenzado a leer el libro?

–Sí. Es muy interesante y su encuadernación es excelente.

–Mi madre era una lectora voraz y una gran bibliófila. Gran parte de los volúmenes que ves aquí los adquirió ella. Le gustaban los ejemplares raros o curiosos. Ella me inculcó el gusto por la lectura y los libros. Puedes venir cuando quieras y curiosear a tu antojo, aunque te ruego que no cambies nada de sitio o corro el riesgo de tropezar otra vez y romperme la crisma –dijo con sonrisa burlona.

Ana enrojeció al recordar lo ocurrido días antes y que, aunque él lo tomaba con humor, podía haber causado una tragedia.

–Ya podemos marcharnos, si aún deseas dar ese paseo –invitó.

–Claro que lo deseo.

Luis le alargó la mano y, cuando ella la asió, tiró con suavidad. Ana sintió una descarga eléctrica recorriéndole todo el cuerpo, partiendo de aquellos fuertes dedos que agarraban los suyos.

Con Ana cogida del brazo, Luis se dirigió a la puerta de la calle tanteando con su bastón. Allí llamó al perro con un silbido. Thor apareció de inmediato. Ana lo acarició y el animal ladró agradecido. Él lo agarró de la correa y, juntos, comenzaron a caminar.

–Bien. ¿Adónde deseas ir? –preguntó él.

–Me gustaría ir a los establos. Quiero ver a Pandora –pidió Ana.

–Desde luego. –Y se encaminó hacia ese lugar–. Ha estado nerviosa durante estos días. Te echaba de menos.

Al entrar al establo, Ana oyó un relincho y el patear nervioso del caballo. Se soltó del brazo de Luis y fue hacia la yegua.

–¡Pandora! –exclamó con alegría, acariciando el cuello del animal–. ¿Cómo estás, preciosa? Te he añorado tanto.

Luis la escuchaba, sorprendido por la emoción que advertía en sus palabras. Se permitió imaginar por un momento que iban dirigidas a él y el cuerpo se le endureció de forma inmediata. Intentó controlarse. No debía pensar en ella de aquella forma, ni desearla.

–Pronto te volveré a montar. Te lo prometo –dijo, dirigiéndose a la yegua. Le dio unas palmaditas en el cuello y le acarició el hocico.

Ana se alejó de Pandora y se unió a Luis, que la esperaba en la puerta.

–¡Es una belleza! Temía tanto que se hubiese lastimado por mi culpa –reconoció con pesadumbre.

–Por suerte, no ha sufrido ni un rasguño. Está en plena forma.

Salieron del establo en silencio. Al poco, esforzándose en descubrir la verdad en la voz de ella, Luís preguntó:

–¿No temes volver a montar?

–Claro que no. Fue mi culpa. Debí ensillarla, pero estaba tan furiosa por... –Calló y, con rapidez, propuso–: ¿Continuamos?

Luis la cogió del brazo.

–Tú decides adónde vamos. Estoy en tus manos. –Y sonrió con ironía.

Ana comenzó a andar sin rumbo fijo. Thor, al que Luis había liberado de la correa, correteaba incansable por los prados. Durante unos minutos caminaron en silencio, que a ella no le resultaron tensos. Se sentía cómoda, aunque el contacto de la mano posada sobre su brazo o los ocasionales roces de sus cuerpos le provocaban una creciente agitación.

Giró la cabeza y lo observó. Calculó que tendría unos treinta y cinco años, tal vez algunos menos. La permanente expresión de sufrimiento que reflejaba su rostro y las canas que poblaban su cabello le envejecían. Estudió su perfil. Era perfecto, como el de las estatuas clásicas que ella tanto admiraba.

Suspiró.

Luis volvió la cabeza y ella desvió la mirada.

–¿Estás cansada? ¿Quieres que regresemos a la casa? –preguntó solícito.

–No, gracias. –No quería suspender aquel paseo–.

Me encuentro muy bien. Hacía tanto tiempo que no caminaba al aire libre, que estoy disfrutando mucho.

–Bien, pero no debemos alejarnos demasiado; estás convaleciente, ¿recuerdas? ¿Hacia dónde nos dirigimos?

–Vamos por el camino de la antigua ermita. Tenía intención de llegar hasta allí, pero si te apetece ir a otro lugar...

Se hallaba a poco más de un kilómetro y se trataba de una pequeña construcción que tenía más de doscientos años de antigüedad y donde, según Emilia, se habían casado los padres y los abuelos de Luis. A él le hacía ilusión casarse allí también, en una ceremonia sencilla e íntima, pero al final acabaron celebrando la boda en una iglesia de Madrid con multitud de invitados.

–Me parece bien –respondió Luis, con repentina seriedad.

Ana captó el brusco cambio de humor y le preocupó. Temía haber dicho o hecho algo inadecuado que provocase un retroceso en su buena relación actual.

–Cuéntame cosas de ti. Sé muy poco –pidió Luis, más animado.

–En realidad no hay mucho que contar –dijo inquieta. No debía cometer errores que le hicieran sospechar la farsa que habían urdido–. Tengo veintidós años y estudio Historia del Arte. A mi padre ya lo conoces. Mi madre murió hace dos años en un accidente de tráfico y no tengo hermanos ni parientes próximos, de ahí que tu padre me invitara a pasar aquí el verano. –Lo miró de reojo para comprobar si la creía.

Luis la escuchaba con atención.

–¿Tienes novio? –preguntó de improviso.

A Ana le turbó esa pregunta. No la esperaba.

–No, no salgo con nadie. Tengo amigos, compañeros de estudios, pero nada más.

Luis se sintió satisfecho con esa noticia. Era como si le quitasen un peso de encima. Tenía que reconocer que durante esos últimos días temió que ella estuviese enamorada. El saber que su corazón estaba libre le provocaba un secreto alivio. Quizá entonces...

Con un brusco movimiento de cabeza intentó ahuyentar los desatinados pensamientos que le asaltaban con frecuencia. Él no se merecía querer a otra mujer y, menos, esperar ser correspondido. Ese sentimiento estaba muerto desde mucho tiempo antes. Murió cuando...

Luis pisó una piedra del camino y se inclinó de forma peligrosa. Soltó el brazo de ella para no arrastrarla con él y extendió la mano. Tocó el tronco de un árbol, lo que suavizó la caída, acabando sobre la blanda tierra cubierta de hierba.

Ana se precipitó hacia él.

–¿Te has lastimado? –preguntó temerosa, inclinándose para ayudarlo.

Trató de levantarlo, pero era demasiado pesado para ella y acabó perdiendo el equilibrio y cayendo de rodillas. Luis la agarró y acabó semitendida sobre él, rodeada por sus brazos y preocupada tanto por la creciente excitación que sentía como por las heridas que él pudiera tener.

–No –jadeó Luis mientras le deslizaba una mano por la espalda para sujetarle la cabeza y atraerla hacia sus labios.

Ana supo lo que pretendía y no opuso resistencia. Deseaba y temía al mismo tiempo aquel contacto. Cuando sus labios se juntaron, sintió un involuntario temblor, y aguardó expectante y con la respiración contenida. Al principio, él se limitó a dibujar con la lengua el contorno de su boca. Esa tenue caricia contribuyó a enardecer más los sentidos de ella; hasta que fue incapaz de resistir aquella exquisita tortura y entreabrió los labios implorando el beso, al tiempo que se pegaba más a él.

Luis, estimulado por el anhelo que advertía en ella, tomó posesión de su boca con un beso profundo, que se fue tornando más apasionado, más hambriento, más posesivo. Su lengua la penetró y paladeó con avidez la dulzura que guardaba y que le había estado obsesionando durante largos días e interminables noches.

Ana respondía con idéntica pasión. Sentía su calor, el acelerado latir de su corazón y aquella presión en su vientre procedente de la excitada virilidad. Estaba eufórica. Solo quería eternizar ese momento, en el que todo estaba difuso a su alrededor excepto él.

Luis abandonó aquella boca enloquecedora para dejar un reguero de ardientes besos por sus mejillas hasta llegar al cuello, al tiempo que con la mano le acariciaba uno de los senos.

Ana gemía, inmersa en un torbellino de emociones desconocidas. Jamás había sentido aquel feroz deseo, aquella necesidad de caricias. Ningún hombre había logrado despertar ese fuego en su interior que amenazaba con incendiarla.

—Oh, Luis, ¡te quiero! —confesó de forma inocente y emocionada, mientras enterraba las manos en el cabello de él y buscaba su boca con ansia.

Percibió que el cuerpo masculino se tensaba y su boca se apartaba y supo que algo había cambiado antes de que él se moviera para incorporarse. Agitada, se preguntó qué ocurría, por qué se detenía de aquella forma tan brusca.

—Volvamos —dijo Luis con voz enronquecida, tanteando en busca de su bastón. Cuando estuvo de pie, alargó la mano para ayudarla. Al sentir que la agarraba, tiró de ella hasta que estuvo en pie. Entonces la soltó y dio un silbido. Thor apareció.

—¡A casa! —dijo, y lo agarró del collar.

El perro comenzó a caminar en la dirección indicada y él lo siguió.

Ana los vio alejarse, sin fuerzas para moverse. Se quedó allí durante unos segundos. No sabía qué pensar, estaba trastornada. No comprendía la reacción de Luis.

En un momento la acariciaba y la besaba con pasión y al segundo siguiente se mostraba frío, sin darle ningún tipo de explicación por aquel repentino y radical cambio de actitud.

Las lágrimas se agolpaban en sus ojos. Había sido una estúpida al mostrarle sus sentimientos, que él había despreciado. Luis solo sentía por ella un momentáneo deseo que se había desvanecido al advertir el peligro que corría. No quería relacionarse con una tonta sentimental que le podía acarrear muchos problemas, se lo había dejado claro. Una mueca triste, que quiso hacer pasar por una sonrisa, se formó en su rostro. Debía de estarle agradecida, se dijo; le había hecho comprender la estupidez que estaba cometiendo al enamorarse de él. Todavía estaba a tiempo de enmendar su error, antes de que el daño fuese irreparable y la humillación resultase mucho mayor.

Se rehízo con esfuerzo y comenzó a caminar tras él. ¿Cómo no lo había advertido? Luis nunca podría amar a ninguna mujer. Continuaba enamorado de su esposa y no deseaba traicionar su recuerdo. Todo lo hacía por Marina: el negarse la oportunidad de curar su ceguera, el evitar las relaciones con otras mujeres... Había sido una inconsciente al ilusionarse con un hombre que era incapaz de corresponder a sus sentimientos; y peor aún, el habérselo confesado. El pequeño avance que había logrado ganándose su confianza se había desvanecido. Volvía a ser para él la niña tonta y caprichosa que imaginaba, y eso le dolía. Podía soportar su indiferencia, pero no su desprecio.

Al doblar un recodo del camino lo vio parado, esperando. Al verle allí, con el bastón en la mano y ese aire de tristeza que casi siempre le acompañaba, sintió un ramalazo de ternura y la tentación de asegurarle que no le presionaría ni le exigiría nada, que se conformaría con lo que quisiera darle.

Recapacitó. No se rebajaría más ante sus ojos. Su orgullo ya había sido pisoteado. Ahora recogería los restos y se protegería tras ellos. Si él pensaba que era una desvergonzada, no se molestaría en desmentirlo. Inspiró con fuerza, secó una lágrima rebelde que se empeñaba en correr por su mejilla y se irguió, recuperando su habitual autocontrol. No permitiría que descubriese su decepción.

Luis oyó los pasos que se acercaban y se tensó, preparado para recibir sus justas recriminaciones. Comenzaba a arrepentirse de su reacción. ¿Acaso se habría equivocado al juzgarla? Esperaba que así fuese. Le pesaba admitir que sentía por ella algo más que deseo. Aunque no podía arriesgarse. Si volvía a equivocarse, no lo superaría.

—¿Quieres que te ayude a regresar o puedes hacerlo tú solo? —dijo Ana cuando llegó ante él, con un tono de voz que le asombró por su impasibilidad.

A Luis, que esperaba lágrimas o insultos que reprochasen su ruda conducta, le defraudó la indiferencia que mostraba, como si los apasionados momentos vividos no hubiesen representado nada para ella, como si no le importara su rechazo porque no sentía nada por él a pesar de sus apasionadas palabras, como si todo hubiese sido una farsa para atraerle. No, no se había equivocado al juzgarla, reconoció con tristeza.

Levantó la cabeza con orgullo y cuadró la mandíbula.

—No, gracias. Tengo al perro.

—Bien, en ese caso me adelanto. —Y comenzó a caminar con rapidez.

12

Ana se hallaba en la piscina leyendo mientras tomaba el sol cuando oyó unos pasos por el sendero. Pensó que se trataba de Luis y que, cuando comprendiera que ella estaba allí, daría media vuelta y se marcharía. Quiso facilitarle la tarea y emitió una ligera tosecilla para advertirle de su presencia. Al contrario de lo que imaginaba, esos pasos no retrocedieron y siguieron avanzando decididos hacia donde ella se encontraba. No se trataba de Emilia, pues eran más pesados; tampoco podía ser Pedro, que se había marchado al pueblo; solo quedaba Luis.

No sabía qué esperar, si una lluvia de reproches por su parte o una disculpa, aunque esto último le parecía lo menos probable. Desde el incidente en el camino de la vieja ermita varios días antes, había vuelto al ostracismo. No le dirigía la palabra y se pasaba la mayor parte del tiempo encerrado en su habitación o en la biblioteca.

Contuvo la respiración y, sin levantar los ojos del libro, se preparó para sobrellevar el incómodo momento que se avecinaba. Por ello se sorprendió tanto al oír una agradable voz masculina que la saludaba y que no pertenecía a Luis.

–¡Hola! Esperaba encontrar a Luis; aunque, siendo sincero, estoy encantado por la sustitución. Tú debes de ser Ana, ¿me equivoco?

Ella se incorporó y miró al hombre que acababa de hablar. Este la contemplaba de una forma que la hizo ruborizarse, por lo que se puso una camiseta para cubrir el escueto bikini.

–No es necesario que ocultes ese bonito cuerpo. No tengo constancia de que las miradas dañen –comentó con descaro, mientras se acercaba más a ella con la mano extendida–. Soy Carlos.

–Y yo Ana, como has adivinado –se presentó ella con una sonrisa, y estrechó la mano que le tendía.

–Busco a Luis. ¿No sabes dónde se encuentra? Emilia ha sugerido que podría estar en este lugar.

–No. Estará de paseo con el perro –respondió, encogiéndose de hombros.

–Entonces, si no te importa, le esperaré aquí.

Carlos tomó asiento en una tumbona junto a ella y se despojó del suéter, quedándose con el bañador.

Ana lo observó furtivamente. Se trataba de un hombre muy atractivo. Alto, atlético, con un delicioso bronceado y un rostro de facciones muy interesantes. Le calculó unos treinta y pocos años. Todo un ejemplar masculino, reconoció, que no dejaría indiferente a ninguna mujer.

–Soy amigo de Luis desde la infancia y hace varios años que no nos vemos... –Dejó de hablar un momento mientras reflexionaba–. Creo que unos cuatro. La última vez fue el día de su boda, aunque en esa ocasión no me prestó mucha atención. Estaba demasiado absorto contemplando a su hermosa mujer para atender a nada más; algo que nadie le reprocharía, desde luego. –Rio divertido y, al advertir que ella no secundaba la broma, abandonó su actitud y preguntó con seriedad:

–¿También eres amiga de Luis?

–Soy hija de un empleado del señor Aranda.

Carlos adivinó que ella no iba a darle más explicaciones y decidió cambiar de tema. De todas formas, no las necesitaba. Su padre le había informado.

–¿Cómo puedes pasar el verano en este pueblo y no morir de aburrimiento? –comentó con un cómico gesto de repulsión–. Yo solía pasar las vacaciones aquí, pero desde hace unos años prefiero ir a la playa: Ibiza, Palma, Marbella o cualquier otra en la que haya diversión. Después de pasar todo el invierno trabajando en Madrid necesito cambiar de aires. ¿A ti no te ocurre igual?

–No, yo prefiero la tranquilidad del campo –respondió Ana. No creía ni por un momento que ese seductor pasara más de una semana dedicado al trabajo, aunque coincidía en que ese pequeño rincón le pareciese aburrido y poco apropiado para sus objetivos.

–Bueno, reconozco que para unos días no está mal, sobre todo con la piscina. –Hizo una pausa, cerró los ojos y su rostro se iluminó con una amplia sonrisa–. Cuando Luis y yo éramos niños, nos pasábamos el verano metidos en el agua, aquí o en el arroyo, y cuando no estábamos chapoteando nos dedicábamos a corretear por todos lados con nuestras bicicletas. –Volvió a abrir los ojos y la miró con un travieso brillo en la mirada–. Es algo que me gustaría volver a hacer. ¿Me acompañarías? Apuesto a que Luis tiene la suya.

–Aún la tiene y en buen estado. Suelo ir al pueblo en ella, aunque prefiero pasear por el campo a lomos de Pandora.

–¡Un caballo! –exclamó Carlos impresionado–. Sabía que terminaría teniendo uno. Siempre se lo estaba pidiendo a su padre.

–Tiene dos, Senegal y Pandora. Son unos ejemplares magníficos.

–Me doy cuenta de que te gustan y siento no compartir tu entusiasmo. Los caballos son animales que me intimidan demasiado, sobre los que no puedes estar seguro ni un segundo.

–Eso no es cierto –protestó divertida al descubrirle un punto débil en aquel simpático galán–. Una vez que aprendes a montar es difícil tener accidentes, a menos que el jinete cometa un error. Hace unas semanas yo misma sufrí una caída. Fue un enorme descuido por mi parte y en el que la yegua, sin culpa alguna, pudo haber sufrido una lesión.

–¿Fue grave el accidente? –preguntó con interés, aunque ya conocía los detalles.

–No. Solo un golpe en la cabeza y magulladuras en el cuerpo. Me atendió el médico del pueblo, que no consideró necesario el traslado al hospital. Ya estoy bien.

–Ya veo que conoces a mi padre.

–¿Eres hijo del doctor Salmerón? –Le extrañaba el escaso parecido entre ambos.

–El mismo. He vivido aquí desde pequeño, cuando mis padres decidieron trasladarse porque no les gustaba la ciudad, y hasta que inicié los estudios universitarios. Yo también soy médico, cirujano plástico para ser más exactos –puntualizó; y con una mueca burlona, añadió–: Si alguna vez precisas de mis servicios, será un placer atenderte; y te haré un descuento.

Ana no pudo contener la risa.

–Gracias, eres muy amable.

Carlos la miró complacido. La chica comenzaba a relajarse y a sentirse cómoda a su lado. Era un buen comienzo.

–¿Te apetece que nos demos un baño? El agua parece deliciosa y debes estar acalorada con toda esa ropa encima –sugirió con una pícara sonrisa.

Ana volvió a reír. Era indiscutible el encanto de ese hombre. Una mujer nunca se aburriría con él; ni se sentiría segura.

–Es una buena idea –aceptó encantada.

Se despojó de la camiseta y se dirigió con paso decidido hacia la piscina. Carlos la observaba maravillado. Era una delicia. Tenía un magnífico cuerpo y un andar suave y armonioso, muy femenino. Tendría que averiguar si pertenecía a Luis porque, en caso contrario, la conquistaría. Pensaba pasar solo un par de días allí, pero retrasaría su marcha si tenía la oportunidad de probar ese tentador bocado. Claro que, si Luis tenía interés en ella, no le jugaría esa mala pasada. En su juventud siempre disfrutó robándole las novias. Ahora, con su actual desgracia, una acción de ese tipo sería poco ética y él, aunque muchos pensaran lo contrario, seguía respetando algunos principios.

Carlos la siguió. Cuando llegó a su lado, la empujó y cayeron ambos a la piscina entre fuertes carcajadas. Siguieron jugando durante unos minutos sin advertir la presencia de Luis, que escuchaba con creciente disgusto.

Ana, agotada, salió de la piscina y se tensó al verle allí y con ceñudo semblante.

–¡Por fin apareces, bribón! –saludó Carlos con alegría al advertir su presencia–. Te estaba buscando.

–Me da la impresión de que no te has esforzado lo suficiente. Como es tu costumbre, te has entretenido por el camino –dijo Luis con una mueca burlona.

Carlos no dio importancia al mordaz comentario y se acercó a él. Le dio un fuerte abrazo que humedeció su camisa.

–¡Qué gusto verte! ¿Cómo te encuentras?

–He vivido tiempos mejores –respondió con seriedad, sin dejarse contagiar por la euforia de su amigo.

–Ya me enteré de la desgracia. Sentí la muerte de Marina.

–Te lo agradezco.

A Ana, que observaba la escena, le llamó la atención ese poco cortés recibimiento cuando, según le había dado Carlos a entender, eran grandes amigos. Por si se debía a su presencia, decidió dejarlos solos.

–Me marcho. He tenido mucho gusto en conocerte, Carlos.

Ana le tendió la mano con una sonrisa y, antes de que él pudiese responder, Luis se adelantó.

–No es necesario que te vayas –dijo con frialdad–. Me ha parecido que os estabais divirtiendo mucho. Yo soy el que estorba.

Luis comenzó a alejarse. Carlos lanzó una mirada de resignación a Ana y la tranquilizó con una sonrisa. Estaba acostumbrado a tratar a pacientes difíciles y sabía que la ceguera podía llevar a un estado de extrema tensión y frustración. Su padre le había advertido sobre ello y venía preparado.

–¿Dónde vas, pedazo de zoquete? –Lo detuvo, cogiéndolo por un brazo–. Siéntate, que tenemos mucho de qué hablar.

Ella aprovechó para marcharse formulando un tímido «adiós» y se dirigió a la casa. Se sentía dolida por la actitud de Luis. Esa había sido la tónica general durante los últimos días. La evitaba, al igual que durante la primera semana de estancia en aquella casa. No lo hacía de forma explícita ni le prohibía entrar a la biblioteca o a cualquier otro lugar en el que estuviera como ocurrió entonces, pero se marchaba con alguna excusa cuando advertía su presencia.

Lo añoraba. Deseaba que regresase el Luis tierno y solícito de algunas ocasiones, y aún más al ardiente y apasionado de aquella ocasión sobre el lecho de hojarascas.

Luis se dejó guiar a regañadientes hasta una tumbona. Sabía que se había excedido. Carlos no tenía la culpa de su mal humor. Se alegró cuando Emilia le dijo que había venido, aunque al llegar a la piscina y descubrir que estaba con Ana y que esta reía sus bromas, sintió un repentino odio hacia su amigo.

Se conocían desde pequeños, en los largos veranos

que ambos pasaban en el pueblo. Fueron compañeros de juegos en la infancia, de aventuras en la adolescencia y de conquistas en la juventud. Cuando comenzaron en la universidad se distanciaron bastante. Luis iba muy poco en vacaciones y otro tanto ocurría con Carlos, que prefería una bulliciosa playa donde practicar su deporte favorito: la seducción.

Porque Carlos era un verdadero conquistador y las mujeres su mayor pasión. Las coleccionaba de todas las edades, razas, posición social, creencias religiosas... Todas con la única condición de que fuesen atractivas. No tenía muchos problemas para ello ya que a su magnífico aspecto se unía una personalidad arrolladora. Él lo sabía muy bien porque le arrebató muchas conquistas. Hacía años que no lo veía, aunque vivían en la misma ciudad. Carlos, con el trabajo en la clínica y sus chicas, tenía poco tiempo para los amigos.

Se obligó a serenarse. A él no le importaba si Ana coqueteaba con otros, ni siquiera con Carlos, que era un mujeriego empedernido.

–¿Qué haces por aquí, Carlos? Te creía en alguna playa de moda. Hacía mucho tiempo que no visitabas el pueblo –le preguntó más relajado. Lo cierto era que se alegraba de estar en su compañía. Carlos siempre lograba sacarle una sonrisa con su carácter alegre. La amistad forjada desde niños era muy difícil que desapareciera.

–No tanto como piensas, aunque nunca en verano. Procuro venir varias veces al año para visitar a mis padres. No creas que desatiendo mis deberes de hijo. Tendré mala fama, pero soy muy amante de la familia.

–Eso es nuevo. ¿No estarás pensando en formar la tuya propia? –La pregunta era innecesaria porque adivinaba la respuesta.

–Pero ¿qué dices? No ha llegado mi hora, chaval –exclamó Carlos con fingido estupor–. ¿Cómo voy a conformarme con una sola manzana cuando hay tantas en el cesto?

–Lo imaginaba. No sería propio de ti.

–Puedes apostar por ello. Además, con una profesión tan abnegada como la mía no tendría tiempo para ocuparme de una esposa e hijos.

–Cierto, debe de ser agotador estar rodeado de mujeres todo el día –comentó con sorna.

–No lo sabes tú bien –respondió, con guiño de ojo incluido, aunque sabía que no lo iba a apreciar.

Luis sonrió divertido.

–Ana es una chica deliciosa. ¿Amiga tuya? –Carlos fue directo al tema que le interesaba mientras observaba a Luis. Vio que se tensaba otra vez, lo que le confirmó su anterior impresión: algo ocurría con esa mujer que lo alteraba por mucho que intentase disimular.

–No, solo es la hija de un empleado que acompaña a mi padre en el viaje. Estará aquí hasta que regresen, a finales de agosto. A alguien le pareció buena idea que viniese a hacerme compañía –respondió con aparente desinterés.

Carlos no le creyó, pero tampoco iba a desaprovechar la ocasión si su amigo le daba vía libre.

–Me gustaría tratarla más, si a ti no te importa –sugirió con tiento.

–¿Por qué iba a importarme? Puedes tratarla todo lo que quieras o ella te deje. Es más, te agradecería que la alejaras de mí un rato. Estoy harto de verla mariposear por aquí todo el tiempo; es un decir, claro –le aseguró, y mostró una mueca de desdén.

A Carlos no le afectó el tono mordaz de Luis. Era obvio que la chica le interesaba, aunque su orgullo le impidiera reconocerlo.

–En ese caso, la invitaré a salir esta noche. Como recordarás, son las fiestas en el pueblo y se siguen celebrando aquellos bailes populares en la plaza. Pienso que le gustará.

–No lo dudo.

–Estupendo. Iré a preguntárselo. –Se levantó–. ¿Vienes a la casa o esperas aquí?

–Aquí estoy bien. Me quedaré un rato más, ahora que reina la tranquilidad.

Carlos ignoró la puya y se alejó, tarareando una canción.

A Luis le afectó más de lo que se atrevía a admitir. Conocía a su amigo y sabía qué se proponía. Con Ana no tendría que esforzarse demasiado, era una presa fácil. Él lo sabía muy bien. Y estaría deseosa, ahora que le habían fallado los cálculos con él.

Al poco, Luis oyó pasos e imaginó que Carlos regresaba. Por su apresuramiento supo que había tenido éxito en su propuesta.

–Ha aceptado. Vendré a recogerla a las nueve –anunció con voz ilusionada. A continuación, e intentando disimular su ansiedad–: Nos acompañarás, ¿verdad?

–Te lo agradezco, pero prefiero quedarme en casa. Los tumultos me agobian –se excusó.

A Luis no se le escapó el suspiro de alivio que Carlos emitió.

–Como quieras. Luego te veré. –Le palmeó la espalda satisfecho y se marchó.

Carlos se presentó puntual aquella noche. Luis, que esperaba su llegada, se refugió en la biblioteca deseando no encontrarse con ellos. No lo consiguió. Su amigo, tras preguntar a Emilia, fue a buscarle.

–¿Te decides a venir con nosotros? –Sondeó Carlos a modo de saludo, y continuó con aquella voz suave y seductora que tantos estragos hacía entre las mujeres–. Seguro que te diviertes. A ti siempre te gustaron las fiestas del pueblo. Recuerdo que no te perdías ni una de las actividades que se celebraban.

Luis no se dejó convencer por el interés que Carlos mostraba en que los acompañase. Sabía que se debía más a los ruegos de su padre que a su propio deseo. Lo conocía bien y dudaba de que hubiese cambiado. Nunca le había gustado la compañía cuando pretendía conquistar a una mujer, y esa era su intención con Ana.

–No malgastes tus encantos conmigo, no iré –respondió Luis con menos indiferencia de la que pretendía aparentar.

Había estado inquieto y malhumorado toda la tarde, sin querer admitir que la causa era la cita de Ana y la idea de que ella pudiese estar más interesada en su pareja que en la propia fiesta.

Carlos no había olvidado lo tozudo que su amigo era y optó por no insistir. Su padre le había pedido que lo animara para que los acompañase y él ya había cumplido. Lo sentía por Luis, pero si quería seguir siendo fiel a su lema «no desaproveches una oportunidad cuando la encuentres», entendiendo por oportunidad una figura de suaves curvas y bellos ojos, no debía insistir.

–Comprendo que el bullicio te trastorne; en tu estado, incluso puede perjudicarte.

–Seguro, por eso prefiero quedarme aquí. Divertíos por mí los dos –contestó Luis con una mueca burlona. No se equivocaba. Carlos seguía practicando su deporte favorito y, como siempre, prefería practicarlo solo.

Se escucharon unos pasos precipitados por la escalera y, al momento, la voz de Ana desde la puerta.

–Ya estoy lista. Cuando queráis, podemos marcharnos.

Carlos la miró embelesado. Era una delicia de criatura. Si esa tarde en bañador le había parecido muy atractiva ahora, con aquel ajustado vestido azul que marcaba sus esbeltas formas y dejaba al descubierto gran parte de sus piernas, estaba irresistible.

Vio que Luis se enderezaba más en su sillón, lo que le confirmaba sus sospechas. No podía ocultar que le gustaba Ana; entonces, ¿por qué dejaba pasar la oportunidad? El tenerla allí y no intentar seducirla era un verdadero desperdicio. Y aunque no la viese, tenía que haber reparado en lo adorable que era. Constituía una auténtica tentación incluso para una persona tan recta como Luis. Por suerte, él no estaba ciego, y tampoco era tan recto.

–Luis no viene. No he conseguido convencerle. Pero no temas, yo solito me basto para entretenerte. No necesitamos a este gruñón. –Sonrió con picardía a Ana y le guiñó un ojo.

–Pensaba que nos ibas a acompañar –dijo Ana desilusionada. Si había accedido a salir esa noche con Carlos era porque él le dio a entender que Luis también iría.

–En ningún momento he tenido intención de hacerlo, por lo que no comprendo cómo has llegado a esa conclusión –contestó Luis con un aplomo que estaba muy lejos de sentir; pero no pensaba dejar traslucir el desasosiego que sentía.

Ana se quedó parada, sin saber qué decir.

–Vamos, preciosa, no quiero perderme ningún baile. –La animó Carlos en tono ligero. La cogió del brazo y se dirigieron a la puerta–. Hasta mañana, chaval. No nos esperes levantado.

Carlos soltó una risita traviesa que Luis conocía muy bien. Apretó la mandíbula para contener su frustración. ¿Cómo era posible que ella no se diera cuenta de las intenciones de Carlos? ¿No advertía dónde se estaba metiendo? Seguro que sí, pero no debía importarle. No era tan inocente como aparentaba, él lo sabía bien. Quería divertirse y tomaba al que tenía más a mano.

–Hasta mañana –se despidió Ana, menos alegre que al principio.

Estaba decepcionada por la negativa de Luis a acompañarlos y preocupada por lo que pudiese pensar. No quería aumentar su animosidad. Necesitaba ganarse su confianza y cumplir con su trabajo; dejando de lado sus sentimientos personales, claro.

13

La velada con Carlos fue muy agradable. Cenaron en un merendero al aire libre y estuvieron en la verbena, que se celebraba en la plaza mayor del pueblo, rodeados de gente que bailaba y se divertía. Saludó a algunos conocidos, que se interesaron por su recuperación, y conversó un rato con el doctor Salmerón y su esposa.

Carlos era un buen acompañante, atento, divertido, mundano... Estuvieron bailando durante horas, riendo y charlando con un grupo de amigos de él. Ya de madrugada regresaron a Arroyo Claro. Ana le estaba agradecida por la impecable conducta durante toda la noche, aunque recelaba que intentaría algo antes de despedirse.

Carlos paró el coche frente a la verja de entrada y se bajó para abrirla. Subió otra vez y continuó hasta la casa. Apagó el motor sin hacer ningún intento por bajarse y se giró hacia Ana, posando un brazo en el respaldo del asiento que ella ocupaba.

–¿Te has divertido?

Ella percibió el tono enronquecido de su voz y el brillo de deseo en sus ojos y se inquietó. No quería herirle con un desplante, pero no iba a permitir que se tomase libertades que no deseaba por muy agradecida que le estuviese.

–Sí. Lo he pasado de maravilla. –Sonrió con sinceridad–. Gracias por todo.

Ana intentó abrir la puerta para bajar. Carlos la agarró del brazo para detenerla mientras que con la otra mano le volvía el rostro.

–¿No me vas a dar un beso de despedida? Creo que me lo merezco –susurró, y acercó más el rostro.

–Bueno... yo... –comenzó a decir cuando los labios masculinos la silenciaron con un beso cálido y apasionado, de verdadero experto, que no logró alterarla ni obtener una respuesta de ella.

Carlos, como buen conocedor de la naturaleza femenina, supo que no debía insistir. Ana no se sentía predispuesta en esos momentos. Pero no se daría por vencido. Lo seguiría intentando. Pasaría algunos días más en el pueblo y conseguiría que claudicara. Ninguna mujer se le había escapado cuando decidía conseguirla, y con esta lo había decidido nada más verla.

Bajaron del coche y él la acompañó hasta la casa. Le pidió las llaves y abrió la puerta. Ana fue a entrar, pero él le bloqueó el paso y la abrazó con delicadeza al tiempo que le daba un beso en la mejilla.

–Hasta mañana, preciosa; y sueña conmigo –dijo con sonrisa irónica, divertido ante su confusión.

Ana se despidió con un tímido «hasta mañana» y entró, cerrando la puerta. Se quedó apoyada en ella hasta que oyó alejarse el coche, entonces se dirigió a la escalera para subir a su habitación. Eran las tres de la madrugada y esperaba no haber despertado a nadie.

Ahogó un grito al ver aquel cuerpo, que pareció surgir de la nada y con el que casi chocó. Lo reconoció enseguida; era Luis. Había salido de la biblioteca y estaba parado ante ella con hosco aspecto. A la tenue luz de la luna que se filtraba por el amplio ventanal, pudo ver su rostro tenso y el entrecejo fruncido. Parecía estar esperando que ella le diese una explicación.

–Perdona que te haya despertado, yo no... –comenzó a decir algo azorada, como siempre que lo encontraba con esa actitud.

–No me he acostado; esperaba tu regreso. –Luis no la dejó terminar. Su voz helada y la rigidez que mostraba su cuerpo eran un mal presagio–. Debías de estar divirtiéndote mucho para no darte cuenta de lo tarde que era.

Ana se dejó llevar por la irritación. Parecía un padre regañando a una hija inconsciente y trasnochadora. ¿Pero quién se creía que era para estar pidiéndole cuentas sobre sus actos? Tampoco ella era una niña para tener que darlas.

–Mucho, no te quepa duda. Si hubieses venido con nosotros lo habrías comprobado por ti mismo.

–¿Y estorbar a la parejita? –Rio con cinismo–. No, gracias. Imaginé que no deseabas carabina.

–Desde luego que no la deseaba, ni la necesitaba tampoco. Sé cuidarme sola –le espetó, molesta por las desagradables insinuaciones.

Intentó esquivarle para subir a su habitación. No quería enzarzarse en una disputa, y menos a esas horas; pero Luis la inmovilizó al pasar a su lado y la estrechó entre sus brazos.

–No te creo –susurró muy cerca de su oído.

Su aliento quemaba y el calor de su cuerpo la estaba derritiendo. Sintió el deseo de abandonarse a él, de ceder... Y estuvo a punto de hacerlo; aunque se mantuvo firme. No iba a regalarle una fácil victoria otra vez.

–Déjame –logró articular con sorprendente serenidad.

Luis advirtió su frialdad y se crispó. La deseaba dulce y cálida como en la ocasión anterior, cuando la tuvo entre sus brazos.

–¿Estás segura de que es eso lo que deseas? –preguntó.

Sin esperar su respuesta, Luis tomó posesión de la boca femenina en un furioso beso. Quería resarcirse de alguna forma por las horas de suplicio que había padecido. ¡Dios, cuánto sufrió! Pensaba que ese sentimiento se había extinguido en él mucho tiempo antes, pero estaba equivocado; los celos lo atormentaron todo el tiempo, y ahora que la tenía delante, seguían atormentándolo al pensar en las caricias que habría recibido de Carlos y que deseaba borrar con las suyas propias.

Ana estaba impresionada por la vehemencia de Luis. Sus manos la acariciaban con febril urgencia y su boca parecía querer devorarla. Ella jadeaba y gemía sin control. Al principio se envaró, aturdida por esa reacción, pero la pasión desenfrenada de él la contagió y no se resistió, devolviéndole las caricias de idéntica forma, estrechándolo, pretendiendo fundirse en su cuerpo mientras repetía su nombre sin cesar.

Luis la soltó de golpe, con una extraña expresión en el rostro, y se quedó inmóvil. Ella, aturdida, dio un paso atrás y se tambaleó. En un principio pensó que se había detenido para llevarla a la habitación. No fue así, porque entró en la biblioteca y cerró la puerta.

Pasaron largos segundos hasta que Ana reaccionó y comprendió lo que ocurría. ¿Qué se había interpuesto en esta ocasión?, se preguntó, ¿el recuerdo de su esposa o el de Carlos? Volvió a sentir la humillación de su rechazo y se indignó. ¿Qué pensaba que había ocurrido entre Carlos y ella? ¿Tan pobre opinión le merecía para pensar que aprovechaba cualquier oportunidad para dejarse acariciar, como había ocurrido con él momentos antes? ¿Acaso no le había demostrado sus sentimientos, no le había dado a entender que él era el único?

Ciega de furia abrió la puerta y entró en la habitación, dispuesta a defenderse. Aunque tenía todo el derecho de hacer lo que le viniese en gana con quien le apeteciese, no iba a consentir que la acusasen de algo que no era.

Luis estaba tendido en el sofá luchando por serenarse. No se explicaba la razón de su arrebato. Había estado a punto de hacerle el amor allí mismo, llevado por el deseo desenfrenado que ella le provocaba. Era algo que nunca había experimentado con otra, ni con su propia esposa.

Y no era el deseo la única causa de que perdiese el control de sus actos. Estaba ese loco anhelo de posesión, la descabellada idea de marcarla con sus besos, con sus caricias, señalarla como propiedad suya para que todos lo supieran; todos... incluso ella.

La tortura que había sufrido desde que la vio marchar con Carlos se incrementó al oírlos llegar. Los largos minutos transcurridos hasta que bajaron del coche fueron un auténtico suplicio. La imaginaba en brazos de su amigo, entregada a sus caricias, haciendo el amor en el asiento trasero.

Tuvo que recurrir a toda su fuerza de voluntad para no ir a buscarla. Ya había perdido la batalla y se encaminaba hacia la puerta cuando los oyó bajar del coche y dirigirse hacia la casa. Necesitó apelar otra vez a su férrea voluntad cuando oyó a Carlos tratarla con aquella íntima confianza, y después descargó en ella la angustia y frustración padecidas durante horas. Era un bruto sin conciencia; su conducta no tenía justificación.

Sabía que no lo merecía. Ella no era nada suyo, no sentía nada por él, no tenían ningún tipo de compromiso. Estaba en su derecho de sentirse atraída por Carlos y llegar hasta donde quisiera, aunque esa idea le provocara una gran desdicha. Lo que le confundía era el hecho de que parecía detestarle, pero respondía a sus caricias con tanta pasión que lo volvía loco.

Cuando oyó el golpe de la puerta al abrirse, se incorporó de inmediato. Sabía de quién se trataba.

Ana permaneció en el centro de la habitación mirándolo con rabia. Intentó hablar y las palabras se le atropellaban en la garganta impidiéndole pronunciarlas. Luis seguía sentado, esperando el torrente de insultos que se merecía. Aunque la luz estaba apagada, la luna inundaba de claridad la habitación y ella podía verle el rostro. Parecía sereno, como si nada hubiese ocurrido momentos antes o, al menos, nada que a él le afectase. Esta certeza la golpeó como un mazazo. Había llegado a pensar que le importaba, que en el fondo de su corazón albergaba algún sentimiento tierno hacia ella. Pero esa serenidad, ese desinterés, la hería.

Había estado jugando con ella todo el tiempo, divirtiéndose. ¿Había querido demostrarle que era más ardiente que Carlos, mejor amante? ¿Se trataría de un juego que ambos practicaban desde jóvenes y, en esta ocasión, ella había sido su juguete?

Se derrumbó. Los ojos se le llenaron de lágrimas que no podía contener. Le quería y él se había reído de ella.

–¿Por qué? –preguntó entre sollozos.

Sin esperar una respuesta, Ana salió corriendo de la habitación y subió a su cuarto. No quería humillarse más ante él. Cerró la puerta y se tendió en la cama, deshecha en llanto. No advirtió que, al poco, la puerta se abría y alguien se acercaba a la cama hasta que unos brazos la cercaron.

Luis, sentado a su laso, la acunó con ternura, como si se tratase de una niña. Pasó varios minutos acariciándola, sin decir nada. Se sentía feliz con tenerla abrazada. Parecía tan joven y vulnerable, tan necesitada de protección, que despertaba en él el deseo de protegerla. Ana le provocaba una serie de sentimientos desconocidos hasta entonces y, sobre todo, con ella se sentía en paz por primera vez en mucho tiempo. No importaba lo que fuera o pretendiese; ya no le importaba nada. No quería seguir luchando contra sus sentimientos. Sabía que había perdido la batalla.

–Perdóname, por favor –rogó en un susurro.

Su voz sonaba tan cargada de culpa, su arrepentimiento era tan sincero, que Ana comenzó a llorar con más fuerza.

–Oh, Dios, ¿qué te he hecho? –se lamentó Luis mientras intentaba secarle las lágrimas que le bañaban el rostro.

Ana quería decirle que ahora su llanto era de alegría, pero esa misma felicidad le trababa la garganta. El escuchar de sus labios esas palabras, era más de lo que podía soportar. Él le acariciaba el cabello con delicadeza. Se sentía una niña mimada entre aquellos brazos, un lugar que no deseaba abandonar.

–¿Me perdonas? –preguntó, en esta ocasión con la voz teñida de esperanza.

Le colocó los dedos en la barbilla para obligarla a mirarle.

–Sí –respondió ella en un murmullo. Ya había dejado de llorar y ahora lo miraba con los ojos brillantes y sonriendo.

Luis comenzó a explorarle el rostro con las puntas de los dedos. Dibujó el arco de las cejas, los ojos, la línea de la nariz, los pómulos... Cuando llegó a los labios, Ana estaba conteniendo la respiración. El deseo había renacido en su interior, fuerte, ardiente.

–Eres muy bella –afirmó él en un ronco murmullo antes de inclinarse sobre su boca.

Ana esperaba otro beso voraz y estaba preparada para responderle con idéntica pasión; por ello le desconcertó la dulzura de aquellos labios que se movían sobre los suyos con delicadeza, como temiendo dañarla. Y comenzó a temblar sacudida por una intensa emoción.

–No me temas, Ana; lo último que deseo es hacerte daño, aunque a veces me comporte como un salvaje –dijo al percibir su tensión.

Ella negó con un gesto y, para demostrarle que no le temía, levantó los brazos y los enlazó en su cuello al tiempo que acercaba los labios a la boca de él.

Luis, al sentir la tímida caricia, perdió el férreo control que se había impuesto. Supo que tenía que poseerla y que nada, excepto ella, iba a impedírselo. Retomó la iniciativa, aunque en esta ocasión sus caricias se volvieron más apasionadas, más audaces. La apretó contra su cuerpo, tanteando con su mano la ropa para desvestirla. Halló la cremallera en la espalda y la bajó, deslizándole los tirantes del vestido y dejando sus senos desnudos al descubierto. Los acarició con reverencia, complaciéndose con su redondez y turgencia, pellizcando los duros pezones y provocándole estremecimientos de placer.

La boca de él también causaba estragos a Ana. Sus labios succionaban, sus dientes mordían, su lengua exploraba con avidez el cálido interior de la boca femenina, invitándola a que devolviese la caricia, excitándola.

Ana se hallaba en un estado de total delirio. Le costaba analizar lo que le estaba haciendo. Solo sentía... sentía y respondía con todo su ser.

—Te deseo... te deseo tanto —susurró Luis sobre sus labios.

La tumbó en la cama y él lo hizo a su lado. Su boca abandonó la de ella para trasladarse a sus senos, dejando un reguero de ardientes besos en el camino. Cuando lamió uno de sus erectos pezones, Ana exhaló un gemido de placer.

Luis, animado por la respuesta, renovó las caricias mientras la liberaba con habilidad de las ropas que la cubrían. De pronto, se detuvo.

—¿Deseas continuar? Si me lo pides, me retiraré —susurró con anhelante acento.

—Sí, lo deseo; no hay nada que desee más en este momento —reconoció Ana con voz firme, en la que se apreciaba la impaciencia que sentía.

Él emitió un hondo suspiro y se incorporó para desprenderse de sus ropas.

Al ver que se estaba desvistiendo, la respiración de

Ana se aceleró de anticipación y de un cierto temor. Se sentía cohibida. Su única vez no fue agradable y temía que en esta ocasión resultase igual de penosa. Pero lo que más temía era que él se sintiese decepcionado por su falta de experiencia y su escasa destreza.

Olvidó pronto sus temores cuando él estuvo otra vez a su lado. Le cogió la cabeza entre ambas manos y comenzó a besarle el rostro con ternura.

Luis no logró refrenar por más tiempo su deseo y se colocó entre sus piernas. Al advertir cierta rigidez en ella, decidió proceder con calma. Volvió a besarla hasta que sintió que comenzaba a mover las caderas en clara invitación; entonces la penetró con fuerza, cediendo a la urgencia que le consumía.

Ana notó una leve molestia que le provocó un quejido. Él se inmovilizó de inmediato y levantó la cabeza que tenía oculta en su cuello.

–Perdóname. Soy un bruto –musitó consternado.

Ella negó con un gesto. Tras unos segundos, lo miró emocionada por su reacción, por contenerse al advertir su momentánea incomodidad.

–No te detengas, por favor –pidió con voz entrecortada.

–No quiero lastimarte. Puede que no estés preparada –insistió. Su respiración era cada vez más agitada y la tensión de su cuerpo más patente.

Ana, consciente del esfuerzo que le estaba suponiendo, sintió una desbordante ternura por aquel hombre fuerte que reprimía su propio deseo por temor a dañarla; y creció en ella ese sentimiento que ya se había implantado fuerte en su interior.

–Te deseo. No me hagas esperar más –murmuró, arqueándose hacia él y enroscándole las piernas alrededor de la cintura para animarlo a continuar.

–¡Dios, Ana! –gimió Luis, y se rindió ante aquel dulce ruego. Sus labios tomaron la boca de ella en un beso enfebrecido, posesivo, y comenzó a moverse lentamente en su interior.

Los gemidos de Ana, ahogados por la boca de él, se incrementaban con cada impacto. Su cuerpo ardía y se convulsionaba, hasta que algo pareció explotar en su vientre, provocándole oleadas de indescriptible placer que se extendieron por su interior durante interminables segundos.

Agotada y casi desvanecida, perdida en una suave nube de felicidad, apenas oyó los roncos gemidos de Luis cuando alcanzó su propio éxtasis, ni entendió lo que murmuraba junto a su oído cuando se desplomó, exhausto, sobre ella.

14

Ana se desperezó y abrió los ojos. Los volvió a cerrar deslumbrada por la claridad que inundaba la habitación. Una placentera laxitud la envolvía y le aportaba un peculiar estado de felicidad, desconocido para ella.

Se giró con cautela para comprobar si Luis seguía a su lado. No estaba allí ni encontró huellas de su cuerpo. Sin duda, no había dormido en esa cama. Se recriminó por haber sucumbido al sueño, que le impidió disfrutar de su compañía por más tiempo.

Intentó justificar la pequeña decepción sufrida diciéndose que lo había hecho para salvaguardar su reputación y que Emilia no sospechase lo ocurrido. Se lo agradeció. Habría sido muy embarazoso que la mujer entrara a despertarla, como solía hacer, y encontrara a Luis en la cama de su invitada. Sonrió con malicia al imaginar la escena. Sí, habría sido muy incómodo.

Miró el reloj. Eran casi las diez de la mañana. No podía explicar cómo Emilia la había dejado dormir tanto. Imaginaría que estaba cansada por haber trasnochado. A pesar de lo avanzado de la mañana, no tenía ganas de levantarse.

Se sentía perezosa, la invadía una rara y desconocida sensación. Era tan feliz que sentía ganas de gritar de alegría.

La ternura la inundó como una impetuosa marea y un escalofrío de placer le recorrió el cuerpo al rememorar los momentos pasados en brazos de Luis. Su delicadeza, su fuerza, su pasión y, en especial, su falta de egoísmo, la preocupación que en todo momento mostró por ella, por procurarle placer.

Le amaba. No importaba que no la correspondiese, ella amaba por los dos. Y, aunque no consiguiera su amor, al menos guardaría como un tesoro los momentos pasados en sus brazos sintiéndose mujer por primera vez en su vida.

Emilia la descubrió abrazada a la almohada y con una radiante sonrisa en el rostro.

–¿Lo pasaste bien anoche?

Ana, envuelta en su ensoñación, le respondió con un lánguido gemido.

Emilia movió la cabeza con un expresivo gesto de entendimiento a la vez que sonreía. Recordaba lo divertidas que eran las fiestas del pueblo y lo bien que se pasaba a esa edad. Se acercó a la mesilla de noche y depositó allí la bandeja con el desayuno.

–Vamos. Ya es hora de que tomes algo.

Ana abrió los ojos y comenzó a incorporarse. Al advertir que estaba desnuda, se cubrió con la sábana y un violento sonrojo cubrió su rostro.

–¿Por qué se ha molestado, Emilia? Estaba a punto de levantarme y bajar a desayunar –dijo nerviosa.

–No es molestia, muchacha. Os oí llegar muy tarde anoche y he pensado que esta mañana tendrías sueño.

–¿Nos oyó? ¿Estaba levantada? –preguntó alarmada.

–Solo el coche, y volví a dormirme más tranquila sabiendo que ya estabas en casa. –La miraba con una sonrisa bondadosa y maternal–. Vamos, come o se enfriará la leche.

Ana respiró aliviada. Temía que hubiese presenciado la escena entre Luis y ella en el vestíbulo o, peor aún, que hubiese oído lo sucedido en esa habitación. Se incorporó un poco, cubriéndose hasta la barbilla.

Emilia le puso la bandeja sobre las piernas y se retiró.

–Estaba preocupada porque conozco al amigo de Luis. Es un tunante de mucho cuidado. No puede ver unas faldas sin intentar meterse debajo de ellas. Simpático y muy educado, pero un golfo. Siempre lo he dicho –explicaba como para sí misma.

Ana sonrió divertida. Carlos no lograba ocultar su verdadera naturaleza.

–Tan diferente de mi Luis –continuó Emilia con un suspiró–. Él ha sido siempre tan decente, tan caballero. Las jóvenes lo perseguían porque es muy guapo, pero él nunca fue un mujeriego. Al contrario, creo que en eso siempre ha pecado de inocente, pobrecillo. Más de una vez se ha dejado engatusar por lagartas que solo iban detrás de su dinero, como esa zorra de... –Movió la cabeza con pesar y continuó–: Bueno, me bajo. Cuando termines, déjalo todo, que ya subiré luego a arreglar la habitación. Deberías salir a dar una vuelta. Hace un día precioso para pasear.

Emilia volvió a sonreír de aquella forma que le llenaba la cara de arrugas y que en raras ocasiones mostraba. Era una buena persona, al igual que su esposo. Había llegado a apreciarlos y se sentía culpable por mentirles sobre su identidad y su relación con Luis.

–¿Sabe dónde...? –comenzó a preguntar Ana antes de que saliera.

Emilia se giró.

–¿Querías algo?

–No... nada importante. Enseguida bajo –mintió avergonzada. Había estado a punto de preguntarle dónde se encontraba Luis.

Deseaba tanto verle que no reparó en lo revelador

que resultaría ese interés. Por suerte, había conseguido callarse a tiempo y evitar que Emilia lo advirtiese. Cuando bajara, lo buscaría. Necesitaba enterrarse entre sus brazos y sentir su boca ardiente y posesiva, sus apasionadas y diestras caricias y su voz grave susurrando su nombre.

Se estremeció, lo que provocó que el vaso de zumo se volcara sobre la bandeja. Volvió a la realidad y terminó de desayunar.

Después de ducharse, se puso el bikini y un holgado vestido de tirantes y comenzó a arreglar la habitación. Nunca había permitido que Emilia lo hiciera, y menos en esta ocasión. Las manchas de las sábanas eran muy reveladoras y podía llegar a conclusiones acertadas.

Bajó con ellas y la bandeja del desayuno a la cocina. Se alegró de no encontrar a Emilia allí; debía de estar en la huerta o en el corral, recogiendo productos para la comida. Se dirigió al lavadero, metió las sábanas en la lavadora y la puso en marcha; después, se encaminó a la biblioteca, donde imaginaba que encontraría a Luis.

Estaba nerviosa. No sabía cómo reaccionaría él ante su presencia tras los momentos de pasión compartidos ni estaba segura de su propia reacción. Llamó a la puerta y, al no recibir respuesta, pensó que estaría dormido. Abrió y entró. Quería mirarle mientras dormía, acariciar con los ojos aquellos rasgos tan queridos y aquel cuerpo que tanto placer le había proporcionado horas antes. Sintió una gran decepción al comprobar que la habitación estaba vacía. Suspiró y se marchó de allí. «Habrá salido a pasear con el perro», pensó. Decidió buscarle, pero al salir de la casa vio a Thor dirigirse a ella.

–¿Dónde está tu amo? –dijo, y le acarició la cabeza–. También lo buscas, ¿verdad? Vamos, pequeño, iremos juntos.

Se encaminó a la piscina, luego a los establos y por último dio un amplio paseo por los alrededores, aunque sabía que era poco probable que él se arriesgase a alejarse tanto sin el perro. Casi dos horas más tarde, agotada y decepcionada, regresó a la casa. Se decidió a preguntar a Emilia por el paradero de Luis, ya que ella siempre sabía dónde se encontraba. La halló en la cocina, preparando la comida.

—Perdone por no haber venido antes a ayudarla, Emilia. He estado dando un paseo con el perro. —Fue hacia el fregadero para lavarse las manos y, con fingida indiferencia, preguntó—: ¿Dónde se encuentra Luis? No le he visto.

—Se ha marchado a Madrid, el muy cabezota —respondió. Su tono de voz dejaba entrever el disgusto que esa decisión le provocaba.

Ana sintió que se quedaba sin aliento.

—¿Se... ha marchado?

—Sí. No me explico que mosca le habrá picado. Esta mañana estaba levantado bien temprano y le ha pedido a Pedro que lo lleve porque quiere pasar unos días allí. ¡Qué chico! ¡Cuando su padre se entere! —exclamó con pesadumbre—. Por suerte, la asistenta no se ha ido aún de vacaciones y podrá atenderle.

Ana intentaba asimilar lo que la mujer le contaba, a pesar del creciente malestar que comenzaba sentir. Se dio la vuelta, simulando mirar en los armarios, para que Emilia no advirtiese su desconcierto.

—Claro que ya le he dicho a Pedro que no lo deje solo, que se quede con él todo el tiempo que sea necesario...

Emilia seguía hablando, aunque Ana no la escuchaba. Un único pensamiento ocupaba su mente: Luis se había marchado, la había abandonado sin decirle nada, sin verla siquiera. Después de hacerle el amor se marchaba por unos días como si nada hubiese ocurrido. La intensa decepción que sentía amenazaba con ahogarla. Intentó recuperarse. No podía permitir que Emilia advirtiera su estado. ¿Qué explicación le daría?

Esta humillación era mucho mayor que sus anteriores rechazos. Había sido una tonta al imaginar que podía sentir algo por ella cuando no le tenía el menor aprecio, era obvio. La había utilizado. Necesitaba una mujer y ella estaba disponible. Había ejercido de prostituta sin que le pagase por los servicios prestados. Él continuaba enamorado de su esposa. Le había oído muchas veces llamarla en sueños. Ella no había sido más que un desahogo momentáneo, la primera que tenía a mano.

Cerró los ojos con fuerza para impedir que las lágrimas corrieran por su rostro. Al menos, tenía que agradecerle su ternura, su delicadeza... ¡Le amó tanto en esos momentos! Gimió. Cómo debió reírse cuando le confesó sus sentimientos, que él había despreciado al marcharse sin darle una explicación. Podría haberse quedado y hacerle creer que la seguía deseando. Debía suponer que ella no iba a negarle nada.

¿Tan desagradable había sido la experiencia para no querer repetirla? ¿Tanto le costaba soportar su presencia que se dedicaba a poner kilómetros por medio? Recapacitó, esa no debía de ser la causa. Luis había disfrutado tanto como ella. Sus besos y sus caricias fueron sinceros, aunque no hubiese amor en ellos; por eso no comprendía qué había sucedido. ¿Lo había asustado o agobiado con su cariño? Temería un compromiso y sospechaba que podía verse atrapado si permanecía allí. No querría encontrarse atado a una persona que no amaba por... ¡por un hijo!

El corazón de Ana se paró durante unos segundos para comenzar a latir con mayor fuerza. ¡Luis no había utilizado preservativo y en esos momentos podía estar embarazada! ¿Cómo no pensó en ello? Él debió imaginar que estaba tomando la píldora o utilizaba algún tipo de anticonceptivo y por eso se arriesgó, pero cuando los ardores de la pasión desaparecieron, recapacitó y no quiso correr más riesgos; porque, si continuaba allí, volvería a ocurrir.

–No sé qué cosa tan urgente tendrá que hacer en Madrid sin estar su padre. No había dejado esta casa desde que salió del hospital. En todos estos meses ha ignorado sus ruegos, y los de todos, para trasladarse a la ciudad donde hay más distracciones, pero el muy tozudo no quiso moverse de aquí, y ¿ahora se marcha? No lo comprendo. –Movió la cabeza abrumada. Su enfado crecía conforme hablaba.

Ana continuaba quieta, esforzándose al máximo para no echarse a llorar. Una creciente palidez cubría su rostro y temblaba a causa de los sentimientos que en esos momentos la embargaban.

–¿Sabes algo? ¿Te ha comentado la causa de su repentina marcha? –le preguntó Emilia. Al no recibir respuesta de Ana, se le acercó y, al ver la palidez de sus facciones, se alarmó–. ¿Qué te ocurre? ¿Te encuentras mal?

–No... no se preocupe. –Ana reaccionó e intentó sobreponerse y aparentar tranquilidad–. Es un pequeño mareo. Algo que debió sentarme mal del desayuno.

–Estarás cansada tras la caminata. Sube a tu habitación y acuéstate hasta que te llame. Yo prepararé la comida.

Ana accedió. No podía contener por más tiempo las lágrimas. Salió de la cocina y subió las escaleras. Cuando estuvo en su cuarto, segura de que nadie la escuchaba, se desplomó sobre la cama y comenzó a llorar, dando rienda suelta a todo su dolor.

Luis se paseaba sin descanso de un lado al otro del largo salón. Llevaba tres días en Madrid, en el piso que su padre habitaba en el paseo de la Castellana, y ya no soportaba más aquel enclaustramiento y, sobre todo, la lejanía de Ana.

En esos días había tenido tiempo de pensar en lo sucedido entre ellos y de valorar sus sentimientos, llegando a la conclusión de que se había enamorado, de que deseaba permanecer a su lado si ella se lo permitía. Pero antes tenía que confesarle la verdad, aquel secreto que guardaba celosamente desde tanto tiempo antes. No podía reclamar su amor sin haberse sincerado. Si Ana no era capaz de asumirlo, si sus sentimientos no eran tan profundos como le había hecho creer, lo aceptaría y volvería a sumirse en la amargura que llevaba siendo su compañera demasiado tiempo.

Era el momento de regresar y enfrentarse a sus demonios. Se había portado como un cobarde al huir de su lado sin rebelarle los contradictorios sentimientos que anidaban en su corazón. Ella se merecía, al menos, una explicación.

15

Habían pasado tres días desde la partida de Luis y no se sabía cuándo pensaba regresar. Emilia hablaba a diario con su marido y este le informaba de la situación. Luis no salía de casa y se dedicaba a ratos a dar vueltas como un león enjaulado y otros a permanecer sentado, absorto en sus pensamientos. Pedro le insistía en que regresaran a Arroyo Claro y él se negaba.

Emilia se daba cuenta de que algo perturbaba a Luis, pero no lograba descubrir de qué se trataba. Pedía ayuda a Ana y esta, que no podía explicarle la verdad, procuraba eludir su compañía para evitar las insistentes preguntas.

Ana se encontraba mal. El profundo dolor que sentía la sumía en un estado de total abatimiento. ¿Por qué se había marchado?, se preguntaba una y otra vez. ¿Qué había hecho para alejarle? Las dudas la atormentaban al querer dar respuesta a algo que la descomponía. ¿Cómo era posible que después de hacerle el amor con tanta pasión la desahuciara como a un zapato molesto? Ni una llamada, ni unas palabras para preguntar cómo se encontraba o una explicación sobre su incomprensible modo de actuar; algo que le ayudase a comprender esa repentina decisión.

Con cada hora que pasaba aumentaba su angustia. Solo salía de su habitación para comer y dar un paseo con Thor. Le decía a Emilia que tenía dolor de estómago con el fin de justificar su actitud decaída, aunque temía que la mujer no la creía y sospechaba que ocurría algo más, algo que tenía que ver con la partida de Luis.

Carlos fue a verla en dos ocasiones. En la primera se negó a verlo excusándose por un malestar repentino. La segunda vez, al día siguiente, comprendió que le debía una explicación y se decidió a verle.

–Hola, preciosa; ¿te encuentras mejor hoy? –le preguntó Carlos observándola con detenimiento. Tenía el rostro demacrado y unas grandes ojeras circundaban sus ojos, que también aparecían enrojecidos, como si hubiese estado llorando.

–Sí, gracias. No tuvo importancia. Leves molestias periódicas –explicó de forma vaga.

Ana no tenía intención de confesarle la verdad, pero sí pensaba dejarle claro que no volvería a verle. No solo no le apetecía, también lo consideraba una traición hacia Luis, aunque él no le tuviera la menor consideración.

–Me alegro. He estado preocupado por ti. –Le cogió una mano y se la llevó a los labios para depositar un leve beso en el dorso.

Ana le sonrió agradecida, pero la retiró de inmediato. No pensaba permitirle libertades como las de la última vez.

Carlos comprendió que no conseguiría conquistarla ni empleando sus mejores armas. Ya se lo temió la noche que salieron juntos y la actitud posterior se lo confirmaba. «No se pueden ganar todas las batallas», se dijo con cierta desilusión.

–¿Y Luis? Quería verle antes de marcharme, pero Emilia dice que lleva en Madrid unos días. ¿Sabes la causa? ¿Algún nuevo tratamiento?

–No lo sé. Se marchó sin dar ninguna explicación –reconoció, y tuvo que esforzarse para no echarse a llorar.

–¿Habéis discutido? –Sondeó Carlos. Su aspecto le daba a entender que esa leve indisposición en la que se había escudado los días anteriores podía tener su origen en aquella repentina decisión.

Ana negó con la cabeza. Mantenía los ojos fijos en sus manos, unidas sobre su regazo. Carlos comprendió bastante más de lo que ella quiso decir. Se acercó y le levantó el rostro para escudriñar sus ojos.

–¿Dime qué ocurre, por favor? ¿Estás enamorada de él?

Carlos no necesitó respuesta, su mirada se lo confirmaba. «Y ese pedazo de memo ni se habrá dado cuenta», pensó.

–No te preocupes, no tardará en regresar. Creo que él siente lo mismo por ti. –Lo había comprendido desde el primer momento que los había visto juntos, lo malo era que la testarudez de Luis le impedía reconocerlo. Su amigo necesitaba algunas lecciones sobre la naturaleza femenina y, si tuviera tiempo, se las daría.

–Estás equivocado. Si fuera cierto no se habría marchado después de... –Calló a tiempo. Ya estaba bastante avergonzada como para revelar hasta dónde habían intimado.

Él la miró con renovado interés. Sus palabras, en realidad lo que callaba, le confirmaron sus sospechas. Luis no era de los que se acostaban con la primera que se le presentaba sin sentir el menor afecto por su compañera de cama. Siempre había sido una persona muy recta en esas cuestiones, él lo sabía bien.

–Créeme, preciosa, y confía. Luis terminará comprendiendo y regresará.

Ella hizo el intento de sonreír, pero el gesto resultó una mueca triste.

–Ha sido un auténtico placer conocerte, Ana. Espero que seas muy feliz.

Carlos le dio un beso en la mejilla y se marchó. Por lo general, no tomaba bien las derrotas en ese terreno; sin embargo, en esta ocasión se alegraba por ellos. Luis se merecía ser feliz de nuevo y Ana, esa deliciosa criatura que le habría gustado conocer mejor, también.

Ella le agradeció su delicadeza. Estaba convencida de que Carlos haría muy feliz a la mujer de la que llegara a enamorarse.

Una vez que Carlos se hubo marchado, Ana fue a la cocina para ver a Emilia y esta le anunció que iba al pueblo. Al encontrarse sola, decidió hablar por teléfono con Teresa. Llevaba casi una semana sin noticias de ella; debía de estar preocupada. Tuvo la suerte de encontrarla en casa. Se disculpó como pudo y la puso al tanto de las últimas novedades, omitiendo su relación con Luis.

Estaba avergonzada, reconoció. No de la relación que habían mantenido, sino de su posterior rechazo. Habría deseado que todo fuese diferente. Si él la quisiera, si sintiera por ella algún afecto, estaría orgullosa y deseosa de contárselo todo a su mejor amiga, de compartir su dicha con ella, pero así...

Teresa le confesó que su relación con Mario iba mejor cada día. No estaban mucho tiempo juntos, ya que él pasaba la mayor parte del día estudiando o trabajando. Seguía insistiéndole para que fuera a vivir con ella y se negaba, lo que la exasperaba y provocaba algunas discusiones que se solucionaban con apasionadas reconciliaciones. Teresa le comentó que sus padres habían llamado interesándose por ella, y le aconsejó que se pusiera en contacto para tranquilizarlos.

Cuando Ana concluyó la llamada, tras prometer a Teresa que no se demoraría tanto en la siguiente ocasión, la invadió la tristeza. Se alegraba de que fuera tan feliz, pero no podía evitar un fuerte sentimiento de envidia que le nublaba los ojos y le ponía un nudo en la garganta. Comprendió que ese profundo dolor por el amor no correspondido la acompañaría durante bastante tiempo.

Se secó unas gruesas lágrimas que le corrían por las mejillas y decidió subir a su cuarto para intentar dormir un rato. Durante el sueño se liberaba de su añoranza y no la torturaba el deseo de volver a sentir aquellos apasionados brazos rodeándola.

Comenzaba a subir la escalera cuando oyó el motor de un coche que se acercaba a la casa. Imaginó que sería Emilia, que había conseguido que alguien la acercara. Decidió acudir por si necesitaba ayuda. Abrió la puerta y, al reconocer a los ocupantes del vehículo, se detuvo conteniendo la respiración y con el corazón latiendo desenfrenado. Era Luis, en el asiento delantero del coche que conducía Pedro. Un súbito temblor la invadió. A la inmensa alegría de volver a verle se unía el temor por cómo reaccionaría.

—Hola, Ana. Ya estamos de vuelta —saludó Pedro con alegría—. ¿Dónde está Emilia?

—¿Emilia? —repitió ella sin entender. El loco torbellino de sentimientos que experimentaba en ese momento le impedía prestar atención a nada.

—Sí. ¿Dónde está? —insistió. Y alarmado por su palidez, preguntó—: ¿Qué te ocurre? ¿Te encuentras mal?

Ana logró reaccionar y desmintió con un gesto.

—Emilia ha ido al pueblo, de compras. Volverá pronto.

—Iré a recogerla y así no vuelve andando —propuso. Se volvió hacia Luis, que salía del coche, y le preguntó—: ¿Necesitas algo?

—No. Ve por Emilia, que no regrese sola.

Pedro partió hacia el pueblo y Luis permaneció parado, indeciso. Tras largos minutos, comenzó a caminar hacia la casa, tanteando con su bastón.

Ana seguía en la puerta. Le miraba y tenía que contener el impulso de correr hacia él y refugiarse en sus brazos. Se le llenaron los ojos de lágrimas al verle acercarse resuelto, sin vacilar. Era tan fuerte y valiente... Si él le permitiera quedarse a su lado para quererle y cuidarle en silencio, sin pedir nada a cambio, se sentiría la mujer más dichosa de la tierra.

Pero el semblante de Luis era serio, no daba muestras de la menor alegría al encontrarla tras varios días de separación; incluso parecía disgustado por tener que tolerar otra vez su presencia. ¿Cómo era capaz de no mostrar ninguna emoción tras los momentos de pasión que habían compartido? ¿Tan poco significó para él que no merecía unas palabras, una sonrisa? Las gafas negras ocultaban sus ojos sin vida y ella deseó que esos ojos pudieran verla, que expresaran los sentimientos que le dictaba su corazón en esos momentos.

Thor apareció por la esquina de la casa y comenzó a ladrar al reconocer al recién llegado. Se precipitó sobre Luis y le lamió la mano. Este se agachó y le acarició el cuello al animal.

–Hola, pequeño. ¿Me has echado de menos? –dijo con afecto y una sonrisa en el rostro.

El perro emitía sordos gruñidos de placer por las caricias que estaba recibiendo.

Ana no pudo evitar el sollozo que le subió a la garganta ante aquella escena. ¡Hasta el perro recibía más consideración que ella!

Luis levantó la cabeza y pareció mirarla con el gesto fruncido, sin la sonrisa que había asomado a su rostro con anterioridad.

Ana subió corriendo las escaleras y se refugió en su cuarto. No quería que advirtiese su llanto, no deseaba mostrarle otra vez su debilidad. Intentó permanecer serena, pero su indiferencia le provocaba dolor y decepción. En el fondo de su corazón había albergado la esperanza de que volvería a desearla. Se conformaba con eso. Pero su rechazo no lo podría soportar. Tenía que marcharse de inmediato. Esa decisión debió tomarla mucho antes, cuando las cosas no se habían complicado, antes de enamorarse de él, antes de...

Se rehízo en parte y fue hacia el armario para sacar la maleta. Cuando regresaran Emilia y Pedro les diría que tenía que marcharse por algo urgente. Ya se le ocurriría algo, pero no continuaría bajo el mismo techo por más tiempo. ¿Qué necesidad había de aumentar el dolor?

No comprendía cómo había dejado que ocurriera. Ella, tan razonadora, pragmática y poco sentimental, se había comportado como una adolescente soñadora, perdiendo la cabeza de aquella forma.

Las lágrimas volvieron a afluir a sus ojos. No se molestó en secarlas ni en reprimir su llanto; nadie se enteraría. Él seguiría jugando con Thor o se encerraría en la biblioteca. No debía temer que descubriese su tristeza. Abrió la maleta y comenzó a empaquetar sus cosas. Necesitaba estar ocupada, alejar sus pensamientos de Luis, comenzar a olvidarle lo antes posible.

Se sobresaltó al oír unos golpes en la puerta seguidos de la voz de Luis que la llamaba. No respondió, con la esperanza de que se marchara.

No fue así y vio que la puerta se abría y aparecía en el umbral su alta figura.

–Ana, sé que estás aquí. Debemos hablar. –Su voz era dura y su semblante serio. Movía la cabeza intentando descubrir un sonido que la delatara.

Ella permanecía muda, avergonzada, como si la hubiese descubierto cometiendo un delito. Al fin, tragándose las lágrimas y dejando aflorar parte de su maltrecho orgullo, se irguió para enfrentarse a él.

–¿Qué deseas? –preguntó con voz serena.

Luis giró la cabeza hacia la voz y, con paso seguro, se le acercó. Cuando la tocó con el bastón, adelantó una mano para cerciorarse de su presencia. La presión de aquellos fuertes dedos sobre su brazo le produjo un súbito temblor, que intentó aplacar sin éxito. Él lo captó, tensándose a su vez, lo que aportó a su voz un desánimo que ella no supo apreciar.

–Ana, quiero conocer la realidad de tus sentimientos hacia mí. Por favor, sé sincera.

Ella lo miró con desconcierto. ¿Por qué se lo preguntaba? ¿No se los había mostrado con claridad en todo momento?

Luis interpretó erróneamente su silencio y prosiguió con una cínica sonrisa curvando su boca.

–No temas ofenderme con tu respuesta. Incluso me sentiría aliviado si me dijeras que lo ocurrido la otra noche no representó nada para ti, que no me amas, como insistías en repetir. –Sonrió con tristeza y se retiró unos pasos–. ¿Has vuelto a salir con Carlos? –preguntó tras una pausa.

Ana estaba indignada. ¿Cómo se atrevía a burlarse de sus sentimientos? ¿Pensaba que todos podían fingir como él?

–No creo que eso sea de tu incumbencia –respondió con voz dura, cargada de desprecio.

–¿Qué cosa, tu relación con Carlos o tus sentimientos?

–Ambas, aunque ya conoces la respuesta a una de ellas. No suelo mentir cuando afirmo algo; fingir tampoco –confesó.

El rostro de Luis mostró las emociones que en esos momentos le dominaban: una mezcla de alivio, tristeza y resignación. Había sido un error volver, pensó. Debió quedarse en Madrid hasta que ella se hubiese marchado de allí. Pero esa avasalladora necesidad de tenerla cerca, de sentir su presencia, le había vencido. Ahora comprendía su equivocación. Caminó por la habitación sin rumbo fijo, guiado por su bastón. Llegó a una pared y se apoyó en ella, levantando la cabeza al techo.

–Esperaba lo contrario, créeme. No quiero que sufras por mi culpa. Yo no puedo corresponderte como deseas. Eres una mujer maravillosa que se merece lo mejor, no un lisiado como yo con demasiados fantasmas en su pasado como para corresponder al amor limpio e inocente que me ofreces. –Se pasó una mano por el oscuro cabello en un gesto de profundo abatimiento–. No sería justo permitir que te ataras a mí. Terminarías arrepintiéndote y odiándome por ello. Eres muy joven y, a tu edad, estos enamoramientos se superan con rapidez. Dentro de unos meses te habrás olvidado de este amor que crees sentir y encontrarás...

Ana se acercó y se encaró con él. Estaba dolida. Una profunda rabia había ido creciendo en su interior con cada palabra sin sentido que él pronunciaba. No iba a consentir que pusiese en duda la madurez de sus sentimientos.

–¿No crees que esa es una decisión que yo debo tomar? –le espetó, conteniendo a duras penas las ganas de abofetearle–. Es mi vida y puedo hacer con ella lo que me plazca. Si no me soportas a tu lado dímelo y me marcharé, pero no te escudes en esa supuesta preocupación por mi bienestar. Admite que continúas amando a tu esposa y no deseas que otra mujer borre su recuerdo. ¡Admítelo! –exclamó levantando la voz, en la que la fatalidad aportaba un matiz desesperado.

–¡Amarla! –Luis lanzó una amarga carcajada–. No, no la amo. ¡La odio con toda mi alma!

16

Ana quedó conmocionada ante la sorprendente revelación de Luis.

–¡¿Qué?! –No debía de haberle entendido bien.

Luis se separó de ella y caminó hasta encontrar una silla. Se dejó caer en ella como un pesado fardo. Ana lo miraba expectante, consciente de que iba a hacer una importante declaración.

–Es cierto. Todos pensaban que la amaba, pero no era así.

Él tenía la cabeza agachada, intentando ocultar su expresión. Continuó hablando más para sí mismo que para ella, como si se tratase de una confesión. Ana percibió el gran esfuerzo que le suponía y no hizo ningún gesto, ningún movimiento.

–La odiaba. Nunca creí que fuese capaz de odiar a una persona de esa manera, pero ella consiguió que afloraran en mí los peores sentimientos. Ha destrozado mi vida. Nunca podré perdonarle lo que me hizo –añadió con rabia.

Levantó la cabeza mostrando el rostro. Este era una máscara dura en el que todos sus rasgos corroboraban lo que acababa de decir y exhibían la intensidad de su odio.

Ana seguía asimilando sus palabras y lo miraba con ojos muy abiertos, incrédulos.

–Debes pensar que soy un monstruo por albergar tales sentimientos por una persona muerta, y despreciarme por ello, pero no quiero mentirte ni ocultar lo que siento. –Adelantó el mentón de forma desafiante, defendiendo su postura–. Mi vida se convirtió en un verdadero infierno desde que la conocí. Yo era una persona feliz, sin complicaciones. Había salido con algunas chicas, nada serio, y entonces apareció ella... –Permaneció callado durante unos segundos, reflexionando–. ¿Amarla? No, creo que nunca la amé, pero la deseaba. Me volvía loco de deseo. Era muy hermosa, provocativa, sensual... Me hechizó. No podía razonar y por ello no advertí cómo era en realidad ni lo que tenía planeado. Nos casamos al poco de conocernos. Así lo quiso ella, y fue entonces cuando comencé a descubrir a la verdadera Marina: una mujer calculadora, sin escrúpulos, sin moral. –Su voz reflejaba la ira y el desprecio que los recuerdos le provocaban–. A las pocas semanas de casados, tras descubrirla en casa, en mi cama, con un hombre, me explicó sus verdaderas intenciones: se había casado conmigo por mi dinero y mi posición social y pretendía continuar con su estilo de vida y con sus amantes. En cuanto a mí, continuaría ofreciéndome sus atenciones en consideración al vínculo que nos unía y a la cuenta corriente que había puesto a su nombre, manteniendo ante todos la imagen de pareja feliz. –Sonrió con tristeza–. Estas eran las condiciones que debía aceptar ya que no pensaba divorciarse; al menos, hasta que encontrase otro candidato más lucrativo o muriera mi padre y yo heredara todas sus acciones, con lo que aumentarían sus beneficios en caso de divorcio.

Movió la cabeza y agudizó el oído para descubrir dónde se encontraba Ana. Ella callaba, sin querer interrumpir el trágico relato. Sentía como suyo el sufrimiento de aquel hombre al que amaba.

Tras una breve pausa, Luis continuó.

–Fui un cobarde. Debí exigirle que me concediese el divorcio, pero temía el escándalo que acarrearía y, sobre todo, el disgusto de mi padre, que adoraba a Marina. También influyó el orgullo, para qué negarlo. No podía soportar que todos se enteraran de la trampa en la que había caído. Temía las burlas, el quedar como un tonto... Además, me daba igual. Había sufrido tal decepción que ya no confiaba en ninguna mujer. Las odiaba a todas, no tenía intención de volver a rehacer mi vida, por lo que no me importaba lo que ella pudiera hacer. Solo le pedí que fuese discreta, tanto por su propio bien como por el mío.

Hizo otra pausa en la que pareció recuperar fuerzas para continuar hablando. Su desolación era tanta que Ana no consiguió evitar las lágrimas, que acabaron circulando con libertad por sus mejillas, en silencio.

–Tuve que fingir todos esos años. Al principio, cuando aún sentía algo por ella, fue un verdadero suplicio. Los celos me torturaban al imaginarla en brazos de otros hombres. Pasaba de uno a otro, no tenía medida en eso, al igual que para los gastos. Derrochaba todo lo que yo ganaba. Siempre estaba de compras en Madrid o se marchaba a Barcelona, incluso a Londres y París. Después de un tiempo dejó de importarme todo. El último año apenas la veía. Procuraba estar siempre de viaje y, cuando no lo estaba, se quedaba a dormir en casa de alguno de sus «amigos». Para los demás éramos el matrimonio modelo. Marina sabía ser encantadora. Cuando estábamos en público se mostraba como la más amante de las esposas. Mi padre la quería como a una hija. Siempre le estaba haciendo costosos regalos. Pandora, la yegua que tú tanto amas, fue uno de ellos; aunque Marina ni siquiera tuvo interés en verla.

Suspiró. Se sentía agotado, como si hubiese recorrido un largo y penoso camino. Ana continuaba en silencio, respetando su tristeza, mientras las sombras de la tarde iban ocupando la habitación. Al fin, una pregunta vino a sus labios:

–¿Y el niño?

Él levantó la cabeza al oírla. Había olvidado su presencia, sumido como estaba en sus recuerdos, en su tormento.

–El niño... –repitió como ausente–. No era mío, desde luego. Llevaba sin tocarla desde que descubrí su primera infidelidad, al poco de casarnos. –Se encogió de hombros–. No me explico cómo pudo ocurrirle. Debió de fallarle el método que empleaba, ya que ella no quería niños, decía que arruinarían su figura. El caso es que, cuando descubrió que estaba embarazada, decidió abortar. Pero, como había agotado su cuenta, vino a pedirme dinero. Yo me negué y le propuse tenerlo a cambio de cederle mis acciones en la compañía. Imagino que calculó lo que sacaría vendiéndolas, ya que a ella no le interesaba entrar en el negocio y solo deseaba dinero para continuar pagando sus caprichos; por eso se decidió a tenerlo. Yo, aunque no era hijo mío, estaba dispuesto a reconocerlo. No podía permitir que matara a un ser inocente. Además, mi padre anhelaba un nieto. Nos lo recordaba a la menor ocasión y yo quería complacerle. –Hizo una mueca que pretendió hacer pasar por una sonrisa–. La noticia encantó a mi padre y prometió retirarse, dejándome a cargo de la empresa y cediéndome la mitad de sus acciones como regalo por su primer nieto. Marina se entusiasmó con la idea. Pensaba en el gran beneficio que obtendría, lo que consiguió que asumiera mejor su estado. Pero el saber que estaba gestando un nuevo ser no la convirtió en más responsable. Seguía saliendo, bebiendo y llevando la vida disipada que acostumbraba, sin importarle las consecuencias que acarrearía en su futuro hijo. Discutimos mucho durante ese último mes. Yo no estaba dispuesto a que pusiera en peligro la vida del niño. La amenacé con cerrarle las cuentas y recapacitó. Se contuvo un poco... o eso creía. Aquella noche... la última noche. –Un ronco gemido escapó de sus labios y dejó de hablar.

Se levantó y caminó sin rumbo, deteniéndose al fin en la ventana. Apoyó la frente en los cristales con un gesto de profunda desesperación. Ana podía sentir el esfuerzo que estaba realizando, la agonía sufrida durante su tormentoso matrimonio. En esos momentos le habría gustado estar en su lugar, poder asumir ella su pena y liberarle de la pesada carga que soportaba.

Él se rehízo en parte y continuó con voz enronquecida.

–Esa noche no pudimos rechazar la invitación para aquella fiesta de fin de año. Se encontraba allí mucha gente conocida y mi padre quería que anunciásemos la buena noticia. Marina comenzó a beber desde el primer momento, bailando con unos y con otros. Yo estaba avergonzado, furioso. Hasta entonces había cumplido su promesa y evitaba cualquier escándalo, pero esa noche parecía otra. Yo no sabía que había estado tomando drogas. Al parecer, era un nuevo vicio. –Se giró y, tanto en su voz como en su expresión, Ana apreció la repugnancia que sentía–. Cuando la descubrí con uno de sus amigos consumiendo una nueva dosis en el servicio de caballeros, me volví loco. La saqué de allí. No comprendía cómo era tan irresponsable de poner en peligro la vida de su hijo y la suya propia. La subí al coche e iniciamos la vuelta a casa. Conducía más rápido que de costumbre, lo reconozco. Estaba deseando llegar. Quería encerrarla, quería... –Dio un fuerte golpe con el puño en la pared que hizo temblar los cuadros. Después, bajó la cabeza en actitud de derrota, sin prestar atención al dolor de su mano–. No sé bien lo que deseaba en esos momentos, no podía razonar de forma coherente. Le dije que se pusiera el cinturón y no me hizo caso. Estaba eufórica. Bajó el cristal para tomar aire. Sacaba toda la cabeza, incluso medio cuerpo. Yo le gritaba que se sentara. Intenté apartarla de la ventanilla y me golpeó. Perdí el control del volante y chocamos contra un árbol. Ella salió despedida y... –Se llevó las manos al rostro para ocultar su desconsuelo–. Yo la maté, Ana... y al niño. Fue mi culpa.

Ana se sintió desgarrada ante su sufrimiento. Se limpió las lágrimas de un manotazo y se acercó a él en un intento por consolarlo.

–No debes pensar de ese modo, Luis. Fue un accidente. Tú no fuiste responsable –le aseguró con voz calmada, lo que le supuso un enorme esfuerzo, ya que la congoja le atenazaba la garganta.

–¿No lo comprendes? ¡Iba muy rápido! –La sujetó por los brazos y la zarandeó. Ella no se asustó a pesar de que su voz y sus gestos eran exasperados –. Debí parar y obligarle a ponerse el cinturón, pero no hice nada de eso porque en el fondo de mi corazón la odiaba y deseaba librarme de ella. Que no tuviese valor para matarla con mis propias manos no quiere decir que no sea responsable de su muerte y... y de la de ese ser que no tenía culpa de nada. –La soltó y dejó caer los brazos a lo largo del cuerpo en un gesto de derrota–. Sus muertes pesan sobre mi conciencia y seguirán haciéndolo siempre, impidiéndome ser un hombre normal. La ceguera es solo parte del castigo, de la penitencia que he de cumplir. Por ello no quiero operarme, ¿lo comprendes? ¡Es la única forma de expiar mi culpa!

Ana inspiró fuerte. No, no podía consentir que siguiera pensando de ese modo, echándose la culpa de un accidente del que no era responsable, cayendo en aquel pozo sin fondo en el que parecía haber encontrado algo de redención.

–Es absurdo, Luis, ¿no te das cuenta? No eres responsable de esa tragedia y no debes culparte por ello. Que la odiaras, incluso que en alguna ocasión desearas su muerte, no quiere decir que hicieras algo por provocarla. Si los deseos matasen habría muchos asesinos sueltos por ahí. –Su voz sonaba implorante en medio de las lágrimas. Sentía una enorme furia interna por su actitud y sus palabras–. Tienes que comprender que fue ella, con su conducta, la causante de su propia desgracia. ¿Crees que habría vivido mucho tiempo llevando ese tipo de vida? ¿Y piensas que su hijo habría sobrevivido a una madre drogadicta y alcohólica? ¿Con qué lacras habría venido a este mundo en caso de haber nacido? Tal vez su repentina muerte les evitó mayores sufrimientos. Pero tú no debes condenarte por ello. Fue un accidente, solo un desgraciado accidente.

–No. Yo los maté, esa es la realidad –sentenció, y su voz era puro remordimiento.

A Ana se le encogió el corazón al verle sufrir tanto.

–¡Escúchame! –gritó con rabia y lágrimas de impotencia–. Es estúpido y egoísta pensar de ese modo. Has adoptado la postura más cómoda, escudándote tras tu sentimiento de culpa para proteger tu orgullo herido. Lo que no soportas es pensar que tu mujer te engañó, se rio de ti, te humilló. Afróntalo y olvida ese supuesto crimen. Comienza a vivir de nuevo. No tiene que ocurrirte otra vez. Aprende a confiar. Sigue adelante y olvida el pasado. –Al ver que él continuaba negando con la cabeza, su voz se tornó implorante–. Luis, por favor, recapacita. Si cometiste algún error ya lo has pagado con los años de suplicio vividos junto a ella y estos meses tras el accidente. Ahora tienes que comenzar otra vez. Debes hacerlo por ti y por todos los que te queremos.

Ella esperaba una respuesta, una reacción por su parte, que reconociera lo ilógico de sus razonamientos. Pero Luis, con un gesto de derrota, salió de la habitación y se encerró en la suya.

Con el corazón roto, Ana estuvo mirando largo rato aquella puerta; después, salió y se dirigió a las cuadras. Solo cuando estuvo a lomos de Pandora, cabalgando veloz por el campo, logró borrar de su mente la imagen de Luis agobiado por la culpa y el dolor y, solo entonces, pudo dejar de llorar.

17

Cuando Ana regresó varias horas después, Emilia y Pedro estaban cenando en la cocina, preocupados por su retraso. Se sentó a la mesa con ellos, sin probar bocado. No quiso preguntar por Luis, aunque Emilia, imaginando su interés, le informó: se encontraba en su habitación y no quería cenar.

Ana intentó ocultar su aflicción. Le amaba y estaba dispuesta a sacrificar su futuro para quedarse a su lado, aunque él debía pedírselo. Podría soportar que no llegase a amarla, pero al menos debía concederse la oportunidad de intentarlo, y eso solo sucedería cuando lograse desprenderse del sentimiento de culpa en el que se refugiaba para justificar su frustración. Si continuaba a su lado en esas condiciones, acabaría odiándola.

Se despidió del matrimonio pretextando cansancio y se retiró a su habitación. Terminaría de hacer la maleta y se marcharía a la mañana siguiente. No podía continuar allí viéndole sumido en la autocompasión, le quería demasiado para ello. No tenía armas para luchar contra los complejos sentimientos que albergaba el corazón de Luis. Tenía que hacerlo él y, por su propio bien, esperaba que los venciese. Era consciente del esfuerzo que debería realizar. El renunciar a continuar a su lado, a ser estrechada por sus brazos, sería una lenta agonía que tendría que aprender a soportar, pero era necesario.

Una vez en Madrid, se pondría en contacto con Aranda e inventaría una excusa que justificase su deserción. No le importaba renunciar al sueldo, ni suponiéndole otro año de escasez y trabajo duro; ya estaba acostumbrada. A Emilia y Pedro les diría que se marchaba a casa de una amiga.

Cerró la maleta y la depositó en un rincón. Estaba agotada, aunque sabía que el sueño tardaría en llegar esa noche. Decidió tomar un baño. Tenía que relajarse y olvidar los tristes pensamientos que no la abandonaban. Estuvo sumergida en la bañera largo rato. Salió más cansada y deprimida que antes y decidió acostarse de inmediato.

Se giró y emitió una exclamación de sorpresa cuando la puerta se abrió a su espalda. Luis estaba allí. Su semblante era serio, pero ya no poseía el rictus amargo que recordaba. Se colocó el camisón, avergonzada de su desnudez.

–¿Ana? –llamó él.

Se le veía tan desamparado, tan necesitado de afecto, que ella sintió que su corazón se desbordaba de ternura.

–¿Que deseas, Luis? –Su voz no dejó traslucir lo que sentía en esos momentos.

Él se quedó parado en el umbral, dudando. El acopio de valor que había estado acumulando toda la tarde se había esfumado en parte. Temía enfrentarse a ella y a la decepción que presentía; lo temía más que a nada en el mundo. No soportaría su desprecio. Sin embargo, ¿cómo reprochárselo cuando él era el primero en despreciarse?

Necesitaba tanto su cariño que le supondría un duro golpe perderlo; el peor de los que hasta ahora había recibido. Se esforzó en recuperar el coraje para enfrentarse a la decisión de ella, cualquiera que esta fuese.

–Ana, quería saber si tú... si tus sentimientos han cambiado después de la confesión de esta tarde. Y, de ser así, no temas, lo entenderé y no volveré a molestarte –se apresuró a decir.

La absurda pregunta la dejó atónita. ¿Cómo podía dudar de su amor?

–¿Crees que mis sentimientos son tan superficiales que pueden cambiar en cuestión de horas? ¿Piensas que soy como tu difunta esposa, voluble y caprichosa? –preguntó ofendida.

Luis se acercó a ella. Cuando estuvo a su lado, la sujetó de un brazo.

–Estarías en tu derecho si me despreciaras. Soy un miserable por guardar rencor a una persona muerta. Hasta hace unos días no tenía nada que me ayudase a superarlo, ahora creo que podría hacerlo.

La abrazó en un impulso y escondió la cabeza en su cuello. Con voz temblorosa, dijo:

–¡Ana, te necesito tanto! Me has hecho comprender que estaba equivocado, que merezco comenzar de nuevo. ¿Te quedarás a mi lado? El tiempo que desees. No quiero pensar en el futuro. Solo te pido que, cuando te canses, me lo hagas saber. No finjas por temor a lastimarme. Seré dichoso con el que quieras concederme. Pero no me engañes. No soportaría más mentiras.

Gruesas lágrimas anegaron los ojos de ella, lágrimas de felicidad y de dolor al mismo tiempo. Él le estaba pidiendo que se quedase, la quería a su lado, y al mismo tiempo le rogaba que no mintiese. Y eso era lo que había estado haciendo desde el principio. Quería contárselo y sabía que no debía hacerlo. Estaba atada por una promesa que no podía romper ni por amor.

Luis malinterpretó su llanto. Levantó la cabeza y se tensó.

–Te estoy pidiendo demasiado, perdóname. –Su voz era un desolado murmullo–. Eres tan joven... No tengo derecho a atarte a un ciego. Olvida todo lo que te he dicho, por favor. –La soltó y se dirigió a la puerta.

Ana, en lucha con sus remordimientos, tardó en reaccionar. Cuando vio que se marchaba, corrió hacia él para detenerle. Lo agarró por la cintura y apoyó la cabeza en su rígida espalda. Él no se movió. Estaba muy tenso; ella lo percibió en su propio cuerpo.

–Por favor, no te marches –le suplicó con un tono de voz en el que las lágrimas habían puesto una nota desesperada.

–No quiero tu compasión, Ana. No estás obligada a nada conmigo.

–No es compasión lo que siento por ti. ¿Crees que podría vivir lejos de tu lado, ni tan siquiera unos metros? Estos tres días han supuesto un verdadero suplicio pensando que no había significado nada aquella noche para ti, convencida de que me despreciabas. ¿Por qué te fuiste? –Acabó en un sollozo.

Luis suspiró y se giró. La ciñó entre sus brazos y le habló con pasión.

–¡Dios, Ana! ¿No lo comprendes? Te amo, por eso tuve que marcharme. Después de lo ocurrido con Marina me prometí que no volvería a tener relaciones con ninguna mujer y menos enamorarme. Pero ocurrió, no lo pude evitar. Luché contra ese sentimiento desde el principio y contra el deseo de poseerte cada vez que te tenía cerca. Creía que eras como ella, depravada, mentirosa... Lo que no evitó que me enamorara de ti. Y cuando no pude evitar hacerte el amor, comprendí que era demasiado tarde. Pero me resistía a reconocerlo y confesártelo, al menos, antes de librarme de esas negras sombras de mi pasado. Pensaba que no podría superarlo y por ello me fui. La distancia se encargaría de que me olvidases y, quizá yo también lo conseguiría. –Se encogió de hombros en un gesto de impotencia–. Ya ves, no he podido aguantar mucho tiempo. Estos tres días me han supuesto una tortura, pensando en ti a cada momento, deseándote con locura, imaginándote en brazos de Carlos... –Se estremeció y la estrecho más contra su cuerpo, al tiempo que buscaba su boca con ansiedad para apoderarse de ella en un largo y apasionado beso.

Ana respondía con idéntica ansia. Había pasado esos tres días anhelando aquellos brazos alrededor de su cuerpo y aquella boca dulce ocupando la suya. No le importaba su falta de ternura, de delicadeza. Lo deseaba tanto que se sentía arder por dentro.

Las manos de Luis se deslizaban por el cuerpo de ella con impaciencia, como si no pudieran creer la gran dicha que se les brindaba. Y esas caricias ardientes y posesivas estaban suscitando en Ana un deseo desbordante que clamaba por ser satisfecho.

Ella le desabrochó los botones de la camisa con torpeza. Sus dedos temblaban a causa del apremio que sentía, y terminó arrancando los botones para deslizar las manos por el duro pecho. Abandonó su boca y frotó la mejilla por el suave vello que lo cubría, depositando ardientes besos hasta que él, sofocando con gran esfuerzo el temblor que esas caricias le provocaban, la apartó.

–No sigas –dijo con voz ronca, y a los oídos de Ana sonó más a súplica que a orden.

Luis la despojó del camisón y comenzó a desvestirse. Ella respiraba con dificultad, inmóvil y desnuda ante él. Lo miraba llenándose de la belleza y perfección del cuerpo masculino.

Con un rápido y hábil movimiento, Luis la izó para penetrarla. Ana dejó escapar un jadeo, entre asombrado y voluptuoso, al sentirle fuerte y palpitante en su interior. Se agarró a sus hombros y le rodeó con sus piernas la cintura.

Él se movió como un borracho, mareado por el placer que sentía. Se apoyó en la pared respirando trabajosamente y manteniéndola inmovilizada contra su cuerpo.

Después, se giró e hizo que ella apoyara la espalda. Comenzó entonces a moverse con rapidez, penetrándola con fuerza, al tiempo que su boca devoraba con ansia los excitados senos.

El éxtasis llegó para ambos tras la última y potente acometida, en un fuerte torrente de sensaciones que arrancó sollozos a ella y hondos gemidos a él.

–Perdóname, no he debido ser tan rudo –le susurró al oído con voz entrecortada por la agitada respiración.

Ana negaba.

El corazón parecía querer salírsele del pecho y le impedía hablar, pero una amplia sonrisa de felicidad curvaba su boca. Le besó el hombro antes de deshacer el abrazo de sus temblorosas piernas y deslizarse hasta el suelo, quedando apoyada contra su pecho. Su corazón también latía con fuerza.

Luis retiró las manos que tenía apoyadas en la pared.

–Vamos a la cama –pidió, y depositó un leve beso en su frente.

Echó el cerrojo a la puerta y permitió que ella le guiara hasta el lecho.

Se tendieron, exhaustos. Él la atrajo hacia su cuerpo y la abrazó. Quedaron callados, saboreando aquel momento de felicidad. Pero la tibieza y suavidad del cuerpo femenino era una gran tentación y pronto tuvo de nuevo necesidad de ella. Le acarició el sedoso cabello y comenzó a recorrer su rostro con los dedos.

Ana, al sentir la excitación de él, sonrió orgullosa.

–¿Por qué sonríes? –preguntó al advertir el gesto en su rostro.

A ella le avergonzó confesarle la verdad, aunque no le mintió.

–Soy feliz. –Y su sonrisa se intensificó.

–Te quiero, Ana –murmuró con voz alterada por la emoción. –Me has devuelto la alegría, las ganas de vivir; algo que creí perdido para siempre. He estado solo tantos años, fingiendo una felicidad que no sentía, y estos últimos meses...

Un violento estremecimiento recorrió su cuerpo y buscó la boca de ella con desesperación en un beso ansioso, como si quisiera recuperar en pocas horas todos los años de desamor que había soportado. Ana respondió con idéntico ardor, convencida de que su amor le ayudaría a superar el dolor. Nada le importaba más que verle feliz.

La pasión se fue apoderando de ellos con renovada fuerza. Ana abrió los labios para que Luis jugara en su boca y este, como un sediento incapaz de saciarse, lamió, chupó, mordió, enloqueciéndola mientras sus manos impacientes acariciaban con avidez sus sensuales formas. Renunció a su boca y bajó, en un reguero de exaltados besos, hasta sus senos para acariciar los duros pezones.

Ana jadeaba. Con la cabeza de él entre sus manos, intentaba atraerlo otra vez hacia su boca al tiempo que se movía bajo su cuerpo en una muda súplica. Pero Luis parecía querer torturarla y prosiguió con el dulce tormento que le estaba infringiendo. Solo tenía un pensamiento: amarla como nadie la hubiese amado, hacerle sentir deseos desenfrenados y goces supremos, borrar de su mente y de su cuerpo las huellas de cualquier otro hombre.

Abandonó aquellos deliciosos montículos para deslizar su lengua por la suave planicie de su vientre, degustando cada milímetro que recorría.

Ana contuvo la respiración al tomar conciencia del lugar al que se dirigía e intentó cerrar las piernas.

–No, por favor. No me niegues el placer de amarte como yo deseo –rogó Luis con voz apenas audible, y la inmovilizó con firme delicadeza.

Ana suspiró derrotada y aguardó, rígido el cuerpo y acelerado el corazón, la prometida caricia. Sintió su tibia lengua recorriendo la cara interna de los muslos y exhaló un gemido, que se convirtió en grito apasionado cuando él ocupó con su boca la zona más sensible, bebiendo de ella como un sediento que no logra saciar su sed.

Ana creyó morir de placer. El éxtasis llegó en fuertes y punzantes oleadas que le hicieron mover las caderas en acompasada danza. Pero no acabo allí; continuó cuando él la penetró y comenzó a moverse en su interior con potentes y rápidas embestidas, cada vez más enérgicas, mientras el placer le nublaba los sentidos.

Antes de sumergirse en el océano de felicidad que la arrastraba advirtió que Luis se giraba y, sin dejar de abrazarla, la colocaba sobre él. Con el rítmico sonido de los latidos de su corazón se quedó dormida.

18

Ana miraba embelesada la oscura cabeza que descansaba sobre su regazo. Un brillo de felicidad se había instalado en sus ojos desde días antes y una gozosa sonrisa iluminaba su rostro, lo que aumentaba la serena belleza que ya poseía. Estaba enamorada y era feliz como nunca soñó serlo.

Aquellos diez días bastaban para dar sentido a su vida, pensó. Le amaba tanto y se sentía tan correspondida que, a veces, creía estar inmersa en un sueño del que temía despertar y encontrarse con su triste vida anterior carente de afectos.

Luis... Con solo pronunciar su nombre sentía una calidez en su interior y los ojos se le humedecían de ternura. También se sentía triste; triste por él. Le veía tan desvalido a causa de su ceguera, que con frecuencia se ocultaba para que él no detectase en su rostro o en su voz la huella de las lágrimas.

Al mismo tiempo admiraba la dignidad y entereza con las que llevaba su deficiencia, propias de un carácter valiente y generoso.

Su amor parecía crecer en ciertos momentos, como cuando veían alguna película o paseaban por los campos y ella le describía lo que iba viendo. Luis la escuchaba con atención, sin quejarse nunca de sus limitaciones.

En esos días ninguno de los dos había hecho referencia a la ceguera ni a la posibilidad de operarse. Ana sabía que debía intentar convencerlo. Era su deber, el trabajo que la había llevado allí, aunque era tanta la dicha que sentía y tan frágil la cúpula de cristal que los envolvía, que no deseaba verla amenazada de ninguna forma. Le amaba y no le importaba su falta de visión. Tampoco deseaba influir en su decisión porque solo a él le correspondía tomarla y, fuese la que fuese, ella la aceptaría sin condiciones.

Recostó la cabeza en el tronco del árbol en el que se apoyaba, en el lugar favorito de ambos, junto al arroyo. Rememoró la noche en la que Luis regresó, cómo se durmió agotada por los momentos de pasión compartidos, despertando a las pocas horas para volver a hacer el amor; y ya al alba, cuando él decidió regresar a su habitación para evitarle la vergüenza de que Emilia los descubriese en la cama, volvió a poseerla sin prisas, con una ternura que la subyugaba y una pasión que la hacía estremecer.

Luis le decía que nunca podría saciarse de ella y se lo demostraba una y otra vez, en las interminables noches de amor compartidas y en cualquier ocasión que se le presentaba, que eran muchas, pues no se separaban más de unos minutos al día. Sonrió orgullosa al recordar lo atrevida que se mostraba con sus caricias y los gritos de placer que lograba arrancarle con ellas. Era tan dichosa que cada segundo transcurrido a su lado suponía un milagro.

Ana estaba descubriendo múltiples facetas de él que le maravillaban y le divertían. Así comprobó que era un magnífico jinete. Montaba con una seguridad y dominio impropios de una persona con aquel tipo de invalidez. También era divertido. Le estuvo relatando numerosas anécdotas de su familia y de su juventud, sus correrías con Carlos durante las vacaciones, sus inicios en el negocio...

Advertía su reticencia a hablar del futuro, como si quisiera vivir el presente sin plantearse nada más, y ella lo comprendía y respetaba. La experiencia de su desastroso matrimonio le hacía ser precavido. No le importaba porque cada minuto que pasaba a su lado era maravilloso, incluso cuando tenía que mentirle. A sus preguntas, procuraba contestar con evasivas para evitar posibles errores, pero no siempre lo conseguía y en varias ocasiones se encontró en algún aprieto del que le costó salir airosa.

También fueron momentos difíciles las dos ocasiones en las que Aranda llamó. En ambas, Luis no se despegó de su lado y ella tuvo grandes dificultades para simular una agradable conversación con su padre cuando, en realidad, intentaba informar a Aranda de sus progresos.

Este les anunció su regreso para antes de lo previsto y Ana se alarmó al ver peligrar la frágil felicidad conseguida. No sabía cómo reaccionaría Luis cuando se enterase de su mentira. No había logrado avances significativos en el tema de la operación y temía que, el descubrir su verdadera identidad, le provocara un retroceso y la pérdida de su confianza. Esa posibilidad la asustaba. No estaba convencida de su amor, aunque se lo repetía con frecuencia y se lo demostraba a cada momento. Era cobarde e ingrata por dudar de él, pero no deseaba arriesgar su actual situación y procuraba alargarla todo lo posible.

La relación con Emilia y Pedro era excelente, aunque Ana se sentía algo turbada al pensar que ellos imaginaban lo que ocurría durante las noches en las habitaciones del piso superior. Pero no daban muestras de ello y se mostraban muy satisfechos con la nueva actitud de Luis, que había recuperado la alegría y las ganas de vivir.

Solían comer todos juntos en la cocina, en amena conversación. Luis comía con apetito y alababa los platos que las dos mujeres preparaban, en especial los dulces, por los que sentía debilidad. Ana le insinuaba divertida que terminaría pareciendo un tonel si continuaba insistiendo en repetir varias veces, lo que provocaba carcajadas en él y el deleite en Emilia y Pedro.

Los días discurrían entre largos paseos por el campo, baños en la piscina o visitas al pueblo a la caída del sol. Allí solían cenar en alguna taberna, iban al cine o, simplemente, dejaban transcurrir las horas paseando por las calles y haciendo pequeñas compras. Luis saludaba a los conocidos y presentaba a Ana como una buena amiga de la familia, aunque muchos ya la conocían de sus visitas anteriores. Regresaban tarde y se iban a la habitación de ella, donde les aguardaba otra maravillosa noche de amor. Ana pensaba que nunca podría volver a dormir sin los cálidos brazos de Luis rodeándola y sin la dulce placidez que su compañía le proporcionaba.

Pensó en Teresa. La había llamado unas horas antes, cuando todos descansaban tras la comida, y le chocó escuchar a Mario contestarle. Se alegró cuando ella le comunicó entusiasmada que al fin había conseguido que se mudara. Dejó escapar una risita al recordarlo. ¡Lo que su amiga no consiguiera!

–¿Por qué ríes?

Ana bajó la cabeza y vio el rostro de Luis levantado hacia ella y sus bellos ojos perdidos en la nada.

–Lo siento, te he despertado –se lamentó.

–No dormía –la tranquilizó con una sonrisa–. Pero dime, ¿a qué se debe esa risa?

–Me estaba acordando de algo gracioso –respondió evasiva.

–Cuéntamelo, por favor.

Ana trató de encontrar alguna anécdota que pudiera contarle sin levantar sospechas.

–¿No quieres?

Ella se inquietó. Estaría pensando que le ocultaba algo y no podía permitirlo. Tenía que inventar alguna cosa, lo que fuese.

–Pues es... es algo embarazoso.

–¿Sí? Entonces me interesa más. Vamos, no seas tímida –insistió mientras le acariciaba el vientre con la nariz.

Ante este gesto se le ocurrió una idea. Al no haberle mentido sobre sus verdaderos estudios, podía referirle una anécdota que les ocurrió a Teresa y a ella.

–Fue durante el primer año en la universidad. Una amiga y yo decidimos ir a un estudio de pintura para... ofrecernos como modelos y conseguir algo de dinero. –Su voz era débil y su sonrojo auténtico al recordar la escena–. Conocíamos a otra chica que solía trabajar allí y nos animó a presentarnos.

Calló. No se atrevía a continuar por miedo a que le pidiera detalles que pudiesen comprometerla.

–Continúa, por favor. Parece una historia divertida y muy excitante.

Ana suspiró. No había manera de zafarse. Sabía lo persuasivo que era.

–No fue nada de eso, créeme. A pesar de lo abochornadas que estábamos, terminamos desnudándonos y subiendo a la tarima. Pero cuando se abrieron las puertas y comenzaron a entrar los alumnos, la mayoría hombres, salimos corriendo las dos envueltas en las sábanas que cubrían los lienzos. Nos refugiamos en los servicios hasta que alguien nos llevó la ropa. El director de la academia se enfadó porque nos negamos a posar y nos tuvo que sustituir por estatuas de escayola. Nos estuvo gritando hasta que salimos de allí.

Ana, molesta por la risa de Luis, le golpeó con fingida seriedad. Él rio con más ganas.

–¿Te parece gracioso? Pues para nosotras no fue nada divertido. Mi amiga nos aseguró que los alumnos solo mostraban un interés artístico, pero no pararon de piropearnos. Fue una estupidez, aunque aprendimos la lección.

–No me extraña –logró decir entre carcajadas–. Si tu amiga es la mitad de hermosa que tú, formaríais un dúo irresistible.

–No soy guapa, Luis –reconoció Ana con tristeza–. No quiero que te formes una imagen idealizada de mí.

–Lo eres –aseguró él tajante, al tiempo que elevaba su mano y le tocaba el rostro–. Lo he visto con mis dedos. Tienes unos rasgos delicados y una hermosa figura. La conozco muy bien.

Sus manos comenzaron a recorrerle el pecho, la cintura, las caderas, mientras besaba su vientre. Ana, como siempre que la acariciaba, notó cómo el deseo crecía en su interior.

–Luis, no... –gimió cuando su rostro comenzó a insinuarse entre sus piernas.

–¿No? –Él levantó la cabeza; su boca mostraba una sonrisa traviesa–. Mentirosa. Lo deseas tanto como yo.

–Sí, pero no en este lugar. Alguien podría venir y... –reconoció.

–Sabes que nadie pasará por aquí. –La tendió de espaldas y comenzó a desvestirla–. Y si lo hacen, verán a una pareja amándose. ¿Es eso tan grave?

–No, pero...

Luis ya no la escuchaba porque, como cada vez que la tenía entre sus brazos, su razón se nublaba dando paso a un feroz deseo que borraba todo pensamiento coherente. Nunca imaginó que se pudiera amar tanto a una mujer. En los pocos días que llevaba con ella había sido más feliz que en todos los anteriores; y eso se lo debía a ella, a su amor. Ana despertaba en él un cúmulo de sentimientos contradictorios y maravillosos. La deseaba con locura, con tanta fuerza que en ocasiones temía dañarla con su ímpetu, y al mismo tiempo despertaba en él ternura y deseos de protección.

La amaba y temía perderla, aunque era consciente de que no debía atarla a él. Sabía que, si no recuperaba la visión y volvía a ser un hombre completo, no la conservaría a su lado. No soportaría el comprobar cómo su amor se tornaba en indiferencia, en odio, al verse atada a un ciego.

Había tomado la decisión de operarse y, solo si el resultado era satisfactorio, le pediría que se casase con él. Si resultaba un fracaso y regresaba sin un cambio positivo, no la buscaría. Renunciaría a ella y se hundiría de nuevo en su desesperanza, pero en esta ocasión sería aún más doloroso.

–No debemos... No... –insistió ella, y le tiró del cabello para apartar aquella voluptuosa boca que estaba socavando su voluntad.

Pero Luis ya no era consciente de sus actos. Llevado de su desenfrenado deseo no podía, ni quería, detenerse. Su único pensamiento era hacerla feliz. Y Ana, como siempre, se rindió ante aquellas maravillosas sensaciones y disfrutó del placer que él siempre le proporcionaba.

Regresaron cabalgando sin prisas, felices y satisfechos. Entraron en los establos y procedieron a desensillar y cepillar a los caballos entre risas y bromas.

–¡Querido Luis!

El sonido de aquella sensual voz les hizo volver la cabeza.

Ana vio a una bella y elegante mujer, casi tan alta como ella, de larga y cuidada cabellera rubia y fríos ojos grises que la estudiaban con ira contenida.

Su cuerpo estaba cubierto por un diminuto bikini y

sospechó que llevaba algún tiempo escuchando tras la puerta.

La mujer apartó sus ojos de ella y se dirigió hacia Luis.

–¿Claudia? –preguntó él perplejo.

–La misma, querido. –Le rodeó con los brazos el cuello y le besó en la boca.

Luis se tensó de inmediato y la apartó con educada firmeza.

–¡Cuánto tiempo sin vernos, cariño! –Sin mostrarse afectada por la frialdad de él, se colgó de su brazo–. ¿Cuántos años hace, cuatro, cinco...? Estás más atractivo con esas canas en las sienes. –Le acarició el cabello de forma seductora–. ¡Oh, cielo! Siento tanto la muerte de tu esposa.

–Gracias, Claudia. –Su voz era cortés–. Te presento a una amiga, Ana Romero.

Ana extendió la mano para saludarla y, ante la mirada despectiva de la mujer, la retiró avergonzada.

–¿Una amiga de la familia o personal? –Se interesó con sarcasmo.

Luis se vio obligado a referirle la historia.

–Y tú, ¿qué haces aquí? –preguntó Luis temiendo la respuesta.

–Verás. Acabo de regresar tras una larga estancia en el extranjero y me he enterado de tu penosa pérdida. No podía dejar de venir para acompañarte en estos momentos de dolor. Es lo menos que puedo hacer por mi querido amigo y antiguo novio –respondió, acentuando las últimas palabras–. Si me invitas, claro.

–Por supuesto. Siempre eres bien recibida. –Luis estaba molesto, aunque se mostraba amable–. ¿Cuándo has llegado?

–Hace un rato. Tu criada me ha indicado que saliste de paseo y, como confiaba en quedarme, me he cambiado para tomar un baño. ¿Vienes? El agua de la piscina parece deliciosa. –Y comenzó a caminar con él hacia la puerta.

–Creo que estoy demasiado cansado –respondió Luis tratando de desembarazarse de ella.

–No seas malo, cariño; compláceme –rogó con coquetería–. Además, quisiera hablar contigo en privado.

Ana, ante las insinuantes palabras de Claudia, decidió dejarlos solos.

–Ayudaré a Emilia con la comida –dijo, y se marchó.

la casa.

19

De camino hacia la casa, Ana sintió un repentino
desasosiego. No le gustaba Claudia y mucho menos la
forma que tenía de mirar y coquetear con Luis. Unos
feroces celos se desataron en su interior. ¿Qué representaba para él? Había mencionado un noviazgo. ¿Continuaría Luis sintiendo afecto por ella?

Se rehízo con esfuerzo antes de entrar en la cocina.
No quería que Emilia la interrogase sobre su estado.

La mujer estaba seria. Ana lo advirtió enseguida.
Emilia era tan transparente que no podía ocultar sus
emociones.

—Hola, Emilia. He venido a ayudarle. ¿Ya ha preparado la comida?

—Casi he terminado. Esa señora no ha parado de in-
cordiar desde que llegó —refunfuñó molesta—. ¿Dónde está
ahora? ¿Con Luis?

—Sí. Han ido a la piscina. Quería hablar con él.

—¿Qué querrá? Algo pretende, desde luego.

—¿La conoce? —preguntó con aparente indiferencia.

—Fue una antigua novia del chico. Es hija de un viejo amigo de la familia. Don Leandro estaba empeñado
en casarles, pero Luis no parecía muy convencido y ella

terminó casándose con otro del que se divorció al poco. Eso fue hace unos cinco años. Después quiso volver con Luis, pero él ya estaba comprometido con la que sería su esposa y tuvo que renunciar. Ahora que está libre, intentará volver a la carga.

–¿Venía por aquí?

–Luis la trajo en un par de ocasiones. Continúa tan altanera como entonces, dando órdenes y pidiendo cosas como si fuese la señora de la casa. –Hizo un gesto de resignación–. Si fuera listo, debería ponerla en su lugar; pero este chico siempre fue blando con las mujeres, y así le ha ido.

–Puede que solo lo haga por educación –aventuró Ana.

–Eso por descontado. Es como su madre, que en paz descanse. Ella sí era toda una señora.

Prepararon la mesa en el comedor para los tres. Ana quiso quedarse a comer en la cocina con ellos, pero Emilia no se lo permitió, alegando que era una invitada y debía acompañarlos.

Subió a cambiarse. Estaba en su habitación cuando oyó voces por la escalera y la risa sensual de Claudia acompañando a la de Luis. Se lo estaban pasando muy bien, pensó Ana, y los celos volvieron a acosarla, formándole un nudo en la garganta que le impedía respirar con facilidad.

En un impulso, abrió la puerta y los descubrió. Ella le cogía el brazo de forma posesiva y él no parecía disgustado.

–¿Ana? –llamó Luis al oír la puerta.

–Aquí estoy –anunció con voz neutra.

–Te hemos estado buscando. Emilia nos ha dicho que habías subido a cambiarte.

–Así es. La comida está preparada. Cuando queráis, podemos bajar.

–Dame al menos quince minutos, querida. He de

cambiarme y adecentarme un poco después del delicioso baño que hemos compartido –dijo Claudia en tono meloso, que el frío brillo de sus ojos desmentía, y sin soltar el brazo de Luis–. Tú también deberías hacerlo, cielo. Estás empapado. –Le pasó la mano por el cabello en un gesto insinuante.

Ana estaba furiosa, y la sonrisa maliciosa que Claudia le dedicaba contribuía a aumentar su enfado.

–Esperaré abajo –dijo Ana. Se giró y comenzó a bajar las escaleras. Al oír la voz de Claudia, se paró.

–Esa chica debería cuidar un poco su aspecto. Aparte de no ser demasiado agraciada, viste de una forma horrible. No estará interesada en atraer a los chicos. Con solo mirarla se advierte su pésimo gusto y el...

Ana no quiso escuchar más. Resultaba obvia la intención de Claudia. Quería desprestigiarla ante Luis. Sospecharía la relación que existía entre ellos y estaba dispuesta a destruirla. Lo que más le dolía era que él no la hubiese presentado como su novia, una amiga íntima o lo que fuese; algo suyo para que Claudia supiese la posición que ocupaba. Pero él estaba empeñado en ocultar su relación y sus sentimientos. ¿Porque no eran sinceros o porque se avergonzaba de ellos?

Sintió una punzada de dolor. Ella le amaba y deseaba pregonarlo a los cuatro vientos. Querría que todos lo supieran, que no tuviesen que disimular y esconderse como ahora hacían, pero Luis no pensaba de ese modo porque desde el primer momento lo había ocultado.

Reprimió las lágrimas con un férreo esfuerzo. No dejaría que esa mujer la humillara más. Lucharía por defenderse y defender el amor de Luis por encima de todos.

No fue tan fácil la tarea que Ana había decidido emprender. En los dos días siguientes comprobó que

Claudia era una terrible enemiga, inteligente y decidida. No los dejaba un momento a solas. Siempre estaba monopolizando a Luis, desde la mañana a la noche, de tal modo que Ana solo podía cruzar unas palabras con él a solas. Y durante las noches, al dormir en la habitación contigua, Luis no se atrevía a visitarla por temor a que los descubriese.

La tarde del tercer día Ana se refugió en la biblioteca para organizar sus pensamientos y buscar una solución a sus problemas. Luis estaba descansando en su habitación y Claudia en la piscina tomando el sol.

Ana intentaba comprender la actitud de Luis, pero le costaba. Cuando estaban en presencia de Claudia, se mostraba amable, como correspondía a la hija de un empleado que pasaba las vacaciones allí; y en las escasas ocasiones en las que se encontraban a solas, siempre durante unos pocos minutos, él se limitaba a abrazarla y a besarla fugazmente, temeroso de que lo descubriesen cometiendo un delito. Ana añoraba su ternura, su pasión. Aquellas breves demostraciones de deseo le ocasionaban más dolor y frustración, hasta el punto de que procuraba evitarlo.

El sonido del teléfono la sacó de sus reflexiones. Imaginando que se trataba de Aranda, se apresuró a descolgar. No se equivocaba. Telefoneaba desde Viena, última escala de su viaje. Ana, convencida de que nadie la escuchaba, decidió hablar sin tapujos con su interlocutor. No había tenido muchas oportunidades de hacerlo en los últimos días y estaba deseosa de contarle los progresos realizados.

Aranda le anunció que en un par de días partían para Madrid, y desde el aeropuerto marcharían a Arroyo Claro. Se alegró. Necesitaba alejarse de allí. La presencia de Claudia le alteraba y la actitud de Luis hacia su invitada no mejoraba la situación. Aunque él era correcto en su trato y no secundaba las efusiones de su exnovia, Ana se sentía incómoda observando el despliegue de malas artes que la otra utilizaba, y procuraba evitarlos.

También necesitaba relajarse. Desde que Claudia había llegado tenía que realizar un mayor esfuerzo para evitar cometer algún error y destapar aquella burda farsa en la que se había visto envuelta, ya que se sentía observada en todo momento por ella. Pero, sobre todo, no quería estar allí cuando Luis se enterase por su padre de la verdad. Si una vez que conociese el engaño al que le habían sometido continuaba queriendo que estuviese a su lado, ella acudiría. Así se lo explicó al hombre, ocultándole sus verdaderos sentimientos.

También le habló de la presencia de Claudia. Aranda se alegró de la noticia y le confesó que siempre había deseado la unión de ambos, y abrigaba la esperanza de que ocurriese. Luis se había sentido atraído por Claudia en el pasado, pero ella no quiso continuar la relación y formalizar el compromiso. Se alegraba de que hubiese recapacitado y estuviese dispuesta a retomar el noviazgo. Confiaba en que su presencia sirviera de estímulo a su hijo y se decidiera a operarse. Si Claudia no lo conseguía, no creía que nadie pudiese hacerlo.

Cuando Ana colgó, una profunda desolación la invadió. Luis había estado enamorado de Claudia, incluso aún podía estarlo, y ella solo había sido un entretenimiento, de ahí su desinterés desde que esa mujer llegó.

Se tendió en el sofá, abatida, intentando apaciguar con un desconsolador llanto el dolor que la golpeaba con fuerza. No supo cuánto tiempo había transcurrido hasta que oyó abrirse la puerta y vio entrar a Claudia por ella.

–Hola, querida. ¿Qué te ocurre? ¿Te encuentras mal? Parece que has llorado –preguntó melosa.

Ana advirtió la peligrosa sonrisa que se dibujaba en los labios de Claudia y se estremeció.

–No es nada, gracias. Estoy bien –contestó con voz poco firme.

–Me alegra, porque tienes que marcharte lo antes posible.

–¡¿Por qué?! –exclamó, asombrada por el descaro que mostraba.

–Sabes a qué me refiero y harás lo que te pido; a menos que desees que Luis se entere del acuerdo comercial al que habéis llegado su padre y tú.

Ana se quedó sin respiración. ¿Cómo lo había descubierto? ¡No podía ser!

–No... no sé de qué estás hablando –intentó defenderse, aunque sabía que estaba derrotada. Claudia debía de haber escuchado la conversación.

–No disimules. He oído suficiente como para recelar que algo raro ocurría. Después, me ha bastado un rápido registro en tu habitación para descubrir esto. ¿No es revelador?

Le mostró lo que llevaba oculto en la espalda. Se trataba del documento en el que Aranda explicaba y se responsabilizaba de la suplantación que Ana llevaba a cabo, así como su documento de identidad. Lo había ocultado en un bolsillo disimulado de su maleta, en un lugar que creía inaccesible, pero no para la sagaz Claudia.

Ana comenzó a temblar presa del pánico. Esa mujer era capaz de descubrir la verdad ante Luis. Si él se sentía engañado otra vez, retrocedería al estado en el que lo encontró a su llegada. No podía arriesgarse a destruir el pequeño avance logrado con tanto esfuerzo. Abandonaría la casa, tal y como Claudia exigía, e inventaría una excusa para justificar su partida.

Aranda llegaría en pocos días y podría convencerle de que la trama se había urdido con el único fin de ayudarle, o accedería a operarse antes de explicarle la verdad. Para entonces, si todo salía bien y recuperaba la visión, sería más fácil justificar el engaño. En cambio, si volvía de Suiza en las mismas condiciones, ya nada importaría y allí estaría ella, para amarle y ayudarle durante el resto de sus días.

–¿Qué decides? –repitió Claudia, impaciente ante el prolongado silencio de Ana.

–Si has oído parte de la conversación, habrás comprendido las razones que nos han llevado a ello. Es primordial que Luis consienta en operarse lo antes posible para tener mayores posibilidades de éxito. En el mes que llevo aquí he conseguido bastantes progresos y creo que está dispuesto a dar el paso. Pero si se entera de todo, puede negarse. Está muy susceptible y temo lo peor.

Ana intentaba justificarse y conseguir que desistiese de su idea; pero Claudia, que estaba decidida a librarse de su rival, no atendía a razones.

–Lo comprendo y no te preocupes, yo continuaré con tu labor. Por lo tanto, márchate de inmediato o Luis se enterará de quién eres en realidad. –El tono perentorio de su voz y el brillo helado de su mirada indicaban el empeño en alejarla de allí. Quería que le dejara el terreno libre para comenzar a tender su red y conseguir su propósito, que no era otro que casarse con Luis.

–El señor Aranda estará aquí en dos o tres días y entonces me marcharé –intentó convencerla–. Sería sospechoso que lo hiciera antes de regresar mi supuesto padre, ya que Luis piensa que no tengo adónde ir.

–No lo creo. Eres una joven inteligente y sabrás inventar un buen pretexto. Puedes decir que tienes un familiar enfermo o una amiga te ha invitado a pasar unos días... o que te has cansado de estar aquí y de los jueguecitos que os traéis Luis y tú.

Ana negó con la cabeza. No quería admitir ante ella la relación que habían tenido.

–No lo niegues. No hace falta ser muy observadora para advertirlo. Además, conozco el poder de atracción que él ejerce sobre las mujeres. A pesar de ser un inválido sigue siendo muy atractivo; y el dinero de su padre es un aliciente que no habrás pasado por alto, ¿cierto? Pero no temas, yo sabré consolarle si es que llega a acusar tu ausencia. Aunque lo dudo, para él las mujeres solo son un instrumento de placer. Las posee y las olvida con la misma rapidez, pasando a la conquista siguiente sin ningún remordimiento. Yo sé cómo es y perdono su pequeño defecto, cosa que no hizo su pobre mujer y por ello sufrió tanto durante sus años de matrimonio.

–¡Luis no es así! –protestó Ana con viveza. ¿Cómo podía difamarle de esa manera?

–Sí, querida, lo es; no puede evitarlo. No sé qué historia te habrá contado, pero apuesto a que no es cierta. Sabe muy bien cómo persuadir a una mujer, y a cualquiera; es un gran negociador. –Emitió una desagradable carcajada–. Siento que te hayas ilusionado con sus palabras de amor, que puede que sintiera en el momento que te las estaba diciendo, aunque las olvida cuando ve otra posible conquista en el horizonte. Márchate tranquila, que Luis no sufrirá por tu ausencia.

Ana estaba horrorizada. No podía creer lo que Claudia decía. Luis no era la especie de monstruo que ella describía. Era sincero cuando le decía que la amaba y cuando le confesó su desastroso matrimonio. Pero ¿cómo explicar el desinterés que mostraba por ella desde que Claudia llegó?

Se pasó una mano por las mejillas para secar las lágrimas que brotaban de sus ojos y se sentó con un gesto de derrota. Claudia no logró ocultar la sonrisa de satisfacción que iluminó su rostro y la mirada de triunfo que reflejaron sus ojos.

Ana la miró y supo que había ganado. Fuese cierto o no lo que afirmaba, ella ya no podía permanecer allí. Sus dudas la traicionarían y eso sería peor que si se descubriese la verdad. No debía arriesgarse. Aunque Luis no la amara, ella sí lo amaba y deseaba su felicidad. Si no lograba recuperar la visión, nunca sería feliz. No se resignaba a verlo derrotado por el resto de sus días. Le importaba demasiado para consentirlo.

–De acuerdo, me marcharé –aceptó. Se levantó con decisión y se irguió–. Pero quiero tu promesa de que no dirás nada a Luis. En cuanto a su padre, yo me pondré en contacto con él.

–La tienes. No olvides que deseo su recuperación al igual que tú. En mis planes de futuro no entra el hacer de lazarillo mucho tiempo. Además, no me interesa que el padre sepa que os he descubierto. Invéntate otra explicación para él o le contaré que intentaste cazar a Luis.

20

Ana no pudo continuar escuchando a Claudia. Sentía que su corazón se rompía en pedazos.

Subió a su cuarto y se encerró en él dando rienda suelta a su dolor. El llanto no consiguió aliviarla, pero sí mitigar su rabia. Ahora debía inventar una historia creíble y contarla a todos para justificar su precipitada marcha. Era fundamental que Luis no recelase nada.

La cabeza le estallaba de dolor. Sentía un fuerte martilleo en las sienes y un gran vacío en el estómago. Decidió tomar un baño. El sumergirse en agua tibia le ayudaría a relajar los crispados músculos de su cuerpo, aunque dudaba que consiguiera aliviar las tribulaciones de su alma.

Estaba desnudándose cuando oyó unos suaves golpes en la puerta y la voz inconfundible de Luis que la llamaba. Se tensó y contuvo la respiración. No podía verlo ahora. El torbellino de sentimientos que bullían en su interior acabaría por delatarla ante una persona tan perceptiva como él.

Los golpes y la llamada se repitieron. Ana creyó detectar una tierna urgencia en la voz de Luis, un matiz de deseo que le aceleró los latidos de su corazón y acabó por romper su resistencia y la promesa hecha a sí misma de no volver a verle a solas.

Fue hacia la puerta, pero se detuvo a medio camino al oír la voz de Claudia.

–Ah, querido, ya estás despierto. Te esperaba para dar el paseo que me prometiste. ¿No lo habrás olvidado?

–No, ahora iba a avisar a Ana –contestó Luis con cierto matiz de fastidio.

–Pobrecita, no la molestes. Padece una terrible jaqueca y piensa quedarse toda la tarde en su habitación. Ya sabes lo que es eso, solo se alivia con absoluto reposo.

–Está bien –desistió él con un suspiro resignado–. Vayamos a dar ese paseo. Espero que a la vuelta se encuentre mejor.

–No lo dudes. Unas horas de descanso hacen maravillas.

Ana oyó pasos que se alejaban. Volvió a la cama y se tendió en ella. Lo estaba perdiendo, reconoció. Se daba cuenta de ello y no podía hacer nada por recuperarlo. Tenía las manos atadas por una promesa de silencio y por esa mujer que estaba decidida a conquistarlo. ¿Cómo podía ella, una persona sencilla, competir con la innata seducción de Claudia?

Luis debía decidir. Si la amaba, no sucumbiría a los encantos de otra y la buscaría; si no la amaba, si solo tuvo intención de utilizarla para aliviar su frustración y ya la había relegado ante la perspectiva de otra conquista, comenzaría a olvidarle y, con un poco de suerte, algún día lo conseguiría.

Se marcharía al día siguiente, no tenía otra opción. Pensó dirigirse a Madrid, pero desistió de la idea al recordar que Mario estaba en casa de Teresa. No quería molestarles. Se iría a casa de sus padres y allí agotaría el tiempo que restaba hasta su viaje a Florencia o hasta que...

No quería hacerse ilusiones con respecto a Luis. Si

él lo deseaba, regresaría a su lado, aunque tendría que pedírselo.

Esa noche bajó a cenar más tarde de lo habitual. Pensó en no hacerlo y marcharse al día siguiente, dejando una nota de explicación, pero Luis sospecharía de esa repentina decisión; por ello se armó de valor y bajó con una historia bien preparada.

Cuando llegó al comedor oyó la risa de Luis coreada por la vibrante y sensual de Claudia. Ya habían terminado de cenar y tomaban café en un ambiente distendido.

Ana no consiguió moderar la celosa mirada que dirigió a la mujer y que fue devuelta por una de total triunfo.

–Buenas noches –dijo con estudiada serenidad.

–Hola, querida. ¿Te encuentras mejor? –Las amables palabras de Claudia contrastaban con la mueca burlona de su boca.

–No del todo. Solo he bajado a despedirme, mañana me marcho.

La reacción de Luis, que se había tensado nada más oírla, no se dejó esperar.

–¿Te marchas? ¿Por qué? –Tanto su voz como su rostro denotaban perplejidad.

El corazón de Ana aceleró sus latidos al escucharlo. Intentó aplacarlos. También el deseo de lanzarse a sus brazos y cubrirlo de besos. Todos esos días añorando sentir su calor, su ternura. ¡Qué horrible sufrimiento tenerle tan cerca, desearlo tanto y no poder abrazarle!

–Sí. Esta tarde ha llamado una amiga para comunicarme que existe un problema con la nota de una asignatura. Parece que se ha extraviado un trabajo que hicimos en común y no nos pueden calificar. Debemos presentarlo de nuevo si queremos aprobar. Lo tengo archivado en mi ordenador y solo tenemos que imprimirlo.

Ana estaba asombrada de la facilidad con la que le salían las palabras. Había ensayado la historia varias veces, pero nunca imaginó que llegado el momento actuaría con tanta naturalidad. Observó la mueca burlona de Claudia y el apreciativo movimiento de su cabeza; estaba satisfecha.

–Tenía entendido que en agosto cerraba la universidad... –cuestionó Luis suspicaz.

Ana se alarmó. Si no la creía estaba perdida. Se mantuvo serena y no dejó traslucir su nerviosismo.

–El departamento administrativo continúa funcionando y es entonces cuando se suelen confirmar las notas definitivas. No nos habríamos enterado de esta anomalía si no hubiésemos solicitado una beca para el curso próximo. En administración les extrañó que tramitásemos la solicitud teniendo una asignatura sin calificar, por eso nos llamaron.

Por un momento reinó el silencio. Ana miraba a Luis esperando su reacción.

–Bien. Si tienes que ir, hazlo –dijo él al fin. Su rostro había adquirido una máscara de frialdad que no dejaba adivinar sus sentimientos–. ¿Te quedarás en tu casa?

–No, en casa de mi amiga. Como ellos ya han regresado de sus vacaciones, no estaré sola.

–Es una pena que debas marcharte; en Madrid hace un calor espantoso.

Parecía apenada, cosa que desmentía su sonrisa guasona. Sin duda, se trataba de una gran actriz, pensó Ana.

–¿Cuándo regresarás? –preguntó Luis.

–No creo que vuelva por aquí. Mi padre no tardará en regresar y debo estar en casa. –Su voz ya no era tan firme. Gotas de sudor brillaban en su frente. Pensó que, si él pudiera verla, descubriría que le estaba mintiendo–. Ahora me retiro. Mañana tengo que madrugar y he de preparar el equipaje.

–Pedro te llevará a Madrid en el coche –decidió él.

–No es necesario –denegó. No podía permitir que Pedro descubriese que estaba mintiendo–. Además, mi amiga me espera. Pasaremos por mi casa y después iremos a la suya. –Estaba a punto de derrumbarse, aunque se esforzó en mantenerse fuerte hasta el final.

–Entonces te llevará hasta el pueblo para que tomes el autobús.

Ana no se atrevió a protestar y, con un rápido «de acuerdo», salió de allí. Le pareció que Luis no quedaba muy convencido con su explicación e intentó acallar sus temores pensando que eran fruto de su conciencia culpable. ¿Cómo podía ser tan cobarde? ¿Por qué no luchaba por su amor? ¿Cómo se rendía tan pronto sin presentar batalla?, se recriminó. Solo había una respuesta: le amaba y deseaba lo mejor para él.

Regresó a su cuarto. Ya había avisado a Emilia de que no cenaría y tuvo que soportar una fuerte regañina. No le explicó que se marchaba al día siguiente para evitar otra larga arenga. Necesitaba toda su entereza para llevar a cabo lo que había decidido. Se sentía despreciable. Desde que conoció a los Aranda no había dejado de mentir y eso, para su recta conciencia, era una continua tortura.

Estuvo durante mucho tiempo dando vueltas en la cama sin lograr quedarse dormida. Al rato oyó pasos y las voces de Luis y Claudia despidiéndose y entrando en sus respectivas habitaciones. Los escuchó circular por el baño y la habitación durante varios minutos hasta que se hizo el silencio.

Al cabo de poco tiempo percibió que alguien maniobraba en su puerta y, al encontrar el cerrojo echado, oyó unos suaves golpes y la voz queda de Luis que la llamaba.

Estuvo tentada de abrir. Quería despedirse de él, pasar la noche en sus brazos por última vez. Resistió el impulso. Temía sus preguntas, que descubriese un fallo en sus respuestas y dedujese que mentía. Tampoco estaba segura de poder responder a sus caricias sin dejar entrever sus dudas y temores.

Al no hallar respuesta, Luis desistió y regresó a su cuarto. Estuvo largo tiempo paseando por la habitación, inquieto. Ana oía sus pasos de un lado a otro y tuvo que hacer un gran esfuerzo para no correr hacia él y tranquilizarlo, besarle y abrazarle hasta que se quedara dormido, como en otras ocasiones cuando había despertado de alguna pesadilla a su lado.

Ana despertó muy temprano a la mañana siguiente tras un corto y agitado sueño. Aún faltaba bastante para coger el autobús, pero quería marcharse de allí lo antes posible para evitar encontrarse con Luis.

Se vistió en silencio y se dispuso a bajar con la maleta en la mano. Cuando fue a abrir la puerta encontró una nota que alguien había pasado por debajo de ella. Aunque no llevaba firma, supo que era de Claudia. En ella le recordaba que no debía intentar comunicarse con Luis bajo amenaza de contarle su secreto. Quería atar todos los cabos, pensó Ana. Por mucho que le doliera, sabía que no le quedaba otra opción que obedecer.

Guardó la nota en el bolso y salió de su cuarto. Su mirada se dirigió hacia la puerta de la habitación de Luis. Lo imaginó dormido en su cama. Los ojos se le humedecieron y un incontenible torrente de ternura la invadió. Le costó reprimir el impulso de entrar para verlo por última vez. Deseaba mirar su rostro relajado por el sueño, como había hecho tantas veces.

Ana se llevó la mano a la boca para evitar el grito cuando la puerta se abrió y él apareció en el umbral. Solo llevaba puesto el pantalón del pijama, con su fuerte y bronceado torso desnudo. Tenía el cabello despeinado y una oscura sombra de barba le poblaba las mejillas. Profundas ojeras aparecían bajo sus ojos y mostraba un serio semblante. Comenzó a temblar. El temido enfrentamiento había llegado.

–¿Ana? –llamó con voz queda.

–¿Sí? –logró contestar tras serenarse un poco.

–Quiero hablar contigo. Entra –le pidió, y se hizo a un lado para dejarla pasar.

–No puedo entretenerme, Luis, o perderé el autobús –se apresuró a decir para evitar el encuentro.

–Unos minutos no te retrasarán demasiado. Pasa, por favor.

El tono de voz de Luis no admitía réplica y Ana tuvo que obedecer. Una vez dentro, él cerró la puerta y se apoyó en ella.

–Ahora, explícame qué te ocurre.

–No sé qué quieres decir. –El tartamudeo en la voz delataba su nerviosismo. Pese a los esfuerzos que hacía, le resultaba imposible serenarse.

–Sí, lo sabes. Desde que Claudia llegó tu actitud ha cambiado. Me evitas o te muestras fría y distante conmigo. ¿Por qué? ¿Has olvidado ya las promesas de amor que mi hiciste o solo eran palabras vacías?

–¿Y tú no te has mostrado distante y le has dedicado toda tu atención a ella? ¿Qué te ocurre? ¿Te avergüenza que los demás sepan lo que sentimos o es que se te ha pasado la fiebre amorosa? –respondió, furiosa por las acusaciones.

–¡Estás celosa! –exclamó maravillado. Se adelantó y alargó los brazos para acercarla a él–. Te quiero, Ana, bien lo sabes, aunque deseo ocultarlo de momento. –La abrazó con fuerza y buscó sus labios.

Ana se resistió al principio, pero pronto el deseo afloró y su cuerpo se entregó a las caricias que tanto anhelaba.

–¡Cuánto te he añorado! –le susurró él al oído mientras la acariciaba ansioso–. ¿Por qué te marchas? ¡Quédate!

Ana se tensó. Sabía que, si se dejaba guiar por sus sentimientos, incumpliría su trato con Claudia y no debía hacerlo. Con gran esfuerzo, se separó de él.

–No puedo, Luis, compréndelo. He de presentar ese trabajo. Mi amiga me espera.

–Está bien. Pero vuelve cuando termines, por favor –suplicó–. Quiero decirte algo.

–¿Qué? –preguntó esperanzada.

Él negó con la cabeza.

–Cuando nos volvamos a ver –dijo, y sonrió misterioso–. Hasta pronto, amor... –murmuró roncamente al oído. La abrazó con fuerza otra vez y la besó con pasión antes de entrar al baño.

Ana luchó contra el fuerte impulso de ir tras él. Se contuvo y siguió allí algunos segundos más, debatiéndose en contradictorios pensamientos. Temía que, cuando descubriese la verdad, no la perdonase y acabara renegando de los sentimientos que ahora albergaba.

El ruido del agua del baño la devolvió a la realidad y le hizo reaccionar. Salió de la habitación y bajó las escaleras, dirigiéndose a la puerta de salida. No estaba en condiciones de ver a Emilia ni a Pedro. Era tanta su congoja que no deseaba aumentarla despidiéndose de aquellas dos personas tan queridas.

Salió de la casa y se encaminó hacia el pueblo con paso decidido, sin querer volver la vista atrás. Era consciente de que parte de su corazón lo dejaba allí, en aquella casa donde había vivido los días más felices de su existencia, donde había conocido el amor en su mayor expresión y donde se había arriesgado a soñar sin calibrar las consecuencias.

21

Ana miraba el limpio horizonte sentada en el pequeño jardín, aunque sus pensamientos estaban muy lejos de allí.

Habían transcurrido más de dos semanas desde su partida de Arroyo Claro y no tenía noticias de Luis. La incertidumbre era una tortura continua. Cada vez estaba más convencida de que él la había olvidado, bien por desinterés, ocupado ahora en la conquista de Claudia, o por rechazo al enterarse del papel que había desempeñado en la trama urdida por su padre. Pero a esta incertidumbre se sumaba otra no menos agobiante: la sospecha de que estaba embarazada.

Llevaba varios días de retraso en su periodo menstrual, algo que nunca le sucedía, ya que todos los meses llegaba con matemática exactitud. No quería pensar en las consecuencias que le acarrearía si se confirmaban sus temores. No tenía intención de decirle nada a Luis, desde luego. Dudaba de que sus promesas de amor fueran ciertas y, aunque estuviese equivocada, no iba a presionarle con un embarazo. Deseaba que la aceptase por ella misma no por ser la madre de su hijo.

Pero le asustaba su futuro de madre soltera. En primer lugar, tendría que renunciar al curso en Florencia. No le importaba. Había dejado de ser su prioridad cuando conoció a Luis. No obstante, si tenía que mantener a su hijo, debería encontrar un trabajo. No estaba dispuesta a acarrear otra carga a sus padres. Tampoco quería humillarlos contándoles su situación. Los veía tan felices que se le encogía el corazón al pensar en darles ese disgusto.

Había hablado con Teresa, explicándole parte de lo ocurrido y callando la mayoría. Se sentía tan inquieta que no deseaba angustiar a los que la querían, al menos mientras su situación no se aclarase. También llamó a Aranda para darle la misma versión que a Luis. El hombre lo comprendió y no la recriminó por haber abandonado el trabajo antes de tiempo, mayormente cuando le comunicó que Claudia tenía la intención de quedarse allí unos días.

Desde su llegada a casa de sus padres esperaba ansiosa una llamada de Luis, aunque solo fuese para interesarse por su salud. Pero no había llamado y sus esperanzas se agotaban día a día. Estaba convencida de que se había olvidado de ella.

–Ana, te llaman por teléfono. –La voz de su madre la sobresaltó.

Se levantó de un salto y corrió a responder a la llamada con una gran sonrisa en los labios y el corazón latiéndole con fuerza en el pecho.

Rosa se sorprendió al ver tan animada a su hija. Había observado su tristeza, su melancolía, y estaba preocupada por ella. Una madre siempre presiente esas cosas.

Ana pasó por su lado y se precipitó sobre el teléfono. En su dolorido corazón crecía la esperanza. ¿Sería él?

–¿Dígame? –preguntó en un murmullo.

–¿Ana?

La voz inconfundible de Leandro Aranda llegó a su

oído. Intentó sobreponerse a la desilusión que sentía. Se había aferrado a la esperanza de que fuese Luis quien llamaba.

–Sí. ¿Dígame? –preguntó, logrando disimular su desolación.

–¡Ana, que alegría! Por fin puedo hablar contigo. –En la voz de Leandro se percibía una enorme felicidad–. No he podido llamarte antes, discúlpame. Con todos los preparativos del viaje y luego la operación, esto ha sido una locura. ¿Cómo te encuentras?

–Bien, gracias. ¿Y usted?

–Loco de contento. Aún no es definitivo, pero los médicos dicen que la operación ha sido un éxito y las posibilidades de que Luis recupere la visión son de más del noventa por ciento.

Ana estaba impactada. ¡Luis había consentido en operarse!

–¿Qué... qué quiere decir?

–¿Es que no te dijo nada? ¡Este chico...! –exclamó asombrado–. Cuando regresé, me comunicó que quería operarse lo antes posible. Como estaba todo preparado para cuando él se decidiera, partimos para Zúrich y lo operaron de inmediato. Tardarán un par de días en quitarle el vendaje y es casi seguro que recuperará la visión. Yo he venido para resolver unos asuntos y me vuelvo mañana mismo. Quiero ser el primero al que vea, aunque pienso que él deseará contemplar otro rostro más atractivo y joven que el mío. –Su espontánea carcajada sonó colmada de alegría.

–¿A quién se refiere? –preguntó estremecida. ¡Luis quería tenerla a su lado!

–A Claudia, desde luego. Ha sido un verdadero milagro el que ha realizado esa chica. Le ha devuelto las ganas de vivir. No necesito decirte lo enamorados que están, tú debiste comprobarlo. –En su voz se apreciaba la satisfacción que sentía por lo ocurrido–. He de confesarte que albergaba la esperanza desde hace tiempo. Siempre me ha caído bien y creo que hará muy feliz a mi hijo.

Ana sintió que el suelo se hundía bajo sus pies. Se sentó en la silla más cercana porque las piernas se negaban a sostenerla. No quería creer lo que acababa de escuchar. ¡Luis estaba enamorado de Claudia! Tuvo que reconocer que ella decía la verdad; él era un veleta, siempre dispuesto a olvidar a la última y conquistar a la siguiente.

–Ana, ¿sigues ahí? –La voz en su oído la devolvió a la realidad. Con gran esfuerzo, superó las náuseas que sentía y consiguió responder con voz ausente.

–Per... perdone, no he oído bien.

–Te preguntaba si has podido solucionar el problema que te surgió.

–Sí, gracias. Ya está todo resuelto –logró responder con aparente calma–. Siento haber tenido que marcharme. No podía permitir que...

–No importa, chiquilla. Te has portado muy bien. Emilia me ha explicado lo animado que estaba Luis con tu presencia y él pregunta por ti con frecuencia. No he querido confesarle la verdad. Me preocupa causarle algún disgusto. Como él no sospecha nada, he creído conveniente esperar. Cuando volvimos del viaje, Romero se quedó en Madrid. Yo le dije a Luis que pensaba tomarse unos días de vacaciones con su hija antes de que comenzaran las clases. Ya se lo explicaré todo si es necesario.

En la voz de Aranda se apreciaba cierta inseguridad. Prefería dejar las cosas como estaban y no tener que revelar a su hijo la farsa que había urdido. Aunque lo hiciera para beneficiarle, no estaba seguro de su reacción.

–De momento está feliz –continuó Leandro–. Claudia vino con nosotros a Zúrich y no se separa de su lado. Se ha quedado con él mientras yo resuelvo mis asuntos aquí. Espero que se casen pronto y me den un nieto enseguida. –Rio dichoso–. Bueno, pequeña, ¿quieres que te ingrese el sueldo en una cuenta o prefieres recoger el cheque en las oficinas?

–Pasaré por allí en unos días –contestó Ana. Ya había decidido regresar a Madrid lo antes posible.

–Lo tendrás preparado cuando llegues. No tienes más que pedírselo a Aurora. Quiero volver a agradecerte todo lo que has hecho por nosotros y estoy convencido de que Luis, si lo supiera, también lo haría.

–No tiene que agradecerme nada, señor Aranda. Solo intenté cumplir con mi trabajo lo mejor que supe –respondió Ana con esfuerzo. La terrible decepción que sentía añadía un matiz lúgubre a sus palabras.

–Adiós, Ana. Que tengas mucha suerte en todo –se despidió.

Ana cortó la comunicación. A su madre, que la observaba, le impresionó la palidez que cubría su rostro.

–¿Te ocurre algo? ¿Has recibido malas noticias?

–No es nada, mamá, solo estoy cansada. –Le dirigió una mirada ausente y se encaminó a su cuarto–. Voy a echarme un rato. Avísame cuando esté la cena, por favor.

Rosa, insatisfecha por la explicación, miró su hija alejarse cabizbaja. Nunca la había visto en ese estado de total abatimiento. Sabía que algo andaba mal, que las cosas no le iban como ella esperaba, pero era tan prudente que no quería hacerles partícipes de sus problemas para no preocuparles.

Ana llegó a su cuarto y se encerró en él. Quiso llorar y las lágrimas no brotaron, se habían secado en sus ojos impidiéndole el alivio que ese desahogo le supondría. Luis estaba enamorado de otra. Pensaba casarse con Claudia. No la amaba a ella. Todo había sido una farsa, un sutil despliegue de seducción para llevarla a su cama. Sus palabras de amor, las promesas que le hiciera, eran solo mentiras. Incluso dudaba que fuese cierto lo que le contó sobre su desastroso matrimonio. Solo se trataba de otra estrategia para despertar su compasión.

Se rio de su inocencia, de su candidez. Fue una estúpida al entregarse sin reparos creyendo sinceras cada palabra que decía, cada caricia... ¿Cómo se dejó engañar de esa forma? Ella, tan inteligente, tan razonadora, había sucumbido a un embaucador y ahora quizá estaba embarazada, esperando un hijo de él.

Ahogó un grito de dolor y frustración y le maldijo mil veces por haber arruinado su vida y destrozado sus sueños y su corazón. Pero su mayor suplicio era que no podía odiarle ni sabiendo que tenía a Claudia entre sus brazos, a la que dedicaba las caricias que antes fueron para ella. Le seguía amando y ese sería su mayor castigo.

Se levantó con firme determinación. No podía hundirse, y menos ahora que, estaba convencida, llevaba en su seno el fruto de su pasión. Su hijo sería su razón de vivir y lo amaría y cuidaría como pensaba hacer con Luis si él le hubiese correspondido.

Lo primero que debía hacer era buscar un trabajo. El curso en Florencia era inviable. El bebé nacería para la primavera, lo que le impedía marcharse. Además, necesitaba ganar dinero con el que hacer frente a los numerosos gastos que le acarrearía y la ajustada beca que tenía asignada era insuficiente para ello. No iba a permitir que a su pequeño le faltase de nada ni quería suponer una carga para sus padres.

Una triste sonrisa apareció en su rostro. Por primera vez desde que intuyó su embarazo se llevó las manos al vientre y lo acarició, consciente de la nueva vida que estaba gestando. Una parte de Luis seguía con ella. Él le había negado su amor, pero no podría arrebatarle aquel pequeño ser que crecía en sus entrañas.

22

Ana se marchó al día siguiente a Madrid. Necesitaba acabar con todo lo que se relacionase con Luis para poder comenzar a olvidarle y planificar su nuevo futuro. Aunque no le apetecía quedarse en el piso de Teresa porque sabía que Mario estaba allí, no tenía otra opción. Calculó que serían pocos días, el tiempo de pasar por las oficinas de Aranda para recoger el pago por su trabajo, realizar los trámites para la anulación de la beca y empezar a buscar trabajo. Su amiga le había propuesto en varias ocasiones encontrarle uno a través de su padre, y este era el momento de aceptar su ofrecimiento.

Teresa la recibió con alegría desbordante y grandes noticias. Mario había terminado los exámenes y ya poseía su flamante título de arquitecto. La empresa para la que trabajaba estaba realizando los trámites para su incorporación como socio y ellos pensaban casarse para finales de año. Se marchaban al día siguiente a pasar unas cortas vacaciones a casa de los padres de ella, en Tarragona, y luego irían a visitar a la madre de él. Querían comunicarles la noticia y recibir su aprobación.

Teresa estaba radiante de felicidad. Ana nunca la había visto tan bella, lo que confirmaba la creencia popular de que el amor embellece a las personas. Aunque solo si era correspondido, pensó con tristeza.

El amor de Mario por su amiga era sincero, se apreciaba a simple vista. Cuando la miraba, no podía ocultar la adoración que sentía por ella, la misma que se apreciaba en los de Teresa. Aunque se alegraba por ellos, a Ana le dolía contemplar la dicha que compartían. Al verlos juntos, felices y enamorados, pensaba en lo que había perdido y el dolor la desgarraba. Intentaba disimularlo, no quería que nadie supiera de su desdicha, pero Teresa, que la conocía bien, advirtió las huellas del sufrimiento impresas en su rostro.

–¿Qué sucede, Ana? Te veo preocupada –preguntó Teresa.

Estaban en el salón esperando el regreso de Mario, que había salido a resolver unos asuntos. Se marchaban en cuanto regresase y no habían tenido tiempo de contarse confidencias. Teresa presentía que algo grave le sucedía a su amiga; lo percibió desde el primer momento.

La mujer demacrada y con aire de melancolía que ahora se sentaba ante ella tenía poco que ver con la Ana que conocía, siempre vivaz y con una sonrisa en los labios. Nunca había mostrado ese triste aspecto, ni en los momentos de mayor escasez económica por los que tantas veces había pasado. También le parecía insólita esa repentina decisión de rechazar la beca de estudios en Italia, por la que tanto había luchado y que constituía su mayor sueño, para comenzar a trabajar de inmediato en algún lugar lo más alejado posible de Madrid. Algo le había sucedido durante el tiempo transcurrido en el campo, y ella lo iba a averiguar.

–Estoy cansada –respondió Ana con mirada huidiza, e intentó forzar una sonrisa en su pálido rostro.

Teresa se colocó ante ella y la obligó a mirarla.

–No me engañes; a mí no. Han sido muchos años juntas y te he visto pasar por todos los estados de ánimo posibles. Esto de ahora no es solo cansancio. Dime qué te sucede e intentaré ayudarte.

Ana se tapó la cara con las manos. Le avergonzaba contar el problema que tenía, pero necesitaba desahogarse con alguien. Ya no podía guardar por más tiempo su secreto.

—Estoy embarazada.

—¿Qué...? —La noticia conmocionó a Teresa. Nunca lo habría imaginado.

—Has oído bien. Esta mañana he confirmado lo que ya me decía mi cuerpo —reconoció con valentía.

—¿Quién es el padre?

Ana no quiso contestar. Ni a su propia amiga debía desvelar el nombre, aunque Teresa lo dedujo.

—Es el ciego al que fuiste a cuidar, ¿verdad?

Ana no tuvo otra opción que admitirlo y asintió con la cabeza.

—¿Lo sabe él?

—No, y no lo sabrá jamás.

—¿Te violó? —Temió.

—¡No! —respondió Ana con rapidez; aunque, de haber ocurrido, su dolor no sería mayor del que ahora sentía—. No me violó. Fue algo deseado por ambos.

Teresa emitió un suspiro pesaroso.

—Supe desde el primer momento que ese trabajo te traería complicaciones. Nunca me gustó, ya te lo dije.

—Lo hiciste, aunque yo he tenido la culpa, nadie más. Fui una tonta. Me enamoré y me entregué sin medir las consecuencias —reconoció. No iba a permitir que nadie culpase a Luis de lo que ella se sentía única responsable.

—¿Él te ama? —indagó Teresa esperanzada. Si ambos se querían, como ocurría entre Mario y ella, no habría ningún problema.

—No; no me ama. Solo fui un desahogo, un capricho. Imagino que en el fondo lo sabía y no me importó.

—Pero si sabe lo de tu embarazo tal vez...

–¡No debe saberlo! –exclamó con un rastro de pánico en la voz.

–¿Por qué no?

–Porque va a casarse con otra, y porque yo nunca le obligaría a nada por el niño. –Su voz rezumaba la amargura que saturaba su corazón.

–En todo caso, debes decírselo. ¡Es su hijo! –Teresa no entendía esa obcecación por parte de su amiga. ¿No se daba cuenta de lo injusto que era para el padre el hecho de desconocer la existencia de ese niño?

Ana dio un golpe en la mesa que sobresaltó a Teresa.

–¡No! Yo seré para él padre y madre al mismo tiempo. –La miró con dureza.

–¡Sé razonable! No es justo lo que piensas hacer. Tiene derecho a saberlo, al menos para ayudarte con la manutención. Si tiene dinero como decías, no se negará. Criarlo sola será una pesada carga, aparte de los derechos como padre, que son innegables.

–He tomado una decisión y te ruego que no insistas. También te pido que no lo comentes con nadie. Si me aprecias, espero que sepas guardar este secreto. Y si alguna vez preguntan por mí, él o alguien relacionado con su familia, te agradecería que le dijeses que no sabes dónde estoy, que hemos perdido el contacto y no tienes forma de localizarme. ¿Lo harás?

Teresa nunca había visto a Ana con esa actitud tan intransigente. Estaba pasmada.

–Le amas mucho, ¿no es cierto? –preguntó con ternura, y pudo leer la respuesta en su rostro antes de que ella la pronunciase.

–Sí. Nunca creí que se pudiera amar de esta manera.

Teresa la comprendía. Con Mario había conocido el verdadero amor.

–Hablaré con mi padre para que intente conseguirte un empleo por aquella zona lo antes posible. Quédate aquí todo el tiempo que desees, tardaremos unos quince días en regresar. ¿No te importará estar sola? ¿No estarías mejor en casa de tus padres? –sugirió. Le preocupaba su estado.

–Prefiero permanecer aquí. No quiero que ellos descubran nada. Intentaré retrasar el momento de contarles la verdad. Para entonces, espero estar trabajando y manteniéndome por mi cuenta.

–Como desees. Sabes que siempre podrás contar conmigo. –La abrazó con cariño.

–Lo sé. Eres y siempre serás, mi mejor amiga. Te estoy muy agradecida por tu ayuda en todo momento.

–Yo soy la que tiene que agradecerte muchas cosas. En todos estos años has sido padre, madre, hermana, amiga... Has aguantado mis cambios de humor y soportado mis caprichos. –Los ojos se le llenaron de lágrimas, que comenzaron a rodar por sus mejillas–. Ahora soy tan feliz que me duele verte desgraciada. ¡Si pudiese hacer algo más para aliviar tu dolor!

Ana estaba conmovida. La quería y le apenaba saber que se separarían.

–Sí que puedes hacer algo por mí: invitarme a tu boda. Si para entonces no estoy tan gorda que no quepa en ningún vestido. –Intentó bromear para aliviar la situación.

–¿Acaso lo dudabas? Serás uno de mis testigos y no se te ocurra faltar a la cita o sabrás cómo me las gasto –la amenazó con falsa seriedad.

Comenzaron a reír al tiempo que se abrazaban. De ese modo las encontró Mario cuando regresó.

–Contadme el chiste, por favor.

Teresa se desprendió del abrazo de Ana para correr hacia los brazos de su amor.

–En otra ocasión, cariño. –Y le guiñó un ojo a su amiga con picardía. Su secreto estaba bien guardado–. Ahora nos marchamos o perderemos el avión.

Teresa fue a recoger las maletas. Ya en la puerta, se acercó a Ana y le dijo al oído:

–Piénsalo, por favor. Creo que te equivocas y no estás

haciendo lo correcto. Debes informar al padre de tu hijo de su existencia.

Ana negó con energía y su semblante se oscureció.

–No. Ya está decidido y no pienso volverme atrás.

Teresa la miró con pesar. Le dolía verla tan triste, pero no podía hacer nada por ayudarla. La abrazó y se marchó presurosa antes de que advirtiera sus lágrimas.

Ana quedó desolada. El único consuelo que tenía era el cariño de su amiga y este, aunque no lo había perdido, estaría lejos. ¿Cómo lograría salir adelante?

Esperó unos días para ir a las oficinas de la empresa a recoger el cheque. Quería evitar la posibilidad de encontrarse con Aranda. No soportaría oírle decir otra vez lo felices y enamorados que Luis y Claudia estaban y la alegría que sentía por la próxima boda.

Cuando reunió el suficiente valor para personarse en las oficinas y recogerlo, le asombró la cuantía. Aranda había incluido un sustancioso incremento a la cifra acordada, como si el buen hombre hubiese adivinado el empeño extra que ella había puesto en el trabajo.

Teresa la llamó en varias ocasiones para comunicarle que las gestiones para buscarle un empleo iban por buen camino. También le comentó que Mario les había causado a sus padres una buena impresión y que aprobaban el enlace. Se habían ofrecido a organizar una gran boda corriendo con todos los gastos, pero ellos preferían algo mucho más sencillo y que pudieran sufragar. A lo que no se habían negado era al regalo de bodas: un amplio piso en una de las mejores zonas de Madrid.

A primeros de octubre, casi dos semanas después de que Teresa se marchara, la llamó un día desde el pueblecito donde vivía la madre de Mario. Le habló de lo encantadora que era su futura suegra y de lo feliz que estaba pensando en la próxima boda, que se había fechado para mediados de diciembre. También le comunicó que su padre le había conseguido una entrevista en una galería de arte de Barcelona, de la que era accionista mayoritario un buen amigo suyo. Debía presentarse dentro de dos días y le deseaba mucha suerte.

Ana se animó con esa noticia. Los largos y solitarios días encerrada en el piso la habían entristecido. Se sentía angustiada. Iba por su segunda falta y no notaba ningún signo físico de su nuevo estado. Quizá una mayor propensión a la melancolía y repentinos e incontrolables accesos de llanto, pero nada más.

Ahora, con esta noticia y el convencimiento de que lograría el empleo, podría realizar su propósito. Se marcharía de esa ciudad y comenzaría una nueva vida, diferente a la que soñó en un principio y carente de algo esencial como era el amor de Luis, pero que le aportaría lo más importante para ella: su hijo, al que consagraría su existencia.

Al día siguiente, de pie en el centro del salón de aquel piso donde había pasado cinco años de su vida, se permitió pensar en él por última vez. Imaginó que ya estaría restablecido de la operación y con la visión recuperada. Deseaba confirmarlo, pero no se atrevía a llamar a Aranda por temor a que Luis se enterase. Aunque poco debía importarle, pensó con tristeza; ni se acordaría de la corta aventura que había mantenido ese verano con su joven invitada. Debía de estar muy ocupado con los preparativos de la boda y celebrando que había abandonado la ceguera como para pensar en la inocente y tímida Ana Romero. Y en caso de que su padre le hubiese contado la verdad, en la empleada que había desempeñado su trabajo con tanta eficacia y entusiasmo.

Con un enérgico manotazo, secó las lágrimas traidoras que corrían por sus mejillas y salió. Al cerrar la puerta de su pasado se prometió relegar aquel amor despechado al rincón más recóndito de su corazón y guardarlo allí para siempre, sin permitirle emerger jamás.

23

En el mismo momento en el que Ana cerraba la puerta de sus recuerdos con tanta determinación, a pocas manzanas de distancia Luis llamaba a la casa de Alberto Romero.

Se sentía la persona más afortunada de la tierra. Había recuperado la visión y con ella sus ilusiones y esperanzas de futuro. Ahora podía ofrecerle su amor a Ana, y consagraría su vida a hacerla feliz.

Los dos últimos meses habían constituido un auténtico calvario. El verse privado de su presencia le resultó más difícil de lo que había podido imaginar y tuvo tiempo de arrepentirse mil veces de no haberle pedido que le acompañase. Había añorado su ternura, el dulce sonido de su voz y su risa alegre y contagiosa. Las noches se tornaron interminables, con sus brazos vacíos, anhelando rodearla con ellos y sentirla palpitar bajo su cuerpo. Los largos días en el hospital fueron una tortura, sin saber si recuperaría la visión, necesitándola a su lado para que le diera fuerza y esperanzas, temiendo que el milagro no ocurriera y verse obligado a renunciar a ella.

También estaba la zozobra ante su precipitada despedida. Se había marchado disgustada, estaba convencido. Se lo demostró el hecho de no querer hablar con él, de no llamarle por teléfono ni una sola vez.

La presencia de Claudia, con sus continuas intromisiones, truncó la maravillosa intimidad de los días anteriores. Imaginaba que la excusa que había alegado para marcharse no era cierta. Ana no soportaba la presencia de la mujer allí y optó por adelantar su partida. Él pudo evitarlo. Solo tenía que decirle que la amaba con locura y que deseaba convertirla en su esposa; pero no podía hacerlo, no hasta estar en condiciones de ofrecerse a ella como un hombre completo.

No iba a permitirse atarla al pobre lisiado que era antes. La amaba demasiado para obligarla a ello. Ahora ya no lo era y estaba allí para suplicarle que se casara con él. Sabía que ella le amaba. Se lo había confesado y se lo había demostrado en numerosas ocasiones, pero necesitaba oírselo decir otra vez leyendo la verdad en sus ojos.

No le había adelantado nada a su padre hasta que Ana aceptara su propuesta. Él abrigaba la esperanza de que se casara con Claudia. Lo había insinuado en varias ocasiones durante los últimos días y no quiso desengañarlo al verlo tan feliz por su recuperación, aunque no tardaría en hacerlo. También era significativo el haberla invitado a Zúrich, corriendo él con todos los gastos, convencido de que su compañía le resultaba beneficiosa y que acabarían formalizando su relación.

No imaginaba de dónde pudo obtener esa idea. Aunque no sospechase nada con respecto a sus sentimientos por Ana, debía saber que lo que hubo entre ellos en el pasado murió incluso antes de nacer.

Claudia era una mujer hipócrita, egoísta y vanidosa, insensible ante el menor sentimiento, que solo se amaba a sí misma y al dinero que cualquier hombre pudiera proporcionarle. Lo descubrió de inmediato, y esos defectos eclipsaron su hermosa apariencia y las escasas virtudes que pudiera poseer.

Nunca le gustó Claudia y jamás sintió el menor interés, aunque fuese amable con ella como correspondía a la hija de un viejo amigo de su padre. Por ello, y para no herir sus sentimientos, la había soportado durante aquellas semanas en su papel de abnegada cuidadora, que representaba a la perfección, mientras debía acariciar la idea de un futuro matrimonio que resolviese sus apremiantes problemas económicos. Ambos estaban muy equivocados; él ya había entregado su corazón a otra mujer y nada le haría renunciar.

Volvió a llamar al timbre. La impaciencia que sentía le provocaba un ligero temblor en las manos. Iba a verla. Podría contemplarla, como tantas veces había soñado, observar su sonrisa alegre, el velo de la pasión cubriendo su rostro, el brillo del éxtasis en su mirada, la relajación de sus rasgos después de hacerle el amor... Había sido un tormento oírla gemir y suspirar de placer y no poder disipar la negrura que cubría sus ojos para extasiarse contemplándola. Eso ya se había acabado. Por fin podría comprobar que la imagen que se había formado de ella era fiel a la realidad. También sentía temor. ¿Y si le había olvidado? En todo aquel tiempo podía haber conocido a otro y enamorarse de él. Un escalofrío le recorrió el cuerpo al pensar en aquella posibilidad. No podía ser. Ana le amaba y no le habría olvidado tan pronto. Confiaba en que, al igual que a él, aquella separación le hubiese servido para afianzar sus sentimientos y convencerse de que quería pasar a su lado el resto de su vida.

Llamó por tercera vez. No quería darse por vencido. Había regresado la noche anterior de Suiza y tuvo que contener el acuciante deseo de ir a verla porque no sabía dónde vivía. Aquella misma mañana lo primero que hizo fue llamar a la oficina para preguntar a Alberto Romero por la dirección de su domicilio y cerciorarse de que la hallaría allí. Romero no estaba y fue Aurora, la secretaria de su padre, quien se la facilitó.

No podía esperar más. Se había lanzado con la ilusión de encontrarla y abrazarla de inmediato, pero tras la tercera llamada sus esperanzas se estaban esfumando. Aunque pasaban pocos minutos de las ocho de la mañana, podía haber salido. No importaba, la esperaría en algún café cercano y pasaría cada hora para comprobar si estaba de regreso. Dio media vuelta para marcharse cuando oyó girar la llave en la cerradura. Su corazón se desbocó y se acercó a la puerta expectante. Por la pequeña ranura que permitía la cadena de seguridad vio aparecer una cabeza de abundante y corto cabello rizado y un rostro redondo y cargado de sueño.

–¿Qué desea?

Aquella no era Ana. No se correspondía con la imagen que se había formado de ella. Y, aunque se hubiese equivocado, la voz que guardaba en su memoria no se parecía a la que acababa de escuchar.

–¿Está Ana? –preguntó con una sonrisa.

–¿Quién? –El gesto de extrañeza que se formó en el rostro de la chica parecía sincero.

–Ana Romero. Vive en esta dirección –aseguró Luis.

–Perdone, aquí no vive ninguna Ana Romero. Se ha equivocado –respondió con huellas de impaciencia en la voz, y se dispuso a cerrar la puerta.

Luis estaba perplejo. Podría jurar que había anotado correctamente la dirección que Aurora le había dado.

–¿Es este el domicilio de Alberto Romero, asesor de la Compañía de Importación-Exportación Aranda y Asociados? –preguntó sin querer darse por vencido.

–Sí. Es mi padre, pero como le he dicho, aquí no vive ninguna Ana.

Luis intentó serenarse. Debía de tratarse de una broma de aquella chica y él no estaba de humor para aguantarla. Ella no podía ser la hija de Alberto Romero porque sabía con certeza que el empleado de su padre solo tenía una hija y esa era Ana.

–Si este es el domicilio de Alberto Romero, aquí debe vivir Victoria Ana, su única hija –recalcó con manifiesto enfado–. Le ruego que olvide las bromas y la avise, por favor. Soy Luis Aranda.

El rostro de la joven reflejó el desconcierto que el nombre le provocaba.

–¿Es usted el hijo de don Leandro?

–El mismo.

–Permítame –pidió ella. Cerró la puerta para retirar la cadena y la abrió de inmediato. Se hizo a un lado para facilitarle la entrada–. Pase, por favor.

Luis entró. Ella lo guio hasta el salón y le rogó que se sentara.

Era una joven menuda y vivaracha que en ese momento parecía temerosa.

–Siento haberle tenido en la puerta –se disculpó con gesto afligido–. Me alegro mucho de su recuperación. Mi padre me habló de ello y...

–Gracias, pero le ruego que deje las bromas aparte y me diga dónde está Ana –le urgió con gesto serio.

–Yo soy Victoria Romero, la única hija del Alberto Romero que usted conoce. Creo que se ha confundido de hija o de padre.

Luis no podía creer lo que oía. Era cierto que la mujer que tenía enfrente no era la que él conoció como hija de Romero, pero entonces... Comprendiendo que allí no sacaría nada en claro, se disculpó y se marchó. Un terrible presentimiento, que se negaba a aceptar, se había adueñado de sus pensamientos.

Cuando llegó a las oficinas, se dirigió al despacho de Romero.

El hombre estaba sentado en su mesa y se levantó con una afectuosa sonrisa al ver entrar a Luis.

–Me alegro de verle, señor Aranda. No sabe la satisfacción que ha supuesto para nosotros el éxito en su operación. –Y le alargó la mano en un gesto de saludo.

–Gracias, Romero. Ahora quiero que me diga dónde está Ana.

El hombre se puso rígido y una mueca de temor sustituyó a la sonrisa inicial.

–¿Su... su padre no le explicó nada? –preguntó con precaución.

–No, nadie lo ha hecho y ya va siendo hora. Quiero saber qué sucede y, ante todo, quiero saber dónde encontrarla.

–Creo que es mejor que le pregunte a su padre. Él le explicará todo lo que quiera saber. Yo no puedo ayudarle en eso –respondió con gesto de impotencia.

Luis lo miró durante largos segundos. La irritación iba creciendo en su interior. Algo había sucedido, algo que no le iba a gustar y a lo que debía enfrentarse para hallar a la mujer que amaba. Estaba confuso y muy furioso. A la decepción sufrida por no hallarla se sumaba el temor de haber sido engañado o utilizado de algún modo.

Dio media vuelta y salió de allí. Romero no tenía la culpa de nada, fuera lo que fuese. Se encaminó hacia el despacho de su padre. Imaginó que ya estaría allí. Lo había dejado en casa descansando tras el agotador vuelo, pero sabía que era incapaz de desatender sus ocupaciones por muy fatigado que estuviese.

Saludó a Aurora y abrió la puerta sin llamar. Su padre estaba hablando por teléfono y colgó al verlo entrar.

–Acaba de llamar Romero. Dice que has preguntado por Ana. –Leandro lo miró con cautela, impresionado por su serio semblante–. Siéntate. Te explicaré todo.

Luis, que no había pronunciado ni una palabra, obedeció y se sentó en uno de los sillones; su padre lo hizo en otro frente a él. Leandro estaba nervioso. Sabía que lo que se disponía a explicarle no iba a resultar de su agrado, pero el convencimiento de que lo había hecho de buena fe le ayudó a comenzar.

–Cuando decidí hacer el viaje que teníamos proyectado desde hacía más de un año, pensé que no sería beneficioso dejarte en tu estado. Necesitabas a alguien con quien hablar, que te levantara el ánimo, tal como yo intentaba hacer hasta entonces. Mi único empeño era conseguir que te operases. La idea surgió al pedirle a Romero que viniera conmigo. Al preguntarle dónde pensaba dejar a su hija y decirme que iba a trabajar de cooperante en una ONG, pensé que una chica joven y simpática como ella podría hacerte compañía. Se lo propuse y se negó; insistí, pero no hubo manera de convencerla. Como no tenemos parientes o conocidos a los que invitar, y sabiendo que no aceptarías que contratara a nadie, se me ocurrió que... alguien se hiciese pasar por la hija de Romero. –Calló unos segundos para observar la reacción de Luis ante esa revelación. Al ver que continuaba mirándolo sin dar muestras de reacción, continuó–: Con la excusa de no dejarla sola, te verías obligado a aceptarla y ella cumpliría con su labor de acompañarte durante el tiempo que yo estuviese fuera. Escogí a Ana entre las numerosas aspirantes que respondieron al anuncio porque me pareció la mejor. Es inteligente, culta, amable, alegre... En fin, una chica estupenda que podría desempeñar su trabajo a la perfección sin revelar la suplantación que le pedía. Pienso que fue una buena idea. Aunque ella no sea la responsable de tu decisión de operarte, ya que imagino que Claudia influyó de forma decisiva, creo que te ayudó a superar la melancolía; al menos, eso me aseguró Emilia. ¿Estoy en lo cierto? –preguntó esperanzado.

Luis había permanecido mudo durante la larga explicación de su padre y su semblante se fue oscureciendo con cada palabra. Estaba furioso por haber sido engañado de ese modo, por convertirse en el conejillo de indias de su padre, pero no le culpaba a él por ello. Comprendía que lo había hecho por amor, para ayudarle. Él no era culpable de nada, su ira iba dirigida a ella. Si había sido capaz de mentirle en su identidad, también lo habría hecho en todo lo demás. ¿Por qué no le confesó la verdad? Si le amaba, como tantas veces le había asegurado, ¿cómo fue capaz de llevar hasta el final aquella farsa? La creía tan recta, tan honrada, incapaz de participar en algo semejante y en realidad era...

–¿Por qué aceptó ella? ¿Por dinero? –preguntó con voz helada. La palidez cubría su rostro y una insólita serenidad se apoderó de él.

–Desde luego, procede de una familia modesta. Se ha pagado los estudios con becas y haciendo todo tipo de trabajos. Me pareció una joven honrada, incapaz de aprovecharse de nadie, con un gran corazón y un tremendo espíritu de sacrificio. Desde el primer momento supe que era la mejor para realizar el trabajo; además, necesitaba el dinero. Tenía proyectado marcharse al extranjero para ampliar estudios y no quería causarles gastos a sus padres. Con lo que le he pagado podrá mantenerse sin problemas. Ya debe de estar allí. Le prometí una propina si conseguía que te operases y creí conveniente pagarle lo prometido porque hizo muy bien su trabajo.

Así que se trataba de eso. Se había entregado a él, le había hecho creer que lo amaba para cobrar la propina que le habían prometido. En ningún momento había sentido nada, como le hizo creer; puede que ni le agradara. Se había acostado con él por dinero. ¿Cómo había sido capaz de prostituirse?

Sintió náuseas. La respiración se le aceleró, así como los latidos de su corazón, y un sudor frío le cubrió la frente. Ahora comprendía su precipitada marcha. Se sintió aliviada al llegar Claudia, imaginando que la suplantaría en la cama y así le evitaba la molesta tarea.

Escondió la cara entre las manos. No soportaba el dolor que ese descubrimiento le provocaba. Había entregado su corazón a una embustera, a una desvergonzada, a una... ¡Qué estúpido había sido al dejarse engañar por segunda vez!

Leandro se alarmó ante el gesto de Luis.

–¿Te encuentras mal?

–No, estoy estupendamente. Ha sido un pequeño mareo –mintió, sobreponiéndose con esfuerzo.

–¿Dónde has ido esta mañana? Cuando me he despertado ya no estabas. ¿Has ido a ver a Claudia? ¿Habéis fijado ya la fecha de la boda? –insinuó Leandro con una sonrisa ilusionada.

–¿Qué? –preguntó Luis ausente.

–Entiendo que no pienses hacerlo de momento. No te culpo por querer disfrutar un poco de la vida ahora que estás restablecido. Aunque, dado lo enamorados que estáis, deseareis casaros lo antes posible.

El rostro de Luis se endureció y su voz se volvió fría y cortante.

–Siento desilusionarte, padre, pero no estoy enamorado de Claudia ni tengo intención de casarme con ella.

–¿Cómo? Yo pensé que vosotros... –Leandro no podía ocultar su decepción. Atesoraba la idea de aquel matrimonio desde hacía tiempo y esa revelación le había impactado.

–Habrá sido un malentendido por tu parte; créeme que lo siento. –Luis se levantó y se dirigió a la puerta–. Ahora ¿quieres darme la dirección de Ana, por favor? Desearía agradecerle su «sacrificio» y el excelente trabajo que ha realizado.

Leandro se alarmó ante el tono cínico en la voz de su hijo. ¿Por qué parecía resentido con la chica cuando debía estarle agradecido por su colaboración?

–No debes culparla de nada, Luis; ella solo cumplía con su trabajo. Si hay alguien culpable en todo esto soy yo. No me resignaba a verte ciego de por vida y recurrí a esa trama, al igual que hubiese intentado cualquier otra cosa. –Con sus palabras quería justificarla, y justificarse él mismo, haciéndole comprender las razones que tuvo para tomar aquella drástica decisión.

–No temas, padre. Comprendo tus motivos y agradezco lo que has hecho; incluso más de lo que piensas. Me has abierto los ojos y no solo a la luz.

Leandro no captó la ironía implícita en las palabras de Luis.

–No tienes que agradecerme nada. Solo te tengo a ti. Desde que tu madre murió, has sido la única razón de mi vida, de mi lucha. Tras el accidente, cuando te veía hundido, sin ganas de vivir, me desesperé y... –Ahogó un sollozo y se levantó él también. Fue a su mesa y miró en la agenda–. No tengo su dirección, solo su teléfono. Recuerdo haber pasado a recogerla el día que partimos, pero fue en un lugar acordado cercano a su vivienda. –Escribió en una nota los datos y se los pasó a su hijo–. Puedes preguntarle a Aurora por si sabe algo más. Su nombre es Ana Ballester.

Luis salió del despacho con una honda sensación de derrota. No podía culpar a su padre, solo a ella. La muy hipócrita, no le había importado ofrecer su cuerpo para ganar su confianza y garantizar el éxito del encargo. Imaginaba lo que había debido reírse cuando él le dijo que la amaba. ¡Lo había engañado con sus mentiras!

Se estremeció al recordar los momentos de pasión. ¿Cómo había sido capaz de simular tanto deseo y responder con ese ardor a sus caricias cuando le desagradaban? ¿Por qué tuvo que jugar con sus sentimientos? No le importó el daño que podría hacerle, las ansias e ilusiones que despertaba en él. ¿Cómo pudo ser tan cruel?

Pero él le enseñaría lo que de verdad era crueldad. Cuando la encontrase, le demostraría en lo que se había convertido su amor. Pagaría por todo el dolor que le estaba causando.

24

Barcelona, mayo de 2004

Ana revisó por última vez el estado de las piezas a subastar. Todo estaba en orden, nada se había dejado al azar.

En calidad de directora de la sala de subastas, y debido a su carácter metódico y perfeccionista, Ana supervisaba todo el proceso. Se ocupaba de la elección de las piezas –demostrando aptitud e inteligencia para descubrir verdaderas obras de arte–, de su restauración, tasación, exposición y subasta, del personal colaborador y auxiliar que estaba a su cargo, de la propia sala donde se llevaba a cabo el evento y de las zonas adyacentes a la misma, que incluían una sala auxiliar en la que se exponían los objetos para su contemplación y un área de descanso donde podían descansar las personas que no estuviesen interesadas en él.

Había dado las últimas instrucciones a sus ayudantes antes de que se marchasen a comer. Ella debería haberlo hecho también, pero prefería quedarse allí y cerciorarse de que todo estaba preparado para las cinco de la tarde, hora en la que la galería de arte abría sus puertas para la esperada subasta semanal.

Ana volvió atrás en sus recuerdos hasta el momento

en el que llegó a aquel lugar para la entrevista que el padre de Teresa le había conseguido casi dos años antes. Estaba tan nerviosa y desalentada que no se explicaba cómo había conseguido el trabajo. Comenzó de inmediato en la sección de adquisiciones y, poco a poco, con tesón y esfuerzo, se ganó el puesto de responsabilidad que ahora desempeñaba.

Jorge Miret, el principal accionista y director de la galería, la había ayudado mucho. Desde el primer momento confió en ella y la trató con amabilidad y respeto. Con el tiempo, otros sentimientos acabaron por sustituir en él a los iniciales, pero ella cerraba los ojos a esa evidencia.

Jorge, un hombre maduro y atractivo, estaba divorciado desde hacía varios años. Era una persona amable, culta y paciente. Ana advertía lo que sentía por ella. Con frecuencia salían a cenar o a la ópera, pero no deseaba iniciar una relación; no podía permitírselo tampoco. Le estaba agradecida y sentía por él un profundo cariño. Le admiraba por sus extraordinarias cualidades personales y su gran talento profesional, pero no le amaba y no creía que pudiese llegar a hacerlo, al menos mientras su corazón estuviese repleto de amor por otro hombre.

Negó con pesadumbre. Se había prometido tiempo atrás no volver a pensar en él, borrarle de su memoria, y no lo lograba. La imagen de Luis volvía una y otra vez a su mente para torturarla, sobre todo cuando lo veía en compañía de alguna bella mujer en las revistas del corazón.

Claudia tenía razón y ella fue una tonta al no creerla entonces. Luis era un mujeriego incapaz de limitarse a una sola mujer y serle fiel. Pasaba de una conquista a otra como si ese fuera su deporte favorito. Era asiduo de la prensa sensacionalista, donde le describían como uno de los «solteros de oro» del panorama nacional y pieza disputada por las señoritas y no tan señoritas de la buena sociedad. Aparecía en innumerables celebraciones, fiestas y acontecimientos de todo tipo, siempre acompañado por una mujer distinta calificada como su «presunta novia» y Ana sentía el zarpazo de los celos cada vez que lo encontraba.

En los primeros meses, y al comprobar que no se había casado con Claudia, abrigó la esperanza de que él la buscara. Después, cuando nació su hijo, tras meses de frustración, decidió olvidar esos sueños. No lo consiguió, aunque ya no sentía aquel agónico anhelo, y eso era un gran logro.

–¿Qué ha provocado tu enfado, Ana? ¿Algo no está a tu gusto? –preguntó una conocida voz a su espalda.

Ella se volvió. Jorge la observaba con rendida admiración. Le dolía no ser capaz de corresponder a sus sentimientos. Le debía tanto...

Jorge la había ayudado en su trabajo y fuera de él. Le encontró el cómodo apartamento que ahora ocupaba, lo que le facilitó el poder abandonar el piso compartido en el que vivía. Fue muy comprensivo con su embarazo y la obligó a quedarse en casa durante varios meses cuando el pequeño nació, desoyendo sus protestas y el deseo de incorporarse de inmediato. También le buscó una chica de confianza para que se ocupara del niño en su ausencia, y le ayudaba y asesoraba en los numerosos problemas que como madre soltera solía tener.

Era considerado en su trabajo, valoraba su opinión y confiaba en su habilidad. De ella partió el proyecto de organizar subastas semanales, al igual que hacían otras galerías de la misma ciudad. Él asumió el importante riesgo financiero que suponía y resultó ser un éxito. Ana estaba satisfecha por haber tenido la oportunidad de recompensar en parte la confianza depositada en ella y se esforzaba por mejorar en su trabajo, pero era incapaz de amarle y eso le afligía.

–No, todo está bien –respondió ella, y le agradeció su preocupación con una luminosa sonrisa.

–Entonces, podemos marcharnos. –La cogió del brazo y se encaminó con ella hacia la salida.

–¿Adónde?

–A comer, por supuesto –respondió con entusiasmo–. Te invito.

–No pensaba salir hoy. He traído unos sándwiches.

–Nada de protestas. Soy tu jefe y debes obedecer mis órdenes –la recriminó divertido–. Además, no puedo consentir que mi empleada más valiosa coma en su oficina.

Ana suspiró resignada y se dejó llevar.

–Como desees. Aunque no debo de salirte muy rentable entre el sueldo que me pagas y las invitaciones.

–¿Estás sugiriendo que te lo rebaje? –bromeó Jorge.

Ella rio divertida.

–Ni se me ha pasado por la imaginación, desde luego.

Salieron a la calle. Ella pensaba que acudirían al restaurante cercano a la galería, en el que comían en ocasiones, pero él se dirigió al coche y le abrió la puerta. Ana no protestó. Jorge transmitía tanta paz que se encontraba a gusto y confiada en su compañía.

–¿Cómo está el pequeño Luis? –preguntó él tras unos minutos de silencio en los que se concentró en sortear el intenso tráfico.

–Bien. Ya da sus primeros pasos –contestó Ana con orgullo.

El pequeño Luis, su hijo...

Aún se reprochaba aquel momento de debilidad en el que decidió ponerle el nombre de su padre. Pero al mirarle y ver en aquel pequeño rostro los mismos rasgos del hombre al que continuaba amando, pensaba que había hecho justicia.

Su hijo no podría llevar otro nombre. Ese era el único que le correspondía.

Permanecieron en silencio hasta llegar a un elegante restaurante a las afueras de la ciudad. Ana estaba inquieta. Jorge nunca se mostraba tan poco locuaz. Algún problema debía preocuparle.

Entraron y se sentaron a una mesa reservada con antelación. Pidieron y él volvió a quedar callado, mirando a través de la ventana.

–¿Te gusta el lugar? –preguntó al fin. Parecía nervioso o temeroso por alguna razón–. He venido en otras ocasiones y siempre me ha parecido encantador, aunque puede que no sea objetivo, porque es mi ciudad, y eso siempre influye.

–Sí, es muy agradable. –Ana lo observaba con disimulo–. ¿Te ocurre algo, Jorge? Te noto preocupado. ¿No va bien el negocio?

–El negocio va de maravilla, en especial desde tu magnífica idea de organizar las subastas. –Suspiró y la miró a los ojos.

Ella supo, antes de que él comenzase a hablar, lo que quería decirle.

–Ana, no puedo silenciarlo por más tiempo. Sabes lo que siento por ti, debes de haberlo advertido. Desde la primera vez que te vi en mi despacho, nerviosa y desvalida, te metiste en mi corazón y ese amor ha ido creciendo poco a poco, al igual que mi admiración hacia ti. –Se tomó unos segundos para reunir fuerzas y prosiguió con rapidez–. ¡Cásate conmigo, por favor! Yo te haría feliz, cuidaría de tu hijo y le querría como si fuese mío. Creo que ya le quiero de esa forma, pero en fin... –Movió la cabeza, descorazonado por el mutismo de ella–. No importa que no estés enamorada de mí; confío en que acabarás amándome. No te exigiré nada hasta ese momento, solo tenerte a mi lado, saber que eres mi esposa, amarte, adorarte...

–Jorge yo... –comenzó a decir con apenado acento.

Él la interrumpió.

–No me contestes ahora, por favor; piénsalo durante unos días. Sé que no necesitas que nadie te cuide. Eres una mujer fuerte y decidida, pero tu hijo necesita un padre. Tampoco me importa tu pasado ni quién pueda ser el padre biológico de Luis. Yo le daré mi apellido si quieres. Todo lo que desees. Solo me importa tu felicidad, que será también la mía.

Jorge dejó de hablar al llegar el camarero con los platos.

Ana advirtió que los ojos se le llenaban de lágrimas; lágrimas de frustración por ser incapaz de corresponder al amor que le ofrecía ese hombre maravilloso que tenía delante. Pero no podía, nunca llegaría a amarle. En cuanto a su hijo, era cierto lo que decía. Necesitaba un padre y estaba segura de que no encontraría otro mejor, ni siquiera el verdadero; sin embargo, no era justo utilizarle en beneficio propio o en el de su hijo.

Jorge merecía una mujer que le amase y no que solo le necesitase. No debía atarle a ella sabiendo que nunca correspondería a su amor como se merecía; sería una injusticia de la que pronto se arrepentiría, y no deseaba que su buen amigo llegara a odiarla por ello. Con el tiempo acabaría agradeciéndoselo, aunque ahora le hiriese su negativa. Creía obrar en justicia al rechazarle, pero decidió esperar, como le pedía.

Durante la comida hablaron de la inminente subasta y de temas relacionados con la galería. Jorge parecía haberse relajado tras su declaración y ella, temerosa de dejar entrever su decisión, se mostró alegre y despreocupada.

Regresaron. Ana se dirigió a la sala de subastas que acababa de abrirse al público. Jorge no volvió a mencionar el tema y ella, tranquilizada al no tener que dar una respuesta inmediata, se preparó para otra tarde de intensa actividad.

Tras repasar los últimos detalles con Raúl, su ayudante, decidió retirarse a su despacho hasta el momento de iniciar las pujas. Observó al público, que ya comen-

zaba a llenar la sala y se entretenía admirando los objetos a subastar. Dedujo que esa tarde sería otro éxito, al
reconocer a algunos miembros destacados de la ciudad,
que eran asistentes asiduos e importantes compradores.
Sonrió satisfecha.

Miró su reloj. Faltaban diez minutos para que diera
comienzo. Tendría tiempo de llamar a Sonia para preguntarle por el niño. Estaría durmiendo su siesta, pero
le gustaba saber qué estaba haciendo.

Su hijo era el centro de su vida y agradecía a Luis habérselo dado. Cuando lo miraba sentía un gran orgullo y
un amor desbordante. Era tan pequeño, tan indefenso,
que la ternura amenazaba con ahogarla. Los primeros
meses fueron muy duros. El parto fue largo y se encontró
sola, sin su familia, a la que no quiso decir nada ya que la
creían en Florencia. Jorge había sido su única compañía
y había velado por ella desde el primer momento.

También fueron meses de constante incertidumbre.
Temía a cada momento que le arrebatasen a su hijo, que
Luis se enterase de su existencia y lo reclamara. Jorge
también la ayudó en eso. Consultó a un amigo abogado
y le informó que la ley la favorecía. Por último, tuvo que
pasar el agrio trago de contarle todo a su familia. No se
atrevía. Imaginaba el disgusto de sus padres, personas
de ideas anticuadas y estricta moralidad. Temía su rechazo, el verse abandonada por sus seres queridos. Jorge, una vez más, fue su ángel salvador. La convenció de la
necesidad de visitarles lo antes posible y la acompañó y
la apoyó en todo momento. Ante su sorpresa, sus padres
se mostraron contentos e ilusionados con la llegada de
su nieto, y Ana se vio liberada de la pesada carga que su-
ponían sus remordimientos. A partir de entonces los visitaba con frecuencia, lo que había aportado serenidad a
su vida. Y casi todo se lo debía a Jorge.

Volvió a plantearse la proposición que le había hecho
durante la comida. Era lo mejor para su hijo y también

para ella. No había salido con ningún hombre y sentía la necesidad de ser amada, aunque era consciente de que no sería capaz de entregarse a ninguno por entero mientras Luis continuara ocupando sus pensamientos y su corazón. ¿Cómo podría anhelar las caricias de otro cuando ardía de deseo por él? Sería frustrante para ella y más para Jorge, que merecía una mujer que se le entregara en cuerpo y alma. Ella no era esa mujer.

25

Luis miró con desinterés la concurrida sala. Se arrepentía de haberse dejado convencer por Yvette para asistir a aquella subasta que le era indiferente. Pero ella insistió tanto que accedió para evitar la disputa.

No solía discutir con las mujeres; era una norma adoptada tiempo atrás. Las complacía o las dejaba según su estado de ánimo o los atributos que ella poseyese, pero no se enredaba en polémicas. Eran todas iguales: caprichosas, irritantes, posesivas; con la única cualidad de poder satisfacer sus necesidades fisiológicas, por ello las toleraba. Aunque no por mucho tiempo. Tras uno o dos meses como máximo, todas comenzaban con sus pretensiones y exigencias; y eso era algo en lo que no estaba dispuesto a transigir. Nunca volvería a caer en las redes de una mujer. Ya había sido traicionado por dos. Era suficiente.

Hizo un gesto de pesadumbre y se dirigió al bar, dejando a su acompañante en la sala. Pidió un whisky doble y se lo bebió de un trago. ¿Por qué no podía apartarla de su pensamiento? Ya habían pasado casi dos años y su recuerdo seguía martilleándole con fuerza. Se abandonaba en los brazos de una mujer tras otra en un intento por borrar su recuerdo, y no lo conseguía. Cerraba los ojos y la imaginaba junto a él, suave, ardiente, maravillosa...

¡La muy traidora!

No podía evitar un arrebato de ira cada vez que pensaba en cómo se había aprovechado de él, cómo lo había utilizado para obtener un dinero extra sin sentir el menor escrúpulo en seducirlo, en enamorarlo. Cayó en sus redes como el perfecto estúpido que era y le entregó su corazón, que ella pisoteó sin ningún pudor. ¡Cuánto la odiaba! Si hubiese podido encontrarla, le habría hecho pagar todo el dolor que le había causado. Pero parecía haberse esfumado.

El número de teléfono que su padre le facilitó estaba cancelado y la dirección era tan vaga que no logró descubrir nada. Aurora le comentó que, en una ocasión, cuando la llamó a ese teléfono, una amiga le dijo que estaba en casa de sus padres y le dio otro, pero no llegó a guardarlo, solo recordaba por el prefijo que era una localidad en la provincia de Huesca. Tampoco en la universidad consiguió ninguna información. Se negaron a facilitarle los datos de sus alumnos. Pensó en contratar a un detective privado para seguirle la pista, pero su orgullo herido se impuso y desistió. ¿Para qué? Ella no sentía el menor interés por él o le habría facilitado la forma de encontrarla. Estaba claro que, una vez que hubo acabado su labor, quiso romper cualquier tipo de relación.

A pesar de ello, le habría gustado verla, contemplar su rostro y observar la expresión de sus ojos cuando admitiera que solo se había acostado con él por dinero, que cuando respondía a sus caricias y le suplicaba que la poseyese solo estaba representando un papel, que su corazón y su cabeza se mantenían fríos mientras su piel ardía bajo la suya; porque en su interior se negaba a creer que todo había sido fingido, porque guardaba la secreta ilusión de que hubiese sentido un mínimo de afecto por él.

Comenzó a sentir un fuerte dolor de cabeza, como cada vez que pensaba en Ana. Debía olvidarla de una vez. También debía dejar aquella vida de libertino que llevaba y que le estaba destruyendo. Apenas atendía al negocio, inmerso en continuas fiestas y conquistas que conseguían dejarle más hundido y añorándola con mayor intensidad. Su padre deseaba retirarse desde hacía tiempo, pero permanecía al frente de la empresa para que él disfrutase de libertad tras los duros meses privado de visión.

Ya era suficiente. No había conseguido nada con sus locas aventuras y era hora de volver al trabajo y a la vida que deseaba, aunque esta fuese incompleta sin Ana. Sabía que no podría amar a otra mujer. En su afán por encontrar a la que le hiciese olvidarla, había pasado de una a otra sin conseguirlo.

Su padre insistía en que se casase con Claudia y puede que acabara haciéndolo. Era lo mejor. Ambos se conocían bien y ello les impediría futuros desengaños. No se amarían, pero se ayudarían. Claudia quería su nombre y su dinero y él una familia. Ella podía proporcionársela y nunca le exigiría nada a cambio mientras su cuenta corriente estuviese bien abastecida.

Se decidió. Después de ese viaje, y cuando lograra librarse de Yvette, le propondría matrimonio a Claudia. No tenía sentido esperar más. Al menos, le daría a su padre la satisfacción de acunar un nieto en sus brazos antes de que fuese demasiado tarde.

Debía resignarse a vivir sin amor. Muchas personas lo hacían y no eran menos dichosas. Existían en la vida otras cosas importantes: los hijos, el trabajo, la amistad... Él podía tener todo eso. ¿Qué importaba carecer de lo primero?

Pidió otra copa, con la que quiso mitigar el dolor que esa decisión le provocaba. El alcohol le hacía aparcar por unas horas sus frustrados anhelos y diluía el recuerdo de un cuerpo suave y ardiente y el sonido de una dulce voz susurrándole al oído que siempre le amaría.

–Amorcito, la subasta va a comenzar. Ven; tienes que ver el precioso medallón antiguo que se subasta en primer lugar. Es una verdadera maravilla. ¡Me he enamorado de él!

La estridente voz con acento francés a su espalda lo apartó de sus pensamientos. Luis se volvió con desgana. Estaba harto de los caprichos de esa mujer. En las dos semanas que llevaba con ella le había expoliado lo suficiente como para darse por satisfecha. No accedería a comprarle nada más.

–Lo siento, Yvette –repuso con voz cansada–. No me apetece presenciar la subasta y menos pujar en ella. He accedido a acompañarte, no a participar.

–No seas tan desagradable, amor –murmuró melosa–. No te estoy pidiendo que me compres nada. Ya has sido muy generoso. Solo te pido que me acompañes. Me siento muy sola allí dentro con tanta gente. –Se frotó insinuante contra su costado–. ¿Verdad que vas a ser bueno con Yvette? Yo siempre lo soy contigo, ¿no es cierto?

Luis emitió un suspiro exasperado. Esa mujer era insoportable. No se explicaba cómo había sido capaz de aguantarla tanto tiempo. Miró a su alrededor. Las restantes personas que se hallaban en el bar los observaban con disimulado interés. Estaban dando la nota. Decidió acompañarla; al menos allí estaría sentada y calladita.

La cogió del brazo y se dirigió con ella al interior de la sala, que estaba ocupada casi en su totalidad, ocupando dos asientos en la última fila. Yvette, complacida tras haber conseguido su objetivo, se sentó y se dedicó a ojear su catálogo.

Luis se entretuvo en observar sin ningún interés el espacioso lugar. Le llamó la atención una mujer alta y muy atractiva que se hallaba en el estrado. Parecía tratarse de la moderadora del evento ya que, tras indicar algo a un joven que se hallaba a su espalda, procedió a golpear con el mazo sobre la tablilla para llamar la atención de los concurrentes. Cuando los murmullos cesaron, llamó a un ayudante, que se colocó frente al auditorio mostrando la pieza a subastar.

–Señoras y señores, les agradecemos su asistencia a este acto, que esperamos sea de su agrado. Sin más preámbulo, vamos a proceder a subastar la primera pieza de esta tarde.

Luis dio un respingo en su asiento y se incorporó, acentuando los sentidos. Aquella voz se parecía a...

–Se trata de un magnífico broche camafeo realizado en ónice y oro. Su tamaño, forma y características del tallado son propios de los camafeos clásicos, aunque este muestra un claro estilo modernista.

No se parecía... era idéntica a la que tenía grabada a fuego en su memoria; pero no podía ser ella. Sería demasiada suerte haberla encontrado.

–Fue realizado a finales del siglo XIX en uno de los...

Con el corazón latiéndole con fuerza, Luis continuó escuchando. Había cerrado los ojos para que ningún otro estímulo distorsionara sus recuerdos. No cabía duda, era su voz. La reconocería entre un millón. ¡Era ella! ¡Era Ana!

–Comienza la puja. El precio de salida es de...

También coincidía lo que recordaba y la imagen que se había formado de ella. Su altura, los ojos rasgados, la recta nariz, la boca grande de gruesos labios, su figura esbelta y proporcionada... todo.

Con un gesto rápido, arrebató el catálogo de manos de Yvette y lo revisó hasta que halló lo que buscaba. Sonrió con expresión de triunfo: Ana Ballester, directora de la subasta.

Ana... Por fin la había encontrado. Después de tanto tiempo la tenía ante él.

–¿Alguien ofrece quinientos? –preguntó Ana con implacable profesionalidad.

Tras el gozoso regocijo inicial comenzó a apoderarse de Luis un violento sentimiento de rechazo y de furia. Allí estaba la mujer que lo había engañado, que se rio de él, que lo humilló al jugar con sus sentimientos. Ahora la veía tal y como era en realidad. Una persona fría, sin escrúpulos y eficiente en su trabajo. ¿Cómo pudo sentirla alguna vez tierna, sensible, hasta el punto de despertar en él esos intensos deseos de protegerla? ¡Qué maldito estúpido había sido!

–Quinientos al número veinticinco. ¿Alguien sube a quinientos cincuenta? –continuó Ana.

Se adueñaron de Luis unos locos deseos de herirla, de humillarla, de hacerle sentir el mismo dolor que llevaba padeciendo él desde entonces.

–Quinientos cincuenta –dijo Luis. No sabía qué le había impulsado a hacerlo. Lo único que deseaba era que ella supiera que estaba allí y observar su reacción cuando lo descubriese, si es que recordara su rostro.

Yvette emitió un grito de sorpresa y estampó un beso en su mejilla. Luis ni lo advirtió. Su atención estaba centrada en la mujer subida en la tarima y que proseguía con su trabajo sin reparar en él.

–Ofrecen quinientos cincuenta. ¿Alguien sube a seiscientos? –preguntó Ana con voz mecánica.

Luis estaba decepcionado y dolido. ¿Tan pronto le había olvidado? ¿Tan poco significó para ella que no lo reconocía dos años después?

–Seiscientos ofrece la señora –anunció Ana al ver que una mujer gruesa y muy enjoyada levantaba su catálogo–. ¿Alguien da más?

–Seiscientos cincuenta –anunció Luis sin dejar de mirarla con fijeza.

Ana dirigió la mirada hacia el hombre que había subido la puja.

–Seiscientos cincuenta el caballero del... –La voz murió en su garganta al reconocer aquellos rasgos que no había podido olvidar ni aun después de haberlo intentado con todo su empeño. ¡Luis!

Su cuerpo se paralizó. Contuvo la respiración y le pareció que el corazón dejaba de latir. ¡Luis estaba allí! Tembló. Todo el amor refrenado durante ese tiempo la inundó de golpe.

No oía los murmullos de sorpresa a su alrededor al haber interrumpido la puja. Solo podía recrearse en aquel rostro tan querido que la miraba con frialdad y con una mueca burlona en su boca. ¡Cuánto le amaba! Le costó dominar el impulso de correr hacia él y arrojarse en sus brazos.

De pronto, la risita histérica de Yvette la devolvió a la realidad. Ana reparó en la mujer que estaba junto a Luis. Vio que se le acercaba mimosa y le daba un beso en los labios, al que él respondió con una sonrisa satisfecha. ¡La había reconocido y se estaba divirtiendo con su confusión!

Ana notó un leve roce en el brazo. Era Raúl, su ayudante. Reaccionó con esfuerzo mientras sentía un sudor frío cubriéndole el rostro.

–El... caballero del fondo ha ofrecido seiscientos cincuenta –dijo casi sin aliento. No había terminado de hablar cuando la anterior pujadora volvió a levantar su catálogo–. ¿Setecientos ofrece la señora? –preguntó.

La mujer asintió con la cabeza.

–Ochocientos –ofreció Luis con voz potente.

Yvette daba palmaditas de alegría y sonreía feliz. Ana miró en su dirección y en ese momento sintió una oleada de pánico. ¡Si la había encontrado se enteraría de la existencia de su hijo!

Inspiró profundamente. Este no era el momento de acobardarse. Él no le quitaría a su pequeño.

–¿Te encuentras bien, Ana? ¿Quieres que te sustituya? –murmuró Raúl a su espalda.

–No... gracias. Yo continuaré. –Una nueva determinación la poseyó. No se dejaría vencer.

–Ochocientos a la una... –sentenció con voz fría, permaneciendo en silencio unos segundos en espera de otra oferta–. Ochocientos a las dos... –Miró a la señora que había intervenido en la puja, pero esta permaneció en silencio–. ¡Adjudicado al caballero por ochocientos euros! Puede pasar a retirar el artículo cuando guste –anunció, golpeando con el mazo en la tablilla y evitando mirarle.

Le pidió a Raúl que la sustituyera y salió presurosa de la sala. Quería esconderse, desaparecer. No se sentía con fuerzas para enfrentarse a Luis. Temía traicionarse y mostrarle sus sentimientos que, para su desdicha, no habían disminuido en todo aquel tiempo; pero, sobre todo, no podía permitir que descubriese la existencia del niño.

26

Complacido por la victoria que había logrado, Luis la vio marcharse de la sala. Se levantó, quitándose de encima a su eufórica acompañante, y salió tras ella. No la dejaría escapar ahora que la había encontrado. No estaba seguro de las razones que le movían a hacerlo. Muchos sentimientos que creía extinguidos volvían a resurgir con fuerza, si es que llegaron a consumirse alguna vez; pero también el odio era muy intenso. La furia, la frustración, el intenso dolor que padeció su corazón durante todo ese tiempo estaban muy presentes.

La alcanzó en pocos minutos, la asió del brazo y la obligó a dar la vuelta y enfrentarse a él. Ana, comprendiendo de quién se trataba, inspiró con fuerza y, reuniendo todo su valor, levantó los ojos y se enfrentó a su intensa mirada.

Luis sintió una sacudida interior. Al fin podía verla, podía admirar aquel rostro por el que tanto había suspirado. Recordó las ocasiones en las que creyó morir de desesperación ante la necesidad de contemplarla y tenía que resignarse con imaginarla. Ahora podía verla, y comprobaba que era más bella de lo que nunca llegó a soñar; mucho más.

Alzó una mano para acariciar aquel rostro tan amado, pero recordó la humillación sufrida y desterró los tiernos impulsos a los que había sucumbido por unos instantes. Una cínica sonrisa se instaló en sus labios y sus pupilas emitieron un brillo de rencor.

–Hola, Ana. ¿No saludas a tu antiguo amante? ¿O es que has tenido tantos que ni siquiera recuerdas a uno de ellos? –Su voz cortaba como un cuchillo afilado.

Ana permaneció muda. El nudo que tenía en la garganta le impedía hablar. Le veía como en los primeros días, cuando él no sentía más que desprecio por ella. No comprendía el rencor que destilaban sus palabras y su fría actitud, cuando tendría que estarle agradecida. Le sirvió de diversión y desapareció de su vida sin pedirle nada a cambio. Comprendía que estuviese enojado por el engaño al que lo habían sometido, pero después de tanto tiempo y de los buenos resultados obtenidos, ya debería de haberla perdonado.

–Ya veo que no me recuerdas –prosiguió él, crispado por su mutismo–. Te refrescaré la memoria.

Antes de que Ana pudiese reaccionar, la estrechó entre sus brazos y la besó con fuerza. Necesitaba hacerle pagar de alguna forma todo el sufrimiento que le había causado.

Ana, pese a la brusquedad de la caricia, respondió. Entreabrió los labios y sintió la lengua de él penetrando en su boca. Notó las lágrimas correr por su rostro, lágrimas de dicha y pesar al mismo tiempo. Al fin estaba entre sus brazos, aunque no fuese de la forma que tantas veces había soñado.

Luis la soltó y la apartó con rapidez, irritado con su propia reacción. Había querido demostrarle cuánto la detestaba, pero al sentir su calor, su cuerpo había desobedecido las órdenes que el cerebro le enviaba. ¿Por qué tenía que desearla con esa intensidad? ¡Si se había emocionado de felicidad ante su contacto!

–¡Maldita seas! Ya no me engañas. ¡Sé lo que eres! Hubo un tiempo en el que tus lágrimas me conmovían. Debían de ser tan falsas como las de ahora –la acusó, y su voz sonó enronquecida.

El desprecio que destilaban sus palabras se clavó como una daga en el corazón de Ana. ¿Por qué la insultaba? ¿Fue tan grande su delito para merecer ese escarnio? ¡Cuánto deseó en el pasado contemplar esos ojos llenos de vida, reflejando sus emociones, sus sentimientos, y comprobar en ellos el amor que le prometía! Ahora solo veía odio en ellos.

Se secó las lágrimas con un manotazo y le desafió. No estaba dispuesta a que la pisoteara más. Ella no tenía nada de qué avergonzarse y él nada que reprocharle. Al contrario, debía de estarle agradecido, primero por soportar su mal genio durante la mayor parte del tiempo que pasó en Arroyo Claro y, mucho más por su amor y su entrega desinteresada; algo de lo que no se arrepentía ni siendo consciente de que él solo la utilizó para satisfacer sus necesidades físicas. Ella era la que debía de estar disgustada. La engañó haciéndole creer que la amaba. ¿Por qué tuvo que ilusionarla de aquella forma? ¿Qué necesidad había de mentirle?

–Si quieres retirar el objeto que has adquirido, te indicaré dónde puedes hacerlo; no tenemos nada más que hablar –dijo con frialdad.

–Sí, claro que tenemos que hablar. Quiero saber la verdad. Dime, ¿por qué me engañaste? –exigió, sujetándola por ambos brazos.

Una voz a sus espaldas interrumpió la tensa escena.

–¿Qué ocurre?

Jorge miraba a Luis de forma peligrosa. Este se encaró con el recién llegado sin soltar a Ana.

–Es una conversación privada. ¡No se meta! –advirtió.

Jorge no prestó atención a la amenaza implícita en la voz de Luis y se acercó a ellos.

–Le ruego que suelte a la señorita o me veré obligado a llamar a seguridad. –Su voz y su actitud indicaban que era capaz de mucho más.

Luis, que no advertía lo que estaba haciendo, miró a Ana. Vio la palidez y la angustia de su rostro y la soltó de inmediato con un gesto de arrepentimiento.

Ella se apoyó en la pared y agachó la cabeza en un intento por ocultar su rostro con las huellas del llanto.

–¿Te encuentras bien, Ana? –le preguntó Jorge con preocupación al observar su estado.

Había presenciado la subasta y su precipitada salida; también la de aquel hombre tras ella. Los vio besándose y sintió el zarpazo de los celos. Después supo, al observar el rostro de ella, que no se trataba de un encuentro amistoso y se decidió a intervenir.

–Sí..., estoy bien. No ocurre nada, Jorge –mintió con el fin de evitar una situación violenta entre ellos.

–No es esa la impresión que me ha dado. Este individuo te estaba molestando –insistió.

–No es así, créeme. Solo estábamos hablando. Es un antiguo conocido –dijo con todo el aplomo que pudo reunir.

–Entonces, preséntame a tu antiguo conocido –pidió Jorge, y le pasó un brazo por los hombros en actitud protectora.

Luis contrajo el rostro con furia al observar la familiaridad con la que aquel hombre la trataba. Debía de ser su último amante, pensó; y se negó a admitir el dolor que esa certeza le provocaba.

–Se trata de Luis Aranda. Él es Jorge Miret, mi jefe –les presentó ella sin querer alzar la vista; solo podía ver los puños apretados de Luis.

Ninguno de los dos hizo intento alguno por estrecharse las manos. El nerviosismo de Ana aumentaba por momentos al imaginar lo que Jorge habría deducido del nombre de Luis y el intenso parecido con su hijo, o lo que pensaría el propio Luis de la actitud cariñosa que el otro mostraba con ella.

–¿Cómo se encuentra tu padre? ¿Y Emilia y Pedro? –preguntó con el fin de romper el incómodo silencio.

–Bien todos, gracias. Incluso Alberto Romero y su hija –aludió con cinismo–. También Claudia –prosiguió en el mismo tono hiriente.

Ana lo miró. La expresión de su rostro la alteró. Incapaz de sostenerle la mirada, bajó de nuevo los ojos.

Jorge la acercó más a él. No se le pasó por alto la tensión que experimentó el cuerpo de Luis ante ese gesto.

Se oyó un rápido taconeo avanzando hacia ellos y los tres miraron en aquella dirección.

–Al fin te encuentro, amorcito. –La estridente voz de Yvette rompió el silencio. Se acercó a Luis, le rodeó el cuello y lo besó en los labios–. ¡Eres maravilloso! Nunca soñé que me harías tan bonito regalo.

Él mantuvo abrazada a la mujer mientras miraba a Ana con una mueca burlona.

–No podía privarte del placer, querida. Sabes que nunca te niego nada.

Ana, incapaz de soportar aquella escena, miró a Jorge de forma suplicante.

–Quieres atenderles, por favor. He de hacer una llamada urgente. Adiós, Luis. –Y sin darle tiempo a responder, huyó a su despacho.

Cuando llegó, cerró la puerta y se apoyó en ella intentando contener con la mano los acelerados latidos de su corazón. Gruesas lágrimas de desconsuelo se deslizaron por sus mejillas, hasta que los sollozos comenzaron a ahogarla y corrió el cerrojo para dar rienda suelta a su dolor en total intimidad.

Al rato, escuchó unos suaves golpes en la puerta. Comprendió que se trataba de Jorge, pero no se sentía con ánimos de hablar con nadie y, mucho menos, de dar explicaciones. No contestó y, al poco, oyó sus pasos alejándose.

Ya anochecido, y tras largas horas de soledad, decidió marcharse. Había llorado por su amor no correspondido, por su hijo que nunca vería a su verdadero padre y por ella misma, que era incapaz de olvidar a Luis y rehacer su vida. Al verle de nuevo, había comprendido que nunca podría desterrarle de su corazón y dejar el lugar libre para que otro lo ocupase.

No le guardaba rencor pues no la forzó a nada. Era un conquistador de voluble corazón y no podía evitarlo; su azarosa vida sentimental lo atestiguaba. Y ella no podía evitar los rabiosos celos que sentía al verlo en brazos de otras mujeres. Como aquella rubia provocativa que lo llamaba «amorcito» y se lanzaba a su cuello con una familiaridad que daba fe de la intimidad que compartían. Solo le reprochaba que le hubiese hecho creer que la amaba. Pero esa era la forma de actuar de todos los hombres. Puede que la amase a su manera durante el tiempo que estuvo a su lado, aunque la olvidó de inmediato al tener una nueva para reemplazarla.

¿Por qué había tenido que aparecer otra vez en su vida? Cuando ya comenzaba a disminuir el intenso dolor de su ausencia, volvía a verle para remover las antiguas cenizas y comprobar que las ascuas seguían ardiendo. Ella, que estaba casi decidida a casarse con Jorge, a dejarse convencer por su cariño, ahora sabía que no podría hacerlo. Jamás estaría en condiciones de corresponder a su amor, sería como prostituirse. y Jorge no merecía eso. Después de haber estado otra vez en brazos de Luis, de haber comprobado cómo su cuerpo ardía de pasión y deseo por aquel hombre que la humillaba con sus palabras, comprendió que sería incapaz de responder a las caricias de otro.

Suspiró. Debía sobreponerse y enfrentarse a la realidad.

Miró el reloj. Era más tarde de su hora habitual. Sonia estaría impaciente. Imaginó que no quedaría nadie en la galería y no intentó disimular las huellas de su llanto.

Se recriminó por su falta de profesionalidad. Debió permanecer en su puesto de trabajo y no esconderse a llorar en un rincón como una niña con una rabieta. Tendría que pedir disculpas a sus compañeros y a Jorge. Temía enfrentarse a él; no solo porque pensaba rechazar su oferta de matrimonio, también porque habría llegado a las conclusiones correctas en cuanto a Luis y su hijo.

Abandonó el despacho y se encaminó a la puerta lateral. Saludó con la mano al vigilante nocturno y salió a la calle. En numerosas ocasiones se marchaba la última o venía a primera hora de la mañana, por ello prefería utilizar esa puerta. Estaba cerrándola con manos temblorosas cuando sintió que alguien le quitaba las llaves. Miró asustada temiendo que fuera Luis, pero se tranquilizó al ver a Jorge su lado.

–Yo lo haré –dijo él.

Ana se hizo a un lado y dejó que se encargase de cerrar. Ya era tarde para intentar disimular el llanto y tampoco quería hacerlo. Era hora de enfrentarse a la realidad. Se lo debía.

–Te llevaré a casa. –La agarró del brazo y fueron hacia su automóvil, que estaba aparcado en la acera de enfrente.

27

Jorge condujo en silencio. Ella no se atrevía a mirarle, apreciando en su mutismo y en la seriedad de su rostro que estaba preocupado. Ninguno de los dos advirtió que un coche les seguía a corta distancia.

Cuando llegaron a la puerta del edificio en el que Ana tenía el apartamento, ella intentó bajarse. El seguro estaba echado y miró a Jorge con expresión interrogadora.

–¿Me vas a hablar de él?

Ana sintió una profunda pena al observar la tristeza que su voz destilaba. Permaneció en silencio; todavía no estaba preparada para hablarle de Luis. No sabía por dónde empezar ni cómo explicarle su relación sin hacerle sufrir demasiado.

–Es el padre de tu hijo, ¿no es cierto? –preguntó Jorge ante su mutismo.

–Sí –admitió ella, rindiéndose a lo inevitable.

–¿Él lo sabe? –Al ver el temor que reflejaba su rostro, supo la respuesta. Le cogió las manos con las suyas en un gesto tranquilizador–. No temas, conmigo tu secreto está bien guardado; aunque es injusto que ignore su existencia.

–¡No! –exclamó Ana con espanto–. ¡Si se enterase me

lo quitaría! No le conoces. ¡Me odia y haría cualquier cosa para hacerme sufrir!

–Dudo mucho de que sea odio lo que siente por ti –reconoció con una mueca de derrota. El brillo inconfundible que había observado en los ojos de Luis al mirarla, el mismo que debía aparecer en los suyos cuando lo hacía, era una prueba inequívoca de que estaba enamorado de Ana–. Además, ya sabes que le sería muy difícil quitarte al niño, aunque lo deseara.

–No me arriesgaré. A él no le interesa su hijo y la vida desordenada que lleva, de continuos romances, fiestas y sin parar de viajar, no es la más adecuada para el pequeño. Yo lo criaré. No necesita un padre... –Calló al advertir lo que acababa de admitir. Le había dado a Jorge la respuesta que estaba esperando.

–Ni a mí, ¿verdad? –dijo con triste sonrisa.

–Jorge...

–No te esfuerces, Ana. Comprendo tus sentimientos. Le amas.

–No, yo no... –se apresuró a decir, aunque con poca convicción.

–Sí, lo es; no te mientas a ti misma –continuó él–. Me he convencido al observar cómo respondías a sus caricias.

Ella permaneció callada, mirando sin ver por la ventanilla. Se sentía derrotada y feliz al mismo tiempo. Experimentaba esa sensación de liberación que tantas veces había deseado. Al fin admitiría ante alguien que seguía amándolo. No tendría que ocultarlo en el fondo de su corazón. Se giró para mirarle.

–No puedo evitarlo, Jorge. –Acarició la cara del hombre con inmensa ternura. Le quería como a un hermano, no como él deseaba; no le amaba como a Luis–. Sabes que te aprecio mucho y te debo aún más, pero nunca podré quererte como deseas.

Inclinó la cabeza y miró sus manos, que habían vuelto a su regazo. Iba a admitir algo que estuvo negándose durante mucho tiempo y eso le avergonzaba.

–Es cierto, le amo. No he podido olvidarle durante estos dos años y, al volver a verle, me he convencido de que nunca podré amar a otro hombre. Si accediera a casarme contigo los dos sufriríamos, yo por ser incapaz de corresponderte y tú de frustración al no conseguirlo. Es mejor seguir como hasta ahora. Encontrarás pronto la mujer que te haga todo lo feliz que mereces. Yo no puedo ser esa mujer. ¿Lo comprendes? –Lo miró implorante.

Jorge cogió su mano y la besó con reverencia. Sabía que la había perdido y el intenso dolor que esa certeza le provocaba le resultaba casi insoportable. Pero debía sobreponerse, evitar abrumarla con su desdicha. No deseaba hacerle más difícil la decisión que había tomado.

–Sí. Puede que algún día encuentre a esa mujer –asintió sin convicción–. Y no sufras por haberme confesado lo que esperaba desde hacía horas. Solo quiero que me prometas seguir confiando en mí y considerándome tu amigo.

–Nunca dejarás de serlo –prometió. Le dio un rápido beso en la mejilla y bajó del coche.

Jorge la vio desaparecer por la puerta del edificio. Después, con infinita amargura, arrancó el coche y se perdió por las calles de la ciudad sin un rumbo determinado.

Ana subió con rapidez. Tendría que disculparse con Sonia. La chica estaría cansada y deseosa de marcharse.

–¡Ya he llegado! –anunció al entrar, mientras colgaba la chaqueta y el bolso en el perchero.

Sonia salió de la cocina y le hizo un ademán para que bajara la voz.

–Está dormido. Lo he bañado y el pobrecito no ha podido aguantar despierto.

–Me ha resultado imposible llegar antes, lo siento –se disculpó, avergonzada por la mentira–. Márchate ya y no vengas hasta el lunes. Yo me haré cargo este fin de semana.

–¡Qué bien! Aprovecharé para visitar a mis padres – respondió agradecida.

Sonia se marchó y ella entró al cuarto de su hijo. Se le veía tan pequeño en su amplia cuna que le despertaba una gran ternura. Le gustaba observarlo en esos momentos, cuando estaba dormido. ¡Se parecía tanto a su padre! Su misma boca, la línea del mentón, la fina nariz... Los ojos, aunque ahora los tuviese cerrados, eran los mismos que ella guardaba en su memoria, esos iris ambarinos que la habían subyugado desde el primer momento. También la espesa mata de cabello negrísimo que tantas veces peinó con sus dedos.

Llamaron al timbre de la puerta. Ana imaginó que se trataba de Sonia, que había olvidado algo y fue a abrir.

–¿Qué ocurre So...?

Se quedó petrificada, incapaz de moverse, incluso de respirar. Ante ella estaba Luis, y su corazón se aceleró de alegría. Al instante recordó que su hijo dormía a pocos metros y reaccionó. ¡No podía dejarle pasar! Pero era demasiado tarde porque él ya había traspasado la puerta y se dirigía con paso firme hacia el interior del apartamento. Ana le siguió, aterrada. Si descubría al niño todo se habría perdido. Miró hacia la puerta del cuarto del pequeño y comprobó que estaba casi cerrada. Se tranquilizó en parte. Intentaría que Luis se marchase lo antes posible.

–¿Qué deseas? ¿Quién te ha dado mi dirección? –inquirió ella con aparente serenidad.

Luis no contestó de inmediato. Estaba a escasos pasos de distancia y observaba todo con ojos críticos y sonrisa burlona. Al final, la miró con una cínica mueca en el rostro.

–Veo que te va muy bien. Todo es de buen gusto y bastante caro. –Estimó, abarcando el amplio salón con un gesto–. A tu nuevo «amigo» le estás sacando más que a mi padre. Esta vez has sido más lista, te estás vendiendo a un mejor precio.

Ignorando la ofensa, Ana volvió a preguntar. Estaba segura de que Jorge no le había facilitado su dirección y nadie más la conocía.

–¿Cómo has sabido dónde vivo?

–Os he seguido. Me ha sorprendido que no se quedara un rato. Imagino que debe ir a casa con su esposa y sus hijos.

Sus palabras la herían, pero no iba a alterarse; tenía que conservar la calma.

–Estoy cansada. Dime qué deseas y márchate, por favor. –Intentaba mantenerse firme, lo que le suponía un gran esfuerzo. No pensaba darle la satisfacción de verla abatida.

Luis se sentó en el sofá. No tenía intención de marcharse en un buen rato.

–¿Estás cansada? Te creo, debe de haber sido un agotador día de trabajo; sin contar las horas extras que has echado en el despacho de tu jefe. Lo hacéis con frecuencia, ¿no es cierto? Supongo que cuando cierra la galería. Debe tener un cómodo sofá. Aunque recuerdo que no ponías objeciones al lugar o la situación. Siempre que saciara tu lujuria te servía igual un suelo pedregoso en pleno campo o la mesa de la biblioteca. ¿O solo estabas fingiendo y no sentías nada de lo que expresabas con tanto entusiasmo?

Ana, de pie ante él, permaneció en silencio y mirándolo con seriedad.

–¿No piensas ofrecerme una copa? ¿Has olvidado tus buenos modales? Antes eras más amable y complaciente conmigo, ¿recuerdas? –continuó Luis, sin que el mutismo de ella le desanimara. Recorrió su cuerpo con los ojos cargados de deseo.

Ana enrojeció y se dirigió a la pequeña cocina.

–¿Qué deseas tomar? Solo tengo whisky. Yo no bebo.

–¿Y tu amiguito tampoco lo hace? –preguntó con cinismo.

–No suelo invitar a nadie a mi casa.

–No te molestes en fingir, cariño. Ya no te creo. –Se levantó y la siguió a la cocina. La cogió de los hombros y le dio la vuelta, enfrentándola a él.

Ana se estremeció ante su turbadora proximidad, maldiciendo la oleada de deseo que la sacudió. Con un supremo esfuerzo, consiguió superar aquella debilidad. Lo miró a los ojos con una frialdad que en absoluto sentía y se defendió. Ya estaba cansada de tantas burlas.

–Si has venido a insultarme, ya has cumplido con tu propósito. Te ruego que te marches.

Luis entrecerró los ojos e intensificó la presión de sus manos sobre los hombros de ella. Estaba muy equivocada, se dijo. Ahora que la había encontrado no la dejaría escapar; al menos, hasta que se hubiese saciado.

–¿Por qué? Solo quiero lo mismo que le ofreces a tu amante. Yo también puedo pagarte –dijo con rencor, y la atrajo hacia él.

Ana quiso rechazarle, ofendida por sus palabras, pero su cuerpo traicionero solo podía responder a sus caricias. Las había anhelado tantas veces que ahora era incapaz de negarse a ellas. Se entregaba con voluntad propia, sin prestar atención a los débiles mandatos de resistencia que el cerebro le enviaba.

Las manos de Luis bajaron por su espalda y la ciñeron con fuerza. Su boca descendió hasta la suya en un beso apasionado y posesivo que acabó privándola de todo contacto con la realidad. Entreabrió los labios para recibir el roce de su lengua y respondió con idéntica ansiedad. Se apretó contra el firme cuerpo masculino y sus manos le acariciaron el cabello. Se sentía transportada en el tiempo, como si esos dos años se hubiesen borrado de su memoria y volviera a estar en Arroyo Claro, compartiendo su amor. Apenas advirtió que él le desabrochaba el vestido y comenzaba a quitárselo.

–Oh, Ana, tanto tiempo... tanto tiempo... –repetía Luis mientras le atormentaba el cuello con besos ardientes.

Él también era presa del hechizo. Olvidado su rencor, solo era consciente de que la volvía a tener entre sus brazos y respondiendo a sus caricias. Le quitó el vestido y la ropa interior. La tomó en sus brazos y, sin dejar de besarla, la llevó al sofá para tenderla en él.

Durante largos segundos se dedicó a contemplarla, extasiado ante su belleza. Las manos y la boca seguían el mismo camino de sus ojos, sin dejar ni un milímetro de su cuerpo por besar y acariciar.

Ana, estremecida de deseo, rogaba en silencio que le hiciera el amor, pero él parecía no darse cuenta de su necesidad. No se cansaba de mirarla, ahora que podía hacerlo.

Un agudo llanto llegó a los oídos de ambos, sacándoles de su ensueño y devolviéndolos a la realidad de golpe.

Luis no se movió, y permaneció mirando intrigado a Ana. Ella se incorporó de un salto, recogió el vestido del suelo y se cubrió con él antes de lanzarse a la habitación de su hijo.

El niño estaba de pie en la cuna y lloraba. Ana lo cogió en brazos y lo acunó con ternura.

–No pasa nada, tesoro. Mamá está aquí –murmuraba con el fin de tranquilizarlo–. Vuelve a dormir, mi vida.

El pequeño fue calmándose poco a poco y comenzó a quedarse dormido. Ana lo acostó y lo arropó. Cuando comprobó que su sueño era profundo, se dispuso a salir de la habitación.

Luis estaba apoyado en el marco de la puerta observando la escena. Se le veía tenso, con el semblante crispado y la mirada tormentosa.

–¿De quién es? –En su voz se apreciaba la desolación que sentía.

Ana no podía ocultar su desasosiego. Si le confesaba que era su hijo, ¿qué pasaría? Él no la amaba a pesar de los intensos momentos de pasión vividos instantes antes. Estos solo demostraban que la deseaba al igual que a cualquier mujer atractiva que tuviese a mano. Sería una locura confesarle la verdad, y tenía la ventaja de que no había reconocido el parecido.

—¡Contesta! —La apremió con voz ronca a la vez que la sacaba de allí y cerraba la puerta—. ¿Es de Jorge Miret?

Ana se sintió aliviada. Esa era la solución perfecta. Y él mismo la había sugerido. No le parecía honrado involucrar a Jorge en sus problemas, pero ahora no veía otra solución.

—Sí —respondió. Y avergonzada por la mentira, desvió la mirada de aquellos ojos acusadores.

—Lo sabía. Te aseguraste de agarrarle bien. ¿Cómo no lo intentaste conmigo? ¿No te apeteció seguir liada con un ciego?

Ella lo miró. Sus ojos reflejaban con nitidez sus sentimientos, pero Luis no supo leer en ellos.

—Márchate, por favor —le rogó. Su voz era un descorazonador lamento.

Luis la contempló durante largos segundos, como si lo hiciera por primera vez, antes de dirigirse a la puerta y marcharse de allí.

28

Ana daba vueltas por la habitación dominada por una gran inquietud. Podía oír la risa alegre de su hijo jugando en el jardín con su hermano y el murmullo apagado de la conversación de sus padres en la cocina. Todo le era familiar y querido, pero desde que había vuelto a verle no se sentía en paz.

¿Por qué tuvo que encontrarla? Ella estaba satisfecha en su pequeño mundo, con su hijo, su trabajo, su familia... Había logrado aliviar en parte el dolor que su pérdida le ocasionaba y la ofensa de saberse engañada. Estaba dispuesta a aceptar la propuesta de Jorge, con lo que le proporcionaría a su hijo un hogar estable. Ahora todo eso se desvanecía. El amor volvía a golpearla con fuerza, aflorando el deseo que creía extinguido, desbaratando sus proyectos de matrimonio y sumiéndola en una constante angustia por desear verle y querer evitarle al mismo tiempo.

Esa misma mañana había cogido un tren hacia casa de sus padres. Quería poner distancia entre Luis y ella. Aunque imaginaba que no intentaría volver a verla, no podía arriesgarse. Debía evitar otra escena como la de la noche anterior. No soportaría una vez más aquella mirada de desprecio. Era mejor huir, esconderse por unos días hasta que se marchara. Sin duda, no perdería el tiempo en buscarla; podía satisfacer su deseo con cualquier otra.

Tendría que llamar a Jorge para comunicarle que pensaba tomarse unos días de vacaciones. Había estado trabajando mucho los últimos meses y se merecía descansar. Y si imaginaba la verdadera causa de su repentino cansancio, no importaba; él lo comprendería.

Lo llamó al teléfono móvil. Al dar señal de apagado, lo intentó con el de su casa, un amplio piso en el mejor barrio de la ciudad. Rogó para encontrarle allí y que no se hubiese marchado a su masía en las montañas del Penedés. Marcó el número y esperó. Tras varias señales de llamada sin conseguir una respuesta, Ana se convenció de que había salido. Iba a colgar cuando oyó levantar el auricular.

–¿Diga...?

Se trataba de una voz femenina y parecía soñolienta. A Ana le extraño que una mujer respondiera al teléfono. Sabía que la asistenta no iba los fines de semana.

–Quisiera hablar con el señor Miret, por favor. Soy Ana Ballester.

–Espere un momento. Veré si puede ponerse –dijo la voz.

Ana oyó un taconeo que se alejaba y, tras unos minutos de espera, los mismos pasos acercándose.

–¿Oiga? No consigo despertarle. A lo mejor si llama dentro de un rato...

Ana dudó. Si estaba con una «amiga» no le iba a entusiasmar que lo molestase.

–¿Puede darle un mensaje, por favor?

–Bueno... –Pareció dudar–. No sé si podré quedarme hasta que despierte, ¿sabe? Tengo que marcharme a trabajar. Si falto me despedirán.

–Entonces, déjele una nota. Él la leerá.

–Eso será lo mejor ¿Y cómo lo hago?

La mujer parecía poco espabilada. ¿Quién sería?, se preguntó Ana. No encajaba en el tipo de amistades que Jorge solía frecuentar.

–Junto al teléfono debe de haber un cuaderno de notas. Escriba lo que yo le diga en la primera página y luego lo deja en un lugar visible.

–Espere un momento –pidió con acento atribulado. Ana la oyó abrir cajones y revolver en ellos–. ¡Sí, aquí está! ¡Y hay un lápiz! –Parecía fascinada.

Ana sonrió. ¿De dónde la habría sacado?

–De acuerdo, comience a escribir. –Esperó unos segundos para darle tiempo–. Importante. Llamar a Ana Ballester a casa de sus padres antes del próximo lunes.

–Importante... llamar... Ana Ballester... casa de sus padres... ¿Podría repetirme el final?

–Antes del próximo lunes.

–¡Ah, sí! Antes del lunes. –La voz enmudeció durante unos segundos–. Ya está todo... creo. ¿Quiere que lo lea por si se me ha olvidado algo?

–Sí, por favor.

–Importante. Llamar a Ana Ballester a casa de sus padres antes del pró... próximo lunes –concluyó satisfecha.

–Muy bien, gracias. Deje la nota junto al teléfono y él la verá cuando despierte.

–Eso haré... –Pareció dudar–. Usted debe de ser a la que llamaba anoche. ¿Es su novia?

–No, no lo soy. ¿Por qué lo pregunta?

–Bueno... yo... verá. Estará pensando quién soy y qué estoy haciendo aquí, y si es su novia...

–Ya le he dicho que no lo soy. –Ana comenzaba a irritarse por la insistencia de aquella mujer.

–Es que, resulta que él estuvo anoche en el club donde trabajo, el Botas Rojas, que está en...

–Lo conozco –mintió para acelerar la explicación.

–¿Sí? Es bonito, ¿verdad? –preguntó ilusionada, y ante

el mutismo de Ana, continuó–: Como le digo, estuvo bebiendo mucho, hasta que cerramos, y entonces no se encontraba bien. No se acordaba de nada, ni dónde había dejado el coche. Solo repetía una y otra vez el nombre de Ana. Mi jefe quería llamar a la policía, pero yo miré en su cartera y vi la dirección. Llamé a un taxi y lo acompañé aquí. El portero me ayudó a subirlo y abrió la puerta con sus llaves. Lo acosté y no me pareció bien dejarlo solo en ese estado. No paraba de decir «Ana, no me dejes» y «te quiero Ana», cosas así. Parecía muy desgraciado y entonces me quedé. Espero que no le importe. –Sondeó con clara alarma–. Le puedo asegurar que no hicimos nada; nada de... ya me entiende. Está dormido desde que lo acosté esta madrugada.

–No se preocupe –la tranquilizó ella–. Ha sido usted muy amable al quedarse a cuidarlo y si debe marcharse a trabajar, hágalo. No creo que le suceda nada.

–Gracias. Pero lo malo es que antes debo pasar por mi casa a cambiarme y vivo a las afuera y el taxi...

–No creo que a Jorge le importe si coge algún dinero de la cartera para pagar el taxi –sugirió Ana, comprendiendo lo que quería decir–. Se lo merece.

–¡Oh, gracias, señora! Porque ya sabe lo caros que están y al ir tan justa de tiempo...

–Entonces, márchese enseguida. Le agradezco mucho su generosidad.

–No hay de qué señora... o señorita...

Ana colgó preocupada. ¿Cómo pudo llegar Jorge a ese estado? Él nunca bebía en exceso, y mucho menos hasta llegar a perder el sentido. ¿Y esa mujer? Aunque parecía buena persona, no tenía la absoluta seguridad de que no decidiese llevarse algo más que lo necesario para el taxi. Jorge tenía obras de arte muy valiosas en su piso, que supondrían una verdadera tentación para cualquier persona poco escrupulosa.

Se sentía culpable al pensar que su rechazo le había

llevado a ese estado. Y todo por culpa de Luis. De no haberla encontrado, nada de eso habría sucedido. Ella habría llegado a ser feliz al lado de Jorge. ¿Por qué tuvo que volver para perturbar su vida?

Con un gesto de profundo abatimiento salió de su habitación y se dirigió al jardín. La presencia de su hijo le haría olvidar sus preocupaciones. Solo él le aportaba momentos de felicidad.

Dos horas más tarde Jorge la llamó. Ana, que esperaba impaciente, descolgó el teléfono de inmediato.

–¿Ana?

–Jorge, ¿cómo estás? –preguntó preocupada.

–Estoy bien, excepto por el terrible dolor de cabeza; aunque eso no mata a nadie... creo –dijo, y emitió una carcajada que sonó demasiado forzada–. Acabo de leer tu mensaje. ¿Qué deseas?

Su voz parecía apagada, sin vida. Ana tuvo que hacer un enorme esfuerzo para no echarse a llorar. Si no podía soportar su pena, ¿cómo iba a asumir la de él?

–Eso puede esperar –decidió ella con energía. En ese momento le preocupaba más otra cuestión–. ¿Qué te sucedió anoche? La mujer con la que he hablado dice que bebiste demasiado y tuvo que llevarte a casa. ¿Ha pasado ahí todo el tiempo? ¿Has comprobado si te falta algo de valor? Debes llamar a la policía y...

–Por favor, más despacio y más bajo...

Ana imaginó cómo debía sentirse y se compadeció.

–Perdona, no te molestaré más. –Bajó la voz todo lo que pudo–. Te llamaré mañana cuando te encuentres mejor. Ahora debes tomar un analgésico y seguir durmiendo. Pero, si tienes fuerzas, te aconsejo que revises la casa y avises a la policía si adviertes que falta algo. Esa mujer no me pareció de fiar.

–No te preocupes y dime para qué querías hablar

conmigo. Tu nota decía que era importante. Y no sufras, la chica se portó de maravilla durante todo el tiempo, al menos que yo recuerde, y solo parece haberse llevado algún dinero de la cartera para pagar un taxi, según me ha escrito en una nota.

–Pero ¿cómo llegaste a ese estado? Tú nunca bebes.

Jorge emitió un largo e indescifrable suspiro. ¿Cómo confesarle que el dolor y el desconsuelo al comprender que ella nunca sería suya le habían llevado a ese estado? ¿Acaso entendería que tuvo que recurrir a la bebida para borrar de su mente la imagen de la mujer que amaba en brazos de otro hombre? ¿Debía decirle que, tras dejarla en su casa, decidió volver para luchar por ella y vio a Luis entrar en el edificio? ¿Sería capaz de entender lo que sufrió en esos momentos, al ver esfumarse sus escasas esperanzas y sentir que su mundo se desmoronaba, que la vida ya no tenía sentido para él?

–Es una larga historia –se limitó a decir, y su voz era un profundo mar de desolación–. Ahora dime, ¿en qué puedo ayudarte?

Algo más tranquila tras sus palabras, Ana se olvidó de los problemas de su amigo y se lanzó a explicarle lo sucedido.

–Jorge, estoy muy asustada. Ayer cuando me acompañaste, Luis debió de seguirnos y se presentó en casa. –El recuerdo de lo que ocurrió entre ellos le hizo enmudecer. Estaba avergonzada. Se recuperó con esfuerzo y prosiguió–. Descubrió al niño y me preguntó de quién era. Yo no podía confesarle que era suyo, ¿comprendes? Entonces le dije que tú eres el padre. Bueno, en realidad lo sugirió él. Yo solo lo afirmé y eso pareció convencerlo. Ahora tengo miedo de que pueda volver y darse cuenta del parecido y... –Se interrumpió y comenzó a sollozar.

–Cálmate. No ocurrirá nada de eso –la tranquilizó con su voz sosegada.

–Pero no puedo volver al piso ni a la galería en un

tiempo, hasta que él se olvide de mí y se marche de Barcelona. Seguro que solo está allí de paso. Por eso te quería pedir que me concedieras unos días de vacaciones. Unas dos semanas. Aquí no puede encontrarme y yo necesito descansar.

—Desde luego, puedes tomarte los días que desees. Sin embargo, no creo que esa sea la solución. No puedes estar escondiendo la verdad siempre. Vivir con el temor constante de que él pueda descubrir su paternidad te destrozará. Es mejor que se lo digas y solucionar los problemas que surjan.

—No, es imposible. Él me desprecia, me odia. Solo desea vengarse de mí. —Se estremeció al recordar los insultos y la mirada que le dirigió.

—Creo que estás equivocada. Me pareció que lo que él siente por ti no es odio precisamente. —Intentaba convencerla, aunque ello le provocaba un enorme dolor—. Debéis hablar, llegar a un acuerdo. Yo puedo intentar convencerle de...

—¡No! —exclamó impaciente—. Te suplico que no le digas nada. Solo te pido que, si él te pregunta, confirmes que eres el padre de mi hijo y que el niño se llama Jorge. De ningún modo debe saber que es hijo suyo ni que le he puesto su nombre. Podría sospechar, ¿comprendes? ¡Ayúdame, por favor!

—Haré lo que me pides, aunque no me parece ético —prometió, resignado ante la tozudez de Ana.

—Gracias, Jorge, sabía que podía contar contigo. Estaré aquí diez o quince días. Cuando regrese, prometo echar muchas horas extras.

—No es necesario. —Rio con tristeza—. Te mereces ese descanso desde hace tiempo. Adiós, Ana, y olvídate de todo lo que no te haga feliz.

—Adiós, Jorge. Siento mucho que...

Al oír el pitido al otro lado de la línea comprendió que él había colgado.

Con semblante preocupado, se dirigió a la cocina. Allí estaba su madre, preparando la cena al pequeño Luis. El niño sonrió al verla y le tendió los bracitos. Ella olvidó por un momento sus preocupaciones y se dedicó a disfrutar de aquel pequeño ser que era el centro de su existencia.

–¿Era tu jefe? ¿Qué quería? –preguntó Rosa.

Su voz expresaba preocupación ante posibles problemas. Quería a su hija y no le reprochaba sus acciones pasadas. También respetaba su decisión de seguir como madre soltera, pero en el fondo deseaba que se casara y formara un verdadero hogar, con el señor Miret, por ejemplo. Sabía que ese hombre la amaba y aceptaría al pequeño sin reservas. Pero ella no estaba enamorada de él; lo supo desde la primera vez que los vio juntos. Amaba a otro y sufría por ello.

–Nada importante. Antes de venir solicité unos días de vacaciones y quedamos en que me llamaría para confirmarlo. Ha accedido, por lo tanto, me quedaré diez o quince días.

–¿Por qué coges las vacaciones ahora y no esperas al verano? –A Rosa le sorprendía esa decisión–. ¿Estás enferma o tienes algún problema?

–No, mamá, estoy bien. Puede que algo cansada, nada más. –Sonrió para tranquilizarla mientras inventaba una excusa creíble. Su madre no se dejaba engañar con facilidad y continuaría indagando hasta dar con la verdad–. Lo que ocurre es que tienen que operar a la madre de Sonia y ella debe quedarse a cuidarla. Como no quiero buscar una sustituta para esos días, he pensado tomar vacaciones y ocuparme yo del niño.

Ana odiaba mentir, pero no encontraba otra solución. No podía confesarle la verdad. Esperaba que Sonia siguiera las instrucciones de la nota que le había dejado y que vería el lunes a primera hora, cuando fuera por el apartamento. En esa nota le explicaba que se marchaba de vacaciones durante dos semanas, que ella las tenía libres, y que la avisaría cuando regresara.

–Puedes marcharte a Barcelona y dejar al niño aquí. Sabes que lo cuidaremos bien – sugirió Rosa algo molesta.

–Ya lo sé mamá, pero me apetece disfrutar unos días de mi hijo y de vosotros. Además, es probable que durante el verano no pueda cogerlas. Jorge tiene prevista una remodelación de la galería y eso llevará mucho trabajo. Ya os dejaré el niño entonces. –Al menos eso era cierto, se dijo.

–En ese caso no hay ningún problema. Sabes que nos alegra teneros aquí.

Ana tardó mucho en conciliar el sueño aquella noche y, cuando lo logró, era ya de madrugada.

Las palabras de Jorge: «No puedes esconder la verdad... Debe conocer a su hijo... Él no te odia...», se mezclaban en su sueño con imágenes de Luis haciéndoles el amor a otras mujeres, Claudia, la rubia que lo acompañó a la galería, cualquiera de las muchas con las que se exhibía en las revistas...

Jorge se equivocaba. Luis no sentía por ella más que desprecio, y por ello no podía arriesgarse a que descubriera que era el padre de su hijo.

29

Luis estaba desesperado; también cansado y dolorido. Había pasado la noche en el coche, aparcado a la puerta del edificio en el que Ana vivía, y no había dejado de llamar a la casa desde su llegada, la tarde anterior.

Era evidente que ella no estaba en casa. Se había marchado. La certeza de que huía de él le torturaba, y suya sería la culpa si no volvía a encontrarla. La había insultado y humillado; era lógico que no quisiera volverlo a ver.

Habría ido a pasar el fin de semana fuera de la ciudad, dedujo; porque no quería pensar en la otra posibilidad: que se hubiese mudado a la casa de Miret. Aun así, la encontraría y hablarían. Le diría que la amaba, que nunca dejó de amarla, ahora se daba cuenta de ello. No le importaba su vida anterior, sus amantes, el hijo que tenía de otro hombre, ¡nada! Quería casarse con ella y, si lo aceptaba, intentaría por todos los medios hacerla feliz. No le faltaría de nada a ella y a su hijo. Pondría su fortuna a sus pies, al igual que su corazón. Y si no le aceptaba, desaparecería para siempre de su vida y no la molestaría más.

¿Cómo estuvo tan ciego durante esos dos años en los

que creyó que la odiaba, cuando en realidad la seguía amando con locura? Fue su orgullo, su amor propio herido por el engaño, lo que le llevó a mentirse sobre sus verdaderos sentimientos y le impidió reconocer que estaba enamorado de ella. Si la hubiese buscado habría conseguido que acabara enamorándose de él. En los maravillosos días que pasaron en la finca, Ana parecía feliz a su lado. Se negaba a creer que alguien pudiese fingir tan bien. Después le olvidó en brazos de otros, y solo él tenía la culpa.

Hizo un gesto de dolor. El imaginarla con otro hombre, respondiendo a sus caricias como había hecho con las suyas, era algo que no podía soportar.

Cerró los ojos con fuerza para borrar esas torturantes imágenes. Los volvió a abrir y se movió inquieto en el asiento. Reprimió un gesto de disgusto ante la dolorosa punzada que le sobrevino. Se recriminó su estupidez. Había sido una locura conducir tan rápido, lo que provocó el accidente que le había mantenido en el hospital casi dos días; demasiado tiempo perdido. Si hubiera regresado antes de que ella se marchara...

Aquella noche, tras salir de casa de Ana, el despecho lo avasallaba. Ella tenía un amante, el último de muchos otros, y un hijo de él. Pero no era eso lo que más dolor le provocaba sino la certeza de seguir amándola, de desearla con todas sus fuerzas.

Cogió el coche y comenzó a conducir sin rumbo fijo. Solo quería escapar de la poderosa e invencible atracción que Ana ejercía sobre él. Necesitaba poner kilómetros por medio para evitar la tentación de volver y hacerle el amor, de humillarse más demostrándole su debilidad por ella. Iba ciego de dolor y no vio aquella señal de obras. Tuvo un accidente y por un momento, antes de que todo fuese oscuridad a su alrededor, se alegró de haber terminado con el sufrimiento, con el deseo, con el amor...

Despertó en la sala de urgencias de un hospital. Pese a lo dolorido que se sentía, quiso marcharse de inmediato. La enfermera se lo impidió y llamó a un médico. Este le informó de que debía quedarse en observación veinticuatro horas. Luis insistió en marcharse, pero de nada sirvieron sus protestas. Notó un pinchazo en el brazo y volvió a sumirse en la nada.

Cuando despertó de nuevo estaba en una habitación del hospital y el sol entraba por las ventanas. No pudo levantarse, se encontraba muy débil y soñoliento. Pensó en todo lo sucedido: su encuentro con Ana, la felicidad de tenerla en sus brazos, su absurda huida en un intento por olvidarla...

Comprendió que había estado equivocado todo ese tiempo, ciego ante los dictados de su corazón. Ahora, recuperada la cordura, admitía que la amaba y que debía luchar por ella, y no renegar de sus sentimientos como estuvo haciendo hasta entonces. Ana se sentía atraída por él. Se lo demostraba la respuesta apasionada a sus caricias; por eso, lograría que olvidara a Miret y, con el tiempo, conseguiría su amor.

Con ese convencimiento salió del hospital y fue a casa de Ana. Llamó varias veces sin obtener respuesta. Un oscuro presentimiento lo dominó. Ya habían pasado dos días desde su encuentro y ella podía haberse marchado a otro lugar. Prefirió no pensar en ello y esperó ante su puerta toda la noche repitiendo la llamada, vigilando la entrada para descubrirla entrando o saliendo del edificio.

Se miró en el espejo retrovisor. Estaba desaseado, sin afeitar y con profundas ojeras. Llevaba el traje manchado y arrugado. No era el mejor aspecto para presentarse ante ella, pero no quería moverse de allí.

El reloj marcaba las siete de la mañana. Iría a desayunar y volvería a insistir. Si continuaba viviendo allí, en algún momento tendría que aparecer para ir al trabajo.

Cuando regresó de una cafetería cercana, se dirigió a la entrada del edificio. Iba a llamar cuando una joven menuda se acercó y abrió la puerta. Luis aprovechó para entrar tras ella. Lo intentaría llamando a la puerta de su apartamento.

La chica lo miró con desconfianza por su deplorable aspecto. Cuando ambos entraron en el ascensor, ella se pegó a una esquina y mantuvo baja la mirada. Llegaron al cuarto piso y ambos salieron. Luis advirtió que se dirigía al piso de Ana y abría la puerta con su llave.

–Disculpe –la llamó.

Ella se volvió con desconfianza. Lo miró con recelo mientras apretaba el bolso contra su pecho.

–Perdone, ¿vive aquí la señorita Ana Ballester? –Ante el mutismo de ella y la expresión de temor de su rostro, le sonrió de forma tranquilizadora–. Siento haberla asustado. Me llamo Luis Aranda. Soy amigo de Ana. Estuve aquí el viernes por la noche.

Sonia lo miró con curiosidad. A Luis le pareció que estaba haciendo esfuerzos por recordar.

–Creo que le vi el viernes a la entrada del edificio –admitió.

–¿Es amiga suya?

–Soy su asistenta.

–¿Sabe si se ha marchado? Estoy llamando desde ayer y nadie contesta.

–Puede ser, aunque no me dijo nada. Debió pensarlo a última hora. Espere un momento.

Entró y cerró la puerta, dejando a Luis fuera de la casa. A los pocos minutos volvió a abrir. Llevaba un papel en la mano, que le mostró.

–Se ha marchado de vacaciones; aunque es raro en estas fechas, y también que no me dijera nada el viernes –dijo pensativa.

Luis intuyó la causa de la repentina huida de Ana.

–Aquí pone que se encuentra en casa de sus padres.

¿Sabe dónde viven? ¿Podría darme su dirección, por favor? Es urgente que la localice –pidió con apremio.

Sonia seguía mirándole con curiosidad. Se preguntaba dónde había visto esos rasgos antes. Y el nombre... De pronto lo comprendió. ¡Claro, era la misma cara del pequeño Luis! Podría tratarse de su padre o de algún familiar cercano. Ana nunca le había hablado del padre de su hijo, por lo que imaginaba que estaban separados o había fallecido.

–¿No tiene su número de teléfono? –preguntó suspicaz. Si era su amigo como decía, lo lógico es que lo tuviera.

–No contesta. Puede que sea un número antiguo. De todas formas, prefiero ir a verla; así le daré una sorpresa. –Luis temía que, si llamaba a Ana, no quisiera verle y volviera a desaparecer.

–Solo sé el nombre de la población y el teléfono, pero no la dirección –se lamentó.

–Con eso será suficiente para localizarla. Si es tan amable de dármelos...

Sonia decidió que podía confiar en él y le dejó pasar.

–Voy a buscarlo; un momento. –Se dirigió a la mesita junto al teléfono y cogió la agenda–. Aquí está.

Luis tomó nota mientras ella no dejaba de mirarle.

–Gracias, ha sido muy amable, señorita...

–Sonia; me llamo Sonia.

–Pues muchas gracias, Sonia. –Le alargó la mano para estrechársela y se dirigió a la puerta.

–¿Le puedo hacer una pregunta? –dijo ella de improviso.

–Dígame.

–¿Es usted el padre del niño? –preguntó con curiosidad.

–¿Cómo dice? –Luis la miró perplejo–. ¿Padre de quién?

–Del pequeño Luis, el hijo de Ana.

Él sintió que le faltaba la respiración. No daba crédito a lo que estaba oyendo.

–¿Luis? ¿El niño se llama Luis?

–Claro, ¿no lo sabía? –A Sonia le inquietó su reacción–. Disculpe, debo de haberme equivocado; aunque se parecen tanto... –prosiguió con menor convicción.

Al cerebro de Luis le costaba procesar las palabras de la chica. ¿El hijo de Ana se llamaba como él y se le parecía?

–¿Tiene alguna fotografía del niño? –Pidió con ansiedad–. Quisiera verla, por favor.

Sonia dudó un momento. Después, con paso resuelto, se dirigió a una habitación y regresó a los pocos segundos con un marco de plata en la mano. En él había una fotografía del rostro de un niño de poco más de un año, de cabellos muy oscuros y preciosos ojos ambarinos, que sonreía, mostrando sus pequeños dientes.

Luis observó la fotografía con la respiración contenida. La expresión de sorpresa y orgullo al ver aquel rostro casi idéntico al suyo fue una revelación para Sonia.

–¿No lo sabía? –preguntó con estupor. Comenzó a apoderarse de ella la sensación de haber cometido una imprudencia de la que Ana saldría perjudicada.

Luis no podía apartar la vista de aquella imagen. Comenzaba a comprender muchas cosas, aunque le faltaba conocer lo más importante: si Ana le había amado y el niño era fruto de ese amor o solo un accidente del que no tuvo valor para desprenderse. Con todo, su mayor interés era descubrir si le amaba o existía la posibilidad de que llegara a hacerlo.

–Es cierto, ¡no sabía nada! –reconoció Sonia espantada, y comenzó a llorar–. ¿Qué he hecho? ¡Ana no me lo perdonará nunca! –repetía entre sollozos.

–No tema. Nadie saldrá perjudicado. Es algo que debía saber. No me inmiscuiré en su vida. Si ella lo desea, seguirá viviendo con Jorge Miret.

La chica lo miró con disgusto. ¿Cómo se atrevía a acusar a Ana de tener un lío con su jefe?

–El señor Miret es solo un buen amigo, aparte de su jefe. Y aunque a él le gustaría ser algo más, Ana no lo permite. Desde que la conozco, y de eso hace un año, no la he visto salir con nadie. Está dedicada a su trabajo y a cuidar de su hijo.

–¿Es eso cierto? –Las esperanzas de Luis se redoblaban a cada palabra.

–Claro, ¿por quién la ha tomado? –Sonia estaba indignada–. No sé lo que pasó entre ustedes, pero ella es una persona muy decente y honrada. Ha tenido oportunidades y siempre las ha rechazado. Incluso el señor Miret, que la adora a ella tanto como al niño, no ha conseguido más que salir a cenar alguna vez, estoy segura.

La lealtad de Sonia y la plena confianza que tenía en Ana conmovieron a Luis. Sentía una inexplicable paz. Él amaba a Ana y la aceptaba tal y como creía que era. Aunque, ante este descubrimiento, su amor aumentaba y se sentía henchido de orgullo y de felicidad.

–Bien, me marcho. Me queda un largo camino hasta encontrarla. –Sacó la fotografía del marco y se la guardó en el bolsillo–. Me la llevo. Creo que me la merezco.

Sonia aceptó con un gesto.

–¿Me haría un último favor? –pidió Luis con voz suplicante–. No advierta a Ana de mi visita.

Ella volvió a aceptar, convencida de que todo saldría bien.

–Gracias, Sonia, me ha proporcionado una gran felicidad. –La abrazó efusivamente y se marchó de allí con rapidez y con el corazón rebosante de alegría.

30

Tras otra noche de insomnio y pesadillas, Ana despertó tarde aquella mañana. Sus ojos se dirigieron en primer lugar a la cuna instalada al lado de la cama. El pequeño estaba de pie y la observaba. Cuando este vio que su madre lo miraba, sonrió y comenzó a dar saltitos de alegría, llamándola con su gutural y repetitiva voz.

Ana se levantó de un salto y se acercó para cogerlo.

–Hola, mi vida. Buenos días –dijo con la voz impregnada de ternura. Lo besó y lo acarició ante el regocijo del niño–. ¿Has dormido bien? Espero que mejor que yo. –Al comprobar lo avanzado de la hora, se apresuró a cambiarle el pañal antes de ir a desayunar–. Pobrecito, debes de estar hambriento.

Bajó con él a la cocina, donde se hallaba su madre. Rosa, al verla entrar con su nieto, dejó lo que estaba haciendo y lo cogió en brazos. Ana comenzó a prepararle la papilla.

–Mi cielo ¡qué guapo eres! –Lo estrechó mientras lo besaba con cariño. El pequeño respondía a las caricias de su abuela con alegres risas–. ¡Y qué bueno! Sin comer desde anoche y no protesta. No te pareces a tu madre. Ella siempre estaba exigiendo su comida cuando me retrasaba en dársela.

–No me explico cómo he podido dormir tanto –se disculpó Ana avergonzada.

–Estás agotada, hija. Eso se nota a simple vista. Espero que estos días te ayuden a reponer fuerzas. –Se sentó con el niño en las rodillas y se dispuso a darle de comer mientras Ana preparaba su desayuno–. Nosotros nos ocuparemos del pequeño. Tú dedícate a descansar como mejor te apetezca: pasear, leer, visitar a tus amigas... Recuerdo que te gustaba mucho.

–Sí, pero también quiero disfrutar de mi hijo. Durante la semana solo estoy con él un par de horas antes de acostarlo y los fines de semana se pasan demasiado rápido –se quejó Ana–. Me estoy perdiendo su infancia. Pasa más tiempo con Sonia que conmigo y temo que llegue a quererla más que a mí.

–¿Qué tonterías estás diciendo? ¡Tu hijo te adora! –exclamó, y miró extasiada cómo el pequeño habría su boquita para recibir otra cucharada–. ¡Es tan guapo! Debe parecerse mucho a su padre, porque este color de ojos y el pelo tan oscuro no son de nuestra familia.

Ana no dijo nada, pero Rosa observó que parecía incómoda, al igual que en ocasiones anteriores cuando se refería al padre de su hijo.

–¡Ah, se me olvidaba! –continuó, cambiando de tema–. He visto en el supermercado a tu amiga Marga. Está pasando unos días aquí y me ha comentado que le gustaría verte. Va a estar toda la mañana en casa de sus padres. Puedes acercarte a saludarla. Yo me llevaré a Luis a dar un paseo.

–De acuerdo. Iré cuando termine de desayunar.

Los pensamientos de Ana estaban a varios kilómetros de allí. Se preguntaba qué estaría haciendo Luis, qué pensaría. Si se acordaba de ella o ya había olvidado el apasionado encuentro. Con un brusco movimiento, se levantó y comenzó a lavar la vajilla.

Rosa continuaba observándola sin dejar de dar de

comer al niño. Nunca la había visto tan preocupada, tan intranquila. Algo grave ocurría, estaba convencida. Su intuición se lo decía. ¿Por qué su hija no quería confiarle sus problemas?

–Ya hemos acabado, mi cielo. –Le dio un sonoro beso en la mejilla–. Ahora, vamos al jardín mientras tu madre termina.

Rosa salió y Ana se quedó sola. No podía olvidar el encuentro con Luis. La alegría de verle, el temor de que descubriese su secreto, el deseo y la pasión que había gozado en sus brazos, el dolor y la humillación por su desprecio...

Ahogó un gemido y se secó de un manotazo una impertinente lágrima que comenzaba a rodar por su mejilla. Intentó borrar esos pensamientos y centrarse en otra cosa. Debía olvidarse de él lo antes posible o se volvería loca. Oía la risa feliz del niño y las orgullosas palabras de la abuela. Al menos, algo bueno había quedado de esa relación. Su hijo era su felicidad y la alegría de su familia.

Pensó en Jorge. Estaba preocupada por él. Le había llamado en varias ocasiones durante el fin de semana para interesarse por su estado y no había contestado a ninguna de ellas. Debía de estar de viaje y no deseaba que le molestasen.

Terminó su quehacer y se decidió a llamar a la galería; allí lo encontraría. Pero le dijeron que no lo habían visto desde el viernes y que había llamado para comunicar que estaría unos días ausente. Eso la tranquilizó, aunque prefería hablar con él. Volvería a intentarlo más tarde.

–¿Qué ocurre? ¿Malas noticias? –preguntó Rosa, preocupada por el gesto de contrariedad que mostraba el rostro de Ana.

–No... no –se apresuró a decir–. He llamado a Jorge para comprobar cómo seguía. Cuando hablé con él me pareció que no se encontraba bien. –Cogió a su hijo y se dirigió a su cuarto.

–Ese hombre está pidiendo a gritos una esposa. A su edad no se puede estar solo –comentó Rosa, yendo tras ella–. No tardará en encontrarla; es una buena persona y está bien establecido.

Ana ignoró la indirecta.

–¿No crees? –insistió Rosa, sin dejar de observar las reacciones de su hija–. Las veces que ha venido por aquí me he dado cuenta de cómo te mira. Le gustas y está muy encariñado con el pequeño. Sería un buen padre y marido. ¿No te ha insinuado nunca nada?

–No, mamá –mintió.

Terminó de vestir al niño y lo entregó a su abuela con la excusa de cambiarse ella. No quería que la conversación continuara por esos derroteros. No deseaba seguir mintiéndole, pero lo prefería a decirle la verdad. Si le contaba que Jorge le había pedido que se casase con él, no dejaría de insistirle para que aceptase; y eso era algo que no podía ni debía hacer.

–Puedes llevarte a Luis si lo deseas, yo iré a visitar a Marga. Volveré a la hora del almuerzo.

Rosa abandonó la habitación con gesto pensativo. Intuía que su hija mentía. Era obvio que su jefe la quería, y no dudaba de que se lo hubiera confesado; pero Ana tendría sus razones para no admitirlo. No quería agobiarla con preguntas y sermones.

Ana terminó en pocos minutos. Deseaba salir de allí lo antes posible. No podía soportar la mirada interrogativa y suspicaz de su madre, a la que nunca se le escapaba nada. Salió de la casa procurando no hacer ruido. El encuentro con Luis, tan reciente y traumatizante, la había alterado tanto que necesitaría unos días para calmarse. Después, el dolor desaparecería poco a poco y su recuerdo no sería tan lacerante.

Encaminó sus pasos hacia la casa de su amiga, pero decidió cambiar de dirección. En esos momentos no estaba en condiciones de ver a nadie, y menos de dar explicaciones a Marga, a la que hacía varios años que no veía. Eso supondría volver a mentir, y ya estaba cansada de hacerlo.

Se dirigió a la orilla del río, bajo el viejo sauce, su refugio favorito desde niña. Siempre iba a aquel lugar cuando deseaba estar sola para centrarse en sus sueños y proyectos de futuro. Allí se sentía tranquila y en paz, apoyada en el grueso tronco, observando el lento caminar de las nubes a través de sus largas ramas. En ese lugar se sentía feliz.

Estuvo mucho tiempo fantaseado, imaginando su vida al lado del hombre que amaba, del padre de su hijo, como una familia. Pero eso era solo un sueño; debía volver a la realidad. Y la realidad le exigía que se ocultase. No permitiría que Luis descubriese a su hijo y decidiera reclamar sus derechos. Sabía que con su dinero e influencias podría conseguir su custodia, arrebatárselo.

Ahogó un sollozo. No lo consentiría. Debía huir, buscar otro trabajo, tal vez en el extranjero. Jorge la ayudaría. Sabía que podía contar con su apoyo y su silencio. Y dentro de unos años, cuando Luis se hubiese olvidado de ella, regresaría.

Oyó un chasquido a su espalda y se inquietó. Aquel lugar estaba bastante apartado y podía resultar peligroso. Debió pensar en ello. Fue a levantarse para marcharse de allí cuando vio a la persona que se acercaba y ahogó un grito en el que se mezclaban varias emociones contrapuestas, entre ellas el temor: Luis estaba allí, la había encontrado, ¡y se llevaría a su hijo!

–Ana... –la llamó él con voz emocionada. Todo el amor que sentía por esa mujer se reflejaba en sus ojos, así como la congoja que experimentaba al ver aquel rostro tan querido y tan atormentado.

Dio un paso hacia ella con los brazos abiertos. Ana, incapaz de razonar, intentó huir. No veía nada, no comprendía nada, solo la amenaza que la presencia de Luis suponía.

Él la sujetó de un brazo y la atrajo hacia su cuerpo, inmovilizándola con tierna firmeza.

–No temas, por favor. Cálmate y escúchame –rogó muy cerca de su oído–. No quiero causaros daño, ni a ti ni... al niño. No podría. Te amo tanto, os quiero tanto a los dos. –Le levantó el rostro para mirarla extasiado.

Ella, ofuscada por la mezcla de emociones que la embargaban, no comprendió en un primer momento lo que decía. Cuando el mensaje fue calando en su cerebro, reaccionó y preguntó con asombro:

–¿Me amas? –Lo miró a los ojos en busca de la verdad y descubrió que aquellos, apagados en otro tiempo, tenían ahora un fulgor especial y lanzaban promesas de felicidad.

Luis la abrazó y tembló ante la certeza de que su amor era correspondido.

–¿Cómo iba a dejar de amarte? Comenzaste a adueñarte de mi corazón desde el principio, incluso cuando intentaba sentir desdén hacia ti, y lo conseguiste plenamente y para siempre. –Suspiró y la besó en el cabello–. No he podido olvidarte en todo este tiempo a pesar de haberlo intentado, a pesar de creerte una... –Se detuvo y preguntó con sincero arrepentimiento–. ¿Me perdonas?

Ella asintió con los ojos húmedos y una sonrisa gozosa. Todo el sufrimiento de aquellos dos años se borró de golpe. Estaba en sus brazos y él la amaba. Era lo único que necesitaba saber.

–Has hablado con Jorge –murmuró, convencida de que él le había revelado dónde se encontraba.

–Pensaba hacerlo, pero antes me encontré con tu asistenta.

–¿Con Sonia? ¿Dónde?

Luis le resumió lo ocurrido y silenció con sus labios las innumerables preguntas que a ella le quedaban por hacer. Tendrían mucho tiempo para explicaciones; tenían toda la vida por delante. Ahora solo podía pensar en ese cuerpo cálido entre sus brazos. Un cuerpo que llevaba demasiado tiempo añorando.

–¿Lo has visto? –preguntó Ana al rato, recostada sobre él. Sabía que no tenía necesidad de explicar a quién se refería.

–Sí. Es un niño precioso –reconoció con orgullo–. Me costó separarme de él para venir a buscarte. Tu madre me indicó varios de tus lugares favoritos en caso de no hallarte en casa de tu amiga. –La separó un poco para mirarla–. ¿Por qué desapareciste, Ana? Te dije que a mi vuelta hablaríamos. ¡Pensaba que me amabas! –En su voz mostraba rastros del suplicio que había padecido durante todo ese tiempo.

–Pensé que te ibas a casar con Claudia. Tu padre me confirmó que estabais muy enamorados. –Ana se sentía avergonzada por la falta de confianza–. Creí que eran falsas tus promesas de amor, que solo te habías aprovechado de mí. Me sentí engañada, humillada y cuando supe que estaba embarazada, no quise forzarte a... nada.

Luis la atrajo otra vez a sus brazos.

–Yo también me sentí traicionado. Cuando volví, loco de alegría por haber recuperado la visión e impaciente por hacerte mi esposa, descubrí que no eras quien decías ser y que habías desaparecido. –Emitió un consternado gemido–. ¡Qué estúpido fui! Pensé que lo habías hecho todo por dinero. Mi maldito orgullo me cegó igual que a ti. Hemos sido unos estúpidos perdiendo estos dos años. –La miró con la adoración que sentía por ella reflejándose en sus doradas pupilas–. ¿Te casarás ahora conmigo? ¿Aceptas ser mi esposa?

Ana le rodeó el cuello con sus brazos.

–Sí. Oh, sí... sí... sí... –repetía al tiempo que le llenaba el rostro de pequeños y apasionados besos.

***

Ana entró en la galería conteniendo la emoción. Tras dos semanas de ausencia, volvía a aquel lugar donde había sido feliz. Pero lo que más le emocionaba era encontrarse otra vez con Jorge.

No se habían visto desde aquella tarde, cuando Luis irrumpió en su vida de nuevo para revolucionarla y colmarla de felicidad, aunque sí habían hablado por teléfono.

Jorge se mostró amable y comprensivo cuando le comunicó que se marchaba con Luis y el niño a Madrid, donde residirían; también que pensaban casarse lo antes posible. Le explicó lo feliz que era y lo equivocada que había estado con respecto al hombre al que amaba. Le expresó en repetidas ocasiones su agradecimiento por todo lo que había hecho por ella y por su hijo y su pena por tener que dejar el trabajo.

Pero no se había quedado satisfecha. Tenía que verle y repetirle todas esas cosas en persona. Era demasiado lo que le debía para limitarse a una simple llamadas de teléfono.

Luis no puso ningún impedimento. Había superado los celos que sintió en algún momento hacia el jefe de Ana. Él se había quedado en el apartamento embalando sus pertenencias mientras ella acudía a despedirse de su jefe y amigo.

Saludó a los compañeros, que la felicitaron, y se dirigió al despacho de Jorge donde, según le informaron, lo podría encontrar. Golpeó en la puerta y entró al escuchar un apagado «pase».

Jorge estaba de espaldas, mirando por la ventana. Se giró al entrar ella y Ana advirtió en su rostro la sorpresa que le causaba su visita.

–Hola, Jorge –saludó con timidez. Los sentimientos que afloraban en los ojos de él, y que ella ya había leído en tantas ocasiones, le provocaban una gran aflicción.

–¡Ana! –Jorge se acercó y la abrazó con ternura, dominando la oleada de emociones que se desataron en su interior nada más escuchar su voz. Después, la separó para mirarla detenidamente.

–¿Cómo estás? –le preguntó, aunque no necesitaba que le respondiera. Estaba más hermosa que nunca, con esa plenitud que solo el amor correspondido aporta a los enamorados, y que él nunca le había visto.

–Soy muy feliz, Jorge.

–Me alegro.

Ana apreció sinceridad de sus palabras. El amor que sentía por ella iba más allá del propio egoísmo. Jorge solo quería su felicidad, aunque no fuese él quien se la proporcionase.

–Siento dejarte en la estacada, pero ya ves, mi vida ha dado un giro inesperado y...

–Lo entiendo, y no te preocupes; ya nos las apañaremos. Has realizado una gran labor en el tiempo que has estado con nosotros, ahora debes seguir los dictados de tu corazón y tomar tu camino, aunque este te aleje de mí. –Una cierta amargura tiño sus últimas palabras, que Ana se esforzó en ignorar.

–Siempre estaré en deuda contigo, Jorge. Nunca podré olvidar tu ayuda y apoyo en los momentos que más lo necesitaba. Si no hubiese sido por ti...

–No pienses en ello. Además, fue por puro egoísmo. Desde el primer momento comprendí que iba a salir ganando al contratarte –bromeó, en un intento por ocultar el tormento que lo consumía–. ¿Y qué piensas hacer ahora? ¿Buscarás trabajo en Madrid o te dedicarás por entero a tu familia?

–Dejaré pasar unos meses y decidiré. Puede que acabe montando una galería. –Luis le había sugerido la idea y ella se mostró ilusionada con la propuesta.

–¿Vas a hacerme la competencia?

–Ya sabes que nunca podría. Eres un gran profesional y a mí me queda mucho por aprender.

–Te infravaloras, como siempre. –Su mirada de rendida admiración decía más que sus palabras.

Ana sonrió con genuino afecto. Había sido como un hermano para ella y le quería como tal.

–Debo marcharme; tengo mucho que hacer. –Le besó en la mejilla y se marchó antes de que las lágrimas nublaran sus ojos.

–Adiós, Ana. Sé feliz –dijo Jorge con la voz quebrada por la emoción, aunque ella ya no le escuchaba.

Se giró hacia la ventana y continuó mirando la creciente oscuridad que el atardecer iba extendiendo sobre la ciudad, un pálido reflejo de la negrura que ocupaba su interior.

EPÍLOGO

Arroyo Claro, Toledo, junio de 2004

Paseándose de un lado a otro del amplio jardín, Luis esperaba ansioso la aparición de Ana mientras observaba a los encargados del catering que, bajo la atenta mirada de Emilia, se afanaban por dejar todo en orden.

La boda había sido entrañable. Íntima como ella sugirió y él secundó, ignorando las protestas de su padre, que insistía en que todo el mundo participase de su alegría.

Solo habían asistido a la ceremonia, celebrada en la vieja ermita, los más íntimos: su padre, los padres y el hermano de Ana, Teresa y Mario con su hija, el doctor Salmerón y su esposa, los Romero, padre e hija, Aurora, la secretaria de su padre, Sonia y unos pocos amigos más; y desde luego, Emilia y Pedro, que se encargaron de que todo estuviese perfecto. Jorge Miret había declinado la invitación, aunque llamó para felicitarles, al igual que Carlos Salmerón.

Ya se habían marchado gran parte de los asistentes y él esperaba hacerlo de inmediato para iniciar el tan deseado viaje de novios. Quería estar a solas con su esposa unos pocos días. El avión salía a última hora de la noche hacia las islas Maldivas. Allí esperaban pasar una semana sin hacer otra cosa que amarse y recuperar el tiempo perdido.

Le costaría separarse de su hijo todo ese tiempo, pero ahora necesitaba más a la madre. Y él estaría encantado con su abuelo y los fieles sirvientes. Emilia se desvivía por el pequeño y rivalizaba con los dos hombres por su atención.

Sonrió. Aún se pellizcaba de vez en cuando para comprobar que toda esa dicha de la que disfrutaba no era más que un sueño. Sabía que no se merecía la familia que había conseguido, pero ahora nadie lograría arrebatársela.

Por una de las abiertas ventanas del primer piso llegaban a sus oídos el sonido de varias voces femeninas en animada charla. La voz cantarina de Teresa, que reía sin parar las trastadas de Alba, su pequeña hija y una versión en miniatura de la preciosa madre. También el acento reposado de Rosa, con un nuevo matiz de satisfacción en la voz. De vez en cuando la risa alegre de Ana...

En un extremo del jardín divisó a Andrés, el padre de Ana, en animada charla con Pedro, mientras a pocos metros Mario reía los apuros de Pablo, el hermano de su esposa, por librarse de Thor. El fiel perro le había tomado mucho cariño al joven y no se le despegaba ni un minuto; claro que él tenía la culpa, ya que no paraba de incitarle a jugar.

Miró el reloj por enésima vez en la última media hora. ¿Qué le llevaría tanto tiempo? Se estaba convirtiendo en un marido posesivo e impaciente y eso que solo llevaban unas pocas horas casados. Pero desde que Ana volvió a sus brazos, le costaba tenerla alejada de ellos.

Apenas se habían separado desde que tuvo la fortuna de encontrarla y no estaba dispuesto a apartarse de ella más tiempo de lo que las horas dedicadas al trabajo se lo impidiesen.

Tenso por la tardanza de su mujer, se dirigió al interior de la casa con la intención de reclamarla; y si podían perderse durante unos minutos en algún rincón oculto a los oídos indiscretos, le haría el amor antes de partir. Serían varias horas de viaje hasta el aeropuerto más el largo vuelo y su necesidad de ella no admitía tanta demora.

Al subir las escaleras reconoció la risa de su hijo y se paró en seco. ¿Qué hacía en la cocina? Pensaba que estaba arriba, con su madre y su abuela.

Se dirigió hacia allí y abrió la puerta. Lo vio sentado en la mesa, con las manos metidas en los restos de la tarta de bodas y con su padre frente a él, que prestaba el rostro como lienzo improvisado para que lo embadurnase a su gusto. El niño reía feliz al ver la cara de su abuelo cubierta de blanco merengue mientras este simulaba morderle los deditos.

Luis le dirigió una torva mirada a su padre.

—Lo estás malcriando y lo sabes —dijo con reprobación, al tiempo que cogía al niño en brazos.

El pequeño emitió un grito de alegría al reconocerlo y quiso jugar con él de la misma forma. Luis le dio un beso en la mejilla, evitando que las pringadas manos le estropeasen el traje.

—Nadie va a impedirme disfrutar de mi nieto. Además, los niños necesitan jugar —replicó Leandro con una amplia sonrisa.

—Ya me hubiera gustado recibir en mi infancia una mínima parte de los mimos que le dedicas a este granuja —se quejó Luis mientras limpiaba las manos del pequeño.

—Cuando eres padre tienes la obligación de educar a tus hijos y debes ser severo a veces, pero con los nietos se nos permite el lujo de malcriarlos un poco. Ya lo comprenderás cuando tengas los tuyos propios—. Leandro rescató al niño de los brazos de su padre y lo alzó por los aires, disfrutando de su risa infantil.

Luis hizo un gesto de resignación. Su padre no atendía a razones en cuanto a su nieto se trataba.

–Ahora, ve a rescatar a tu mujer de los sabios consejos de las casadas con experiencia y llévatela lejos, antes de que decida seguir alguno y se arrepienta de haberse casado contigo.

Luis sonrió y subió presuroso las escaleras. Cuando llegó a la puerta de la alcoba que compartían llamó con energía, y obtuvo como respuesta un coro de risas.

–Alguien te reclama, Ana, ¡y con impaciencia! Ya te he dicho que los maridos son seres exigentes de los que deberíamos huir despavoridas la mayoría de las veces –dijo Teresa en tono burlón, siendo coreada por las risas de Rosa y de la pequeña Alba, como un eco de las de su madre.

Luis hizo una mueca de fastidio y fue a llamar otra vez. La puerta se abrió y aparecieron los rostros sonrientes de las tres. Ana, que continuaba con el traje de novia puesto, se ruborizó al imaginar que había oído el comentario anterior.

–¡Oh, eres tú! –exclamó Teresa con fingida sorpresa–. Lo siento, pero como puedes comprobar, la novia no está preparada.

–Creo que yo puedo ocuparme de atenderla –repuso Luis con los ojos encendidos ante la apetitosa imagen que su esposa mostraba, con el blanco traje contrastando con el sonrojado de sus mejillas.

–En ese caso te cederemos el honor. Aunque tendrás que moderar tu ímpetu o asustarás a la recién casada –añadió, y le guiñó un ojo. La pequeña Alba imitó el gesto de su madre con bastante acierto.

–Prometo moderarme y ser todo lo paciente que la ocasión exige –aseguró con la mano derecha en el pecho–. Pero ahora, hagan el favor de marcharse o tendré que echarlas a patadas.

Rosa abrazó a su hija y salió, intentando ocultar la

emoción que sentía. Teresa se despidió de su amiga con un fuerte abrazo y un «ya me contarás», y se marchó dedicándole a él una pícara sonrisa.

Luis se introdujo en la alcoba y cerró la puerta.

—¡Al fin solos, preciosa! —exclamó con un suspiro de satisfacción.

Echó el cerrojo y se quitó la chaqueta y la corbata, que lanzó sobre un sillón. Acto seguido, se dirigió a la ventana y la cerró.

—¿No crees que van a ser demasiados días dejando al pequeño al cuidado de tu padre, aunque le ayuden Emilia y Pedro? —dijo Ana, expresando sus temores. Nunca se había separado de su hijo durante más de unas pocas horas; no sabía si podría aguantar una semana entera sin verle.

—No te preocupes, amor. A lo único que nos arriesgamos es a que lo conviertan en un pequeño tirano con tantos mimos. Pero si eso llega a ocurrir, seremos capaces de invertir el proceso. Tú eres una gran madre, y yo estoy estudiando para convertirme en un padre ejemplar. No hay nada que temer —la tranquilizó con aquella sonrisa que conseguía acelerar el corazón de Ana de forma incontrolada.

Se acercó y ella, que había estado mirándolo con gesto de extrañeza, se giró para que le bajara la cremallera de la espalda.

—Si me ayudas con el vestido estaré lista en unos minutos.

—Soy su más humilde servidor, señora mía.

Con voluptuosa lentitud procedió a deshacer el complicado peinado con el que habían recogido el cabello de Ana, que una vez liberado cayó sobre los hombros. Él hundió la cara en aquella sedosa melena y aspiró su aroma. Después, con idéntica calma, comenzó a deslizarle el vestido, llenando de pequeños besos cada centímetro que descubría. Cuando la tuvo ante él cubierta por el elegante conjunto de encaje blanco, a juego con las medias y los altos tacones, contuvo la respiración.

Ana reía nerviosa. Aún no se había acostumbrado a esa deliciosa intimidad que compartían desde hacía un mes. Intentó dirigirse al armario para coger el vestido que se iba a poner, pero él la alzó en brazos y la depositó en la cama.

—No debemos entretenernos o perderemos el avión —protestó ella con fingida seriedad; aunque excitada por la sensualidad de su marido, dejó escapar un suspiro de anticipación cuando él le deslizó por las piernas la frágil braguita.

—No voy a permitir que me prives de este placer, amor; nos sobra tiempo —dijo con voz ronca mientras se arrodillaba e introducía su cabeza entre los muslos de ella.

—Luis, no podemos; no...

Ana se olvidó de todo, centrada en las exquisitas sensaciones que su marido le provocaba. Las palabras de protesta murieron en sus labios siendo sustituidas por gozosos gemidos de placer, que inundaron la habitación con la inconfundible música del amor.

UN DÍA MÁS EN EL PARAÍSO

AMBER LAKE

El verdadero paraíso no está en el cielo, sino en la boca de la mujer amada.

Théophile Gautier, escritor y poeta francés. (1811-1872)

1

Hollywood Hills, Los Ángeles

La persistente llamada sacó a Darren de un profundo sueño. Con un gruñido, alargó la mano hacia la mesilla de noche y barrió con ella toda la superficie. No encontró el teléfono. Un gemido de frustración acompañó a la monótona musiquilla. Se incorporó y se sentó en la cama. Al hacerlo, un acceso de náusea le asaltó y tuvo que correr hacia el baño cercano. Se arrodilló junto al inodoro y vomitó. Los esfuerzos le provocaron un fuerte dolor de cabeza, ¿o ya estaba allí y solo lo habían acentuado?

Más calmado, se sentó en el suelo. Advirtió que iba desnudo cuando sintió el impacto de las frías baldosas en las nalgas. Llevó ambas manos a la cabeza para evitar que todo se moviera a su alrededor, como un tiovivo sin control.

Poco a poco fue acudiendo a su memoria lo ocurrido la noche anterior. La fiesta, los amigos, la bebida... Mucha bebida. ¡Mierda! Él no solía beber. Todo aquello no era más que las secuelas de la borrachera que cogió.

Y ese maldito teléfono. ¿Dónde lo había dejado?

Se incorporó con esfuerzo y se refrescó la cara en el lavabo. Eso le alivió un poco. Salió del baño y buscó el móvil por la habitación. Lo encontró en uno de los sillones, debajo de sus pantalones. Había dejado de sonar, cansado de que lo ignoraran. Miró las llamadas entrantes: diez en los últimos quince minutos. Tres de ellas eran de Allen, su entrenador personal, y el resto de varios compañeros de equipo. Todos habían asistido a la fiesta la noche anterior. No se molestó en devolverlas; ahora tenía que aliviar ese dolor de cabeza y el mal sabor de boca que le había dejado la vomitona.

Volvió a reprocharse su estupidez. Desde la universidad, cuando en alguna ocasión se pasó con la bebida, más por confraternizar que por gusto, no había vuelto a hacerlo. Era un profesional y se tomaba su trabajo muy en serio. El alcohol y otras adicciones igual de peligrosas, a las que algunos de sus compañeros eran asiduos, no casaban bien con el deporte.

Lo peor de todo era que apenas recordaba lo que había ocurrido, cómo llegó a la habitación, cómo se desnudó... Lo último que le venía a la mente era estar rodeado de gente, el bullicio de la música, una chica junto a él a la que besaba...

Se dirigió a la cocina y abrió el frigorífico. Sacó una lata de bebida isotónica y la abrió. El líquido frío y burbujeante le despejó en parte el cerebro de aquella nebulosa que se había instalado en él como un huésped indeseado. Miró por la ventana. El sol brillaba en lo alto del cielo despejado de nubes; era bien entrada la mañana. Emitió un quejido cuando un fuerte pinchazo pareció atravesar su cráneo como una flecha.

Volvió a abrir el frigorífico de doble puerta y cogió el cubilete de hielo picado. Fue al baño, llenó el lavabo de agua y vertió el hielo en él. Hundió la cabeza en la helada mezcla y la mantuvo así hasta que sus pulmones protestaron. El alivio fue leve, pero bienvenido.

Saldría a correr. Eso siempre le despejaba y le insuflaba energía. Regresó a la habitación y se colocó un pantalón deportivo, una camiseta y se calzó las zapatillas de *running* de la marca que patrocinaba. Cuando regresara, llamaría a sus padres para anunciarles que iría a visitarles en los próximos días. Quería concederse un par de semanas de descanso en un entorno familiar antes de incorporarse a los entrenamientos y a la vorágine de la publicidad que el nuevo título le iba a exigir. Ya tenía pactadas varias entrevistas en televisión y en revistas deportivas que le mantendrían ocupado durante los próximos dos meses.

El teléfono volvió a sonar. Era una llamada de su padre. Esta no la ignoró.

–Hola, papá. Parece que me has leído la mente. Iba a llamaros y te has adelantado...

–Darren, ¿qué ha pasado? –le cortó Hugh.

La voz de su padre le sonó alterada. De fondo se escuchaba a su madre, que insistía en hablar con él.

–¿Estás bien, Darren? –preguntó Lucile, que había conseguido arrebatarle el teléfono a su marido.

–Sí, mamá. Solo algo maltrecho por la fiesta de anoche –bromeó. Cuando cayó en la cuenta de la urgencia en la voz de su madre, indagó–: ¿Qué ocurre?

–¿Es que no has visto las noticias? ¿Dónde estás? ¿Te han detenido?

El creciente pánico que advertía en ella le provocó una intensa inquietud.

–¿A qué noticias te refieres? ¿Y por qué iban a detenerme? –Recordaba que la noche anterior algún vecino se había quejado por el excesivo ruido y el guardia de seguridad de la urbanización se personó para advertirles de las molestias que estaban causando. No era un delito grave, a no ser que la cosa hubiese ido a más y acabaran llamando a la policía.

–La chica... ¿Cómo ha ocurrido?... –A Lucile se le escapó un sollozo. Incapaz de continuar hablando con su hijo, le pasó el teléfono a su marido.

–Darren, mira la televisión. Sales en todos los canales –pidió Hugh con aquel acento autoritario que enmascaraba la fuerte tensión que sentía.

Él obedeció. Encendió el televisor y se quedó atónito ante lo que aparecía en la pantalla.

–¡Últimas noticias! ¡Giant Burke denunciado por agresión!

»El quarterback de Los Ángeles Sentinels, Darren Burke, más conocido por Giant Burke, su apodo, ha sido denunciado por una joven.

»Los hechos se produjeron la pasada madrugada en la casa del doble campeón de la Super Bowl, en la fiesta que organizó para celebrar su segundo anillo de oro. En la velada, a la que asistieron varios jugadores del equipo, se reunió un nutrido grupo de gente entre los que se encontraba Jasmine Ellis, la modelo agredida por el jugador.

»Según la aludida, cuando la fiesta terminó, Burke la invitó a quedarse y, al negarse ella a sus pretensiones deshonestas, la golpeó en repetidas ocasiones. Malherida, logró escapar de la casa. Una vez a salvo de las garras del jugador, llamó a su prometido. Este la llevó a la comisaría para presentar la debida denuncia.

»"Temí por mi vida", ha asegurado la víctima del ataque, que presenta importantes lesiones en el rostro y el cuerpo de las que tardará en curar. Jasmine está preocupada. Este incidente puede dejarle secuelas que repercutan negativamente en su trabajo. Es modelo y actriz y no podrá ganarse la vida mientras se recupera.

»Giant Burke, a punto de cumplir los treinta años, es uno de los mejores jugadores de la NFL y el mejor quarterback, como lo demuestra su segundo título recién adquirido. Pero es poco probable que pueda superar este revés en su carrera, que ha sido meteórica desde que fue descubierto por un cazatalentos de la Universidad de Tennessee cuando jugaba en el equipo de su instituto, en Boulder, Colorado. La abultada *beca que le ofrecieron le permitió licenciarse en Literatura Inglesa mientras ganaba con su equipo dos títulos regionales. Al terminar, fue elegido en el draft en primera ronda por los San Antonio Devils, donde estuvo dos temporadas hasta que lo fichó su actual equipo, con el que ha cosechado la mayoría de éxitos...*

–¿Qué... qué está ocurriendo? –balbuceó Darren. ¿Era una broma?

–¡Explícame qué ha ocurrido, hijo! –exigió Hugh, cuya voz se escuchó con claridad por encima del sonido del televisor.

–No sé a qué se refiere, papá. Yo no...

Unos fuertes golpes en la puerta le interrumpieron. Los ignoró y se centró en lo que su padre intentaba explicarle. Los golpes se repitieron con urgencia, seguidos por una voz imperiosa que decía: «Policía, abra de inmediato».

En el cerebro de Darren, más despejado del inicial entumecimiento provocado por la resaca, se dispararon todas las alarmas, si bien procuró conservar la calma.

–Tengo que abrir, papá. Luego hablamos.

–Darren, llama a un abogado. Iremos cuando logremos coger un vuelo –gritó Lucile antes de que Darren cortara la comunicación para dirigirse a la puerta.

Cuando abrió se encontró frente a un hombre alto, de tez oscura y vestido con traje gris y corbata chillona que le enseñaba una placa del Departamento de Policía de Los Ángeles. Detrás de él aguardaban dos policías uniformados, cuyos rostros mostraban un rictus de desagrado.

–Soy el detective Brown. ¿Es usted Darren Burke? –Fue una pregunta retórica. No había nadie en toda California que no conociera al *quarterback* de los Sentinels.

–Sí, soy yo. ¿Qué ocurre, detective?

Los dos policías de uniforme entraron en la casa y,

sin decir palabra, le arrebataron el móvil de las manos y lo esposaron.

A Darren, la sorpresa lo dejó paralizado.

—¿A qué viene esto?

Los policías lo mantuvieron sujeto mientras Brown le leía sus derechos.

—Darren Burke, queda detenido por la agresión a Jasmine Ellis. Tiene derecho a guardar silencio. Todo lo que diga podrá utilizarse en su contra en un juicio. Si no tiene abogado se le proporcionará uno de oficio...

—¿Cómo dice? ¿Quién es Jasmine Ellis? —preguntó confundido.

—No se resista, señor —le avisó uno de los policías cuando Darren intentó desasirse de ellos.

—No me estoy resistiendo, solo quiero saber qué ocurre, por qué me detienen.

—Se le informará de todo en comisaría. Allí podrá llamar a su abogado —dijo el detective, que seguía plantado ante la puerta y fijaba su mirada sagaz en el hombre que tenía delante.

Brown nunca había estado tan cerca de él, aunque sí lo había visto muchas veces en el terreno de juego, dirigiendo al equipo del que era ferviente seguidor. No podía negar que el jugador de los Sentinels impresionaba con su elevada estatura —más de un metro y noventa centímetros— y la robusta constitución, sin llegar a ser una mole de músculos como algunos de sus compañeros.

—No quiero esperar; quiero llamar a mi abogado ahora —insistió Darren con firmeza.

—Le repito que no se resista y nos acompañe de buena gana. —Era evidente el tono de reproche en la voz del policía que le tenía sujeto.

—Tendrá que acatar las reglas y esperar, señor Burke. No puedo decirle más. Tenemos una orden de registro. La policía forense se encargará de ello. Una patrulla se quedará aquí para custodiar la casa hasta que venga alguien de su confianza. En comisaría podrá hacer la llamada –informó Brown, más conciliador.

Lo empujaron hacia la puerta. La luz le cegó momentáneamente. Cuando enfocó la mirada, vio aparcados en el jardín, sobre el cuidado césped, dos coches patrulla con las siglas del Departamento de Policía de Los Ángeles pintadas en la carrocería y un sedán oscuro con los cristales tintados y matrícula de California; un poco apartada había una furgoneta, con las siglas *LAPD* en los laterales, de la que bajaron dos personas embutidas en monos blancos y con grandes maletines en la mano.

Los policías lo introdujeron en el asiento posterior de uno de los coches patrulla, separado de la parte delantera por una gruesa red metálica, y ellos ocuparon los asientos delanteros. Arrancaron el vehículo y abandonaron la propiedad. Ningún otro vehículo los siguió, por lo que Darren dedujo que el detective se había quedado en la casa para inspeccionarla.

Darren comenzó a ser consciente de la realidad al ver el enjambre de periodistas que se agrupaban detrás de la valla que cerraba la exclusiva zona residencial donde se alojaba, en las colinas de Hollywood. La casa la había alquilado cuando fichó por los Sentinels. Los flases de las cámaras y los gritos de los periodistas haciendo preguntas que no entendía le provocaron una sensación de amenaza que hasta el momento no había experimentado.

Se recomendó paciencia. Se tenía por una persona mesurada, que no perdía los nervios, y ahora era ocasión de demostrarlo. Fuese lo que creyesen que había hecho, ya se aclararía. Lo que le preocupaba era que no recordaba buena parte de lo ocurrido la noche anterior. Se había tomado un par de copas y no descartaba que, sin advertirlo, hubiese tomado alguna droga. Era la única explicación que se le ocurría para haber perdido el conocimiento; y eso era lo que más le asustaba.

2

El trayecto hasta la comisaría de la calle 77, en la zona sur de Los Ángeles, fue largo e incómodo para Darren. Las esposas le molestaban, al igual que la actitud reprobatoria de los agentes, que manifestaban con gestos adustos y miradas disimuladas. Pero lo que más le atormentaba era esa duda que le corroía por dentro como el ácido. ¿Qué había ocurrido durante esa noche?

Los periodistas apostados en las cercanías de su casa les siguieron hasta la comisaría y allí, otra vez, tuvo que pasar por el calvario de los flases, las preguntas humillantes para las que no tenía respuesta y la desazón. Los policías se apresuraron a introducirlo en el edificio y lo llevaron a una sala donde le tomaron las huellas dactilares y le hicieron unas fotos.

«Ya estoy fichado. Esto no acabará bien», aceptó con pesadumbre. Aunque se demostrase su inocencia, cosa que sucedería porque él no podía haber agredido a la joven, los medios lo acosarían y su carrera deportiva se vería seriamente dañada. El club, tan estricto en estos casos, cancelaría el contrato que estaba a punto de renovar. Se sentiría satisfecho si lo fichaba algún equipo de poca monta, donde terminaría sus años de jugador profesional.

Antes de llevarlo a la sala de interrogatorios, le permitieron hacer una llamada. Darren no dudó a quién llamar.

–¿Qué ocurre? Estás en las noticias de todos los canales.

Darren reconoció en la voz femenina que respondió a la llamada idéntica sorpresa a la que poco antes había advertido en la de sus padres, y volvió a sentir el mismo desasosiego.

–No lo sé, Selma; de poco me han informado. Solo me han dicho que una mujer me acusa de haberla golpeado, una tal Jasmine Ellis, a la que no conozco. –Pese a esforzarse, no lograba contener sus emociones, que se filtraban en su voz.

–Eso es lo que se está divulgando a través de los medios. Ella dice que acudió a la fiesta, que le pediste que se quedara y que, una vez solos, la agrediste cuando se negó a acostarse contigo.

–¡Yo no hice nada de eso! –exclamó Darren con pavor–. Es cierto que bebí alguna copa y no recuerdo buena parte de lo que ocurrió, pero ¿cómo iba a olvidar algo así?

–Sé que no eres capaz de los hechos que se te imputan ni estando borracho, pero ella te culpa. Es su palabra contra la tuya, y la paliza ha dejado marcas bien visibles en su rostro. –Selma sabía que estos casos eran difíciles de esclarecer y que el inculpado solía salir perdiendo.

–Esto es de locos, Selma. Necesito tu ayuda –pidió con acento desesperado.

Ella sintió como suyo el dolor que percibía en Darren, al que consideraba un hermano. Lo había visto crecer hasta convertirse en una persona noble, afable y respetuosa con los demás, carácter que mostraba también en el terreno de juego, en el que no todos se conducían con tanta caballerosidad y donde la violencia era aceptada e, incluso, incitada. No podía creer que aquel niño cariñoso, alegre y con un instinto protector tan desarrollado hubiese agredido a una mujer. Y si lo había hecho, debió de ser inducido por algo que le nubló la razón. Darren no podía haber cambiado tanto.

–Necesitas un abogado. Llama al club y que te envíen uno. Y niégate a hablar hasta que llegue –le aconsejó.

Desde que fichó por Los Ángeles Sentinels, todos los asuntos legales se los llevaba el equipo jurídico del club, labor de la que Selma se estaba encargando. Fue uno de los requisitos que le impusieron para firmar el contrato. Tanto Darren como ella comprendieron que no podía renunciar por esa minucia, aun siendo una exigencia muy arriesgada.

–No confío en los del club. Pondrán sus intereses por delante de los míos. Ven tú, por favor.

El ruego implícito en sus palabras conmovió a Selma, que no perdió tiempo en pensarlo.

–Cogeré el primer avión. Mientras llego, hablaré con un colega para que te asista. Te tendrán retenido veinticuatro horas como mínimo. Tendré tiempo de llegar. Y ni una palabra mientras no tengas un abogado a tu lado –le advirtió.

–Gracias, Selma. Hazme otro favor. Llama a mis padres y explícales que estoy bien y que todo debe de ser una confusión. Estaba hablando con ellos cuando los policías han llegado a casa y me han detenido. Pídeles que no hagan declaraciones y que no vengan; ellos no me pueden ayudar. Siento mucho todas las contrariedades que este asunto les va a causar.

Una de las mayores preocupaciones que tenía era las repercusiones que sus padres pudieran tener. La prensa los acosaría y ellos no estaban acostumbrados. Siempre se habían mantenido al margen de la vida pública; algo que a él le gustaría hacer, pero no podía eludirlo porque era parte del negocio. A cambio de la elevada suma que cobraba por temporada –merecida ya que sobre él recaía el peso del juego– debía ser imagen del club, lo que le exigía estar disponible para entrevistas, asistir y colaborar en los eventos que le indicasen y, sobre todo, evitar escándalos que le afectasen negativamente. En la cláusula que había firmado, el club tenía derecho a rescindir el contrato sin la obligación de pagarle la prima acordada si se daba el caso.

–Descuida, se lo diré. Sé fuerte.

Darren colgó el teléfono. El policía que estaba cerca de él lo cogió del brazo y lo llevó a una sala en la que había una mesa con cuatro sillas y un gran espejo en una de las paredes.

–Siéntese –le ordenó. Salió y cerró la puerta.

Darren no se sentó. Caminó por la pequeña habitación como un león enjaulado. Sabía que lo estaban observando por el espejo y no le importó. Eso no podía estar pasado, se repetía. Era tan irreal que parecía una broma de cámara oculta. Él no había hecho nada. ¿Cómo podía decir esa mujer que la había agredido? «Por muy borracho que estuviera, lo recordaría», no dejaba de repetirse.

A los pocos minutos, la puerta se abrió y entró por ella Donald Brown, el detective que había acudido a la casa de Darren. El hombre poseía un físico imponente. Tan alto como el jugador y con bastantes kilos más. La cabeza rapada dejaba al descubierto un cráneo bien proporcionado y unas grandes orejas. De unos cincuenta años, rostro orondo y ojos color chocolate. Los labios gruesos ocultaban unos dientes grandes y muy blancos, que contrastaban con la piel oscura. Se había quitado la chaqueta y llevaba las mangas de la camisa subidas hasta los codos, lo que dejaba ver sus antebrazos cubiertos por oscuro vello rizado.

–Siéntese, por favor. Tengo que hacerle unas preguntas –pidió con tono severo. Un enorme sentimiento de decepción lo embargaba. Había admirado al hombre que tenía delante desde que comenzó a destacar en las ligas universitarias. Incluso lo ponía de ejemplo a su hijo. Hasta ese momento había sido un modelo de integridad, un gran deportista y un profesional. ¿Dónde había quedado todo eso? «El dinero y la fama pueden acabar corrompiendo hasta al más santo», se dijo; o quizá los hubiese tenido engañados y era ahora cuando mostraba su auténtico rostro. ¿El deportista modelo era un fraude, un ídolo con pies de barro?

Darren obedeció. Cuanto antes le dijeran qué ocurría, antes podría rebatir la acusación.

–La señorita Jasmine Ellis ha presentado una demanda contra usted, como ya le expliqué cuando acudimos a su residencia. Según nos relata, los hechos ocurrieron la pasada madrugada, sobre las tres, en su domicilio, una vez que estuvieron solos. Ella había acudido con unas amigas, invitadas por Bill Rodgers, otro jugador del equipo. ¿Es cierto? –Esperó la respuesta sin quitar la vista del jugador.

Darren inspiró con fuerza y lo miró a los ojos. No debería decir nada, como Selma le había aconsejado, pero no quería sugerir con su silencio que tenía algo que ocultar. En su fuero interno estaba convencido de que no había tenido nada que ver con aquel incidente.

La fiesta no resultó como había esperado y deseado. Él no consumía drogas y no toleraba que lo hicieran en su hogar. Fue un iluso al confiar en que sus compañeros de equipo respetarían esa norma. Al descubrir a varios metiéndose rayas de coca les recriminó esa actitud. Una cosa era pasarse con la bebida en alguna ocasión, y una vez terminada la temporada. Las drogas eran algo muy serio. Cuando esa adicción te atrapaba, nunca te dejaba marchar.

En los más de diez años que llevaba dedicado a ese deporte de forma intensiva, había visto a muchos jugadores recurrir a las anfetaminas para aumentar el rendimiento o abusar de los analgésicos para aliviar los dolores que las frecuentes lesiones les provocaban y que no acababan de curar. No podían salir al campo sin un chute, lo que resultaba muy triste y poco profesional. Todos hacían la vista gorda. Así era ese mundillo, que escondía muchas sombras detrás de la reluciente fachada del éxito.

–Señor, no sé quién es esa joven. Anoche se celebró una reunión en mi casa a la que acudió mucha gente, más de la que esperaba. Ya sabe cómo son estas cosas. Uno invita a otro, el otro a un tercero y así se desmadran las fiestas. No sé si a ella la invitó Bill. Pregúntele a él. Yo, desde luego, no lo hice. Solo invité a varios compañeros de equipo, entre jugadores y técnicos, que tenían libertad para venir acompañados o no. Con respecto a la inculpación, debe de ser un error. No niego que esté diciendo la verdad y siento que fuese agredida en mi casa, pero se confunde de persona. Yo no fui.

Darren procuró dar a sus palabras el tono de verosimilitud que precisaban y mantener la calma. El hecho de que parte de esa noche se hubiese borrado de su memoria le ocasionaba una gran inquietud que intentaba por todos los medios solapar bajo un manto de imperturbabilidad. Esa era una de sus mejores virtudes, que le había llevado a la cima en un deporte tan competitivo y estresante como el fútbol americano. Ahora la situación era diferente e igual de necesaria.

Donald comenzó a replantearse su inicial valoración. Su declaración parecía sincera y se inclinaba a creerle, aunque había detectado un matiz de inseguridad en él que le hacía dudar. Algo le preocupaba. ¿Conocía o sospechaba quién atacó a la chica y no deseaba revelar su nombre? Otra opción era que no hubiese sido consciente de lo que hacía debido al abuso de drogas o alcohol, lo que le provocaba esa incertidumbre. Los ojos enrojecidos lo delataban.

–Tal vez no lo recuerde. Por lo que pude apreciar, hubo un buen jaleo anoche. Mucha bebida debió de correr, y otras sustancias...

Darren sintió un vuelco interno. O el hombre tenía el poder de leer en la mente de las personas o él no había conseguido ocultar la zozobra que le atenazaba. Mejor no seguir hablando.

–Mire, detective. Mi abogado me ha aconsejado que no diga nada. Yo he querido ser franco y le he dado mi versión; y me reitero en ello: no la he agredido. Es lo último que diré hasta que él esté presente. –Darren cruzó los brazos sobre el pecho, gesto con el que quería apoyar su decisión.

–Está bien, señor Burke; si insiste en negar los hechos de los que se le acusa, serán las pruebas que se recojan y los testimonios de los presentes los que decidan.

Brown se levantó de la silla con esfuerzo y se dirigió a la puerta. Sabía que no debía presionarlo. Ese hombre no era un yonqui cualquiera, visitantes asiduos de aquellas instalaciones, y no se le podía amenazar o convencer para que les dijera lo que ellos querían escuchar. Estaría asesorado por un buen abogado que les pondría las cosas muy difíciles si detectaba presiones o coacciones por su parte.

Si pudiera elegir, diría que él no lo hizo; sin embargo, no podía basarse solo en su intuición. Tenía que hacer su trabajo. Jasmine Ellis no mentía al decir que la habían maltratado. Las huellas estaban en su cuerpo; otra cosa era que, como Burke sugería, ella se hubiese confundido de persona.

–Llévalo a una celda –dijo al agente uniformado que aguardaba.

Donald abrió la puerta contigua y entró. La habitación estaba a oscuras, solo iluminada por la luz que se filtraba a través del cristal espía. Frente a él, una mujer de mediana estatura, enfundada en un traje oscuro y con el cabello castaño recogido en una pulcra coleta, miraba cómo el policía se llevaba a Darren.

–¿Qué piensa, teniente? –preguntó Brown.

La teniente Leslie William, recién llegada tras licenciarse en la academia, no respondió a la pregunta. Había estado observando al detenido durante la última media hora y no se había formado una opinión. Lo único que sabía era que no debía actuar a la ligera. Ese era un caso muy mediático y, si cometía un error, nunca saldría de aquella comisaría de tercera. Tenía una baza a su favor: no se había dejado impresionar por el famoso y adorado Giant Burke, como parecía haber ocurrido con sus compañeros. No le gustaba el fútbol americano y eso le proporcionaba una objetividad que Brown y el resto no tenían. El detective lo había tratado con demasiada condescendencia para su gusto, olvidando que se trataba de un delincuente. Tampoco le impresionaba el innegable atractivo del jugador, de soberbia figura y agradable rostro que aparecía en anuncios publicitarios de televisión y prensa con frecuencia.

–¿Le han tomado muestras de las manos? ¿Presenta laceraciones en los nudillos? –preguntó después de unos segundos de silencio.

–No presenta laceraciones en nudillos ni otros signos de lucha visibles. Las muestras se le tomarán cuando se persone su abogado o serían inválidas ante un juez. Cuando las tengamos, se hará una comparativa con las tomadas a Jasmine Ellis.

–Un hombre como ese no necesita mucha fuerza para destrozar la cara de una chica. Puede que esa sea la causa de que no presente magulladuras –sugirió la teniente. Por muy objetiva que pretendiese ser, era una mujer y no toleraba bien el abuso de poder hacia las de su género.

Brown no opinaba igual. Los golpes en el rostro, debido a la estructura predominantemente ósea, casi siempre dejaban algún tipo de rastro en los puños del asaltante; algo que la teniente debería saber si tuviese más experiencia o no hubiese tomado ya partido. Él no iba a recordárselo. También cabía la posibilidad de que hubiese utilizado un objeto; lo que no concordaba con la declaración de la víctima, que insistía en que la golpeó con los puños.

–Páseme los informes cuando estén. Dejemos que Burke reflexione esta noche y mañana volveremos a interrogarle. ¿No ha llegado su abogado?

–Lo está esperando.

–No le pongan ningún tipo de impedimentos para que hable con su defendido. Avísele de que lo mantendremos en custodia el tiempo máximo que nos permite la ley. A ver si para entonces se ha ablandado y confiesa.

Leslie salió y Brown quedó pensativo. La teniente ya había decidido que Burke era culpable y no iba a investigar. Dejaría que fuese el jurado el que lo hiciese en el juicio. Y, tal y como estaban las cosas, Burke tenía todas las de perder. Los jurados eran muy sensibles ante la violencia hacia las mujeres, algo muy lógico; lo que no evitaba que, en ocasiones, ese mismo celo les impidiese ser imparciales y estudiar en profundidad las pruebas que se les presentaban.

Él no pensaba conformarse. Tenía que llegar al fondo de esa cuestión, y no solo porque su trabajo se lo exigía. No quería ver la vida de aquel hombre destrozada por una mentira que se había dado por válida sin confirmar.

3

Selma cogió el primer vuelo disponible y llegó a Los Ángeles pasadas las seis de la tarde. Subió a un taxi, estacionado en una de las puertas de salida del aeropuerto, y dio la dirección de la comisaría donde Darren permanecía retenido desde primeras horas de la mañana a espera de presentarse ante el juez. Se arrellanó en el asiento y miró las noticias en el teléfono móvil:

–*Giant Burke continúa detenido en dependencias policiales. Se espera que mañana comparezca ante el juez que dictaminará si le impone una fianza o le envía a la cárcel del condado hasta que se celebre el juicio.*

»*Esta noticia ha sacudido hasta los cimientos del club cuando estaban saboreando las mieles del triunfo en la Super Bowl. No podemos imaginar qué le llevó al templado jugador, cuya rectitud y fair play le han distinguido en todo momento, a cometer una acción tan vil.*

»*Las fotos de Jasmine Ellis que se han filtrado a la prensa no dejan dudas de que la agresión fue brutal, un ensañamiento. La joven no ha querido hacer declaraciones por consejo de su abogado, es la mirada asustadiza de sus grandes ojos color miel la que habla del pánico que debió de experimentar y que no la abandona.*

»Quien sí ha hablado con los medios de comunicación ha sido Travis Kendall, su novio y representante, que clama venganza. Según declaraciones a este medio, no descansará hasta que Burke pague por el sufrimiento que le ha hecho pasar a su amada.

»"Pensamos ponerle las cosas muy difíciles y, como David ante Goliat, acabaremos venciendo. La verdad debe prevalecer, sobre todo cuando se abusa de jóvenes inocentes", ha declarado Jerry Steinberg, abogado de Jasmine, que se ha tomado el caso como una cuestión personal. "Es como la hija que me hubiera gustado tener, y por ello es más doloroso ver su agonía".

«La prensa ya le ha declarado culpable», pensó Selma con rabia contenida. Era el reverso de la fama, las rivalidades y el morbo que originaba el ver a alguien caer desde lo más alto; y eso vendía. Estaba en todas las primeras páginas de los periódicos y cadenas de televisión. Las redes sociales no tardaron en sumarse a la debacle del ídolo. El héroe de América se había convertido de un día para otro en un maltratador al que había que meter en el agujero más inmundo para que se pudriera en él, y sin darle la oportunidad de defenderse.

Los envidiosos no le perdonaban que el hijo de un empleado del Servicio Postal y de una ama de casa, con su talento y esfuerzo, hubiese escalado tantos peldaños desde un hogar modesto; el resto seguía a los primeros por pura dejadez. Solo unos pocos habían levantado la voz para defenderle, algunos jugadores y técnicos del club, pero esos testimonios se perdían entre tantos otros que lo vilipendiaban.

El abogado al que avisó para que asesorara a Darren le había enviado la información que la Policía tenía en su poder. Varios testigos, entre ellos Bill Rodgers, el que contrató a las tres *escorts* que acudieron a la fiesta, aseguraban que Jasmine Ellis estuvo muy cariñosa con Burke durante buena parte de la noche. Que el jugador había bebido mucho y que, cuando se marchaban, bien entrada la madrugada, los vieron subir al piso superior de la vivienda donde se encontraban las habitaciones privadas.

Unos veinte minutos después de que el último invitado se hubiese marchado, según constaba en las cámaras de salida de la urbanización, se veía a Jasmine Ellis abandonar la zona a pie. La imagen era algo borrosa y no se apreciaba con nitidez el rostro, aunque varios de los asistentes a la fiesta la identificaron. Tampoco la vio el guardia de seguridad que custodiaba la entrada. Admitió que en esos momentos se había ausentado unos minutos de la cabina. Jasmine caminaba con normalidad y no parecía tener prisa por abandonar el lugar.

Dos horas más tarde, cuando ya amanecía, apareció en comisaría acompañada de su novio para poner la denuncia. Una vez efectuada, la remitieron al hospital más cercano. Allí la examinaron y certificaron las numerosas lesiones que presentaba en el rostro, tórax y espalda, lo que indicaba que, además de golpearla, la habían pateado. No encontraron signos de agresión sexual. El informe médico hacía constar el estado de desorientación que presentaba por los golpes en la cabeza.

Ante ese informe, Selma albergaba serias dudas. ¿Cómo había podido salir de la casa y caminar hasta la puerta de entrada de la urbanización en esas condiciones? Tenía un par de costillas fisuradas, lo que debía de ser doloroso. ¿Cómo tardó dos horas en acudir a comisaría? ¿Por qué fue a la que se encontraba en la otra punta de la ciudad cuando tenía una a pocos minutos de la casa de Darren? Demasiadas incongruencias que tendría que investigar.

La joven alegaba que llamó a su novio cuando consiguió escapar de Darren y él tardó una hora en recogerla y otra en convencerla de que presentara una denuncia. Ella no estaba decidida a acudir a la Policía. Tenía miedo de que Darren, al ser una persona famosa e influyente, pudiera perjudicarla.

A las discrepancias que Selma detectaba en la declaración de Jasmine Ellis, junto con el informe policial, se sumaba la convicción de que Darren no había realizado esa infame acción, a no ser por una causa muy justificada, y aquí no encontraba ninguna. ¿Qué podía haberle hecho ella para que la maltratara, y de forma tan brutal?

Conocía a Darren desde que nació. Los Burke eran vecinos suyos. Vivían al lado de sus padres y ella, de niña, se pasaba el día en casa de Lucile. Su madre, enfermera en uno de los hospitales con los que Boulder contaba, trabajaba muchas horas y no quería dejarla sola. Su padre, operario de bombeo en una plataforma petrolífera, pasaba más tiempo fuera de casa que en ella.

El quedarse Lucile embarazada fue causa de alegría para las dos familias. Y cuando el pequeño Darren llegó, Selma lo acogió como a un hermano del que le separaban ocho años. Ella lo cuidó con mimo, volcando todo el amor que habría dedicado a ese hermano que siempre deseó tener. Y, de pronto, tras haber perdido toda esperanza, su madre se quedó embarazada de nuevo. Al nacer Morgan, algo fue mal y el pequeño fue creciendo con mala salud, enfermizo, con menos peso y talla de lo normal a su edad.

Darren y él se hicieron inseparables. Se llevaban casi dos años y, más que un amigo, Morgan lo consideraba su hermano mayor. Cuando empezaron a ir al colegio, Darren se convirtió en su protector. Frecuentemente llegaba con signos de pelea a la casa y todos sabían que había sido por defender a Morgan. Los otros chicos se cebaban con el indefenso y débil niño, y allí estaba Darren para defenderle. Y siguió haciéndolo hasta que Morgan murió; acababa de cumplir trece años.

La deuda que Selma y su familia tenían con Darren no se podía contabilizar, era impagable. Ayudó en gran medida a que la corta vida de su hermano fuese más feliz; algo demasiado importante para olvidarlo, y ella no quería hacerlo.

Ahora le tocaba ayudarle en la medida que le fuese posible. Sabía que la cosa pintaba mal; al igual que sabía que Darren no había agredido a Jasmine Ellis antes de leer el informe policial que suscitaba muchos recelos. Le olía a extorsión. La chica había visto la forma de ganar dinero y notoriedad y quería explotarla. Era su testimonio contra el de Darren, que no recordaba lo ocurrido a partir de cierta hora. Había bebido o tomado drogas, según admitía; algo poco habitual en él, le constaba, y su mente se vació.

Por las redes sociales circulaban fotografías y vídeos en los que se le veía junto a Jasmine en un estado que no favorecía a su imagen pública. Los ojos vidriosos, caminar tambaleante, derrumbado en un sofá, manoseándola con torpeza... Había intentado eliminarlas sin éxito; era una misión imposible desde el mismo momento en que se subieron a Internet.

Una vez en la comisaría de la calle 77, Selma se identificó como abogada de Darren Burke ante el policía de guardia y pidió hablar con su defendido. Cuando Darren se presentara ante el juez en un par de días, procuraría que le pusieran una fianza para que saliera en libertad a espera del juicio, si es que Jasmine Ellis persistía en continuar con la denuncia; era todo lo que se podía hacer de momento.

El oficial observó a la mujer que tenía delante con admiración. Alta y esbelta, enfundada en un traje oscuro de las mejores firmas combinado con una camisa verde lima, que daba luminosidad a su tez oscura de hermosos rasgos, en los que destacaban unos labios voluptuosos y unos grandes ojos castaños de largas pestañas.

La condujeron a una sala pequeña y escasamente amueblada. Allí esperó. Tras unos quince minutos, la puerta se abrió y Darren entró seguido por un policía. Iba esposado y presentaba un aspecto demacrado. Una incipiente barba cubría su cuadrada mandíbula, el corto y oscuro cabello aparecía alborotado y llevaba las ropas arrugadas; una imagen muy alejada de la que solía presentar. El destello de animación que mostraron las grises pupilas al verla pronto se apagó y la tristeza y el desconcierto tomaron su lugar.

Selma se levantó y fue a abrazarlo.

–¿Cómo estás, Darren?

Él hizo un esfuerzo por sonreír.

–Bien, dadas las circunstancias. Me tratan de maravilla –dijo con marcado sarcasmo.

La actitud de los agentes que lo custodiaban dejaba mucho que desear. Excepto el detective Brown y alguno más, lo trataban como un delincuente sin haber sido juzgado aún. La condena que advertía en sus miradas y su conducta le causaban una sensación de abatimiento que se esforzaba por superar. Ni en las ocasiones en las que su equipo perdía y los espectadores emitían su desaprobación de manera contundente se había sentido tan desmoralizado.

Se sentó en la silla frente a Selma y el policía sujetó las esposas a la mesa mediante una cadena unida a una argolla.

–No creo necesario que permanezca esposado –ella expresó su desacuerdo.

–Son las normas, señora –alegó el oficial. Se marchó y cerró la puerta para proporcionarles la necesaria confidencialidad.

–No pasa nada. Ya estoy acostumbrado –Darren le quitó importancia–. Dime, ¿cómo están mis padres?

–Bien, deseando verte.

–No deben venir. Ellos no pueden ayudarme y solo conseguirán pasar por un calvario con la prensa. –Imaginaba el gran revuelo que se habría formado en torno a su detención.

–No te preocupes por la prensa. Son como buitres: huelen la carroña a kilómetros y, lo que no saben, lo inventan. Tus padres saben a lo que se van a enfrentar y están preparados. He intentado convencerles de que no vinieran, pero ya los conoces. Cogerán un vuelo mañana mismo. Allí no los van a dejar en paz tampoco. Tienen que marcharse por unos días y mejor que estén aquí; así tendrás apoyo cuando llegues a casa. Espero que en un par de días se celebre la vista y puedas salir bajo fianza.

Darren suspiró. Sabía que sus padres lo estarían pasando mal. Era otra de las razones que lo atormentaba. No podía hacer nada para evitar el sufrimiento de las personas que más quería.

–¿Qué has averiguado? –Solo sabía lo que le había explicado el detective Brown. El abogado que acudió esa misma mañana a la comisaría no pudo informarle de mucho más.

–Tengo el acta de la denuncia. La versión de la denunciante y de algunos testigos a los que se les ha interrogado. Ahora cuéntame la tuya. –No recelaba de él, pero tenía que oír antes su relato para contrastar.

Darren le agradeció que no le preguntara si lo había hecho; no podría darle una respuesta veraz. Selma siempre creía lo mejor de él.

–Sabes que no me gustan el tipo de fiestas multitudinarias en las que todo acaba desmadrándose, por lo que propuse una reunión reducida, solo algunos amigos del equipo y sus acompañantes. No resultó así. Alguien, creo que a Bill Rodgers, otro de los *quarterbacks* del equipo, se le ocurrió contratar a unas *escorts* y algunos llevaron a varias amigas. No sé en qué categoría entrará la chica que me ha denunciado. En resumen, de una reunión de unas veinte personas, al final debimos juntarnos más del doble, y a la mayoría no las conocía. –Hizo un gesto de impotencia con las manos que resumía su estado de ánimo en aquellos momentos.

Recordaba con claridad el enojo que sintió ante aquella situación que no podía manejar. También recordaba haber discutido con Bill y con otros por excederse. Al final, acabó aceptándolo y la frustración debió de llevarlo a beber más de la cuenta.

–En un par de ocasiones tuvo que venir la seguridad de la urbanización para avisarnos de que los vecinos se habían quejado. La segunda vez, y viendo que el bullicio no iba a menguar, les pedí que se marcharan. No descarto que estuviese alterado y puede que lo hiciera de malos modos. Se fueron marchando y en algún momento me quedé solo con ella. Debí de continuar bebiendo y no recuerdo nada más. Puede que perdiera el conocimiento. –La miró con la angustia empañando sus pupilas–. No sé lo que hice, Selma; de lo que sí estoy convencido es de que yo no la agredí.

Su tormento era real. Aunque Selma no lo conociera y supiera que era incapaz de hacer algo así sin un buen motivo, creería que el hombre que tenía delante era sincero.

–Te creo, Darren; lo malo es que los hechos están ahí. A Jasmine Ellis la golpearon, lo que hay que demostrar es que tú no lo hiciste.

Selma le detalló lo que decía el informe que le habían entregado. Darren se horrorizó ante la magnitud de las lesiones de la joven. Solo una persona trastornada podría hacerlo.

–Como comprobarás, hay bastantes incongruencias en la versión de ella, y a eso nos vamos a agarrar. Cuando salga, iré a ver al fiscal. Mi colega ha concertado una entrevista con él para poner puntos en común y que nos informe de los resultados de la investigación forense. Si solo tienen su testimonio, el caso no se sostiene y el fiscal debe aceptarlo.

–El daño ya está hecho, Selma. La prensa se está dando un buen festín con esto; y solo es el principio. –

Darren no era tan iluso de creer que aquello no supondría un menoscabo en su carrera. De solucionarse a su favor, como esperaba, la desconfianza persistiría. Eran muchos los ejemplos de personas populares a las que habían calumniado y su reputación nunca se recuperó totalmente.

–Si se demuestra que Jasmine miente, te exonerarán –aseguró en tono animoso.

Selma no quiso hablarle de las fotos que circulaban por Internet. Podría quedar absuelto de la acusación, de lo que no se libraría era de la mácula que suponía ver borracho a uno de los ídolos americanos. Paul, su marido, que le llevaba los asuntos económicos a Darren a través de su consultoría, le había dicho que dos de las marcas que lo patrocinaban no iban a renovar el contrato; el resto no tardarían mucho en seguir el ejemplo.

En cuanto al club en el que jugaba, del que estaba pendiente la renovación en unos pocos meses, no dudaba de que prescindiría de él. La cláusula que firmó le concedía al Sentinels la prerrogativa de rescindir el contrato en casos como el actual. La utilizarían y Darren tendría que devolver el dinero de la prima que le habían adelantado. Su situación económica se resentiría debido a los cuantiosos gastos que tenía. Tendría que mudarse a una vivienda más modesta hasta que consiguiera que otro equipo lo fichara y, mientras, tirar de los ahorros, que no le faltaban. Asesorado por Paul, Darren había invertido parte del dinero conseguido en esos años y no tendría dificultades financieras ni en el peor de los casos: que ningún equipo lo fichara.

–Perdona, no te he preguntado cómo están Paul y Wendy.

–Están bien. Paul con mucho trabajo y la niña creciendo a velocidad de vértigo. En nada me veré buscándole universidad. –Su hija de cinco años era una criatura con una energía asombrosa, a la que la mayoría de las veces le costaba seguir el ritmo. A su madre debió de ocurrirle igual con ella; por desgracia, no estaba allí para recordárselo.

Ada Jennings era de salud delicada, y el dolor por la pérdida de Morgan precipitó su propia muerte. Selma estaba acabando la universidad y se valía por sí misma, pero la ayuda de los Burke fue muy valiosa. Su padre, al que de igual forma le afectó la muerte de su hijo, hacía años que ya no quería saber nada de la familia que le quedaba, hasta el punto de no asistir al entierro de su esposa ni a la boda de su hija, seis años después.

Darren sonrió ante ese comentario. Su ahijada era su ojito derecho. Por suerte, era pequeña para asimilar lo que estaba ocurriendo.

El agente entró, en clara insinuación de que la hora había pasado.

—¿Necesitas algo, Darren? Te lo haré llegar —ofreció Selma.

—No. Estoy bien. Solo necesito que soluciones esto para que pueda salir de aquí.

—No te preocupes. Por muy alta que el juez imponga la fianza, se pagará y te sacaré. Ten paciencia y no desesperes.

Darren asintió. Confiaba en Selma, como venía haciendo desde que era un niño de pocos años y lo llevaba de la mano a todas partes. Con ella siempre se sintió seguro y protegido. Era una gran abogada, de las mejores de Denver, aunque temía que el pozo en el que se había precipitado era demasiado profundo para que pudiera sacarlo. Se le presentaba un negro futuro, reconoció con desánimo.

4

Darren observaba el exterior de la residencia desde uno de los grandes ventanales que daban al jardín delantero. Hacía casi una semana que se había desatado el escándalo y los periodistas seguían instalados en los alrededores de la urbanización, como depredadores agazapados entre la maleza esperando cualquier descuido de su presa para lanzarse sobre ella y despedazarla.

Lo que más le dolía no era que gran parte de la opinión pública hubiese emitido un veredicto de culpabilidad antes de que el juicio se celebrase, sino el desengaño que se había llevado con la mayoría de los que creía sus amigos. Algunos compañeros de equipo le habían llamado para interesarse por él; poco más. Solo Allen O'Sullivan, el *quarterback coach* con el que le unía una buena amistad, se había atrevido a levantar la voz en su defensa; el resto, desde la directiva del club –de la que nada esperaba– al último de los utilleros, personas con las que había compartido años de su vida, permanecían mudos. Ni una declaración pública o mensaje en las redes sociales de apoyo. Le habían dado la espalda. Hasta cierto punto lo entendía; era su medio de vida y se sentían presionados.

Otros habían aprovechado para sacar beneficio. Estaba al tanto de los vídeos y fotografías que circulaban por Internet y que dañaban su imagen. Lo más triste era que habían sido difundidos por sus amigos, en los que confiaba y a los que había abierto las puertas de su hogar. No le extrañaba en el caso de Bill Rodgers, segundo *quarterback*. Estaba deseoso de ocupar su puesto y este escándalo se lo ponía en bandeja. Una traición esperada; no así de algún otro, que debió de recibir una buena suma por esas imágenes.

–No te tortures más, hijo. Todo se aclarará con el tiempo.

La voz de Lucile, con esa entonación suave que contribuía a calmarlo, se escuchó muy cerca. Darren se giró hacia ella e intentó sonreír. El gesto se quedó solo en eso, una tentativa fallida. ¿Para qué fingir? Su madre sabía por lo que estaba pasando.

Lucile se colocó a su lado y le rodeó la cintura con uno de sus brazos. La menuda mujer le llegaba a su hijo a la atura del pecho, pero el gesto era muy reconfortante. Darren lo aceptó de buen grado y correspondió rozando la mejilla en el corto cabello canoso.

–Claro, mamá. Es la inactividad lo que me está matando. Es frustrante no poder salir de casa para entrenar o correr. –Estaba acostumbrado a hacer ejercicio al aire libre y llevaba días sin moverse de la casa. Por suerte, tenía a sus padres con él.

Pese a que Darren les insistió para que no viajaran desde Boulder, donde residían, habían llegado a Los Ángeles cinco días antes. Le complació encontrarles allí cuando el juez le impuso la fianza y abandonó las dependencias policiales, donde estuvo custodiado durante tres días. En aquella residencia, más grande y con la mayor protección que una urbanización cerrada proporcionaba, estaban más relajados que en la pequeña casa donde residían, en la que los periodistas no habían dejado de hostigarles desde que la noticia saltó a los medios. Su padre tuvo que pedir días de permiso en el trabajo y se encerraron en casa hasta que cogieron el vuelo para estar junto a su hijo.

El juez no quiso ser magnánimo y le impuso una fianza cuantiosa. Selma luchó para que la rebajara, pero él se mostró inflexible, como ya se temían. Giant Burke era una figura popular y debía dar ejemplo, argumentó. Darren la pagó con gusto para salir de aquella celda. Le hubiera gustado marcharse lejos, a otro país incluso, donde la prensa no pudiera encontrarle; algo imposible mientras estuviese en libertad vigilada a espera de juicio.

Selma permaneció en Los Ángeles hasta que Darren fue puesto en libertad. Las pruebas forenses se retrasaban y ella aprovechó para viajar a Denver y estar un par de días con su familia. Por ahora, nada más podía hacer.

Este retraso estaba suponiendo un suplicio para Darren, que confiaba en que acabaran demostrando su inocencia y todo se solucionase de forma rápida. Estaba cada día más ansioso; nerviosismo que transmitía a sus padres.

Hugh y Lucile acusaban la desdicha de su hijo. No habían cumplido los sesenta años y parecían haber envejecido una década en esos pocos días. Llevaban juntos casi toda la vida. Se conocían desde el colegio y empezaron a salir en el instituto. Como procedían de familias humildes, no pudieron cursar estudios universitarios, como a ambos les hubiera gustado. Hugh encontró pronto empleo y se casaron. Durante los primeros años, Lucile ayudó a la economía familiar con lo que ganaba de dependienta en una zapatería y compraron una casita en un barrio modesto. Cuando se quedó embarazada, tras varios años de espera, dejó el empleo y se dedicó a cuidar de su familia.

Juntos habían creado un hogar en el que el amor era el bien más preciado y estaba presente en cada rincón. Nunca tuvieron para derrochar, pero a Darren no le faltó nada importante, sobre todo cariño. Cuando comenzó a despuntar como jugador de fútbol americano en el equipo del instituto, sus padres lo alentaron a que se dedicase a ello si era su deseo. Como no se podía pagar los estudios universitarios con los ingresos que su padre percibía, celebraron la beca deportiva que le concedió la Universidad de Tennessee, aunque les imponía estar separados durante la mayor parte del año.

Darren cosechó grandes éxitos en las ligas universitarias, en las que destacó por su inteligencia y arrojo, así como por el compañerismo que demostraba. Cuando se licenció, varios equipos se lo disputaron y tuvo la opción de elegir. A partir de entonces se acabaron las estrecheces económicas para los Burke. Darren destinaba a sus padres buena parte de sus ingresos por la ficha deportiva más lo que conseguía por prestar su imagen a algunos productos. Esa prosperidad económica no les cambió la vida. Hugh y Lucile continuaron viviendo en la casita que era su hogar desde que se casaron y él continuó acudiendo a su trabajo. El dinero lo guardaban para lo que pudiera ocurrir; como ahora.

Hugh llevaba algún tiempo pensando en jubilarse y este revés lo había decidido a hacerlo. Tenía el deseo, la oportunidad, y no pensaba demorarlo más. Quería disfrutar de los años que le restaban de vida en un lugar donde nadie los conociera, y sabía que en Boulder no podrían hacerlo. Además, a Lucile le sentaban mal los fríos inviernos de Colorado y él siempre deseó vivir junto al mar y dedicarse a pescar, una de sus grandes aficiones. Ahora podría. Le habían planteado la situación a Darren y este se alegró. Comprendía sus razones, incluso las que no le mencionaban. De quedar libre de sospechas, el estigma del escándalo lo perseguiría siempre. En su entorno no dejaría de haber algunas personas malintencionadas que lo recordarían, y no quería que sus padres sufrieran esa continua afrenta.

Un coche de alta gama enfiló el corto camino asfaltado que llevaba a la casa. De él bajaron Selma y Evan Forest, el abogado que asistió a Darren hasta que ella llegó.

Darren se dirigió a la puerta para recibir a los recién llegados. Selma le dio un cariñoso abrazo. Forest lo saludó con una inclinación de cabeza.

El abogado, de unos cuarenta años y figura atlética enfundada en un traje oscuro de una reputada firma, era muy popular en la ciudad. Estaba acostumbrado a tratar con estrellas de cine y artistas en general, que recurrían a él cuando se veían envueltos en situaciones parecidas a la que Darren estaba atravesando. Por lo general, según Selma, los sacaba de apuros. Debajo de sus caros atuendos a la última moda y su cuidado aspecto se escondía un cerebro brillante y unas dotes extraordinarias como mediador. Su clientela fija era muy amplia y no tenía tiempo para dedicarlo a nuevos clientes. Con él había hecho una excepción por la amistad que le unía a su antigua compañera de estudios.

Selma abrazó a Lucile con cariño. Llevaban más de seis meses sin verse y lamentó que el reencuentro con la que ella consideraba su segunda madre fuese en tan penosas circunstancias. Hugh, que había visto llegar el coche desde su habitación en el piso superior, bajó a recibirles. El padre de Darren, tan parecido a su hijo, mostraba la tensión de esa última semana. En su rostro, por lo general risueño, aparecía un rictus de preocupación que Selma casi nunca le había visto.

–¿Alguna novedad? –preguntó Darren con avidez. Por la expresión de Selma, dedujo que no eran tranquilizadoras. En la de Forest, más hermético, no consiguió deducir nada.

–Sí, las hay; y puede que no te gusten.

Se acomodaron en el salón.

–Cuanto antes las oigamos, mejor para hacernos a la idea –dijo Hugh con su habitual sentido práctico. Apretó el brazo de su hijo para darle ánimos.

–Las pruebas forenses no son concluyentes. En las muestras recogidas de las heridas y de la ropa de la víctima no se ha encontrado ADN ni ningún otro rastro que vincule a Darren con ella.

–Eso es bueno, ¿no? –opinó Lucile en tono animoso. Se retorcía las manos con nerviosismo, muestra patente de la ansiedad que sentía.

–Lo es. Y aquí viene la parte menos buena –dijo Selma. En su voz se apreciaba la inquietud que le provocaba esa nueva evidencia en su contra–. Hay un vídeo, tomado con un teléfono móvil, en el que se te ve discutir con ella y propinarle un leve empujón.

Darren reflexionó durante unos segundos en los que se esforzó por eliminar de sus recuerdos aquella negrura que se empeñaba en ocultarlos.

–No lo recuerdo –admitió al fin–. Sé que discutí con algunos de los asistentes; o puede tratarse de algo casual que dé lugar a malinterpretaciones. Es cierto que no estaba a gusto con el cariz que había tomado la reunión, y más cuando me transmitieron las quejas de algunos vecinos. Me disgusté y eso debió de alterarme, pero no como para golpearla. No encuentro una razón que lo justifique.

–Puede ser, Darren. El problema es que esa imagen refuerza el relato de Jasmine Ellis, junto a que no haya evidencias de lo que ocurrió una vez que os quedasteis a solas. De lo único que existe certeza es de que ella abandonó la residencia veinte minutos después de que todos se marcharan. –Selma miró a Evan, en clara alusión a que continuara.

–Tal y como están las leyes en este estado, se le da prioridad al testimonio de la víctima siempre que haya algún indicio que la relacione con los hechos. Todo lo que ha expuesto Selma da pie para que su versión sea creíble por un jurado; no obstante, y esta es otra de las cosas buenas, el fiscal no lo ve muy claro. John Craven, al que conozco bien, es una persona inteligente y sabe que este sería un proceso muy mediático. Si lo pierde, constituirá un borrón en su carrera y mermaría sus posibilidades de ganar las elecciones a fiscal del Estado, a las que piensa presentarse en el futuro –reveló. Hizo una teatral pausa y prosiguió con un esbozo de sonrisa–: Por ello, ha advertido al abogado de la señorita Ellis de las escasas probabilidades de ganar el pleito y le ha instado a que convenza a su cliente para que retire la denuncia; eso sí, de hacerlo, seguro que será a cambio de una fuerte indemnización.

–¡Dios me ha escuchado! –exclamó Lucile entre sollozos de alivio. Hugh, a su lado, la abrazó con entusiasmo. Darren continuó con el rostro impasible, sin dejar traslucir las emociones que experimentaba ante esas últimas palabras.

–Por otra parte –continuó Evan–, creo que a la denunciante no le interesa llegar tan lejos. Tengo entendido que ha recibido varias ofertas de programas de televisión y entrevistas en prensa. Si al final se lleva a juicio su caso, no podrá beneficiarse de ellos hasta que finalice, lo que podría tardar varios meses.

Selma retomó la palabra. Había estado observando la reacción de Darren y creía saber qué se le pasaba por la cabeza.

–La cosa está así. El fiscal nos ha convocado mañana para una mediación con el abogado de Jasmine Ellis y con Travis Kendal, su novio y representante; para entonces, debes tomar una decisión.

–¿Qué opciones hay y cuál es la más ventajosa? –preguntó Hugh con un brillo receloso en sus grises ojos, tan parecidos a los de su hijo.

–Hay dos opciones. Una es pagarle para que retire la denuncia. La ventaja es que se evita un proceso largo y multitudinario; el inconveniente: que no esclarecería lo que ocurrió. Lo más probable es que ella mantenga su versión y la exprese en todos los medios que quieran escucharla. La otra alternativa es ir a juicio con lo que tenemos, que no es mucho. Puede que logremos convencer al jurado de que existe una duda razonable y acaben declarándote no culpable de los cargos. –Selma dirigió las últimas palabras al principal afectado.

Darren había escuchado las explicaciones de ambos abogados y la rabia e impotencia que lo embargaba desde el momento en que lo detuvieron se incrementó. Miró a sus padres y vio en ellos los mismos temores que a él le atenazaban.

Con cualquiera de las dos opciones saldría perjudicado. Si optaban por concurrir a juicio, solo les cabía esperar que un jurado decidiera que no había pruebas suficientes para condenarlo y lo absolviese. Sería un largo y costoso camino, tanto económica como anímicamente. Supondría un gran desgaste para todos y al final estarían apostando por un resultado incierto. Por otro lado, si pagaba a la chica para que retirase la denuncia y ella mantenía la versión de la agresión, sería como admitir ante todos que lo había hecho; ya nada podría redimirle ante los ojos de la sociedad.

–Sé que es una decisión difícil que no tienes que tomar ahora. Piénsalo, Darren. Podemos esperar a mañana para ver cómo se resuelven las cosas. Tal vez logremos que admita que te acusó en falso, que se equivocó... –aventuró Selma.

–¿Tú crees que lo hará? –preguntó Lucile esperanzada.

–No, no lo creo. Se juega demasiado para desdecirse ahora. Va a por dinero y quiere sacar la mayor tajada posible. Si se retracta, perdería credibilidad, su carrera se resentiría y Darren estaría en su derecho de demandarla. Podría acabar en la cárcel y quedarse sin el botín que piensa conseguir. Lo único que podemos hacer, si Darren quiere seguir adelante, es tratar de desmantelar su trama. Conseguir que admita que mintió o que se equivocó, y que el jurado lo crea.

–¿Qué nos aconsejas, Selma? –pidió Hugh, que veía a su hijo debatirse en un mar de dudas. Sabía que, si solo dependiera de él, iría a desacreditar a la mujer que lo había acusado en falso. Pero Darren solía pensar en los demás antes que en sí mismo, y en ese momento estaba pensando en lo que a ellos les supondría: meses y meses de estar en el punto de mira de la prensa por un desenlace que ninguno de los dos abogados presentes le garantizaba que fuese favorable.

–Lo siento, Hugh. Solo puedo exponeros las diferentes opciones con sus pros y sus contras, vosotros sois los que debéis elegir; sobre todo Darren, al que le afecta directamente. Yo os apoyaré sea cual sea la decisión. –Selma, como su abogada, debía aconsejarle; sin embargo, pesaba más la amistad y el cariño que le tenía y no quería influenciarle.

–Hijo, piénsalo con calma y haz lo que creas conveniente para ti. No nos incluyas a tu madre ni a mí; solo lo que a ti te beneficie –le pidió Hugh con total sinceridad.

Darren suspiró con desánimo. Tenía ante él una ardua encrucijada que no podía tomar a la ligera.

–Mañana te doy mi respuesta, Selma.

Tras meditarlo durante horas, Darren optó por pagar a Jasmine Ellis si se avenía a retirar la denuncia. Era la mejor opción, aunque el coste para él sería grande e implicaba el desaparecer de la vida pública. No le importaba. Los que tenía por amigos, sus jefes, la sociedad en general, le habían decepcionado tanto que no quería seguir con la vida que llevaba hasta ahora. Tampoco sus padres se merecían que los sometiera al calvario que les supondría un largo litigio en el que serían foco de la prensa que los difamaría. Se habían ganado un retiro tranquilo.

Llamó a Selma y le comunicó lo que había decidido. Varias horas después, esta fue a verle.

–La chica accede a retirar la denuncia a cambio de quinientos mil dólares, bastante menos de lo que me esperaba. Le habrán aconsejado que sea moderada para animarte a pagar. Quiere asegurarse una cantidad y evitar a toda costa un proceso, en el que podría perderlo todo y hasta la libertad; con todo, ha dejado claro que mantendrá su versión de los hechos. –Hizo un gesto de desagrado.

A Selma no le gustó cómo se desarrolló la reunión con Jasmine Ellis, en presencia de su abogado y de Travis Kendall. El novio de la joven parecía ser el que tomaba las decisiones y ella se limitaba a asentir. Así se lo comentó a Darren.

–Si te digo la verdad, ella está coaccionada por Kendall, su novio, representante o vete a saber qué es. Junto con el abogado, es el que ha mantenido la voz cantante en este asunto. Creo que se derrumbaría si la presionamos un poco. No soportaría el proceso.

Darren se mantuvo firme. Quería terminar con aquello de una vez, y lo más rápido que fuera posible.

–Déjalo, Selma; ya está decidido. Págale y asegúrate de que no vuelve a por más. Con eso me doy por satisfecho. –La pesadumbre que destilaban sus palabras dejaba un poso tan espeso como el café turco, y mucho más amargo.

–Tú mandas –claudicó–. Y no temas, nunca volverá a molestarte. La cláusula que le obligaré a firmar así nos lo garantizará.

Selma acató la decisión que Darren había tomado pese a no estar de acuerdo. Si por ella fuera, aceptaría el juicio y mandaría a prisión a la impostora. Solo esperaba que no tuviera que arrepentirse.

5

Nueva York. Cinco años después

Stella dio unos ligeros toques a la puerta con los nudillos y esperó. Al escuchar el apagado «pase», abrió la puerta y entró.

–Buenos días, Vivian. ¿Tienes unos minutos? –saludó a la mujer sentada detrás de la gran mesa de cristal y acero en la que se apilaban papeles y revistas, aparte del ordenador en el que trabajaba.

El despacho era impresionante por el tamaño y la luz natural que suministraban las enormes cristaleras desde las que se disfrutaba de unas espléndidas vistas de Manhattan, en especial de Central Park y la Séptima Avenida. Decorado con funcional minimalismo, no perdía distinción, aunque a Stella le parecía frío y poco acogedor, fiel reflejo de la persona que lo ocupaba.

Vivian Mayer era la redactora jefe de *The Globe Magazine*, revista de ocio y variedades que se publicaba en versión digital y en papel como suplemento dominical de *The New York Globe*, uno de los periódicos de más tirada de la ciudad.

De unos cincuenta años muy bien llevados –a causa de los numerosos y sutiles tratamientos de belleza a los que se sometía–, Vivian era una mujer que llamaba la

atención por su cuidado aspecto: maquillada y peinada con esmero, enfundada en un elegante dos piezas en
verde aguamarina de Elie Saab que debía de costar más
de lo que Stella ganaba en un mes, y calzada con unos
«manolos» de altísimo tacón que añadían muchos centímetros a su ya elevada estatura, su presencia resultaba imponente. También era respetada en el mundillo
editorial por su sagacidad y brillantez, a la vez que se la
temía por su carácter exigente, con frecuencia despiada-
do, y poco dado a tolerar las torpezas y falta de profesionalidad de sus subordinados.

Stella había sufrido en más de una ocasión sus invec-
tivas, la mayoría durante el periodo de prácticas; no en
vano, la responsable de *The Globe Magazine* era conocida
como «el terror de los becarios».

Vivian levantó los oscuros ojos del ordenador y los
fijó en la recién llegada. La esbelta figura de Stella se recortaba en el umbral de la puerta ataviada, como era su costumbre, con un juvenil atuendo de falda corta y ajustado
suéter de cuello alto en color índigo que hacía resaltar el
azul intenso de sus grandes ojos. La falta de maquillaje
solo conseguía destacar la lozanía y delicadeza de sus
rasgos, algo que Vivian no dejaba de admirar en secreto.

–Si con cinco te bastan, adelante –concedió con voz
fría. Se apoyó en el respaldo del sillón de fino cuero negro y colocó las manos sobre las piernas cruzadas.

Stella no se amilanó por la poca receptividad de Vivian. La conocía y sabía que no le gustaba perder el tiempo; a ella tampoco.

–¿Has leído *El ocaso del luchador*, el último libro de D.
Morgan? –tanteó con sutileza.

–Sí, como varios millones de personas más; ¿y...? –Vivian tamborileó los dedos sobre la pulcra superficie de
la mesa en señal de impaciencia. No le gustaba que la
importunaran por obviedades.

–Es el segundo *best seller* de este autor, del que no se

conoce nada en absoluto. No sabemos si es hombre o mujer, la edad, dónde vive...

–Ese misterio que le rodea es uno de los alicientes, y que sus libros son muy buenos –opinó.

–Sí, es una buena estrategia de *marketing*, pero ¿no te gustaría saber quién es, ponerle cara, conocer sus gustos, sus manías...?

Vivian achicó los ojos, sombreados en tonos ocres y con unas discretas pestañas postizas.

–¿Qué propones?

Stella sabía que su intención era evidente. Ahora tenía que encontrar la mejor forma de exponer el plan para despertar el interés de su jefa y que fuese tenido en cuenta.

–Quiero desenmascarar a quien se esconde detrás de D. Morgan. Creo que es un seudónimo que utiliza para camuflar su nombre, y que lo hace porque tiene una buena razón para ello. Puede que se trate de una persona famosa, con una actividad muy diferente, que se resentiría de alguna forma si llega a conocerse. Es la única explicación que se me ocurre para que decida ocultar su identidad. Veo una gran noticia detrás de todo esto.

Vivian formó un gesto de hastío con sus labios, pintados en un tono *nude* muy favorecedor.

–¿Y por qué crees que vas a tener más suerte que todos los que lo habrán intentado antes? ¿Acaso sabes algo que el resto de los mortales ignoramos?

La mordacidad era una de las bazas fuertes de Vivian, aunque Stella no se dejaba amedrentar por ello. La conocía bien. Llevaba casi tres años trabajando en la revista. Había comenzado de becaria, a pesar de que venía con la experiencia de haber colaborado con otras publicaciones más modestas, con una licenciatura en Periodismo por la Universidad de Virginia, su estado natal, y un curso de postgrado que realizó en Londres.

Había demostrado su profesionalidad durante ese

tiempo, en el que pasó por diferentes secciones hasta acabar en la de literatura, y aspiraba a más. Sabía que solo un gran titular le allanaría el camino para salir de aquella oscura sección y pasar a la de grandes reportajes en el periódico o la televisión. Alcanzar las metas deseadas solo era cuestión de trabajo duro y un poco de suerte, le decía siempre su padre.

–No, simplemente confío en que tendré éxito; ¿me dejarías intentarlo? –propuso, y procuró aportar a sus palabras todo el apasionamiento que sentía.

Vivian reconocía los méritos de Stella, su capacidad, formación y el fervor que sentía por su profesión; solo le faltaba experiencia para llegar a encargarse de proyectos de esa envergadura.

–Eso supondría mucho tiempo y recursos, tanto económicos como personales. No puedo arriesgarlo todo por una presunción que estás lejos de demostrar. Sabes que, desde que su primer libro fue número uno en las listas de los más vendidos, buenos investigadores han pretendido dar con él, o ella, y no lo han conseguido. No creo que una novata como tú vaya a correr mejor suerte. Olvídate –sentenció, y volvió a fijar la mirada en el ordenador.

–¿Y si consigo darle un enfoque diferente, encauzar la investigación desde otros aspectos? Si tengo suerte, ¿imaginas lo importante que sería para el periódico que desveláramos el nombre del autor revelación de los últimos años, con miles de libros vendidos y candidato al Pulitzer de este año?

Vivian no se iba a dejar convencer tan fácilmente.

–Ya te he dicho que es una quimera, y no es cuestión de perder tiempo y dinero en fantasías. Tienes que ocuparte de tu columna, cosa que no podrás hacer si te dedicas a perseguir a un fantasma. ¿Crees que si D. Morgan quisiera que lo encontrasen no habría dejado algunas pistas? Es una persona muy escurridiza y no lo va a poner fácil.

–Lo sé, y eso lo hace más interesante y lucrativo. Si llego a descubrir algún indicio, por poco que sea, habrá material para unos cuantos artículos que irían saliendo de forma periódica con el fin de mantener la atención –expuso de forma entusiasta.

Stella tenía pensado elaborar un relato que tuviera cabida tanto en prensa como en televisión e incluyera la investigación previa y el desarrollo de la búsqueda; con eso ya captaría el interés de los lectores. Si tenía la suerte de dar con el autor y conseguir que le concediese una entrevista, la noticia traspasaría el ámbito de la revista y su trabajo aparecería en la primera página del diario y en los informativos de la cadena de televisión. Un sueño posible, solo tenía que intentarlo.

A sus veintiocho años, Stella tenía mucho tiempo por delante, solo que la paciencia no era una de sus virtudes. Llevaba cuatro años en el mundillo periodístico, trabajando en diferentes medios, y no se le había presentado la ocasión que esperaba para destacar en ese entorno tan competitivo. Era ambiciosa, algo que no le avergonzaba porque consideraba que sus capacidades y formación estaban desaprovechadas. Lo único que necesitaba era que le dieran una oportunidad; y esa oportunidad había llegado, estaba convencida.

Revelar la identidad de D. Morgan no solo sería el empuje que necesitaba para abandonar el trabajo de principiantes que ahora desarrollaba y subir varios peldaños; además, se había convertido en un reto personal para Stella desde que leyó su primer libro, *Descenso al purgatorio*. Le pareció una historia conmovedora, auténtica, que atrapaba al lector y le provocaba emociones difíciles de olvidar. Estaba magníficamente escrita, con una prosa deliciosa, «pura poesía», la habían calificado algunos de los críticos más exigentes. Hacía años que no se emocionaba tanto con un libro y quería conocer a la persona que lo había escrito.

Vivian no hizo ningún comentario y Stella insistió:

–Vivian, por favor, déjame intentarlo. Solo te pido un mes y yo correría con parte de los gastos. Dejaré adelantadas las cuatro próximas publicaciones. Si surge algo interesante, puedo redactarlo y enviarlo desde donde me encuentre –prometió. Estaba decidida a hacer todo lo que estuviera en su mano para conseguir que aprobara el proyecto.

Vivian frunció su terso entrecejo. Admiraba el tesón de esa chica, aunque no pensaba admitirlo delante de ella para que no se jactara. Era inteligente, voluntariosa, creativa y una buena profesional que cumplía con su trabajo. Le auguraba un gran porvenir, pero en ese caso se estaba excediendo.

Stella observó a Vivian vacilar y comprendió que necesitaba un empujón. Jugaría su última carta.

–Si consigo mi objetivo, podremos firmar el reportaje entre ambas. Sería una colaboración –propuso. Sabía que no se podría resistir a llevarse parte del mérito sin haber movido un dedo. Eso aumentaría su prestigio y le permitiría llegar a esferas más altas. Era bien sabido que aspiraba a dejar la revista y trabajar en el canal de televisión conduciendo su propio programa de entrevistas.

La mirada de Vivian mostró un destello codicioso ante esa propuesta. Sería el espaldarazo que necesitaba para convencer a los directivos de la empresa que aceptaran su proyecto para televisión, *The Vivian Mayer Show*, que llevaba más de un año presentándoles. No podía perder esa posibilidad y decidió concederle a Stella lo que pedía. No perdía nada por probar y, si conseguía algún resultado, ella sacaría un buen provecho.

–Tienes un mes; ni un día más. Deja el trabajo hecho para que no suponga una sobrecarga a tus compañeros. Te daré un adelanto para los gastos, que tendrás que devolver si regresas con las manos vacías.

Stella contuvo con esfuerzo las ganas de abrazarla.

–Muchas gracias. No te arrepentirás.

–Eso espero.

Stella salió del despacho con una enorme sonrisa en el rostro. Pese a la confianza que había mostrado, no creía que llegara a conseguir su propósito. Como Vivian había señalado, debían de ser muchos los que lo habían intentado y D. Morgan continuaba siendo un total misterio. No le importaba; de una forma u otra, obtendría una buena ganancia de esa idea.

Se dirigió a su mesa con ánimos renovados. Se recogió la larga cabellera rubia en una coleta, encendió el ordenador y se concentró en el trabajo. Tenía mucho por hacer y poco tiempo. Debía concluir los cuatro próximos artículos en unos días para dedicarse por entero a la investigación.

6

El trabajo abstrajo a Stella durante las siete horas siguientes, con un pequeño descanso para comer un sándwich con un refresco sacados de la máquina expendedora y varias tazas de café. Estaba contenta del rendimiento obtenido. Había terminado dos de los cuatro artículos que se había propuesto y esbozado los siguientes; era hora de acabar la jornada laboral. Quería pasar por la casa de su hermana. Llevaba más de una semana sin verla y tenía ganas de charlar con ella y de ver a su sobrino. Aprovecharía para ponerla al tanto de los planes que tenía por si podía echarle una mano.

Recogió sus cosas, se despidió de los pocos colegas que permanecían en la redacción y salió del edificio. Había anochecido y la ciudad era un hervidero de transeúntes saliendo de sus trabajos y de taxis llevando a la gente de un lugar para otro. Supuso que le costaría encontrar uno libre. No le apetecía coger el metro a esas horas, en las que iba saturado de personas, y hacer varios trasbordos para llegar a Queens, donde Diane vivía.

Stella intentó parar alguno. Tras más de quince minutos, acabó resignándose a coger el metro. Caminó apurada hasta la estación más próxima. Los diez centímetros de tacón de las altas botas de piel no le facilitaron la tarea.

El traslado hasta Queens no le resultó tan arduo como esperaba y en poco más de cuarenta minutos estuvo en casa de su hermana, un coqueto adosado en una tranquila zona del populoso distrito de Nueva York. Diane era editora en una pequeña editorial de libros y catálogos de viajes y se encontraba de baja maternal; hacía tres meses y medio que Adam, su hijo, había nacido.

Adam era un niño tranquilo y risueño que tenía a toda la familia entusiasmada. Le había prometido a Diane quedarse con él para que pudiera ir a cenar con su marido, cosa que hacía con frecuencia. Lean era médico y trabajaba en el Highbridge Central Hospital, en el Bronx. Esa noche libraba y les venía muy bien pasar unas horas de esparcimiento juntos.

Diane era tres años mayor que Stella y, tanto ella como Lean, habían sido de gran ayuda cuando se instaló en la ciudad a su regreso de Londres, cuatro años antes. Estuvo viviendo varios meses en su casa hasta que encontró el pequeño apartamento en el barrio de Chelsea que habitaba y que estaba cerca de su trabajo, lo que le permitía ir caminando todos los días.

Sus padres, Michael y Alison, vivían en Norfolk, en el estado de Virginia, una bonita y tranquila ciudad portuaria que añoraba. Su padre era profesor de Matemáticas en un instituto de la ciudad y su madre, buena pintora, tenía una pequeña galería donde exponía sus cuadros y los de otros artistas locales. Tanto Diane como ella les visitaban siempre que podían, que cada vez era con menos frecuencia. El nacimiento de Adam y sus muchas ocupaciones se lo impedían. Debido al proyecto que tenía en mente, había pensado viajar hasta allí el siguiente fin de semana para verlos. Durante el resto del mes no podría hacerlo, a no ser que D. Morgan viviese por la zona.

Diana estaba atareada dando el biberón a Adam cuando Stella llegó.

–¿Cómo está mi sobrino favorito? –dijo al pequeño, que esbozó una sonrisa al escuchar el sonido de la voz de su tía.

–Cada vez más tragón. Tendremos que ponernos los dos a dieta –se quejó Diane.

Stella pensó que su hermana exageraba. Apenas había engordado en el embarazo y, tras el parto, continuaba teniendo una figura envidiable.

Ambas eran casi de la misma altura, más de un metro y setenta centímetros, aunque Diane era más voluptuosa. De rasgos muy parecidos, las dos hermanas habían heredado la abundante cabellera dorada y los ojos azules de su madre; en cambio, Diane se había quedado con los altos pómulos de su padre, algo que Stella envidiaba.

Diane le entregó a Adam mientras ella esterilizaba el biberón y dejaba preparadas las dos siguientes tomas. Después de la cena tenían previsto ver un espectáculo en Broadway y se les haría más de media noche para regresar.

Stella acunó entre sus brazos el tierno cuerpecito del niño, rozó su suave mejilla y depositó un beso en la pelusa pelirroja que cubrían su cabecita, del mismo color que el pelo de su padre. Una oleada de calidez se extendió por su interior y aspiró hondo para llenarse del delicioso olor que el pequeño desprendía. Le recordaba a su niñez, en su hogar, rodeada de felicidad.

–Quizá me ausente durante unas semanas de la ciudad –dijo Stella, que se había acercado a la cocina con Adam en brazos.

–¿Algún viaje de trabajo? –se interesó Diane.

–Algo así. Quiero investigar sobre el paradero de D. Morgan, el autor.

Diane levantó las cejas en un gesto característico que denotaba asombro.

–Complicado lo tienes.

–Cierto. No sé por dónde empezar. Cuando ayer se me ocurrió la idea, me pareció sencillo; ahora no lo veo tan fácil. ¿Algún consejo? –pidió. Su hermana le daba buenas ideas para sus artículos. Estaba bien informada del mercado editorial y tenía contactos con muchos profesionales de ese sector. Era inteligente y sagaz en todo lo que emprendía.

Diane resopló. Stella era demasiado optimista; también muy tenaz, y esa cualidad era la que le ayudaría a triunfar en la difícil profesión que había elegido. Recordaba cuando decidió hacer el curso de postgrado en el Reino Unido a pesar del gran desembolso que le suponía. Estuvo trabajando durante dos años en una hamburguesería y muchas noches como canguro mientras continuaba estudiando. No permitió que sus padres, ni ella, le sufragaran ese gasto. Consiguió ahorrar lo suficiente para la matrícula y el vuelo. La estancia en Londres durante los casi dos años que duró el curso la pagó con trabajos esporádicos. Así era Stella.

–Apuesto a que no eres la única con esa idea. Si fuera fácil, ya lo habrían localizado. Hay editoriales importantes que quieren captarlo y se han lanzado a la búsqueda del enigmático autor. Si no lo han conseguido es porque él no quiere que lo encuentren y dispone de medios e influencia para hacerlo –le advirtió. No dudaba de que, si se empeñaba, Stella acabaría teniendo éxito en este cometido.

–Soy consciente de que no va a ser fácil; aun así, quiero intentarlo. Si consigo dar con él, o ella, y tengo la suerte de que me conceda una entrevista, sería un logro excepcional que impulsaría de forma meteórica mi carrera.

–Eso mismo deben de pensar muchos otros periodistas, por no hablar de los agentes literarios y editores de las principales editoriales, hermanita. –Miró el reloj situado en la pared de la cocina y torció el gesto. Ya debería haber salido y aún no se había cambiado. Si no se apresuraba, llegaría tarde a la cita con Lean. El trayecto en metro, con trasbordos incluidos, duraba más de treinta minutos; no tenía tiempo que perder.

Se dirigió a las escaleras que llevaban al piso superior con Stella detrás de ella.

–Publica con BlackPoint Publishing. ¿Conoces a alguien que trabaje allí o a quién preguntar? –sugirió.

Diane se paró bruscamente y entrecerró los ojos, signo de concentración. Stella casi tropieza con ella.

–No, que recuerde –admitió a los pocos segundos, y continuó hacia su habitación.

–Creo que tiene su sede en Seattle. Hasta que el primer libro de Morgan se convirtió en un éxito era una editorial pequeña y poco conocida, especializada en reediciones de clásicos y novelas de diversos géneros. Ahora se han hecho muy populares y están captando a grandes autores. Ni ellos mismos deben de creerse la suerte que han tenido. Les está haciendo ganar mucho dinero y prestigio.

–Y más que ganarían si se decidiese a hacer publicidad, presentaciones, firmas... –apuntó Diane.

–El misterio que le rodea es un buen acicate para las ventas, no lo niegues.

Diane respondió con un sonido gutural y aceleró el paso.

–Entonces, ¿me ayudarás? –la azuzó Stella, que no pensaba dejar el tema.

Diane entró en la habitación con rapidez y se giró.

–De acuerdo. Dame unos días y haré algunas consultas; tal vez consiga algo con lo que puedas desentrañar el misterio. Ahora, deja que me arregle o no podré ir a cenar con mi marido –la apremió, y cerró la puerta ante las narices de Stella.

Había quedado con Lean en el Piccola Venezia, en el

West Willage, un italiano al que solían ir. Allí fue donde se conocieron y guardaba entrañables recuerdos. Él había ido con unos amigos a cenar y la cita de Diane no acudió. Lean se fijó en aquella preciosa mujer rubia que estaba sola en una mesa, se acercó y le preguntó si podía acompañarla. A ella le impresionó el desparpajo de aquel gigante pelirrojo y accedió. De eso hacía seis años. Diane pensaba que esa era la mejor decisión que había tomado en su vida.

Stella sonrió. Sabía que Diane la ayudaría. Siempre la convencía para que secundase sus planes por muy descabellados que fueran. Su hermana tenía un carácter opuesto al suyo, más plácido, en el que las aventuras de ese tipo ni se planteaban; aunque le gustaban los retos, y ese era uno enorme.

–¿Quién le va a dar muchos mimos a este briboncete? –dijo con acento cómplice. El niño pareció entender lo que le decía y sonrió.

Stella bajó al salón y acomodó al pequeño en su cunita mientras ella se preparaba la cena. No había comido nada desde el liviano almuerzo y estaba hambrienta. Diane tenía la despensa bien abastecida. Lean, de ascendencia escocesa, era amante de la buena mesa y un notable cocinero, aparte de un profesional de la medicina entregado, muy querido por sus pacientes y valorado por sus compañeros.

Su hermana era muy afortunada al haber encontrado a Lean, un hombre que la amaba y la respetaba; sentimientos que Diane correspondía con idéntica firmeza. ¿Tendría ella la misma suerte? No lo creía.

No es que se hubiese esforzado en encontrar el amor. Ese era un sentimiento que consideraba demasiado arriesgado y que, con certeza, estaba sobrevalorado. Solo había tenido un par de relaciones serias –si por serias se entendía más de seis meses saliendo con la misma persona–, y con ninguno de ellos llegó a pensar en un fu turo juntos. Su prioridad en todo momento había sido su carrera, los estudios de jovencita y luego su trabajo; actividades que le habían dado muchas satisfacciones.

Las relaciones afectuosas y sexuales las contemplaba como una parte de la existencia, necesidades puntuales, no como una meta a la que tenía que llegar. No se veía casada y con niños, como su hermana.

No ocultaba que, en alguna ocasión, envidiaba la complicidad que había entre Diane y su marido; y cuando acunaba a su sobrino, ansiaba tener un hijo al que amar. Pero sabía que formar una familia limitaría su proyección profesional y todos esos sueños que atesoraba desde que era una adolescente de recorrer el mundo tras una gran noticia. Ambas cosas no se podían tener y ella había decidido hacía tiempo lo que prefería hacer con su vida.

Si con los años encontraba una pareja amable y divertida con la que compartir momentos de ocio y fogosidad, y que le dejase la suficiente libertad para dedicarse a su vocación, no la rechazaría. Tenía su trabajo y el cariño de su familia, dos opciones seguras y asequibles para ser feliz.

7

Tres días más tarde, cuando Stella comenzaba a desesperar y a convencerse de que la idea de buscar a D. Morgan había sido una de las peores decisiones de su vida, Diane la llamó.

–Dime que has conseguido algo, por favor –pidió con un fervor casi religioso.

–Algo he conseguido, y no ha sido fácil. He tenido que recurrir a amigos que me debían favores y estos a amigos que se los debían a ellos –puntualizó.

–Gracias. Apuntaré la deuda en la cuenta de las que te debo –ironizó.

–Que ya se está haciendo demasiado larga, por si no lo habías advertido. A este ritmo no vas a tener tiempo de pagármelas ni con dos vidas. –Diane estaba disfrutando. Sabía que su hermana ardía en deseos de que le contara lo que había averiguado y ella se estaba haciendo la remolona para irritarla. Era algo que le gusta hacer desde que eran niñas; Stella siempre caía en la trampa.

–Por el amor de Dios, ¿quieres hacer el favor de decirme ya lo que sabes? –exclamó a voz en grito.

Diane apartó el teléfono y sonrió al escuchar el poco elegante gruñido de exasperación que Stella emitió.

–¡Qué poco sentido de humor tienes, guapa! En fin, allá va. Según la persona que ha informado al amigo de mi amigo, en la editorial no saben quién es D. Morgan, ni siquiera si es hombre, mujer o un extraterrestre. Todas las gestiones las realiza a través de su agente, como es de esperar, pero lo raro es que, cuando le pidieron una foto para incluirla en la contraportada e información para la biografía, se negaron en redondo. Parece ser que uno de los requisitos que impuso el autor en el contrato es que se preserve al máximo el anonimato. Al principio, a los de la editorial les ofendió y estuvieron a punto de negarse a publicar la primera novela que les envió. Es temerario invertir dinero en una persona de la que no sabes nada en absoluto, para que resulte ser un asesino en serie o, mucho peor, un plagiador. Por suerte, no lo hicieron. Les gustó tanto el libro que decidieron saltarse toda prudencia; algo inusual en este negocio, te lo puedo asegurar. Ahora están eufóricos y hasta le publicarían la lista de la compra si se la enviara. –Soltó una risita y continuó bajando la voz y dando a sus palabras un matiz clandestino–: Y ahí va la gran noticia: ¡hay un tercer libro a la vista! –exclamó con alegría.

Diane era una gran admiradora de D. Morgan y creía firmemente que se trataba de una mujer. En su opinión, solo una mano femenina era capaz de describir los sentimientos de forma tan verídica y emotiva.

–¡¿Cuándo?! –preguntó Stella sin disimular su sorpresa.

–No tienen fecha. Aún no han recibido el manuscrito. Por la editorial corre el rumor no confirmado de que será para antes del verano.

Stella refunfuñó con desánimo.

–Poco puedo hacer con lo que has descubierto –se quejó.

–No seas impaciente, hermanita, que no he terminado.

Stella se contuvo para no protestar. Diane estaba pasándoselo de lo lindo a su costa.

–No, si tranquila estoy. Tú tómate todo el tiempo que necesites, guapa –replicó irónica.

–No puedo. Adam reclama su comida y sabes cómo se pone cuando se retrasa. En fin, que las indagaciones no han sido del todo infructuosas; al menos, he conseguido el nombre de la agencia que le lleva los derechos de autor. –Las últimas palabras las dijo elevando la voz y en tono triunfal.

Stella, que había estado conteniendo las ganas de gritar de frustración, inspiró con fuerza; ese era un buen comienzo. Ellos debían de saber quién era su representado.

–¿De qué agencia se trata?

–De SilverBooks, que tiene su sede en Nueva York, concretamente en Manhattan. No te será difícil encontrar la dirección. Lo que no creo es que consigas nada de ellos. D. Morgan no aparece en el catálogo de representados de su página web, algo significativo porque estarían muy orgullosos de mostrarlo si pudieran. Si no han querido facilitarles ningún dato a los editores, no van a hacerlo con una periodista que quiere desenmascarar a su escritor más vendido. Seguro que ha firmado una cláusula de confidencialidad que los tiene amordazados.

–Es lo más probable. Tendré que idear un plan para conseguirlo –pronosticó Stella con la mente ya al doble de revoluciones.

Diane se tensó. Conocía a su hermana y sabía que no cejaba en su empeño cuando quería conseguir algo. Más de una vez tuvo que ayudarla a salir de un aprieto en el que su obstinación y la falta de mesura la habían metido.

–Stella, no hagas ningún disparate, que te conozco. Como periodista es lógico que corras algunos riesgos y cometas pequeñas infracciones, lo que no impide que, antes de actuar, valores bien si merece la pena. Si insistes en acosar a esa persona, te puede caer una demanda que te arruinará la vida.

Stella suspiró. Su hermana era demasiado juiciosa. «Quien no arriesga, no consigue alcanzar sus metas», era otra máxima de su padre que se aplicaba.

–Tranquila. Si veo que se complica demasiado, abandonaré. Ya surgirán otros sucesos interesantes –dijo para contentarla–. Gracias, Diane. Dale un enorme beso a Adam de mi parte.

Stella colgó y Diane se quedó intranquila. No creía las palabras de su hermana. Sabía que lo había dicho para aplacar sus temores. Se había marcado un objetivo y no pararía hasta verlo cumplido. En eso se parecía demasiado a su abuelo paterno.

Henry Owens era un joven piloto destinado en la base naval de Pearl Harbour cuando aquella mañana del 7 de diciembre de 1941 aviones japoneses la bombardearon. Pese a las indicaciones de sus superiores y los ruegos de sus camaradas, subió a uno de los pocos aviones que quedaban intactos en el aeródromo y, sorteando las bombas que caían sobre él, alzó el vuelo y abatió varios de los aviones enemigos. El suyo, alcanzado por una ráfaga de munición de un caza de combate, fue derribado y él logró saltar antes de que se estrellara en el mar. Rescatado por un barco, no tardó en incorporarse a su regimiento sin haberse recuperado de las heridas. Luchó con valentía durante los siguientes cuatro años, sumando acciones heroicas a la primera. A Diane le encantaba escuchar de sus labios esas historias, que él relataba con agrado y aderezaba con divertidas anécdotas. Tras una larga y fructífera vida, había fallecido dos años antes, a punto de cumplir los noventa, rodeado del amor de la gran familia que había creado.

Stella buscó la web de la agencia SilverBooks en Internet y pronto la encontró. Como Diane le había adelantado, el nombre de D. Morgan no aparecía en su catálogo de representados. Eso quería decir que, por mucho que lo desearan –y debían de quererlo, pues el tener un autor de tanto prestigio les supondría elevar la reputación de la agencia a cotas insospechadas–, no iban a desvelar el secreto de su gallina de los huevos de oro; en eso le daba la razón a su hermana.

Reflexionó. Necesitaba un buen ardid para conseguir acceder a sus archivos. En ellos existiría algún tipo de documentación, el contrato de representación u otros por el estilo, en el que figuraría el nombre del autor. En un documento legal no se podía firmar con seudónimo. El problema era cómo conseguirlo. Sería difícil, no lo negaba, aunque no abandonaría. Aquí la astucia desempeñaría el papel principal.

Lo primero que debía hacer era recopilar la mayor cantidad posible de datos sobre la agencia: dónde tenía las oficinas, cómo eran, si existía alguna forma de introducirse en sus dependencias, qué tipo de vigilancia poseían y los posibles fallos de seguridad si los había, si tenía delegaciones en otras localidades y, por supuesto, investigar al personal de SilverBooks en cualquiera de sus sedes.

Estudió a fondo la información que la web le ofrecía. Era una empresa modesta, comparada con otras de la ciudad, donde se ubicaban el mayor número y las más importantes del país. Las oficinas no ocupaban uno de los céntricos edificios de Manhattan, como ocurría con las principales. Esta se encontraba en una zona menos glamurosa, en West Harlem, y no disponía de muchos empleados. La responsable era Hannah Silverstein, fundadora de la agencia dos décadas antes. En el catálogo contaba con una treintena de autores de diferentes géneros y notoriedad, colaboraba con agencias de representación en otros países y gestionaba las publicaciones de autores extranjeros en los Estados Unidos.

Una búsqueda más pormenorizada la convenció de

que no tenía sucursales y de que sería una pérdida de tiempo intentar conseguir más información de los agentes en el extranjero con los que colaboraba, y que se encargaban de negociar las traducciones de las obras de D. Morgan a otros idiomas. Concluyó que la forma más rápida y segura de conseguir resultados era centrarse en la agencia, que estaba en su misma ciudad, y en las personas que trabajaban allí.

La imagen de Hannah Silverstein que aparecía en la página web mostraba a una mujer de entre cuarenta y cinco y cincuenta años, de rostro lleno y rasgos agraciados sin llegar a ser bella, rizada melena oscura y ojos grandes y expresivos enmarcados por unas gafas de montura metálica.

El resto del personal ofrecía algunos datos que le facilitaron la tarea. Diez en total, con sus fotografías y el puesto que ocupaban. La mayoría eran mujeres, y solo un par de hombres. En la página había una pestaña donde solicitar trabajo.

Lo meditó y se le ocurrieron varias opciones. La más sencilla era rellenar la ficha de solicitud de empleo y confiar en que la contrataran. La descartó por demasiado lenta. Otra opción era hacerse pasar por una autora que requería los servicios de la agencia. Le permitiría presentarse en ella, echar un vistazo a las instalaciones y, con suerte, conseguir lo que deseaba averiguar; esta era la menos viable. Y la tercera que se le ocurrió era la más osada y, con mucho, la menos ética: contactar de forma fortuita con uno de los empleados y sonsacarle información.

Descartó la primera y dejó la segunda como reserva por si le fallaba la tercera. Maduró esa alternativa y se convenció de que era la más factible si se centraba en los hombres, más sencillos de manejar.

8

Stella memorizó los rostros de los empleados de la agencia SilverBooks y, al día siguiente a primera hora de la mañana, se apostó en un café frente al edificio donde se situaban las oficinas. Cámara en ristre, se pasó ese día y el siguiente observando y tomando notas de todos los que entraban y salían, de sus horarios y sus costumbres más destacadas, de las personas a las que saludaban o con las que se paraban a hablar y de cualquier otro detalle que suscitara su interés. Al cabo de esos dos días había reunido suficiente material para ponerse a trabajar.

Después de un análisis exhaustivo de todo lo recopilado se decidió por Peter Boyle, uno de los editores; tenía el presentimiento de que con él conseguiría la información que necesitaba. Se trataba de un chico de veintipocos años y aspecto apocado. Era el último en marcharse, no hablaba con nadie y los dos días había almorzado solo en un pequeño restaurante de comida rápida situado en la misma calle. Ese sería su objetivo. Ahora solo tenía que acercarse a él sin que advirtiese su treta.

Al día siguiente estuvo vigilando el edificio y hacia las doce y media lo vio salir. Lo siguió. Como en los anteriores, se dirigió a la hamburguesería. Con habilidad, Stella se situó delante de él en la fila que había para pedir la consumición. Cuando le tocó el turno, pidió una ensalada y un botellín de agua y, a la hora de abonar el importe, fingió buscar en el bolso con creciente apremio.

Miró con apuro a la chica que le atendía detrás del mostrador y exclamó:

–¡No llevo el billetero!

–¿Y tarjeta de crédito? –preguntó la empleada sin mostrar signos de empatía.

–Están en el billetero, que he debido olvidar en el trabajo –justificó Stella con fingido azoramiento.

–Si no abona la consumición, no puedo servirle.

Stella había previsto la respuesta, en la que se basaba su estrategia. Miró la chapita plateada en la que aparecía el nombre.

–Mire, Maddy; le juro que esta misma tarde, cuando salga de trabajar, le traigo el importe. La oficina está a una manzana de aquí y no me da tiempo de desplazarme hasta allí y volver. Solo tengo media hora para comer y casi la mitad ya ha pasado –le explicó con voz implorante.

La chica, de figura regordeta, cabello corto bajo una gorra negra y roja y enfundada en un uniforme con los mismos colores que le quedaba estrecho, se mantuvo imperturbable. Estaba acostumbrada a esas situaciones. Era frecuente que los clientes, incluso con la apariencia adinerada que presentaba la mujer que tenía delante, quisieran irse sin pagar. Si lo hacía, se lo descontarían a ella del sueldo; y no podía permitiese ser espléndida. Con ese trabajo pagaba el minúsculo apartamento en el que vivía y el casero no admitía retrasos en el alquiler.

–Lo siento, señora; no puedo hacerlo. Si no abona el importe, no se le servirá lo que ha pedido.

Stella, satisfecha de cómo evolucionaba la situación,

se dispuso a dar el siguiente paso. Con el rostro desencajado, se giró y miró a Peter.

–No me puedo creer que la gente sea tan insolidaria. ¡Son solo nueve dólares! –comentó con incredulidad. La expresión de angustia que se apreciaba en su rostro era capaz de conmover a una piedra.

Él, que había estado mirándola con embeleso durante todo el rato, vio la ocasión de quedar como un caballero en auxilio de una bella dama en apuros; igual que en las novelas románticas de Crystal Hill, una de sus clientas, que tanto le gustaban.

–No se preocupe, señorita; yo lo pagaré –se ofreció con una sonrisita de suficiencia que dejaba al descubierto unos dientes irregulares.

Stella le miró arrobada, abriendo mucho los ojos y conteniendo la respiración. Ese truco nunca fallaba.

–Oh, no; no puedo consentirlo –dijo con candor.

–Insisto, por favor.

Stella solo dudó unos segundos, los justos para no descubrir su farsa.

–Oh, muchas gracias. Será mi salvador. –Posó una mano sobre el brazo de Peter en un tierno gesto, al tiempo que lo miraba con rendida admiración.

–Señora, si no me va a abonar el pedido, deje paso al siguiente, por favor –reclamó Maddy, pendiente de la conversación.

–Espere un momento. No atosigue a este amable caballero que se ha ofrecido a ayudarme –la reprendió Stella con acritud y mirada furibunda.

Maddy se mordió la lengua para no responderle. Los altercados con los clientes eran causa de despido y ella necesitaba ese trabajo, pero no se le había escapado el juego que la clienta se traía entre manos. Compadecía al pobre incauto que había mordido el anzuelo. Siempre ocurría lo mismo: unos ojos bonitos, una melena rubia, un cuerpo de modelo y los hombres perdían la cabeza.

Seguro que le sacaría mucho más al ingenuo de turno antes de que terminara el día.

Peter sacó un billete de diez dólares y pagó la consumición de Stella.

–Muchas gracias. Me ha salvado la vida –replicó ella con exagerado alivio y una conveniente humedad en los ojos.

Cogió la bandeja y esperó a que él terminara de pedir.

–¿Te importa si te acompaño? –preguntó, pasando a tutearle.

–¡No! –exclamó Peter con viveza–. Será un placer.

Stella le recompensó con una sonrisa deslumbrante y ambos se sentaron en la primera mesa que encontraron libre.

–No sabes cuánto te lo agradezco. Estaba viendo que me quedaba sin almuerzo hoy, y llevo desde las siete de la mañana sin tomar bocado –comentó con alivio–. Te lo devolveré esta misma tarde. Dime dónde puedo verte a partir de las seis, que acaba mi jornada. Por cierto, me llamo Jane.

Stella había decidido utilizar su segundo nombre por si él reconocía el verdadero. Con su profesión cabía la posibilidad de que leyera la sección cultural de *The Globe Magazine*.

–Yo, Peter. Y te he dicho que no es necesario. Ha sido un placer invitarte. Me siento recompensado con la agradable compañía –reiteró muy ufano por estar acompañado por aquella hermosa mujer que lo miraba con los ojos brillantes de agradecimiento. Nunca se había sentido tan a gusto como en esos momentos. Lástima que no pudiera hacerle una fotografía con el móvil para enseñársela a su hermano. Se burlaba de él por no ser capaz de quedar con chicas.

–De ninguna forma. Tienes que dejarme que te invite otro día. ¿Sueles venir a este restaurante? –preguntó de forma inocente.

–Como aquí todos los días. Me coge muy cerca de mi trabajo y, con el poco tiempo que tengo, es lo más cómodo.

–Yo trabajo cerca, en las oficinas de Lyons Insurances que están a dos calles de aquí. El contrato es por unas semanas, para cubrir una baja por enfermedad, y es muy importante para mí no faltar ni un minuto. ¿Y tú?

–Yo trabajo en la agencia literaria SilverBooks –explicó con cierta timidez, y se recolocó las gafas de gruesos cristales en el prominente puente de la nariz.

Stela abrió los ojos como platos.

–Ese sí que debe de ser un trabajo interesante y no como el mío, que es de lo más aburrido. ¿En qué consiste exactamente?

Peter vio la ocasión de explayarse. Casi nadie valoraba el trabajo que hacía en la agencia, en la que llevaba tres años, desde que acabó los estudios universitarios.

–Un poco de todo. Me dedico a leer y evaluar los manuscritos y a asesorar a los autores a mi cargo.

–Vaya. ¿Y cómo lo haces?

–Por lo general solo leo y corrijo lo que nos envían los autores. Con algunos hay que ir más allá, hacer una labor de consejero, psicólogo, hasta de paño de lágrimas. Esos son pocos, al menos en mi caso. Los que yo llevo no suelen plantearme problemas, como ocurre con algunas compañeras. Tienen que estar disponibles las veinticuatro horas por si al autor se le ocurre comentarle alguna cuestión. Los escritores no tienen horario fijo, como nosotros, y se ponen a trabajar en cualquier momento del día. Si te llaman a las cuatro de la madrugada porque están bloqueados o deprimidos y necesitan que les asesores o les motives, no puedes ignorarlos –comentó con presunción y exagerando la realidad. Se retiró un mechón de cabello oscuro que le caía sobre el ojo derecho y siguió atacando con entusiasmo la grasienta hamburguesa con doble ración de queso.

-¡No me puedo creer que conozca a un agente literario! -exclamó Stella. Su asombro sonó genuino y él le dedicó una sonrisita orgullosa que dejaba ver parte de la comida a medio masticar. Se acercó más a él y dijo en tono reservado-: ¿Te cuento un secreto?

A Peter le brillaron los ojos de expectación.

-Dime.

-¡Hago mis pinitos como escritora! -confesó eufórica-. Estoy escribiendo una novela y la enviaré a un agente cuando la acabe. A mí me parece muy interesante, pero no sé si es buena o no, si tendría aceptación entre el público o si alguna editorial se interesaría por ella.

Peter no pudo evitar que el desencanto aflorara a su rostro. No era el tipo de revelación que le hubiera gustado escuchar.

-Seguro que es interesante.

Durante los siguiente quince minutos estuvieron hablando de escritura, sueños y pasiones. Y Stella consiguió su objetivo: que él la invitara al día siguiente a conocer la agencia y le llevara parte del manuscrito que tenía escrito para evaluarlo.

-Tendrá que ser al salir del trabajo. Ya te he comentado que no puedo permitirme faltar; es un contrato temporal y quiero dar buena imagen. Podría llevar comida preparada y cenar allí, mientras le das una primera lectura. Son solo unas cincuenta páginas y no te llevará mucho tiempo; así podré continuar o abandonar esos sueños de convertirme en una autora *best seller* como D. Morgan. -Soltó una carcajada sin perder de vista la reacción de Peter.

Él sonrió de forma forzada. A Stella le pareció que se moría de ganas de alardear por tenerle en la agencia y que la cautela le impedía hacerlo. Lo interesante sería ver cuánto tiempo era capaz de permanecer con la boca cerrada.

-No te preocupes. Suelo quedarme el último y no me

importará retrasar la salida un poco más. No me van a regañar por llegar tarde a casa.

Stella dedujo que vivía con sus padres. Su juventud y la falta de anillo le hacía suponer que no estaba casado; ni tenía novia, si se guiaba por las encendidas miradas que le había estado dedicando.

–Perfecto. ¿Te gusta la comida italiana?

9

Stella pasó el resto del día y parte del siguiente escribiendo el inicio de la novela que le había comentado a Peter. Aprovechó un extenso artículo que tenía escrito sobre las vivencias de su estancia en Londres durante el curso de postgrado y lo planteó como una aventura disparatada en la que la protagonista se introducía en los bajos fondos londinenses. La carga erótica era tan intensa que él no despegaría los ojos de los folios impresos en un rato y le dejaría un pequeño margen para explorar la oficina; con suerte, tendría la oportunidad de husmear entre los archivos por si descubría algo que le fuera útil. En algún sitio debería de figurar el nombre, la dirección, el teléfono o, cualquier dato que le permitiera continuar con las pesquisas.

A las seis y media de la tarde, cuando calculó que todos habían salido de la oficina y solo debía de quedar Peter, se presentó en ella. De camino, recogió la comida que había encargado en Vendetta, un afamado restaurante italiano. Esperaba sorprenderlo y ganarse su predisposición.

Peter la esperaba con una sonrisa entusiasta. Era la primera vez que tenía una cita –porque esa era una en toda regla, y así se lo había comunicado a su familia–, con una mujer atractiva y que parecía interesada en él. Esperaba inmortalizar el encuentro con unos selfis para mostrarles y que comprobaran la suerte que tenía.

No había dejado de pensar en ella desde el día anterior, cuando la conoció. Quería encandilarla con la importancia de su trabajo, que había exagerado bastante. Él solo se encargaba de los autores menos relevantes, los importantes los llevaban los lectores veteranos y del autor estrella de la agencia, el misterioso D. Morgan, se encargaba la propia dueña, algo que Stella no sabía y no pensaba decirle. Tenía la esperanza de que, con el tiempo, llegaría a ocuparse él. Hannah le había comentado que estaba haciendo un buen trabajo con los autores a su cargo.

–Hola, Peter –saludó Stella con una sonrisa cuando le abrió la puerta.

–¿Qué tal estás, Jane? ¿Algún problema para localizar la oficina? –Se hizo a un lado para que entrara y cerró de inmediato.

–No, ninguno. El conserje ha sido muy amable.

A Peter se le veía nervioso. Stella pensó que debía de estar infringiendo algunas normas al admitir a personal ajeno a la agencia y no deseaba que llegaran a enterarse.

–Pasa. Dejaremos tus cosas en mi despacho y te mostraré la oficina –la invitó, ejerciendo de elegante anfitrión.

Peter la guio hasta una habitación pequeña con una ventana a la calle y estanterías repletas de libros en el resto de las paredes. Casi toda la estancia estaba ocupaba por una gran mesa cubierta de libros y gruesos volúmenes de folios encuadernados con gusanillo, que serían manuscritos pendientes de leer. Había un sillón de piel muy ajado detrás del escritorio, una mesita junto a él con un ordenador algo anticuado y una silla de asiento acolchado, con libros encima, que Peter retiró.

Stella imaginó que aquel no era el despacho de un recién llegado como él y que solo lo había cogido prestado para impresionarla; cosa que confirmó cuando le enseñó las instalaciones de la agencia, que ocupaba toda esa planta del edificio. El resto de los despachos los compartían dos o tres empleados. El de la directora, con su nombre escrito en la puerta con grandes letras sobre el cristal opaco, estaba cerrado. Peter se limitó a abrirlo unos segundos para que Stella echase un vistazo en el interior y volvió a cerrar la puerta.

Ella tomó buena nota mental de todo, en especial de la ubicación del despacho de Hannah Silverstein, donde debía de encontrarse la información que buscaba. Algo tan importante no lo iba a dejar en manos de subalternos que podían irse de la lengua, como esperaba que Peter hiciera.

Se había vestido y maquillado con esmero y con una finalidad: fascinar. Un corto y ajustado vestido negro de amplio escote que dejaba al descubierto el nacimiento de sus pechos. Los altos tacones estilizaban sus largas piernas y le proporcionaban voluptuosidad al caminar, lo que acentuaba ese aire seductor que pretendía conseguir y que, según le había parecido, cumplía a la perfección con su cometido. El brillo de deseo que observó en los ojos de Peter cuando se quitó el abrigo resultaba muy explícito.

El maquillaje ayudaba. Había perfilado sus ojos con una línea negra que los agrandaba y le daban un toque de misterio, los pómulos resaltaban con unas pinceladas de colorete y los labios estaban coloreados con un rojo intenso que había comprado para la ocasión. Ella prefería tonos más discretos y que armonizaran con su piel pálida y el azul de sus ojos. El cabello lo había peinado en rizos grandes que, según había leído en un artículo de la revista *Cosmopolitan*, aportaba un aspecto salvaje y desinhibido que volvía locos a los hombres. A Stella le sabía mal recurrir a esas argucias, pero la situación lo requería.

–Estoy deseando leer ese manuscrito –dijo Peter, de vuelta a su despacho.

–Los primeros capítulos, nada más; ya te dije que estaba empezando –le recordó–. Cenamos primero. No quiero que se enfríen estas exquisiteces que he comprado.

Peter despejó la mesa y Stella colocó los platos y dos copas. Había traído una botella del mejor *chianti* que le habían recomendado en el restaurante.

–¿Quieres impresionarme para que te dé una buena puntuación? –sugirió él con los ojos brillantes. No estaba acostumbrado a tanto lujo.

–Esa es la intención –respondió Stella con una risita pícara.

Durante los primeros diez minutos estuvieron charlando sobre generalidades. Stella encauzó la conversación hacia donde le interesaba, al tiempo que lo incitaba a beber. Cuando advirtió que a Peter se le soltaba la lengua, después de haber consumido casi media botella de vino, atacó. Se había informado sobre los autores que aparecían en el catálogo y hacia ahí derivó la conversación.

–El trabajo que desarrollas debe de ser apasionante. Tenéis unos autores muy interesantes. He leído la última novela de Caroline Whash, una de vuestras representadas, y me ha gustado mucho. La que yo estoy escribiendo va un poco en esa línea de romance erótico. Lo cierto es que me gustan más autores como Richard Ford, Margaret Atwood y, sobre todo, D. Morgan. Me apasionan sus novelas –dijo con una expresión de arrobo nada fingida.

–A mí me gustan mucho esos autores –coincidió Peter con una sonrisa bobalicona que delataba su incipiente estado de embriaguez.

Stella volvió a servirle otra copa. Él la bebió casi de un trago, como si fuese agua. La comida estaba muy picante, como ella había pedido, y Peter sentía una sed voraz.

–Cómo envidio tu trabajo. ¡Ser el primero en leer una obra y aconsejar sobre ella! Es una gran responsabilidad. Seguro que han pasado por tus manos importantes manuscritos –insistió en el mismo tema para hacerle hablar. Todo lo que pudiera decirle de D. Morgan ayudaría a localizarlo.

–Algunos sí –confesó Peter en tono enigmático.

–¡¿Cuáles?! –Stella abrió mucho los ojos al tiempo que se mordía el labio inferior en un sensual gesto. Era difícil de convencer y tenía que emplear todo su arsenal.

Peter, al verlo, sintió una fuerte contracción de deseo en el bajo vientre y una repentina rigidez en los genitales que luchó por sofocar. Con la mente nublada por el vino, y decidido a deslumbrarla para ganarse su favor, no dudó en ignorar la absoluta discreción que la señora Silverstein imponía al personal sobre su cliente más lucrativo. ¿Por qué no atribuirse algún mérito? Lo tenían relegado a autores insignificantes cuando otros, con menos méritos profesionales que él, llevaban a los más importantes.

–Te diré algo en confianza si me prometes que lo vas a guardar como el secreto más preciado que tienes en tu vida –dijo con tono decidido. La mezcla de alcohol con la mirada admirativa de ella le dio valor.

–Puedes fiarte de mí. Palabra de *girl scout* –dijo Stella con el rostro arrebolado de emoción y haciendo el típico juramento con los dedos de la mano derecha.

Peter se acercó mucho a ella y bajó la voz a casi un susurro.

–Nosotros gestionamos las obras de D. Morgan.

Stella se tapó la boca para ahogar un gritito y la mayor de las sorpresas se pintó en su rostro.

–¡No me lo puedo creer! ¡Si no aparece en vuestro catálogo!

–Lo ha exigido el autor. Quiere conservar el anonimato.

–¡Qué raro! ¿Y cómo es? ¿Lo has visto? –A Stella no le costó ningún esfuerzo fingir la ansiedad que sentía.

–No, ¡qué va! Solo he leído sus manuscritos. –Peter confiaba en que ella no advirtiera que estaba mintiendo. Excepto la directora, que gestionaba en persona todo lo referente al autor junto a Ernest, el editor más antiguo y su mano derecha, nadie había leído los manuscritos ni tenía relación con el autor.

–Pero ¿es hombre o mujer?

–Ni idea. Aquí nadie lo sabe; ni siquiera la señora Silverstein, según afirma.

A Stella no le convencía que la dueña de la agencia no supiera nada de la persona a la que representaba. ¿Cómo trataba con él?

–No lo entiendo. Debe de firmar los contratos de representación o algo así. Será todo legal, ¿no? –cuestionó, y acompañó sus palabras con un expresivo gesto.

Peter se apresuró a responder.

–Indudablemente. Todas las gestiones las hace a través de su abogado, según me comentaron. Tiene poderes notariales para firmar en su nombre. Tampoco sabemos quién es el abogado. La única que debe de conocerlo es la señora Silverstein, y se cuida bien de no divulgar su nombre para evitar que lleguen hasta el autor. Tuvo que firmar un contrato de confidencialidad por el que sería demandada si alguien se enteraba de la identidad de D. Morgan a través de la agencia.

–Puede que sea el propio abogado y quiere evitar que se sepa por algún raro capricho, cuestión de *marketing* o vete a saber qué –aventuró Stella.

Peter negó con la cabeza. Había pensado mucho en ello y tenía una teoría.

–No lo creo. Todos en la agencia están convencidos de que es un político importante. Yo pienso que es alguien que tiene mucho que esconder, un delincuente, un convicto... En la cárcel tienen mucho tiempo para escribir, ¿no crees?

Los efluvios alcohólicos le estaban soltando la lengua a Peter, aunque a Stella no le servían las suposiciones; ella quería datos y era obvio que él no se los podía suministrar. La dueña tenía que saberlo y, obligada por ese contrato que había firmado, lo ocultaba a todos. Tenía que buscar en su despacho; no había otra opción.

–¿No sabéis nada, el nombre del abogado, el teléfono, correo electrónico, dirección...?

–Ya te digo que las gestiones las lleva la señora Silverstein. A mí me dio a leer los dos manuscritos; confía en mi experiencia y buen criterio. Solo recuerdo una vez que fui a entrar a su despacho y la oí hablar por teléfono. No quise interrumpirla y decidí marcharme. Cuando escuché que pronunciaba el nombre de D. Morgan, esperé y agucé el oído; sentía curiosidad. La conversación giró en torno a los porcentajes de la tirada del siguiente libro, que parece que ha acabado. Deduje que hablaba con el abogado y me pareció que tenían confianza, como si se conocieran, porque dijo algo así como «en Nueva York hace menos frío que en Denver» y se despidió con un «cuídate, Selma» –mencionó, alardeando de sus dotes detectivescas.

A Stella le resultó muy interesante aquella información. Le brindaba dos datos importantes sin ser concluyentes: un nombre y un lugar. Al mencionar Denver, Hannah podía estar haciendo una comparativa y no refiriéndose al lugar en el que el autor o el abogado vivía; en cuanto a Selma, solo era un nombre femenino. ¿Cuántas «Selmas» habría en Denver, por centrarse en aquella ciudad? Si hubiese dicho el apellido, tendría más valor.

Suspiró con desánimo. Con aquellas referencias le resultaría difícil encontrar a Morgan; con todo, era un buen indicio para comenzar a mirar en el despacho de Silverstein. Antes de eso, tenía que asegurarse de que Peter no iba a impedírselo.

–Al menos sabemos que pronto habrá otra novela de D. Morgan para leer. Eso hay que celebrarlo, ¿no crees? –dijo optimista y, con un guiño cómplice, volvió a llenarle la copa de vino.

–Sí que lo es –coincidió entusiasmado.

Stella observó que parpadeaba para despejar la mente y temió que se quedase dormido. Su intención no había sido emborracharlo y que cayera inconsciente. Parecía tener poca resistencia al alcohol y el vino le había afectado más de lo que esperaba. Sintió un atisbo de remordimiento que sofocó de inmediato; era el momento de pasar a la acción.

–¿Qué tal si comienzas a leer mi manuscrito mientras yo voy al servicio? –le propuso, y sacó del bolso unos folios grapados.

–Cla... claro, será un... placer. –La lengua se le trababa–. ¿Sabes dónde...?

–Descuida, que no me perderé.

Peter se ajustó las gafas e intentó enfocar las letras impresas. Simuló leer con atención. No quería dar una pésima imagen ante ella en su primera cita, pero estaba muy mareado. No debió beber tanto vino.

10

Stella sabía que los servicios se encontraban cerca del despacho de Hannah Silverstein. Calculó que disponía de poco tiempo y aceleró el paso. Aunque Peter estaba bastante ebrio, si tardaba mucho en regresar podía inquietarse e ir en su búsqueda. Lo último que deseaba era que descubriese lo que pretendía, alertaran al autor y perdiera toda posibilidad de encontrarlo.

Entró en el despacho y cerró la puerta. No quiso encender la luz para no delatarse y se guio con la linterna del móvil. En el rápido vistazo que le había echado con anterioridad, cuando Peter se lo mostró, pudo observar que era una habitación mucho más grande que el resto, con un par de ventanales que debían de dar una buena luz natural durante el día. Tenía una gran mesa de madera oscura que ocupaba el centro y, en un rincón, un sofá de dos plazas en piel color crema con un sillón a juego y una mesita. Grandes estanterías acristaladas llenas de libros y manuscritos encuadernados cubrían dos de las paredes.

La mesa estaba ocupada por algunos libros y un ordenador. No lo encendió. Se figuraba que tendría clave de acceso que le impediría entrar en él. Buscó en los cajones. La mayoría los abrió sin dificultad. Contenían objetos de oficina, personales y alguna carpeta que revisó con rapidez. Uno estaba cerrado y Stella supo que allí guardaba información sensible.

Con un abrecartas que encontró en otro de los cajones forzó el cierre y lo abrió. Esa era una habilidad que había adquirido cuando de jovencita habría el cajón de la cómoda de su hermana para leer su diario; una proeza que ahora le avergonzaba, pero que en aquella época le parecía algo natural. Diane nunca llegó a enterarse y ella no veía la necesidad de confesarle que durante más de un año estuvo leyendo sus secretos más íntimos.

En el cajón solo encontró una botella pequeña de vodka junto a dos agendas. Examinó una de ellas. Pronto advirtió que era más bien un libro de cuentas. Lo dejó y se dedicó a la segunda. Aquí tuvo más suerte. Contenía teléfonos y notas personales. Le hubiera gustado revisarla con detenimiento, pero no podía entretenerse demasiado. Al saber solo el nombre, decidió ir a la S y probar suerte. Allí había varios números de teléfono seguidos de nombres o iniciales. Uno de ellos estaba precedido por la palabra Selma.

«¡Bingo!», exclamó para sí. Le hizo una fotografía con el móvil a toda la página y guardó la agenda en su lugar. Se aseguró de que quedara como lo había encontrado y salió del despacho con precaución. Temía que Peter hubiese ido a buscarla pese a que habría tardado poco más de cinco minutos, lo normal para que una chica se retocase el maquillaje.

El pasillo estaba despejado y respiró con mayor tranquilidad. Cuando llegó al despacho, Peter estaba en el mismo lugar en el que lo había dejado y tenía los ojos cerrados; el típico sopor tras unas cuantas copas. Como no creía que pudiera aportarle nada sustancioso más, y con lo que poseía tenía para empezar, decidió marcharse. Estaba deseando iniciar la investigación.

Emitió una tosecilla para alertarlo de su presencia. Él dio un fuerte respingo, que casi le hace caerse de la silla, y luchó por recuperar la sobriedad.

–Disculpa; estaba... estaba...

–Tranquilo. Ya sé que la novela no es muy buena. Tendré que trabajar mucho en ella antes de que decida ponerla en manos de un profesional –dijo con aparente abatimiento, y le arrebató los folios que tenía en la mano.

–No, no es eso...

–No te preocupes, lo entiendo –lo interrumpió. Para disimular su impaciencia por marcharse, le sonrió de forma forzada, como si se hubiese ofendido, y se colocó el abrigo–. Debo irme. Se ha hecho muy tarde y mi novio estará preocupado pensando dónde me he metido.

Peter se repuso un tanto al escuchar esas palabras y su rostro expresó el enorme desencanto que sentía.

–No sabía que tuvieras novio.

–Lo tengo. Prometido, en realidad. Estamos con los preparativos de la boda.

–Enhorabuena –dijo él con voz desencajada.

–Gracias.

Stella se dirigió a la puerta para marcharse. Peter se levantó con esfuerzo y la siguió.

–Ha sido un desatino por mi parte dejarte leer la novela sin corregirla. Prometo esforzarme en mejorarla y, cuando la tenga más avanzada, volveré a pedirte tu opinión, que valoro mucho. Cuanto antes sepa si tengo futuro como escritora, mejor. ¡Adiós! –Se acercó a él y lo besó fugazmente en la mejilla. Debía guardar las apariencias hasta el final para que no albergase ningún tipo de recelo.

Peter no atinó a decir nada. La decepción que mostraba su rostro era suficiente.

Stella salió del edificio con rapidez y cogió un taxi. Mientras la llevaba a su apartamento, buscó en Internet el número de teléfono que había encontrado en la agenda a nombre de Selma. Confiaba en que correspondiera al escritor o al abogado que, según Peter, realizaba las gestiones en su nombre. Si fuera del despacho, le facilitaría mucho las cosas. Se impacientó cuando la búsqueda no dio ningún fruto. Se trataba de un número privado, más difícil de rastrear. Reprimió el impulso de llamar. Sería una imprudencia que solo conseguiría alertar a la persona que estuviera detrás de ese número o al mismo D. Morgan.

No desistiría. «Lo imposible no existe, solo tarda un poco más», era una frase que había leído en algún lugar y que llevaba muchos años siendo su lema.

Continuó la búsqueda en páginas especializadas en encontrar a dueños de números de teléfono. El rastreo resultó infructuoso en los sitios web que conocía. El titular habría solicitado que su número fuese eliminado de las bases de datos. Otro contratiempo que no la desanimó. No todo estaba perdido. Le quedaba otra opción, ilegal pero efectiva: recurriría a expertos informáticos para continuar investigando.

Llamó a un amigo que le había ayudado en una ocasión y le dio el número que quería localizar. Este le advirtió que tardaría un tiempo y que no le saldría barato. Stella aceptó. Era más fácil y rápido que la otra línea de investigación, o plan B, que se le había ocurrido: buscar en Internet los despachos de abogados en Denver y mirar en sus páginas web si alguna se llamaba Selma. Un escudriño previo había mostrado más de cuatrocientas páginas, una ingente labor que no le garantizaba un resultado exacto porque en muchos solo aparecía la inicial del nombre y, también, porque no era seguro que se tratase de esa ciudad. Por muy poco ético que fuese, el plan A era el más fiable.

Viendo que no podía hacer nada más en ese momento, indicó al taxista que se dirigiera a otra dirección. Iría a casa de su hermana para contarle las novedades y despedirse de ella. Era probable que pasasen varias semanas sin verse.

Stella encontró a Diane enfrascada en la lectura de un manuscrito. Adam estaba durmiendo en su cunita, saciado después de tomarse el biberón, y ella aprovechó para trabajar un rato. Aunque estaba de baja maternal, no quería desentenderse de su trabajo. Hans, el responsable de publicaciones de la editorial, le había pedido que valorara la obra y ella no tuvo valor para negarse.

–¿Cómo va la búsqueda del escritor fantasma? ¿Te ha sido de ayuda lo que averigüé? –le preguntó ansiosa. No negaba que el trabajo de su hermana era más interesante que el suyo, y más complicado.

–Mucho. He conseguido un número de teléfono muy prometedor que puede llevarme a D. Morgan o, cuanto menos, a su abogado, que es la persona que lleva todos los trámites. Hasta parece ser que tiene un poder notarial que le faculta para firmar en su nombre.

–¡Qué absurdo! No me explico a qué viene tanto secretismo. Esto no pinta bien, Stella. No creo que debas continuar. ¿Y si se trata de un narcotraficante, un terrorista o un asesino? –alegó espantada. Su hermana no medía los riesgos cuando se proponía algo y podía llevarse una desagradable sorpresa.

–¡Por favor, qué mente tan calenturienta tienes! –exclamó Stella. A ella también se le había pasado por la cabeza, aunque eso no pensaba admitirlo ante Diane.

–¿Tú crees? Entonces, ¿a qué se debe esa obsesión por el anonimato? Una persona normal no se comporta de esa forma.

–Reconozco que es extraño, pero ¿y si tiene otra justificación menos siniestra? Se tratará de una persona retraída, o que tiene una grave enfermedad y no le beneficia toda la publicidad que el éxito le acarrearía. O, por el contrario, una persona importante que no puede permitirse que la relacionen con esa actividad, a pesar de que no es nada deshonroso escribir tan bien y tener millones de lectores. Tal vez se trate de un político importante que se dará a conocer cuando más le interese. Esta gente funciona de forma extravagante, todo son maniobras para conseguir votos cuando los necesitan.

–Puede ser; aun así, lleva cuidado.

Stella hizo un gesto de exasperación. A veces, Diane se ponía más pesada que su madre.

–Lo haré.

–¿Cómo has obtenido la información?

Stella le contó todo el proceso, incluido el episodio de una hora antes.

–Ha sido una crueldad emborrachar al pobrecillo para dejarlo con dos palmos de narices cuando has conseguido lo que querías –le reprochó con fingida seriedad. Tenía que esforzarse por evitar una carcajada al imaginar la escena. ¡Lo que su hermana no consiguiera...!

–Él se lo ha buscado por bocazas. –Stella no tenía ningún remordimiento con respecto a Peter. Había demostrado poca profesionalidad al revelar un asunto confidencial con la única intención de engañarla, exagerando su importancia en aquella agencia. Ella había jugado con malas artes, pero él tampoco era honrado.

–¿Qué harás si tu amigo localiza el nombre del titular? Que lo hará de forma ilegal, imagino –Diane volvió a expresar su desaprobación.

Stella ignoró el comentario.

–Ir a Denver, o al lugar en el que se encuentre, e indagar todo lo que pueda sobre Selma. Espero que me lleve a dar con el paradero del escritor, si es que no son la misma persona.

–¿Ahora piensas que es una mujer? –preguntó. Stella siempre se había referido a D. Morgan en masculino.

–No tengo una idea exacta. Es una forma genérica de hablar al no saber de qué sexo es. Antes pensaba que lo era y ahora dudo. Sin embargo, creo que se trata de un hombre y Selma es su abogada. Su prosa es enérgica, contundente, más propia de un varón, sin dejar de ser emotiva y primorosa en muchos párrafos. Puede que solo sea una corazonada.

Stella recibió la llamada de su amigo a la mañana siguiente. No tardó mucho en dar con lo que le había pedido. Solo tuvo que esperar a que estuviera encendido el teléfono móvil para localizarlo, cosa que había ocurrido a las ocho y media de esa mañana. El problema era que solo tenía la dirección. Al tratarse de un teléfono de prepago, que no requería dar de alta al titular, no podía facilitarle un nombre.

Como la ubicación era precisa –un número de una calle muy céntrica de Denver–, a Stella le resultó fácil localizarla. Realizó una búsqueda rápida en Internet que le mostró un bloque de oficinas de diversas titularidades, entre ellas dos despachos de abogados.

Al revisar sus páginas web dio con el que le interesaba: el gabinete legal Hendry&Hendry, compuesto por dos socios, Paul Hendry, un afroamericano de unos cuarenta y cinco años, rostro lleno y aspecto bonachón, experto en derecho mercantil, y Selma Hendry, una mujer muy atractiva, afroamericana también, de unos cuarenta años y con una sonrisa cálida. Su campo era el derecho de familia, fideicomisos y sucesiones. Al coincidir los apellidos intuyó que se trataba de familiares, hermanos o matrimonio. Aparecía la dirección exacta del bufete, que ocupaba toda la segunda planta de ese edificio, y varios teléfonos.

«Primer paso para dar contigo, D. Morgan», se dijo. Apostaba a que los Hendry eran los abogados detrás de los que el escritor se escondía. ¿O era uno de ellos? Debería trasladarse a Denver para dar con la respuesta.

11

Stella llegó a Denver tres días más tarde.

Tenía que concluir el trabajo y dejarlo todo en condiciones por si no regresaba en un mes. Y necesitaba una cobertura de la que Vivian podía proveerle.

Le explicó, sin entrar en detalles, que tenía una pista fiable de D. Morgan, que necesitaba trasladarse a la ciudad durante un tiempo y que debía ir con un trabajo que no despertara sospechas.

Vivian habló con un colega de un periódico local en Denver que conocía a los dueños de una agencia de publicidad en la misma ciudad. Estos, pensando que Stella acababa de terminar los estudios de *marketing*, le ofrecieron un contrato de prácticas en su empresa y facilidades para que se incorporara en la fecha que decidiera. Ella pensaba demorarlo un mes, el tiempo límite que se había marcado, e inventaría una excusa para rehusar al empleo. Era una buena tapadera y lo presentaría como referencia si necesitaba justificar su presencia en la ciudad. El alejarse durante unos meses de Nueva York y de un novio que no le convenía serían los motivos personales a los que aduciría.

Le hubiera gustado visitar a sus padres antes de emprender viaje, pero le llevaría demasiado tiempo. Además, cada vez que iba a verlos insistían en saber en qué estaba trabajando. Su madre era como un sabueso que no soltaba su presa hasta que le había sacado todo lo que deseaba saber; luego no se cuidaba de divulgarlo entre sus amigas en los cursos de manualidades que impartía. No podía permitirse desvelar nada de lo que pretendía hacer para no cometer errores de los que pudiera arrepentirse.

Habló con sus padres y les avisó de que se ausentaba de la ciudad por trabajo y que seguirían en contacto. Cortó la comunicación antes de que a su madre le entrara el gusanillo detectivesco. Era muy parecida a ella en eso, reconocía Stella con orgullo.

Cuando llegó a Denver se alojó en un hotel, alquiló un coche y se apostó frente a las oficinas de Hendry&Hendry, situadas en la zona financiera y administrativa de la ciudad. Solo tenía que esperar a que salieran y seguirlos, en especial a la mujer, que era con quien Hannah Silverstein había hablado sobre el autor. Con un poco de suerte, serían pareja y los tendría a los dos en el mismo nido. Una vez localizado el lugar donde vivían, vería la forma de acercarse a ellos.

Había ideado varios métodos de acción, algunos de los cuales los desechó por inviables, como sobornar a uno de los empleados. No aparecían en la web, ni creía que fueran tan cándidos como Peter, con sus deseos de agradar a la que creía una conquista segura. Otra opción era introducirse subrepticiamente en la oficina. Eso constituía allanamiento y podría derivar en denuncia si la cogían allí. En un despacho de abogados se guardaban documentos importantes y debían tener fuertes medidas de seguridad; con todo, era una posibilidad que no descartaba por muy arriesgado que resultase. La dejaría como último recurso.

Stella estaba convencida de que alguno de ellos, Selma, Paul o ambos, eran personas muy cercanas a D.

Morgan, y eso suponía que debía buscar en su entorno familiar. Un poder notarial era algo tan importante y temerario que requería de una extrema confianza para otorgarlo, aunque se tratase de un abogado.

A las cinco y diez de la tarde, los vio salir a ambos en un vehículo del aparcamiento del edificio y coger la avenida principal hacia las afueras de la ciudad. Los siguió en el coche alquilado hasta llegar a una moderna zona residencial a unos quince kilómetros. Cuando estacionó en una de las viviendas de dos plantas con un jardín delantero, siguió de largo y aparcó más adelante.

Aprovechó que llevaba un cómodo atuendo deportivo para bajar del vehículo y correr por la acera, como si estuviese haciendo ejercicio. En esas urbanizaciones, en las que nadie pasaba desapercibido, si los vecinos advertían algo irregular podría verse en aprietos. Pasó por delante de la casa y vio que habían encendido varias luces más. No cabía duda de que se trataba de una pareja, lo que le facilitaba el trabajo.

Regresó al coche y se marchó al hotel. Tenía que pensar en un buen plan para acercarse a ellos y que le ofrecieran la entrada a su hogar, donde le sería más fácil conseguir información. De no ser posible, tendría que recurrir a la alternativa más osada y ver la forma de colarse en la vivienda o en las oficinas.

Al día siguiente regresó. Un paseo por el barrio la puso en situación. Había dos casas en venta o alquiler cercanas a la vivienda de los Hendry. Localizó las agencias inmobiliarias que las gestionaban, la misma en ambas, y acudió a las oficinas que estaban en la misma zona.

Le explicó que estaba buscando vivienda para alquilar y que había visto algunas que le gustaban. La empleada le mostró una en la misma calle de los Hendry. La casa era bonita, estaba equipada para entrar a vivir y le proporcionaba una cobertura visual excelente, lo que no le gustó fue el precio; era tan elevado que la prima para gastos no lo cubría en su totalidad. Lo pensó y llegó a la conclusión de que merecía la pena hacer ese gasto. La cercanía le facilitaría entablar contacto con la familia. La alquiló por un mes y se trasladó a los dos días.

Como esperaba, la llegada de una nueva residente a la calle levantó algo de expectación entre las casas vecinas. Había comprado el día anterior un par de maletas más y varias cajas de embalaje, que montó simulando estar llenas de pertenencias para justificar la falta de camión de mudanzas. De inmediato, una de las vecinas se acercó a hablar con ella.

–Hola, soy Amanda Cocks, del 1027. ¿Te mudas al barrio? –preguntó la recién llegada con un claro acento sureño.

La mujer parecía salida de una revista de moda. Iba maquillada y peinada de forma perfecta, vestía un dos piezas de alguna firma importante, que realzaba su estilizada figura, y calzada unos altos tacones. Aparentaba unos treinta y cinco años, aunque debía de tener bastantes más; no cabía duda de que se cuidaba.

Stella estrechó la mano que le tendía.

–Buenos días, Amanda. Soy Jane. –Como había ocurrido con Peter, prefirió dar su segundo nombre. Creía improbable que alguien en aquel lugar leyera *The Globe Magazine*, pero mejor tomar precauciones–. El traslado no es definitivo. He alquilado por un mes para ver si me adapto a la tranquilidad de esta zona. He pasado los cuatro últimos años en Nueva York y lo necesito.

–Neoyorkina, ¡qué interesante! ¿Y qué te trae por aquí?

–Voy a trabajar en una agencia de publicidad como redactora de contenidos digitales.

Amanda debía de ser la cotilla de la urbanización porque siguió preguntando.

–¿Sola o con familia?

–Sola. Acabo de ponerle fin a una relación que iba mal y estoy felizmente soltera –le guiñó un ojo.

–Bien hecho; ¿para qué continuar con algo que no

funciona? –Amanda se recolocó la cuidada melena castaña con reflejos dorados adquiridos en un buen salón de belleza.

–Eso pensé yo.

–Me alegro de tenerte por aquí, Jane. Cuando estés instalada, ven a hacerme una visita y hablamos con tranquilidad. Y, si necesitas algo, no dudes en pedirlo –ofreció.

–Lo haré. Muchas gracias, Amanda.

Stella tomó nota. Ese tipo de vecinas entrometidas eran muy útiles y ella se beneficiaría de esa condición.

Esa misma tarde, con el pretexto de pedirle unas herramientas, fue a casa de Amanda.

–Disculpa la intromisión. Ya ves que no he tardado mucho en aprovechar tu ofrecimiento de ayuda –dijo Stella con una risita tímida–. El caso es que necesito reparar un mueble. Si pudieras prestarme un destornillador mediano, te lo agradecería.

–Por supuesto, Jane; para eso están los vecinos. Pasa, por favor. Acabo de sacar unas galletas del horno. ¿Te apetece un café y las pruebas? Todos dicen que son las mejores del barrio –ofreció, sin disimular el orgullo que sentía.

–Muchas gracias. Me vendrá muy bien descansar un rato. Llevo todo el día ordenando, y eso que solo he traído poco más que lo puesto.

Amanda guio a Stella hasta la cocina, que comunicaba con el salón y el comedor en un concepto de planta abierta que daba amplitud a la casa. Esta era más grande que la que ella había alquilado y estaba decorada con suntuosidad, con una enorme chimenea y grandes ventanales que daban al cuidado jardín delantero.

–¿Cuándo llegarán el resto de tus cosas?

–Prefiero esperar para ver si me gusta el empleo y me aclimato a este lugar antes de pedir que me las envíen.

Están en un trastero alquilado. –Prefería no dar demasiada información para no cometer errores. La excusa del periodo de prueba era buena y le daba un mes para acabar con la investigación. Si en ese tiempo no conseguía nada, tendría que abandonar.

–Muy sensato.

Estuvieron charlando durante un buen rato. Amanda era una chismosa en toda regla con demasiado tiempo libre. Su marido trabajaba en finanzas y debía de irle muy bien a tenor del lujo que se advertía por todos lados y del que presumía sin pudor. Estaba al tanto de la vida de todos los vecinos, y lo que no sabía lo deducía. Stella fue tomando buena nota y encauzando la conversación hacia donde le interesaba.

–Por cierto, ¿no habrá entre los vecinos algún abogado? Es conveniente saberlo por si se presentan complicaciones legales –preguntó.

–Tienes suerte. Los Hendry, que viven en el 1034, al final de la calle, son abogados los dos. Él se ocupa de asuntos financieros y Selma, su esposa, es abogada de familia. Le llevó el divorcio a Sue Morrigan, del 1009, en esta misma calle, hace dos años y le fue de maravilla. Desplumó al sinvergüenza del marido que la había dejado por su secretaria, con la que llevaba liado varios años y hasta tenía un niño con ella –comentó con acento escandalizado.

–Bien hecho. Ese tipo de individuos se lo tienen merecido.

–Así es. Si tienes alguna consulta que hacerles, puedo acompañarte esta noche y te los presento. Suelen pasar el día en la ciudad, en su bufete, y la niña en el colegio. Son gente encantadora y muy servicial.

Stella pensó que debía de estarle agradecida por algún favor. Amanda parecía el tipo de persona a la que casi nadie le caía bien. Se sentía superior a ellos, tanto moral como económicamente.

–Eres muy amable. No tengo ningún asunto conflictivo, solo que me tranquiliza saber que hay un abogado a mano... o un médico.

–También vive uno aquí, en la calle paralela, Clark Braxton del 1102, y Nancy Donati es enfermera, ella vive en el 1154. Si hay más, lo desconozco. Hace veinte años, cuando me casé y me vine a vivir aquí, éramos una comunidad muy pequeña, en la que todos nos frecuentábamos. En los últimos diez años se ha extendido y solo conozco de vista a muchos de ellos. La gente prefiere la tranquilidad de las zonas residenciales al bullicio y la polución de la ciudad –comentó con cierto acento despectivo. No le agradaba que la urbanización, en un principio muy exclusiva, se estuviese llenando de familias con pocos recursos que mermaban el prestigio de aquella zona.

–Claro. Muchas gracias, Amanda. Me estás sirviendo de gran ayuda. –Dio un bocado a otra galleta, que estaban deliciosas–. ¿Y no tenéis ningún famoso por aquí? Un actor, cantante, modelo...

–No, que yo sepa. Eso subiría el caché. –Soltó una risita–. Lo más cerca que hemos estado de un famoso fue cuando el hijo de los Fuller ganó el campeonato estatal juvenil de tenis y vinieron a hacer un reportaje de sus orígenes. Entrevistaron a varios vecinos. Yo estaba en esos días visitando a mi madre en Nueva Orleans y no salí en él –comentó con evidente frustración. El haber perdido la oportunidad de salir en televisión aún le causaba resquemor.

Viendo que no podía conseguir más información relevante, Stella decidió marcharse. Amanda era muy habladora y debía de conocer muchos secretos de sus vecinos, aunque no creía que los Hendry fueran tan descuidados. Tenía que concebir un buen plan para acercarse a ellos y que no sospecharan de sus intenciones.

12

Stella vigiló durante los dos días siguientes la casa de los Hendry. Desde la ventana del piso superior, y a través del teleobjetivo de su Panasonic Lumix, tenía una buena visión de toda la calle, lo que le había permitido fotografiar a los miembros de la familia y conocer algunos de sus hábitos.

Aparte de Paul y Selma, solo había detectado la presencia de una niña de unos diez años, que debía de ser su hija, y a una mujer adulta que se marchaba cuando ellos llegaban por la tarde.

Las dos mañanas, poco antes de las ocho, vio salir a la pareja en el coche acompañados de la niña. Imaginaba que la dejaban en el colegio que estaba en la misma urbanización y ellos seguían hasta la ciudad. La niña solía regresar poco después de las tres de la tarde acompañada de la mujer, la asistenta o cuidadora, que permanecía en la casa hasta que los padres llegaban por la tarde.

Stella dedujo que los Hendry pasaban poco tiempo en casa durante la semana, así que debería iniciar el acercamiento en fin de semana; el problema era cómo.

La ocasión se le presentó la misma mañana del sábado. Desde la ventana, vio a la niña salir de la cochera de la casa montada en una bicicleta. La dejó en el jardín y entró en la vivienda. Stella se apresuró a bajar a la calle. Intentaría entablar conversación con ella. Como llevaba un atuendo cómodo y zapatillas de deporte, se puso a correr por la acera frente a la casa de los Hendry. La niña salió con un casco de ciclista sobre la cabeza, se montó en la bicicleta y rodó por la pequeña pendiente de acceso al garaje para incorporarse a la calle.

Stella vio el pretexto que buscaba y aceleró la carrera para cruzarse en su camino. Cuando faltaban un par de metros para interceptarla, soltó un pequeño grito y cayó de bruces al suelo.

La niña oyó el grito y paró. Se bajó de la bicicleta y fue hacia ella.

–¿Se ha hecho daño? –preguntó con acento compungido y notorio desconcierto. Estaba segura de no haberla rozado; ni siquiera la había visto. Debió de asustarse y eso la hizo caer.

–No te preocupes, no es grave –respondió Stella mirándose la rodilla. Se levantó el pantalón y la dejó al descubierto. Llevaba una raspadura de la que manaba un hilo de sangre.

–¡Se ha herido! –exclamó con pesar la pequeña–. Lo siento. Creí que me había visto. –La ansiedad era patente en su rostro de piel oscura. Los grandes ojos de iris color chocolate expresaban consternación.

–No te disculpes. Yo he tropezado. Iba pensando en mis cosas y me he sobresaltado cuando has aparecido cerca de mí. –Stella se arrepintió de su impulsiva acción al advertir su desasosiego. Era cruel someterla a esa tensión.

–Le diré a mi madre que la cure –resolvió. Dejó la bicicleta sobre la acera y caminó por el sendero engravillado hacia la vivienda.

–No es necesario. Ya lo haré yo cuando llegue a casa. Vivo muy cerca –dijo Stella. La niña continuó su camino sin prestarle atención.

Casi de inmediato, apareció acompañada de Selma Hendry.

–Dice mi hija que la ha derribado con la bicicleta. Lo siento mucho. –Su rostro mostraba inquietud.

–No ha sido así. Iba despistada, me he asustado y he tropezado. Ella no ha tenido la culpa. –Quiso quitarle importancia. Estaba arrepentida de haber recurrido a aquel burdo subterfugio, que podía acabar acarreándole a la niña algún castigo inmerecido.

Selma miró la rodilla, que llevaba descubierta.

–Entre en casa para que la cure; luego la acercaré a la suya. No puede caminar en su estado –decidió Selma. Parecía un leve rasguño, pero podía haberse visto afectada la articulación. A veces, los golpes en las rodillas provocaban daños mayores que los que se advertían a primera vista.

–No tiene importancia; y vivo muy cerca –insistió Stella con el fin de dar verosimilitud a la farsa que tan buenos resultados estaba dando.

–Por favor, acompáñenos. Wendy no se quedará tranquila si no la curamos. Por cierto, me llamo Selma, Selma Hendry, y ella es mi hija.

–Yo soy Jane Owens. Y acepto. –Se dirigió a la niña–: No estés apesadumbrada, Wendy; la única que se merece una regañina soy yo, por torpe. ¿En qué iría pensando para no verte? –Hizo un gesto tan cómico que Wendy rio y desapareció la preocupación que mostraba su rostro.

Con la ayuda de Selma y de Wendy, cada una de un brazo, Stella cruzó el corto camino a la casa y entró. Se sentó en el sofá del salón, con la niña a su lado, mientras su madre iba a por el botiquín.

–¿Ha dicho que vive cerca? –comentó Selma cuando regresó.

–Sí, en esta misma calle. Me he mudado esta semana.

–Siento no haberle dado la bienvenida. Tanto mi marido como yo pasamos el día fuera y regresamos por la tarde; incluso de noche en ocasiones, si tenemos que atender a algún cliente. Ambos somos abogados y tenemos el bufete en la ciudad –explicó mientras le limpiaba la herida y le ponía un apósito desinfectante. Tenía mucha experiencia. Raro era el día que Darren no llegaba herido del colegio por haberse metido en una pelea para defender a Morgan.

–Y yo estoy en el colegio –añadió Wendy.

Stella sonrió. La niña era muy simpática y vivaracha. Tanto ella como su madre le cayeron bien de inmediato. Ambas tenían una sonrisa pronta y mirada cálida. Eran de rasgos muy parecido que, en el caso de Wendy, se acentuarían con los años. Cuando la pequeña ganara en madurez, sería tan guapa como Selma y de similar estatura.

–Yo aún estoy instalándome –dijo Stella de forma evasiva. Algo le decía que esa mujer que tenía delante, de mirada inteligente y evaluativa, no era tan simple como Amanda. Mejor decir lo indispensable.

–Es un proceso agobiante. Recuerdo mi último traslado. Estuve casi un mes con las cajas sin abrir decidiendo dónde colocaba los muebles –comentó Selma. Guardó los medicamentos en el botiquín y se sentó en un sillón frente a ellas.

–Por suerte, he traído lo justo para un par de meses. Si me adapto al trabajo y a la vivienda, traeré el resto de mis enseres. Entonces es cuando vendrán los agobios.

–¿Le apetece algo de beber? Un café o té. Las temperaturas son bajas en esta época del año; viene bien algo caliente.

–No, gracias. Y tiene razón, el clima no es una de las mejores cosas que hay por aquí, aunque estoy acostumbrada. Los inviernos en Nueva York son muy fríos.

–Cierto. Pasé allí unos años y recuerdo cómo se me congelaban las orejas –comentó Selma con una sonrisa nostálgica. Acababa de terminar la carrera y uno de sus profesores le ofreció trabajo en su bufete. Allí fue donde conoció a Paul. Dos años después se casaron y se trasladaron a Denver para montar el suyo.

–¿Tiene hijos, Jane? –preguntó Wendy esperanzada. Tenía pocos amigos con los que jugar y se pasaba las tardes en casa.

–No, no tengo. Y tú ¿tienes hermanos?

–No. Soy hija única. –Al decirlo, miró a su madre con gesto de reproche. A Wendy le gustaría tener una hermana con la que jugar, o un hermano. Sus padres siempre estaban trabajando y Marge, la señora que la cuidaba cuando regresaba del colegio, estaba muy atareada haciendo las cosas de la casa y no tenía tiempo para jugar.

–No hay muchos niños en el vecindario –aclaró Selma para justificar la actitud de su hija.

–Como estoy sola, si tu mamá no tiene inconveniente, podríamos jugar algún día. Seguro que nos divertimos. Prometo no ser tan despistada y llevar cuidado para no volver a caerme.

–¡Sí, me gustaría! ¿Puedo, mamá? –preguntó ilusionada.

–No es justo molestar a Jane. Seguro que tiene muchas cosas que hacer. –Selma frenó el entusiasmo de su hija. Wendy se encariñaba con la gente desde el primer momento.

–No sería molestia. Hasta que no comience a trabajar, no tengo nada mejor que hacer que aburrirme. Y me servirá para dejar atrás tristes recuerdos.

Selma asintió. Había observado que no llevaba anillo, luego no debía de estar casada. Y esa forma de hablar del pasado y la tristeza impresa en sus palabras le decía que acababa de tener un desengaño y procuraba olvidarlo.

–Cuando Jane se reponga del accidente podrás visitarla. La rodilla le incomodará unos días –aceptó.

Wendy dio palmadas de alegría.

–Así es. Tendré que reposar. –No quería forzar la situación y que Selma sospechara. Debía ganarse su confianza poco a poco–. Me marcho ya. Muchas gracias por la cura. Me encuentro mucho mejor, solo me escuece un poco.

–La acompañamos –resolvió Selma.

–No es necesario. Puedo ir caminando. Vivo al comienzo de la calle, en el 1015, enfrente de los Cocks.

–Ha escogido la mejor zona del vecindario. Amanda es un encanto.

–Sí que lo es; y un modelo de discreción, según he advertido –dijo en tono burlón, captando el doble sentido de las palabras de Selma.

–Cierto –replicó, y ambas rieron.

–Le voy a dar mi teléfono para estar en contacto. Si advierte que comienza a hincharse la rodilla o nota dolor al flexionarla, no dude en llamarme; puede que haya una lesión interna que no da síntomas al principio. –Selma cogió un pequeño blog de notas que había encima en una mesita cercana y escribió un número. Se lo entregó a Stella con otra recomendación–: Póngase hielo cuando llegue a casa. Así evitará que el hematoma se extienda.

–Eso haré. Gracias otra vez.

Stella se marchó de allí contrariada. Tanto Selma Hendry como su hija le habían caído muy bien. Se apreciaba que eran personas francas y honestas, con un fuerte sentido de la responsabilidad. Le iba a saber mal aprovecharse de ellas para conseguir lo que se había propuesto, mas no tenía otra opción.

«Gajes del oficio», se dijo. Su trabajo, con frecuencia, conllevaba esos sinsabores y debía aprender a superarlos si deseaba continuar dedicándose a ello.

13

Tras el primer encuentro, en el que se lesionó la rodilla, Stella no había querido forzar la situación visitando a los Hendry. Quería que fueran ellos los que se acercaran para que no sospechasen un interés especial por su parte.

Y así fue. Tres días después, cuando ya comenzaba a replantearse su estrategia y estaba decidida a hacerles una visita, Selma y Wendy acudieron a su casa. Según le comentó la abogada, había regresado pronto de la ciudad y la niña le pidió que fueran a verla para asegurarse de que estaba bien. A Stella le pareció lógica la precaución de la madre. Quería conocer mejor a su nueva vecina antes de dejar que su hija la frecuentara.

Como le había comentado Selma, y ella corroboró con las horas de vigilancia, el matrimonio estaba gran parte del día en la ciudad y regresaban sobre las seis de la tarde. Wendy pasaba todas las tardes, excepto los fines de semana que reservaban para estar en familia, con la señora que se ocupaba de la casa y la cuidaba. Cuando Selma y Paul tenían que quedarse por asuntos laborales y no podían llegar a su hora habitual, llamaban a una canguro. Wendy estaba mucho tiempo sola y echaba de menos a alguien acorde con su edad para jugar. Stella se había ofrecido a acudir alguna tarde para hacerle compañía y su madre debía de estar encantada con esa perspectiva, mientras se asegurase de que la dejaba en buenas manos.

Stella las invitó a entrar y les ofreció un refresco. La vivienda que había alquilado estaba equipada con muebles, electrodomésticos y enseres en muy buen estado, pero le faltaba calidez. Stella se disculpó por ello.

–Me gustaría tener mis cosas para darle un toque personal. Parece que estoy viviendo en un hotel –se lamentó. Sabía que eso no iba a ocurrir. Se había marcado el tiempo límite de un mes; si no encontraba ningún indicio que le llevase hasta D. Morgan, abandonaría. Sería un fracaso que asumiría como una lección, como su madre le había enseñado.

–La casa está equipada y la decoración es agradable. Si al final decides quedarte, la convertirás en tu hogar –coincidió Selma.

La tarde anterior, Amanda había ido a visitarla y le comentó sobre la nueva vecina. Hablaba maravillas de ella, de su simpatía y sencillez. Como solía hacer con todo recién llegado al barrio, le informó de lo que había averiguado. Por Selma Amanda sabía que Jane iba a trabajar en una agencia de publicidad y que hacía trabajos por su cuenta diseñando páginas web. Acababa de romper con su pareja y se había trasladado allí con la certeza de que sería más fácil olvidarle.

En realidad, lo que Amada pensaba, y así se lo había referido, era que venía huyendo de una pareja conflictiva que la maltrataba, y no quería que la encontrara; de ahí que hubiese decidido poner tanta tierra por medio y esconderse en aquel lugar tan opuesto a la animada ciudad de la que procedía.

Selma no compartía esa hipótesis. La mente calenturienta de Amanda era muy dada a dramatizar cualquier situación. Ella había tratado con muchas mujeres maltratadas y Jane no lo parecía. No advertía en ella esa mirada vigilante y temerosa propia de las acosadas; aunque podía estar equivocada, o era muy buena disimulándolo.

Como Wendy se había empeñado en visitarla, tenía la obligación de asegurarse de que no representaba ningún peligro para su hija. Por su aspecto, así lo daba a entender. Parecía amable, educada y resuelta. Lo daba a entender su deseo de iniciar una nueva vida en un entorno distinto al que había dejado, y le gustaba la forma en la que trataba a su hija, con paciencia y ternura.

–¿Estás contenta aquí o te parece demasiado aburrido comparado con Nueva York? –le preguntó Selma.

–Sí que lo estoy –admitió Stella–. Es lo que venía buscando después del estrés que se experimenta en una ciudad tan grande, en la que todo son prisas y masificación. Solo llevo una semana aquí y no sé si terminaré cansándome de tanta quietud. Por ahora, estoy a gusto. Cuando comience a trabajar pasaré el día en la ciudad y no tendré tanto tiempo para aburrirme.

–¿Cuándo comienzas?

–A finales de mes. Me estoy tomando unos días para terminar un encargo antes de meterme de lleno en el trabajo. –Se giró hacia Wendy y le dijo–: Si quieres que alguna tarde juguemos o salgamos a pasear, aprovecha; luego no sé si tendré tiempo.

–¡Sí! –exclamó la niña exaltada–. ¿Podrías venir mañana por la tarde a casa, Jane? Te enseñaré mi colección de muñecos Disney y jugaremos con las Beyblades.

Stella frunció el entrecejo y Selma soltó una carcajada.

–A mí me ocurrió igual cuando me dijo que se las comprara. Se trata de peonzas. Adora ese juego. Su padre y ella se enzarzan en sangrientas batallas que pueden durar horas –aclaró.

–Es muy divertido. Yo tengo una con la que siempre le gano –puntualizó Wendy con orgullo.

–Parece interesante. Estoy deseando jugar. Tendrás que enseñarme.

–A mamá no le gusta; a mi papá sí. Y es muy fácil. Te dejaré mi preferida –ofreció Wendy, que se sentía entusiasmada con la perspectiva de pasar una tarde jugando con ella.

Selma sonrió al observar la animación de su hija. Le gustaría estar más tiempo junto a ella, pero en esos momentos era imposible; demasiado trabajo y responsabilidades. Después del verano se había planteado tomarse un año sabático en el que solo se ocuparía de llevar los asuntos de su cliente más importante y querido. Pasaría más tiempo con Wendy e intentaría tener otro hijo. Paul estaba de acuerdo. Les apetecía aumentar la familia y ahora era el momento. Tenía cuarenta y tres años y no podían dejarlo más.

–No te envidio. Cuando comienza, no tiene ganas de acabar. –Selma se levantó dispuesta a marcharse y miró a su hija–. Vamos a dejar a Jane que descanse. Mañana le espera una tarde muy dura. –Miró a Stella con una expresión de condolencia, desmentida por la sonrisa que se formó en su rostro.

–Me prepararé para ello –dijo Stella con una mueca de fingido fastidio.

Stella despidió a madre e hija. Estaba satisfecha de cómo iban las cosas. Entraría en casa de los Hendry y, al estar solo la niña y la cuidadora, podría investigar. Por muy en secreto que lo llevaran, si uno de ellos era D. Morgan, habría algún indicio que lo demostrara, y ella era muy hábil para encontrarlos.

Pese a las halagüeñas expectativas, Stella no abrigaba demasiadas esperanzas de descubrir lo que le interesaba con la inspección de la casa de los Hendry, si es que surgía la oportunidad de hacerlo, y se temía que acabaría recurriendo a Wendy. Resultaba muy rastrero engañar a una niña, mas tenía pocas opciones. Llevaba allí una semana y no había conseguido nada; no podía esperar más.

Era consciente de que Selma no iba a contarle nada de buen grado. Se trataba de una mujer inteligente, precavida y muy protectora, de fuerte carácter, amable y generosa. Y Paul Hendry, al que solo conocía por las imágenes que había tomado, tampoco iba a facilitarle información. Si habían extremado las precauciones para ocultar al escritor, no iban a fiarse de una recién llegada.

El sonido del teléfono la distrajo de sus pensamientos. Miró la pantalla del móvil e hizo una mueca de disgusto al comprobar que se trataba de Vivian. Pensó en eludirla, como llevaba haciendo los dos últimos días. Comprendió que no iba a cejar en su empeño y decidió contestar. Estaría deseosa de conocer sus avances. En la última conversación le había adelantado que tenía la posibilidad de conseguir un testimonio de primera mano.

No había querido ponerla al tanto de la auténtica línea de investigación que llevaba. No confiaba en que lo mantuviese oculto, y lo que menos necesitaba ahora era que un descuido por su parte arruinara todo el trabajo que estaba realizando y las expectativas que tenía.

–Hola, Vivian; ¿qué tal? –preguntó de forma retórica. En Nueva York eran dos horas más, luego ya debía de haber abandonado la oficina o estaría a punto de hacerlo.

–Hola, Stella. ¿Cómo va la investigación? ¿Algún progreso destacable? –Vivian no solía andarse con rodeos. Estaba deseando tener algo firme para hablarlo con Allen Cranston, el director del periódico. Una noticia de ese tipo no podía relegarse solo a la revista; debía aparecer en los medios más importantes de la empresa.

–Estoy en ello. Mañana tengo una entrevista con una persona; confío en que me aporte datos valiosos. Aunque ya te dije que era solo una posibilidad. Si esa vía se cierra, estoy trabajando en otra idea.

–¿Cuál?

–Es demasiado pronto para contarte nada; tengo que madurarla. Solo puedo decirte que es prometedora. Ya te contaré. –Stella no quiso explicarle lo que estaba haciendo y que su única esperanza de conseguir algo productivo estaba en manos de una niña.

–Conforme –admitió Vivian con renuencia. Le estaba dando largas intencionadamente para no compartir la información que tenía–. Cuando tengas algún indicio fiable, espero que me lo digas. Quiero hablar con los jefes para que el artículo aparezca en otros medios y no solo en la revista.

Stella supuso que hablaba de la televisión. Conocía el interés de Vivian por tener su propio programa en la cadena de la compañía y esta noticia le abriría la puerta que necesitaba para conseguirlo.

–Por supuesto. Gracias por llamar. Buenas noches –se despidió Stella antes de que Vivian siguiese con las preguntas comprometidas. Cuanto menos supiera, mejor.

14

A las cuatro de la tarde siguiente, Stella fue a la casa de los Hendry. La niña le presentó a Marge, que acababa de hacer galletas, y la instó a que las probara; después fueron a su habitación, en la planta superior de aquel espacioso inmueble.

Wendy tenía demasiados juguetes, como solía ocurrir con los niños cuyos padres pasaban mucho tiempo fuera del hogar y pretendían suplir su ausencia comprándoles todo lo que les pedían. En el caso de los Hendry, hasta estaba justificado por las profesiones que ambos tenían, siempre dispuestos a acudir a la llamada de un cliente. A su entender, deberían reducir el ritmo de trabajo y disfrutar más de su hija. Si alguna vez ella tenía hijos pensaba repartir mejor su tiempo. Continuaría trabajando, pero no se perdería algo único e irrepetible como su infancia.

Wendy la enseñó a jugar con las peonzas. Stella reconocía que era entretenido, lo que no evitó que pronto se fingiera cansada. Había ido allí a trabajar y no podía demorarse o se exponía a que llegaran los padres. Tenía que idear alguna excusa para explorar la casa. Como había descubierto que el juego de las peonzas iba acompañado de unos vídeos de dibujos animados, le propuso verlos. Eso la entretendría mientras ella inspeccionaba.

Cuando llevaba unos minutos le preguntó por el baño. Había uno en esa planta que Wendy utilizaba y aprovechó para fisgonear en el resto de las habitaciones. Una de ellas era la del matrimonio, con un baño privado. No vio ningún ordenador, ni libros, ni nada que hiciera pensar que uno de ellos era escritor; tampoco era lógico que hubiese montado el despacho en el dormitorio.

Salió con sigilo y fue hacia la otra puerta cerrada. Era una habitación, probablemente de invitados, y estaba desprovista de todo adorno excepto lo básico. En aquella planta ya no había nada más que mirar, lo que le indujo a pensar que, si tenían un estudio donde trabajar cuando no estuvieran en el bufete, este se encontraría en la planta baja. Regresó con Wendy. La niña seguía embelesada en la pantalla del ordenador viendo el vídeo.

Echó un vistazo a su alrededor y observó con detenimiento todo lo que la habitación contenía. Reparó en una fotografía que no había visto con anterioridad. Era antigua. Por el tono apagado de los colores y las ropas que llevaban los dos niños que aparecían en ella–uno caucásico y otro afroamericano, más bajo y muy delgado–, típicas de finales de los años noventa, le calculó unos veinte años.

–Son mi tío Morgan y Darren, que era su mejor amigo. A él le llamo tío, aunque no es de mi familia –dijo Wendy a su espalda.

Stella contuvo la respiración... Morgan.

–¿Viven cerca de aquí?

–Mi tío Morgan murió cuando era joven. Era el hermano de mamá. Estaba enfermo. El tío Darren vive en las montañas y casi nunca viene. Dice que no le gusta la ciudad. Papá dice que lo que no le gusta es la gente, por eso vive con Sugar.

Stella estaba procesando los datos que la niña le daba

a toda velocidad. Morgan... Darren... La coincidencia de los nombres no parecía casual. El tal Darren bien podía ser D. Morgan, y su verdadero apellido no tenía que ser Morgan, sería demasiada coincidencia. Todo apuntaba a que era un seudónimo. ¿Había utilizado el nombre de su amigo fallecido para ocultar su apellido?

El hecho de que viviese aislado en las montañas, el escenario ideal para todo escritor ermitaño con fobia a la sociedad, le convertía en el candidato perfecto para el furtivo D. Morgan y no alguno de los Hendry, con sus atareadas vidas y sus profesiones que le restaban tiempo para atender a su hija; sin olvidar la amistad entrañable que parecía unirles y que propiciaba esa confianza necesaria para delegar en los Hendry todos sus asuntos. Su intuición le decía que iba por buen camino. Si tuviera que apostar, lo haría por tío Darren sin dudarlo.

–¿Sugar es su esposa?

–No, es su perra –contestó la niña riendo–. Tío Darren me dejó que le pusiera el nombre. Le gustan mucho las galletas y por eso la llamo Sugar. Pero solo come de perros. Mi papá dice que si le doy de las que hace Marge se quedará ciega. ¿Quieres verla? Mi madre no me deja tener un perro. Dice que cuando sea mayor y pueda ocuparme de él, adoptaremos uno, como hizo tío Darren –aclaró Wendy mientras buscaba en el ordenador las fotos para enseñárselas.

Stella aguardó con expectación. No podía creer que le estuviese resultando tan fácil.

–Mira, esta es Sugar –dijo la niña con los ojos brillantes.

Le mostró varias fotografías en las que aparecía junto a un precioso ejemplar de ovejero australiano, de pelaje tricolor y unos ojos color mostaza de mirada inteligente. En las imágenes, aparecía acariciándola y colgada de su cuello, muestras de cariño que la perra recibía con entusiasmo. Lo malo era que no salía nadie más en las fotos.

En una de ellas se veía parte de una cabaña de madera de una sola planta con tejados muy inclinados de pizarra gris. La fachada presentaba una ventana circular sobre la puerta de entrada y otra cuadrada a su derecha. Un pequeño porche con una baranda de madera y una mecedora completaban esa estampa rústica tan encantadora. En una esquina se vislumbraba un pozo y de fondo una gran arboleda.

—Es preciosa. Y te quiere mucho. —Stella no exageraba. La perra le recordaba a Cox, su adorado border collie, fiel compañero durante su infancia.

—Yo también la quiero. Me gustaría que viviera con nosotros, pero mamá dice que el tío Darren la necesita más.

La niña tenía un gran corazón. Stella se sentía mal por utilizarla de esa forma. Con un gemido de pesar, enterró los reparos. No podía renunciar ahora que estaba consiguiendo algo valioso.

—Qué raro; tu tío Darren no aparece en ninguna foto —comentó con exagerada extrañeza. Si era tan adicto al anonimato, no le gustaría que le hicieran fotos que la niña podía mostrar a cualquiera, como estaba haciendo ahora con ella. Por un momento se le pasó por la mente lo que Diane le comentó. ¿Y si se trataba de un delincuente o algo peor? El vivir aislado, sin apenas relacionarse, era una extravagancia difícil de asumir en pleno siglo XXI. Todo indicaba que tenía algo que esconder.

—No le gusta que lo fotografíen. Dice que sale muy feo. —Wendy dejó ver sus blancos dientes al reír con ganas.

—Y si no vienen por aquí, ¿cuándo los ves? Debes de echar mucho de menos a Sugar.

—Sí, mucho; y a tío Darren. Vamos algunas veces a verlos. Este verano me quedé allí unos días, cuando mis padres se fueron de viaje. Está cerca de un lago grande y fuimos a navegar una vez. Hay otro pequeñito cerca de la cabaña y allí sí me dejó bañarme.

Ante esa revelación, Stella cambió de opinión respecto al hermético tío Darren. Si Selma, que adoraba a su hija, la dejaba a su cuidado, no debía de ser mala persona. Puede que tuviese un defecto físico del que se avergonzaba y eso era lo que le llevaba a ocultarse.

–¡Qué bonito debe de ser! Me gustaría verlo. ¿Está muy lejos? ¿Cómo se llama el lugar? –Stella aguardó expectante la contestación.

–No sé cómo se llama. Vamos en coche y, cuando la carretera termina, subimos andando hasta la cabaña. Mi padre se queja. No le gusta caminar por la montaña. A mi madre y a mí sí nos gusta. Una vez llegamos hasta arriba y no había búfalos. Tío Darren dice que la montaña se llama así porque hace muchos años sí había. Ahora ya no quedan. Los cazaron a todos.

–¡Qué interesante! ¿La cabaña está en la cima de la montaña?

La niña rio.

–No, más abajo; cerca del camino que utiliza la gente para subir. El tío Darren dice que ha tenido que ayudar a algunos que se equivocan y van a la cabaña a preguntar. Con la nieve el camino no se ve. Dice que se han perdido personas y nunca las han encontrado. Se los comieron los osos o los pumas –explicó con gesto de espanto.

Stella no quiso seguir preguntando. Sabía que se estaba arriesgando mucho. Podía comentarlo con sus padres y estos sospechar de tanta curiosidad. Tal vez tenía más fotografías en el ordenador que no le había enseñado. Tenía que comprobarlo.

–¡Qué ricas estaban las galletas de Marge! ¿quedarán algunas? –preguntó. Tenía que alejarla de allí unos minutos para investigar en el ordenador por si encontraba algo que le fuera de utilidad.

–Seguro que quedan. Hace muchas. Voy a traerlas. –Se levantó con rapidez.

–Estupendo. Luego, si quieres, podemos jugar otra vez con las Beyblades –propuso antes de que la niña bajara. Debía conseguir que se olvidara de la conversación para que no lo comentara con sus padres.

Cuando Wendy se marchó, Stella tomó imágenes con el móvil de la fotografía de los dos niños y buscó en el ordenador. Tenía muchas fotos. La gran mayoría eran de ella con sus padres o con amigas del colegio. Las únicas que podían tener relación con D. Morgan eran las que le había mostrado con el perro en la cabaña y alguna más de ella bañándose en un pequeño embalse.

Capturó las imágenes para que le sirvieran de referencia. La cabaña sería fácil de identificar; y el perro, por lo peculiar de las manchas que mostraba su pelaje. Cuando escuchó unos pasos en la escalera, dejó el ordenador y simuló estar consultando el móvil.

Estuvieron jugando hasta que llegaron Selma y Paul. Le propusieron que se quedara a cenar y Stella declinó la oferta. Deseaba llegar a su casa para ponerse a buscar la cabaña con las pocas indicaciones que la niña le había dado. Si no lo conseguía, al día siguiente buscaría en la casa de los Hendry más datos que le ayudaran a localizarla.

Llegó a su casa, conectó el ordenador y buscó en Google Maps. Wendy le había dado algunos datos provechosos: el nombre de la montaña tenía que ver con los búfalos, había un sendero cerca que era muy transitado –luego debía de estar entre los senderos reglados–, y un gran lago navegable en sus cercanías.

Pronto localizó el lugar al que Wendy había aludido. Debía de tratarse del monte Buffalo, un pico que formaba parte de las Montañas Rocosas, y estaba en Colorado, a poco más de una hora de Denver. Le impresionó su majestuosidad, con la cima despejada de árboles, dejando ver su piel entre gris y canela. Esperaba no tener que subirla; sus proporciones la asustaban. Aunque le gustaba hacer ejercicio y solía correr casi a diario, nunca había hecho senderismo de montaña. Lo consideraba inseguro y extenuante. Al haber nacido en una localidad que no tenía este tipo de relieve cerca, los paisajes de montaña le provocaban mucho respeto.

Había referencias a un sendero que llevaba a la cumbre, con mapa e indicaciones de distancia, dificultad y recomendaciones. Un gran número de fotografías realizadas por excursionistas y opiniones en varias páginas web ampliaron la información. El camino se iniciaba a las afueras de una pequeña población llamada Wildernest, que se encontraba cerca del embalse de Dillon. Ese debía de ser el lago al que hacía referencia Wendy.

Un exhaustivo examen del terreno con Google Earth la puso en situación de lugar. El sendero que llevaba a la cima era llano y despejado de árboles durante los primeros kilómetros; pronto comenzaba a ascender y transcurría por terreno accidentado y boscoso. En apariencia, no se detectaba ninguna construcción en las cercanías. Insistió y acabó descubriendo hacia la mitad del recorrido, antes de la empinada subida a la montaña, un pequeño claro y lo que parecía una construcción de madera entre la espesura de un frondoso bosque. Fue lo único que aparecía en la zona que la niña había indicado. Decidió probar suerte. Si estaba equivocada, solo habría perdido un día y volvería a intentarlo de alguna otra forma.

Miró la fotografía de los dos niños que había capturado con el móvil. Si su olfato periodístico no le fallaba, tenía una imagen de D. Morgan de adolescente. Un chico de unos catorce o quince años, alto y fornido; al menos, comparado con el que estaba a su lado, el difunto Morgan, de pequeña estatura y semblante enfermizo. El rostro de Darren aparecía serio y la mirada recelosa, lo que no le restaba atractivo. Ahora sería un adulto de unos treinta y cinco años. «¿Qué aspecto tendrá y a qué se debe esa obsesión por ocultarse?», se preguntó intrigada. Tenía fe en averiguarlo muy pronto.

15

A la mañana siguiente, Stella se dispuso a partir hacia Wildernest. La población distaba poco más de cien kilómetros de Denver y calculó que tardaría una hora en llegar.

Encontró a Amanda cuando se marchaba y no pudo eludir responder a su interés. Como no pensaba ponerla al tanto de sus planes, le mintió sobre dónde iba. Le dijo que tenía una reunión con sus jefes en la ciudad y que pasaría allí el día. Amanda le aconsejó que se abrigara. El tiempo iba a empeorar y caería una buena nevada.

Ella ya había decidido pasar por el centro comercial, que estaba a medio camino hacia la ciudad. Necesitaba equiparse de ropa y calzado adecuados para una caminata por la montaña. La que tenía era inapropiada. También compró una mochila, un par de botellines de agua y algo de comida rápida por si el paseo se alargaba y tenía que pasar el día buscando la dichosa cabaña perdida en el bosque.

El monte Buffalo formaban parte de las Montañas Rocosas, cordillera que atravesaba el país de norte a sur y se extendía por todo el oeste del estado de Colorado, donde se encontraban los picos más altos. En esas fechas, primeros de marzo, los rigores del invierno habían quedado atrás y el tiempo no era tan desapacible como en los meses anteriores. No obstante, en la zona que iba a recorrer el clima era más crudo que en la ciudad y la nieve aún cubriría buena parte del horizonte que se divisaba. Esperaba que el camino estuviese despejado en la falda de la montaña, donde se situaba la construcción que había descubierto.

Por lo que había visto al inspeccionar el territorio con Google Earth, le pareció que la cabaña estaba cerca de la población, a unos diez kilómetros guiándose por la longitud del sendero hasta esa zona; a partir de ahí se apartaba de él un buen trecho que le fue imposible determinar. Aun así, no esperaba tener ningún problema. Llevaba con ella un detallado plano de la ruta y en el móvil toda la información que pudo reunir.

El trayecto hasta Wildernest no fue tan rápido como había estimado. Cuanto más se alejaba de la ciudad y se acercaba a las montañas, el cielo se tornaba gris y la temperatura exterior bajaba, según el termómetro del coche. La carretera presentaba tramos de hielo y otros en los que la nieve ocupaba parte de la vía, lo que le retrasó y llegó a la población pasada la una del mediodía. Decidió almorzar en un café que encontró al paso y reservar las barritas energéticas y las botellas de agua que llevaba en la mochila por si las necesitaba más tarde.

Pidió un plato contundente para atacar con energía la caminata que se le avecinaba y un café caliente para entrar en calor. La camarera, una mujerona de cabello canoso y expresivos ojos maquillados con un azul brillante, la miró con curiosidad cuando le llevó lo que había pedido. En el bolsillo del uniforme a rayas aparecía bordado en grandes letras el nombre de Nelly.

−¿Va a subir a la montaña? −preguntó con severa entonación y el ceño fruncido, que mostraba una implícita reprobación. No se explicaba cómo la gente se empeñaba en recorrer el sendero en esa época del año, cuando todo permanecía nevado y era fácil perderse en el bosque. Sintió un escalofrío al pensarlo y su cuerpo regordete se estremeció.

–Eso pretendo.

–Yo de usted lo pensaría. El camino está cubierto de nieve y supone una gran dificultad el recorrerlo; además, se le ha hecho algo tarde. Antes de llegar a la cima, si lo consigue, oscurecerá y no podrá regresar; por no hablar de la tormenta que está por llegar, una de las más crudas de este invierno, según anuncian por televisión. Como le digo, yo de usted lo pensaría.

A Stella no le molestó la intromisión de una desconocida en sus planes. Comprendía que su preocupación era honesta. No podía admitir que solo pretendía hacer la mitad del recorrido, la parte llana y más fácil que le llevaría a la cabaña cercana al sendero, y no llegar a la cima, como la mujer había deducido.

–Si veo que la cosa se pone difícil, daré la vuelta.

–Usted misma –dijo Nelly con el mismo tono reprobatorio, y se dirigió a la cocina.

Stella terminó con rapidez el almuerzo y se marchó. Condujo hasta el final de la carretera, donde empezaba el camino. Había una zona de estacionamiento de coches que en ese momento estaba desierta. Las imágenes que había visto en Internet debían de ser de primavera o verano, cuando se reunía el mayor número de excursionistas. Durante el invierno, casi nadie se atrevía a recorrerlo. Si a ella no le urgiera, lo dejaría para cuando el tiempo mejorase.

El paisaje que se mostraba ante sus ojos era muy diferente del que había visto en la mayoría de las imágenes. Estaba cubierto por la nieve, que hacía muy dificultoso el tránsito por él; y el espesor aumentaría conforme se acercase a la montaña y fuera ascendiendo. Debía darle la razón a la camarera: era arriesgado emprender el camino en esas circunstancias.

Se planteó la conveniencia de continuar o dejarlo para otro día. Por una parte, si esperaba a que se despejara de nieve, se quedaría sin tiempo. Tenía dos semanas para dar con D. Morgan. Si se había equivocado en sus suposiciones, o no se encontraba allí, podía ir olvidándose del reportaje. No tenía más opción que continuar. Por muy mal que estuviese el camino, solo se trataba de un corto tramo. Había comprobado que estaba muy bien señalizado. Solo tenía que limitarse a seguir esas indicaciones que, al ser verticales, la nieve no lograría cubrir en su totalidad.

No vaciló más y comenzó a caminar. Preveía que iba a tardar menos de una hora en llegar a la zona del sendero cercana a la cabaña; el resto dependería de la suerte. Esperaba que estuviese en el lugar que aparecía en el mapa y fuese sencillo encontrarla, o tendría que regresar a Denver e intentarlo otro día. Muchas cosas podían salir mal, entre ellas que Darren no estuviera. El lugar era demasiado inhóspito para vivir en aquella época del año. ¿Quién, en su sano juicio, permanecería allí en lo más crudo del invierno?

Wendy le había dicho que su tío Darren vivía en una cabaña en el bosque, sin especificar si lo hacía todo el año. Lo más probable era que, en los meses más fríos, emigrase a climas cálidos; en ese caso, vería la forma de enterarse dónde pasaba el invierno.

Siguió avanzando con lentitud por el sendero cubierto de nieve, en la que los pies se le hundían y que se iba haciendo cada vez más espesa. Se arrepentía de no haber comprado unas raquetas, como aconsejaban en los comentarios que había leído. Incluso unos esquíes le habrían venido bien, aunque ella no sabía utilizarlos. Tampoco las botas que llevaba eran las más adecuadas. La nieve se le introducía en ellas y sentía mojados los calcetines. «He actuado impulsivamente», reconoció con fastidio, pero continuó andando. La belleza del entorno, rodeado de majestuosas montañas y árboles cuyo verdor se veía matizado por el blanco que los cubría, la sobrecogía y la admiraba al mismo tiempo.

Mientras caminaba iba madurando el plan que había ideado por si había alguien en la cabaña, algo que le parecía poco factible. Diría que se había perdido, que no era capaz de encontrar el camino de regreso, que estaba muy cansada y necesitaba descansar... Explicaciones con las que esperaba conseguir que la invitase a pasar allí la noche. Debido a la hora que se había hecho –calculaba que estaría atardeciendo para cuando la encontrase–, confiaba en que no se negara; a no ser que tuviese una forma rápida y segura de llevarla de regreso al pueblo. Con todas esas horas por delante, tendría tiempo para indagar con tranquilidad y descubrir si era la persona que estaba buscando.

Si la cabaña estaba desierta, tomaría imágenes del lugar y seguiría investigando. De no dar con él en el plazo que se había fijado, utilizaría lo que había recopilado hasta el momento para redactar la crónica, en la que describiría los pasos que había seguido y los resultados obtenidos, para pasar a especular sobre quién se escondía detrás de aquel alias. Era una práctica poco ética a la que se recurría con frecuencia en su profesión: cuando no se tenían pruebas irrefutables, se pasaba a la especulación.

Ya vislumbraba los titulares: *¿El joven de la fotografía es D. Morgan? ¿El autor se refugia en las montañas para escribir? ¿Qué esconde el creador de los* best sellers Descenso al purgatorio *y* El ocaso del luchador?... Preguntas que despertarían el interés de los lectores y a ella le proporcionarían más tiempo para investigar. Elaboraría una serie de artículos que irían saliendo con cada número semanal conforme fuese obteniendo datos. No dudaba de que Vivian se lo permitiría. De quedar contenta, podría centrase en ese tipo de crónicas y dejar la sección que ahora llevaba.

Si estaba equivocada y el tal Darren –del que debía conseguir el nombre completo a través de los Hendry– no era el D. Morgan que ella buscaba, ya se encargaría él de desmentirlo; si lo era, el anonimato se habría esfumado y no tendría más remedio que confirmarlo. Esperaba que no le guardase demasiado rencor y le concediera una entrevista.

Stella continuó ascendiendo por el sendero de suave pendiente cada vez más fatigada. Lo que pensaba que iba a ser menos de una hora se convirtió en dos horas de agotadora caminata por lo dificultoso del trayecto. La nieve se espesaba conforme se acercaba a la montaña y había tramos en los que se hundía hasta las rodillas. También estaba el peligro de los numerosos troncos caídos con los que tropezaba cuando se salía del sendero. Cuando eso ocurría, tenía que retroceder o se arriesgaba a continuar hasta encontrarlo; por suerte, la mayoría de las indicaciones estaban visibles. Lo que en el mapa le pareció simple, sobre el terreno y en aquellas circunstancias, era muy complicado. Le costaba distinguir el sendero y no se podía guiar por el GPS; hacía un buen rato que había perdido la cobertura telefónica.

Sin embargo, las mayores dificultades llegaron cuando abandonó el camino señalado por el que había caminado hasta ese momento, en una zona despejada de árboles, y se adentró en el bosque para buscar la construcción de madera que había descubierto con Google Earth.

Eran poco más de las tres de la tarde y estaba oscureciendo. La espesura de los árboles dejaba pasar poca luz, lo que unido al cielo cada vez más tormentoso daba la sensación de que anochecía. El silencio casi absoluto infundía más temor que si se escucharan aullidos de lobos u otros sonidos inquietantes.

Stella admitió que había tenido una pésima idea. ¿Cómo se le ocurrió que sería sencillo encontrar una pequeña cabaña en aquellas montañas, entre la espesura de un bosque nevado y con muy poca luz para guiarse? Y la cosa empeoraba: la batería solo estaba a la mitad. Si encendía la linterna, se agotaría en pocos minutos y se quedaría a oscuras.

Sabía que la cabaña no debía de estar lejos. Notaba que iba ascendiendo, pero en las condiciones que estaba le era imposible orientarse. Muy a su pesar, decidió dar media vuelta y regresar. Esperaba que las huellas de sus pisadas continuaran en la nieve y le sirvieran de guía para llegar hasta donde había dejado el coche. Buscaría alojamiento en la localidad y, al día siguiente, intentaría recabar información a los vecinos. La camarera le había parecido amable. Seguro que sabía dónde se encontraba la construcción y si había alguien viviendo en ella. Con una localización más exacta y con más horas de luz por delante empezaría de nuevo.

Sus buenos propósitos se hicieron añicos cuando el cielo se oscureció casi por completo a causa de una nube de tormenta que se situó sobre la montaña. Los truenos y relámpagos se sucedieron con alarmante celeridad y el pavor atenazó a Stella. Tenía que salir de allí lo antes posible y encontrar el camino de regreso; el problema era que, en la búsqueda errática de la cabaña, se había desviado y no veía su rastro por ninguna parte. Pequeños copos de nieve comenzaron a caer con intensidad, al tiempo que el viento arreciaba y le impedía la visión.

«¡¿Cómo he sido tan estúpida!» maldijo para sí; y continuó haciéndolo durante un trecho. Con ello evitaba que el desasosiego la invadiera. No era tan ilusa como para ignorar que se encontraba en un buen aprieto. Estaba perdida en medio de la nada, tenía frío y notaba que los pies se le insensibilizaban a cada paso debido a la nieve que se le había colado dentro de las botas. Prefería no pensar en lo que ocurriría si tenía que pasar la noche a la intemperie. Encendió la linterna del móvil y enfocó en todas direcciones con la esperanza de encontrar la cabaña o algún lugar donde refugiarse; no lo había. Todo lo que se veía alrededor eran árboles y nieve.

De pronto, una figura se recortó a lo lejos y Stella ahogó un grito. Se trataba de un animal subido a un pequeño promontorio. No se distinguía bien por los copos de nieve que caían y la creciente oscuridad, pero parecía grande. Un escalofrío la recorrió y se quedó paralizada, sin apenas respirar. Había leído que en esas agrestes cordilleras habitaban animales salvajes: osos, lobos, pumas, coyotes... que rara vez llegaban a cotas tan bajas, cercanas a las poblaciones; por lo visto, estaban equivocados.

Se armó de valor y, sin hacer movimientos bruscos, dio unos pasos hacia atrás para alejarse sin alertarlo. Avanzó unos metros con extrema cautela hasta que vio que el animal avanzaba hacia ella y se olvidó de las precauciones. Corrió aterrorizada al tiempo que gritaba pidiendo ayuda. Otra estupidez; por allí no había ni un alma.

No llegó muy lejos. En la loca huida, tropezó con alguna raíz o piedra y cayó. El golpe en la cabeza le provocó una leve debilidad. Cuando logró enfocar la mirada, vio ante ella unas fauces enormes. Fue incapaz de gritar porque el espanto que experimentó le hizo perder el conocimiento.

16

Darren se aprovisionaba de madera para quemar. El tiempo había empeorado en las últimas horas y presentía una buena tormenta con abundante nevada. No quería que le pillara desabastecido por si pasaba varios días aislado, como solía ocurrir en esos casos.

¿Por qué continuaba allí, en aquel destierro, en aquella soledad? Era una cuestión que se planteaba con mayor frecuencia en los últimos meses. Él no había cometido ningún delito, al menos de forma voluntaria; ¿qué le empujaba a seguir autocastigándose?

Días antes había hablado con sus padres. Como siempre que les llamaba, insistieron en que abandonase las montañas y fuese a vivir con ellos. Llevaban tres años viviendo en Galveston, en la costa de Texas, donde se habían comprado una bonita casa a la orilla del mar; un lugar soleado la mayor parte del tiempo, como a su madre le gustaba, y donde su padre pasaba largas horas pescando, su gran afición.

La principal razón de la jubilación anticipada de su padre, y de abandonar la ciudad donde habían vivido casi cuarenta años, fue evitar la presión a la que la prensa los sometió tras su desaparición, y que creó desconfianza entre muchos de los vecinos del barrio, a los que creían amigos. Una gran decepción para ellos y que Darren sentía de igual modo.

Galveston parecía un lugar tranquilo para vivir, sin el bullicio de las playas de moda. Allí pasaría desapercibido y podría continuar trabajando. Se instalaría en alguna casa cercana y los vería con frecuencia. Se estaban haciendo mayores y quería estar más tiempo con ellos. Le vendría bien cambiar de aires. Le atraía la idea de vivir en un clima cálido y cerca del mar. En aquel relajante entorno estaba a gusto, era el aislamiento lo que le pesaba demasiado; y eso le llevaba a replantearse su futuro... otra vez.

Sus pensamientos retrocedieron cinco años, hasta aquellos nefastos días en los que su vida dio un giro radical y le precipitó al purgatorio en el que ahora se encontraba. La denuncia, la detención, el acoso de la prensa, el desengaño que había sufrido con la mayoría de los que consideraba amigos, con los directivos y los seguidores del club, con todos los que hasta unos días antes le tenían por un ídolo... Y luego estaba la incertidumbre que sintió, y aún sentía, por no recordar. ¿Había agredido a la chica como ella afirmaba? No podía alejar ese dilema de su mente ni queriendo convencerse de que él era incapaz de hacer algo así.

Tampoco le habría servido de mucho el haber recordado lo que ocurrió. Ella nunca se retractó de su acusación y, excepto su familia, las personas que le querían y unos pocos amigos que se atrevieron a levantar la voz en su apoyo, el resto del mundo le juzgó y condenó sin que se hubiese celebrado juicio alguno. La prensa y las redes sociales lo sentenciaron. El que hasta unos días antes era un ejemplo para seguir, se convirtió en un maltratador al que todos odiaban. El club le rescindió el contrato y tuvo que dejar el equipo al que había dedicado tantos años y tantos triunfos. Lo abandonaron a su suerte. Le dieron de lado como a un apestado.

No se arrepentía de la decisión que tomó. Con ella protegió a las personas que más quería; pero, al pagar para que retirara la denuncia, reforzó el convencimiento general de que era culpable y quería tapar con dinero su mala conducta.

En aquellos momentos le pareció lo más acertado. Lo único que deseaba era desaparecer. Los que creía sus amigos, sus jefes, la sociedad en general, le habían defraudado tanto que no quería seguir con la vida que llevaba. Y no pensaba someter a sus padres al calvario que les supondría un largo proceso judicial en el que estarían en el foco de la prensa.

Cuando decidió ocultarse no lo hizo por cobardía ni por evitar enfrentarse a sus detractores, que eran casi todos, lo hizo porque no le apetecía vivir en una comunidad que juzgaba tan a la ligera a uno de sus miembros sin dejar que se defendiera, que lo vilipendiaba y se regodeaba en el infortunio del caído, que disfrutaba con el dolor y la amargura que creaba.

Quiso apartarse de esa sociedad hipócrita y decidió aislarse en las montañas, en la cabaña de sus abuelos, donde su madre había nacido. Allí encontró el sosiego que necesitaba para superar su rabia, que no su desilusión. El retiro le hizo bien. Estaba en contacto con las personas que amaba y por las que era querido y aceptado: sus padres y Selma y su familia; nadie más. Con ellos hablaba con frecuencia, cada vez que bajaba al pueblo por provisiones y encontraba cobertura para los móviles. También los visitaba en ocasiones, o ellos iban a verle.

Se sintió en paz, casi feliz, durante los primeros cuatro años; este último había comenzado a padecer el peso de la soledad y a cuestionarse su autorreclusión. Cuando se reintegrase en la sociedad, las viejas heridas se abrirían. ¿Estaba preparado para recoserlas?; eso creía. No podía pasar escondido el resto de su vida. ¿Acaso se merecía ese castigo?

Acabó de apilar los troncos en el cobertizo, a resguardo de la humedad. La nieve caía en gruesos copos y el viento del norte soplaba frío y con fuerza. Oscuras nubes se habían adueñado del cielo y ocultaban el débil sol que estuvo calentando durante buena parte del día, lo que contribuía a bajar las temperaturas. La tormenta que se aproximaba iba a ser más importante de lo que pensó; mejor que le pillara en casa.

Se dispuso a entrar en la cabaña cuando Sugar, que hasta ese momento había estado jugueteando a su alrededor, se alejó corriendo. Pensó que había visto algún conejo y quería cazarlo. Era su juego favorito, aunque nunca pasaba a la acción. Solo le gustaba correr detrás de ellos y meter el hocico en las madrigueras para regresar agotada y satisfecha.

Cuando pasaron diez minutos y la perra continuaba sin regresar, Darren se preocupó. Se puso el grueso gabán, cogió la linterna y fue a buscarla. No era la primera vez que se encontraba con un coyote y se enzarzaba en una pelea; ni era la primera vez que regresaba magullada. Dos años antes la hirieron de gravedad. Tenía muy vivo el recuerdo del pánico que experimentó. Caminó con ella en brazos, a través de la nieve que cubría el camino, hasta el pueblo. El temor de no llegar a tiempo de salvarla nunca lo abandonaría.

La llamó varias veces hasta que escuchó un ladrido fuerte y repetido que lo tranquilizó; si estuviera herida, no respondería con tanta energía. Fue en la dirección que se escuchaban los ladridos y la vio aparecer.

–Ya está bien de paseo, Sugar. Vamos a casa. Hace frío.

La perra se resistió. Bailoteó alrededor de él y volvió a adentrarse en el bosque, deteniéndose en un par de ocasiones para llamar su atención; quería que lo siguiera.

–Sugar, no es el momento de perseguir conejos. ¡Vamos a casa! –insistió con acento autoritario que, por lo general, conseguía el efecto deseado.

En esta ocasión no dio resultado. La perra continuó y Darren, con una mueca de resignación, la siguió. Habría localizado algún animal herido o muerto y quería enseñárselo. No era inusual encontrar en aquellas zonas cabras de montaña, ciervos o alces, que bajaban en ocasiones hasta el estanque próximo, y eran atacados por osos o pumas.

Cuando volvió a verla, estaba sentada junto a un bulto. No llegó a distinguir de qué se trataba; la oscuridad era casi total. Encendió la linterna y enfocó. Fue cuando vio con claridad un cuerpo que yacía en el suelo. Se acercó corriendo y le dio la vuelta. Se trataba de una mujer y tenía los ojos cerrados. Se alarmó. Se quitó los guantes y acercó la mano al cuello para comprobar si tenía pulso. Respiró más tranquilo cuando sintió bajo sus dedos el latido del corazón en la vena y la tibiez de la piel.

–Bien hecho, Sugar –dijo, y acarició a la perra. Si no hubiese insistido en que la siguiera, la mujer habría muerto. No estaba seguro de que sobreviviera, pero ahora tendría una oportunidad.

Antes de cargarla y regresar a la cabaña, miró a su alrededor por si había algún cuerpo más. No lo creía; en tal caso, Sugar se lo habría indicado. El fuerte carácter protector de los perros pastores les impedía abandonar a nadie, y más si esa persona estaba indefensa.

Cogió a la mujer en brazos. Era ligera y no suponía mucho esfuerzo el cargar con ella; no obstante, el trayecto hasta la cabaña se le hizo muy pesado y tardó más de lo habitual. La nieve y el fuerte viento que soplaba hacían difícil el avance. Cuando llegó a la cabaña, la depositó en el sofá. Se despojó de las ropas de abrigo y de las botas de nieve, aseguró las puertas y ventanas para que el viento no las abriera y echó varios troncos a la chimenea para aumentar el calor en la estancia. Había notado que estaba fría y era necesario que le subiera la temperatura corporal. No sabía cuánto tiempo llevaba inconsciente. Poco, imaginó. De haber pasado la noche a la intemperie, no habría sobrevivido.

Le quitó la mochila que llevaba en la espalda y la chaqueta acolchada, demasiado liviana para las bajas temperaturas invernales en las montañas. Siguieron las botas. Estaban empapadas de nieve derretida, así como los calcetines. Lo hizo con extrema precaución por si tenía algún hueso roto o dislocado. No advirtió nada de eso, solo varias rozaduras en los pies provocadas por el inadecuado calzado y la humedad. Le saldrían ampollas en las próximas horas, que debería tratar para que no se infectasen.

Observó que uno de los tobillos parecía algo hinchado; un esguince leve, calculó. Con un día de reposo, hielo, analgésicos y un vendaje compresivo, sería suficiente. Había sufrido tantos a lo largo de su vida, en especial cuando jugaba al fútbol americano, que era un experto en el tema. La parte baja de los pantalones estaba húmeda, pero no se los quitó. Eso no la mataría y así evitaba malentendidos. Cuando despertase, que lo hiciera ella. Le facilitaría ropa adecuada para que se cambiase.

Le preocupaba más el persistente desmayo. Le palpó la cabeza y descubrió un pequeño bulto cerca de la oreja izquierda. Esperaba que no tuviera ninguna lesión interna. Sería difícil transportarla hasta la población con el actual estado del camino.

La cabaña estaba muy deteriorada cuando decidió trasladarse a vivir a aquel lugar. No la habían restaurado en sesenta años, cuando sus abuelos se mudaron a Boulder buscando un futuro mejor para su hija recién nacida. Durante los meses siguientes, la fue acondicionando personalmente. Reparó los desperfectos, llevó el agua del pozo hasta la vivienda e instaló unas placas solares que le suministraban la energía necesaria para tener las mínimas comodidades: luz y agua caliente.

El problema era que no había cobertura para el móvil ni conexión a Internet. No podía llamar a un médico en caso de necesidad y, cuando las condiciones atmosféricas lo permitían, tenía que desplazarse a pie unos tres kilómetros en dirección al pueblo hasta que recibía señal.

Bajaba una vez por semana a Wildernest para abastecerse de alimentos y aprovechaba para hablar con sus padres y con los Hendry. Eran su segunda familia, sus asesores legales y su medio de contacto con la sociedad. Selma le mantenía informado de lo que ocurría en el mundo exterior, como solía ironizar.

Sonrió para sí. Selma parecía haberse aliado con sus padres para convencerle de que abandonara ese mundo irreal en el que vivía, que lo aislaba del dolor y el desencanto; también del cariño y el gozo que proporcionaban la compañía de los seres queridos, y llevaba razón.

Darren suspiró y decidió dejar aquella cuestión para otro momento, ahora tenía que atender a la chica. Le puso una bolsa de hielo en el tobillo, la cubrió con la manta y la dejó descansar. El pulso latía fuerte y eso le daba confianza. Si pasaba más de una hora y no despertaba, se intranquilizaría. La estuvo observando durante unos minutos. Era muy bonita, de rasgos armoniosos y gráciles, con una larga cabellera rubia que le aportaba más atractivo. No sabía de qué color tendría los ojos, probablemente claros. Las pestañas que los bordeaban proyectaban sombras alargadas sobre los pómulos sonrosados.

Sintió un repentino ardor y, avergonzado, apartó la mirada.

Decidió mirar en la mochila por si encontraba alguna información útil. Solo llevaba una cámara de fotos semiprofesional, un par de barritas energéticas, un botellín de agua y las llaves de un automóvil. Miró en los bolsillos del anorak. En uno iba un teléfono móvil de última generación y en el otro un plano arrugado. Ninguna documentación. La habría dejado en el coche, si era ella la que conducía.

Revisó el plano. Era del sendero que subía al monte Buffalo, con detalles del recorrido, distancias y lugares en los que aparecían las señalizaciones. Se fijó en una cruz marcada con bolígrafo más o menos donde se encontraba la cabaña. Tendría que aclararle ese detalle.

17

Stella sintió algo rasposo rozar su mejilla y se asustó. Lo último que recordaba era la terrible visión de unas fauces babeantes. ¡Esa fiera debía de seguir allí, dispuesta a devorarla!

Temblando, abrió los ojos con lentitud para encontrarse con un húmedo hocico y una boca de grandes colmillos de la que sobresalía una larga lengua rosada. Gritó espantada e intentó levantarse. De inmediato, unas manos la inmovilizaron y un rostro masculino, barbudo y de tensa expresión, se materializó ante sus ojos.

–No tema. Sugar puede ser muy pesada, pero no es agresiva; a menos que se vea en peligro o quiera proteger a alguien –explicó Darren para tranquilizarla. Esbozó una leve sonrisa que quedó oculta por el bigote y la barba que cubría la mitad inferior de su rostro.

¿Sugar? ¿Aquel hombre había dicho Sugar? Ese era el nombre de la perra de tío Darren, según Wendy. Miró con precaución a su alrededor. Un techo de madera, paredes del mismo material... Debía de estar en la cabaña del supuesto D. Morgan. Sonrió para sí a pesar de la situación. Tanto buscar el esquivo lugar y al final la cabaña, o sus habitantes, la habían encontrado a ella.

Un nuevo lengüetazo devolvió a Stella a la realidad. Retiró la peluda cabeza de Sugar y se incorporó un tanto.

–¿Dónde estoy? –preguntó, mirando al hombre que estaba frente a ella. Debía representar el papel que se había adjudicado desde el principio: la excursionista perdida.

Darren sintió un vuelco en el estómago cuando aquellos impresionantes ojos azules lo miraron. Se repuso con esfuerzo y contestó:

–En un refugio seguro, a poca distancia de donde Sugar la encontró. Por cierto, me llamo Darren.

–Hola. Yo me llamo Stella... Stella Evans. –Se dio cuenta de inmediato del error que había cometido al darle su nombre. Como ya no era posible rectificar, decidió cambiar el apellido por el de soltera de su madre y, de paso, animarle a que dijera el suyo. La única contrariedad que podía surgir era que alguno de los Hendry se pusiera en contacto con él y desvelara la mentira. Confiaba en que no ocurriera antes de tener la información que necesitaba o echaría por tierra toda oportunidad de conseguirla.

Darren no replicó, y Stella continuó:

–Gracias por ayudarme. Me desorienté y perdí el sendero de vista. Después, con la tormenta, fue peor. Me asusté al ver a un animal que quería atacarme y salí corriendo. Debí golpearme y perder el conocimiento, porque es lo último que recuerdo.

Darren pensó que el animal al que se refería era Sugar, y se asustó al confundirlo con un lobo. Debería estarle agradecida. Si no hubiese sido por ella, habría muerto de frío. Con la tormenta descargando sobre ellos y la oscuridad que iba en aumento, le habría resultado imposible encontrar el sendero, y por las inmediaciones no existía ningún lugar para refugiarse excepto aquel.

–¿Cómo se encuentra? ¿Siente algún dolor? ¿Mareada? ¿Soñolienta? –Sabía que las contusiones en la cabeza podían ocasionar graves lesiones internas que, en ocasiones, no se presentaban de inmediato. Uno de sus compañeros del San Antonio Devils murió al golpearse con uno de los postes de entrenamiento. Se le formó un coágulo en el cerebro que acabó afectando a sus funciones vitales.

Stella se incorporó hasta quedar sentada sobre el sofá. Parpadeó varias veces y se llevó las manos a la cabeza para palparla. Al tocar la zona lastimada, que sentía húmeda, lo miró con una muda pregunta en los ojos.

–Es solo una contusión debido al golpe con algún tronco. La he limpiado para comprobar si había herida abierta y no la hay. La capucha acolchada la ha protegido; de no haberla llevado, tendría una buena brecha.

–¡Qué suerte! –exclamó con alivio no fingido. Las cosas podrían haber salido muy mal si no hubiese tenido la suerte de que la perra la encontrara.

Contuvo un escalofrío al rememorar aquellos trágicos minutos, perdida en el oscuro bosque, entre la ventisca cada vez más virulenta, a merced de los elementos y con el frío que se hacía insufrible. Una autentica insensatez por su parte que había terminado bien de forma milagrosa. Al fin estaba en el sitio deseado y con la persona que había ido a buscar... o eso creía.

El nombre coincidía, pero no podía afirmar si se trataba del mismo Darren del que la niña le había hablado. En la única fotografía que había visto, era un adolescente de unos quince años y el hombre que tenía delante pasaría de los cuarenta, puede que menos; el abundante vello que le cubría buena parte del rostro, en el que se apreciaban algunas canas, le añadía unos años.

Su aspecto salvaje asombraba, así como su envergadura, con aquellos anchos hombros y las enormes manos. Distaba mucho de la imagen que se había formado del famoso escritor. Ella esperaba encontrarse con un cincuentón anodino, con gruesas gafas y modales delicados como la prosa que impregnaba en ocasiones sus obras; otra razón para añadir al dilema que tenía. No se detuvo a analizar la fascinación que le causaba tío Darren porque debía estar centrada y alerta para no cometer errores.

–Sí, ha tenido mucha suerte; podría haberse herido de gravedad. Si se siente mareada o nota nublada la vista, dígamelo. Buscaré ayuda lo antes posible –le advirtió Darren. Iría al pueblo y pediría que viniera un trineo eléctrico por ella. El hospital estaba equipado para rescates en montaña.

–Me encuentro bien. No noto nada. Algo cansada por la caminata. No estoy acostumbrada. Seguro que mañana tengo unas buenas agujetas. –Stella soltó una risita. Miró hacia la ventana. No se veía luz en el exterior, solo puntitos blancos que se movían con el viento–. ¿Cuánto tiempo llevo aquí?

–Hace unos veinte minutos que la encontramos. –Darren la observaba con atención. No se advertía en ella signos de angustia por la experiencia vivida ni de temor por estar en un lugar ajeno con una persona que no conocía de nada. O era muy valiente o demasiado ingenua.

–Debería irme antes de que se hiciese de noche –dijo Stella para cubrir las apariencias. No podía dejar que él advirtiera su interés por quedarse allí.

–Ya ha oscurecido y son poco más de las cinco de la tarde. Por otra parte, a no ser que disponga de una moto de nieve, no podrá llegar a Wildernest o donde haya dejado el coche. La tormenta ha arreciado y aún no ha llegado lo peor. Sería una temeridad que saliera ahora. Aparte de todo eso, se ha hecho un leve esguince en el tobillo derecho. Le costará caminar en unos días.

Stella se alarmó. Retiró la manta que la cubría y sus pies desnudos aparecieron ante ella. En efecto, le pareció que tenía el tobillo algo inflamado.

–¿Siente dolor? –preguntó Darren.

Ella negó con la cabeza; su rostro decía lo contrario.

–No se preocupe; es muy leve, por lo que percibo. Se ha reducido la inflamación con la bolsa de hielo que le he puesto. En un par de días podrá caminar con normalidad –pronosticó, basándose en sus conocimientos–. ¿Estaba sola o la acompañaba alguien? ¿Iba en un grupo? –No había visto a nadie más; tal vez estaban algo más lejos. En ese caso, saldría a buscarlos.

–Iba sola.

Darren acusó la sorpresa y la miró con reproche.

–¿Y cómo se le ha ocurrido hacer el sendero en estas fechas y con un temporal en ciernes?

–No estaba al tanto de que el tiempo cambiaría a peor. Y sé de gente que ha subido a la montaña en pleno invierno. Lo leí en Internet –dijo a la defensiva.

Darren resopló. Parecía muy inmadura. La típica chica de ciudad con ganas de vivir aventuras y demasiada confianza en sí misma. Esa irresponsabilidad le podía haber salido muy cara.

No era la primera persona que se perdía y a la que tenía que rescatar. No se explicaba ese impulso que llevaba a la gente a comprometer su salud de forma gratuita y, de paso, a arrastrar a otros. Una vez tuvo que rescatar a un senderista que decidió hacer el sendero con zapatillas de playa y acabó cayendo por una pequeña pendiente. Su mujer bajaba pidiendo ayuda cuando la encontró. El hombre pesaba más de cien kilos y le costó un enorme trabajo sacarlo de allí. Tuvo suerte de no sufrir ninguna fractura y pudo regresar por su propio pie, aunque muy magullado.

–Debe referirse a casos de expertos alpinistas, y apuesto a que no se habrían arriesgado con las previsiones meteorológicas tan adversas. –Él mismo había subido en una ocasión en plena borrasca y se juró no volver a cometer esa imprudencia; estuvo muy cerca de costarle la vida. Ella no parecía ni de lejos una montañera experimentada. El atuendo que llevaba era deficiente para una travesía por cotas altas y menos para resistir una tormenta de nieve. Se habría congelado antes de llegar a la cima, en caso de que hubiese logrado superar los primeros mil metros.

–No pensaba que era tan complicado –siguió defendiéndose Stella. Tenía que atenerse al guion que se había trazado pese a que con ello quedaba como una atolondrada. Él no podía sospechar que solo había ido a buscarle y que en ningún momento pensaba subir a la cima. Ni con buen tiempo osaría hacerlo. Nunca le había gustado ese deporte, que consideraba de alto riesgo. Mejor quedar por tonta que descubrir sus intenciones.

–Y no va equipada para soportar temperaturas de alta montaña. Como mucho le sirve para pasear por el pueblo, no para ascender a una cima de casi cuatro mil metros y con el camino nevado. Quien se atreve en estas fechas lo hace con unos esquíes o raquetas de nieve. Así evitas que se te llenen las botas de nieve y que la humedad provoque congelación en los pies –insistió él, al tiempo que la miraba con enojo.

Stella comenzaba a perder la paciencia con tanta regañina. Sabía que tenía toda la razón, pero ella no pensaba coronar la cumbre; ni siquiera tenía previsto subir más de doscientos o trescientos metros, lo que calculaba que estaba la cabaña, justo al iniciar el ascenso.

–La ropa es la que me aconsejaron en la tienda –mintió. Ella la había elegido sin consultar con la dependienta, que la habría orientado en la elección.

–¿Especificó dónde pensaba ir con ella puesta? –cuestionó Darren. O no había ido al lugar adecuado a comprarla o no había pedido consejo.

Stella inspiró hondo para reprimir las ganas de contestarle de forma airada y lo miró con un brillo inocente en los ojos.

–Lo sé. Merezco un buen tirón de orejas por necia. Debí informarme mejor y dejarme aconsejar. El caso es que no soy de aquí y nunca he estado en territorios tan escarpados como estos, ni tan fríos.

Sus disculpas y la actitud arrepentida que mostraba calmaron en parte la irritación de Darren.

–¿De dónde es?

Stella había decidido ceñirse a la verdad para minimizar la posibilidad de cometer errores.

–Nací en Norfolk, en el estado de Virginia, donde estuve viviendo hasta que terminé la universidad. Allí hay pocas montañas y ninguna nieve. Y en Nueva York, donde suele nevar en invierno, prefiero coger los ascensores para subir a las cimas de los rascacielos –bromeó.

Darren sonrió ante aquella broma y Stella se quedó prendada de su rostro. Los ojos se le achicaban y desprendían un brillo encantador.

–¿Vives en Nueva York? –se interesó, tuteándola.

A Stella le gustó que dejase de lado la postura de padre protector regañando a su díscola hijita. Parecía que había olvidado el recelo con el que la recibió y se le veía más relajado.

–Hasta hace un mes, sí. Me acabo de trasladar a Denver por trabajo.

–¿A qué te dedicas?

–Soy diseñadora de contenidos digitales para empresas de publicidad y *marketing*. Voy a trabajar para una agencia de publicidad ubicada en esa ciudad, y hago trabajos por mi cuenta. –Era cierto, o lo había sido. Cuando acabó el curso de postgrado en Londres trabajó durante un tiempo en ese campo, que tenía mucho que ver con el periodismo. Le sorprendería que él la conociera. Su fotografía no aparecía en la columna de la revista, pero se mostraría menos comunicativo si admitía que era periodista.

–No llevas mucho tiempo por aquí o sabrías que en la montaña la temperatura puede cambiar en cuestión de horas, y más en invierno. Amanece un día radiante y a mediodía cae una tormenta que cubre de nieve hasta el embalse Dillon.

–Nadie me advirtió.

«La típica neoyorquina. Se cree que siempre hay un

taxi a mano para que la lleve a cualquier lado», pensó Darren. Se acercó a la ventana y avistó el exterior. La nieve caía espesa y continuaba añadiendo centímetros a los que ya había. No pararía en toda la noche, según su experiencia.

–¿Hay alguien esperándote en el pueblo o la ciudad? Lo pregunto porque, si la situación continúa, nos quedaremos aislados algunos días y aquí no hay cobertura para el móvil ni acceso a Internet. No podrás comunicarte con nadie.

Stella tardó en contestar unos segundos. Hasta ese momento no había reparado en la realidad de la situación y se reprochó el no haber calibrado mejor las consecuencias. Allí estaba indefensa, con un hombre del que nada conocía ni sabía cómo iba a reaccionar, sin poder pedir ayuda, atrapada por varios días... ¿Y si se trataba de un violador o un asesino? No lo creía. Su intuición le decía que era un buen hombre, a quien Wendy adoraba por lo que le había parecido, y a ello se aferró. Además, un hombre que escribía aquellos libros llenos de sensibilidad no podía ser una amenaza; con todo, tomó precauciones.

–Llamé a mis padres antes de venir y les comenté lo que pensaba hacer –dijo con un leve matiz de desconfianza en la voz que a él no le pasó desapercibido.

Darren sonrió con disimulo. Estaba cubriéndose las espaldas, cosa que demostraba que no era una cabeza hueca. Probablemente, nadie sabía dónde estaba.

–Se preocuparán si ven las noticias del temporal. Debes avisarles cuando tengas ocasión.

–Lo haré. Gracias.

Darren pensó que era mejor dejarla descansar.

–Voy a preparar la cena. Algo caliente te reconfortará. Intenta dormir un poco. Procuraré no hacer ruido –dijo, y se alejó hacia el fondo de la vivienda. Con un leve silbido, indicó a Sugar que lo acompañara.

18

Stella siguió a Darren con la mirada, no exenta de admiración. Era muy alto y robusto. La camiseta de manga corta que llevaba dejaba apreciar los musculosos brazos y realzaba sus anchas espaldas. El pantalón deportivo se ajustaba a sus largas piernas y marcaba las estrechas caderas con fidelidad. Intuía que era atractivo, pese a la gran cantidad de pelo que cubría su rostro y no dejaba apreciarlo con claridad.

Tenía unos ojos bonitos, de un gris claro, según le había parecido, una nariz recta y cejas pobladas. El oscuro cabello lo llevaba largo y lo recogía en una coleta en la nuca. Un hombre muy seductor, concedió. Parecía un leñador, demasiado tosco para la imagen que se había formado de D. Morgan; ¿eso quería decir que se había equivocado en sus deducciones?

Se acomodó y, mientras él manipulaba cacharros al fondo, ella se dedicó a observar detenidamente a su alrededor. La cabaña era más grande de lo que imaginaba. Desde donde estaba tendida podía ver la cocina y ante ella una mesa grande de madera y varias sillas. A la derecha había una puerta y junto a esta una escalera subía a un altillo, en el que se divisaba una cama. Frente al sofá había una chimenea cerrada, bien provista de troncos, que aportaba un agradable calor y luz a la vivienda, y varias lámparas encendidas. Se preguntó cómo era posible. No había visto tendido eléctrico por los alrededores ni se escuchaba el ruido que provocaban los motores de combustión.

Dejó de plantearse esa y otras cuestiones al notar que se quedaba dormida. Se sentía segura y relajada, lo que le provocó un agradable sopor. No luchó contra él y se dejó acunar por los brazos de Morfeo.

Darren se acercó y la contempló durante largos segundos. Tenía el rostro relajado por el sueño, el largo cabello del color del trigo maduro se desparramaba alrededor de ella y, a la luz del fuego, parecía una corona dorada. Las largas pestañas se movían en los párpados cerrados como danzarinas inquietas. Estaría teniendo una pesadilla y no le extrañaba; una experiencia así era muy traumática. Debió de pensar que iba a morir en la montaña a merced de las fieras salvajes.

No le parecía el tipo de persona que se exponía de forma innecesaria; tal vez pecó de arrogancia y sobrevaloró sus aptitudes. Había visto casos similares y, casi todos, acababan mal. Esperaba que le sirviera de lección y midiera más las consecuencias antes de embarcarse en empresas de pronóstico incierto.

La cubrió con la manta y la dejó dormir durante un par de horas, que aprovechó para acabar una tarea pendiente; en los próximos días no iba a tener oportunidad de hacerlo. Cuando concluyó, se acercó a ella. Ya la había dejado dormir suficiente rato. Tenía que curarle el tobillo y las lesiones de los pies.

Stella despertó con una sensación de plenitud. Se desperezó de forma voluptuosa y abrió los ojos. Frente a ella, Darren la miraba con un brillo indescifrable en los ojos.

—Hola de nuevo. ¿He dormido mucho rato?

–Más de dos horas.

–Vaya. La caminata me había agotado. –Husmeó y a sus fosas nasales llegó un agradable aroma a pan recién hecho–. Y parece que me ha abierto el apetito. Huele de maravilla. ¿Es la cena?

–Así es. Nos espera desde hace rato. No he querido despertarte. –Se guardó para sí que había estado recreándose en la preciosa vista que representaba su rostro dormido y se le habían pasado los minutos sin darse cuenta.

–Gracias; lo necesitaba. Ahora, lo que estoy es hambrienta. –Fue a levantarse y él, que estaba a su lado, se lo impidió al sujetarla del hombro.

–Antes hay que curarte los pies. Quédate tendida que voy a por lo necesario.

Darren se dirigió a la puerta que estaba junto a la cocina. Regresó en pocos minutos. Colocó encima de la mesa un rollo de vendas elásticas y un par de tubos de crema. Con delicadeza, cogió el pie derecho y fue moviéndolo en varias direcciones para comprobar la magnitud del daño. Ella no se quejó en ningún momento, lo que le confirmaba su primera impresión: era un esguince muy leve que curaría en poco tiempo y no requeriría rehabilitación. Aplicó sobre el tobillo una buena ración de pomada y la masajeó para que la piel la absorbiera.

–Es un ungüento analgésico y antiinflamatorio. Como te dije antes, en un par de días caminarás con normalidad –explicó. Acabó con el masaje y procedió a ponerle un vendaje elástico, que no impedía la movilidad y evitaba estirar el ligamento en exceso, lo que le reducía el dolor y la inflamación.

La situación cohibía a Stella, aunque intentó relajarse y no demostrarlo. Aquellas grandes manos masajeando su pierna desde la rodilla a los dedos del pie le estaba provocando una sensación demasiado placentera, a la vez que admiraba la habilidad con la que lo hacía.

–Te desenvuelves muy bien con los vendajes. ¿Eres médico o enfermero?

–No. Tengo práctica con esguinces, fracturas y heridas en general por haber sufrido bastantes. Hace años solía hacer mucho deporte y me lesionaba con frecuencia. De tanto observar a los expertos, algo aprendí. –En un deporte tan violento como el que había practicado durante casi quince años eran frecuentes las lesiones, cortes o hematomas. Era usual que los mismos jugadores se curasen las que no revestían importancia.

Darren acabó con el vendaje y echó un poco de tintura en las heridas de los pies. Esperó a que se secara y le puso unos calcetines.

–Te están algo grandes, pero mantendrán los pies abrigados. Las botas están húmedas y tardarán en secarse. Veré si encuentro algunas zapatillas que te sirvan.

–¿Puedo caminar? –preguntó dudosa.

–Durante las primeras veinticuatro horas es conveniente hacer reposo y mantener el pie elevado. Puedes dar algunos pasos si apoyas el pie con precaución y no cargas todo el peso en él. Si ves que te duele o notas pinchazos en esa zona, me lo dices. Si es necesario, te haré una muleta.

Stella se levantó con lentitud, siguiendo los consejos que le había dado. No sintió dolor ni ninguna sensación rara al apoyar el pie y se animó a dar unos pasos. Lo miró y le sonrió.

–Solo noto un poco de tirantez por el vendaje.

–Bien. Procura no hacer esfuerzos –dijo Darren satisfecho.

Al ponerse de pie, Stella sintió la necesidad de ir al baño y se preguntó si tendría que hacerlo a la intemperie. No esperaba que la cabaña contase con uno bien equipado en el interior.

Por la expresión de apuro en su rostro, Darren dedujo lo que le ocurría.

–Si quieres ir al baño, es la puerta que está junto a la escalera –insinuó con un brillo divertido en los ojos.

«Misterio resulto», se dijo Stella. Desde que se fijó en ella, se había preguntado qué escondería. Habría preferido que fuese el estudio de D. Morgan, donde creaba sus fabulosas historias. «Ya lo descubriré», se prometió. Si era él, debía de tener su espacio en algún lugar donde evadirse de la realidad y centrarse en su trabajo, con un ordenador, fichas de personajes, libros, planos..., en fin, todo lo que los escritores necesitan para crear sus historias.

Había echado un vistazo a la estantería que ocupaba una de las paredes del salón, repleta de libros y algunas fotografías en marcos plateados. Los miraría con detenimiento y les haría fotos con el móvil o con la cámara que llevaba en la mochila, si no se había roto al golpearse contra el tronco.

Stella se dirigió al baño, muy completo y con agua caliente. Cuando salió, Darren había preparado la mesa.

–No te he preguntado si comes carne. He hecho asado de cordero.

–Sí que como, y la de cordero es mi favorita.

–Me alegro. Solo me queda desear que esté sabroso.

Darren le sirvió una buena ración y un trozo de pan que conservaba el calor del horno. Stella comió con gusto. El asado estaba muy rico. Le recordaba a los que comía en casa de sus padres. Ella, que estaba acostumbrada a los platos precocinados que solo tenía que calentarlos en el microondas, disfrutó de los sabores intensos y naturales.

–Esta construcción está muy bien equipada para ser una cabaña de vacaciones. ¿Pasas mucho tiempo aquí? –le preguntó.

–Vivo aquí.

–¡¿Todo el año?! –simuló espantarse–. Este lugar está demasiado solitario. ¿Vives solo o con alguien? –Aunque

Wendy le había dicho que vivía solo, quiso preguntarle. Le chocaría que no lo hiciera.

—Solo.

—¿Y a qué te dedicas? En invierno no creo que te resulten fáciles los desplazamientos. ¿Eres guardia forestal o algo así?

—Algo así —respondió Darren de forma vaga—. ¿Quieres un café, té, infusiones de hierbas...?

—Un café estará bien. —Stella advirtió en él reticencia a comentar sobre su trabajo y no quiso forzar la situación. Ya surgiría.

19

Darren preparó café y, mientras, recogió y fregó los platos. Stella se acercó a la estantería y revisó los libros. El surtido era variado, tanto en temáticas como en autores con sus personales estilos; aun así, no cabía duda de que se inclinaba por la literatura estadounidense. No faltaban las grandes obras de autores clásicos como Poe, Twain, Fitzgerald, Hemingway, Faulkner... Los ejemplares parecían muy usados. Era probable que procedieran de su etapa escolar, como materia de lectura obligada.

También tenía una buena representación de autores de los últimos cincuenta años, la mayoría ganadores de premios Pulitzer e, incluso, Nobel, como Toni Morrison, Tom Wolfe, William Burroughs, Arthur Miller, Paul Auster..., y algunos de los últimos autores *best sellers*. No había ningún ejemplar de los dos que D. Morgan había publicado.

Reparó en las dos fotografías que adornaban la estantería. En una de ellas se veía a una pareja de unos cincuenta años. Estaban de pie, frente a la fachada de una casa, ambos sonrientes y mirando a la cámara. Él, que parecía muy alto y fornido, le echaba el brazo por encima a ella, más baja. Ella tenía una mirada muy cálida y fruncía los ojos, como había visto en Darren al sonreír. Intuyó que eran sus padres.

La otra fotografía no le sorprendió verla allí. Era de Wendy con varios años menos. La niña debía tener unos cinco en esa época. Sonreía con una boca en la que faltaban algunos dientes. No había ningún otro recuerdo más, ningún objeto personal. ¿No era un hombre apegado a los recuerdos o los había quitado para que ella no los viera? Si quería conservar el anonimato, apostaba por lo último.

Darren llamó a Sugar, que había seguido a Stella y no se despegaba de su lado.

–¿Esta noche no tienes hambre o estás demasiado entretenida con la visita para comer? –dijo.

La perra se le acercó de inmediato moviendo la cola. Presentía qué venía a continuación. Darren le puso un cuenco con lo que había sobrado de la cena y Sugar lo despachó en unos minutos.

Stella localizó su mochila, que estaba sobre una silla, y la abrió. La cámara parecía intacta, y el resto de sus cosas: las llaves del coche, la comida y la botella de agua. No vio el plumífero, en cuyos bolsillos llevaba el móvil y el plano del sendero. Se le habrían caído cuando corrió para huir de Sugar o al trasladarla él a la cabaña.

Se alarmó. En el móvil llevaba las fotos que había hecho en casa de los Hendry. Por suerte, se activaba con una clave y Darren no habría podido acceder a él. No así al plano de la ruta en el que había señalado con una cruz el lugar donde se situaba la cabaña, según calculó por las imágenes en Google. Si la había visto, estaría preguntándose a qué se debía; ese lugar no se encontraba en la ruta que debía seguir.

Buscó una excusa creíble mientras le veía acercarse con una bandeja en la que portaba dos tazas y la cafetera italiana en la que había hecho el café.

Darren dejó la bandeja sobre la mesita junto al sofá y

se acercó a la chimenea. Recolocó los troncos que ardían en él y echó otro par al fuego; con eso tendrían calor para el resto de la noche.

Stella se sentó en el sofá y Darren lo hizo en la silla que había junto a un mueble con cajones debajo de la ventana. Le dio la taza de café y ella se la acercó a los labios. El líquido caliente y el fuerte sabor que desprendía la reconfortaron.

–¿Has visto mi teléfono móvil? Lo llevaba en el bolsillo del anorak –dijo como al descuido. No quería que advirtiera el interés que tenía por recuperarlo.

Darren se giró y abrió uno de los cajones del mueble. Sacó el teléfono y el plano.

–Aquí lo tienes. Y el plano con el sendero. ¿Me explicas a qué se debe que esté indicada la situación casi exacta de esta cabaña? –inquirió, sin dejar de mirarla con fijeza para observar su reacción.

–Ah, sí. Es que no soy tan irresponsable como parece. Cuando decidí hacer el sendero, estudié bien los alrededores por si me veía precisada de pedir ayuda. Lo único que encontré fue una construcción de madera en medio del bosque y la señalé en el mapa de ruta. Supuse que se trataba de un refugio de montaña y que no estaría habitado. Me serviría para guarecerme en caso de necesidad. Cuando me perdí, intenté llegar hasta aquí. Por lo que parece, me quedé cerca. –Sonrió orgullosa de su hazaña y evitó exteriorizar la expectación que sentía.

Él valoró la respuesta. Ya desde el primer momento le había parecido inverosímil que una persona, y más una mujer en apariencia inexperta, se aventurase a un recorrido tan comprometido en aquellas fechas; cuando vio en el plano la ubicación de aquel lugar las alertas se dispararon. Tenía mucho que esconder y no quería que nadie le encontrase. Su inesperado éxito literario había acrecentado el interés por saber quién era D. Morgan. Con la ayuda de Selma había logrado ocultarlo durante más de tres años y era consciente de que le costaría mantenerse en el anonimato durante muchos más. Pretenderían dar con él, y por eso sospechaba de todo el que se acercaba por allí.

–¿Cómo la localizaste? –se interesó.

–Con Google Earth. Es muy práctico. ¿Lo has probado? Vas a cualquier parte del mundo sin moverte del sillón y con la opción de tres dimensiones se aprecia el relieve como si lo vieras desde un dron. –Su entusiasmo parecía casi infantil–. Me costó, no creas. Recorrí palmo a palmo todo el trazado del sendero y unos dos o trescientos metros a ambos lados. Como soy muy perseverante, acabé dando con ella.

A Darren le pareció lógico, y más siendo una asidua de Internet debido a su trabajo. Lo que no sabía era que los refugios se ubicaban más arriba, hacia la mitad del ascenso, cuando los había. Su cabaña era la única construcción entre Wildernest y la cima de la montaña por aquella vertiente.

–Continúa siendo una temeridad. Nada te aseguraba que la encontrarías con las condiciones adversas que se han presentado.

–Estuve cerca, ¿no?

–Cerca de morir de frío –replicó él con gesto serio.

Stella bufó.

–¿Sueles ser tan pesimista?

–Precavido, diría yo... y cualquiera.

–Vale. Soy una tonta de remate y te estaré eternamente agradecida por haberme salvado de una muerte segura y horrible entre las fauces de un depredador –ironizó.

No podía darle la razón a Darren, que la llevaba, sin explicarle los motivos que la habían llevado a emprender esa aventura. Cualquier persona que hubiese pretendido hacer el recorrido y llegar a la cumbre, habría desistido en esas circunstancias.

–No es a mí a quien tienes que agradecérselo. Si Sugar no te hubiese encontrado e insistido en que la siguiera, aún estarías perdida.

La perra, que estaba junto al fuego, levantó las orejas al escuchar su nombre y movió el rabo con alegría. Stella alargó los brazos para abrazarla y Sugar se levantó y se dejó acariciar con gusto.

—Muchas gracias por haberme salvado, preciosa; aunque me diste un susto de muerte.

—No es natural que osos o pumas bajen a estas zonas tan llanas. Se mantienen en su hábitat, que es la alta montaña; lobos tampoco se suelen ver. El mayor peligro que hay por aquí son los coyotes, que merodean en busca de alimento, y las serpientes en primavera y verano.

—Lo tendré en cuenta para la próxima vez.

—¿Habrá próxima vez? —cuestionó Darren. No creía que se atreviese de nuevo, con el sobresalto que se había llevado.

—Desde luego. Prometí subir a una montaña y lo haré.

Darren forzó un gesto de estupor. Esa chica no dejaba de asombrarle.

—¿A quién hiciste esa promesa tan inusual? —preguntó con curiosidad. Muy importante debía de ser para que persistiese en aquel temerario empeño, teniendo en cuenta que no estaba preparada para ello. El sendero que subía al monte Buffalo estaba clasificado como de dificultad alta, reservada a montañeros expertos, cosa que ella no era.

—A mí misma. Como te dije antes, siempre he vivido en zonas llanas y las montañas me provocan demasiado respeto. Cuando decidí cambiar de vida, me obligué a superar algunos miedos. Y uno de esos era subir a una cima. Que me haya equivocado en las fechas idóneas es un pequeño error que no volveré a cometer. La próxima vez lo haré en verano —inventó sobre la marcha. Estaba asombrada de lo bien que representaba su papel de aventurera despistada.

Darren quiso preguntarle qué le había llevado a querer cambiar de vida. Optó por callar. Cuanto menos supiera de ella sería mejor. No quería fomentar aquella atracción que había comenzado a sentir. Se iría en un par de días, cuando pudiera caminar sin impedimento, y no volvería a verla. Ya había sido doloroso romper con demasiados lazos; no quería acumular más sinsabores.

Miró el reloj que llevaba en la muñeca. Eran casi las diez de la noche. A esas horas solía estar acostado. Le encantaba madrugar, ver amanecer mientras se tomaba el primer café del día. También era mejor para su tranquilidad emocional alejarse de ella. Le estaba gustando demasiado descubrir cómo el fuego destacaba reflejos dorados en su cabello y ponía un brillo sugestivo en aquellos increíbles ojos del color de los lagos de montaña.

–Voy a acostarme. El sofá es muy cómodo, pero si quieres dormir arriba, yo lo haré aquí –propuso.

–Prefiero quedarme junto al fuego –decidió Stella. Allí estaba bien y se evitaba subir aquellas empinadas escaleras–. Si no te importa, me quedaré leyendo un rato. Veo que tienes una biblioteca bien provista. Seguro que habrá algo que me atraiga.

–Como quieras. Te traeré alguna manta más por si la necesitas esta noche. Y deberías cambiarte el pantalón; está húmedo. Te puedo prestar uno, y una camiseta.

–Gracias. Me vendrá bien cambiar de ropa, aunque me esté tan grande como los calcetines.

–Al menos, te abrigarán.

Darren subió las escaleras hasta el altillo y buscó en uno de los baúles colocados junto a las paredes. El techo se elevaba en el centro lo suficiente como para permitir que permaneciera de pie, y se inclinaba en los laterales a causa de la pendiente del tejado, por lo que debía agacharse para buscar en ellos.

–Puedes cambiarte en el baño. Si necesitas algo, solo tienes que llamar; te oiré.

–Estaré bien. Gracias.

Él asintió con la cabeza.

–Vamos, Sugar. Hora de dormir –dijo a la perra, que se había acomodado en el sofá. Tenía su cama en el altillo, junto a la de Darren.

Sugar no se movió.

–Ya veo que prefieres quedarte con tu nueva amiga –le reprochó con una leve sonrisa.

–A mí no me molesta. Incluso lo agradezco –se apresuró a decir ella.

–En ese caso, que descanses. –Se acercó a Sugar y le acarició la cabeza–. Hasta mañana, traidora –dijo con falso enfado.

Sugar le dio un lengüetazo en la mano y volvió a acurrucarse junto a Stella.

20

Darren durmió poco y mal esa noche. No le desazonaba el ruido del viento, sino los movimientos que escuchaba abajo. Stella tenía un sueño intranquilo, plagado de pesadillas fruto de la experiencia traumática que había vivido. En más de una ocasión estuvo tentado de bajar para tranquilizarla y logró contenerse con esfuerzo. Quería evitar su cercanía. Bastante excitado estaba ya con saber que se hallaba dormida y a unos metros de él.

Se despertó antes del amanecer, se vistió y salió de la cabaña seguido por Sugar. Quería inspeccionar los alrededores. La borrasca, que se alejó durante la noche, había dejado casi un metro de nieve en polvo e impedía llegar caminando hasta el pueblo, en caso de que ella estuviera en condiciones de hacerlo. Sugar aprovechó para hacer algo de ejercicio. Regresó pronto y con el pelaje lleno de nieve.

Con una pala, despejó el trecho del camino hasta el cobertizo, donde tenía la madera de quemar. El frío era más intenso y necesitaría calentar la cabaña durante todo el día. Limpió de nieve las placas solares que suministraban energía y procuraban que funcionase la bomba que llevaba el agua desde el pozo a la casa. El agua se almacenaba en un depósito en la parte trasera y así estaba dispuesta para su uso.

El sol asomó por la derecha del pico Grays y Darren se quedó mirando el bello espectáculo durante unos minutos, como le gustaba hacer. Era una visión que continuaba sobrecogiéndole a pesar de que llevaba admirándolo durante cinco años. Le transmitía serenidad el contemplar la majestuosidad de las montañas, con el letargo propio de aquellos momentos previos al comienzo de la mañana, cuando todo volvía a la vida.

–Vamos a desayunar, preciosa –dijo a Sugar, que permanecía a su lado atenta a cualquier sonido insólito y, como él, se dejaba llevar por la belleza del astro emergiendo por el horizonte de altos picos nevados.

Darren se despojó de la parka y las botas y las dejó en la zona del porche cerrado, que hacía las veces de recibidor, donde en invierno dejaba la ropa de abrigo junto a lo necesario para caminar sobre la nieve. Cuando abrió la puerta que comunicaba con la zona habitable, un agradable olor a café recién hecho llenó sus fosas nasales.

Stella había dormido inquieta parte de la noche, con pesadillas; cuando estas desaparecieron, el sueño fue reparador. Despertó con la luz entrando por las ventanas y supo que había amanecido. Encontró unas pantuflas junto al sofá y se las puso. Le quedaban grandes, pero cumplían con su misión de abrigarle los pies. Se levantó y fue al baño. No vio a Darren por allí ni contestó a su llamada y supuso que había salido. Miró por la ventana y lo vio quitando parte de la nieve que se había acumulado en un pequeño cobertizo a unos veinte metros de la cabaña.

Aprovechó para tomar imágenes del interior de la vivienda con el teléfono móvil, de las fotografías enmarcadas y todo lo que le pudiera dar pistas de su identidad. Comprobó que le quedaba muy poca batería y se reprendió interiormente por no haber tenido la precaución de traer el cargador, que había dejado en el automóvil. No se atrevía a hacer fotos con la cámara ya que no tenía la opción de bloquearla y Darren podía verlas. La reservaría para las del exterior.

Debajo de la escalera que subía al altillo había un mueble con ruedas sobre el que estaba un televisor pequeño y anticuado, un reproductor de CD conectado a este y una buena colección de películas. Miró las carátulas y la mayoría eran de cine clásico y algunos títulos más actuales. Decidió que, cuando tuviese más tiempo, miraría en su interior por si guardaban algo diferente.

Subió al altillo, donde estaba el dormitorio de Darren. Era una zona muy amplia y en ella había una gran cama, varios baúles y una cómoda baja, adaptada a la inclinación de la pared y que hacía las veces de mesilla. Hizo varias fotos que quedarían algo oscuras. La pequeña ventana que se abría en una de las paredes no aportaba mucha luz.

No quiso entretenerse más abriendo los cajones y baúles, donde debía de guardar sus objetos personales, por si regresaba, y bajó a preparar el desayuno. Esperaba tener ocasión a lo largo del día. Había decidido ocultarle que el pie no le dolía y podría caminar de vuelta al pueblo; así tenía un motivo para quedarse hasta la mañana siguiente. Con un día por delante, dispondría de tiempo para indagar.

–Buenos días –saludó Darren al entrar.

Stella se encontraba sentada a la mesa con una taza humeante en las manos. Llevaba la ropa que Darren le había prestado: unos *leggins* térmicos, que le quedaban largos y se ajustaban a su cuerpo, y una camiseta también térmica. Esta le quedaba más holgada, con las mangas demasiado largas. Había tenido que doblarlas varias veces para acortarlas. Lo cierto era que estaba cómoda con esas prendas y muy caliente.

–Hola. Espero que no te moleste que haya hecho café –dijo ella, y lo miró sonriente.

–En absoluto. Has adelantado trabajo. –Fue hacia el fregadero, se lavó las manos y las secó con un paño–. ¿Cómo te encuentras? ¿Te duele el tobillo?

–Noto un leve pinchazo al caminar –explicó. No quería exagerar las cosas. Con el descanso y el ungüento que le puso la noche anterior no presentaba hinchazón, pero no quería dar la impresión de que podía caminar grandes trechos.

–Luego le echaré un vistazo. Ahora, vamos a desayunar.

–Iba a prepararlo yo. No sabía qué sueles tomar. He visto que tienes la despensa bien provista.

–Soy de gustos variados –respondió él. Se sirvió una taza del oscuro y caliente líquido y bebió un largo trago. Estaba helado después de pasar casi dos horas en el exterior–. Y tú ¿qué sueles desayunar?

–Tomo un café rápido y poco más; nunca tengo tiempo de recrearme en hacer tortitas o algo igual de elaborado, que es lo que me apetece.

–Prepararé tortitas entonces. Creo que tengo todo lo necesario. –Fue al frigorífico y miró en su interior. Sacó huevos, leche y mantequilla. De uno de los armarios cogió la harina, el azúcar y un tarro de sirope de arce. Sus desayunos eran más contundentes, reminiscencias de su época de jugador profesional, con huevos revueltos, beicon, queso, pan integral con mantequilla, zumos de frutas...

–Estupendo. No las he comido desde la última vez que estuve en casa de mis padres, para Navidad; a mi madre le salen muy ricas.

–Espero que las mías estén a la altura –replicó Darren. No quiso alardear, pero se había convertido en un experto. Wendy insistía en que las hiciera cada vez que iba a visitarle.

–¿Hay alguna forma de saber la predicción del tiempo para hoy? Podría intentar llegar hasta el pueblo –sugirió Stella, mientras lo observaba moverse con soltura por la pequeña cocina.

–Lo dudo.

–¿A qué te refieres? ¿No hay forma de saber la previsión del tiempo o de llegar al pueblo?

Darren, ocupado en mezclar los ingredientes, contestó sin mirarla.

–Ambas. Las predicciones de poco sirven por aquí. El tiempo es muy cambiante y en cuestión de minutos puede desencadenarse una tempestad; en cuanto a desplazarte hasta el pueblo hoy, va a ser imposible. –Darren tenía una pequeña estación meteorológica que apenas consultaba. La experiencia le había enseñado que no era muy fiable incluso en verano, cuando el tiempo era más estable. El estar tan cerca de la montaña tenía esos inconvenientes.

–¿Tan mal está el camino?

–Si miras por la ventana notarás que la ventisca que se inició ayer, y continuó durante casi toda la noche, ha depositado unos buenos cincuenta centímetros de nieve sobre la que ya había. Y en esta zona el espesor es menor porque los árboles frenan la caída. En el llano que hay hasta llegar a Wildernest será mayor. Eso hace difícil caminar sobre ella; te hundirías a cada paso. Y, hasta que el esguince no sane por completo, no debes emprender una caminata tan larga y por terreno desigual. A todo ello se suma que no vas equipada. El calzado no es adecuado y, aunque lleves raquetas de nieve, te hundirías de igual modo. La temperatura ha bajado. El agua que te entraría en las botas se congelaría, y con ella los pies; sin olvidar que puede producirse una avalancha. La nieve no se ha asentado en la ladera de la montaña.

Stella resopló ante esa explicación tan pesimista y la velada reprimenda. Su intención había sido quedarse un día; si se guiaba por lo que acababa de escuchar, pasarían varios hasta que fuese seguro marcharse. Un contratiempo que le beneficiaba. De esa forma tendría más tiempo para investigar y preparar un detallado informe. Tal vez conseguiría que se sincerase con ella y le concediera una entrevista. Eso sí que sería un triunfo.

–¿Y cuándo podré marcharme? –preguntó con simulada ansiedad.

–Ahora ha dejado de nevar. Si el tiempo se mantiene estable y el tobillo no empeora, en un par de días, tres a lo sumo, la nieve se habrá endurecido y será más fácil desplazarse por ella. Como te digo, sería una locura intentarlo en las condiciones que está el camino y con tu lesión.

Stella ensanchó la sonrisa ante esa noticia que él, de espaldas, no vio. Las cosas estaban saliendo mejor de lo que esperaba. El único problema que veía era que cometiera algún error que la delatara. Estaría atenta y extremaría las precauciones. Por lo demás, se sentía cómoda en su compañía. Darren era una persona agradable, pese a su seriedad y el aspecto rudo que presentaba, tan diferente a los hombres con los que solía tratar; y no iba a negar que tenía un magnetismo que le atraía con fuerza.

–Prefiero no arriesgarme y esperar a que las condiciones mejoren –respondió ella.

–De acuerdo. ¿Sabes esquiar?

–No, nunca he esquiado. Lo más cerca que he estado de la nieve ha sido alguna vez en la ciudad, y he procurado no salir si no era necesario.

–Si no tienes práctica, no puedes utilizar los esquíes. Necesitarías aprender para evitar caídas y eso lleva un entrenamiento. Con las raquetas de nieve es más fácil, solo necesitas saber cómo colocarlas y algunos consejos.

Darren sirvió una buena pila de tortitas en cada plato, que acompañó con nata batida y sirope. Calentó leche para el café y llenó dos vasos con zumo de naranja.

–Come antes de que se enfríen –la animó al ponerle el plato rebosante delante de ella.

Stella comió con afán, aunque convencida de que no podría terminarlo. Se equivocaba. Cuando se dio cuenta, las había acabado. El aire de la montaña abría el apetito, pensó; y estaban muy buenas.

–Exquisitas. No les he encontrado diferencia con las de mi madre. Pero estoy tan llena que no creo que pueda tomar nada más en todo el día. ¿Cómo eres capaz de comer tanto? –Además de las tortitas, Darren se había preparado un par de huevos y varias tiras de beicon.

–En este clima, si no ingieres suficientes calorías, puedes sufrir hipotermia, y esta mañana tengo trabajo que hacer.

Darren apuró el café, se levantó, colocó una silla delante de Stella y se sentó.

–Voy a echarle un vistazo a ese tobillo. –Le cogió el pie derecho, lo puso sobre sus muslos y le quitó el calcetín.

–Ya está casi curado. –Stella estaba nerviosa. Le cohibía esa intimidad.

Darren estuvo manipulando el pie durante unos segundos con extrema concentración.

–Creo que no habrá que amputar –dijo en tono burlón, acompañado con una sonrisa de medio lado.

–¡Qué alivió! –respondió ella en el mismo tono.

Darren volvió a ponerle el calcetín y se levantó.

–Descansa esta mañana. Después de comer iniciaremos las clases con las raquetas, si no te molesta el pie. –Retiró los platos, los colocó en el fregadero y se puso a lavarlos.

–¿Clases?

–Tienes que aprender a utilizar las raquetas. Así adelantarás trabajo para cuando decidas ponerte en marcha. Y si tenemos tiempo, puede que te enseñe a caminar con los esquíes. Son más seguros una vez que se dominan.

–Gracias, Darren. Siento causarte tantas molestias. Seguro que te estoy interrumpiendo en lo que quiera que hagas –comentó, atenta a su reacción.

–No te preocupes, tengo mucho tiempo por delante. Y se agradece la compañía. –Acabó de fregar los platos con rapidez y se dirigió hacia la puerta seguido por Sugar, que había permanecido todo el tiempo debajo de la mesa–. Voy a salir a recorrer los alrededores y comprobar cómo está el camino. Esta mañana solo me he dedicado a quitar la nieve más cercana. Si puedo llegar hasta el estanque, pescaré unas truchas para la comida.

Stella lo vio colocarse las botas, la parka y coger una caña y una cesta que se colgó al hombro. Dedujo que tardaría, al menos, una hora en regresar, tiempo suficiente para una inspección a fondo.

21

Stella dejó pasar unos minutos, por si Darren decidía regresar, y se puso con la tarea que se había propuesto. Calculó que no le llevaría mucho tiempo. Aunque la cabaña era anchurosa, no tenía demasiados muebles ni rincones en los que guardar lo que ella estaba buscando.

Miró la pantalla del móvil y comprobó que le quedaba menos del veinte por ciento de batería; no aguantaría mucho. Prefirió tomar fotografías a hacer vídeos, que consumían más. Lo primero que revisó fueron los cuatro cajones del mueble que había debajo de la ventana. Al hacerlo comprobó que en uno de los laterales tenía un ala extensible que se convertía en una mesa escritorio; allí era donde Darren debía de ponerse a escribir. La hermosa vista que se divisaba, con las altas montañas al fondo, era muy inspiradora.

En ninguno de los cajones había nada útil. Varios cuadernos en blanco, bolígrafos, lápices de colores y otros materiales de oficina. Tampoco esperaba encontrar en ellos el ordenador o la máquina de escribir porque eran pequeños. Había descartado que escribiera a mano; era demasiado laborioso y necesitaría de muchos cuadernos que ocuparían un gran espacio. Debía de tenerlo en otro lugar.

Subió al altillo, donde Darren dormía, con la intención de inspeccionarlo a fondo. Los cajones de la cómoda no contenían nada especial, solo ropa interior y calcetines, todo pulcramente doblado y ordenado. Siguió con los baúles. En uno de ellos estaba la ropa de cama y mantas, en el otro guardaba ropas de vestir. No había nada más y le desconcertó. Era raro que no tuviera más objetos personales que las dos fotografías. ¿Qué persona no tenía recuerdos, algún regalo de un ser querido, un juguete de su infancia...?

¿Y la documentación? ¿Dónde estaba su carné de conducir, que tendría, o la cartilla de la Seguridad Social, tarjetas de crédito..., algo que le identificase? Podía llevarlos encima, en una cartera, pero resultaría ilógico; no los necesitaba para ir a pescar y podía perderlos. No, todo ello estaba en algún lugar junto al ordenador con el que escribía sus novelas. Era razonable si tomaba tantas precauciones para ocultarse.

Bajó otra vez al salón. Volvió a revisar la estantería de libros, a la que ya le había hecho algunas fotografías, y no vio nada raro. Estaba pegada a la pared de madera sin resquicios donde ocultar objetos de gran tamaño; como mucho, finas carpetas con documentos. Vaciarla del centenar de libros y moverla requería mucho trabajo y demasiado tiempo, por lo que lo dejó como última opción.

La mayoría de los libros eran novelas, entre las que no se encontraban las dos que hasta el momento había escrito D. Morgan; algo muy significativo al tratarse del género que parecía ser su preferido. También tenía algunos manuales antiguos de historia, geografía o ciencias. Debían de ser de su adolescencia. Los revisó por si había anotaciones o nombres que le dieran alguna pista. No encontró nada y, desesperada, los dejó en su lugar.

Stella ya había mirado esa mañana en el baño y solo descubrió objetos de aseo, toallas y medicamentos. Le quedaba la cocina y un cuarto anexo a ella que hacía las veces de despensa. En él se encontraba un congelador auxiliar, donde guardaba alimentos para las ocasiones en las que debía pasar días y hasta semanas sin abastecerse, y el panel de control y las baterías que almacenaban la electricidad generada por las placas solares, una fuente constante de energía. Ese cuarto era un anexo de nueva construcción que Darren construyó al instalarse allí, según le había explicado. Lo registraría a fondo. Era un buen lugar para ocultar lo que no quería que nadie encontrase.

Había descartado el cobertizo, una construcción pequeña en la que se guardaban herramientas y la madera para la chimenea con el fin de evitar que se humedeciese con la nieve. No creía que cometiera la imprudencia de ocultar objetos de valor lejos de su estrecha vigilancia. Lo que buscaba se encontraba en la cabaña, estaba convencida; era cuestión de encontrarlo.

Miró el reloj del móvil y comprobó que había transcurrido casi media hora. Se le había pasado el tiempo demasiado rápido; tenía que aligerar. Comenzó por la despensa. Era pequeña y estaba abarrotada. Varios estantes altos en los que había botes y latas de conservas, botellas y cajas de alimentos. El congelador se ubicaba en una esquina y las baterías en la otra. Quedaba poco hueco libre y todo estaba a la vista. Lo descartó y fue a la cocina. Abrió los armarios y sacó algunos objetos grandes que le dificultaban la visión. No parecía que hubiese nada fuera de lo habitual, utensilios, platos, vasos, latas de conservas...

En uno de los cajones encontró un teléfono móvil. El modelo era reciente, no debía de llevar más de seis meses en el mercado. Estaba apagado y no probó a encenderlo. Debía de tener una clave de acceso y, al intentarlo, revelaría que lo había manipulado. Lo dejó en su lugar y continuó inspeccionando.

Debajo del fregadero había un armario lleno de productos de limpieza y una caja metálica de buen tamaño. La sacó y miró en su interior. Se llevó una decepción; solo encontró líquidos abrasivos. Los guardaba allí por precaución. Era lo normal cuando había niños en casa y, según le había dicho Wendy, lo visitaba con frecuencia.

–¿Buscas algo?

La voz de Darren a su espalda la sobresaltó. Se levantó con tanta precipitación que se golpeó con la puerta de uno de los armarios que había quedado abierta. Ahogó un gemido de dolor y lo miró con fingida candidez.

–Buscaba moldes para hacer unos *muffins* –inventó sobre la marcha. Había regresado mucho antes de lo esperado y la había pillado *in fraganti*.

Darren se acercó a uno de los armarios y sacó un recipiente metálico.

–Aquí lo tienes. Estaba bien a la vista –dijo con recelo.

–Vaya, qué despistada estoy esta mañana. Debe de ser el exceso de azúcar del desayuno. –Soltó una risita nerviosa. El corazón le latía veloz. Esperaba que él no sospechase de sus intenciones.

–Yo haré los *muffins*, tú descansa. Cuanto más tiempo tengas el pie en reposo, antes se curará.

–No quiero interferir en tus ocupaciones. Es que estaba aburrida y me apeteció cocinar. Lo malo es que solo sé hacer cosas sencillas. Nunca me ha gustado perder el tiempo en la cocina y ese plato es rápido y fácil –se sinceró.

–Me gustan los *muffins*; y no interfieres. Ahora mismo no tengo nada que hacer. He intentado llegar al estanque y el espesor de la nieve me lo ha impedido, así que podemos olvidarnos de comer pescado hoy.

Esa era la razón de que hubiese regresado tan pronto,

pensó Stella, y maldijo su suerte. Debía extremar las precauciones. Lo último que deseaba era que decidiese vigilar sus movimientos y no la dejase sola ni un segundo.

–¿Cómo te apetecen? ¿Dulces o salados?

–Salados, por favor, ya he sobrepasado mi ración diaria de azúcar con las tortitas.

Darren sonrió. Debía de preocuparle el peso. No sabía que, con aquel clima, los excesos en calorías se gastaban enseguida. El cuerpo debía quemarlas para conservar la temperatura corporal idónea.

–Los haré de verduras y queso, que son más saludables. ¿Te parece bien?

–Son mis favoritos.

–Voy a cambiarme. Tú siéntate y coloca el pie en alto, por favor.

Darren subió al altillo y estuvo rebuscando durante unos minutos. Cuando bajó, se había cambiado los pantalones aislantes que llevaba por unos deportivos de algodón y una camiseta de manga corta. Las prendas se adaptaban a su bien proporcionado cuerpo con deliciosa precisión, observó Stella.

Mientras Darren se cambiaba, ella se había acercado a la estantería y miraba la extensa colección de libros. Cuando él pasó a su lado, comentó:

–No me decido por ninguno. ¿Qué me aconsejas?

–No sabría qué recomendarte. Desconozco tus gustos.

–Dime lo que te gusta a ti; puede que coincidamos –le retó. Quería forzarle a hablar para obtener información. Había advertido que no era muy locuaz excepto cuando la regañaba.

–Procuro leer géneros y autores variados, como habrás comprobado. Mis favoritos son nuestros clásicos, con sus obras dramáticas en las que impera el realismo; las historias intimistas que reflejan nuestro pasado, las costumbres y tradiciones, con las que no siempre se está conforme, las injusticias del pasado que es importante conocer para valorar el presente. Si te van ese tipo de lecturas, tienes para escoger.

A Stella le gustó la pasión con la que hablaba. Por unos segundos había perdido esa contención que parecía guiar todos sus actos y palabras, y expresaba sus sentimientos. Era obvio que amaba la literatura, como todo gran escritor.

–A los clásicos de nuestra literatura los leí en clase. A veces pienso en releerlos, pero me falta tiempo; tengo demasiados libros pendientes de mis autores favoritos, autoras en su mayoría –aclaró con una insinuación de sonrisa. Evitaba ir directa al autor que quería resaltar para que no desconfiara–; sin desmerecer a buenos autores, como Doerr, Franzen o Junot Díaz, con los que disfruto por los argumentos tan interesantes que aparecen en sus obras y la prosa precisa y poderosa con la que están escritas. Y, por supuesto, me encanta D. Morgan, que no sé si es hombre o mujer. ¿Has leído alguna de sus novelas?

Darren dudó solo unos segundos, hecho que no le pasó desapercibido a Stella.

–Sí, las he leído.

–¿A que son magníficas?

–No están mal –admitió con voz neutra, y continuó caminando hacia la cocina–. Voy a preparar el almuerzo.

Stella sonrió para sí. Había notado su incomodidad al hablar del escritor de moda. Otra prueba que reforzaba su convicción de que se encontraba ante él. «Descubriré tu secreto, Darren», se dijo. Con disimulo, activó la cámara de vídeo del móvil y le grabó, recreándose en los anchos hombros y los potentes músculos de la espalda. Los pantalones resaltaban las estrechas caderas, los redondos glúteos y las largas piernas. No quiso arriesgarse a que la viera y cortó la grabación antes de captar el rostro. Ya tendría ocasión de hacerle algunas fotografías.

Seleccionó una novela de Michael Chabon que no

había leído, El sindicato de policía yiddish, de la que había escuchado buenas críticas, y se acercó a Darren, que se afanaba con los utensilios de cocina.

–¿Qué me dices de esta? Leí la del Premio Pulitzer y me gustó mucho.

–Es interesante. Tiene gran calidad literaria y mezcla muy bien la ficción distópica con la novela negra, aunque puede que esos no sean tus géneros favoritos.

–Le daré una oportunidad –decidió con reserva.

Stella se sentó a la mesa y miró cómo trabajaba. Admiraba su destreza. Debía de estar acostumbrado a hacerse la comida y limpiar; la pequeña cabaña estaba impoluta y ordenada. ¿Habría estado en el ejército? La disciplina y el orden eran costumbres que, por lo general, se adquirían allí. Antes de darse cuenta, se encontró preguntándole:

–¿Has estado en el ejército?

Darren la miró con desconcierto.

–No. ¿Qué te ha llevado a esa conclusión?

–Se me ha ocurrido al ver lo bien que te organizas.

–Vivir solo y aislado conlleva esas exigencias. Ya me gustaría pedir la comida a un restaurante y que me la trajeran; me ahorraría mucho trabajo –dijo con marcada ironía.

–¿Y nunca viene nadie por aquí? –Stella sabía que se estaba excediendo. Prefirió pensar que, cuando él no quisiera responderle, solo tenía que dejar de hacerlo. No creía que advirtiera nada extraño. ¿Quién no se interesaría por un modo de vida tan atípico?

–Este clima ahuyenta a las visitas, menos a las intrépidas exploradoras como tú. –Sonrió–. Con el buen tiempo vienen amigos a visitarme.

Stella dedujo que esos amigos eran los Hendry. Según Wendy, a su tío Darren no le gustaba la gente. Le había comentado que estaba muy solo y su madre le había llevado a Sugar para que le hiciese compañía.

–Es un lugar demasiado inhóspito, sin acceso a Internet ni televisión. ¿No te aburre tanta incomunicación? –preguntó con inocencia.

–Me gusta la soledad, tienes tiempo para pensar; y es difícil aburrirse con tanta extensión a tu alrededor para explorar, ¿no crees? Me gusta mucho hacer ejercicio al aire libre y, cuando no puedo salir, me sumerjo en la lectura, que es otro de mis pasatiempos favoritos y alivia el letargo que conllevan los días fríos de invierno, en los que apenas se puede salir, solo para dar una vuelta por los alrededores con Sugar.

Estuvo tentada de preguntarle si tenía familia, esposa, hijos, padres... No lo hizo. Consideró que no debía mostrar demasiado interés o acabaría arruinando su buena disposición; ya tendría tiempo. A pesar de su aspecto serio, Darren era un hombre agradable, al que le gustaba conversar, y con un gran sentido del humor.

Cada vez se convencía más de que él era D. Morgan, solo necesitaba encontrar un indicio que lo certificara, una mínima prueba que pudiera mostrar. Hasta que no lo lograra, no se marcharía. Si había llegado hasta allí, no iba a darse por vencida tan pronto. Ya inventaría alguna excusa para quedarse cuando el camino estuviese despejado.

–¿Cómo consigues alimentos? ¿Sales a cazar o algo por el estilo?

–No soy cazador. Sí suelo pescar en los arroyos de montaña en verano y en el pequeño embalse que hay cerca en invierno. También cultivo un pequeño huerto que hay en la parte de atrás de la cabaña. Me provee de algunos alimentos frescos y me sirve de entretenimiento. Con el excedente hago conservas, compotas o mermeladas para el invierno. Ahora está helado. El resto de los artículos los compro en los supermercados, como la mayoría de la gente. En el congelador que hay en la despensa guardo la carne y otros alimentos perecederos durante meses.

–Vaya, veo que no dejas nada al azar. –A Stella le gustó que no se dedicase a cazar. Era algo que detestaba.

–Los inviernos aquí son largos. Ha habido ocasiones que he pasado un par de semanas sin poder ir al pueblo. Por eso procuro estar preparado.

–¿Cuánto tiempo llevas viviendo aquí? –continuó preguntando al ver la predisposición a la charla que mostraba. Se le veía relajado, hasta contento de tener a alguien con quien hablar. No iba a convencerla de que le gustaba la soledad, como afirmaba. Estaba allí por alguna razón que se le escapaba, no exclusivamente por deseo propio.

–Este ha sido mi quinto invierno.

–¡Cinco años! –exclamó–. No me explico cómo puedes aguantar.

–Te acostumbras. Al principio fue duro porque venía de vivir con mucha gente, compañeros de trabajo, familia... –Darren comprendió que estaba hablando de más y calló. Se giró de espaldas y se centró en lo que estaba cocinando.

No sabía qué tenía Stella que le impulsaba a sincerarse con ella. Debía de ser que pasaba demasiado tiempo solo. Iba siendo hora de aliviar la penitencia que se había impuesto. El problema era que, cuando abandonase aquel seguro refugio y se incorporase a la sociedad, los amargos momentos regresarían y la gente a la que amaba volvería a sufrir. Le resultaría más difícil ocultar quién era. La prensa removería toda la porquería de su pasado, que era lo que le interesaba para aumentar las ventas y las audiencias, su negocio.

Sus padres llevaban una vida muy tranquila en Galveston. Iba a visitarles varias veces al año, mucho menos de lo que desearía y ellos esperaban. Siempre tomando precauciones para que no lo identificasen, para que no los relacionaran. ¿Debería seguir así para su tranquilidad o había llegado la hora de afrontar el futuro con los sinsabores que pudiera acarrearle? Difícil decisión. Y, aunque acabara incorporándose a la sociedad, no pensaba hacer pública su faceta de escritor mientras le fuese posible. D. Morgan seguiría en el anonimato. No podía permitir que ensuciasen esa parte de él que permanecía limpia.

Stella comprendió que el momento de las confidencias había pasado. Darren no iba a desvelar el misterio que le rodeaba y ella no quería forzarlo o perdería la confianza que había surgido entre ellos.

Se levantó y fue con Sugar, que no dejaba de rozarse con su pierna para que le prestara atención.

–¿Quieres que juguemos, preciosa?

La perra lanzó un jubiloso ladrido y movió la cola con energía.

–Voy a salir con Sugar –avisó a Darren.

–Antes debes equiparte; hace más frío del que imaginas. En el recibidor encontrarás unos pantalones impermeables. Colócatelos encima de los térmicos que llevas. Y calcetines. Ponte otro par con las botas para mantener el pie caliente. El anorak que trajiste puede servir. Y no te alejes. A pocos metros alrededor la nieve se espesa.

–Oído, capitán –respondió Stella, y acompañó las palabras con un saludo militar antes de girarse y salir con Sugar pegada a ella.

22

Darren estuvo durante varios minutos observando a Stella jugar con Sugar. Ella le lanzaba pequeñas ramas y la perra las buscaba y se las llevaba, moviendo la cola feliz de haber realizado la proeza entre tanta nieve. Sugar se sacudía y llenaba de porciones de nieve a Stella, que la reñía entre risas.

Le gustaban los perros y los manejaba con destreza, lo que le indicaba que tenía o había tenido alguno. Poco más sabía de ella, lo que le provocaba una interior desazón de la que no se desprendía. ¿Qué hacía allí? Nada en la historia que le había contado debería hacerle pensar que no era cierta y que llevaba doble intención; sin embargo, no podía evitar desconfiar.

No ocurría por primera vez. A lo largo de esos años habían sido bastantes los excursionistas extraviados o que habían sufrido algún percance, en especial por su poca preparación, a los que nunca les negó ayuda. Le asombraba el desatino de la gente, que se lanzaba a la montaña sin preparación, pensando que era tan sencillo como un paseo por la ciudad, y más los que acometían esa aventura en solitario, como le había ocurrido a Stella. No le iba a convencer de que quería llegar a la cima, como afirmaba; como mucho, pretendía recorrer parte del sendero para cumplir con la promesa que se había hecho, o le había hecho a otra persona.

Aparcó sus suspicacias. En un par de días, como mucho, la nieve se habría asentado lo suficiente para caminar sobre ella y Stella se marcharía. No tenía sentido preocuparse. Al contrario, debería agradecerle esa breve interrupción que recibía como un soplo de aire fresco. El aislamiento comenzaba a afectarle demasiado. Ni el gozo que le provocaba el proceso de creación literaria era suficiente para que no echara tanto de menos la compañía de sus seres queridos, de los pocos amigos que dejó atrás. Añoraba caminar por una ciudad, ir a ver un partido, cenar en un restaurante concurrido, salir con una mujer…, llevar una vida normal, como la mayoría de la gente.

Se equipó para salir y cogió las raquetas de nieve. Como era pronto para el almuerzo, aprovecharía para enseñarle a Stella su manejo, que era muy sencillo. El ejercicio era leve y no le supondría ningún esfuerzo para el tobillo lastimado. Parecía haberse recuperado por completo de la lesión, a la vista de la agilidad con la que se movía.

–¿Dispuesta para la primera clase con las raquetas? –dijo cuando llegó a su lado.

–Claro, profe –contestó ella con una gran sonrisa.

Stella tenía las mejillas sonrojadas por el frío y los ojos brillantes de regocijo. El sol incidía sobre sus cabellos y destacaba el color dorado. Estaba tan bonita que quitaba el aliento. Darren sintió cómo el deseo se enroscaba en su vientre y apretaba sus entrañas. Los días que permaneciera allí iban a ser una tortura. Llevaba demasiado tiempo sin estar con una mujer y las autosatisfacciones ya no cubrían sus necesidades. Gimió para sí. Tendría que continuar con ese triste consuelo. No quería ni podía correr ningún riesgo.

Le alargó el gorro que había olvidado ponerse y las

gafas de sol que había encontrado en su mochila. No eran las adecuadas para la nieve, pero le impedirían que el sol le dañara los ojos.

—Ponte los guantes o perderás la sensibilidad en los dedos —le indicó Darren.

«No está acostumbrada a los climas de montaña», se dijo. Pasaba por alto esos pequeños gestos que eran tan importantes, como hidratar los labios para que el sol no los quemara y ponerse en el rostro crema con alta protección solar. Como estarían unos minutos en el exterior, dejó pasar esos detalles que ella debía de haber previsto si, como aseguraba, había recabado información en Internet y estaba preparada para emprender aquella hazaña. Parecía inteligente, de ahí que le resultase tan incomprensible su actitud.

Stella siguió sus indicaciones. Cuando estuvo equipada, Darren avanzó unos metros y colocó las raquetas en una zona donde la nieve tenía menor espesor.

—Ponte sobre ellas y te enseñaré a asegurarlas a las botas.

Stella puso ambos pies sobre las raquetas y observó lo que él hacía.

—Es muy sencillo. Solo tienes que cerciorarte de que queden bien ajustadas o no podrás moverte con ellas y se saldrán a cada momento. —Darren se inclinó y las sujetó con las correas. Una vez bien seguras, le dio los bastones y le enseñó cómo tenía que cogerlos—. Debes llevarlos bien aferrados por las cintas. Si alguno se te cae, puede perderse en la nieve. Ahora, intenta caminar. Da un paso corto y afiánzate con los bastones antes del siguiente.

Stella caminó siguiendo sus indicaciones. Se sentía insegura con aquellas prótesis enormes en los pies y avanzaba con lentitud. Cuanto más se alejaba de la cabaña, más se hundía en la nieve hasta que llegó a un punto en el que no pudo continuar. En un momento, quiso sacar un pie que se había hundido y perdió el equilibrio.

Darren, que la seguía a muy corta distancia, la agarró antes de que cayera y ella quedó apoyada en su pecho.

–Tranquila, no hay peligro. Descansa unos minutos y regresaremos –dijo en voz baja, muy cerca de su oído.

Stella se recostó en el amplio y robusto torso y se sintió segura. Estaba cansada por el esfuerzo y parecía que cada pie le pesaba una tonelada. Pero aquella sensación era demasiado placentera y se obligó a incorporarse. No estaba de vacaciones o para tener un idilio con el hombre solitario de las montañas. Había ido allí a trabajar y su trabajo era descubrir algún indicio que le asegurase un buen reportaje, el que supondría un enorme impulso a su carrera.

Darren se percató de que ella se tensaba en sus brazos y abandonaba la relajación de momentos antes. Un fuerte sentimiento de pérdida lo embargó. Rechazó esa debilidad y se mostró firme. No debía dejarse llevar por ese deseo traidor que ya había hecho presa en él de forma furibunda; algo lógico pues llevaba más de dos años sin tener relaciones sexuales.

Recordó aquel encuentro rápido, que le dejó insatisfecho y hasta frustrado, con una chica que conoció en un bar a las afueras de Amarillo durante un viaje a Galveston para visitar a sus padres. No había vuelto a tener esa tentación hasta ahora.

En otras circunstancias, no habría dudado en flirtear con ella. Stella le gustaba y su libido seguía siendo intensa por mucho que hubiese querido convencerse de que no necesitaba ese tipo de resarcimientos; mas no allí y ahora, cuando ella era vulnerable. No quería que su respuesta se viese condicionada por el agradecimiento o, peor, por la intimidación que le supondría saberse a su merced. Nunca se le había pasado por la cabeza aprovecharse de una mujer ni forzarla a que correspondiera a sus insinuaciones, pese a que en el pasado le hubiesen acusado de ello.

–Bien. Ahora, saca el pie y gírate para dar la vuelta. Procura pisar por donde lo has hecho antes y en sentido inverso. Te será más fácil. Hasta que no se consolide un poco la nieve, no volveremos a intentarlo. –Debía de tener los pies helados por toda la nieve que le habría entrado por las cortas botas y no era razonable continuar ni forzar el pie. Mejor lo dejaban para el día siguiente.

–Es más complicado de lo que esperaba y muy agotador –concedió Stella casi sin aliento.

Había recorrido unos cincuenta metros y parecía que hubiese caminado un kilómetro a marcha rápida. No estaba entrenada y menos para esas condiciones ambientales. En Nueva York salía a correr algunos días, cuando no estaba demasiado ocupada, que era casi la mayor parte del tiempo; por esa razón había abandonado el centro de *fitness* al que solía asistir. Su trabajo la absorbía demasiado. Necesitaba hacer más ejercicio y fortalecer los músculos. La vida sedentaria que llevaba no era sana. En momentos como ese era cuando se daba cuenta.

–Un rato de descanso y un contundente almuerzo obran maravillas, créeme –la animó.

Con la ayuda de Darren, que la agarraba de un brazo, el trayecto fue más fácil. Cuando llegaron, él la ayudó a desprenderse de las prendas. Stella se sentó en el banco que había en el recibidor para quitarse las botas. Llevaba los calcetines empapados y sentía pinchazos en los pies. El tobillo le molestaba otra vez a causa del esfuerzo.

Darren lo advirtió y se recriminó por su poca cautela. No debió permitirle que saliera y, menos, obligarla a caminar con las raquetas. Había sido una insensatez. En tan poco tiempo, un esguince, aunque fuese leve como aquel, no curaba. La cogió en brazos y la llevó al sofá. La tendió en él y la cubrió con la manta.

–Te daré un masaje con la pomada antiinflamatoria en el tobillo. ¿Te duele? –preguntó. Le serviría para activar la circulación. Tenía los pies helados y los dedos algo amoratados.

–Siento una pequeña tirantez –reconoció ella.

Darren no hizo ningún comentario. Fue al baño y regresó al poco con un tubo de crema. Se echó una buena porción en las manos y le masajeó el pie con pericia. Stella sintió un agradable calorcillo y suspiró con complacencia. Darren continuó durante varios minutos, insistiendo en el tobillo y en los dedos, que fueron recobrando un color natural; después pasó al otro. Tenía unos pies bonitos, de dedos bien formados y uñas cuidadas, pintadas con un barniz transparente. Debía de hacerse la pedicura con regularidad.

La miró a la cara y sintió un vuelco en el estómago. Stella tenía los ojos cerrados, el rubor cubría sus mejillas y una placentera sonrisa curvaba sus voluptuosos labios. Estaba encantadora y muy sensual. Volvió a sentir la garra del deseo apretar sus entrañas y creyó más prudente acabar con lo que estaba haciendo. Se exponía a sufrir una erección que los ajustados pantalones no iban a disimular.

Se puso de pie con rapidez y se marchó de vuelta al baño.

Stella no advirtió que Darren se había marchado hasta que sintió frío en los pies. Los metió bajo la manta y se recostó en el sofá. No recordaba lo placentero que resultaba un buen masaje, ¿o era él quien le causaba esa sensación?

Al poco, Darren regresó.

–Ponte los calcetines y descansa. Yo voy a revisar el depósito de agua y las tuberías por si presentan problemas de congelación. Volveré en una media hora –dijo sin mirarla, y se marchó con prisas.

Stella imaginó que estaba preocupado, de ahí aquella insólita actitud. Se puso los calcetines y continuó tendida. Los pies habían recuperado la sensibilidad y el tobillo no le molestaba. Pensó en continuar con la inspección en la cabaña, pero estaba demasiado cómoda para ponerse a trabajar y él le había dado poco margen. Lo dejaría para otra ocasión en la que dispusiera de más tiempo.

Darren había enchufado un par de radiadores para aumentar la temperatura y ahorrar madera por si el confinamiento se prolongaba. El bienestar que sentía la fue sumiendo en un agradable sopor. Antes de quedarse dormida, rememoró con placer aquellos segundos que había estado apoyada sobre el acogedor pecho de Darren y las emociones que desató en ella: un creciente deseo y, al mismo tiempo, una sensación de paz que no sentía desde hacía mucho tiempo; casi se atrevía a asegurar que era el lugar perfecto en el que pasar una larga temporada.

«¡Tonta!», se increpó. Se estaba dejando llevar por lo idílico del entorno y, cómo no, por el hombre que la acompañaba. Darren cumplía con creces los sueños románticos de toda mujer o, al menos, los suyos: atractivo, físico envidiable, carácter generoso, amable, caballeroso, inteligente, con sentido del humor... Lástima que no se hubieran encontrado en otras circunstancias. No era el momento de relajarse y disfrutar de una aventura amorosa, como desearía. Estaba trabajando y, cuando el artículo se publicase, él no desearía haberla conocido.

La última imagen que acudió a su mente antes de quedarse dormida fue la visión fugaz de unos rasgados ojos grises oscurecidos por el deseo.

23

A Darren le urgía que Stella se marchara y para ello necesitaba dos cosas: que adquiriese soltura con el manejo de las raquetas y que la nieve se endureciese lo suficiente para caminar sobre ella; ninguna de las dos cosas se había cumplido al comienzo del tercer día.

Tras el esfuerzo de la mañana anterior, decidió dejar las prácticas para el día siguiente con el fin de que el pie lesionado se recuperase.

Esa tarde comenzó a nevar y sus proyectos fracasaron. La nueva nevada retrasaría sus planes un par de días, al menos, y eso le frustraba.

Su presencia le estaba afectando demasiado. Cada vez le costaba más reprimir la pasión que le despertaba, y que parecía haberse instalado en cada célula de su cuerpo como un incómodo huésped. Stella no tenía la culpa ni hacía nada por incentivarlo, era la sensualidad que desprendía de forma natural, y que se ponía de manifiesto en cada movimiento o palabra que hacía, lo que le causaba un continuo suplicio; y la intimidad que les rodeaba solo contribuía a propiciarlo. Pasar tanto tiempo en ese reducido espacio incrementaba su deseo. La escuchaba respirar, hablar con Sugar, prodigarle caricias... Todo ello revertía en una continua tentación que le costaba mantener a raya.

La tormenta de la tarde anterior los tuvo recluidos en la cabaña la mayor parte del tiempo. Él salió con Sugar y tuvo que regresar a los pocos minutos. El viento soplaba fuerte y podía acabar sepultado por la nieve acumulada en los árboles. Se entretuvieron leyendo, jugando un rato al Scrabble y, después de la cena, viendo una película en el televisor.

Se acostaron temprano, como la noche anterior, pero esa fue más traumática para Darren. Temblaba por la necesidad de bajar y tenderse en el sofá junto a ella, despertarla y hacerle el amor como un loco. Como el día anterior, se levantó de madrugada y se marchó.

Un lamento surgió de su garganta al ver el panorama que se presentaba ante sus ojos cuando puso un pie fuera de la cabaña. La nieve caída durante la tarde y buena parte de la noche se sumaba a la ya existente y aumentaba la altura en más de medio metro en algunas zonas. En esas condiciones no podrían salir. Más horas de intimidad, más inquietud para su atormentado ánimo y un mayor esfuerzo para su cuerpo. Confiaba en que no ocurriera como en ocasiones anteriores, durante lo más crudo del invierno, cuando había llegado a estar aislado durante dos semanas; su salud mental se resentiría de forma irreparable.

Había acabado su tercera novela un mes antes y se la había enviado a Selma por correo electrónico. Una vez a la semana, solía bajar al pueblo para hablar con sus padres por videoconferencia. Tenía una cochera alquilada allí y aprovechaba para conectarse a Internet, en un ordenador que guardaba en el maletero de su ranchera. Resolvía con Selma las cuestiones que requerían su aprobación y charlaba un rato con Wendy. Adoraba a aquella niña vivaracha, franca y generosa, tan parecida a su madre.

Antes de regresar a las montañas, hacía las compras en el supermercado y pasaba por la cafetería de Nelly para probar sus ricos bollos rellenos. En esos años había surgido entre ellos una corriente de camaradería que le servía de terapia contra la soledad. La mujer le recordaba a su madre, aunque tenía casi el doble de tamaño que la menuda Lucile; era amable y solo hacía las preguntas justas, como si reconociera en él a una persona con el alma afligida y cuyas heridas debían sanar en silencio.

Volvió a retirar la nieve frente a la casa y la del camino al cobertizo. Observó la endeble construcción y comprobó que la nieve se había acumulado demasiado y amenazaba con derribar la techumbre. Decidió dejarlo para después; antes debía limpiar las placas solares; no podían quedarse sin energía. Cuando acabó la tarea, recorrió los alrededores mientras Sugar correteaba a sus anchas. Casi dos horas más tarde, hambriento y agotado, regresó a la cabaña.

Stella se despertó con los primeros rayos de sol entrando por las ventanas. Miró el reloj y vio que eran más de las siete de la mañana. No había rastro de Darren y calculó que habría salido de madrugada, cuando ella se quedó dormida después de varias horas de dar vueltas sin conseguirlo. Maldijo para sí. No sabía de cuánto tiempo dispondría hasta que él regresase y debía centrarse en la búsqueda. Dejaría el desayuno para después.

Estaba desesperada. Llevaba dos días allí y no había conseguido pruebas irrebatibles de la personalidad de D. Morgan. Se negaba a admitir que su instinto le hubiese fallado. Había demasiadas coincidencias para que no fuese cierto, lo único que necesitaba era encontrar algo palpable. ¿Dónde estaría?, se preguntaba. Había registrado la cabaña en un par de ocasiones y no encontró nada, ni dobles fondos en los cajones, ni puertas secretas, ni cavidades sospechosas en las que guardar objetos...

Se paseó por el limitado recinto y miró cada rincón por si se le había pasado algo por alto. No detectó nada, ningún indicio. La tarde anterior había utilizado los momentos que Darren salió con la perra para revisar bien la estantería de libros. No había nada oculto en ella. Miró detrás de la pared con la ayuda de una linterna y estaba limpio. O tenía su escondite fuera de la casa, lo que le parecía más improbable, o bajo ella.

Stella quedó paralizada ante esa idea, que había encendido una luz en su cerebro. ¡Eso era, debajo de la casa! Había tres peldaños para acceder al porche, luego la cabaña estaba elevada y dejaba una cámara en el subsuelo. Allí debía de tener su madriguera, solo tenía que encontrarla. Estaría en una zona accesible y, a la vez, alejada del paso para que no provocara sonidos inusuales al caminar sobre ella; y estaría disimulada con algo, un mueble, una alfombra...

La mayor parte del saloncito estaba cubierto por una gruesa alfombra que daba calor y amortiguaba el sonido de los pasos sobre el suelo de madera, ese era un camuflaje perfecto. Caminó sobre ella aguzando el oído para detectar algún sonido discordante. No lo escuchó y asumió que debía de estar debajo del sofá o de los muebles situados junto a las paredes. Descartó la estantería. Sería muy pesado desalojarla de libros cada vez que tuviera que moverla; no así el sofá o el mueble que hacía las veces de escritorio. Comenzó por lo más fácil.

Apartó la silla y la cajonera, y ladeó la alfombra. En apariencia, el suelo no presentaba ninguna irregularidad ni ranuras. Prestó atención y le pareció oír un crujido al caminar sobre las maderas desnudas. Se agachó y escudriñó con detenimiento hasta que, golpeando en el extremo de uno de los tablones, este se levantó ligeramente por el otro. El corazón se le aceleró. Presionó con más fuerza y logró levantarlo hasta sacarlo. La segunda tabla la siguió y ambas dejaron un buen hueco de paredes metálicas en el que había dos cajas y un ordenador portátil.

Metió la mano y lo cogió. Era un MacBook plateado muy ligero y un cargador. Ese hallazgo era poco útil porque debía de tener clave para acceder; aun así, levantó la tapa. La pantalla mostraba un fondo neutro y el mensaje de insertar contraseña para iniciar la sesión. No se planteó intentarlo. Sería muy difícil dar con ella sin un experto informático, y para eso tendría que llevárselo. Por el contrario, si insistía en acceder, dejaría rastro de esos intentos y Darren lo descubriría. Mejor probar con las cajas.

Extrajo la que estaba encima, una pequeña caja de madera decorada con motivos florares. Parecía artesanal y muy femenina. Al abrirla comprobó que estaba llena de fotografías antiguas, una veintena. En casi todas aparecía Darren de niño o adolescente, según constaba en la anotación añadida detrás de cada una. En unas aparecía solo, jugando con un balón, montando en bicicleta... En otras estaba acompañado de dos adultos, los mismos de la foto que tenía en la estantería y que ya había deducido que se trataban de sus padres. Había algunas con varias personas, entre ellas una jovencita muy parecida a Selma, y la que más le impactó, una copia de la que había visto en la habitación de Wendy, en la que aparecía junto a Morgan, el hermano de Selma que falleció.

Stella se sintió como una *voyeur*, fisgando en la intimidad de aquel hombre que escondía los recuerdos de su infancia. ¿Por qué lo haría?, se preguntó. ¿Qué ocultaba? No había nada de malo en aquello, solo eran unas fotografías inocentes. Volvió a guardarlas en la caja después de capturar un par de ellas con el móvil y sacó la otra.

Esta era metálica, de unos cuarenta por treinta centímetros y un grosor de poco más de veinte. Estaba cerrada y llevaba la llave colgando de una cuerda atada a una de las asas de los laterales. La abrió con expectación. Guardaba un disco duro externo de pequeño tamaño y varios documentos. Con el móvil fue haciéndole fotos a todos: tarjeta pasaporte a nombre de Darren Burke expedida nueve años antes y licencia de conducir del estado de Colorado al mismo nombre. En ambas se mostraba la imagen de un Darren sin barba y aspecto juvenil.

Había una tarjeta de crédito a nombre de Lucile Burke, que supuso que era su esposa o exesposa, unos quinientos dólares en metálico y un reloj de pulsera masculino de un modelo algo antiguo. En el dorso llevaba la inscripción *De tus orgullosos padres* y una fecha de diecisiete años antes. Dedujo que se trataba de un regalo de graduación del instituto.

En el fondo de la caja había un sobre blanco. Extrajo su contenido y contuvo el aliento. Allí estaba lo que necesitaba: una copia del poder notarial que designaba a Selma Hendry como representante legal en nombre de Darren Burke para gestionar su patrimonio, incluyendo los contratos editoriales y derechos de autor de las obras publicadas como D. Morgan, así como una copia de los dos contratos por las obras publicadas hasta ese momento.

Sofocó el grito de alegría que se formó en su garganta. ¡Lo había descubierto! Una oleada de entusiasmo la embargó al ver que sus sospechas no eran infundadas, y se felicitó por el buen trabajo de investigación que había realizado. Tenía las pruebas irrefutables de que Darren Burke era el escritor más perseguido de los tres últimos años; y ella lo había encontrado.

Tomó imágenes de todo ello y lo dejó en su lugar con precipitación, colocó las tablas, la alfombra y el mueble. No podía demorarse mucho o se arriesgaba a que él regresara y la sorprendiera husmeando en sus secretos.

Suspiró satisfecha. Con lo que había conseguido tenía para un magnífico artículo; solo necesitaba conexión a Internet para investigar sobre Darren Burke, un enigma por el momento que ella iba a descifrar del mismo modo que había dado con el hombre detrás del seudónimo. Presentía que iba a encontrar algo jugoso, que tenía una poderosa razón para ocultarse de esa forma; su intuición periodística así se lo dictaba. Una persona normal, sin causas pendientes con la justicia, no se conducía de forma tan sibilina; a no ser que tuviera problemas mentales, algo en lo que no había pensado. Para su tranquilidad, decidió descartar esa opción. Darren parecía una persona muy cuerda.

No podía evitar sentirse orgullosa por haber conseguido su objetivo con una impecable investigación, digna de un reportero veterano. Con ello le demostraría a Vivian que era una buena periodista y que estaba desaprovechando su talento al mantenerla en la anodina sección cultural.

También le causaba una curiosa sensación el conocer a uno de los autores que más admiraba y cuyas obras le emocionaron. Había sido una agradable sorpresa. No se lo figuraba con ese físico y esa personalidad tan atrayente cuando se preguntaba cómo sería. Lo imaginaba con pinta de ratón de biblioteca y carácter retraído, algo diametralmente opuesto del hombre imponente, amable y hospitalario que se había encontrado. El hecho de vivir en una zona tan agreste le añadía un atractivo especial. Tampoco había acertado en el sexo. Ella se inclinaba por una mujer hasta que Wendy la puso sobre la pista de tío Darren.

Un pitido procedente del teléfono móvil le alertó de que la batería estaba en menos del cinco por ciento. Emitió un gemido de frustración. Aún no había conseguido una imagen actual de D. Morgan. Decidió salir para hacer algunas de la cabaña y los alrededores con la cámara de fotos y, si se encontraba a Darren, intentaría obtener una de él.

Antes tenía que desayunar. Preparó café y lo tomó con algunas galletas que quedaron de la tarde anterior. Cuando terminó, se colocó los pantalones acolchados, los dobles calcetines, el chaquetón y salió. La altura de la nieve había aumentado más de un palmo con respecto al día anterior. Hacía mucho frío y el sol luchaba por dejarse ver a través de las grandes nubes de color grisáceo. Debería ponerse los guantes, como él le había indicado, pero en ese caso no podría hacer las fotos.

Se alejó unos metros de la cabaña y tomó varias instantáneas de ella en diferentes ángulos. Había hecho un cursillo de medios audiovisuales y, pese a no considerarse una profesional, sus fotografías resultaban decentes. Rodeó la construcción para tomar más imágenes y explorar la zona. No había tenido la oportunidad de recorrer la parte posterior y, aunque se hundía en la nieve hasta las rodillas, no desistió. Había un gran depósito que debía de almacenar el agua del pozo y un cercado con postes y alambres del que solo se apreciaba la parte superior. Ese sería el huerto al que Darren se había referido; ahora estaba cubierto de nieve.

Siguió recorriendo los alrededores hasta el cobertizo. Entró en él. Era un lugar bastante cálido, comparado con el exterior, y estaba ocupado casi en su totalidad por troncos cortados y apilados ordenadamente; junto a ellos había un par de palas, un rastrillo y otras herramientas y productos de jardinería. Retrocedió para encontrar un mejor ángulo y tomar una foto cuando tropezó con algo duro que bloqueaba la salida.

24

–¿Se te ha perdido algo?

A Stella se le escapó un gritito involuntario al escuchar la voz tan cerca de su oído. Se rehízo pronto y se giró para enfrentarse a él. El rostro de Darren estaba serio y mostraba un brillo receloso en la mirada.

–Estaba aburrida y he pensado salir a buscarte –improvisó; tampoco se alejaba demasiado de la verdad.

–¿Y las fotos? ¿Te parece interesante lo que hay aquí? –volvió a preguntar sin abandonar el tono suspicaz.

Stella se esforzó en hallar una respuesta convincente. No le gustaba la desconfianza que expresaban sus palabras.

–Deformación profesional. Ya sabes: todo puede ser útil. Quién sabe si en el futuro tendré que diseñar una web sobre supervivencia en las montañas o algo por el estilo. Y no te voy a mentir, me apetece tener un testimonio gráfico de esta aventura. Mi hermana no me creerá si no le muestro alguna prueba. –Sonrió de forma cándida. Se felicitó por haber decidió utilizar la cámara de fotos, en la que solo llevaba imágenes de las montañas y de aquel lugar. El móvil con las más comprometidas estaba en el bolsillo de su anorak.

–¿Has terminado? –El tono de voz de Darren se había suavizado, y eso tranquilizó a Stella.

–Sí; ya tengo suficientes. Voy a regresar a la cabaña. Hace frío –decidió, y dio un paso hacia la salida.

Darren bloqueaba todo el hueco de la puerta y parecía que no tenía intención de moverse de allí.

–Debiste ponerte los guantes y el gorro. ¿Recuerdas que te dije que es fundamental para evitar congelaciones? –La miraba como un padre severo ante una chiquillada sin sentido.

–No llevaré ni diez minutos en el exterior y no me he alejado –mintió. Llevaba mucho más y notaba pinchazos en los dedos de los pies, como cuando estuvo practicando con las raquetas de nieve.

–He visto tus huellas por todos lados. Has hecho un buen recorrido. Debes de llevar las botas empapadas.

Muy a su pesar, Stella tuvo que darle la razón. Había estado tan embelesada tomando las instantáneas de todo lo que veía que no lo había advertido hasta ese momento.

–Quería inspeccionar los alrededores por si había mejorado y tenía posibilidad de marcharme. ¿Cómo está el camino hasta el pueblo?

–Peor que ayer. La nieve caída durante las últimas doce horas ha incrementado el grosor y lo hace más intransitable. Hoy no vamos a practicar con las raquetas. Si no vuelve a nevar, continuaremos mañana. Con esta temperatura la nieve se solidificará lo suficiente para llegar hasta el pueblo o, al menos, a una zona donde haya cobertura y puedas llamar a tu familia. Deben de estar alarmados.

«Está deseando que me marché y le deje en paz», se dijo Stella con desencanto. ¿Qué le ocurría? Tenía lo que había venido a buscar y debería marcharse para ponerse a trabajar en el artículo. Con el material que había conseguido tenía para comenzar, aunque quedaba mucho por hacer; faltaba descubrir las razones de esa obsesión por ocultar su identidad. ¿A qué venía la sensación de pérdida que experimentaba al pensar en alejarse de él, en abandonar aquel lugar?

–Cruzaremos los dedos para que ocurra –comentó con desdén–. Y no temas por mis padres. No solemos llamarnos todos los días, si es a lo que te refieres; ni siquiera nos enviamos mensajes. A veces paso hasta una semana sin comunicarme con ellos. Cuando me centro en el trabajo, se me olvida todo. ¿No te ocurre a ti igual? Estas condiciones deben repetirse a menudo en invierno. Si tienes que bajar al pueblo para hablar por teléfono, no creo que lo hagas a diario.

–Mis padres están acostumbrados y no se preocupan si pasan días sin saber de mí.

Stella vio la ocasión de preguntarle. Ya no le movía tanto el interés investigador, sino el conocerle mejor.

–¿Dónde viven? ¿Tienes más familia, hermanos, sobrinos...?

Darren tardó unos segundos es contestar.

–Viven lejos. Y no, no tengo más familia. Soy hijo único –contestó con prisas. La cogió del brazo y la guio al exterior–. Vamos dentro antes de que se te congelen los dedos.

Stella procuró disimular el dolor que sentía en los pies helados, que se había intensificado al andar. Parecía que la temperatura había bajado varios grados desde que entró en el cobertizo.

Darren dio un silbido para llamar a Sugar. La perra apareció corriendo. Se hundía en la nieve hasta casi cubrirla y parecía feliz, con la lengua fuera y los ojos brillando de diversión. Cuando llegó ante ellos, se sacudió la nieve del pelaje y salpicó a ambos.

–Ya está bien de travesuras. ¡A casa! –ordenó Darren.

Sugar lanzó un ladrido como respuesta y correteó a su alrededor con ánimo de seguir jugando. Una mirada directa le dio a entender que no admitía demoras y la perra obedeció.

Una vez dentro, se despojaron de las ropas de abrigo y de las botas. Como el día anterior, Stella llevaba los pies empapados de la nieve derretida. Quiso quitárselas y la insensibilidad en las manos se lo impidió. Darren lo advirtió y se agachó ante ella.

–Yo lo haré. –Con cuidado, le quitó las botas y los calcetines. Le secó los pies con una toalla y le calzó las abrigadas pantuflas–. ¿Puedes llegar hasta el sofá?

Ella se limitó a asentir con la cabeza. Se puso de pie y caminó con pasos cortos. Cada uno era un suplicio que le costaba disimular. No replicó. No quería que él lo advirtiera o empezaría con las regañinas.

–Te traeré unos calcetines. Mientras, masajéate los pies con la crema que te di ayer para activar la circulación. –Darren prefería mantenerse a distancia. No confiaba en su fuerza de voluntad para controlar el deseo que le dominaba. Mejor no tentar a la suerte.

Fue hasta la chimenea y colocó un par de troncos para aumentar la temperatura. Parecía helada por mucho que intentase disimularlo.

Stella lo agradeció. Las llamas proporcionaban un delicioso calor y el masaje con la crema le procuró un inmediato alivio.

–Voy a desayunar. ¿Te preparo algo a ti? –le preguntó él. Se acercó con unos gruesos calcetines en la mano.

–No, gracias, ya he desayunado. No rechazaré una taza de café bien caliente.

Mientras se hacía el café, Darren preparó unos huevos revueltos y unas tiras de beicon. Estaba famélico, pero no quería demorarse demasiado.

Debía quitar la nieve del tejado del cobertizo antes de que acabara hundiéndolo e inutilizara la madera de quemar.

Terminó de desayunar con prisas y le llevó la taza de

café a Stella, que no se había movido del sofá con Sugar a su lado.

–Tengo que salir un rato. Cuando regrese, prepararé el almuerzo. ¿Te apetece guiso de buey?

–No creo que lo haya probado en mi vida. Seguro que está muy rico.

Sugar se levantó al ver a Darren dirigirse a la puerta de salida.

–Quédate aquí. Ya has tenido suficiente ejercicio hasta la tarde –le indicó con un gesto. Tenía que centrarse en el trabajo y no quería que la perra lo distrajera.

Darren volvió a ponerse las botas y la parka y salió.

Stella degustó con placer el líquido caliente y se centró en sus pensamientos mientras acariciaba la peluda cabeza de Sugar, que descansaba en su regazo. Repasó lo que tenía hasta el momento. Sabía que Darren Burke, el hombre que acababa de salir por la puerta, era D. Morgan; el poder notarial y los documentos que había visto lo revelaban. Aunque en ellos aparecía más joven y sin aquella poblada barba, era él. Sin embargo, y una vez superada la euforia que la embargó en un primer momento, se daba cuenta de que no podía utilizarlos sin afrontar una demanda judicial. Prácticamente los había robado, al tomar las imágenes de los documentos sin el consentimiento de su legítimo dueño. Solo podría especular con lo que sabía y la información que pudiera conseguir en el futuro, sin aportar las imágenes a no ser que consiguiera su permiso, algo muy improbable.

Una mueca de disgusto curvó su boca. Tenía por delante un buen dilema moral que resolver y en esos momentos no estaba en condiciones de hacerlo. Se levantó y miró por la ventana. Vio a Darren subido a una escalera ocupado en quitar la nieve del tejado del cobertizo con una pala. Un calor traicionero se fuese extendiendo por su interior, y como procuraba ser franca consigo misma, admitió que ese hombre le atraía como pocos en su vida.

Admiraba al creador de bellas historias que le llegaban al corazón, a la persona generosa y amable que había descubierto y, cómo no, al magnífico ejemplar masculino que despertaba en ella los deseos más lujuriosos.

Estuvo espiándolo durante largos minutos hasta que la prudencia le aconsejó que se retirara. Regresó al sofá y cogió el libro que había comenzado a leer la tarde anterior. Al rato, decidió dejarlo. No podía concentrarse en la lectura. Darren se inmiscuía en sus pensamientos de forma sibilina. Se recostó y dejó que su mente se entretuviera en dulces ensoñaciones.

Darren regresó una hora más tarde. Para su tranquilidad de espíritu, había decidido pasar el menor tiempo posible junto a ella y, pese a haber concluido el trabajo mucho antes, se demoró en el exterior soportando con estoicismo el frío reinante. Miró al cielo con angustia. Se ensombrecía con rapidez, preludio de otra tormenta; eso significaba que volvería a nevar y que retrasaría más la partida de Stella. Gimió con frustración. Necesitaría echar mano de toda su fortaleza interior para superar la potente tentación que ella representaba.

Cuando entró en la cabaña, Sugar dejó el sofá junto a Stella y fue rauda hacia él. Darren la acarició y siguió hasta la cocina. Abrió el frigorífico y sacó un trozo de carne envasado al vacío.

Stella, que había estado dormitando junto al calor del fuego, se incorporó y fue al baño. Cuando salió, se acercó a la cocina, donde Darren preparaba la comida.

–¿Crees que volverá a nevar? –preguntó con preocupación. Hasta ella, que no era una experta, había advertido que el tiempo estaba empeorando.

–Me temo que sí.

Stella resopló con disgusto y Darren sintió una punzada de desilusión en el pecho. ¿Qué esperaba?, se recriminó. Ella estaba deseosa de marcharse de allí, de regresar a su hogar, con sus seres queridos, sus amigos, un novio... No sabía nada de ella, ni debería querer saberlo; ¿en qué le beneficiaba?

Stella se sentó y lo observó. Le maravillaba la maestría que mostraba en la cocina. Todos los platos que había preparado hasta el momento los encontró muy ricos.

–¿Dónde aprendiste a cocinar?

–No he dado clases ni nada por el estilo. Al vivir solo y aislado no he tenido otra opción que aprender. Mi madre me da algunas recetas, otras las copio de Internet, y tengo algunos libros de cocina –explicó, mientras cortaba con habilidad la carne en pequeños trozos.

Stella recordaba haber visto varios manuales de recetas en la estantería.

–Que sigas las recetas al pie de la letra no es garantía de que sea comestible; yo soy un ejemplo de ello.

–Todo se aprende. Al principio, muchos de los platos que cocinaba eran incomibles. He ido mejorando con la práctica. Como en todo, es cuestión de ensayo y error –dijo con una media sonrisa.

Nunca le había interesado la cocina ni era un *gourmet*. Desde que se planteó la carrera deportiva, estuvo sometido a lo que le dictaban los entrenadores, y la alimentación era parte del entrenamiento. Cuando se aisló del mundo, tuvo que cambiar muchos hábitos, y ese fue uno. No podía dedicarse a comer sándwiches a todas horas o a calentar platos precocinados, y le tomó el gusto a la cocina sana. Le servía de entretenimiento y cuidaba su salud. Durante unos años, estuvo tan obsesionado con ganar partidos que se olvidó de todo lo demás.

–Paso demasiadas horas trabajando y no dispongo de tiempo para cocinar, aunque me gustaría aprender –se quejó Stella con sinceridad. Tal vez estaba demasiado obsesionada con el trabajo y con alcanzar el éxito que se olvidada de que este no era sinónimo de felicidad. Su hermana o sus padres, con sus vidas sencillas y plácidas, eran un ejemplo.

–Todo es cuestión de organizarse y de priorizar. –contestó Darren de forma enigmática–. Si quieres aprender, podemos dar la primera clase.

–Claro. Dime a qué te ayudo.

–Pela las zanahorias y las patatas. Ya te diré cómo partirlas para añadirlas al guiso.

Stella cogió un cuchillo y se puso a pelarlas. Tenía tan poca práctica que se cortó con él.

–¡Mierda! –exclamó, y se llevó el dedo a la boca.

Darren, alarmado, dejó lo que estaba haciendo y se le acercó.

–Deja que vea lo que te has hecho.

–No ha sido nada. Solo un pequeño corte –se justificó. Retiró la mano que Darren intentaba alcanzar. Le avergonzaba su torpeza. ¡No sabía ni pelar una patata!

–Por favor.

Stella dejó que él le cogiera la mano y revisara la herida. El corte era superficial y apenas sangraba, pero necesitaba curarlo y ponerle un apósito que cortara la hemorragia. Darren la acercó al fregadero y puso el dedo bajo el chorro de agua para limpiarlo. Le dio un trozo de papel de cocina y le indicó:

–Presiónate con esto.

Fue al baño y regresó enseguida con desinfectante, gasas y un apósito.

Le curó la herida con pericia.

Stella lo observaba con un creciente calor recorriéndola. La atracción que ejercía sobre ella se incrementaba cuando estaba tan cerca. ¿Cómo sería sentir esas manos tan grandes y delicadas recorriendo su piel desnuda, sus pechos, su vientre...? La respiración se le agitó y debió de escapársele un involuntario jadeo porque él levantó la cabeza y la miró con gesto de preocupación, que pronto mudó a otro indescifrable al ver la expresión de su rostro y el inconfundible brillo de deseo que desprendían sus ojos.

La convicción de que ella lo deseaba fue un acicate demasiado fuerte para el ánimo de Darren y supo que no podría reprimirse más. Aun así, se limitó a inclinar la cabeza hasta que estuvo a escasos centímetros de la de ella, sin apartar su encendida mirada de aquellos azules iris que la pasión había oscurecido.

Stella entendió el mensaje. Tenía que tomar la iniciativa y no lo dudó. Se pegó a su cuerpo y elevó los brazos hasta enroscarlos en su cuello. Solo tuvo que recorrer los escasos cinco centímetros que separaban sus bocas para que los labios se unieran en un beso apasionado.

25

Un exaltado gemido brotó de la garganta de Stella cuando la boca de Darren saqueó la suya con un apetito desmesurado, equiparable al que ella sentía; y cuando él deslizó las manos por su espalda y presionó sus glúteos contra la inflamada virilidad, sintió un latigazo de urgencia en el vientre que la hizo vibrar. Hasta ese momento no había sido consciente de cuánto lo deseaba y se asustó por la exigencia de aquel sentimiento que le nublaba la razón.

Sus relaciones anteriores habían sido gratas, pero presentía que les faltaba algo, sobre todo cuando Diane hacía algún comentario sobre la intensidad de sus emociones en los momentos de intimidad con su marido. Ahora lo comprendía. Ese torbellino interior, esa necesidad extrema, no la había sentido nunca... y le fascinaba. Al igual que le embriagaban sus besos. Nunca había besado a un hombre barbudo y reconocía que le encantaba el roce en la boca y el rostro de aquel vello suave; era extraño y muy excitante.

Darren luchaba por mantener bajo control la exaltación que sentía. No quería arriesgarse a asustar a Stella con su ardor desmedido y dañarla de alguna forma.

Siempre le había gustado demorarse en los juegos previos, recrearse en los preliminares que hacían más intenso el final. En este caso no podría hacerlo. Ella lo alborotaba como nadie hasta ese momento al responder a sus caricias con una avidez que le tenía sobrecogido.

Debería ceder a sus impulsos y liberar parte de ese deseo con una primera y rápida penetración, para después dedicarse con calma a saborear a la gloriosa mujer que le había estado tentando desde el mismo momento en que la vio. Llevaba demasiado tiempo de abstinencia y eso acrecentaba su ansiedad; como el hecho de que la última vez que tuvo un encuentro íntimo quedó insatisfecho. No quería que volviera a ocurrir; con ella no. Por eso debía proceder con calma, degustar cada momento, llevarla a la cama y no tomarla sobre la mesa de la cocina por mucho que ambos lo reclamasen en ese momento.

Stella se retiró un tanto para quitarle la camiseta. No podía esperar más para lamer aquella piel que adivinaba deliciosa. Pero sus manos no respondían con la celeridad que ella deseaba y se limitó a levantarla y recorrer con su boca aquel duro torso cubierto por un fino vello oscuro.

Darren se desprendió de la camiseta para facilitarle a Stella el acceso.

—Vamos a la cama —logro articular él con voz temblorosa.

Stella emitió un sonido, que él interpretó como un no, ya que su lengua continuaba estimulando los pequeños y pétreos pezones, y tuvo que negarse cuando advirtió que le bajaba el pantalón.

—Aquí no —dijo él con firmeza, mientras le sujetaba las manos.

Ella se quejó frustrada y regresó a su boca, cuyo calor y sabor le subyugaban.

Darren la cogió de los muslos y la izó. Sin dejar de besarle, Stella enroscó los brazos en el cuello masculino y le abrazó la cintura con las piernas. Él comenzó a caminar. Quería llevarla a la cama y, para ello, tenía que subir las escaleras; difícil tarea con Stella reclamando sus labios a cada momento e impidiéndole la visión.

–Un segundo... Pronto estaremos arriba –dijo con voz entrecortada.

Stella comprendió lo que quería decir y se dedicó a recorrerle el cuello con pequeños besos y ligeros mordiscos. Aspiró el aroma tan masculino que desprendía su piel y suspiró con deleite. Darren la sujetaba con seguridad y ella percibió la fuerza de los musculosos brazos rodeándola y del pétreo torso sobre el que se apoyaba. Se sintió débil y poderosa al mismo tiempo y eso la encendió más.

Con asombrosa rapidez y temblando de necesidad, Darren subió las escaleras y llegó con su preciosa carga al altillo. Se acercó a la cama y se inclinó para depositarla en ella con todo el cuidado del que fue capaz. Stella deshizo el abrazo y él se irguió para quitarse el pantalón y los calcetines. Se dejó el bóxer oscuro que llevaba y que no era capaz de disimular su tremenda erección.

Ella se deshizo de la camiseta, mostrando el sujetador de fino encaje negro que no ocultaba sus pechos. Se tendió y movió las caderas en seductora insinuación. Quería que él la acabara de desnudar y quería que lo hiciera rápido; se moría por tenerlo dentro de ella.

Darren aceptó la muda invitación y le quitó el pantalón. Las braguitas eran del mismo material que el sujetador, una delicada pieza de encaje negro que no conseguía velar su zona más íntima. Le hubiera gustado demorarse contemplándola a placer, pero los apremiantes jadeos de Stella le indicaron que no debía hacerlo. Se las quitó junto a los gruesos calcetines, y se inclinó para retirarle el sujetador, la última pieza que le impedía ver aquel hermoso cuerpo en todo su esplendor.

Stella tenía otros planes. La urgencia del primer momento se había atemperado un tanto y quería proceder con más calma, paladear ese primer contacto y no desfogarse con un polvo rápido, sin juegos previos, como estaba acostumbrada.

En un hábil movimiento, lo tumbó en la cama y se colocó a horcajadas sobre él. Llevó las manos a la espalda y se desabrochó ella misma el sujetador. Cuando se lo quitó y liberó los redondos y turgentes pechos, Darren contuvo la respiración y sus pupilas se dilataron al admirar tanta belleza. Los oscuros pezones, inhiestos por la excitación, contrastaban con la blancura de la piel sin imperfecciones. Ella sonrió orgullosa al ver su reacción y frotó la pelvis contra la protuberancia de su entrepierna, cubierta por el bóxer.

–No esperaba que fueses tan tímido –dijo con picardía. Sonriendo, se movió un poco y le retiró la ajustada prenda.

La dura verga se alzó como una catapulta, feliz de liberarse al fin. Stella inspiró profundamente ante la contemplación de aquella parte de la anatomía masculina tan magnífica y musculosa, como todo en él, y emitió un ronroneo de complacencia. Lo agarró con una mano y apreció su suavidad, su dureza y calidez. La respiración se le aceleró y sintió de nuevo la exigencia de su sexo. Estaba muy húmeda; no podía esperar más.

Darren luchaba por mantener un ápice de control sobre su fuego interior, que amenazaba con desbocarse debido a la tremenda exaltación que ella le provocaba con aquellas sensuales caricias. Se había propuesto no perder el dominio. Quería que Stella llevase la iniciativa, que le guiase, aunque a él le costara media vida reprimirse.

–No tengo condones –dijo él con la voz desencantada. No se había acordado hasta ese momento y no quería seguir sin advertirle de ese impedimento.

A Stella le gustó que él pensara en ello. Que no fuera un irresponsable decía mucho a su favor. Y no tuvo dudas. Llevaba un sistema intrauterino de anticoncepción que se había colocado dos años antes, durante su última relación estable, porque solía olvidar tomar la píldora. Estaba protegida por otros tres años más.

–No importa. Seguro que, como yo, estás sano como un roble; y no hay peligro de embarazos indeseados –respondió con los ojos brillantes y el corazón acelerado.

Sin dejar de mirarlo, Stella acarició el suave glande, que rezumaba lágrimas de deseo, y se alzó hasta colocarlo en la entrada de la vagina. Se demoró allí unos segundos, los suficientes para admirar su fuerza de contención. Le asombraba cómo Darren era capaz de sujetar las riendas de su deseo a la vista de la agónica necesidad que sentía y que percibía en la rigidez de su cuerpo, en el que ni uno solo de sus vigorosos músculos se movía. Ni siquiera respiraba, solo sus pupilas, oscurecidas por la pasión, delataban el estado de extrema tensión que sentía.

El grito que brotó arrollador de la garganta de Stella se confundió con el grave gemido que Darren dejó escapar cuando ella cayó sobre el rígido mástil y lo introdujo por completo en su interior. Durante unos segundos se quedó quieta, saboreando con los ojos cerrados todas y cada una de las sensaciones que le estaba provocando ese primer impacto.

Darren elevó la pelvis en un acto reflejo y hundió la cabeza en la almohada, mientras aferraba con fuerza las sábanas. Todo él se había reducido a aquella parte que estaba tan profundamente alojada en aquella cálida cueva de terciopelo, cuyas paredes lo retenían en un estrecho abrazo. Si alguna vez pensó en cómo deseaba morir, un momento así sería el perfecto.

Tras unos segundos, Stella se movió con lentitud, prolongando con cada roce el placer que sentía. Pero la garra feroz del deseo había hecho mella en ella y la impulsaba hacia el éxtasis. Sin demorarse más, aceleró los movimientos, impaciente por llegar a la deseada satisfacción.

Darren, que se había mantenido pasivo hasta ese momento con la intención de que ella llevara las riendas, tiró la toalla y pasó a la acción. Sabía que, si Stella continuaba con aquel ritmo, eyacularía antes de que ella alcanzara la culminación, y no iba a permitirlo. Había llegado al límite de su resistencia. Tenía que acabar de una vez con aquella sensual tortura.

Sin abandonar el íntimo contacto, la agarró por la cintura y la giró hasta colocarse sobre ella. Stella fue a protestar y enmudeció cuando él tomó su boca con desesperación e incrementó las embestidas con una fuerza y celeridad que la aturdió y transportó a un mundo en el que el placer sustituía a cualquier otra sensación. Hasta que el volcán en el que se habían convertido sus entrañas entró en erupción y un gozoso delirio la inundó en sucesivas oleadas mientras escuchaba los roncos gemidos de él, que le parecieron la mejor sinfonía jamás interpretada.

Antes de que las gozosas sensaciones se desvanecieran, sintió que Darren se tendía a su lado y la atraía hasta su pecho, donde el corazón aún galopaba frenético. Sus labios formaron una sonrisa boba. Ese tipo de sonrisa que alguna vez había descubierto en el rostro de su hermana cuando Lean la agarraba por detrás y le estampaba un beso en el cuello.

Cerró los ojos al tiempo que suspiraba muy quedamente. Sí, a veces era posible alcanzar el cielo.

26

Stella se estiró en la amplia cama con pereza y bostezó. Sintió el peso de la gruesa manta sobre el cuerpo e inspiró con deleite.

Su piel estaba sensible y disfrutó durante unos segundos de ese suave contacto. No sabía cuánto tiempo había estado dormida, agotada por las horas de magnífico sexo compartido. No debió de ser mucho. Cuando abrió los ojos con languidez vislumbró claridad y... ¡el rostro sonriente de un desconocido!

Se incorporó de un salto, temerosa, y gritó.

—Tranquila, soy yo.

La voz de Darren la calmó y lo miró atónita. ¿Era él? No parecía el mismo hombre con el que había disfrutado de unos momentos sublimes. Se había afeitado la barba y el bigote y su rosto aparecía despejado por completo del vello que lo cubría. Admiró su cuadrada mandíbula y la hendidura en la barbilla que suavizaba los varoniles rasgos. Los ojos refulgían con un brillo en el que se mezclaban varias emociones, entre ellas la diversión, y su boca, de labios bien perfilados, se curvaba en una media sonrisa muy favorecedora. Tenía que admitir que era más atractivo de lo que había imaginado... y le resultaba familiar. O se parecía mucho a alguien o lo había visto con anterioridad.

–¿Te gusta mi nuevo aspecto? –preguntó él. En su voz se advertía expectación mezclada con inseguridad, la misma que expresaban sus ojos.

–Mucho. Eres muy guapo y pareces más joven –respondió Stella con sinceridad; de hecho, era uno de los hombres más interesantes que había visto en mucho tiempo. Aunque no era objetiva; lo que comenzaba a sentir por él se lo impedía–. ¿Por qué te has afeitado?

–Porque tengo intención de continuar besándote y no quiero ver tu rostro enrojecido por el roce de la barba.

Solo era parte de la verdad. Había optado por quitarse aquella barba, con la que durante los últimos años quiso disimular sus facciones, en un impulso apenas meditado, y no se arrepentía pese al temor de que lo reconociera y se sintiese amenazada. Sobre su cabeza pendía aquella acusación. Para la opinión pública, y a falta de un juicio que lo hubiese absuelto o un desmentido por parte de la denunciante, él era culpable. Debía asumirlo y aprender a vivir con ello. Estaba cansado de esconderse; quería mostrarse tal y como era. Si no lo reconocía, se sinceraría y que ella decidiese si le rechazaba o continuaban manteniendo la intimidad que había surgido entre ambos.

–Ummm... ¡Qué considerado eres! –exclamó Stella en tono jocoso.

Darren le siguió la broma.

–Siempre; ¿acaso lo dudabas?

–Por supuesto que no. ¿Y qué tal si lo comprobamos? –sugirió de forma voluptuosa. Se sentó en la cama, apoyada en el cabecero, y lo agarró de la camiseta para atraerlo hacia ella.

Darren aceptó la propuesta de buena gana. Atrapó la boca femenina con otro de sus besos voraces y ella comprobó que sabían diferentes y eran igual de adictivos.

Gimió y se frotó contra él de forma insistente. Darren comprendió lo que pretendía. A él también le apetecía gozar otra vez de su cuerpo, pero tenían que reponer fuerzas. Ya se habían saltado la comida y no podían saltarse la cena.

—He terminado de preparar el guiso. ¿No tienes hambre?

—Mucha..., de ti —aseguró con voz oscura, y le pasó la lengua por la mejilla recién rasurada. Olía a jabón.

Darren gruñó ante esa explícita invitación y supo que era inútil resistirse; estaba igual de hambriento. Se puso de rodillas en la cama, la cogió por las piernas y la atrajo hacia él colocando cada una en sus costados. Stella continuaba desnuda, por lo que se recreó en la hermosa visión que se le presentaba. La miró a los ojos y vio pasión en ellos y ningún rastro de pudor. Le gustaba que fuera así, que reclamara lo que quería y cuándo lo quería. Tenía un carácter desinhibido y generoso. Gozaba del sexo con naturalidad y daba tanto como recibía.

La acarició con las manos sin dejar de observar sus reacciones. Le gustaba. Las exteriorizaba sin reserva, con naturalidad, y lo volvía loco. Esos gemidos, suspiros y jadeos tan estimulantes eran música celestial, una delicia para sus sentidos.

Sus manos buscaron los redondos pechos y los acarició. Pellizcó con delicadeza los pezones para despertarlos. Estos respondieron de inmediato, se endurecieron y Stella sintió punzadas en el vientre, que parecía estar unido a aquellos sensibles puntos. Su vulva se humedeció. Él lo advirtió y deslizó una mano por la suave planicie de su vientre hasta el pubis. Se demoró allí, jugando con el pequeño mechón de rizos dorados que lo coronaba, hasta que Stella movió las caderas con ansia.

No quiso atormentarla y se tendió a su lado para tener mejor acceso a su cuerpo. Llevó la boca hasta los turgentes pechos para acariciarlos con la lengua y avanzó con su mano por la lubricada hendidura. Hundió dos dedos en la vagina, que parecía aguardarlos con anhelo, mientras presionaba el sensible clítoris con el pulgar.

Stella se mordió el labio inferior para contrarrestar el placer que recorría su cuerpo desde aquel punto que él acariciaba con tanta maestría. No quería acabar rápido, deseaba prolongar esa sensación de estar al borde del precipicio todo lo posible para que, cuando cayera en el clímax, este fuese más intenso. Pero ya había comprobado con anterioridad que resultaba complicado. Él era tan hábil que le hacía sentir una y otra vez los orgasmos más intensos que había experimentado.

Los rápidos gimoteos que salían de la garganta de Stella le indicaron a Darren que iba por buen camino. Mordisqueó los pezones e incrementó la presión de los dedos al compás de los movimientos de las caderas de Stella. En pocos segundos emitió una sonora exclamación de liberación y su cuerpo se convulsionó. Él se incorporó para mirarla. Le gustaba contemplarla después de un orgasmo. Sus mejillas sonrojadas, la tenue sonrisa que curvaba su boca, la agitada respiración elevando su pecho... Estaba preciosa.

Más relajada, Stella se giró y lo miró. Sus ojos centelleaban con un brillo ensoñador. Acercó sus labios y lo besó con suavidad, jugó con su boca, pasó la lengua por las comisuras, que ahora apreciaba sin barreras que se lo impidiesen, tanteó los dientes, bajó hasta la barbilla para mordisquearla... Darren se dejó hacer con gusto, deleitándose con aquellas sensuales caricias.

–¿Te he dicho que estoy hambrienta? –susurró con acento travieso, mientras le acariciaba una de las orejas con la lengua.

–Lo has dicho..., sí –respondió él con voz entrecortada.

–Pues voy a saciarme.

Tras el anuncio, lo tumbó de espaldas y se colocó sobre él. Como Darren llevaba puesta la ropa, le levantó la camiseta y atacó los pezones hasta que se convirtieron en dos rocas, igual que la entrepierna. Fue bajando con la lengua, entusiasmada con la dureza de los músculos de su vientre, bien definidos, hasta llegar a las caderas. Le bajó en un solo movimiento el pantalón y el bóxer. El inflamado miembro surgió inhiesto, arrogantemente erguido, ansioso por recibir las caricias prometidas.

Stella inspiró con avidez ante aquella hermosa visión. Disfrutaba saboreando aquella parte de él, tan adorable como toda su persona, pero lo que más le complacía era advertir el goce que le proporcionaba. Lo miró. Los ojos masculinos se habían oscurecido tanto que habían perdido su tono grisáceo y tenían la tonalidad del basalto. La respiración contenida, el rostro serio, concentrado, expectante, y todos los músculos del cuerpo en tensión, como un velocista esperando el pistoletazo de salida para iniciar la carrera. Estaba magnífico.

No se demoró. Bajó la boca y abarcó con sus labios el grueso glande, tan cálido y suave como la seda. Jugueteó con la lengua sobre él y se extasió con los agudos gemidos que llegaban a sus oídos.

Darren supo que no podría aguantar mucho más y quería terminar dentro de ella, enterrado en su acogedora cueva y besando su boca, que tanto placer le estaba dando; por eso debía acabar con aquel delicioso tormento. Le agarró la cabeza con ambas manos y la levantó. Stella se sintió desorientada, como si le hubiesen arrebatado de la boca un apetitoso manjar.

–Cabálgame, por favor –imploró Darren con voz ahogada, como respuesta a la muda pregunta que aparecía en el rostro femenino.

Ella obedeció. La excitación había vuelto a hacer presa en su cuerpo y necesitaba liberarla. Se puso a horcajadas sobre las caderas de él y se dejó caer con un certero movimiento, que introdujo en su interior el hinchado pene. Un agudo gemido escapó de su garganta ante aquella anhelada invasión y se quedó muy quieta, paladeando las sensaciones que le provocaba.

Darren cerró los ojos y levantó las caderas, traspasado por las intensas sensaciones cuando percibió cómo los músculos internos de ella lo abrazan y le daban la bienvenida. Era una emoción embriagadora: todo él sometido a aquella sensible parte de su cuerpo. Se sintió indefenso, a la merced de la diosa que se alzaba ante él... y no le importó. Alargó las manos hasta los hermosos pechos, que se balanceaban invitadores con cada respiración, y los acarició con reverencia, como un fervoroso devoto.

Superada la enloquecedora impresión del primer impacto, Stella comenzó a moverse en largos y lentos movimientos. Se alzaba y volvía a caer sobre el duro báculo, que temblaba de anhelo, en una lenta cabalgada que aumentó la presión en su vientre. Hasta que sintió la urgente necesidad de aliviarla, de desatar el anhelado clímax, y aceleró la velocidad.

Darren advirtió que estaba al límite y la cogió por la cintura para marcar el ritmo. Quería que llegaran juntos a la meta, que sus expresiones de delirio se mezclasen en un solo clamor de liberación, experimentar esa plácida relajación que le sobrevenía con ella rendida en sus brazos y fantasear con la idea de que esa felicidad pudiera continuar para siempre.

Guiada por las fuertes manos de Darren, Stella galopó hacia la cima del placer y se precipitó al abismo del éxtasis en una espiral de sensaciones que hicieron vibrar cada fibra de su ser. Gritó al tiempo que su cuerpo era sacudido por repetidos espasmos mientras sentía las vibraciones de la poderosa verga en su interior con cada eyaculación. Se desplomó exhausta sobre él y sintió que sus brazos la cercaban en un tierno abrazo del que no le gustaría desprenderse jamás.

27

Darren se levantó de mala gana. Estaba a gusto allí, con Stella medio dormida en sus brazos después de aquellos improvisados minutos de pasión; pero tenía que hablar con ella y, en la cama, con su sensual cuerpo desnudo junto a él, era imposible.

Había tomado la determinación de ser claro, al menos en lo referente a su pasado. Con ello se exponía a destruir la frágil burbuja de felicidad que habían creado y lo asumía; no quería continuar mintiéndole. Ella tenía derecho a saber con qué persona estaba aun a riesgo de perderla.

–Vamos, perezosa, tenemos que levantarnos. No podemos pasar todo el día en la cama. Es hora de cenar –la instó con falsa severidad.

–¿Tan tarde es? –preguntó ella con voz apaga por la almohada que le cubría la cabeza.

–Ya ha oscurecido. Deben de ser más de las cinco de la tarde.

Darren se vistió y bajó las escaleras antes de que Stella lo retuviera. Había comprobado que su voluntad flaqueaba cuando estaba junto a ella y lo que tenía que decirle era importante; debía hacerlo antes de que pasara más tiempo. Encendió el fogón para calentar la cazuela con el guiso de carne que había preparado y puso la mesa.

Stella bajó las escaleras y entró en el baño. Cuando salió, fue a la cocina. Abrazó a Darren por la espalda y olisqueó el aroma que la olla desprendía.

–¡Huele de maravilla! ¿No serás un famoso chef que se ha retirado durante un tiempo para reflexionar? Tu rostro me recuerda a alguien –dijo medio en broma, y soltó una risita.

Darren se tensó ante esas palabras. Ella lo advirtió y se separó un tanto. «¿Qué he dicho para provocarle esa reacción?», se preguntó.

–Siéntate, por favor; tenemos que hablar.

Ahora, la que se tensó fue ella. ¿La habría descubierto? Torció el gesto. Hubiera preferido contárselo, explicarle las razones que la habían llevado a buscarlo y hacerse pasar por otra persona, aunque sabía que eso último tenía poca justificación. Esperaba que no estuviera muy disgustado y fuese comprensivo. No quería acabar tan pronto con aquella relación. Darren era un amante sorprendente, tierno y apasionado, sensible y entregado. Nunca había disfrutado tanto en los encuentros sexuales. Con mucho, superaba el listón de los anteriores. Además, los días de aislamiento que le quedaban se harían insufribles si él mantenía una actitud de reproche, incluso de rechazo.

Darren puso al mínimo el fuego y dejó que continuara calentándose el guiso. Se sentó a la mesa, frente a ella, y la miró a los ojos con valentía.

–Me llamo Darren Burke, conocido hace unos años como Giant Burke. Quizá has oído hablar de mí. –Esperó la respuesta de ella con el corazón encogido, sin apartar la mirada de aquellos ojos claros que lo miraban como queriendo forzar a su cerebro para que le diese una respuesta. Al advertir que no daba señales de ello, prosiguió–: Era jugador de fútbol americano y participaba en las grandes ligas. Hace cinco años me vi envuelto en un... escándalo que me obligó a dejar mi profesión.

Stella entrecerró los ojos en un característico gesto de concentración y, durante unos segundos, sometió a su mente a un esfuerzo que acabó dando frutos.

Darren supo que había recordado cuando ella abrió los ojos con sorpresa.

–Ya veo que me has reconocido. Y sí, me vi envuelto en ese escándalo que me persigue; es por lo que decidí desaparecer.

Stella se forzó a recordar. En esa época se encontraba en Londres haciendo el curso de postgrado y apenas había seguido la noticia, que se hizo viral en redes. Recordaba que lo habían machacado sin piedad. La parte más podrida de su profesión, la deseosa de escándalos que vendían periódicos y subían las audiencias televisivas a base de fomentar el morbo, lo había declarado culpable sin juicio ni sentencia.

Ella no llegó a tomar partido por ninguno de los dos. Al revisar las imágenes de ambos y las escasas declaraciones, el caso no le quedó claro y eso la inclinó a ser más comprensiva. Intuía que la denunciante ocultaba algo. Su expresión temerosa y la mirada huidiza lo proclamaba. En él no advirtió el típico engreimiento que solía acompañar a los maltratadores. Le pareció un hombre desconcertado, superado por todo lo que se le había venido encima y profundamente herido.

–Retiró los cargos, creo recordar.

Darren asintió con la cabeza. Por un momento, todo el dolor e impotencia de aquellos días regresaron y lo abofetearon con idéntica inclemencia.

–Sí, los retiró. Lo que no hizo fue desmentir los hechos, y todos continuaron culpándome. Es algo que no me podré quitar nunca de encima. Tal vez lo tenga merecido por cometer la estupidez de emborracharme hasta el extremo de no recordar lo que ocurrió. Pero si de algo estoy seguro, aunque no lo recuerde, es de que yo no la maltraté –dijo sin dejar de mirarla a los ojos. En los suyos, la franqueza era manifiesta. No iba a mentirle, como no lo había hecho con anterioridad. Esa certeza brotaba de lo más profundo de su conciencia.

Stella no necesitó escuchar nada más para creerle. Si tuvo sus dudas en el pasado, las había disipado por completo al conocerle. Darren no era capaz de hacer lo que aquella mujer lo acusó, ni yendo borracho como admitía. Sus ojos no mentían; tampoco en aquellos días, ni su trayectoria. Giant Burke había sido un chico ejemplar, un modelo dentro y fuera del campo, pacificador y ajeno a excesos como muchos de sus compañeros, un héroe para los miles de seguidores. No creía que hubiese cambiado.

Se habían dado casos parecidos. En algunos, los implicados tenían una conducta previa poco honrosa, otros se habían visto envueltos en una patraña para conseguir dinero y publicidad por parte de la demandante. Eso era lo que parecía con Darren, aunque Jasmine Ellis no daba el tipo de oportunista. En la mayoría de ellos la prensa se había cebado con idéntica virulencia a la demostrada con él. Su experiencia periodística le indicaba que había intereses ocultos por parte del club en el que jugaba o de alguno de sus compañeros, los mismos que proveyeron de los testimonios gráficos que tanto perjudicaron su imagen. Si hubiese estado en su mano, lo habría investigado; aquello olía muy mal.

Darren la miraba con la respiración contenida. Esperaba con ansiedad alguna reacción por su parte. Parecía que estaba ordenando sus recuerdos. Tenía la mirada baja, en las manos, que apoyaba sobre la mesa.

–Ya sé que tenía que habértelo dicho antes de... lo que hemos compartido. Discúlpame. No volverá a ocurrir –declaró con un regusto amargo. ¿Qué esperaba? Todo el mundo lo condenó, ¿acaso ella iba a ser diferente?

Stella levantó la cabeza. Su mirada era limpia.

–Te creo, Darren. Y no tienes que disculparte por nada, ni siquiera por algo que pasó hace tanto tiempo. Es un tema enterrado. No veo justificación para que continúes ocultándote.

–No soy el autor de los hechos que se me imputaron, pero he perjudicado a mucha gente, sobre todo a mis padres y amigos; también a los compañeros de mi equipo, a los directivos del club, a los aficionados y a la gente que me veía como un modelo. He defraudado a todos. –Eso era lo que más le afligía, todo lo que habían padecido por su causa las personas que le importaban.

–Exageras. Todos estamos expuestos a sufrir falsas querellas, y más los famosos. No eres el primero ni serás el último. Ídolos como tú han caído y se han vuelto a levantar. Aunque ella no se desdijera de su declaración, hubo gente que creyó en tu inocencia y que se estará preguntando qué ocurre para que te escondas de esta forma. Deberías reaparecer y enfrentarte a los que te calumnian, rebatir esas acusaciones. No puedes destrozar tu vida sin luchar, ni esconderte eternamente. ¿No te das cuenta de que, al permanecer oculto, refuerzas la creencia en tu culpabilidad?

–No voy a permitir que las personas a las que quiero vuelvan a pasar por ese tormento, que es lo que sucederá. Mis padres se vieron obligados a abandonar su hogar, donde estaban sus recuerdos; mi padre tuvo que jubilarse de forma anticipada de un trabajo que le gustaba y mi madre abandonó a sus amistades de toda la vida. Mis amigos, los pocos que me defendieron, pagaron por ello. No voy a hacerles pasar por eso otra vez. Estoy bien así. Llevo una vida tranquila. Ya he olvidado el bullicio de esa época. Ahora llevo la vida que siempre he deseado. No creas que me gustaba estar en el centro de la noticia y ser un ejemplo para seguir. Era agotador y frustrante. El único beneficio que saqué de aquello fue el comprobar

cuáles eran las personas que me querían de forma desinteresada, a las que les importaba.

Su sonrisa era triste y a ella se le partió el corazón.
¡Cuánto dolor había soportado injustamente!

–Creo que estás equivocado, Darren; sin embargo,
eres tú el que debe tomar la decisión. –No quería forzarlo; y menos ella, que estaba fingiendo ser otra persona.

Darren permaneció callado durante unos largos segundos. Se debatía en la misma incertidumbre que venía acosándole durante los últimos meses: el deseo de
volver a integrarse en la sociedad y el miedo a lo que pudiera ocurrir si lo hacía.

–Vigila el fuego mientras saco a Sugar, por favor –le
pidió. Quería dejarla sola para que reflexionara. Si al final decidía que no quería continuar allí, haría lo imposible por llevarla al pueblo.

Darren se levantó y la perra, que había permanecido
debajo de la mesa, le siguió.

Stella removió el guiso y colocó los platos y los cubiertos de forma automática. Sus pensamientos estaban
centrados en las consecuencias de la declaración de Darren. Cuando fue en busca de D. Morgan solo esperaba
encontrar al escritor misterioso, que ya suponía un gran
logro; el haberse topado con algo más, con un regalo inesperado que incrementaba el valor de la historia y lo
convertía en noticia de primera plana, era una suerte in-
sospechada: el autor más buscado del momento era una
figura pública con un escándalo a sus espaldas.

Por un momento, la importancia del descubrimiento la entusiasmó. ¡Había encontrado una mina de oro,
el sueño de todo periodista! Cuando superó esa euforia
inicial, se dio cuenta de las implicaciones que conllevaba. Había acudido allí con una idea, con un trabajo que
realizar, y ahora se planteaba si debía seguir adelante
con ella.

Cuando la identidad de D. Morgan saliera a la luz,

acompañada por la escabrosa historia que el autor ocultaba, el futuro de Darren se vería amenazado. Volvería a surgir la polémica, las desconfianzas, el acoso de la prensa sensacionalista, la desolación, el destierro... Incluso le afectaría a su carrera literaria, que podía acabar destruida. Ella le creía, pero buena parte de la opinión pública lo encontraba culpable o tenía serias dudas sobre su participación en los hechos; y esa opinión era algo muy difícil de cambiar, en especial si continuaba oculto, con lo que daba la razón a los que le vilipendiaban.

Darren parecía feliz allí, con el anonimato que le proveía el aislamiento. ¿Qué derecho tenía a privarle de aquella paz a menos que él así lo decidiese? ¿El arruinarle la vida a una persona quedaba justificado por dar una noticia? No. La ética profesional tenía unos límites y ella los había omitido cuando concibió ese proyecto.

¿En qué estaba pensando? ¿Cómo había llegado a considerar en algún momento que eso era periodismo, que todo valía por un buen reportaje? ¿Cuándo se había convertido en una persona sin escrúpulos? Ni siquiera en el caso de que se hubiese tratado de alguien diferente, el ser hosco y malhumorado que presumía, se le debía ese trato. Ella no era una oportunista y no podía caer tan bajo; ni él se merecía que le vendiese de esa forma.

Esa revelación le creaba a Stella otro serio conflicto. Si se sinceraba, como había estado valorando durante las últimas horas, él no la perdonaría. La prensa le había tratado demasiado mal en el pasado y el recuerdo seguía muy vivo; ¿cómo iba a volver a confiar en ella cuando le dijera quién era y lo que la había llevado allí? Pero no quería continuar ocultándole la verdad. Darren le había abierto su corazón y ella no podía traicionar esa lealtad. Debía corresponderle con idéntica honestidad. Le importaba y no quería verlo sufrir.

Se quejó con desazón, sumida en una dura batalla interna. ¿Qué debía hacer?

28

Darren abrió la puerta a la perra para que saliera a correr y él se quedó en el porche.

—No te alejes, Sugar —le gritó.

El viento había arreciado y levantaba la nieve en polvo, de modo que parecía que se había instalado una neblina en el aire. Esperaba que no volviera a nevar y el camino se hiciese transitable. De esa forma le facilitaba a Stella la posibilidad de marcharse si decidía hacerlo. Sería difícil permanecer bajo el mismo techo si percibía su rechazo. Y eso era lo que se temía. La gran mayoría lo había culpado, no iba a esperar que ella no lo hiciese.

No se había puesto ropa de abrigo y sintió la mordida del frío a través de la fina tela de la camiseta de algodón. Entró y se colocó el grueso anorak acolchado. Volvió a salir y silbó para llamar a Sugar. Esperó unos minutos y, al ver que no regresaba, repitió la llamada. Debía de haberse entretenido persiguiendo a algún conejo. Al ver que a la tercera llamada no regresaba, se alarmó. Era una perra disciplinada y no solía desobedecer a su dueño.

Volvió a entrar y se colocó las botas.

Stella observó los movimientos de él y fue a investigar.

–¿Qué ocurre? –le preguntó al verlo equipado para permanecer en el exterior.

–Sugar no ha regresado. Voy a buscarla –contestó mientras cogía la escopeta de caza, que guardaba en un baúl, y la cargaba con dos cartuchos. Se metió algunos más en el bolsillo del gabán por si los necesitaba.

Ella se estremeció.

–¿No es peligroso? –objetó con inquietud.

–No debe de haber ido muy lejos. Estará entretenida jugando con algún roedor. –Darren no quiso explicarle sus sospechas. Se temía que hubiese sido atacada por algún coyote o, peor, por un puma. Durante el invierno, y cuando las cumbres se cubrían de nieve, los animales salvajes descendían en busca de alimento. Confiaba en estar equivocado.

Le dirigió una sonrisa tranquilizadora, se colocó las gafas protectoras para que no le cegaran las motas de nieve que el viento levantaba y partió. Stella sintió que un peso enorme le oprimía el pecho. Si Darren se tropezaba con algún oso o un puma la protección que llevaba sería insuficiente. Estaba anocheciendo y la visibilidad era escasa. Si algo le pasaba, y no se podía descartar esa opción, ella no sabría qué hacer.

Darren comprobó que el viento era más fuerte y la visión se había reducido; aun así, se apreciaban las huellas que la perra había dejado en la nieve; se dirigían al bosque por la parte posterior de la cabaña. Las siguió con dificultad. No había querido ponerse las raquetas, que le limitaban los movimientos, y a cada paso que daba se hundía en la nieve blanda y le costaba caminar.

El aullido del viento encubría cualquier otro sonido a su alrededor y dificultaba la búsqueda. No para el oído de Darren, afinado por el silencio que reinaba en aquellas latitudes. Percibió un gimoteo en la distancia y redobló el esfuerzo. Aceleró el paso en la dirección de aquel lamento cada vez más nítido. El corazón se le encogió al divisar unas manchas oscuras sobre el blanco suelo. Su peor augurio pareció confirmarse: Sugar había tenido un encuentro con algún animal salvaje y estaba herida.

Cargó el arma y se dispuso a disparar ante cualquier signo de amenaza. La alimaña debía de estar cerca y tenía que extremar las precauciones. Aguzó la vista y el oído y siguió el rastro de sangre hasta que descubrió un bulto semioculto en la nieve debajo de un árbol. Corrió hacia allí. Sugar estaba postrada y levantó la cabeza al sentir su presencia. Darren recuperó la respiración que se le había paralizado y el pánico se disipó en parte. Al menos estaba viva, ahora rezaría para que no hubiese sufrido graves daños.

—Tranquila, preciosa. Todo está bien. Vamos a casa —le dijo con voz tranquilizadora. Miró con precaución alrededor y divisó otro rastro de sangre, que se perdía entre los árboles. Sugar se había defendido con valentía y consiguió herir a su atacante.

La cogió en brazos, sin dejar de proferir palabras tranquilizadoras, y regresó a la cabaña con la mayor rapidez de la que fue capaz. Cuando llegó, Stella aguardaba en el porche con el rostro desencajado por la preocupación.

—¡Está herida! —exclamó con pavor al observar la sangre que manchaba el lustroso pelaje y el gabán de Darren.

—No parece importante —él intentó tranquilizarla. No estaba seguro de la gravedad—. Extiende una manta delante de la chimenea, por favor.

Stella se apresuró. Darren la depositó sobre ella con cuidado, se quitó el anorak y se arrodilló a su lado. Sugar tenía los ojos cerrados y emitía unos leves quejidos, pero su corazón latía fuerte y estaba caliente. La perra, al saberse a salvo y rodeada de seres queridos, movió la cola en una señal de reconocimiento.

Darren la examinó. Tenía sangre en el hocico y las

mandíbulas, de haber mordido a su atacante. Ella tenía una mordedura en la parte trasera, cerca de la cola. Por suerte, parecía poco profunda y curaría pronto.

–¿Es grave? –preguntó Stella con voz llorosa. El ver al animal en aquellas condiciones le había impactado. En los pocos días que llevaba allí le había tomado un gran cariño y sufría ante el dolor que estaría padeciendo.

–No lo creo. Hay que lavar y desinfectar la herida para que no dé problemas. –Darren estaba pálido y luchaba por serenarse; era la mejor forma de tranquilizar a Sugar y a Stella–. Quédate con ella, por favor. Voy a buscar lo necesario para curarla.

Stella se arrodilló junto a la perra y le acarició la cabeza, como a ella le gustaba. Procuraba contener el llanto. Sugar abrió los ojos por unos segundos y la miró con un brillo agradecido en sus preciosos ojos color mostaza.

Al poco, Darren regresó con una palangana con agua, toallas y un botiquín y procedió a limpiar la herida. Afeitó la zona para comprobar la magnitud y la desinfectó. Aplicó un ungüento antibiótico, le colocó unas tiras de sutura para cerrarla y terminó con un vendaje para protegerla.

Como en anteriores ocasiones, Stella quedó maravillaba de la habilidad que Darren demostraba. Durante todo el tiempo, Sugar permaneció tranquila. Se sabía a salvo y no protestó por las maniobras.

–Son varias las veces que se ha enzarzado en una pelea y ha acabado herida –explicó Darren, ante la muda pregunta que advertía en el rostro de Stella–. De todas formas, cuando pueda llegar hasta el pueblo, la llevaré al veterinario. No quiero correr ningún riesgo.

–¿Sabes qué animal la ha atacado?

–Un coyote, creo. En esta época abundan en zonas habitadas. Se acercan a buscar comida. Si hubiese sido un puma, las heridas revestirían mayor gravedad.

–Pobrecilla –se lamentó Stella.

Darren le dio a beber con una jeringa un jarabe analgésico y un antibiótico.

–Esto le calmará el dolor y evitará infecciones.

–¿Podría haberle contagiado alguna enfermedad,
como la rabia?

–Tiene todas las vacunas en regla. No descuido mis
obligaciones, si es a lo que te refieres –respondió Darren
con presteza.

Stella advirtió que había malinterpretado sus palabras.

–No quería cuestionarte. Ya me he dado cuenta de
que lo tienes todo controlado. Es que desconozco este
tema. Mis padres eran los que se ocupaban de cuidar a
las mascotas que hemos tenido. Si yo tuviera que ocuparme de uno, sería un desastre.

–No me he ofendido. En estas zonas están más expuestos y es importante procurarles protección. Como
te he dicho, no es la primera vez que se ve envuelta en
una pelea. Es una perra muy curiosa y no quiero privarla
de que juegue, pero hay que llevar cuidado con quién se
tropieza. Cuando alguien te importa, nunca desatiendes
tus obligaciones.

Cogió a Sugar en brazos con sumo cuidado y la acunó
con ternura hasta que se quedó dormida. Después, la depositó en su colchoneta, cerca del fuego y la cubrió con
una manta.

–¿Te apetece que cenemos? Estoy famélico.

Stella se levantó y lo siguió. Darren volvió a calentar el
guiso y ambos comieron con apetito y en silencio, cada
uno centrado en sus pensamientos. La mayor preocupación de Darren en esos momentos era Sugar. Aunque
tenía puesta la vacuna de la rabia, prefería que le pusieran otra dosis para prevenir. La dentellada que llevaba
tenía toda la pinta de ser de un coyote, que eran trans-
misores de esa enfermedad. Si aparecía fiebre o advertía
cualquier síntoma inusual en ella, la llevaría al pueblo.

La cargaría en el trineo y él utilizaría los esquíes. Stella no les acompañaría. Tendría que quedarse allí.

Terminaron de comer y limpiaron los utensilios. Darren preparó café. Le gustaba tomar una taza del fuerte y aromático líquido y Stella se había aficionado a él. Habituada al insípido brebaje oscuro que salía de las máquinas expendedoras, al principio le pareció demasiado fuerte. Pronto se acostumbró y ahora pensaba que no sería capaz de volver a tomar del anterior.

Se sentaron en el sofá, cerca de Sugar. Stella apoyó la cabeza sobre las piernas de Darren y cerró los ojos. Se estaba tan bien allí, con aquella quietud, el agradable calor que desprendía la chimenea, escuchando el sonido acompasado de la respiración del animal que le indicaba que dormía con placidez, el calor del cuerpo masculino arropándola, él acariciándole el cabello...

Durante unos minutos, Stella se olvidó de todo lo que no fueran esos pocos metros cuadrados y la persona que le acompañaba, como si nada hubiese cambiado con sus palabras y solo fuera Darren, el ermitaño que vivía aislado en las montañas, el que despertaba en ella sentimientos que había postergado en bien de su carrera, quien conseguía que su corazón se agitara con una intensidad desconocida y le hacía sentir las emociones más intensas que podía recordar, el que se estaba adueñando de su conciencia y de su voluntad...

No resultaba tan sencillo. Él era Giant Burke, un hombre con un pasado que le marcaba y ella una impostora que había venido a averiguar el misterio que le rodeaba; mala combinación.

En esos pocos días a su lado había llegado a conocerle bien. Era un hombre noble, generoso y valiente, tierno y apasionado a la vez, inteligente y sagaz; también un ser atormentado. Lo advertía en el rictus amargo que se instalaba en su boca cuando estaba abstraído en sus pensamientos. ¿Sería capaz de acentuar ese sufrimiento aireando su intimidad? No podía. Lo honrado por su parte era cancelar aquel proyecto, regresar a Nueva York y buscar otro tema sobre el que investigar. Había basado su trabajo en el engaño y el saqueo, y esa no era tarea de un buen periodista. Tampoco deseaba hacerlo.

Abandonaría aquel reportaje y dejaría que fuese el propio Darren, cuando estuviese preparado para asumirlo, quien diera a conocer la identidad de D. Morgan. Estaba convencida de que cometía un error al ocultarlo y procuraría convencerle de ello. Lo más difícil sería explicarle a Vivian su fracaso, aunque no lo eludiría. Era lo que debía y quería hacer.

Con Stella acurrucada en su regazo, Darren sentía una paz como hacía muchos años que no experimentaba. Había temido que, al desvelarle su pasado, ella lo mirara con desconfianza o peor, con temor; estaba equivocado, y eso le llevaba a replantearse la idea que le rondaba desde hacía meses. El que no le juzgara culpable le animaba a abandonar el autoaislamiento y reintegrarse en la sociedad. No se hacía ilusiones de que fuera con ella a su lado, pero le había dado un motivo de esperanza, de que con el tiempo todo se suavizara y pudiera llevar una vida tranquila junto a personas queridas y a las que les importaba.

–Si deja de nevar, en un par de días intentaremos llegar hasta el pueblo. La nieve se habrá asentado lo suficiente para que se haya reducido la amenaza de aludes y resulte menos fatigoso el caminar por ella –propuso.

Las llamas danzantes de la chimenea ocasionaban claroscuros en el rostro de Stella y destacaban su perfil; no así sus ojos, por lo que Darren no pudo observar la reacción a sus palabras. ¿Se alegraría o le entristecería la noticia? Apostaba por lo primero. Había dejado su vida en otro lugar, aparcada por una semana, y estaría deseando retomarla. No iba a ser tan iluso de creer lo contrario.

Stella no dijo nada, ocupada en reprimir la punzada de dolor que se había instalado en su interior al escuchar aquellas palabras que, por esperadas, no eran menos penosas. Sabía que ese día llegaría. Había sido un gozoso compás de espera, una dulce tregua antes de que la tormenta se desatara, una deliciosa pausa que tenía que acabar; y lo peor, tendría que tomar la decisión que estaba aplazando, tal vez la más importante hasta ese momento de su vida. No podía marcharse de allí sin decirle quién era y lo que había pretendido hacer.

Deseaba volver a verlo. Cuando solucionase sus asuntos con Vivian, quería regresar allí y pasar más tiempo a su lado; para ello, debía quitarse la máscara y esperar que Darren la aceptase tal y como era.

29

Como Darren había pronosticado, dos días más tarde el camino era transitable. Llevaba sin nevar desde la misma tarde que atacaron a Sugar y la nieve se había endurecido lo suficiente para llegar hasta el pueblo sin hundirse en ella y con menor probabilidad de avalanchas.

La perra se encontraba casi restablecida. No había presentado fiebre ni ningún síntoma preocupante y comía y jugaba con animación, como siempre; no obstante, Darren pensaba llevarla al veterinario para que la inspeccionase.

Habían sido días de calma y disfrute. Una vez que Darren decidió hablarle de su pasado y ella pareció aceptarlo sin reparos, lo único que tuvo que hacer fue mantener a raya sus sentimientos para que no se desbocasen. Stella era una mujer excepcional, a la que sería muy fácil amar, y él no podía permitirse el enamorarse de ella y trazar planes que acabarían ocasionándole una gran decepción.

Era obvio que Stella le deseaba y mostraba ternura en sus caricias; lo que no quería decir que sintiese por él algo más que una intensa atracción mezclada con afecto, o pensase ir más allá de esos ardientes encuentros sexuales. Aunque lo negaba, debía de haber alguien esperándola, un chico de su edad sin tantas sombras en su pasado y con un futuro más halagüeño. Y no olvidaba que aún le guardaba un secreto que no se decidía a compartir porque podía afectar a otras personas que se beneficiaban económicamente de ello.

Stella parecía poco curiosa y no hacía preguntas. Tampoco contaba mucho de su vida, pero en ocasiones se había referido a sus padres, que vivían en Norfolk. Él era profesor de Matemáticas en un instituto y ella pintora y propietaria de una pequeña galería. También a Diane, su hermana, que vivía en Nueva York, estaba casada y tenía un niño de pocos meses.

Mejor así. Cuanto menos supiera de ella, menor sería el deseo de buscarla. Podían haber intentado llegar al pueblo un día antes y no lo hizo; quería disfrutar de su compañía un poco más por si no volvía a hacerlo. Se había vuelto adicto a ella, a su cuerpo de terciopelo y a la pasión que le hacía revivir. ¿Acaso no se merecía un poco de felicidad?

Cuando el sol dejó atrás el horizonte de las cumbres nevadas, Stella y Darren partieron hacia Wildernest. Era una larga caminata obstaculizada por más de medio metro de nieve en la que se hundían, sin descartar que, en cualquier momento, se produjera un alud en la ladera de la montaña o el desprendimiento de placas de hielo que, en ocasiones, causaban accidentes.

Darren se ocupó de que ella fuese bien equipada para soportar el frío. Le aconsejó que se aplicara en el rostro y los labios crema con protección alta, y que no se quitase las gafas de sol ni los guantes. La nieve no se había asentado lo suficiente y no podía utilizar los esquíes, solo las raquetas. Cargó a Sugar en una mochila especial a la espalda y partieron. Darren no olvidó llevar la escopeta con él por si se presentaba algún contratiempo en el camino.

El primer kilómetro fue tan dificultoso que Darren estuvo tentado de volver atrás. Stella insistió en que podía seguir y, tras casi cuatro horas de agotadora caminata, llegaron a la zona de aparcamiento donde ella había dejado el coche una semana antes. El pequeño utilitario que había alquilado en Denver estaba cubierto de nieve y no arrancó. Darren se temía que los circuitos se habían congelado, algo habitual en esa época si no se le añadía un buen anticongelante. Así que debieron continuar otro kilómetro a pie hasta el pueblo, esta vez sin tropiezos. En muchos tramos, las calles estaban despejadas de nieve para facilitar el tráfico, así como las aceras.

Lo primero que hicieron fue llevar a Sugar al veterinario. Allí la dejaron para que la examinaran y ellos fueron al taller mecánico para que remolcaran el coche y lo repararan. Mientras Stella cargaba el teléfono en el taller, que hacía días que se había quedado sin batería, y llamaba a sus familiares, Darren fue a comprar algunas provisiones y aprovechó para llamar a sus padres, con los que hacía más de una semana que no hablaba, y con Selma. La última vez que hablaron le comentó que había un par de productoras cinematográficas interesadas en adquirir los derechos de sus dos novelas para llevarlas al cine, y quería saber cómo iban esas gestiones.

Encendió el teléfono. Había dos mensajes, uno de su madre de tres días antes preguntándole cómo estaba y otro de Selma, del día anterior, en el que le decía que la llamase cuando pudiera. Querría darle noticias del contrato de explotación audiovisual. Eso podía esperar; primero llamaría a sus padres.

—¿Cómo estás, cariño?

Fue su madre la que respondió a la llamada. Su padre estaría pescando y él nunca se llevaba el teléfono móvil.

—Muy bien, mamá, ¿y vosotros?

A Lucile le entusiasmó escuchar la voz de su hijo. Le preocupaba la fuerte tormenta que había caído los últimos días. Siempre estaban al tanto del tiempo que hacía en las montañas, donde Darren se empeñaba en vivir.

–Bien. Deseando verte. ¿Cuándo nos harás una visita? Hace más de tres meses que no vienes –se quejó de forma explícita.

Darren estuvo tentado de hablarle sobre la idea que le rondaba la cabeza. Sabía que se alegrarían al saber que valoraba el abandonar la vida solitaria que llevaba para trasladarse cerca de ellos. Solían insistirle en que su postura era equivocada. Opinaban que, al ocultarse, daba la razón a la mujer que había vertido aquellas acusaciones infundadas sobre él, al igual que Selma y ahora también Stella.

Prefirió esperar. Tenía un asunto pendiente. Quería hablar con Stella antes de que se marchase. No lo había hecho cuando estaban en la cabaña para que no se sintiese presionada de alguna forma. Ahora que no dependía de él, le pediría verla de nuevo. Deseaba conocerla mejor y comprobar si esos incipientes sentimientos que habían surgido en él podían crecer y convertirse en fuertes y duraderos. La predisposición que observaba en ella le animaba a hacerlo. Esa pasión y ese fuego devorador que le había mostrado durante los últimos días no parecían fingidos ni fruto de la gratitud por haberle dado cobijo, pero tenía que cerciorarse. Solo en un ambiente distinto, donde gozara de total libertad, tendría la oportunidad de mostrar sus auténticas emociones. Si aceptaba, le propondría pasar tiempo juntos. Alquilaría un apartamento en Denver, o donde ella estuviese, y se trasladaría allí. Podrían verse cada vez que Stella quisiera. Era un primer paso y estaba dispuesto a darlo. Le pediría a Selma que hiciera las gestiones.

–Puede que me acerque el mes próximo, cuando acabe de revisar el último manuscrito. –No quería confiarle a su madre los proyectos que tenía para que no comenzara a forjar ilusiones de algo que estaba en el aire.

–Estoy deseando leerlo. Me encanta cómo escribes; y a todas mis amigas. ¡Si ellas supieran! –Soltó una risita. Se moría de ganas de contarles que D. Morgan era su hijo–. ¿Cómo está Sugar?

Darren sonrió. Su madre no dejaba pasar la ocasión de azuzarle para que se diera a conocer.

–Bien. Deseando veros. Echa de menos jugar con Halley. –Sus padres habían adoptado un simpático *beagle* canela y blanco al que su madre, apasionada de la Astronomía, había bautizado con el apellido del famoso científico que descubrió y dio nombre a uno de los cometas más conocidos. Era casi de la misma edad que Sugar y ambos pasaban muy buenos ratos jugando cuando iba a visitarles.

–¿No pasas frío allí arriba? –Lucile no aprobaba que su hijo hubiese elegido la antigua cabaña de sus abuelos para vivir. Conocía las incomodidades y el riesgo que corría en la montaña, con la sola compañía de la perra, y no dejaba de insistirle para que se mudara a otro lugar menos solitario y cercano a ellos; sin embargo, comprendía su postura y procuraba no agobiarle con su insistencia.

–No, mamá. Sabes que acondicioné la cabaña y es un lugar muy confortable. –Viendo el cariz que estaba tomado la conversación, decidió despedirse–: Dale recuerdos a papá. Cuidaos. Un abrazo.

–Y tú, cariño; cuídate mucho. Un abrazo. –La emoción tiñó las últimas palabras de Lucile.

Darren quedó con el corazón sobrecogido. No le gustaba que sus padres se afligieran por él. Ya habían padecido demasiado en el pasado. Con todo, algo bueno había salido de aquello: se les veía muy contentos y adaptados a su nuevo modo de vida.

Marcó el número de Selma. A esa hora debía de estar en su despacho.

–Darren, menos mal que has llamado –dijo en cuanto respondió al conocido número–. Tengo que hablarte de un asunto que me inquieta.

El tono de misterio, mezclado con la ansiedad que se advertía en su voz, alertó a Darren. ¿Le habría ocurrido algo a Wendy o a Paul? Por suerte, había llamado antes a su madre y sabía que ellos estaban bien.

–¿Qué ocurre, Selma? ¿Estáis bien?

–Sí, nosotros bien. Es otra cuestión.

–Cuéntame.

–Verás, hace unas dos semanas se mudó al vecindario una joven. Se llama Jane Owens, o eso nos dijo. Era muy agradable y simpatizó mucho con Wendy. A los pocos días se marchó sin despedirse y no ha regresado. No advertí nada anormal hasta que Wendy me comentó que le había estado haciendo preguntas sobre Morgan y el amigo que aparecía con él en una fotografía que guarda en su habitación. Ella le habló de ti, que vivías solo en una cabaña en las montañas, que tenías un perro, que había estado este verano unos días allí, incluso le enseñó fotos de esos días; en ninguna apareces tú, por suerte –señaló con alivio–. Y a raíz de eso comencé a recelar. Desde el éxito de la primera novela, hay gente buscando al autor y no podemos asegurar al cien por cien que haya alguna filtración. Como estaba intranquila, hice algunas llamadas y averigüé que una chica, cuya descripción coincide con la de Jane, trabó amistad de forma fortuita con un empleado de la agencia. Parece que a él se le escapó que uno de sus representados era el famoso D. Morgan. Ante el interés de ella, la invitó a visitar las oficinas.

Darren se tensó. Sospechaba por dónde iba.

–Continúa.

–Puede que solo sea una coincidencia. No entiendo cómo conoció mi nombre. Hannah me asegura que solo ella lo sabe y nunca lo ha comentado con nadie. La creo; tiene mucho que perder. O puedo estar equivocada y veo complots donde no los hay. Jane era muy agradable y solo estaba siendo cortés con Wendy. –Se sentía mal por haber sido tan confiada con una persona de la que no sabía nada. Tanto Darren como su familia podían verse perjudicados.

–Lo entiendo. No te alarmes –quiso tranquilizarla.

–Te lo quería comentar por si se presenta por allí, lo que es difícil. La niña no sabe el lugar exacto donde está la cabaña y poco ha podido indicarle. Pero si se trata de una investigadora, acabará dando contigo. Te envío una fotografía que se hizo con Wendy para que la reconozcas. –Selma dejó de hablar unos segundos para enviarle la imagen.

Darren tuvo que apoyarse en la pared cercana para no desplomarse cuando abrió el archivo que contenía la fotografía. Era un selfi en el que aparecía la risueña cara de Wendy pegada a otra que conocía muy bien y que llevaba viendo y adorando una semana.

–¿Me has escuchado? –preguntó Selma, desconcertada por el mutismo de su interlocutor.

Darren apenas procesaba lo que su amiga le transmitía. En su mente solo había una idea: Stella, Jane, o como se llamara, le había engañado. Era una farsante. Se había acercado a él para obtener información, nada más.

–Sí, te he oído bien. Estaré sobre aviso por si viene por aquí –dijo con el mayor aplomo que logró reunir.

A Selma le tranquilizó esa respuesta. Había llegado a tiempo de evitar que ocurriera algo grave.

–Espero estar equivocada, pero es mejor tomar precauciones.

–Gracias por llamarme. Te dejo. Ya hablaremos con más calma otro día. Saluda a Wendy y a Paul. –Darren se despidió con prisas. No quería que Selma, que era muy perceptiva, advirtiese su sufrimiento.

–Cuídate. –A Selma no le convenció esa insólita reacción. No solía mostrase tan esquivo por muy ocupado que estuviese. Algo le ocultaba.

Darren estaba desolado. Su cerebro se empeñaba en repetir una y otra vez la misma cantinela: ella le había engañado. Debía de ser una investigadora o periodista, y él había caído en la trampa. Se sintió estafado otra vez, y esta resultaba igual de amarga. Se lo había ganado por incauto.

Lo peor era la enorme desilusión y la gran duda que se le planteaba: ¿había sido sincera cuando respondía a sus caricias o solo fingía para asegurarse su colaboración y continuar guardando las apariencias?

30

Stella colgó la llamada. Había hablado con sus padres y con su hermana. Todos estaban bien.

Diane se sintió aliviada y así se lo dijo. En ningún momento había aprobado esa iniciativa por parte de su hermana, por considerarla temeraria, y cuando ella le confirmó que estaba bien y que regresaría en un par de días, se calmó. Stella no quiso confesarle que había descubierto al célebre escritor y que no pensaba darlo a conocer para evitar posibles presiones y que su determinación se tambalease.

Tenía varios mensajes de Vivian que no pensaba contestar. Cuando llegara a Nueva York lo hablaría con ella y le daría una justificación del tiempo y el dinero gastado. No iba a vender a Darren por un artículo, aunque este fuese un salvoconducto para la fama y el éxito en su profesión. Continuaría con la columna cultural y buscaría otras noticias. Esperaba que su jefa fuese comprensiva y no le hiciese devolver el dinero gastado; si así era, tiraría de sus ahorros.

–Ya está listo, señorita. Conduzca con cautela y no olvide echarle anticongelante para que no le ocurra otra vez –le aconsejó el mecánico.

Stella le abonó la reparación y esperó en el exterior del taller a que Darren regresara. Quería marcharse lo antes posible o acabaría cediendo al deseo de permanecer un día más en aquel paraíso. Era feliz entre sus brazos y le costaría apartarse de ellos durante un tiempo, el justo para resolver sus asuntos en Nueva York y regresar. Entonces le revelaría quién era y por qué estaba allí. También quería concederse esos días para comprobar si los sentimientos que habían nacido en ella eran lo suficientemente fuertes e importantes como para desviarse del camino que se había trazado años antes.

Lo vio llegar con el semblante serio y temió que no hubiese recibido buenas noticias del veterinario.

–¿Qué ocurre? ¿Cómo está Sugar? –preguntó con preocupación.

Darren no contestó. Se limitó a mostrarle la pantalla de un teléfono móvil en el que aparecía una imagen que Stella identificó de inmediato. A pesar de sus protestas, Wendy se había empeñado en hacerse un selfi y ella no pudo negarse; hubiese sido extraño viniendo de su nueva amiga.

Stella se quedó noqueada, igual que si hubiese recibido un fuerte golpe en la cabeza. Debió predecir que Selma descubriría su plan y avisaría a Darren.

–¿Cuándo pensabas decírmelo, Stella? ¿O debo llamarte Jane? –Su voz estaba llena de matices trágicos: dolor, decepción, tristeza...; los mismos que transmitían sus ojos, que habían tomado el color del cielo tormentoso.

«¿Por qué no le he contado antes la verdad?», se recriminó Stella con rabia. No podía soportar ver tanto dolor en su rostro. Estaría pensando que le iba a traicionar.

Se acercó a él con la intención de abrazarle, de reconfortarle. Darren retrocedió, como si tuviese miedo de que le contagiase una enfermedad letal, y la miró con incredulidad mezclada con desdén.

–Siento que te hayas enterado de este modo. Quería

decirte quién soy y el motivo que me ha traído aquí, pero no encontré el momento o me faltó valor. –Había sido una cobardía por su parte, no iba a negarlo. Era dichosa y no quería poner en peligro aquella incipiente relación; no tan pronto, al menos. ¿Cómo explicárselo? ¿Cómo decirle que se estaba enamorando de él y temía que la repudiase cuando se enterase de su engaño? ¿Cómo expresarle el dolor que eso le provocaría?

–No para embaucar a una niña y sonsacarle información. ¿A eso te dedicas? ¿A engañar a la gente? –le recriminó. Su rostro formó una mueca de desprecio que hería más que sus palabras.

Stella enrojeció. Fue un acto mezquino que deploraba.

–Soy periodista y estaba haciendo mi trabajo; en esta ocasión excedí los límites y me arrepiento. Espero que Selma y Wendy me disculpen... y tú –se defendió.

Sabía que era una pérdida de tiempo. Después de cómo lo había tratado la prensa en el pasado no podía esperar que fuese comprensivo con su profesión, y ella no había ayudado a que esa opinión mejorase. Se había conducido como nunca pensó que haría, recurriendo a los trucos más rastreros para conseguir su propósito, aquellos que siempre había despreciado en sus compañeros y que se prometió no utilizar porque ella cumpliría con la ética profesional por encima de todo. ¿Dónde habían quedado los ideales de juventud? La competitividad de su trabajo había conseguido que se olvidase de ellos, algo de lo que no se sentía orgullosa.

–Una periodista; debí imaginarlo. Dispuesta a todo por conseguir la mejor noticia. Y si no la consigue, se la inventa. –El recuerdo del calvario vivido se hizo presente para acentuar su rencor. Aquellos trágicos días de impotencia y humillación parecían haber regresado para destruirle de nuevo.

–No, Darren; no pretendía revivir ningún escándalo

pasado. Solo quería saber quién era D. Morgan, el enigmático escritor. Tienes muchos admiradores, entre los que me cuento, que quieren conocerte, saber cómo eres, dónde vives. No esperaba encontrarme con Giant Burke.

Tanto su voz como su mirada proclamaban veracidad y un implícito alegato, pero Darren permanecía impasible. Parecía haberse convertido en una estatua de hielo. Stella sintió una enorme congoja y, ante su mutismo, continuó:

–Puedes estar tranquilo que no te voy a delatar. No escribiré el artículo, algo que ya tenía decidido días atrás. Podrás seguir en el anonimato todo el tiempo que desees. –Necesitaba que la creyera. No quería que padeciera pensando que iba a descubrirle. Opinaba que estaba cometiendo un error al ocultarse, pero solo él tenía el derecho de decidir cuándo y cómo quitarse la máscara.

–No quiero conocer tus razones ni necesito tus excusas; solo dime una cosa, y espero que seas honesta: ¿has fingido todo lo demás?

La amargura que apreciaba en su voz se clavó como un puñal en el pecho de Stella. Podía sentir la angustia de Darren, y eso acentuó la suya. Notó que los ojos se le humedecían e intentó sobreponerse a esa debilidad.

–Es una pregunta innecesaria. Si tú no sabes la respuesta, no me vas a creer por mucho que te asegure que no fingía cuando estaba en tus brazos. –Le dolía que pensase que le había mentido en eso, que había utilizado el sexo para obtener su objetivo.

–Cierto, no puedo creerte; no puedo creer nada que venga de ti –profirió él con rudeza.

Sus palabras rezumaban desprecio y desencanto. Stella las sintió como una bofetada en pleno rostro y las aceptó en justo castigo. Había cometido una grave falta y debía pagar por ello.

Darren se alejó sin mirar atrás. Los hombros caídos y la cabeza gacha mostraban su dolor. Una nueva traición, y más dura que la anterior porque, en esta ocasión, había involucrado su corazón y lo había perdido.

Ella permaneció largos minutos en el mismo lugar, incapaz de moverse, llorando en silencio, sintiendo un gran vacío interior, sabiendo que parte de ella se quedaría allí, en aquellas montañas donde tan feliz había sido, donde había conocido el amor y lo había vivido con intensidad.

Al final, subió en el automóvil y partió hacia Denver. Tenía que recoger sus pertenencias y abandonar la casa. La tenía alquilada por el resto del mes, pero no quería permanecer allí ni una noche más. Prefería eludir a Selma y Wendy, y no le apetecía encontrarse con la chismosa de Amanda y darle explicaciones. Alquilaría una habitación en un hotel de la ciudad hasta que encontrara vuelo hacia Nueva York.

El camino de vuelta fue largo y penoso, sumida en la desolación y los remordimientos. Llegó a la urbanización a las dos de la tarde y procuró pasar desapercibida. Sabía que a esa hora no iba a encontrar a los Hendry allí, y eso la tranquilizó en parte. Les debía una disculpa, que les daría cuando estuviese preparada. Ahora no podría enfrentarse a la mirada acusadora de Selma. Había sido amable con ella y le había abierto las puertas de su hogar; el hogar que ella profanó con una mentira, abusando de su generosidad y buen talante. Tampoco con Wendy, la niña que la tenía por amiga, y de la que acabó aprovechándose.

Empaquetó lo poco que había llevado en una hora y abandonó la urbanización con el mismo sigilo que había llegado, como un ladrón que acabase de allanar un domicilio. Se sentía avergonzada por el daño que había causado a buenas personas al actuar de forma indigna y abusar de su confianza, aunque esa fuese una práctica frecuente en su profesión.

Ella no quería ser así, una periodista sin escrúpulos.

En pocos días había cambiado su filosofía. Las consignas de «todo vale para conseguir una buena noticia», a la que se unía el «todos tienen derecho a la información», que hasta hace una semana defendía, se habían derrumbado de forma estrepitosa. No era justo ni honrado beneficiarse de las desgracias ajenas para conseguir destacar y lucrarse con ello.

31

Stella no regresó directamente a Nueva York. Necesitaba unos días para pensar en cómo convencer a Vivian de que no iba a publicar el artículo que tenía previsto, y el mejor sitio para hacerlo era la casa de sus padres, el lugar al que acudía cuando se sentía agobiada o abatida.

La pesadumbre, mezclada con un fuerte sentimiento de culpabilidad, se habían apoderado de ella. Se sentía mal por Darren, por el dolor que le había causado. No se merecía que le hubiese mentido hasta el final. Él había sido franco, al menos en la mayor parte, la más traumática de su vida, y ella no le había correspondido. No podía olvidar la expresión despechada de su rostro y la mirada afligida que le dirigió antes de marcharse; la tenía grabada a fuego en sus retinas.

Al día siguiente de abandonar las montañas cogió un avión hacia Norfolk. Sus padres se alegraron de verla e intuyeron de inmediato que algo le atormentaba. Su habitual viveza había sido sustituida por una inexplicable languidez mezclada con ansiedad que no conseguía disimular; la conocían demasiado bien.

–¿Qué ocurre, cariño; algún problema? –le preguntó

su madre mientras tomaban el desayuno en el soleado estudio.

A Stella le gustaba aquel lugar, con los diversos y conocidos olores que se respiraban a pintura, aceites, diluyentes, que su madre utilizaba, y por la belleza de los cuadros que Alison creaba, con aquel pulcro estilo naif, llenos de simbolismo y colorido. Le parecían dibujos pintados por una niña aplicada, lo que distaba mucho de la imagen que su madre proyectaba.

Alison Owens, a sus cincuenta y cuatro años, era una mujer que conservaba casi intacta la belleza de su juventud y una gran vitalidad. Con su larga cabellera dorada, siempre alborotada por el viento, y su esbelta figura cubierta por atuendos de reminiscencias *hippies*, cómodos y desenfadados, parecía la hermana mayor de sus hijas, que eran casi su vivo retrato. Sin embargo, la mayor belleza que Alison poseía estaba en su interior. Era una persona optimista y generosa, que contagiaba sus ganas de vivir y, al mismo tiempo, transmitía serenidad y confianza. Stella solía contarle sus apuros, convencida de que iba a encontrar la solución; en esta ocasión, ni su madre podía ayudarla.

–No, mamá, todo va bien; solo estoy fastidiada. El trabajo que pensaba hacer no ha salido como esperaba y eso me frustra –contestó. Forzó una sonrisa con la que quiso convencerla.

Pensaba contarle a Vivian que no había logrado encontrar a D. Morgan. Las pistas que había seguido, y que parecían fiables, acabaron siendo un callejón sin salida; era la mejor forma de proteger su anonimato, como Darren deseaba. Había dado esa versión a sus padres cuando le preguntaron por el repentino viaje, al que no quiso hacer ninguna referencia.

Alison la miró durante unos segundos y simuló dar por buena la respuesta. Intuía que había más. Su hija no era de las que se venía abajo por un revés laboral; también sabía que no debía presionarla. Cuando estuviese preparada, Stella le contaría lo que le preocupaba.

–Tu hermana me ha llamado. Pasarán mañana para dejarnos a Adam. Lean va a asistir a un congreso médico en San Francisco y ella quiere acompañarle. Serán unos días de descanso para Diane antes de que se incorpore al trabajo –le explicó con una sonrisa ilusionada. El disfrutar de su nieto era una bendición.

A Stella le animó la noticia. Estaba deseando ver a su sobrino. Nada mejor para superar el pesimismo que mirar el dulce rostro del pequeño.

–Retrasaré mi partida para ayudaros con él. Es un pequeño tirano que da mucho trabajo.

–Te recuerdo que he criado sola a dos bebés; y, que yo sepa, lo he hecho muy bien –apuntó con falso enfado.

–Mamá, ¿te han dicho alguna vez que la modestia no es una de tus virtudes?

–Los genios no necesitamos ser modestos, cariño –respondió con un guiño que le daba aire de pilluela.

Stella soltó una carcajada y Alison se sintió satisfecha al ver que, al menos por unos segundos, la tristeza desaparecía del rostro de su querida hija.

La llegada de Diane, Lean y el pequeño Adam animó a Stella más de lo que pensaba. Estrechar entre sus brazos aquel cálido cuerpecito era la mejor terapia que conocía para alejar la melancolía que se había instalado en su corazón, y le dio la oportunidad de charlar con su hermana, la única de la familia que sabía a qué se había dedicado durante esas semanas.

–¡Al final lograste dar con él! –exclamó Diane cuando pudo hablar a solas con su hermana. Se sentía orgullosa de ella. Tenía inteligencia y tesón, como lo había demostrado en una empresa tan difícil.

Stella no quiso ocultárselo. Se sentía en deuda por

haberle ayudado a encontrar a D. Morgan, pero no se sinceró por completo. Consideraba una deslealtad hacia Darren desvelar su secreto más penoso y omitió que se trataba del famoso exjugador acusado de agresión; tampoco le dijo que él había acabado descubriéndola y se guardó para sí la intimidad que habían compartido y que tanto echaba de menos.

Le contó una versión muy liviana de lo ocurrido: que acabó localizando dónde vivía, se presentó allí y él le dio cobijo durante unos días, hasta que las condiciones atmosféricas le permitieron llegar a la población más cercana. Solo le dijo que se llamaba Darren y Diane intuyó que se apellidaba Morgan. Le explicó que había descubierto los contratos de edición escondidos en un hueco bajo el suelo de la cabaña y así lo había confirmado.

–Bien podías haberle sacado una fotografía decente para que pudiera verle la cara y no solo el perfil –se quejó Diane cuando le mostró algunas fotografías, entre ellas una de Darren que mostraba a un hombre barbudo y con ropa informal; imagen que se alejaba bastante de lo que esperaba.

–Era muy precavido y estaba alerta. No quería exponerme y arruinar las posibilidades que tenía de sacarle información; que ha sido poca. No he logrado averiguar nada de su vida pasada y de su familia. –A Stella le sabía mal mentirle a su hermana. Lo hacía porque no podía arriesgarse a que, por cualquier indiscreción, Diane lo revelara. El que cada vez le costase menos mentir, incluso a su familia, no era motivo de orgullo.

–Me has tenido muy preocupada durante todo este tiempo, Stella. Estuvimos una semana sin recibir ni una llamada. –Diane le expresó su inquietud–. Llegué a pensar en denunciar tu desaparición a la Policía.

–Fue un acierto que no lo hicieras. Se habría armado un buen escándalo –se forzó a sonreír.

–Has corrido graves riesgos, entre ellos el de morir

congelada. ¡Ese hombre podría haber sido un trastorna-
do, un desaprensivo que hubiese querido aprovecharse
de ti! –exclamó con horror–. Fuiste muy imprudente al
continuar con la investigación cuando te enteraste de
que vivía solo y en aquel apartado lugar –la recriminó
con seriedad. Por suerte, estaba bien... o lo aparentaba.

Diane no sabía lo que había ocurrido, aunque intuía
que le ocultaba muchas cosas. Descartaba cualquier tipo
de amenaza por parte de Morgan para que no hablase
más de la cuenta y apostaba a que habían compartido
algo más que techo y juegos de mesa, como le contaba.

–Qué exagerada eres. No hay tantos asesinos en serie
sueltos por ahí. Ves demasiados programas sensacional-
istas. La inseguridad es algo implícito a mi profesión. Si
fuera una pusilánime, habría optado por un trabajo más
aburrido, como el tuyo –se burló.

–Prefiero pecar de precavida a que me asesinen, hermanita –señaló con guasa–. Me alegra que hayas cambiado de idea y abandones ese artículo. Ya te expuse mi
desacuerdo, creo recordar. Si D. Morgan no quiere abandonar el anonimato, sus razones tendrá. Es suficiente
con que siga regalándonos esas magníficas obras.

Era evidente que Stella se sentía fascinada por el escritor pese a su empeño por ocultarlo. Lo confirmaba
la emoción contenida con la que se refería a él, cómo la
había salvado y cuidado durante los días que pasaron
aislados, su amabilidad, paciencia y encanto, de lo mal
que se sintió por engañarle cuando él se portó en todo
momento con generosidad. Pero lo que más le había sorprendido era el hecho de que, habiendo conseguido su
objetivo, decidiese no dar la noticia con la que conseguiría una gran popularidad y le facilitaría contratos venta-
josos en importantes medios de comunicación.

Mucho le importaba ese hombre para renunciar a
tanto; y lo más triste era que debía tratarse de un enamoramiento no correspondido, de ahí el decaimiento

que presentaba. El brillo apagado de sus ojos y el rictus amargo que había adquirido su rostro eran propios de un desengaño amoroso. Ella lo había vivido y sabía muy bien reconocer los síntomas.

–¿Qué piensas decirle a Vivian? ¿Cómo vas a justificar el tiempo que has invertido y la cantidad de dinero que has gastado en un negocio fallido? –Diane sospechaba que a la jefa de Stella no le iba a gustar ese inesperado desenlace. La situación se presentaba espinosa.

–Vivian sabe que no siempre se consiguen los objetivos propuestos. Le comentaré lo mismo que a todos los que me pregunten, excepto a ti: que he seguido varias pistas que no han dado el resultado que esperaba. Pienso utilizar las notas que he tomado durante estos días para escribir una crónica de supervivencia en medios extremos. Si con eso no se conforma, le devolveré lo que he gastado.

–Si necesitas dinero, no dudes en pedírmelo –se ofreció. Sabía que su hermana no ganaba un gran sueldo y tenía muchos gastos. El vivir en una ciudad tan cara como Nueva York no daba para ahorrar, y más si tenía que pagar el alquiler de un apartamento en Manhattan.

–No te preocupes. Tengo suficiente para hacer frente a esa contingencia. Estoy pensando en mudarme a una zona más tranquila, Queens, por ejemplo. Así estaré cerca de vosotros y podré ver a Adam más a menudo.

Los ojos de Diane lanzaron un brillo ilusionado.

–¡Eso sería estupendo!

–Si estás pensando en que haga de canguro gratis, ve quitándote esa idea de la cabeza –apostilló con falso enojo.

–Te recompensaré con otro sobrino. ¿Qué te parece? –añadió Diane con una gran sonrisa, que se amplió al escuchar el gemido de exasperación de su hermana.

32

Stella emprendió viaje a Nueva York después de unos relajantes días en el hogar de su infancia, en los que disfrutó de sus padres y de su sobrino.

Vivian la había estado llamando casi a diario para preguntarle por el reportaje. Si era factible, pensaba incluirlo en el próximo número, que saldría en menos de una semana, y le urgía que le informase. Stella le daba largas. No quería enzarzarse en una discusión por teléfono, que es lo que ocurriría cuando se enterara de que no había noticia que publicar y que casi había perdido un mes y una buena cantidad de fondos. Quería explicarle las razones que le llevaban a desistir y justificar ese tiempo y dinero.

Para no dejarla con las manos vacías y evitarse desavenencias, había planeado otro artículo, que estaba redactando a toda velocidad, en el que relataba la forma de vida de la gente que vivía en solitario en zonas inhóspitas y aportaba su experiencia personal de una semana rodeada de nieve en una cabaña en las montañas. Con eso esperaba contentarla.

Cuando esa mañana, a los cinco días de haber abandonado Colorado, se presentó en las oficinas de la revista, llevaba una historia preparada y una mentira. Había recopilado fotos realizadas en el entorno, adjudicándole una ubicación diferente para no dar pistas. Imaginaba que Darren habría abandonado aquel lugar; no obstante, quería protegerle.

Saludó a los compañeros, se puso al tanto de las novedades –pocas y sin importancia– y esperó a que Vivian llegara. La jefa no se distinguía por la puntualidad y llegaba cuando todos los demás llevaban varias horas de jornada laboral. Era una forma de demostrar, según opinaba Stella, su autoridad y el estatus que había conseguido después de años de trabajar para periódicos de tercera como reportera de calle, el cometido más penoso de esa profesión.

Pasadas las diez de la mañana, vio entrar a Vivian en su despacho. Dejó pasar unos minutos y se decidió a entrar.

–Vaya, ya era hora de que dieras señales de vida –dijo Vivian a modo de saludo.

–He estado unos días en casa de mis padres. Tenía unos asuntos que resolver allí y...

–Dime qué me traes –la cortó. Ni le interesaban los problemas personales de sus empleados ni tenía tiempo para escucharlos.

A Stella no le molestó la poca empatía de su jefa. Ya la conocía y estaba acostumbrada a su frialdad. Se armó de valor y acometió el tema.

–Siento haber fracasado, Vivian. No he conseguido descubrir a D. Morgan; y eso que he trabajado duro –dijo con el mayor aplomo que logró reunir. Esperaba transmitir, con su semblante desolado, toda la frustración que le provocaba la derrota. Vivian era muy astuta y no se dejaba engañar con facilidad.

–¿Cómo que no lo has encontrado? Me dijiste que necesitabas ir a Denver, que allí había una información valiosa. ¡Tuve que pedir un favor para tu tapadera y ahora me dices que no ha servido de nada! –exclamó con manifiesto enfado.

–Cierto, tenía una buena pista que resultó ser falsa y me hizo perder mucho tiempo, sobre todo porque estuve una semana aislada por culpa de un temporal de nieve. He llegado a pensar que D. Morgan no es una persona. Pueden ser varios autores que escriben conjuntamente, y esa es la razón de que no quieran salir a la luz. Hay que tener en cuenta que el secretismo vende. Es publicidad gratuita.

–No me parece lógico, ni en el caso de que fueran un grupo numeroso de escritores y cada uno se encargara de un capítulo. Después de triunfar con un segundo libro serían bien aceptados y venderían más si se dieran a conocer, organizaran presentaciones y firmas, charlas... A la gente le gusta saber cómo son sus autores favoritos, cómo es su vida, en qué se inspiran...

–Tienes razón, por eso también he pensado que el autor es una persona fallecida. D. Morgan, que vete a saber quién es, encontró los manuscritos o los robó, y decidió publicarlos. Si se descubre tendría problemas; y no solo con los lectores, que se sentirían defraudados –improvisó Stella sobre la marcha–. Las razones pueden ser muchas y poderosas, por eso lo mantienen bien oculto. No veo interés en continuar con las indagaciones que no van a dar el rendimiento esperado.

Vivian la miró con recelo. No era propio de Stella desistir ante el primer contratiempo. Menos de un mes antes estaba empeñada en encontrar al escritor anónimo a costa de lo que fuese y ahora no le apetecía esforzarse; ¿a qué se debía ese cambio de opinión tan abrupto?

–Pero no he desaprovechado el tiempo. Tengo una buena idea para un nuevo trabajo, que interesará mucho a los lectores. Lo he titulado *Aventuras de una reportera en el frío* –continuó ante el mutismo de su jefa.

El entusiasmo que Stella mostraba no convenció a

Vivian. Entrecerró los ojos calibrando la propuesta. «Si se cree que con ese estúpido artículo va a justificar el adelanto para gastos que le di, está muy equivocada», se dijo irritada. No le gustaba que la tomaran por tonta.

–No le veo aliciente alguno –decidió.

Stella esperaba ese comentario y no se desanimó.

–Claro que lo tiene. Es una experiencia en primera persona. He hecho averiguaciones y no sabes la cantidad de gente que vive en zonas aisladas sin contacto con la, llamémosle, civilización. Unos por decisión propia y otros por las circunstancias adversas de los lugares en los que habitan, como montañas que se cubren de nieve en determinadas épocas del año, penínsulas que pierden contacto con la costa cuando el mar se eleva, pueblos abandonados... Se podría iniciar una serie, con distintos escenarios en los que relataría cómo es vivir en esas circunstancias. –Stella se asombraba de la naturalidad con la que mentía. Había ideado una buena evasiva y tenía preparadas varias respuestas para no cometer ningún desliz.

–Mándamelo cuando lo tengas y lo miraré. No te prometo que vaya a publicarlo. En ese caso, tendrás que devolver el dinero que has gastado –le advirtió con gesto adusto, que se agrió más al recordar que tenía que rehacer el siguiente número de la revista. Debía cubrir las páginas adjudicadas a D. Morgan con una noticia sugestiva.

–Por supuesto, Vivian. Redacto un esbozo y te lo envío por correo para que vayas haciéndote una idea. Estoy convencida de que te gustará –comentó con optimismo, y salió del despacho antes de que decidiera continuar interrogándola.

Durante los minutos siguientes, Vivian llegó a la conclusión de que Stella le había mentido. No se creía ni por un momento que no hubiese conseguido algo de interés sobre el escritor, aunque no lograra dar con su paradero. No dudaba de que le estaba ocultando información. ¿Y si lo que pretendía era venderla a la competencia? Seguro que se la pagarían muy bien. Sí, eso debía de ser. A ella no la engañaba. No se había dejado buena parte del presupuesto de ese semestre para una simple crónica de viajes que no tendría atractivo por más que Stella quisiese disfrazarlo de una bomba periodística.

Decidió destapar su farsa. Cogió el teléfono y marcó un número.

–Aiden, tengo un trabajo para ti.

–Tendrá que esperar. Ahora mismo estoy con algo urgente. Dime de qué se trata y le haré un hueco cuando pueda –dijo la voz masculina que contestó a la llamada.

–Esto es una prioridad y lo quiero para ¡ya! –exigió Vivian.

–Te digo que...

–Escucha, mentecato, ¿quién te proporcionó el trabajo que tienes? Yo. ¿Quién puede conseguir que lo pierdas si no mueves tu culo gordo y te pones manos a la obra cuando te lo diga? Yo también.

Aiden tragó saliva. Sabía que era muy capaz de cumplir la amenaza. Su pasado como *hacker*, que ella conocía bien y de lo que tenía pruebas, pesaba demasiado sobre él como para no obedecer. Aparte del despido, podía costarle años de cárcel.

–¿Qué quieres? –claudicó.

–Una copia del disco duro de un ordenador, del historial de búsqueda en Internet, del contenido en la nube si lo tiene, archivos eliminados... Y del teléfono móvil si hay alguna forma de acceder a él.

–¿Sin su permiso?

Vivian gruñó por lo bajo. Para ser tan inteligente, a veces parecía idiota.

–¿Crees que si lo tuviera te iba a pedir que lo hicieras? –le gritó. Estaba al límite de su paciencia. No tenía tiempo que perder. Si Stella se guardaba información valiosa, debía descubrirlo para incluirla en la edición del próximo número antes de que se cerrase. Tenía que adelantarse a otros medios si quería llevarse el mérito en exclusiva.

–Está bien. Dame la dirección IP del ordenador y veré lo que puedo conseguir. El teléfono será más complejo. Necesita que le instale un programa de clonación para acceder a él.

–Comienza con el ordenador y, si no encuentro allí lo que necesito, ya habrá forma de intentarlo con el móvil. Ahora no puedes acceder; lo están utilizando. Espera que te avise. ¿Cuánto tiempo tardarás?

–No creo que me lleve más de veinte minutos, a no ser que guarde más cantidad de datos que el ordenador de la NASA. Pero te advierto que yo no asumo la responsabilidad en caso de que decida denunciar el intrusismo –le recordó.

–No lo hará. Es un ordenador de la empresa. Todo lo que contenga debe ser visible. Si tiene archivos personales que no desea que se hagan públicos, que no los hubiera dejado en él. –Sabía que la normativa en esos casos era muy laxa. Todo el mundo guardaba archivos personales en los ordenadores con el convencimiento de que nadie iba a fisgar en ellos.

–El contenido de la nube, al que ha podido subir archivos desde el ordenador y su teléfono móvil, es cuestión privada. Ahí no debo meterme. –Ese encargo le estaba poniendo muy nervioso. Cuando hackeaba ordenadores para ganarse la vida sabía el riesgo que estaba corriendo y lo asumía; ahora que tenía una familia que mantener, ya no podía poner en peligro su sustento ni su seguridad. Vivian le estaba pidiendo demasiado.

–No te preocupes. Si hay algo que me interese, ya veré la forma de soslayar las complicaciones que pudiera acarrear.

–Tampoco sería ético –insistió Aiden con la esperanza de que desistiera.

Vivian soltó una carcajada.

–¿Tú me vas a hablar de ética a mí? ¿Un *hacker* que se pasa el tiempo fisgando en los escondrijos de los demás?

–Sabes que ya no me dedico a eso –protestó ofendido. No era cierto. En ocasiones hacía algún trabajo clandestino y procuraba cubrirse bien las espaldas; con este encargo no estaba tan seguro de conseguirlo.

–No me creo nada, cielo; las viejas costumbres no se pierden.

Aiden no continuó protestando. Su trabajo y hasta su libertad estaban en manos de aquella malévola mujer.

–Envíame la IP y avísame cuando quieras que comience.

Vivian colgó con una sonrisa maquiavélica. Si esa novata pensaba que iba a engañarla, estaba muy equivocada. Ella le llevaba muchos años de ventaja en el empleo de esos mismos trucos.

33

Vivian estuvo observando durante largos minutos a Stella a través de la pared de cristal de su despacho. La joven se afanaba tecleando, concentrada al máximo en lo que estaba haciendo. Necesitaba que abandonara su puesto durante una media hora al menos, tiempo suficiente para que Aiden se introdujese en su ordenador, y el medio más sencillo de conseguirlo era invitarla a comer; así se aseguraba de que no iba a regresar antes de que se hubiese completado el vaciado. También necesitaba saber el número de su ordenador para que en el Departamento de Informática de la revista le dieran la dirección IP.

Salió del despacho y se dirigió a la mesa de Stella.

–¿Qué te parece si te invito a almorzar y me hablas de ese proyecto con detenimiento? Puede que me convenzas para publicarlo –propuso con una sonrisa inocente mientras tomaba nota mental del número que aparecía en la torre, en una pegatina bien visible.

A Stella le sorprendió el ofrecimiento. Solo en una ocasión la había invitado a comer y fue para pedirle un favor. Preveía una encerrona; aun así, no podía negarse.

–Muchas gracias, Vivian. Estoy ultimando el esbozo que te he prometido para enviártelo, así tendrás una idea general que podré ir pormenorizando durante la comida. Estaré preparada para cuando decidas que nos marchemos.

–Imprímelo cuando lo tengas y lo dejas encima de mi mesa. Debo hacer unas gestiones. Te espero a las doce y media en Dino's. He reservado mesa a mi nombre.

–Allí estaré.

Stella la miró con suspicacia mientras se alejaba camino de los ascensores. El que hubiese cambiado de opinión en tan poco tiempo era algo inaudito en ella. Querría interrogarla. Era una persona astuta y debía figurarse algo. Tendría que extremar las precauciones para evitar que lo descubriera. Repasó la historia que se había inventado para justificar esos días. En ella desaparecían Darren, los Hendry y toda referencia que pudiera involucrarles.

Subió a su carpeta en la nube las fotografías y las notas que había tomado durante el proceso de investigación, asegurándose de ocultar en todo momento el nombre de Darren y cualquier pista que llevara hasta él. Borró del teléfono las imágenes de la documentación, los datos que le identificaban y el lugar exacto de la cabaña para evitar que alguien las viese. Hizo lo mismo con los archivos que tenía en el ordenador, aunque allí no había nada revelador. Debía proteger su secreto.

Una vez convencida de que había ocultado todo rastro que llevara hasta Darren, imprimió el resumen inventado, lo dejó en la mesa de Vivian y se marchó. Tardaría unos diez minutos en llegar al restaurante favorito de su jefa y no quería retrasarse.

Las sospechas que Vivian tenía de que Stella le estaba mintiendo se vieron reforzadas con la charla que mantuvieron durante la comida.

Sentadas a la mesa, y mientras daban buena cuenta de los platos que habían pedido, Vivian sacó el tema que le interesaba sin más demora.

–Cuéntame cómo llegaste a esa pista que te pareció tan fiable, por favor.

Stella llevaba bien preparada la respuesta, la mayoría inventada y con algunos datos auténticos.

–Fue un arduo trabajo, no creas. No logré que me facilitaran ninguna información en la editorial que ha publicado los libros. Tampoco conseguí nada en el registro de obras, y eso que pregunté en todos los estados. Iba a desistir cuando se me ocurrió centrar la atención en las propias novelas. Cuando leí *Descenso al purgatorio* pensé que tenía mucho de autobiográfica por la carga emocional que transmitía en ella. La releí con detenimiento. Los nombres de personas y lugares son ficticios, pero da pistas para ubicarla: en el condado de Douglas, en Colorado. Analicé las descripciones de los paisajes y pude situar de forma aproximada la localidad en la que transcurre la infancia del personaje central.

Stella hizo una pausa para calibrar la reacción de Vivian. Como su jefa no hizo ningún comentario, continuó:

–Comencé a investigar en aquella zona con la premisa de que, como ocurría con el padre del protagonista, había en la familia un pastor de la Iglesia evangélica. No hay demasiadas congregaciones en los alrededores y pronto conseguí lo que buscaba. Algunos vecinos recordaban a un pastor, apellidado Morgan, y a su familia. Tenían dos hijos y, como en la novela, el mayor murió en un extraño accidente. Al poco se trasladaron a Colorado Spring, hacia mediados de los ochenta. Con el nombre de esa familia continué investigando en la ciudad. La localicé y averigüé que solo quedaba vivo uno de los miembros, el hijo pequeño, que tendría unos cuarenta y muchos años. Un vecino me explicó que había vendido la casa al morir sus padres varios años antes y se había marchado. Se trataba, según afirmaba, de una persona solitaria, que pasaba grandes temporadas en una cabaña en las montañas cerca de Green Mountain. Había tenido varios trabajos y en ninguno permaneció mucho tiempo. Lo que recordaba bien era que siempre lo veía con un libro en las manos. ¿A que parecía el candidato ideal? –preguntó.

–Parece sacado de una novela –cuestionó Vivian, a la que la historia que le estaba contando le parecía demasiado rebuscada. Seguro que le había llevado tiempo idearla.

–O la novela de la realidad, que era lo que yo pensaba. El caso es que decidí ir a la cabaña por si estaba allí, cosa que dudaba. Ojalá hubiese seguido mi intuición; me habría ahorrado muchos sinsabores. No me resultó difícil encontrarla con las indicaciones que me dieron. Cuando lo conseguí comprobé que estaba deshabitada desde hacía varios años. Me pilló una tormenta de nieve y me refugié en ella. Allí permanecí durante tres días, hasta que amainó y pude desplazarme. Durante esos días, sobreviví con la poca comida que había llevado en la mochila y me calenté con algunos troncos que recogí en las inmediaciones.

–Tuviste una suerte increíble –comentó Vivian con marcado acento socarrón que Stella decidió ignorar.

–Y lo peor es que fue para nada –se lamentó–. Cuando regresé a la zona de acampada, donde había dejado el coche, le comenté a uno de los guardias forestales lo ocurrido. Él me informó de que el hombre que habitaba esa cabaña, al que solo conocía por Morgan, era poco sociable y falleció varios años antes en un accidente de automóvil; desde entonces nadie la ocupa. –Stella prefería no dar demasiados detalles por si Vivian decidía corroborarlo; y si lo hacía, se limitaría a declarar que las personas a las que había entrevistado no fueron sinceras.

–Toda una aventura.

Vivian había escuchado aquella fábula inverosímil y estaba deseosa de encararse con ella, pero tenía que esperar a las pruebas que Aiden encontrara en el ordenador para confirmar que le estaba mintiendo.

–De esta experiencia he sacado cosas positivas, como comprobar que puedo valerme por mí misma sin necesidad de tener un supermercado cerca ni una buena climatización, y una historia interesante para contar a los lectores –sonrió Stella con fingido orgullo.

Le estaba costando mantener esa falsa jovialidad cuando la tristeza la ahogaba, y por varias razones; la principal era Darren. «¿Cómo estará? ¿Me echará de menos tanto como yo a él?», se preguntaba casi a cada momento. El impulso de regresar a la cabaña, aun convencida de que no iba a estar allí, era irreprimible a veces. La nostalgia la sacudía inclemente cada vez que pensaba en él y en la forma en que todo había terminado casi antes de empezar.

–¿Lo has documentado con material gráfico? –se interesó Vivian.

–Tomé cantidad de fotografías. ¿Has leído el esbozo que dejé en tu mesa?

–No he tenido tiempo. He estado ocupada toda la mañana.

Con el número del ordenador de Stella, Vivian había ido al Departamento de Informática para preguntar por la IP. Uno de los empleados le debía un favor y sabía que no cuestionaría esa petición. Cuando tuvo la información se la envió a Aiden junto con el margen horario en el que podía conectarse.

–Míralo cuando puedas. Te advierto que he añadido algo de ficción para hacerla más sugestiva. He incluido unas imágenes del lugar para que te hagas una idea. Mi intención es que aparezcan en el artículo. –Había escogido algunas vistas generales próximas a la zona, que podrían representarla y justificar el relato que le contaba.

–Como te dije, no prometo que se publique –le aseguró condescendiente. No pensaba dedicar ni un pequeño hueco de su revista a un cuento que no le convencía. Tal vez había aprovechado parte de la verdad para idearlo, pero le ocultaba lo esencial.

–No quiero presionarte ni justificar el gasto. Si no lo crees conveniente, devolveré el adelanto –le aseguró Stella.

–De acuerdo. ¿Regresamos? –propuso Vivian, dando por terminada la comida. Calculaba que Aiden ya habría acabado y estaba deseosa de comprobar si estaba en lo cierto.

Como esperaba, cuando llegó a su despacho tenía un correo de Aiden que incluía un enlace. Vivian revisó complacida el material que el *hacker* había extraído del ordenador de Stella y de su carpeta en la nube; más de lo que esperaba y que corroboraba sus sospechas. «¿Pensabas que podías engañarme, guapa? ¿No sabes que me conozco todas las artimañas de este trabajo?», se dijo y esbozó una risita maliciosa. El problema era que le faltaba el dato esencial: no tenía el nombre real de D. Morgan.

Maldijo para sí. «Seguro que la muy pécora se lo ha guardado; o continúa indagando y me ha mentido».

Stella había redactado un informe con los pasos seguidos hasta dar con la ubicación de una pequeña cabaña donde, según una fuente que no citaba, vivía un hombre que podría ser el escritor. Debía conocer el nombre del investigado, aunque se había cuidado de ocultarlo por si alguien accedía, como había ocurrido. La suposición más lógica era que pretendía vender la información al mejor postor.

Tuvo que reconocer su gran valía como investigadora, que la llevaría lejos en esa profesión. Parecía tener esa cualidad que todo periodista de éxito posee: la falta de escrúpulos a la hora de obtener información, como había demostrado al seducir y engañar al empleado de la agencia literaria que llevaba los asuntos de D. Morgan, y de la que no daba el nombre. El que estuviese dispuesta a vender el reportaje a quien más le ofreciese por él era otra baza a su favor.

Volvió a mirar las fotografías. Varias instantáneas de una pequeña cabaña en medio de la nieve, en un bello lugar montañoso. Imaginaba que no se trataba de Green Mountain, como le había dicho para no dar pistas. Por la altura de los picos que en algunas se advertía debía de tratarse de las Montañas Rocosas. Esa cadena montañosa se extendía durante casi cinco mil kilómetros y atravesaba todo el país desde Canadá hasta Nuevo México. Algún geólogo podría descubrir la ubicación exacta. Ayudaría la posición del sol en algunas de ellas y la lejana laguna que se veía en otra.

Había un par de imágenes en las que, de lejos, se veía a un hombre alto y fornido junto a un perro. La distancia y el hecho de que llevase un gorro y una barba abundante que le tapaban casi totalmente el rostro, impedía que se vislumbraran las facciones. Se centró en el resto de las instantáneas, tomas generales del interior de la cabaña, que parecía espaciosa y bien acondicionada. Mostró especial interés en la estantería repleta de libros con un par de fotografías enmarcadas. Con el *zoom* las acercó y pudo visualizarlas mejor. En una aparecía una niña de color, de unos seis años; en la otra un matrimonio de rasgos caucásicos de unos cincuenta años que sonreía a la cámara. Le resultaban familiares y se preguntó dónde los había visto. Paciencia, se recomendó; acabaría recordando.

Como los datos que poseía eran insuficientes, decidió que tendría que recurrir al teléfono móvil de Stella, donde guardaría lo más comprometido. Hablaría con Aiden para ver cómo podían hacerlo. Si obtenía frutos, merecería la pena el riesgo. Mandó a imprimir todo lo interesante, incluidas las fotografías, para enviarlas a un amigo, hábil investigador privado que en otras ocasiones le había ayudado, y se dispuso a marcharse.

De pronto, Vivian contuvo la respiración cuando una imagen acudió a su mente y parpadeó repetidas veces, como si la hubiese cegado un *flash* de gran potencia. ¡Ya sabía quiénes eran las personas de la fotografía! Y lo sabía porque los conocía bien.

Cinco años antes, cuando trabajaba para un periódico en San Francisco, llevó muy de cerca el seguimiento de la noticia que durante un par de meses conmocionó a gran parte del país: la detención de Giant Burke, *quarterback* estrella de Los Ángeles Sentinels, acusado por una joven modelo de haberla agredido. Ella estuvo apostada en la puerta de la residencia del jugador y tomó imágenes de los padres y de todo el que salía y entraba de esa casa. Fueron dos semanas de intenso trabajo, hasta que el jugador desapareció, que le sirvió para obtener notoriedad, abandonar aquel periódico local y trasladarse a Nueva York contratada por *The New York Globe*.

«¡Vaya, me ha tocado la lotería!», exclamó eufórica.

34

Stella se acercó a la máquina expendedora. No tenía tiempo de salir a comer y pensó en sacar un sándwich y un refresco.

–Con la presión que me metió para que lo terminara y ahora lo aplaza a la semana siguiente para sacar otro de mayor interés.

–Parece que lo ha llevado muy en secreto. ¿Qué es?

–No tengo ni idea, pero podía haberme avisado antes. Seguro que lo llevaba fraguando varios días.

–Se lo ha encargado a Wilson, de primera plana. Debe de ser algo muy importante.

–No lo dudo, será una primicia para ir con esas prisas, lo que no le exculpa de faltar al respeto a los demás. Te digo que, si tuviera otro sitio donde ir, le iba a decir dos cosas bien claras a esa déspota.

Stella, que había escuchado la conversación, se sintió intrigada.

–Hola, chicos. ¿Algún conflicto con la gran jefa?

–Sí. Ha vuelto a hacer otra de sus jugarretas. Me paso el fin de semana currándome el artículo y ahora lo pospone para el próximo número –explicó Abby con gesto de fastidio. Se ajustó las gafas, empeñadas en deslizarse por la nariz, y acabó de un sorbo el café.

–¿Sabes de qué se trata?

–No. Debe de ser un bombazo. Lo ha tenido muy oculto –contestó Miles con su típica media sonrisa que se perdía en su orondo rostro. Le encantaban los chismes de oficina y ese parecía muy jugoso.

Stella sintió una especie de premonición. Su instinto le decía que allí estaba pasando algo raro. Le había mosqueado que Vivian no montara en cólera por no haber conseguido lo que le prometió, ni le hubiese reclamado los gastos de inmediato; también que la animase a escribir la historia que le había propuesto sin darle una fecha determinada de publicación. Que ahora se sacase de la manga algo inaplazable y confidencial era de lo más preocupante. Tenía que enterarse de qué se trataba.

Se dirigió a maquetación. Allí había alguien que le debía un gran favor y era el momento de cobrárselo.

–Hola, Jayson, ¿cómo estás? –dijo al entrar en el pequeño y desordenado cubículo que tenía por despacho, al tiempo que le alargaba un bote de bebida energética que había extraído de la máquina del pasillo. Sabía que era su favorita.

Jayson levantó la cabeza y la miró. Respondió a la amplia sonrisa de Stella con una mueca que era lo máximo que se le podía pedir. Se ajustó las gafas de gruesa montura que le hacían los ojos más pequeños aún y, sin contestarle, volvió a fijar la mirada en las dos pantallas de ordenador con las que trabajaba de forma simultánea. Sabía a lo que venía y no le hacía la menor gracia. Ya habían pasado por allí varios compañeros de redacción con el mismo propósito.

–¿Qué quieres, Stella? Tengo mucho trabajo.

–Te creo; y más con ese encargo de última hora. La jefa es muy desconsiderada. ¿De qué se trata? Nos tiene a todos intrigadísimos.

Jayson frunció el ceño sin despegar la vista de las pantallas.

–No estoy autorizado a comentarlo –respondió con acento hosco.

–Creo que conmigo puedes hacer una excepción, ¿no te parece? En memoria de viejos tiempos que no querrás que se aireen –le amenazó de forma velada.

Jayson gruñó por lo bajo. ¿Por qué tuvo que cometer aquella estupidez que nunca dejaría de perseguirle?

–Eso es un golpe bajo, Stella; impropio de ti –se quejó dolido. Mucho debía interesarle aquella noticia para recurrir al chantaje. Era una persona decente, comparada con la mayoría.

–Peor fue que te montaras una juerga en esta misma oficina, con un par de amiguitas, alcohol y drogas, y que tuviera que llevarte a casa porque no podías tenerte en pie. ¿Qué haría tu mujer si lo supiera? Por no hablar de Vivian –le recriminó. Se jugó el puesto por ocultar aquello. Se había ganado una recompensa.

–Vale. ¿Qué quieres saber? –preguntó resignado. El rostro enrojecido y la mirada huidiza decían mucho de la vergüenza que sentía.

–Pásame lo que Vivian te ha encargado a última hora.

–No puedo hacer eso; me mataría –protestó con cara de pánico.

–Ese no es asunto mío. Ya te las apañarás con ella. Eres lo suficientemente listo para inventar una excusa creíble. –Stella no pensaba desistir.

Jayson rezongó. Seguro que le costaba el trabajo.

–Lo máximo que puedo hacer es dejarte que lo leas –claudicó. Abrió un archivo en una de las pantallas, se levantó y se dirigió a la puerta–. Voy a tomar algo. Tardaré unos quince minutos. Se me olvidará cerrar la puerta. Por favor, cuando vuelva, no quiero encontrarte aquí.

–Descuida.

Jayson salió y Stella no perdió ni un segundo. Se sentó en el asiento que el otro había dejado y miró las pantallas. En una de ellas se reflejaba el contenido de la revista maquetada y en la otra aparecía el artículo que le interesaba, firmado por Vivian Mayer.

Stella contuvo la respiración mientras leía. Como había temido, era sobre Darren; lo que no esperaba era encontrarse con aquello. Desvelaba el auténtico nombre del hermético autor y aireaba su pasado, incidiendo en el oscuro episodio de supuestos malos tratos hacia la modelo.

Lo imprimió y fue de inmediato al despacho de Vivian. La opresión que tenía en el pecho amenazaba con ahogarla. Esa mujer no tenía conciencia. Había husmeado en su ordenador, cosa que no debía de ser legal, y utilizaba su trabajo para cubrirse de gloria a costa de hundir a una persona que le importaba. Tenía que impedirlo.

Vivian la vio llegar y, por la expresión de su rostro, comprendió que se había enterado y que estaba furiosa. Lo esperaba. Era difícil guardar un secreto en aquel entorno en el que estar informado constituía la esencia de la profesión. Ella no tenía nada que temer. El informe lo había extraído del ordenador del trabajo, que era propiedad de la empresa. Era injusto excluirla de la autoría, no lo negaba, aunque ella había descubierto lo más impactante: la identidad del escritor, y sin su ayuda.

Estaba orgullosa de cómo había quedado el artículo. El director, al que informó de su intención por si existía alguna traba legal, la animó a publicarlo y la felicitó por el gran trabajo. Decidió ocultarle la participación de Stella. Su contribución había sido esencial, desde luego, pero no podía permitir que lo vendiese a otro periódico, como parecía pretender, o que quedase sin publicar. Un periodista tenía el deber moral de informar de los hechos. Ese deber iba más allá de los sentimientos personales. Los lectores, y el público en general, tenían derecho a saber quién era D. Morgan, el autor superventas, un hombre acusado de maltratar a una mujer.

Stella se acercó a la mesa y tiró sobre ella los folios impresos con la crónica que saldría al día siguiente.

–¿Cómo has podido, Vivian? Has saboteado mi ordenador y te has apropiado de mi trabajo –la increpó a voz en grito sin importarle que todos en la redacción la estuvieran escuchando.

Vivian se levantó de la mesa y fue a cerrar la puerta, que Stella había dejado abierta.

–Tranquilízate. En primer lugar, no he saboteado nada. La información estaba en un ordenador de empresa, que está conectado a un servidor propio. Todo lo que contiene nos pertenece. Si no querías compartirla, no tendrías que haberla dejado allí. En segundo lugar, tengo todo el derecho a firmarlo. Tú solo has facilitado algunos datos, lo demás lo he averiguado yo. Sin embargo, en honor a esa aportación y para ser generosa contigo, puedo incluirte como colaboradora.

–No quiero que me incluyas, lo que quiero es que no se publique. ¡No doy mi permiso! –estalló fuera de sí.

–Lo siento, ya no te pertenece. No tienes derecho sobre él. Como te he dicho, el informe era parte de tu trabajo, por el que te pagamos un sueldo. Lo has realizado y lo demás no te incumbe. No puedes decirnos lo que tenemos o no que publicar –se mantuvo firme.

Stella, viendo que las amenazas no surtían efecto, optó por cambiar de táctica:

–¿No comprendes el daño que le harás si se publica? ¡Le destrozarás la vida otra vez! –A Stella le sublevaba el egoísmo y la crueldad de esa mujer. No le importaba nada excepto conseguir sus minutos de gloria. Ella había estado a punto de convertirse en otra Vivian; por suerte, había recapacitado. Los sentimientos que Darren le inspiraba la habían convertido en mejor persona.

–Nuestro deber es informar, Stella, somos periodistas. No podemos sentirnos responsables de las repercusiones que nuestro trabajo pueda ocasionar. Aquí el único culpable es Darren Burke, que apaleó a una mujer y se fue de rositas gracias a su dinero. Debería estar en la cárcel y no vendiendo libros y ganando una buena pasta con ello.

Stella no pudo soportar ese ataque malicioso y desproporcionado a una persona que consideraba inocente.

—Te recuerdo que ella retiró la denuncia. No puedes atribuirle unas acciones por las que no se le ha juzgado ni condenado. Dale, al menos, el beneficio de la duda. ¿Cómo sabemos que ella no mentía? Es muy propio de ti pensar lo peor de las personas.

Las palabras de Stella estaban impregnadas de tanto desprecio que Vivian sintió un leve acceso de pudor. Ella había sido una de las que con más virulencia atacó al jugador y defendió a la víctima.

—O eres demasiado cándida o te has dejado engañar por ese maltratador. ¿No te das cuenta de que a Jasmine Ellis le taparon la boca con dinero? Era una chica pobre y comprendió que nada sacaba con persistir en la denuncia. No podía pagarse un buen abogado y, si perdía el juicio, ¿cómo le pagaría? La gente poderosa está acostumbrada a salirse con la suya; en esta ocasión no lo voy a consentir. Yo la entrevisté y te puedo asegurar que no mentía. Estaba aterrorizada.

—No me vas a convencer. Darren no es capaz de una acción tan atroz. Le he conocido —lo defendió con calor.

—No te dejes engañar por su encanto, como le ocurrió a Jasmine. No descarto que esté arrepentido de lo que hizo, lo que no cambia los hechos. —Vivian comprendió que Stella estaba colada por Burke. Tantos días de estrecho contacto fomentan el afecto, y él tenía un gran magnetismo que encandilaba a sus fans, según recordaba. Lo sentía por ella; iba a sufrir el doble.

—Te advierto que os demandaré si persistes en publicar esa noticia —la retó Stella. No tenía ninguna posibilidad contra el gran *holding* que poseía el periódico, pero algo tenía que hacer. Estaba furiosa. No iba a dejar que Darren se hundiera otra vez y por su culpa.

—Puedes hacer lo que desees, querida; perderás. Me he asesorado. Todo lo que se dice es cierto. La noticia saldrá en la edición de mañana del periódico; el artículo completo dos días después, en el próximo número de la revista, y ocupará la portada. Estás a tiempo de que tu nombre aparezca como colaboradora.

Stella no le respondió. Salió del despacho y se dirigió a su mesa para recoger los pocos objetos personales que tenía. No pensaba permanecer allí ni un minuto más. Ya comunicaría por fax su renuncia. La ira y la impotencia la sacudían. No podía hacer nada para parar aquello; lo que sí podía hacer era prevenir a Darren de lo que se le venía encima.

No esperó a llegar a su casa. Una vez en la calle, marcó el número de la oficina de Selma, el único medio que tenía de comunicarse con Darren.

—Despacho de abogados Hendry&Hendry; ¿en qué podemos ayudarle? —preguntó la recepcionista.

—Deseo hablar con Selma Hendry, por favor.

—Veré si puede atenderle. ¿De parte de quién?

—Una amiga de la familia. Y es urgente.

La recepcionista vaciló unos segundos. El tono de voz de su interlocutora la convenció de la veracidad de esa urgencia.

—Le paso con su despacho. Buenos días.

A los pocos segundos, una conocida voz con acento receloso preguntó:

—Soy Selma Hendry. ¿Quién es usted?

—Hola, Selma. Soy Stella Owens..., Jane Owens, como me conociste.

Selma apretó la mandíbula con fuerza para evitar lanzarle el tropel de insultos que se agolpaban en su boca.

—No tengo nada que hablar contigo, Jane, Stella o como te llames.

Stella comprendió que iba a colgar y se adelantó.

–Espera. Debo comunicarle algo muy importante a Darren y no tengo forma de hacerlo. Escúchame, por favor.

Stella escuchó una fuerte respiración al otro lado de la línea y, tras ello, unos segundos de silencio. Esperaba esa reacción. Debía de estar muy disgustada con ella y no se lo recriminaba. Confiaba en que se impusiera la razón y el interés por ayudar a Darren.

–Habla –le ordenó a regañadientes.

Selma sabía quién era y lo que había ocurrido. Una periodista despiadada que se valió de sucias artimañas para introducirse en la vida de Darren y conseguir una jugosa información. Avisó a Darren, pero llegó tarde; Jane lo había localizado. Darren quedó desolado cuando se enteró. Se había enamorado y, el saberse engañado, le sumió en la amargura. Y ella lo sintió también.

Fue duro verle destrozado otra vez, ahora que comenzaba a superar su desconfianza y parecía dispuesto a dejar la solitaria vida en las montañas para instalarse cerca de sus padres. No sabía dónde estaba, solo que se había marchado de la cabaña. Le había comunicado que iba a estar unos días desaparecido, para recapacitar, y que la llamaría para comunicarle su nueva ubicación.

–Quiero informarle de que mañana, en *The New York Globe*, aparecerá la noticia de que él es D. Morgan y recordarán su pasado. –Las palabras, como puñales afilados, le hirieron la garganta. Le hubiera gustado no tener que comunicárselo; le hubiera gustado retroceder un mes en el tiempo y que nada de esto hubiese ocurrido. No podía cambiar el pasado, solo intentar ayudar en lo posible para que no fuese tan traumático.

Selma se quedó sin habla durante unos segundos, espantada por lo que acababa de oír. Darren esperaba que Stella guardara silencio; se lo había asegurado y él la creyó.

–¿Cómo has podido hacerle esto? No quiero escuchar nada más. ¡Eres una miserable, un ave de rapiña que se lucra con el dolor ajeno! Te demandaré, ¿me oyes? Te hundiré como has hundido a Darren –estalló cuando recuperó el habla.

No por esperados, los insultos le resultaron a Stella menos dolorosos. Era lo que se merecía; aun así, quiso defenderse. Stella no soportaba que Darren creyera que lo había traicionado después de prometerle que no lo haría.

–Por favor, Selma, no cuelgues. Deja que te explique. Yo no soy totalmente responsable. No he escrito el artículo ni estoy de acuerdo con que se publique; incluso he intentado evitarlo. Quien lo firma ha aprovechado parte de la información que guardaba en mi ordenador sin habérselo permitido.

–¿No esperarás que te crea? Era lo que viniste a buscar desde el principio.

–No te voy a negar que mi intención era descubrir a D. Morgan. Quería ponerle rostro, saber dónde se ocultaba, que me concediera una entrevista... Al conocerle decidí olvidarme de ese proyecto, quise respetar su deseo de anonimato. Regresé a Nueva York y le dije a mi jefa que no había tenido éxito. Ella saboteó mi ordenador, como te he dicho, y se apropió de lo que había. Eliminé nombres, lugares y oculté toda la información relacionada con Darren; no sé de qué forma lo dedujo. –Ahogó un gemido de frustración. Se sentía una completa inútil por no haber sido capaz de protegerle–. No puedo impedir que la publiquen. Ni demandándoles lo conseguiría.

–Déjalo, Stella, no te voy a creer. Sabías quién era, qué le pasó, y te diste cuenta del filón que habías encontrado. –¿Pretendía convencerla de lo contrario? No iba a lavar su conciencia culpable con una mentira.

–No lo sabía, créeme. Me sorprendió conocerle –insistió, aunque sabía que era tiempo perdido. Suspiró resignada y continuó–: Te he llamado para que te comuniques con Darren y le prevengas de lo que va a ocurrir. Cuando la noticia salga, muchos periodistas lo buscarán. Si está en la cabaña, debe marcharse.

–Darren ya se ha marchado. Ha tenido que volver a esconderse. Ahora que volvía a confiar en la gente... –se lamentó–. Le has hecho mucho daño, Stella. Mucho más del que puedas imaginar.

Selma colgó y Stella quedó anonadada. Sabía que todos los reproches que le dedicara eran ciertos; ella ya se los repetía continuamente y con mayor acritud. Le había causado un gran daño a Darren y a todas las personas que le querían, ella incluida; porque, reconocía, se había enamorado de él y lo menos que deseaba era perjudicarle.

35

–¿Más café? –preguntó la solícita camarera de voluptuosas formas que el corto y ajustado uniforme de rayas blancas y azules se encargaba de resaltar. La mirada llena de promesas que le dirigió a Darren declaraba abiertamente sus aspiraciones.

Él asintió con la cabeza, más interesado en el contenido de su plato que en la explícita insinuación en la sonrisa de ella.

–Tráigame la cuenta, por favor.

La camarera se marchó con un gesto de fracaso y la jarra de café en la mano hacia otra mesa con el mismo ofrecimiento. Darren acabó con rapidez el plato de huevos con beicon y la taza de café. No le gustaba perder el tiempo en aquellos lugares. Paraba solo para comer.

La joven regresó acentuando el movimiento ondulante de sus caderas y dejó un platillo con la nota sobre la mesa.

–¿No le apetece nada más? –preguntó con tono insinuante. No se daba por vencida.

Darren sacó un billete y lo dejó sobre el platillo.

–Quédese las vueltas.

–Gracias, señor.

La camarera se marchó. Darren se levantó para salir cuando una imagen en el televisor que ocupaba buena parte de la pared de enfrente le llamó la atención. Era de él varios años antes y con el equipamiento de Los Ángeles Sentinels; una fotografía que le traía amargos recuerdos. A continuación, otra de pocos días atrás tomada en la cabaña y en la que no se apreciaba el rostro debido a la distancia y a la poblada barba que llevaba.

Contuvo la respiración. Esa imagen la debió de tomar Stella. El sonido estaba tan bajo que no se escuchaba lo que decía entre las conversaciones de los clientes y el tráfico pesado de la cercana carretera estatal. No quiso continuar allí. Estaba claro que Stella había publicado la información obtenida, a pesar de que le prometió que no lo haría. ¿Acaso esperaba otra cosa?

Caminó con rapidez hacia el coche que tenía estacionado en la puerta con Sugar dentro de él y se sentó. El corazón le martilleaba en el pecho y las diversas emociones que lo embargaban parecían tirar cada una para un lado, amenazando con despedazarle. La perra, tan perceptiva ante los cambios de ánimo de Darren, acercó el hocico a su rostro y le propinó un lengüetazo. Él agradeció el gesto de consuelo y le acarició la cabeza. Continuó allí durante largos minutos, sin hacer nada, sin pensar, con un gran vacío en su interior que iba absorbiéndole.

Reaccionó al comprender que sus padres habrían visto la noticia y estarían preocupados. Abrió la guantera y cogió el teléfono móvil. Lo encendió. Varias llamadas perdidas de sus padres y de Selma aparecieron en la pantalla; también mensajes. Como suponía, estaban al tanto de lo ocurrido y querían ponerse en contacto con él.

Se tragó el dolor que sentía y marcó el número de Selma en primer lugar. Tenía que conocer todos los datos para saber a qué se enfrentaba; después hablaría con sus padres.

Selma respondió de inmediato. Había intentado comunicarse con él en el mismo momento que terminó de hablar con Stella el día anterior. Le llamó repetidas veces y no lo logró. Habría apagado el teléfono, como era su costumbre. No obstante, continuó llamándolo desde primera hora de la mañana. Con quien sí contactó fue con los padres de Darren. Tenía que notificarles lo que se avecinaba para que estuvieran preparados. Aunque en su nuevo retiro eran personas anónimas, algún periodista avispado podría localizarles y regresarían al calvario que padecieron en el pasado.

–¿Qué ocurre, Selma? –preguntó de forma innecesaria.

El tinte de desolación en la voz de Darren no pasó desapercibido a Selma. Se habría enterado de la noticia, que no dejaba de aparecer en todos los medios de comunicación y en las redes sociales. No se alegró por haberse evitado el amargo trance de informarle de la ingratitud de Stella.

El sonido de fondo, de coches transitando, le indicó que estaba en la carretera. Al menos, no estaba en la cabaña. Al haber informado de su ubicación exacta era fácil que lo localizaran.

–¿Has visto lo que están difundiendo los medios de comunicación? –preguntó a su vez.

–Sí, acabo de verlo por televisión. –De nuevo ese matiz amargo que ella conocía bien.

Selma quedó callada durante unos segundos. No sabía qué decirle para mitigar el dolor que estaría sufriendo. Presentía que su interés por Stella iba más allá de lo que le había dado a entender. Cuando lo llamó, no se le escapó el deplorable estado de ánimo por el que pasaba. El que emprendiese un viaje sin destino definido, como le había anunciado, no era otra cosa que un intento de huir de los recuerdos que aquel lugar le suscitaba.

–¿Dónde estás ahora?

—De viaje. Ya te dije que pasaría unos días fuera. —Fue impreciso en la respuesta. No iba a decirle que se encontraba cerca de Seattle y que había recorrido más de cinco mil kilómetros de forma errática, solo parando para comer, dormir y dejar que Sugar corriera un poco, para volver otra vez a la carretera, en su loco afán por olvidarla, por centrarse en algo y no pensar en ella, en su traición. ¿Y de qué le había servido esa huida agónica y sin sentido? Continuaba apareciendo en sus sueños, su cuerpo la añoraba con desesperación, su imagen no se apartaba de su mente. Se había metido en su corazón y no podía sacarla de allí sin arrancárselo.

—Ven a casa y juntos prepararemos la estrategia que seguir, o con tus padres. No debes estar solo e ilocalizable como hasta ahora —le aconsejó ella.

—No creo que sea necesario. No va a ocurrir nada que desconozca. Volveré a desaparecer hasta que se olviden de mí.

—Esa postura fue un error, Darren, al igual que lo es ahora. No digo que salgas en los medios para rebatir lo que están propagando; sería contraproducente, ni debes esconderte otra vez. No hiciste nada malo. No agaches la cabeza. Defiéndete cuando tengas la oportunidad.

Silencio. Solo se escuchaba el sonido de vehículos en marcha. Selma pensó que no la había oído o la comunicación se había cortado.

—No quiero implicaros, ni a mis padres ni a vosotros. He vuelto a ser un estúpido y yo debo cargar con las consecuencias; nadie más —dijo al fin Darren. El abatimiento mezclado con resignación daba una entonación oscura a sus palabras. Igual que su rostro, que Selma no veía.

—Pecaste de crédulo, es cierto, pero antes o después se habría destapado; solo era cuestión de tiempo o de pericia por parte de algún periodista. De todas formas, Stella asegura que no ha tenido nada que ver con la publicación de la noticia y del reportaje que aparecerá en el próximo número de la revista *The Globe Magazine*, que es para la que trabaja. Me llamó ayer. Dice que le han robado la información que guardaba, que no tenía intención de publicar, y que ha hecho todo lo posible por evitar que se divulgase. No sé si debemos creerla.

Nuevo silencio. Darren procesaba lo que Selma le decía. Stella le aseguró que no lo desvelaría y él la creyó. ¿Cómo fue tan necio cuando sabía que le había mentido en todo?

–Debes tomar una decisión, Darren –insistió Selma–. El revuelo que se está formando afectará a las ventas de los libros y a las gestiones que estaba haciendo con la productora para llevarlos al cine.

–Eso ahora no me importa.

–Te lo digo para que estés preparado. Si quieres, podemos demandar al periódico o, al menos, a Stella Owens. Ya veré qué leyes se ha saltado, que habrán sido unas cuantas, e intentaré *in extremis* que la revista no publique lo que tiene preparado –ofreció. Sabía que con eso no conseguía nada; se estaba transmitiendo por todos lados.

–No merece la pena. Se habrán cubierto bien las espaldas. Y sí, fui un crédulo y confié en ella. Le abrí la puerta de mi hogar y le conté quién era. Soy el único causante de mi ruina. –El desconsuelo en su voz era tanto que Selma sintió un gran dolor por su amigo, al que consideraba parte de su familia.

–No te tortures, Darren. Te aconsejo que no te dejes ver durante unos días, hasta que la noticia se enfríe un poco y la prensa encuentre a otro al que crucificar; luego podrás seguir con tus planes. Avisé ayer a tus padres para que estuvieran preparados. Puede que alguien los localice y vuelvan a acosarlos. ¿Has hablado con ellos?

–No. Ahora les llamo.

–Lamento no haber conseguido ocultar tu rastro mejor. Confiaste en mí y te he decepcionado. –Selma se sentía responsable de lo ocurrido.

–No debes culparte de nada; al contrario, me has ayudado a forjar nuevas ambiciones que yo solo no hubiese conseguido. Y como bien has dicho, se habría acabado descubriendo. Era imposible mantenerlo oculto con el éxito que han tenido los libros. No debí cargarte con ese compromiso, Selma, lo siento. Estoy en deuda contigo por el apoyo y la ayuda que me has brindado durante estos años.

–Eres mi hermano, no de sangre, pero sí de espíritu. La familia se apoya de forma incondicional.

–Lo sé, Selma. Gracias.

Darren colgó la comunicación y enfiló la carretera. Condujo durante una decena de kilómetros sin fijarse en nada, llevado por la inercia que le había movido hasta ese momento: huir sin rumbo fijo. Así llevaba una semana, desde esa mañana, cuando había descubierto que Stella era una farsante, que lo había engañado, que se había aprovechado de él para conseguir un suculento artículo. Cogió el coche que tenía en un garaje en Wildernest y enfiló la carretera sin mirar dónde iba.

Al principio, como llevaba tanto tiempo sin conducir, esa actividad consiguió sofocar el insistente pensamiento que se negaba a abandonarle, que se hundía dolorosamente en la carne, como un cuchillo, una y otra vez. Pronto dejó de servirle de paliativo para la profunda puñalada que Stella le había asestado y siguió por inercia, porque no sabía qué hacer, porque regresar a la cabaña era impensable, porque tenía demasiados recuerdos y esos recuerdos eran demasiado dolorosos.

Tampoco deseaba angustiar a sus padres con sus preocupaciones, ahora que se les veía relajados. Ellos advertirían sus sentimientos. Cuando transcurriesen unos días, cuando ese dolor disminuyera, podría comenzar a plantearse qué hacer, qué camino tomar. Ya no era factible esa nueva vida con la que había fantaseado días atrás, en la que cabían las ilusiones; una vida con Stella. Ella le había mentido.

Ni siquiera la creía cuando afirmó que no había fingido su pasión; ¿cómo creerla? Sabía de lo que eran capaces los periodistas por conseguir una noticia de impacto. Lo había comprobado años atrás. Cómo lo habían calumniado hasta casi destruirle, cómo habían asediado a sus padres hasta obligarles a abandonar su hogar. Buitres.

Y ahora volvería a ocurrir. Estaría en el centro del huracán y con él sus seres queridos. En esta ocasión no se escondería, decidió. Él nunca había sido un cobarde, ni cuando era un niño de seis años y se peleaba con otros mucho mayores que él por defender a Morgan; ¿por qué actuaba como si lo fuera?

Selma tenía razón. No debió ocultarse durante todos esos años. Había sido un error; era hora de remediarlo. Daría la cara y se enfrentaría a lo que estuviera por venir con dignidad. Se removería toda la porquería de su pasado; lo sabía y no le importaba. Él tenía la conciencia tranquila.

Casi frenó en seco en aquella concurrida carretera entre densos bosques. Giró y tomó el camino a la inversa. Iría con sus padres y juntos afrontarían lo que les viniese encima si los periodistas los localizaban. No les dejaría solos. Él daría la cara y lucharía por defenderse como no lo hizo en el pasado.

36

La noticia conmocionó a buena parte de la sociedad estadounidense. Al fin se desenmascaraba al autor más codiciado del momento y, como extra, ese autor era el famoso exjugador Giant Burke, del que nada se sabía desde hacía cinco años, cuando abandonó su exitosa carrera deportiva al desencadenarse el escándalo que estuvo a punto de llevarlo a la cárcel.

Las opiniones volvieron a dividirse entre los partidarios de su inocencia, una minoría, y los que le acusaban de maltratador. Las redes sociales, otra vez, fueron foco de polémica y, en contra de lo esperado, se incrementaron las ventas de sus libros. El morbo vendía y más si el misterio lo rodeaba.

Stella no regresó a la redacción de *The Globe Magazine* ni para despedirse de los pocos compañeros a los que apreciaba. Estaba demasiado dolida. Durante los primeros días, Diane fue su gran refugio. La consoló, la alentó e, incluso, consultó con un abogado si se podía hacer algo para evitar que el sunami continuase arrasando en todos los medios. La respuesta era la que ambas esperaban: no tenía probabilidad de ganar contra el periódico, y desistió.

Stella se sinceró con su hermana, su paño de lágrimas desde niña. Le confesó sus sentimientos por Darren. Y Diane, que lo había intuido, comprendió la magnitud de su tristeza. Se compadeció de ella. Un amor no correspondido ya era algo grave; si la persona amada te odiaba, era una tragedia.

Nada se supo de Giant Burke durante los primeros días. Siguiendo su línea anterior, no apareció en ningún medio ni concedió entrevistas. La prensa trató de localizar a sus padres y no consiguieron dar con ellos. Ya no vivían en Boulder y nadie sabía dónde se habían trasladado. Contactaron con Selma y, al negarse a hacer declaraciones, pronto la dejaron en paz.

Stella abandonó Nueva York después de una semana y se marchó a Norfolk. En la casa paterna rumiaría su desgracia. Ellos no le preguntaron nada, solo lo que ella les explicó. Comprendieron que iba más allá del disgusto que se había llevado al robarle un artículo en el que había puesto muchas ilusiones y no la forzaron. Sentían que estuviera pasando por aquellos malos momentos. Deseaban ver a su hija menor enamorada y felizmente correspondida, como lo era la mayor. Ellos llevaban disfrutando de amor y mutua compañía más de treinta años y les dolía verla tan desdichada.

Stella estaba al tanto de todo lo que se publicaba en prensa y redes sobre Darren. Le hubiera gustado saber cómo se encontraba, pero no intentó ponerse en contacto con él ni con Selma; sería un gesto inútil. Él no quería saber nada de ella. La odiaba. Debía de estar reviviendo la pesadilla que ya padeció en su pasado. Leyó con avidez todo lo que se publicó cinco años antes. En ese periodo ella estaba en Londres y no había seguido puntualmente la noticia.

Esas lecturas solo reforzaron el convencimiento de que Darren no era culpable de lo que Jasmine Ellis le acusó. No le creía capaz de maltratar a un ser indefenso ni con una causa justificada. Conocía su carácter protector, tranquilo y generoso. ¿Cómo iba a maltratar a alguien? Se negaba a creerlo. Fue cuando decidió que tenía que demostrarlo, aunque hubiesen pasado tantos años.

Si de algo se sentía orgullosa era de su sagacidad para conseguir información y de sus dotes de investigadora. Si lograba descubrir lo que ocurrió, ayudaría a limpiar su nombre y repararía parte del perjuicio que le había causado. Para ello debía ir al lugar donde se habían producido los hechos: Los Ángeles.

Con los ahorros que tenía, pagó el billete de avión y alquiló un modesto apartamento por un par de semanas, que alargaría todo el tiempo que fuese necesario. Sus padres habían insistido en ayudarla con los gastos cuando les informó de su intención. Ella no quería ser una carga para nadie, y más por algo de lo que se sentía la única responsable, y se negó.

Una vez instalada en la ciudad, se puso a investigar. Visitó la casa de Darren en Hollywood Hills. Había pasado por varias manos desde el escándalo y en la actualidad la habitaba una pareja de edad avanzada. Él, productor teatral, y ella, una antigua actriz que había abandonado la profesión al casarse. Ahora disfrutaban de un retiro cómodo y tranquilo. Stella, que conservaba su carné de periodista del *The Globe Magazine*, logró que sus nuevos inquilinos la dejaran entrar.

Recorrió los lugares donde transcurrieron los hechos. Aunque la decoración había cambiado con respecto a los vídeos y fotografías que circulaban de aquella época, se pudo hacer una idea de cómo habían sucedido las cosas. Una fiesta multitudinaria, alcohol, drogas, chicas fáciles, hombres jóvenes y sedientos de sexo y diversión... Esa imagen de Darren no le cuadraba con la actual. Debía de ser el ambiente lo que influía. Según las declaraciones de algunos compañeros y las personas que lo conocían, él no solía beber y mucho menos tomar drogas. Si esa noche lo hizo fue algo excepcional... o no era consciente de lo que hacía.

Revisó a fondo la información. Incluso se puso en contacto con Donald Brown, el detective que había llevado el caso. Ahora estaba retirado y, con reticencia, aceptó hablar con ella. Al no haberse llevado a juicio, el informe policial no se podía consultar, y lo que él le contara le sería de gran ayuda.

La recibió en su hogar, una casita sencilla y bien cuidada en una zona tranquila de Torrance, al sur de Los Ángeles.

–Poco puedo decirle, señorita. Como sabrá, no es posible desvelar nada del informe policial que se archivó. Si la denuncia se hubiese mantenido, tendría acceso a ello; al haberse retirado, no debo revelar su contenido o me metería en un buen aprieto –le explicó el expolicía.

A Stella le cayó bien desde el primer momento. Le agradó la expresión simpática de su mofletudo rostro y el brillo amable de sus ojos oscuros. La enorme estatura y el exceso de peso le habían pasado factura y caminaba con dificultad; aun así, imponía el mismo respeto que cuando estaba en activo.

–Le entiendo, señor Brown, y no voy a pedirle nada de eso. Solo quiero que me hable, si no tiene inconveniente, de sus impresiones. He leído con detenimiento todo lo que se ha publicado al respecto y me surgen dudas sobre la implicación de Darren Burke. Creo que se le condenó públicamente sin que se hubiese esclarecido su culpabilidad, ni creo que se llevase a cabo una exhaustiva investigación para determinar qué sucedió.

–En eso lleva razón, señorita. La prensa se cebó con él desde el primer momento. Se les presentó un buen manjar y le hincaron el diente a placer. Y él tuvo parte de culpa, o los abogados que le asesoraron. Ofrecieron una cantidad irresistible a la joven para que retirara la denuncia y eso propició que la investigación no continuase y se archivase. Si hubiera seguido su curso, habríamos acabado por descubrir la realidad de lo que ocurrió, que no estaba nada clara.

–¿Usted cree?

–Desde luego. La declaración de Jasmine Ellis presentaba algunas contradicciones y bastantes lagunas. No puedo decirle que mintiera en todo; las evidencias de la agresión estaban allí. Lo que no hizo fue contar toda la verdad. En cuanto a él, su declaración se mantuvo firme desde el primer momento. Sostuvo que no la había atacado, que solo habían discutido, cosa que corroboraba el vídeo que tomó uno de los asistentes a la fiesta. Y, pese a ir bebido o haber tomado alguna droga, insistía en que no le puso la mano encima.

–Yo también creo que la decisión de pagar para que retirara la denuncia le perjudicó, aunque no contarían con que el suceso iba a convertirse en mediático por la aparición en los medios del novio y de otros, que le hundieron.

–Así es. Sacaron una buena tajada todos. Ella no volvió a hacer declaraciones. Firmaría un acuerdo de silencio, que no sirvió de nada porque otros hablaron hasta la saciedad.

–Travis Kendall y Jerry Steinberg, el abogado.

–Exacto. Se lucraron bien con el asunto –dijo de forma despectiva–. Para ser justos, y con la experiencia de más de treinta años en el cuerpo de Policía, en ese caso hubo dos víctimas: Jasmine Ellis y el propio Darren Burke. Y todo fue urdido por el novio de ella y el sórdido abogado que les asesoró.

–¿Por qué lo dice? –preguntó Stella con expectación. Un puntito de esperanza comenzaba a brillar ante ella y no pensaba dejar que se apagase.

Donald vio la oportunidad de quitarse esa espinita que llevaba clavada desde entonces. No le gustaba dejar un caso sin resolver, y menos uno en el que hubo víctimas. Si esa periodista lograba sacar alguna luz, consideraría que había cumplido con su deber.

–Cuando le tomé declaración a la chica, apenas habló. Estaba muy asustada. En cambio, el novio, que no la dejó ni un segundo sola, fue el que llevó la voz cantante. No me extrañaría que las lesiones se las hubiese provocado él y no el jugador, al menos las más graves. Es cierto que los vieron discutiendo, lo que nadie vio fue que Burke la golpeara, ni siquiera la zarandeara. No sé, me dio mala espina desde el principio. Si me hubiesen dejado presionarla un poco, habría acabado admitiendo que mentía. No tuve posibilidad de hacerlo. Su abogado la protegió y en un par de días retiró la denuncia, con lo que el caso se archivó.

–Me gustaría entrevistarla. ¿Sabe dónde vive o dónde lo hacía en aquella época?

–No puedo darle ese dato, compréndalo; y de hacerlo le serviría de poco. Se habrá mudado. Sí le diré dónde encontrarla. Verá, ese caso me afectó. Pensaba que Darren Burke era inocente de buena parte de las acusaciones y, en parte, sentía que había colaborado en su caída en desgracia. Como le digo, si hubiese podido investigar, habría llegado a desmantelar la trama que urdieron para sacarle dinero. No me gustaba dejar asuntos sin resolver, y menos en los que recelaba que había mucho más de lo que se contaba, y les seguí la pista a Jasmine y al novio. Burke desapareció y hasta hace unas semanas no se ha sabido nada de él. Al pobre le han vuelto a fastidiar la vida –se lamentó.

Stella sintió un enorme peso oprimiéndole el pecho. En esta ocasión, ella había sido la responsable. Procuró que el remordimiento no se reflejase en su rostro. Ese hombre admiraba a Darren y sentía las zancadillas que le había puesto el destino. Si supiese que ella había sido la causante de su segunda caída en desgracia, seguro que la echaba de allí de una patada.

–La pareja me daba mala espina y les seguí la pista, como le digo. Ella se mantenía en segundo plano, sin hacer declaraciones que yo sepa; no él, que se explayaba a gusto ante todo el que quisiese escucharle, vertiendo todo tipo de acusaciones contra Burke. Durante unos seis meses estuvo saliendo en prensa y televisión, concediendo entrevistas, cobrando por ello, y participando en programas de opinión. Hasta que el tema dejó de tener interés y a él ya no lo volvieron a llamar. Influyeron las muchas adicciones que tenía. En los últimos programas, apareció drogado y armando broncas. Después de eso, vivió del dinero que había ganado hasta que se le acabó y lo último que supe era que se dedicaba al trapicheo y convivía con una actriz madura, que debía mantenerlo. Lo han detenido en varias ocasiones por peleas y posesión de drogas, pero solo ha pasado unos días en prisión.

–Es incomprensible que un tipo de esa calaña continúe libre –reprobó Stella con rabia.

–Así es la ley. Y él es listo; sabe hasta dónde puede llegar para que no le acusen de delitos graves, que están penados con años de cárcel. –Se encogió de hombros en un significativo gesto de impotencia–. Ella, y hasta donde sé, se mantuvo al margen. La fama adquirida con el escándalo, al contrario de lo que pensaban, no le reportó ningún beneficio, solo el dinero que le pudo sacar a Burke y del que no creo que recibiera mucho. Hizo algún trabajo menor como modelo y apareció de figurante en un par de programas de televisión; a partir de eso dejaron de contar con ella. Abandonó a Travis al año de aquello y se instaló en un pequeño apartamento. Tuvo un par de trabajos de camarera y acabó en un club de *striptease*, hasta que dio a luz.

–¿Tuvo un hijo?

–Sí, una niña, a los pocos meses de dejar a Kendall. No tengo claro que sea de él. Por aquella época bebía y se drogaba. Intentó superar las adicciones sin éxito y los

Servicios Sociales le quitaron a la niña cuando la detuvieron por diversos altercados. Lo último que supe de ella es que trabajaba de limpiadora en un motel; no sé si continuará allí. Uno de los casos que tuve que investigar antes de retirarme fue el asesinato de una prostituta en aquella zona. A ella fue a una de las que tomé declaración. Me costó reconocerla. Ya no era la jovencita guapa y delicada de años antes. Estaba muy deteriorada, demacrada. Otro juguete roto, de los muchos que llegan a esta ciudad creyendo que van a ser famosos y llevar la vida de lujo que ven en las películas y la prensa. No saben que solo una mínima parte de ellos lo consiguen y para el resto se convierte en un infierno. –Suspiró y movió la cabeza con pesar. Habían sido muchos años de ver cómo tantos jóvenes destrozaban sus vidas por una quimera.

–¿Me daría la dirección del motel?

–Sin problema. Aunque ya no trabaje allí, puede que le faciliten información sobre ella. –Donald se levantó, fue hacia una mesa y abrió el cajón. Escribió en un papel y se lo dio a Stella–. Este es el nombre del motel donde trabajaba y la dirección. La otra es la que me dio cuando la interrogué. Lo comprobé y vivía allí; de eso hace unos seis meses. Yo iría primero donde se aloja, está más cerca. Y lleve cuidado. Esa zona de Compton no es de las peores, pero es poco recomendable. Pregunte por Jasmine Jones, su auténtico nombre y por el que ahora la conocen.

–Y del abogado, ¿sabe algo?

–Steinberg sigue siendo un tipo sin escrúpulos. Ha salido en varias ocasiones en la prensa defendiendo a tipejos y delincuentes. Mejor que no se acerque a él.

–Gracias, señor Brown; ha sido de gran ayuda.

–Espero que consiga llegar al fondo del asunto y aclare lo que ocurrió para que se despejen las dudas sobre Giant Burke. Le admiraba y no creo que hiciera lo que decían de él. Siempre he pensado que ella mintió para lucrarse o por temor hacia el novio, que la manipuló para su propio interés. Burke no se merecía lo que le hicieron. Espero que usted no quiera sacar tajada a su costa, como otros.

–Yo solo quiero saber la verdad, señor Brown, y no publicaré ninguna noticia si no está contrastada. No es mi forma de trabajar.

Que otra persona creyese en la inocencia de Darren y estuviese convencido de que le habían tendido una trampa animaba a Stella a continuar; ahora tenía que demostrarlo.

37

Stella siguió el consejo de Brown y se dirigió a la dirección que le había dado, en los suburbios del sur de la ciudad. Le costó casi una hora llegar. La zona se veía empobrecida. Bloques de viviendas de dos o tres pisos, con fachadas ajadas, calles sucias y jóvenes deambulando. Aparcó frente al edificio y bajó. La puerta aparecía abierta y un par de adolescentes estaban sentados en las escaleras fumando en una pipa de *crack*. Los esquivó y subió hasta el segundo piso. Llamó a la puerta y esperó. Al poco, repitió la llamada. Escuchó unos pasos y aguardó. La puerta se abrió unos centímetros y por ella apareció la cabeza despeinada y llena de rizos de una mujer. Su tez oscura le indicó que no se trataba de Jasmine Ellis, o Jasmine Jones, como se llamaba la persona que le interesaba.

–¿Qué desea? –preguntó con voz soñolienta, y la sometió a un severo escrutinio.

–Busco a Jasmine Jones.

–No está aquí –dijo, e intentó cerrar la puerta.

Stella no pensaba dejarla hasta que consiguiese alguna información. Con una mano, impidió que la puerta se cerrase y volvió a preguntar:

–¿Sabe cuándo regresará?

–Cuando acabe de trabajar, imagino. Yo no soy su niñera –respondió la mujer con franco disgusto, mientras se tiraba de la camiseta para cubrir un poco más de sus largas piernas desnudas.

–¿Puede decirme dónde trabaja para buscarla allí?

La mujer la miró con desconfianza.

–¿Quién es usted y por qué pregunta por Jasmine? –Si se había metido en líos, tendría que marcharse. Ella no quería complicaciones. Bastante tenía con los suyos. Estaba en libertad condicional y al menor tropiezo podía volver a la cárcel.

–Soy de Servicios Sociales. Vengo por el tema de su hija.

Esa explicación pareció tranquilizarla y perdió el inicial recelo.

–Trabaja en el motel Sunshine, que está en Caldwell Street. Allí es probable que la encuentre; tiene turno hasta las diez de la noche.

–Gracias.

Stella bajó a la calle y respiró aliviada al ver que el coche, que había estacionado a pocos metros, seguía intacto. Como le había advertido el exdetective, aquel era un barrio conflictivo y había temido que se lo robaran o desvalijaran. Era de alquiler y lo cubriría un seguro, pero prefería evitar contratiempos que le entorpecieran el trabajo.

El motel, el mismo que Brown le había indicado, se encontraba a unas cuatro manzanas en dirección este, una zona menos peligrosa y cerca del aeropuerto de Compton-Woodley. Alquiló una habitación y esperó unos minutos para llamar a recepción.

–¿Puede venir alguien de la limpieza, por favor? –pidió a la persona que le atendió.

–¿Qué ocurre, señora?

–La cama está sin hacer. Si no cambian de inmediato

las sábanas, tendré que poner una reclamación –exigió con su tono de voz más autoritario.

–Lo siento mucho. De inmediato le envío a una persona.

Stella aguardó.

Unos diez minutos más tarde escuchó el carrito de servicio por el pasillo y unos golpes en la puerta. Abrió. La mujer que estaba parada frente a ella tenía un aspecto ajado y parecía mayor de los veinticinco años que tendría. Si no hubiera mirado la placa que llevaba prendida en la camisa con el nombre de Jasmine, nunca hubiera pensado que era ella.

Llevaba el cabello recogido en una coleta tirante y había cambiado el rubio brillante por un color castaño apagado y poco favorecedor. Había engordado y no presentaba la esbelta figura de años antes. Tampoco el rostro sin maquillar era el mismo que había visto en las fotografías y las tomas robadas en vídeos. El rictus de amargura que circundaba su boca estaba más acentuado, si bien en la mirada ya no se apreciaba ese pavor de antaño. Parecía que había abandonado las antiguas adicciones y se la veía más aliviada, aunque no feliz.

–Si me permite pasar, cambiaré las sábanas –pidió, al ver que Stella seguía parada ante la puerta. Le dirigió una breve mirada, no exenta de envidia, a la mujer alta y elegante que la observaba con atención.

–Desde luego.

Stella se apartó de la puerta para que pasara. Había deshecho la cama y amontonado las sábanas en el suelo para justificar la llamada. Jasmine entró con la ropa de cama en los brazos, la dejó sobre la mesita y depositó en el carrito las que había esparcidas por la moqueta. Cuando volvió a entrar, Stella cerró la puerta.

–¿Es usted Jasmine Ellis?

Jasmine se giró. Su rostro mostró un gesto de temor mezclado con asombro. Hacía años que no utilizaba ese nombre, el artístico. Se repuso pronto; no antes de que Stella advirtiese su reacción.

–Lo siento. Se ha equivocado. –Su voz sonaba algo temblorosa y evitó mirarla al responder.

–No me equivoco. Eres esa persona y tu auténtico nombre es Jasmine Jones. –Stella se mantuvo firme y bloqueó la puerta cuando ella hizo intención de salir–. Tranquila. No vengo a perjudicarte. Solo quiero hablar contigo y no me marcharé hasta que lo haga.

Jasmine miró asustada en todas direcciones buscando una vía de escape; al no encontrarla, se resignó.

–¿Qué es lo que quiere?

–Hablar sobre la agresión que sufriste hace cinco años.

Era lo que Jasmine esperaba y no se sorprendió. Nadie se acordaba de aquello hasta hacía unos días, que se removió todo para volver a amargarle la vida.

–Si es periodista, ya le digo que no voy a concederle una entrevista. Nunca lo hice, ni ahora lo haré. Eso es agua pasada.

–No para el afectado. Darren Burke sigue cargando con las consecuencias de aquel escándalo. Debes contar lo que ocurrió para que quede libre de toda sospecha. Porque él no fue quien lo hizo, ¿no es cierto? –La certeza de que Darren era inocente la animaba a presionarla.

–Ya lo conté todo a la Policía. No tengo más que decir, ni pienso hablar de ello con usted –insistió Jasmine.

La actitud temerosa que mostraba sugería que estaba mintiendo, y Stella lo advirtió.

–Mentiste, y continúas haciéndolo; un error porque no voy a desistir hasta que lo admitas. Darren Burke merece rehacer su vida. Se lo debes –dijo con calor.

Si Stella hubiese tenido alguna duda –que no era el caso–, la inquietud que observaba en el rostro de la chica la habría terminado de convencer de que Darren no era el responsable.

Jasmine abandonó la actitud desafiante y hundió los hombros, abatida por el peso del tormento que arrastraba desde hacía tanto tiempo. Se sentó en la cama con gesto de derrota.

–No puedo hablar sobre aquello. Tengo una hija sobre la que recaerían las consecuencias de ese pasado que procuro desterrar de mi vida. Me juego demasiado si confieso. Lo siento, soy una cobarde. –Ocultó el rostro entre las manos y ahogó un sollozo. Continuó a los pocos segundos–: Es cierto que mentí y me avergüenzo de ello, pero ahora no puedo negar lo que en su día dije, Burke me demandará y perderé la oportunidad de recuperar a Ashley. Me estoy esforzando por llevar una vida estable, he abandonado las adicciones, tengo un trabajo honrado... ¿De qué servirá todo ese esfuerzo si entro en la cárcel? ¡Mi hija me necesita!

Stella contuvo a duras penas las ganas de gritar de júbilo al escuchar la confesión de Jasmine y, al mismo tiempo, una enorme indignación la estremeció. Darren estaba soportando un calvario por algo que nunca hizo.

Jasmine la miró con ojos llorosos; demandaba su comprensión. Stella no se ablandó ante unas lágrimas y una conciencia amarga.

–Si decide demandarte estaría en su derecho, ¡le destrozaste la vida! –La necesidad de decirle a la cara lo que pensaba era irresistible. Se dominó con esfuerzo. Necesitaba su colaboración y, si la ponía en su contra, no lo conseguiría. Tenía que declarar públicamente que Darren no había sido el autor de la agresión para eliminar el estigma que le perseguía durante esos años.

–No puedo hacerlo. Travis dijo que me mataría si abría la boca, y es muy capaz de hacerlo –añadió. En su voz se advertía la desesperación y el miedo que la dominaban. Temía a su antiguo novio más que verse en prisión. De la cárcel se salía, de la tumba no.

Ante aquellas palabras, las sospechas de Stella se

confirmaban. Travis Kendall había tenido una gran implicación en aquel montaje; hasta apostaba que había sido él quien le pegó.

–Debiste calibrar las consecuencias y no acceder a esa burda trama –la recriminó–. Estás a tiempo de reparar en parte el daño que has causado. Si me ayudas a que la verdad salga a la luz y Darren Burke quede libre del agravio que soporta, haré todo lo posible para que recuperes la custodia de tu hija. Los Servicios Sociales tendrán en cuenta ese gesto. Demuestra que la niña te importa tanto como para que te arriesgues a ir a la cárcel. Eres buena persona. Admite que mentiste y te sentirás aliviada.

Las lágrimas corrían por el rosto de Jasmine de forma incontenible y su cuerpo temblaba presa de los remordimientos. La conciencia culpable había sido uno de sus castigos. Tendría paz si proclamaba públicamente la inocencia del jugador, aunque se jugaba demasiado.

–No puedo hacerlo. Tengo miedo –reconoció con angustia–. Y no serviría de nada si Travis no confiesa que me obligó a mentir.

Stella comprendió que tenía razón. No ayudaría a Darren que ella admitiera que mintió, como no sirvió entonces que retirara la denuncia. Quedaría el recelo de que lo había hecho por dinero.

–Algo se nos ocurrirá. Ahora, cuéntame qué sucedió; y no te dejes nada.

38

Jasmine sacó un pañuelo de papel del bolsillo del pantalón y se sonó la nariz. Inspiró con fuerza para darse ánimos y empezó a contar su historia, tal y como Stella le había pedido.

–Acababa de llegar a Los Ángeles cuando conocí a Travis. Él se convirtió en mi representante y me ayudó a encontrar empleo en una cafetería mientras conseguía algún trabajo de modelo o un *casting* para alguna película. Era difícil. Había muchas como yo en busca de fama y fortuna. Después de unos seis meses, y viendo que las facturas se multiplicaban y no podíamos pagarlas con mi trabajo, se le ocurrió la forma de conseguir dinero. Un amigo llevaba un negocio de *escorts*. En principio, solo consistía en acudir a fiestas o eventos para animarlas y hacer compañía a los invitados; pronto me convenció de que ganaría más si acababa... –Hizo una pequeña pausa. El bochorno que le provocaba el recordar aquellos días se reflejaba en su rostro–. Acostándome con quien me lo propusiera. ¡Qué distinto habría sido todo si no lo hubiese conocido! Lo hice varias veces, hasta que me negué y le amenacé con abandonarle y regresar al pueblo. No me gustaba la vida que llevaba. Llegué con muchas ilusiones que se fueron desvaneciendo con los días y la cruda realidad. Estaba cansada y echaba de menos a mis padres, a los que engañaba diciéndoles que mi carrera de actriz estaba en sus comienzos y que pronto les daría una gran sorpresa.

Las lágrimas cayeron de nuevo con el recuerdo de su padre, que había fallecido dos años antes sin haberla perdonado.

–Travis me rogó que no lo hiciera. Me dijo que me quería y que no podía vivir sin mí. Yo le creí porque estaba enamorada. Y accedí a acudir a esa fiesta en casa de Giant Burke. Me había contratado Bill Rodgers, otro jugador del equipo, para animarla junto a dos chicas más. Lo que pretendía de mí era que me insinuara a Burke y acabara intimando con él. Era una especie de regalo, mencionó, que él no se negaría a aceptar. –Se limpió la humedad del rostro con el dorso de la mano y prosiguió–: En un principio me negué. Me asqueaba continuar con aquella vida. La insistencia de Travis y la promesa de que sería la última vez acabó convenciéndome. Me dijo que necesitaba ese dinero, que le reclamaban un pago y que, si no lo hacía al día siguiente, estaríamos en un serio apuro. Consumía drogas y trapicheaba con ellas. Debía dinero a alguno de sus proveedores, y esa gente no es paciente con las deudas.

Nunca olvidaría el miedo que pasó cuando unos matones se presentaron en la casa de Travis y la intimidaron. Debió de haberle abandonado en ese momento; se habría ahorrado todo el sufrimiento que le sobrevino.

–Como me pidió, intenté seducir a Burke. Él no estaba interesado en lo que le ofrecía, aunque se mostró amable en su negativa. Hasta que mi insistencia le disgustó y me rechazó con contundencia, sin llegar a ponerse violento. Esa fue la famosa discusión que el vídeo recogió. Llamé a Travis para explicarle lo que ocurría y que sería una pérdida de tiempo insistir. Ya encontraríamos una forma de obtener el dinero que necesitaba. No quiso escucharme. Me dijo que la persona que me había contratado quería sacar fotos comprometidas de Burke y que pagaría una buena cantidad por ello. Si yo no lo hacía, se lo encargaría a otra y eso no lo iba a consentir.

–¿Esa persona a la que te refieres era Bill Rodgers? –la interrumpió Stella.

–Eso pensé yo. Él nos contrató para la fiesta.

Stella coincidía con ella. Rodgers era el *quarterback* suplente y estaría interesado en ocupar el puesto de Darren. Fue quien difundió las imágenes que tanto deterioraron su imagen.

–Continúa, por favor.

–Ante la insistencia de Travis, regresé junto al jugador con la determinación de convencerle. Pronto comprobé que la actitud del Burke había cambiado y me chocó. Durante toda la noche se había mantenido sereno y distante; de pronto se mostraba pasivo: ni colaboraba ni se negaba a mis caricias. Me sorprendió y deduje que había tomado alguna droga, de esas que anulan la voluntad. Lo había visto en otras ocasiones, en compañeras que se las daban a los acompañantes que le desagradaban para evitar acostarse con ellos, o las tomaban ellas mismas para no recordar los abusos a los que las sometían.

–¿Estás segura de eso? ¿Cuándo fue?

–Hacia el final, cuando acabó la fiesta. Un vigilante de seguridad de la urbanización se había presentado poco antes a transmitir las quejas de algunos vecinos por el exceso de ruido; era la segunda vez. Burke se enfadó con los más alborotadores y dio por terminada la reunión. Yo también iba a marcharme cuando recibí una llamada de Travis. Estaba furioso. El cliente no había quedado satisfecho con mi trabajo y no pensaba pagarle lo acordado. Me dijo que me quedara y consiguiese imágenes más íntimas y jugosas de Burke; con ello, el cliente estaría contento y le pagaría. Pude haberme negado y no lo hice. Conocía a Travis y sabía de lo que era capaz cuando un negocio le salía mal.

Stella intuyó por sus palabras que la violencia era una norma general en aquella relación. Decidió no interrumpirla.

–Así que permanecí allí hasta que todos se fueron y lo acompañé a su habitación. Él cayó en la cama como un fardo, como si no pudiese despertar de un sueño profundo. Lo desnudé y comencé a estimularlo; no hubo forma de que reaccionara. Me vi allí, abusando de una persona indefensa, y sentí asco de mí misma. Era una infamia lo que estaba haciendo y decidí dejarlo.

–¿Quedaba alguien en la casa cuando te marchaste?

–Lo comprobé para ver si me podían acercar a la ciudad. Como no había nadie, llamé a Travis para que me recogiera y me marché.

–¿Cuánto tardó en llegar?

–Poco, unos quince minutos. Debía estar cerca. Le gustaba mucho frecuentar los bares de esa zona. Tenía algunos clientes por allí.

–¿Qué ocurrió? –Sabía que era la parte más difícil y que le supondría una tortura rememorarlo, pero debía conocer todo lo que sucedió por boca de ella.

–Cuando subí al coche y le explique lo ocurrido, discutimos. No había conseguido las imágenes que él quería y estaba fuera de sí. Me dijo que era una inútil, que no servía para nada... –Un sollozo la convulsionó. Se recuperó y continuó con el relato de aquella noche horrible–: Yo saqué valor, el que antes me había faltado, y me enfrenté a él. La venda que hasta entonces había cubierto mis ojos se cayó y lo vi por primera vez. Era un ser despreciable, que se había beneficiado de mi inexperiencia y candidez para explotarme como a una esclava. Le dije que no quería verlo más, que me marchaba al día siguiente... Y me golpeó. Continuó haciéndolo hasta que perdí el co-

nocimiento. Cuando desperté, estábamos camino de comisaría. Me explicó lo que tenía que decir y me advirtió
que, si no colaboraba, me mataría; que sería inútil que
me escondiese, que acabaría encontrándome y que mis
padres sabrían lo que era su hija.

Nuevos sollozos la obligaron a parar. Los traumáticos momentos que había vivido estaban allí, presentes
otra vez para lastimarla.

–No tuve otra opción. Sabía que cumpliría su amenaza y mentí lo mejor que pude. Y he seguido callando
porque le tengo miedo, ahora más que antes, por mi
hija. Ashley es una niña inocente que no se merece el
padre que tiene.

Stella había escuchado la narración con el corazón
encogido. Sintió una enorme compasión por aquella
mujer que había visto su vida destrozada, como Darren,
por los sucios manejos de un sádico. Una furia intensa
la invadió; ella se encargaría de que recibiera su castigo.

–Eso es todo. Él me obligó a mentir, y lo peor es que
no puedo demostrarlo. ¿Quién iba a creer a una mentirosa?

–Yo te creo, y mucha gente más cuando lo expliques.
Indagaré en su vida y sacaré todos sus trapos sucios, que
serán muchos; sin embargo, nadie dudaría si él acabara
admitiéndolo.

–¿Cómo? ¡Nunca hará tal cosa! Sería como ponerse
la soga al cuello.

–No lo admitirá ante un tribunal ni ante la Policía,
pero creo que acabaría haciéndolo ante ti si buscamos
la ocasión. –A Stella se le había ocurrido una idea y necesitaba convencer a Jasmine de que la llevara a cabo–.
Escucha, irás a verle con alguna buena excusa, como que
necesitas dinero para tu hija, y le harás hablar. Lo gra-
barás todo con un micrófono oculto y esa será la prueba
que necesitamos.

Jasmine la miró con cara de espanto.

–No puedo hacerlo. ¡Si me descubre, me mata allí mismo!

–No lo hará. Sé lo que digo; lo he utilizado con anterioridad. Llevarás una cámara oculta que grabará todo y se comunicará por wifi. Solo tienes que hacerle hablar sobre aquella noche. Cuando reconozca que fue quien te maltrató y te obligó a mentir, será suficiente para exculpar a Burke. Puede resultar peligroso y el éxito no está asegurado, pero valdrá la pena si tienes la oportunidad de recuperar a tu hija, ¿no crees? Si me ayudas, conseguiré que el mejor abogado que pueda pagar se ocupe de tu caso, y no dudes de que en poco tiempo la tendrás en tus brazos.

Jasmine consideró la propuesta de Stella. Se exponía a otra paliza o algo peor y eso le aterraba, pero ¿para qué quería vivir si no podía estar con su pequeña?

–De acuerdo, lo intentaré –dijo con resolución–. ¿Cuándo y cómo?

–¿Sabes dónde vive Travis?

–Solo sé que tuvo que vender la casa que compró con el dinero que nos dieron para pagar deudas. Luego se mudó a un apartamento en la zona de Boyle Heights. No sé si sigue allí, aunque conozco a alguien que me lo dirá.

–Mientras lo averiguas, yo prepararé el material que necesitas. ¿Cuándo tendrás la dirección?

–No me llevará mucho tiempo. Con una llamada a la madre de Travis me enteraré. Es buena persona y se interesa por su nieta.

–¿Travis sabe que es el padre de la niña?

–Sí. Solo estaba con él cuando me quedé embarazada. Quería que abortara y me negué; fue cuando dejó que me marchara. Nunca la ha querido ni se ha ocupado de ella. No quiere reconocerla como suya. No me ayudó con la manutención ni a recuperarla cuando los Servicios Sociales me la quitaron. Su madre es la única que me apoya. Quiere a la niña.

–Bien. Tendré el material mañana mismo. Tú consigue la dirección. Te llevaré cuando me lo digas. Necesito estar cerca para que la wifi de la cámara funcione.

–Mañana estaré en el turno de noche, así que estoy libre durante toda la mañana y parte de la tarde.

–Nos vemos en tu casa. Este es mi número de teléfono. Llámame. –Le escribió el número en un papel, que la joven se guardó en el bolsillo.

Jasmine asintió y se marchó. Stella no quedó convencida de que fuese a cumplir con lo acordado. Tenía demasiado miedo, pero era lo único que podía hacer. Como la chica había dicho, sin que Kendall confesara, nadie la creería. Todos pensarían que volvía a hacerlo por dinero o que quería redimirse para conseguir la custodia de su hija.

39

A las diez de la mañana del día siguiente, Stella recibió una llamada de Jasmine.

–Tengo la dirección de Travis. Su madre me la ha dado –le informó con perceptible ansiedad.

Stella se sintió eufórica. No había apostado nada a que Jasmine cumpliría su promesa.

–¿Estás segura de que le encontrarás allí?

–Me he asegurado de ello. Le he dicho a su madre que tenía que hablarle sobre la niña.

–Me parece bien. La historia que le cuentes debe ser creíble o sospechará –le advirtió. Le preocupaba su seguridad. Por lo poco que sabía de Kendall, se trataba de un tipo ruin.

–Sigue siendo su padre pese a haberse desentendido de Ashley. Apelaré a ello para que me ayude a reclamar su custodia. Sé que no lo hará, solo es un pretexto para hablarle. Su madre me ha prometido que, al menos, me escuchará. A ella la respeta.

Jasmine tenía más agallas de las que le atribuyó, asumió Stella. El amor por su hija le daba el valor que antes no tuvo. Esperaba que lo mantuviera intacto a la hora de verse con Kendall.

–Ya tengo preparado el dispositivo de grabación. ¿Cuándo iras? –preguntó Stella.

–La madre me ha dicho que estará en la casa durante todo el día. Por la noche le gusta recorrer los tugurios.

–Cuanto antes, mejor. Podemos ir esta mañana y, si no lo encontramos allí, volveremos por la tarde. Llegaré a tu casa en una media hora, ¿te parece bien? Tenemos que prepararnos para que nada falle.

–Estaré esperando –le aseguró Jasmine. Intentó ignorar el temblor que detectaba en su propia voz, fruto del temor que sentía ante lo que iba a hacer. Pero estaba dispuesta a todo por recuperar a su hija; sin ella, su vida no tenía sentido.

Stella cortó la comunicación con el ánimo esperanzado. Revisó el material que había comprado el día anterior: una minicámara, de las más pequeñas que había encontrado, fácil de ocultar, que se conectaba al móvil por red wifi y tenía una autonomía de más de una hora. Vería la forma de camuflarla en el bolso.

En poco menos de media hora llegó a casa de Jasmine. La notó nerviosa, aunque decidida. Confiaba en que no se arrepintiera cuando llegase el momento de verse cara a acara con él.

Ocultó el dispositivo grabador en la correa del bolso que Jasmine iba a llevar, disimulado por los remaches metálicos que lo adornaban. La cámara en sí era muy pequeña, de poco más de un centímetro. Lo que ocupaba más espacio era la batería. La colocó bajo el forro para que pasase desapercibida si le registraba el bolso. Era comprometido que la llevara oculta en su cuerpo. No quería que se expusiese innecesariamente. Si Kendall la descubría, no le iba a gustar que le hubiese engañado, y ella podía salir mal parada.

Jasmine solo debía procurar tener el bolso junto a ella y en la posición que facilitara una grabación de imagen correcta. Si eso no era posible, al menos grabaría la voz. La cámara emitía una señal wifi que era captada por el teléfono móvil y, desde él, Stella grabaría el encuentro siempre que no se alejara más de veinte metros. Si esa opción fallaba, o el encuentro se alargaba, le había conectado una micro tarjeta grabadora.

Cuando todo estuvo listo, partieron. La casa en la que Travis Kendall vivía estaba en Green Meadows, una de las zonas más empobrecidas de la ciudad. Las cosas no le habían ido bien.

Durante el trayecto, Jasmine se mantuvo en silencio la mayoría del tiempo. Stella temía que en cualquier momento se acobardase y decidiese no continuar. No ocurrió así y llegaron a su destino.

Stella paró en las inmediaciones de la dirección que le había dado a Jasmine la madre de Travis, y le recordó lo que debía hacer.

—Procura llevar el bolso colgado del hombro la mayor parte del tiempo. Hazlo con naturalidad, sin que se te note forzada. Recuerda la posición de la cámara, y no te preocupes si no se consiguen unas imágenes decentes, con la voz nos sobraría.

Jasmine asintió. Había estado practicando y sabía cuál era el ángulo perfecto.

—Ten presente que no debes sacar el tema de inmediato o él desconfiará. Encauza la conversación con cautela. Si está acompañado, insiste en que quieres hablar con él a solas o no dirá nada frente a otras personas. Yo me acercaré lo máximo que pueda para captar la grabación. Si no es posible, el dispositivo lo grabará. Lleva una tarjeta que tiene para más de media hora. Y lo más importante: si se pone agresivo, te marchas de inmediato, ¿entendido? —Jasmine volvió a asentir—. Si por cualquier razón no pudieras marcharte, grita pidiendo ayuda y acudiré; también llamaré a la Policía.

—No temas. Lo conozco y sé hasta dónde puedo llegar —contestó con más entereza de la que tenía.

Stella la abrazó para darle ánimos y Jasmine bajó y recorrió caminando los escasos doscientos metros que le quedaban. No querían que él pudiera verla bajar del coche y le preguntara con quién había ido.

Stella siguió conduciendo y estacionó lo más cerca posible de la casa. Cuando la vio llegar, accionó el control remoto para grabar y comprobó que el móvil recibía la imagen correctamente.

Jasmine se introdujo en el corto camino que atravesaba un abandonado jardín, con el césped crecido en exceso y maleza por todos lados. Un perro de raza pitbull gris claro estaba atado con una cadena en una esquina del pequeño porche. Se incorporó al verla acercarse y se puso a ladrar. Ella se quedó paralizada. Al comprobar que la cadena le impedía avanzar, continuó el camino. Llamó a la puerta y esta se abrió casi de inmediato.

Travis apareció en ella y a Jasmine le impresionó su aspecto. Había cambiado mucho en los cuatro años que llevaba sin verle, desde que le propinó la última paliza y ella temió que matara al bebé que llevaba en las entrañas. Eso le dio fuerzas para abandonarle, aunque su vida no mejoró mucho a partir de entonces.

El chico del que se enamoró ya no tenía la típica apariencia atractiva y juvenil de los jóvenes californianos, rubios y atléticos, que causaba estragos entre las mujeres. Aparecía descuidado y envejecido a sus escasos treinta años. Continuaba llevando el cabello largo, que le escaseaba, y la frente se había ensanchado con unas grandes entradas. Los ojos, de un tono azul celeste, habían perdido la vivacidad de antaño y aparecían enrojecidos y vidriosos. Lucía un vientre prominente, que la ajustada camiseta llena de manchas y de un verde desvaído se encargaba de resaltar. En la mano llevaba una lata de cerveza y en la otra un cigarrillo a medio fumar.

–Hola, Jasmine, ¿cómo te va? –saludó con una mueca que pretendió hacer pasar por sonrisa; aquella que años antes conseguía que Jasmine temblara de deseo y que ahora solo le provocaba repugnancia.

Sin esperar su respuesta, Travis se giró y regresó al salón. Ella entró y cerró la puerta. Sintió un repentino acceso de pánico cuando se introdujo en aquella casa que olía a tabaco y humedad. Las cortinas echadas impedían que entrara la luz diurna, aportando lobreguez a la estancia y sensación de opresión.

El pequeño salón tenía un sofá y un mueble en el que un enorme televisor ocupaban casi todo el espacio. Detrás, la diminuta cocina con el salpicadero lleno de utensilios sucios y botes de cerveza aplastados.

–¿Quieres una cerveza o algo más fuerte? –le preguntó él. Se sentó en el sofá y dio un largo trago a la suya.

–Nada, gracias. –Decidió permanecer de pie. Le repugnaba la suciedad que la rodeaba, y de esa forma era menos sospechoso que llevara el bolso colgado del hombro.

Travis emitió un sonoro eructo y rio.

–Vaya, sí que has cambiado. Antes no despreciabas una invitación a beber... o a otras cosas.

–Llevo sobria dos años. Es uno de los requisitos para recuperar a Ashley.

–Ya. ¿Y crees que te la devolverán? Sigues siendo una ilusa –dijo en tono ofensivo.

–Tengo que intentarlo. Es la única forma de conseguirlo.

–Si tú lo dices... Mi madre me ha comentado que querías hablar sobre la custodia. He accedido porque ella parece ilusionada con la cría, pero antes de que hables quiero advertirte de que no me voy a hacer cargo de ningún gasto.

–No vengo por dinero, solo quiero tu colaboración. Si los Servicios Sociales te preguntan, me gustaría que dieras buenas referencias sobre mí –le pidió con su tono de voz más convincente.

–¿Y por qué iba a hacerlo? ¿Qué gano con ello? Nada.

Si al menos pudieras convencerme. ¿Cuánto ganas en ese trabajo que tienes?

Jasmine se sulfuró. El muy indeseable seguía queriendo abusar de ella. Se contuvo con esfuerzo. No estaba en posición de alterarse.

–Poco, solo para mantenerme. Estoy buscando otro trabajo para cuando me den a la niña. Necesitaré ganar más.

–Yo puedo buscarte algo que te haga ganar unos cientos en poco tiempo. Algunos pagarían por acostarse contigo, aunque ya no eres la jovencita mona de hace años.

La propuesta y la mirada especulativa que le dirigió indignó a Jasmine.

–No voy a acostarme con nadie; ¡no soy una prostituta! –exclamó. Aún le quedaba orgullo.

–¿No? ¿Y por qué te quitaron a la niña?

Ella bajó la cabeza avergonzada.

–Pasé una mala racha y me metí en problemas. Nunca me prostituí, solo cuando estaba contigo y me obligabas a hacerlo –le echó en cara. Viendo que la conversación no iba por el camino que le interesaba, se calmó. Si no le hacía confesar, de nada habría valido aquella visita–. Dejémoslo. Te pido el favor y espero que me ayudes. Me lo debes; o ¿ya no recuerdas lo que hice por ti?

–Tú nunca has hecho nada por mí. Eras una puritana inútil a la que había que llevar de la mano a todos lados. ¿De qué te sirvió la cara bonita que ahora ya ni conservas? –profirió con desprecio. Tenía grandes planes para ella y resultó una gran decepción, con su mojigatería de pueblerina. ¿Cómo pensaba que se conseguían las cosas en aquella ciudad?

–¿Lo niegas? ¿No recuerdas que mentí y estuve a punto de ir a la cárcel? Darren Burke nunca me puso la mano encima. Fuiste tú el que me golpeó. Casi me matas de la paliza y me obligaste a decir que había sido él para sacarle dinero –le acusó con vehemencia. Había perdido el inicial miedo que la contenía e iba a por todas. Sabía que se estaba incriminando, pero ya no iba a encubrirle más. Si conseguía que lo admitiera, asumiría las consecuencias que pudiera acarrearle esa declaración.

–¿Ahora sales con viejas historias? –dijo con sarcasmo.

–No te atrevas a negarlo. No niegues que me obligaste a mentir y a decir que había sido ese pobre hombre. ¡Era inocente! ¡Nos aprovechamos de él! –Tenía que asegurarse de que Travis lo admitía sin género de duda para que Burke quedara libre de sospecha.

La carcajada que soltó Travis acabó provocándole un acceso de tos, que calmó con otro trago de cerveza. La acabó, aplastó el bote entre las manos y lo tiró a un rincón.

–¿Y qué si no lo hizo? Uno tenía que cargar con ello y le tocó a él; a mí me daba igual quien fuera. El tío acabó pagando, que era lo que pretendíamos. Tenía más dinero del que pensaba y yo solo le aligeré un poco el bolsillo. Ya nos avisó Steinberg de que no teníamos que preocuparnos. Él conoce bien a esa gente. No quieren meterse en enredos y pagan lo que sea necesario para evitarlos. Si a ese tonto le salió la cosa mal por el escándalo que se armó no es culpa mía. –Sonrió con malicia al recordar lo que había disfrutado durante los meses posteriores, cuando lo llamaban las televisiones. Lástima que el tema se enfriara y perdiera esa magnífica fuente de ingresos.

–Tuve que mentir, Travis. Y de haber llegado a juicio, me habrían descubierto. La Policía no es tonta.

–No vayas de víctima que no fue para tanto. Pudiste negarte, confesar que mentiste, ¿no es cierto? Si callaste fue porque querías parte de la tajada.

–¡Me obligaste! Cuando te dije que te abandonaba, que no iba a volver a prostituirme, me golpeaste. Te tenía miedo. Yo no me beneficié de ese dinero. Lo derrochaste todo en lujos y vicios.

Travis se levantó con más agilidad de la que aparentaba y se acercó a ella, que dio un involuntario paso atrás.

–¡Cállate ya, bruja, o volverás a recibir tu merecido! –le gritó–. No eres nadie para cuestionarme. Eras una inútil que no servía para nada. Al menos hiciste eso bien y recuperé algo del dinero que invertí en ti. Ahora, y si quieres que te ayude con lo de la niña, ya puedes buscar un par de miles. No pienso hacerlo por menos.

–Eres un indeseable. Es tu hija. Debería importarte su bienestar. ¿Con quién va a estar mejor que con su madre? –Jasmine no pudo sofocar el furor que sentía.

–Me da igual con quién está mejor. Ahora, lárgate antes de que se me agote la paciencia y se me vaya la mano contigo otra vez. –La agarró por el brazo y la empujó hacia la puerta.

Jasmine se encogió de terror. El dolor que le había infligido en el pasado estaba fresco en su memoria. No perdió un segundo más en marcharse de aquella casa.

40

Stella gritó de alegría al escuchar cómo Travis Kendall admitía que agredió a Jasmine y la obligó a mentir para involucrar a Darren. Ya tenía lo que deseaba y rogó para que la chica saliera de allí antes de que él decidiese emplear la violencia. Se enorgullecía de ella, de cómo le había plantado cara a pesar del temor que sentía y que se apreciaba en su voz.

Cuando la vio llegar a la carrera, Stella respiró tranquila. Encendió el motor y esperó a que subiera para marcharse de allí todo lo rápido que pudo.

–¿Estás bien? –le preguntó. Le dirigió una rápida mirada mientras conducía.

A Jasmine la abandonó la entereza una vez que se vio segura, y tembló como un barquito en mar revuelto. Había pasado miedo, pero consiguió lo que quería y, con ello, esperaba recuperar a su hija.

Cuando estuvieron a un par de manzanas, Stella paró el coche y la abrazó.

–Tranquila. Lo has hecho muy bien. ¡Tenemos su confesión grabada! –exclamó eufórica.

Jasmine no pudo aguantar más y rompió en irreprimibles sollozos que convulsionaron su cuerpo. Sentía que se había liberado de unas ataduras que la oprimieron todos esos años. Se había encarado valientemente con el hombre que la humilló y menospreció, y lo había hecho porque existía algo poderoso que la empujaba: el amor por su hija, una fuerza que antes no tenía.

–¿Servirá? –preguntó con voz temblorosa.

–Claro que servirá. Ha confirmado que te obligó a mentir y que Darren Burke no te agredió; es lo que queríamos. Con eso conseguiremos que se conozca la verdad. Sin embargo, creo que la mejor forma de ayudarle y de restituir su honorabilidad es que hagas una declaración y expliques lo que sucedió, el calvario que viviste, y presentes el vídeo que acabas de grabar –le sugirió.

La alarma se evidenció en el rostro de Jasmine.

–No puedo hacerlo, Stella. Ya he admitido mi implicación en el vídeo; volver a hacerlo ante las cámaras es demasiado. Tengo miedo de Travis. Me buscará y me matará.

–No lo hará. No cometerá ese error que le comprometería más. De todas formas, es mejor que te alejes de la ciudad durante un tiempo, hasta que esto se resuelva. Cabe la posibilidad de que Burke decida demandarlo, y con esta prueba irá a la cárcel.

–A mí también me demandará –dijo con tono resignado.

–No lo hará, Jasmine. Lo conozco, es una buena persona y comprenderá tus razones. Has sido valiente al enfrentarte a un hombre que te maltrató y te coaccionó, por el que tuviste que mentir al temer por tu vida. He leído el informe médico. Las lesiones fueron graves. Es un monstruo que debería estar en la cárcel.

Jasmine meditó durante unos segundos. Stella tenía razón, era mejor hacer pública su historia y limpiar su conciencia. Si eso le traía consecuencias, las asumiría. Si no conseguía que le devolvieran a su hija, al menos se sentiría orgullosa de haber hecho lo correcto. Esperaba que Ashley, cuando tuviera edad para ello, comprendiera que había hecho todo lo que estaba en su mano para recuperarla y la perdonara.

–Lo haré –aceptó.

Stella expulsó el aire que había estado conteniendo. Estaba convencida de que tendría mayor impacto si ella era la que explicaba lo que ocurrió.

–Vamos a mi apartamento para grabar la entrevista. Con este material, elaboraré un documental que incluya informes médicos y todo lo que pueda reunir. Cuando lo tenga terminado, te lo mostraré para que des tu consentimiento.

–¿Qué harás con él?

–Lo justo es enviárselo a Burke a través de sus abogados para que decidan qué hacer. Querrán darle la máxima publicidad. Es probable que decidan denunciar a Kendall. –Ante el gesto de pavor en el rostro de Jasmine, Stella intentó tranquilizarla–. No temas; les impondré como condición que no te incluyan. –No podía prometérselo, solo esperaba que Darren no quisiera cebarse con una víctima más de la codicia y la crueldad de Travis Kendall, que la utilizó como arma para herirle.

–Comprendo que, de alguna forma, debo pagar por lo que hice. Al menos, me quedaré tranquila al reparar la ofensa que le infligimos a Burke.

Stella confiaba en que Darren se limitase a emitir el reportaje y dejar que la opinión pública hiciera el resto; de esa forma, se evitaría entrar en demandas que solo le ocasionarían sinsabores y publicidad negativa. Ella se ofrecería a facilitarle algunos contactos en las principales cadenas de televisión.

–¿Tienes algún sitio a dónde ir? Una vez que se emita el documental, la prensa te acosará. Creo que debes mantenerte al margen. También puede ocurrir que Kendall decida tomar represalias –le aconsejó Stella.

–Tengo una tía que vive en Sacramento. Muchas ve-

ces me ha ofrecido su casa. Está sola y le gustaría tenerme con ella. No he accedido porque quería estar aquí,
cerca de mi hija.

–¿Kendall la conoce?

–No sabe nada de ella. Piensa que toda mi familia
vive en Arkansas, donde nací.

–Ahora es el momento de aceptar la invitación de tu
tía. Te vendrá bien ir a un lugar donde no pueda encontrarte. Estaré en contacto contigo para informarte de cómo
van las cosas y hablaré con un abogado para que nos ase-
sore sobre la forma de recuperar la custodia de tu hija.
Creo que los Servicios Sociales accederán cuando conoz-
can la historia, cómo te has rehabilitado y el valor que
has tenido al destapar la emboscada que Travis urdió.
Habrá que esperar un tiempo; mientras, no te metas en líos.

El rostro de Jasmine, en el que las lágrimas habían
dejado grandes regueros, se iluminó con una enorme
sonrisa esperanzada.

–Eso haré. Gracias.

–Gracias a ti, Jasmine. Has sido honrada y muy valiente.

–Un poco tarde. Debí negarme a secundar ese repug-
nante plan. No espero que Burke me perdone. Ha sufrido demasiado de forma injusta. –Su arrepentimiento
era real. Había pasado los últimos cinco años culpándo-
se por su cobardía y lamentando el perjuicio que había
causado a una persona que no había hecho nada para
merecerlo.

–Sí, ha sufrido demasiado. Muchas personas le hemos hecho daño. Yo descubrí su identidad como escritor de éxito y, en parte, fui responsable de que la noticia
se divulgase –confesó con amargura. Era algo que le roía
por dentro, como un ácido corrosivo. No esperaba rei-
vindicarse a sus ojos con esta nueva revelación, y mucho
menos conseguir que la perdonara. Se sentía recompensada con ayudarle a demostrar su inocencia.

***

Dos días después, el vídeo estaba listo. Stella le pidió a un compañero de estudios, que trabajaba para una pequeña productora, que le ayudase a montarlo. Con una duración de casi cuarenta minutos, ilustraba de forma clara y completa la historia de aquel engaño. Intercalaba la entrevista a Jasmine con imágenes del pasado, para finalizar con la grabación en la que Kendall admitía la trama que había urdido para chantajear a Darren Burke.

Stella estaba muy orgullosa del resultado. Era lo mejor que había hecho y sabía que, de presentarlo a alguna cadena, le repercutiría un gran beneficio económico y le abriría muchas puertas. No era esa su intención. Ni su nombre ni su imagen aparecían en él. Pensaba enviárselo a Selma y que ellos decidieran si le daban publicidad o solo utilizaban la grabación tomada a Travis para presentar una demanda contra él.

No obstante, y porque le importaba Darren, le aconsejaría que se limitara a darle publicidad en todas las cadenas para que llegase al mayor número de audiencia posible. Travis estaba hundido y el demandarlo no favorecería a Darren. Él necesitaba olvidar, no meterse en demandas que le recordasen el pasado; aunque ellos eran los que deberían decidir. La única condición para cederles el documental sería que no perjudicaran a Jasmine.

Una vez terminado, se lo mostró para que diera su consentimiento. Jasmine se emocionó al verlo. Stella había sacado lo mejor de ella, ese candor que no había perdido pese a los muchos palos recibidos en su corta vida. Se mostraba como en realidad era, un juguete en manos de un hombre sin escrúpulos; y eso era lo que todos verían.

41

Una vez que Jasmine dio su consentimiento, Stella se puso en contacto con Selma. En un primer momento, cuando dijo a la recepcionista quién era, la abogada se negó a hablar con ella. Eso no hizo desistir a Stella. Insistió hasta que Selma contestó a su llamada.

–¿Qué quieres ahora? ¿No has hecho suficiente daño? –le recriminó con furia nada más descolgar. No podía comprender la desfachatez de esa mujer, que había causado tanto dolor a una persona por la que sentía un gran cariño.

–Quiero ayudar a Darren –se apresuró a decir Stella antes de que le colgase.

La carcajada sarcástica que le llegó con claridad acentuó en ella el sentimiento de culpa que no le abandonaba.

–¿Qué ocurre? ¿Tienes remordimientos?

–Sí, muchos, no lo voy a negar. Ahora, escúchame, por favor. Puedo demostrar que es inocente de lo que Jasmine Ellis le acusó.

Selma guardó silencio durante unos segundos en los que reprimió las ganas de decirle todo lo que pensaba de ella. Se contuvo. Si era cierto que podía ayudar a Darren, debía escucharla.

—Tienes un minuto. —Se mostró tajante.

Stella resopló. Sabía que se lo había ganado; no por ello dejaba de dolerle la intransigencia de Selma.

—He conseguido una grabación de Travis Kendall en la que confiesa que Darren no agredió a Jasmine Ellis. Que fue él quien lo hizo, y la obligó a denunciarle con el propósito de sacarle dinero.

A Selma le costó procesar aquella información.

—¿Es eso cierto? —preguntó con recelo. Si era otra artimaña para conseguir un nuevo artículo, no cejaría hasta hundirla por mucho que Darren se opusiera.

—Lo es.

—¿Cómo la has conseguido?

—Convencí a Jasmine de que hablara con Kendall y llevara una cámara oculta; él cayó en la trampa. Aparte de eso, ella admite en declaraciones ante cámara que mintió al inculpar a Darren y relata todo lo sucedido aquella noche. La contrataron para que se acostara con él. No lo consiguió y, al comprobar que no iba a cobrar por ese servicio, Kendall la golpeó y la obligó a decir que había sido Darren. Su objetivo desde el principio, aconsejados por Jerry Steinberg, fue conseguir que pagara por su silencio, no el llegar a un juicio en el que se podría descubrir el fraude. La cosa les salió bien.

Selma no acababa de creerla. Si fuese cierto, el suplicio de Darren se acabaría.

—¿Qué quieres por ella? —tanteó. Se temía que fuese un regalo envenenado.

—Yo nada. Te la entregaré solo si prometéis no demandar a Jasmine. Es culpable de haber secundado esa mentira, no lo discuto, pero se ha expuesto a otra paliza, o algo peor, para conseguir la grabación y no merece que toméis represalias. —Stella sabía que estaba pidiendo mucho, aunque confiaba en que serían magnánimos y se cebaran solo con el auténtico responsable.

—¿Esa mujer le destrozó la vida a Darren y pretendes

que se vaya de rositas?! –exclamó con rabia. ¿Cómo tenía la desfachatez de pedirles tal cosa?

–La obligaron, Selma. Su vida ha sido un infierno desde entonces a manos de ese maltratador, al que abandonó estando embarazada porque temía por la vida de su hija, y que después le quitaron los Servicios Sociales. Lo comprenderás cuando veas la grabación. Ella fue otra víctima de los sucios manejos de Kendall y de alguien más, cercano a Darren, que pretendía perjudicarle; por no hablar del abogado que les aconsejó.

A Selma le costaba tolerar que la persona que había acusado en falso no recibiese su justo castigo; aun así, era Darren el que debía decidir. Conociéndole, sabía que aceptaría la propuesta de Stella.

–¿Ella pide dinero a cambio? –Querría sacar otra buena tajada.

–No pide nada. Quiere reparar la injusticia que cometió y por si le ayuda a recuperar la custodia de su hija. Esta resignada a cumplir condena, en caso de que decidáis demandarla. Le he asegurado que no lo haréis. Ya te he dicho que esa es la única condición que pongo para entregaros el material.

–Lo hablaré con Darren y te comunicaré lo que decidamos –accedió–. Envíame el vídeo.

–Lo haré si me aseguras que no vais a perjudicar a Jasmine. –Stella se mantuvo firme. Era una promesa que había hecho y no pensaba incumplirla.

Selma vaciló solo unos segundos. Si el material que Stella tenía ayudaba a Darren de alguna manera, ella no era quién para negarse.

–No puedo prometerte nada hasta que hable con Darren. Sí tienes mi promesa de que le aconsejaré que no tome represalias contra la chica; otra cosa es que no demandemos a Kendall.

–No me importa lo que hagáis con ese tipejo. Se ha ganado una larga estancia en prisión y debería cumplirla. Con todo, y si me permites un consejo, yo evitaría las demandas que solo prolongarían el tormento de Darren. Me limitaría a darle la mayor visibilidad al documental, en el que queda exonerado por las declaraciones de ambos. Es la mejor forma de reparar el agravio público al que se le ha sometido. Muchas cadenas de televisión se pelearán por difundirlo y el público hará el resto. Conozco a algunas que estarían encantadas de emitirlo en *prime time*. Puedo gestionarlo, si os parece bien.

–¿Y ganar un dinero con ello de paso? –comentó Selma con mordacidad. No se creía ese acceso de altruismo por su parte.

Stella decidió ignorar el dolor que le provocaba aquel comentario. Era lógico que estuviera resentida.

–No. Como comprobarás, no aparece mi nombre en ningún momento, solo el de la productora que me ayudó a montarlo. No quiero beneficiarme con esto, solo ayudar a Darren. Se lo debo. –Sabía que era pedir demasiado que él la perdonara, y tampoco había sido su intención. Solo quería verlo feliz otra vez.

–Antes de tomar decisiones, tenemos que ver el contenido de ese vídeo. Si quieres garantías, tendrás que esperar.

–Confío en tu palabra. Por mensaje de texto te paso la dirección en la nube desde donde puedes descargarlo. Y, por favor, dile a Darren que siento haberle mentido y el daño que le he causado.

Selma colgó sin contestar. Estaba muy dolida con ella y prefería no decir cosas de las que tuviera que arrepentirse. Stella había actuado mal, pero le honraba este gesto, que demostraba lo mucho que Darren le importaba.

Una mezcla de emociones embargó a Stella cuando terminó de hablar con Selma, entre las que dominaban la satisfacción por haber reparado en parte el desagravio que había causado a Darren y la tristeza que no la había abandonado en varias semanas. Le había causado mucho daño y su pena era perder el afecto que él hubiese llegado a sentir en los días que pasaron en la cabaña; días que atesoraba como un regalo impensado y fabuloso. También le dolía haber perdido la incipiente amistad que fraguó con Selma y su familia; personas entrañables que la acogieron en su hogar y a las que había traicionado.

Selma accedió de inmediato al enlace que Stella le había enviado y descargó el vídeo. Quedó impresionada al verlo. Era un trabajo magnífico. No cabía duda de que Stella era una gran periodista. Había sabido sacar el mejor partido de toda la historia, que era apasionante, como un *thriller* en el que al final, y de forma sorpresiva, se descubre al auténtico culpable. Causaría conmoción en el público cuando se emitiera en televisión.

Le había estremecido el relato de Jasmine, en el que admitía su participación en los hechos justificada por el temor que le tenía a Kendall. Su historia era creíble; de hecho, no volvió a aparecer en los medios, como su novio hizo, ni le ayudó a seguir abusando de la efímera fama que había conseguido a costa de hundir a una persona honesta. Se apreciaba sincero arrepentimiento por su parte. Su aspecto distaba mucho del que conocían, cuando era una modelo y actriz incipiente. Stella tenía razón, era otra víctima y no merecía que continuase sufriendo. Le ayudaría a recuperar la custodia de su hija. Era lo menos que podía hacer para recompensar el valor que había demostrado para ayudar a Darren.

En cuanto a Travis Kendall, la grabación con cámara oculta, que cualquier juez admitiría como prueba, serviría para sentenciarle. Si por ella fuera, lo demandaría y procuraría que pasase muchos años en la cárcel. Lo que sí pensaba hacer era presentar una denuncia contra Jerry Steinberg ante el colegio de abogados para que lo inhabilitasen y no pudiera continuar estafando a la gente.

Personas como él desacreditaban una profesión que se basaba en el servicio público.

A Selma no le resultó fácil contactar con Darren. Al no contestar a las repetidas llamadas, le dejó un mensaje. Llevaba una semana en Galveston. Se había instalado en una casa alquilada cercana a la de sus padres y pasaba mucho tiempo en el mar. Le gustaba navegar en el pequeño velero que había alquilado o salir a pescar con su padre, y nunca llevaba el móvil consigo. Por suerte, los periodistas no lo habían descubierto y ninguno de sus vecinos sabía quién era.

No quiso llamar a los padres para no alarmarles. Prefirió esperar pese a que la impaciencia la consumía. Tres horas más tarde, cuando Darren regresó a su casa, él la llamó.

—Hola, Selma. ¿Qué ocurre? —preguntó con aquel tono aterciopelado que envolvía el gozo que sentía al hablar con ella.

—¡Algo extraordinario! —El entusiasmo que transmitían sus palabras chocó a Darren; hacía mucho tiempo que no lo escuchaba.

—¿A qué te refieres? —preguntó con disimulada expectación.

—Te voy a enviar un mensaje. Compruébalo tú mismo —dijo en tono enigmático.

Selma colgó y, en pocos segundos, Darren recibió la notificación de mensaje nuevo. Lo abrió y pinchó en el enlace que incluía. Desde las primeras imágenes le fascinó la riqueza visual y lo atrapante de la historia. La confesión de Jasmine le sobrecogió, pero fue el final lo que le impactó. No esperaba la conversación con Travis Kendall, grabada con cámara oculta, en la que él admitía su implicación y el plan que urdió para inculparle.

Cuando el vídeo acabó, permaneció desconcertado durante largos minutos, sin atreverse a valorar las repercusiones. En él se demostraba que no había tenido nada que ver, que le tendieron una trampa para sacarle dinero.

A la euforia que le causaba esa aclaración pública se unía la paz que le aportaba el convencimiento de que no había sido el autor de aquellos hechos ni de forma involuntaria. Sintió que se aliviaba el gran peso que había llevado encima, la losa que lo tenía sepultado todos esos años. Aunque en su fuero interno estuviese convencido de su inocencia, el escucharlo de otros labios suponía un alivio.

Llamó a Selma, que esperaba ansiosa.

–¿Lo has visto? –preguntó ella al responder.

–Sí. ¿Sabes si es verídico? ¿Dónde ha aparecido? ¿Lo podemos utilizar?

Selma soltó una risita nerviosa. Ella estaba tan exaltada como él, y tenía respuesta a la primera pregunta, la más importante.

Le refirió todo lo que Stella le había dicho. Él escuchó con una mezcla de potentes sentimientos sacudiendo su cuerpo en tensión. Por una parte, no había logrado sofocar el amor que sentía por Stella; y lo había intentado con desesperación, a base de recordarse las poderosas razones que tenía para odiarla. Su corazón se rebeló desde el primer momento y no aceptaba las órdenes que el cerebro le enviaba; al final, cansado de luchar contra un imposible, había desistido. Era un tonto iluso y tendría que convivir con ello.

Todo había cambiado ahora. El documental de Stella era magnífico y eliminaría de una vez las dudas que pesaban sobre él. Le admiraba que hubiese arriesgado tanto por ayudarle, y le planteaba una gran duda: ¿lo había hecho porque le importaba o solo para reparar el daño que le causó? Ese era el dilema que tendría que resolver. Para él era muy importante conocer sus verdaderas motivaciones.

–Hay que agradecerle a Stella el trabajo que se ha tomado –reconoció Selma. Era obvio que quería redimirse y esa era la mejor forma que había encontrado. No era la persona rastrera que creía–. Lo importante ahora es pensar en lo que vamos a hacer con este material. Stella ha pedido a cambio que no tomemos represalias contra Jasmine, y creo que es justo. Lo que sí podemos hacer es denunciar a Kendall. Creo que cualquier juez lo admitirá como prueba. Se abriría una investigación y, como los hechos no han prescrito, se le acusaría de extorsión. O podemos darle publicidad, que salga en los principales canales de televisión y que el público juzgue.

Darren sopesó las alternativas que le presentaba.

—¿Qué me aconsejas? —preguntó. Él ya había tomado una determinación.

—Yo optaría por lo segundo. Si lo denuncias, te verás envuelto durante meses en un litigio que no te va a dejar rehacer tu vida. En cambio, si se difunde el vídeo que muestra la depravación de Kendall, la misma opinión pública lo condenará y a ti te exculpará. En el caso de Jasmine Ellis, creo que ha reparado parte del daño que te causó. Ella ha sufrido mucho a manos de ese desalmado. No es justo aumentar su calvario.

A Darren le gustó que Selma coincidiera con él. Estaba cansado de todo aquello y solo quería salir a la calle sin que nadie le increpase. Si con la publicación de ese vídeo quedaba libre de sospechas, se daba por satisfecho.

—Conforme. Nada de demandas. Ve la forma de que ese vídeo llegue a la mayor audiencia posible. Esta vez no me esconderé. Me trasladaré a Denver y allí veremos la mejor forma de afrontarlo.

—Creo que has tomado la decisión correcta, Darren —concordó Selma complacida. Era hora de dejar atrás el traumático pasado y mirar con optimismo el horizonte luminoso que se le presentaba—. Me pongo en contacto con algunas personas que me ayudarán a que se emita en las mejores cadenas y la noticia salga en los principales periódicos.

42

Dos días después de que Stella le enviara el reportaje a Selma la noticia era titular en los periódicos de costa a costa del país y el documental se emitía en todas las cadenas de televisión. El impacto fue fulminante. Los que cinco años antes le habían denigrado, ahora defendían la inocencia de Darren y aseguraban que nunca habían dudado de ella.

Los directivos de su antiguo club declararon en todos los medios que se alegraban de que al final se hubiese restablecido la dignidad de Giant Burke, y que les supondría un gran honor recuperar para sus filas al antiguo *quarterback*, al que le ofrecían un puesto en el equipo técnico.

La prensa volvió con su acoso, pero ahora eran las alabanzas a toda su carrera la tónica general. Se había convertido en un gran filón y los periodistas no estaban dispuestos a dejar de explotarlo hasta que se agotara. Las ofertas de entrevistas no paraban de llegar al bufete de los Hendry, la única dirección que se había ofrecido y donde se filtraban las comunicaciones recibidas.

Darren se trasladó a Denver y se alojó en el apartamento que los abogados poseían en el mismo edificio donde se ubicaba el despacho, en el que pernoctaban cuando, por razones de trabajo, se quedaban en la ciudad. Ese alojamiento le proporcionaba privacidad y cercanía a Selma, con la que tenía muchos temas que tratar. Había rechazado el ofrecimiento de hacerlo en su casa para evitar que la familia se viese abordada. Sabía de lo que la prensa era capaz y no quería hacerles pasar a Wendy y Paul por ello. También había alentado a sus padres a que abandonaran Galveston, donde podrían localizarlos, y emprendieran aquel viaje a Irlanda que llevaban tanto tiempo aplazando. Serían unas merecidas vacaciones en el país de sus antepasados, que pensaban disfrutar al máximo debido a la relajación que suponía el ver a su hijo libre de calumnias.

Aconsejado por Selma, Darren se limitó a convocar una rueda de prensa a los dos días de emitirse el documental. En ella hizo un comunicado en el que agradecía a Jasmine Jones la valentía que había demostrado para conseguir pruebas que apoyaran su declaración. No quiso hacer ninguna referencia a Travis Kendall y, ante las preguntas de los periodistas presentes, les aseguró que no pensaba tomar medidas legales contra él. Era un periodo de su vida que pensaba omitir lo antes posible para centrarse en su carrera de escritor, que tantas satisfacciones le estaba dando.

Tras esa única aparición, decidió permanecer en el apartamento hasta que las aguas se serenasen. Sabía que en unas pocas semanas la noticia habría dejado de ser actualidad y podría volver a retomar su vida; en esta ocasión, con la tranquilidad de que no sería señalado como el maltratador que nunca fue.

Tenía mucho trabajo que hacer. Debía revisar las galeradas del último manuscrito y estudiar las diferentes ofertas para los derechos audiovisuales de sus dos anteriores novelas. La repentina publicidad extra generada por la revelación de su personalidad y las declaraciones de Jasmine habían elevado su popularidad y Selma estaba dispuesta a sacar un buen rendimiento de ello.

Rechazó con amabilidad y firmeza la oferta de Los Ángeles Sentinels para incorporarse al club en calidad de asesor, un puesto con el que querían lavar su deteriorada imagen al evidenciarse el error que habían cometido. No lo hizo por resentimiento. Comprendía que en esos momentos los directivos habían actuado en beneficio del club. Para él, el fútbol americano era una etapa pasada; ya no le ilusionaba como años antes. Ahora tenía una nueva pasión, a la que pensaba dedicarse mientras pudiera hacerlo.

Muchos antiguos compañeros de equipo, la mayoría arrepentidos por haberle dado la espalda cuando el escándalo se desató, intentaron ponerse en contacto con Darren. Él no deseaba escuchar sus falsas excusas, y no respondió a sus llamadas, que llegaban al despacho de Selma. Sí respondió a los que habían estado a su lado, como Allen O'Sullivan, su entrenador, y los pocos amigos que le apoyaron en su día.

La que no eludió fue la llamada de Bill Rodgers, el *quarterback* suplente que le tendió la trampa para que cayera en desgracia. Quería dejarle que se explicase para tener todas las piezas del rompecabezas en el que se convirtió aquella noche y cerrar de forma definitiva esa triste etapa de su pasado.

Rodgers estaba arrepentido de sus actos, que habían sido el detonante de los hechos posteriores sin haberlo pretendido. Su única pretensión al contratar a la chica y drogar la bebida de Darren, le aseguró, era conseguir imágenes comprometidas para venderlas y ganar un dinero. Eso fue lo que pactó con Travis Kendall; lo que vino después le sorprendió, al igual que a todos, y no se atrevió a hablar por temor a verse implicado.

A Darren no le convencieron sus palabras de arrepentimiento, que intuía falsas y que llegaban demasiado tarde, ni se alegró por su caída en desgracia. Estaba enterado de que los Sentinels le habían rescindido el contrato en la primera temporada como titular, que resultó desastrosa y relegó al equipo a los últimos puestos, lo que le obligó a fichar por un pequeño club de las ligas inferiores. Después de un par de temporadas, tuvo que retirarse debido a una grave lesión y ahora malvivía con los escasos ahorros que le quedaban.

Por mucho que le doliera la maquinación de Bill, era la de Stella la que le atormentaba. Había intentado borrar de su mente todos los recuerdos agradables que tenía de ella. Los destellos dorados de su cabello cuando el sol incidía en ellos, la sensual curva de su labio superior, que él había recorrido con su lengua tantas veces, cómo se oscurecían sus pupilas cuando la pasión se desataba... Y se había esforzado en conseguirlo porque necesitaba odiarla para olvidarla o, al menos, arrinconarla en lo más profundo de su memoria; una idea insensata, no dejaba de reconocer. Su esencia había tomado posesión de cada célula de su cuerpo y, se temía, iba a permanecer allí durante mucho tiempo. Así que procuraba mantenerse ocupado para evitar pensar en ella. A veces lo conseguía durante algunos minutos.

A las tres semanas de que la noticia se propagara como un reguero de pólvora, incendiando los espacios de mayor audiencia en las televisiones y ocupando las primeras páginas de los periódicos, solo se hacía alguna breve referencia en las páginas locales de la ciudad. Darren pensó que ya era hora de abandonar Denver y regresar a Galveston... o donde quisiera que tuviese intención de ir. Aún no lo había decidido, y así se lo comunicó a Selma cuando, como todas las mañanas, pasó por el apartamento antes de dirigirse al despacho.

—¿No crees que es precipitado? —opinó ella—. Tenemos algunos temas pendientes. Las negociaciones para la venta de los derechos audiovisuales no se han cerrado. Estoy esperando la respuesta de las dos productoras que seleccionamos. Por otra parte, está la oferta de Random House para tu próxima novela. Han elevado la cuantía del adelanto. Deberías considerarlo.

Darren le daba la espalda, ocupado en preparar el desayuno que solían tomar juntos. A Selma le encantaban las tostadas francesas que preparaba; no tenían rival.

–Todo eso podemos resolverlo telemáticamente, como solemos hacer. La oferta de Random House, por muy tentadora que resulte, no la voy a aceptar. BlackPoint me dio la primera oportunidad y continuaré con ellos.

Selma suspiró. Darren y su exagerada fidelidad.

–Me pondré en contacto contigo. Procura estar comunicado.

Él sonrió con disimulo. Después de tantos años de no utilizarlo con asiduidad, le costaba acostumbrarse a llevar consigo el teléfono móvil como una extensión de su propia mano.

–Lo estaré. –Sirvió una tostada en cada plato y echó el huevo batido en la sartén.

–¿Regresas a Galveston? ¿Han vuelto tus padres de las vacaciones en Europa?

–No, siguen allí. Han hallado un pueblecito en la costa oeste de Irlanda donde quedan descendientes de sus antepasados, y quieren pasar unas semanas más. Estoy pensando en unirme a ellos. Es bueno reencontrarte con tus raíces. Hasta me puede servir de fuente de inspiración.

–Buena idea. Te vendrá muy bien cambiar de aires.

Selma lo observó. Había experimentado un cambio enorme en este último mes. Se le veía más relajado, incluso contento, como si se hubiese liberado de unas cadenas que le habían estado constriñendo todos esos años y volvía a ser el Darren alegre y optimista que disfrutaba jugando al fútbol americano. Aunque, ella que le conocía bien, sabía que algo le impedía alcanzar la felicidad que tanto se merecía. Y ese algo, alguien en realidad, era Stella. Su corazón estaba dividido entre el amor que sentía por ella y el dolor que su traición le había provocado.

Darren colocó los platos en la mesa y sirvió el café.

–Come antes de que se enfríen –la animó.

Selma obedeció con ganas. Cuando acabó, decidió encarar el tema que había estado postergando.

–¿Piensas ir a verla? –preguntó, y lo miró con fijeza para que no se le escapase su reacción. No necesitaba decir su nombre. Él sabía bien a quién se refería.

Darren no contestó de inmediato, entre otras cosas porque no tenía clara la respuesta. Había estado luchando por sofocar ese deseo que le empujaba a verla. Pero, como el cobarde que era, no se atrevía. No podría soportar ver en sus ojos la indiferencia que le provocaba. Sería como clavarle un puñal en el pecho... otra vez.

–No creo que sea necesario –dijo, eludiendo su mirada, y procuró dar a sus palabras un acento de impasibilidad que estaba lejos de sentir.

–¿Estás seguro? Y no me refiero a que deberías agradecerle en persona lo que ha hecho por ti. No sé lo que ocurrió entre vosotros, lo que sí sé es que estás enamorado de Stella; no lo puedes ocultar. Y ella, si no sintiera por ti un genuino afecto, no se habría tomado la molestia de esclarecer la verdad, ni siquiera para reparar el daño que te causó. He averiguado que lo ha hecho por su cuenta y no ha sacado ningún beneficio, como era de esperar. Se despidió de la revista en la que trabajaba cuando publicaron el artículo que desveló tu identidad. Parece ser que se hizo sin su permiso, de ahí que no apareciese su nombre. Tal vez no es la persona sin escrúpulos que pensamos. Deberíamos escuchar su versión de lo sucedido; tú deberías escuchar esa versión y dejar de lado el orgullo.

Darren permaneció en silencio. Su mirada impasible no dejaba traslucir ningún sentimiento.

Al comprender que no iba a decir nada, Selma decidió marcharse y dejar que reflexionara.

–Te llamaré cuando tenga noticias –se despidió.

La puerta se cerró y Darren abandonó la actitud impasible con la que quiso ocultar el torbellino de emociones que se habían desatado en su interior y su rostro mostró una creciente zozobra. Selma estaba equivocaba. Stella no sentía nada por él, nada; ¿de qué le serviría hacerse ilusiones?

43

Stella volvió a leer el texto y, satisfecha, lo mandó a imprimir para pasárselo a Will, el corrector. Ese artículo sobre la venta de unos terrenos municipales, en los que el anterior consistorio pensaba construir un parque, levantaría muchas ampollas. Ella no iba a arredrarse por eso. Norfolk era su ciudad y debía defenderla de especuladores y políticos corruptos.

«Temo que va a engrosar mi lista de enemigos; una de las ventajas de esta profesión», aceptó con estoicismo y un punto de ironía. Debería aprender a moderarse, como sus padres le aconsejaban, aunque no se arrepentía de algunas decisiones que había tomado.

Sus pensamientos retrocedieron meses. Cuando abandonó Los Ángeles, donde grabó el documental en el que se demostraba la inocencia de Darren, Stella regresó a Nueva York solo para dejar el apartamento y visitar a su hermana. No había renunciado a la idea de vivir en Queens cerca de Diane y buscar un trabajo en la ciudad, pero en esos momentos necesitaba unas vacaciones, desconectar de su vida anterior, y el mejor lugar para conseguirlo era el hogar paterno; cuando pasasen unos días, buscaría un empleo.

Tenía mucho en lo que pensar, un corazón dolorido que sanar y replantearse su futuro de la mejor forma posible. En su ciudad natal disfrutaría de tranquilidad, rodeada de los amorosos cuidados de sus padres y entre gente conocida que la apreciaba; era lo que necesitaba, al menos, hasta que lograse superar la melancolía que la embargaba, esa sensación de pérdida que le acongojaba, la terrible añoranza de unos cálidos brazos rodeándola y la mirada llena de promesas de unos ojos plomizos.

No ignoraba que sería difícil olvidar a Darren y que, de conseguirlo, tardaría en hacerlo; un justo castigo por el sufrimiento que su egoísmo había provocado.

Al menos, se sentía recompensada con el efecto obtenido. La emisión del documental fue un éxito inmediato y consiguió los objetivos que se había propuesto: que se supiera lo que ocurrió, exculpar a Darren y mostrar a Travis Kendall como el verdadero responsable.

Vio la rueda de prensa de Darren, el único testimonio por su parte. En ella aparecía diferente a como le recordaba. Se había cortado el pelo y llevaba un traje a medida que resaltaba su elegancia natural. Estaba serio y relajado. Respondió con precisión a las preguntas y abandonó pronto la sala, en la que se había reunido con los periodistas, en compañía de Selma y Paul Hendry, sus abogados. Las emociones que él le provocaba fluyeron incontroladas para recordarle que eran más intensas de lo que quería admitir; y Stella se resignó a que, negarlas, era una pérdida de tiempo.

No supo nada de él hasta que dos semanas después Selma la llamó.

Fue una conversación breve. Le agradeció, en su nombre y en el de Darren, el gran trabajo que había realizado, el interés en esclarecer los hechos, y le comunicó que ellos se harían cargo de llevar el caso de la hija de Jasmine, cuyos trámites ya estaban iniciados. Stella pensó en negarse. Se lo había prometido y a ella le correspondía hacerlo. Acabó aceptando, entre otras cosas, para darle a Darren la oportunidad de corresponder a Jasmine por su coraje. Sabía que en manos de Selma tenía más posibilidades de ganar. La consideraba una gran profesional, y esa era precisamente su especialidad.

Le comentó que Travis Kendall había desaparecido y nadie sabía dónde se encontraba, aunque le auguraba un negro futuro. Por un amigo que tenía en la Oficina del Fiscal de Pasadena, sabía que varias personas lo estaban buscado para ajustar cuentas con él. También que había denunciado a Jerry Steinberg ante el Colegio de abogados de California y tenía la seguridad de que lo inhabilitarían.

Stella no tenía intención de preguntarle por Darren. Imaginaba que permanecería oculto hasta que todo se apaciguase y dejara de ser noticia, pero la pregunta escapó de su boca. Selma se limitó a comentarle que estaba contento con que se hubiese desenmascarado aquella mentira. No le dio más datos y Stella supuso que no confiaba en ella y no quería facilitarle información que pudiera utilizar en su contra.

Le agradó la llamada de Selma. En su tono de voz ya no resonaban ecos de acritud, como en la anterior, y apreció un matiz de gratitud que le complació. Sabía cuánto quería a Darren y estaba feliz de que su amigo hubiese rehecho su vida.

Esa llamada le provocó una enorme frustración. Habría sido un gesto de amabilidad por parte de Darren el agradecerle personalmente su intervención, no a través de su abogada. El resentimiento hacia ella debía de ser más fuerte que su agradecimiento o, por el contrario, no le importaba en absoluto; cualquiera de las dos alternativas era dolorosa. Se lo tenía merecido. Si en algún momento llegó a sentir algo por ella, la decepción había sido tan grande que superaba cualquier otra emoción.

Stella dejó pasar unas semanas de inactividad, en

las que intentó superar el decaimiento que la llevó hasta Norfolk, y se planteó el buscar un empleo. Había gastado todos sus ahorros y no quería suponer una carga indefinida para sus padres o su hermana, que le habían ofrecido ayuda. Llamó a algunos compañeros de trabajo que le debían favores y envió cartas de solicitud y currículums a diferentes medios de difusión. Y, mientras conseguía que algún periódico o cadena de televisión de Nueva York la contratase, pensó en buscar algo para el tiempo que permaneciera allí.

Recordó que Noah, un amigo de la infancia, trabajaba en *The Norfolk Observer*, uno de los tres periódicos que se publicaban en la ciudad, y decidió probar suerte. Habló con él y logró que la cogieran para la sección de noticias locales. Era un trabajo agradable, con el que ganaba un sueldo y le permitía ayudar a su ciudad al destapar conflictos y asuntos poco transparentes. Después de dos meses de recorrer las calles y hablar con los vecinos de sus problemas, comenzaba a apreciarlo.

Su meta siempre había sido trabajar para un gran medio de comunicación con documentales de interés público que cambiasen el mundo. Ahora ese sueño parecía inalcanzable; en cambio, la labor que realizaba aportaba un valor a la comunidad, a los habitantes de aquella ciudad, personas cercanas que se lo agradecían.

Dejó sus recuerdos y ensoñaciones y miró el reloj que ocupaba una buena parte de la pared frente a ella. Dio un respingo; pasaban veinte minutos de las cuatro de la tarde. Como era viernes, decidió que ya era hora de terminar la jornada y marcharse a casa. Estaban a primeros de junio y el calor se hacía sentir. Le gustaba sentarse en la terraza de la casa de sus padres y recrear la vista en el río Lafayette, a escasos metros, mientras tomaba un té helado, pasear en kayak por sus tranquilas aguas o contemplar la puesta de sol mientras cenaba con ellos al aire libre. Una vida sencilla y gratificante.

Recogió los folios de la impresora y se acercó a la mesa de Will.

Él no estaba en ese momento. Como saldría en la edición del día siguiente, se los dejó con una nota en la que le indicaba que lo enviara a maquetación cuando terminara de corregirlo. Cogió el bolso y se dirigió a la salida. Cuando el ascensor se abrió en la planta baja, una alta figura masculina captó su atención. Estaba de espaldas hablando con Carol, la recepcionista.

Siguió caminando hasta que escuchó su nombre. Reconoció de inmediato la voz que lo había pronunciado y se detuvo. Contuvo la respiración mientras el corazón le bombeaba en el pecho como un motor acelerado. Se giró con lentitud hacia aquella voz. Él estaba a poca distancia, mirándola con un brillo extraño en aquellos ojos tormentosos que habían monopolizado sus sueños durante los últimos meses.

–¡Darren! –exclamó medio aturdida. La impresión era demasiado grande y tenía dificultades para manejar las emociones que en esos momentos la sacudían.

Allí estaba, ante ella, tal y como lo recordaba. Vestía de manera informal, con una camisa clara y un pantalón vaquero. El cabello le había crecido y una incipiente barba le cubría las mejillas. Se mostraba serio, pero de su rostro había desaparecido aquel rictus de amargura que no lo abandonaba meses atrás. Estaba tan atractivo que Stella sintió cómo entraba en erupción el volcán del deseo que habitaba su interior, y necesitó de todas las fuerzas para no lanzarse a sus brazos.

–Hola, Stella –saludó él. Había puesto cuidado en que su voz sonase desprovista de emoción, como la de un conocido cualquiera que saludase a alguien sin especial interés; sin embargo, sus ojos no mentían. Los sentimientos que no había logrado erradicar, ni después de intentarlo con ahínco durante los dos primeros meses, eran difíciles de ocultar y muy significativos. Si Stella no hubiese estado lidiando con los suyos propios lo habría advertido.

Llevaba tres meses sin verla y Darren acusó el impacto que provocaba en sus sentidos la visión de aquella espléndida mujer. Enfundada en un sencillo vestido floreado y vaporoso de finos tirantes, que dejaban sus hombros al descubierto, con la larga melena dorada cayendo sobre ellos en ondas suaves y la expresión de sorpresa que agrandaba sus ojos, estaba tan bella que se quedó sin aliento, como cuando en un partido era derribado por un defensa de ciento cincuenta kilos.

Carol se acercó a ellos en una carrerilla y con el rostro ruborizado.

–¿Sería tan amable de firmar, señor Morgan? –le pidió a Darren con una mirada de rendida adoración.

–Por supuesto –accedió él de buen grado.

Darren cogió el bolígrafo que le tendía y firmó en el libro de visitas ilustres que Carol sostenía con notorio nerviosismo. Cuando terminó, le dedicó una sonrisa que consiguió hacerla ruborizar aún más.

–¿Cuánto tiempo se quedará en la ciudad? ¿Va a presentar algún libro? –preguntó la chica con anhelo.

–Es una visita de pocas horas y no tengo prevista ninguna presentación. –Ante la desilusión que mostró el juvenil y pecoso rostro, añadió–: No lo descarto para un futuro próximo. Tengo que coordinar fechas.

La sonrisa regresó al rostro de Carol, que lo miró con fervor.

–Tendré preparados sus libros para que me los firme.

–Será un placer.

Ella vaciló unos segundos y, con un entusiasta «gracias», regresó a la mesa de recepción.

Darren y Stella volvieron a quedar frente a frente.

–¿Tienes unos minutos libres? Me gustaría hablar contigo –pidió él.

–Claro. Podemos tomar un café –ofreció con tono

desenfadado. A duras penas podía sofocar la ansiedad que sentía.

–Bien. Así me recomiendas un buen restaurante para la cena. Seguro que conoces los mejores.

–Hay varios en esta zona que te agradarán. No te puedes marchar de Norfolk sin probar una buena mariscada a la parrilla, nuestro famoso jamón de Virginia y otros platos de la cocina sureña. Seguro que te gustan.

–No lo dudo. Ya sabes que soy un entusiasta de la buena cocina.

Una oleada de nostalgia sacudió a Stella. Cómo desearía retroceder tres meses, a aquellos idílicos días en la cabaña. Cuánto daría para que él la mirara de la misma forma que entonces. Pero Darren parecía llevar una máscara impenetrable que ocultaba sus sentimientos.

Salieron a la calle y caminaron en dirección a los cercanos muelles del río Elizabeth, donde había varios cafés y restaurantes; mientras, Stella le fue comentando las singularidades de la ciudad. Algunas personas se les quedaban mirando durante el trayecto. Les resultaba conocido el rostro de Darren, que había aparecido en todos los medios de comunicación del país casi a diario dos meses antes.

A él no parecía incomodarle esa curiosidad, observó Stella. Estaba acostumbrado a lidiar con ella de su época de jugador profesional y, ahora que no tenía nada deshonroso que esconder, la aceptaba como parte de la nueva vida de autor de éxito. Se le veía relajado y atendía las indicaciones que ella le daba.

Stella, en cambio, no lograba superar la conmoción que su presencia le había provocado, y a la vez estaba intrigada. ¿A qué había venido? ¿Habría decidido que era justo agradecerle en persona, no a través de Selma, su ayuda? No era necesario; con una llamada se hubiese sentido recompensada.

Aunque había otra hipótesis sobre la que no deseaba

fantasear porque, si durante aquellos días en la cabaña llegó a sentir algún interés por ella, esos sentimientos fueron cercenados de raíz cuando descubrió cómo lo había manipulado a él y a los Hendry para conseguir su objetivo; por lo tanto, si no era el afecto que pudiera tenerle y el deseo de verla, ¿qué hacía en Norfolk?

44

–¿Para cuándo un tercer libro de D. Morgan? –se interesó Stella, una vez sentados en la terraza de un restaurante con hermosas vistas al puerto y tomando un café y una buena ración de tarta de melocotón.

Ella le dirigió una de sus miradas luminosas y Darren sintió aquel conocido torbellino interior que anulaba su razón y le acentuaba los sentidos.

Había estado todo el tiempo sujetando con fiereza las riendas de sus emociones porque al menor descuido o signo de debilidad se desbocarían, como cuando sus brazos se habían rozado de forma accidental o ella lo miraba con aquellos ojos del mismo color que el cielo que los cubría. No quería hacerse ilusiones. Lo que Stella hizo no fue un acto de amor, ni siquiera lo motivó el posible apego que pudiera sentir por él; solo había sido, en el mejor de los casos, una forma de compensar el perjuicio que le había ocasionado con su poco ética conducta.

Era lo que llevaba repitiéndose todo ese tiempo; aun así, allí estaba, con la loca expectativa de que el corazón de Stella albergase un mínimo de cariño hacia él que le diese pie a intentar conquistarla. No creía que hubiese fingido durante esos días en la cabaña. Sabía que había disfrutado los momentos de intimidad que compartieron. Ese podía ser un punto de partida. Solo tenía que averiguar si aún se sentía atraída por él; de ser así, no se rendiría hasta enamorarla.

Muchas cosas habían cambiado en esos meses, también lo que llegó a sentir por él. ¿Y si había encontrado a alguien que le hubiese hecho olvidar lo que compartieron? Mejor no pensar en eso, se recomendó, y contestó con gusto a su pregunta:

–A finales de mes. La editorial quiere explotar el tirón de la publicidad que se ha generado y del anuncio de la película basada en mi primera novela.

–¡Eso es fantástico!

–No sé si lo será; lo que sí sé es que va a ser muy ajetreado –dijo Darren con un gesto de fastidio. Tanto su agente como la editorial le presionaban para que hiciera presentaciones y concediese entrevistas. Incluso pensaban concertar algunas en el extranjero. Sabía que no podía negarse. Tenía un compromiso con mucha gente que había apostado por él cuando era un desconocido y ahora debía devolver esa fidelidad incrementando las ventas, que a todos beneficiaba.

Stella decidió dejarse de rodeos y formular la pregunta que llevaba queriendo hacerle desde el principio y que había ido postergando para no dar pie a entrar en terreno peligroso:

–¿Cómo me has encontrado?

Darren se movió inquieto en la silla. Hubiese preferido continuar con la charla intrascendente que habían llevado hasta ahora; se sentía más seguro.

–Selma leyó un artículo tuyo en *The Norfolk Observer*. Cuando regresé de Irlanda hace un par de semanas, me lo comentó y decidí venir. Quiero darte las gracias por convencer a Jasmine de que esclareciese lo ocurrido aquella noche.

Stella sintió un placer agridulce ante aquellas palabras. Le halagaba el gesto y, al mismo tiempo, se sentía desencantada. Esperaba que él hubiese venido por algo más que por puro agradecimiento.

–No es necesario, Darren; era lo menos que podía hacer después de... abusar de tu confianza. Te pido disculpas por ello. Nada justificaba que te engañara de aquella forma. Debí decirte desde el primer momento quién era y lo que estaba haciendo. –Stella desvió la mirada. Se sentía avergonzada y no deseaba volver a ver en el rostro de Darren el desprecio que merecía su indigna conducta.

–Sí, debiste hacerlo. Me dolió comprobar que te habías aprovechado de mí, que me habías engañado –convino. Una vez que habían iniciado ese camino, iba a ser franco con ella y esperaba recibir la misma franqueza de su parte.

Darren inspiró hondo y los malos recuerdos de aquellos días nefastos se esfumaron junto a los restos de resentimiento que hubiese podido albergar. No era ese sentimiento lo que le había llevado allí, sino otro muy distinto y que no le abandonaba. Además, no podía pasar por alto que, de no ser por aquel incidente y por el tesón de Stella, Jasmine no habría confesado su calumnia y él pasaría el resto de su vida atormentado.

Stella lo miró. El descubrir los restos de aquel sufrimiento en su rostro le dolió como el corte de un cuchillo afilado. Se había ganado el rencor que le guardaba.

–En muchas ocasiones estuve a punto de sincerarme, y en el último momento me echaba atrás. No me atrevía. Temía que... –Vaciló unos segundos. ¿Cómo admitir que durante esos días se había enamorado de él y deseaba disfrutar de esos sentimientos tan potentes y maravillosos todo el tiempo que pudiera? Fue un acto egoísta del que se había arrepentido todos los días–. Sabía que cuando te enteraras te disgustarías. Estaba bien allí y no quería romper esa plácida tregua. Fue un gran error.

Darren vio honestidad en su mirada y algo más, algo

a lo que no quería dar nombre por miedo a equivocarse y que la decepción fuese mayor.

–¿Cómo está Sugar? –se apresuró Stella a preguntar. Quería desviar la conversación para no decir o mostrar más de lo que deseaba.

Darren advirtió ese brusco cambio y comprendió que no deseaba hablar del pasado, tal vez porque no había representado para ella nada apreciable, solo una aventura que fácilmente había dejado de lado.

–Bien. Durante estos últimos dos meses, en los que he estado de viaje, se ha quedado en casa de Selma. Cuando regresé y fui a recogerla, Wendy me pidió que la dejara unos días más, hasta que decidiera dónde voy a establecerme, y no he podido negarme.

–¿Continúas viviendo en la cabaña? Ahora debe de hacer muy buen tiempo por allí. –Evocó aquellos días felices. ¡Cuánto daría por dar marcha atrás en el tiempo y tener la oportunidad de actuar de forma diferente!

–No, solo he pasado algunos días, para poner las cosas en orden. Tenía decidido desde hacía meses que no iba a quedarme allí otro invierno. Quiero establecerme en un lugar más soleado, como este. Me está gustando Norfolk. Parece una ciudad muy acogedora –sugirió con humor, el mismo con el que pretendía camuflar el verdadero sentido de sus palabras. Era un cobarde. Había ido allí con el propósito de hacerle una pregunta y no hacía más que dar vueltas y evitar el momento.

–Lo es. El clima, como puedes apreciar, es bueno y la gente muy amable con los forasteros; como todos los sureños –replicó Stella con jovialidad, y su rostro se iluminó con una gran sonrisa.

Darren la miró con avidez y sintió la familiar mordida del deseo. ¿A qué estaba esperando?

–¿Tú piensas quedarte aquí o buscarás trabajo en otro lugar? ¿No te atrae regresar a Nueva York?

Stella se encogió de hombros y mantuvo la mirada

en la lejanía, donde se encontraban esos sueños que ahora no tenía tanta prisa por alcanzar.

–Me planteé este trabajo como algo provisional, hasta que encontrara otro en una ciudad importante, pero lo cierto es que estoy a gusto aquí y creo que desempeño una buena labor. No es mi meta, aunque esta pausa me viene bien y me apetece disfrutarla –contestó con llaneza. Tenía muchos años por delante y la experiencia que estaba adquiriendo le ayudaría en el futuro.

Unas finas gotas de lluvia comenzaron a caer y les obligaron a refugiarse en el interior.

–Otro de los encantos del sur: la lluvia inesperada –dijo Stella con una mueca divertida.

–Toca retirada, entonces. –Darren no quería terminar aquel encuentro, pero ella estaría deseando regresar a casa después de la jornada laboral–. ¿Vives cerca?

–En las afueras. En la zona de Old Dominion University. Cogeré el autobús.

–Permíteme que te lleve. He dejado el automóvil en un aparcamiento cercano. Será un pequeño trayecto bajo la lluvia que apenas nos mojará, si no arrecia.

–Acepto.

Stella no quería separarse de él. No sabía cuándo volvería a verle y se conformaba con su cercanía, con mantener esa conversación intrascendente, como dos amigos que se encuentran después de un tiempo sin verse y se ponen al día de las novedades.

Darren pagó y salieron. La débil lluvia que había comenzado a caer arreció de camino al aparcamiento y acabaron corriendo mientras se guarecían en cualquier lugar techado. Llegaron exhaustos, empapados y riendo.

–¿Este es el buen tiempo al que aludías? ¡Me he calado hasta los huesos! –exclamó él con espanto una vez que estuvieron a refugio dentro del coche.

Stella rio con ganas ante el comentario.

–Es impredecible en estos meses y a nosotros nos resulta agradable; refresca el ambiente y limpia la atmósfera. No entiendo cómo te asusta un poco de lluvia cuando has pasado tantos años entre tormentas de nieve.

El cabello se le pegaba al rostro y tenía gotitas de agua en las pestañas. Darren nunca la había visto tan bella. En un impulso irrefrenable, alzó una mano y le retiró del rostro un mechón que lo ocultaba parcialmente. En la mirada enfebrecida de aquellos ojos del color del cielo tormentoso se advertía algo más que deseo.

–Stella, yo... Me gustaría... –Darren carraspeó. No quería demorarlo más. Nunca había sido un timorato y ahora, en uno de los momentos más transcendentales de su vida, debía demostrarlo. Pero no encontraba las palabras acertadas y eso le desesperaba. Con un gemido de impotencia, se giró y arrancó el auto.

Aquel gesto tan íntimo y lo que había leído en sus ojos fueron el acicate que Stella necesitaba para abandonar la pasiva actitud que había adoptado desde que se habían encontrado. Ella daría el primer paso y, si se equivocaba, al menos no se arrepentiría de no haberlo intentado.

Giró la llave y el coche se paró. Él la miró con desconcierto.

–¿Por qué has venido, Darren? –le preguntó con voz cargada de matices en los que la expectación destacaba sobre todos los demás.

Él inspiró con fuerza y la miró a los ojos con naturalidad, sin querer ocultar sus emociones, mostrando todo lo que sentía; también la inseguridad mezclada con grandes dosis de esperanza.

–Por ti. No he podido olvidarte, y mira que me he esforzado. Al principio porque estaba dolido contigo, luego porque creía inverosímil que tú sintieras algo por mí y era una estupidez seguir enamorado. –Hizo una mueca, que pretendió pasar por una sonrisa, y se encogió de hombros con resignación; era un loco sin remedio, ¿para qué ocultarlo?–. Ya ves; no he podido. Te adueñaste de mi corazón durante aquellos días en la cabaña y sigues ocupándolo por completo.

Una enorme ternura invadió a Stella ante aquella declaración de amor, que la limpieza de su mirada corroboraba, y sintió que la ahogaba el tumulto de emociones que se arremolinaban en su interior. ¡Cuánto había deseado escuchar esas palabras!

Como tantas veces en el pasado, deslizó una mano por los cabellos de él con cariño hasta llevarla a la nuca.

–Lo de las probabilidades no es lo tuyo, me temo. Debieron de irte muy mal las matemáticas en el colegio –dijo con humor, y rio ante el gesto de perplejidad de Darren.

Se pegó a él y unió sus labios a aquella boca añorada en un apasionado beso con el que quiso mostrarle sus sentimientos, que seguían intactos, sin que esos meses de separación hubiesen conseguido disiparlos. Estaba eufórica. Al fin podía dar rienda suelta a ese impulso que la venía dominando desde un rato antes; al fin podía lanzarse a sus brazos y gozar de sus caricias, de su contacto, que tanto necesitaba.

Darren respondió con ardor. Sentía una enorme plenitud interna, como si fuese a explotar en cualquier momento. El tener a Stella otra vez entre sus brazos era su sueño más ansiado. Saber que lo deseaba le colmaba de júbilo; pero él quería más. Se había convertido en un egoísta. Quería que le amara. ¿Era pedir demasiado?

Se retiró un poco y, con voz enronquecida por la pasión, preguntó:

–¿Qué sientes por mí, Stella?

Ella se colocó a horcajadas sobre él, lo miró a los ojos y le encuadró el rostro entre las manos.

–¿Qué siento por ti? –se preguntó. No tuvo que pensar la respuesta–. Siento que el corazón me estalla cuando te miro, siento que he tocado el cielo cuando te beso, siento que mi vida estaría vacía si no la compartiera contigo. No sé si todo eso será amor; ¿acaso es tan importante ponerle nombre?

No le dio opción a responder. Volvió a posar sus labios en la boca anhelante de Darren y dejó que la pasión hiciera el resto mientras la lluvia torrencial caía y los ocultaba como un manto protector.

45

Seis meses después

Stella observaba a Darren moverse por el campo de entrenamiento con una desenvoltura que la subyugaba. Estaba en su medio, se involucraba plenamente y disfrutaba. Impartía las órdenes con firmeza no exenta de amabilidad, lo que conseguía que fuesen más efectivas. Los chicos, de entre quince y dieciocho años, las acataban sin rechistar y se afanaban por agradar a su ídolo, al que respetaban y admiraban por igual.

Tres meses atrás, Stella había realizado un detallado estudio de las zonas marginales de Norfolk, con sus problemas de pobreza, drogadicción y desempleo. Aquel barrio, en los suburbios, era el más necesitado y, a la vez, el más ignorado por los gobernantes. Denunció los hechos en un artículo que, como era habitual, hirió susceptibilidades. No consiguió soluciones y decidió tomar la iniciativa.

Propuso a la asociación vecinal una serie de acciones para los jóvenes con el fin de evitar que muchos de los que vagaban por las calles y acababan enganchados a las drogas, como única vía de escape a la frustración y un medio de ganarse la vida, pudiesen emplear su tiempo libre en tareas más saludables y productivas. Consiguió el patrocinio de algunas empresas y la colaboración de personas, pocas en un principio, para realizar actividades culturales y recreativas.

Ella se ocupó de impartir un taller de fotografía, su madre uno de pintura y manualidades, y un par de amigos otros dos; uno de música, en el que se enseñaba a tocar varios instrumentos, y otro de canto, este en colaboración con la parroquia. Darren quiso aportar su granito de arena y se ofreció a entrenar, a los que se interesasen y tuvieran aptitudes, para competir en los campeonatos juveniles de fútbol americano del condado. Esta propuesta tuvo una gran aceptación y se inscribieron un gran número de ellos, atraídos por la figura del gran Giant Burke.

Los pensamientos de Stella retrocedieron en el tiempo, provocándole una sonrisa de felicidad.

Tras el encuentro en Norfolk, en el que se manifestaron sus sentimientos, Darren permaneció unos días allí. Conoció a los padres de ella y hablaron de vivir juntos. Mientras Stella buscaba una casa para ambos en la ciudad, él regresó a Galveston. Comunicó a sus padres la intención de trasladarse a Virginia y les habló de Stella. Ellos se sintieron entusiasmados al verle tan ilusionado, le comentó Darren.

Después, él fue a Denver. A Selma no le sorprendió la noticia. Ya había advertido que estaba enamorado de la reportera. En cuanto a Stella, era obvio que el afán por limpiar el nombre de Darren excedía el simple sentimiento de culpa que pudiera sentir. Lo celebró. Hacía mucho que había perdonado a Stella y solo deseaba ver feliz a su gran amigo, según afirmó Selma cuando se vieron ese verano.

Stella temía y anhelaba ese encuentro, así como con los padres de Darren. Hugh y Lucile le parecieron una pareja encantadora cuya mayor aspiración era la felicidad de su hijo. Con los Hendry se tranquilizó al ver que, tanto los padres como la niña, no le guardaban rencor. A Wendy le encantó verla y en Selma, con la que había congeniado desde el primer momento, descubrió una persona tierna y generosa a la que era imposible no querer.

Consciente de cuánto le gustaba a Darren vivir cerca del mar, Stella encontró una casa en la costa, a escasos metros de las bonitas playas atlánticas y con la suficiente privacidad para que él pudiera trabajar con tranquilidad. A Darren le encantó y se trasladó con Sugar a las pocas semanas. La perra no tardó en aclimatarse al paisaje y encontró un nuevo entretenimiento: perseguir gaviotas.

A veces, Stella pensaba que esos últimos meses eran solo un bonito sueño del que no tardaría en despertar y se encontraría con su insípida vida, carente de felicidad, carente de la compañía del hombre al que amaba como nunca creyó que fuese capaz. Pero no parecía ser así y los días se sucedían con idéntica armonía, sumando momentos entrañables a ese dulce bagaje que no dejaba de aumentar. ¿Hasta cuándo duraría? Era una cuestión que no le inquietaba. Había decidido vivir el momento sin que nada la perturbase.

Ella seguía trabajando en el periódico local, aireando asuntos escabrosos y ayudando a su comunidad, y Darren metido en un nuevo proyecto mientras colaboraba en el guion de la película basada en su segunda novela; la primera se había estrenado un par de meses antes con un gran éxito. Otra vez sonaba como candidato al Pulitzer, que el año anterior no había conseguido. Stella creía que fue debido al revuelo mediático que causó la revelación de su identidad –antes de que se destapase el engaño al que había sido sometido por Travis Kendall y en el que Jasmine Jones participó de forma involuntaria– y a que la incertidumbre sobre su implicación no se había disipado. Stella se sentía responsable y deseaba que ese año lo consiguiese; se lo merecía, y no solo por la calidad de su nueva novela.

Pasaban la mayor parte del tiempo juntos excepto cuando él, metido de lleno en la promoción de su tercera novela, que se había convertido en un *best seller* como las anteriores, debía ausentarse para acudir a presentaciones. Solo por unos días. A Darren no le gustaba separarse de Stella durante mucho tiempo y se había negado a hacer promociones en el extranjero hasta que ella pudiera acompañarle.

Darren la vio apoyada en un árbol junto al campo de entrenamiento y la saludó con la mano. Dio unas últimas instrucciones a los chicos, que se habían congregado a su alrededor, y se dirigió hacia ella.

Stella salió a su encuentro y lo rodeó con sus brazos. Él la izó para llegar a su boca y reclamarla con un beso ansioso, como cada vez que estaba varias horas sin verla.

Escucharon sonoros pitidos, acompañados de joviales risas, y se separaron. Aunque estaban acostumbrados a ver muestras de cariño de su entrenador con la guapa reportera, los chicos no dejaban de festejarlo.

–Menos chanzas y recoged, o puede que decida premiaros con otras veinte vueltas al campo en carrera rápida –les amenazó Darren con fingida seriedad.

–Oído, entrenador. Usted a lo suyo, que ya hacemos nosotros todo el trabajo –se mofó uno de ellos. Varias risas corearon esas palabras.

Darren suspiró. Esos chicos siempre le sacaban una sonrisa. Estaba feliz con aquella gratificante labor, que le reconciliaba con la práctica de un deporte que había sido el centro de su vida durante muchos años y al que había echado de menos. Algo más que agradecer a Stella.

–¿Has acabado? ¿Vamos a casa? –le preguntó ella.

–Vamos a casa –aceptó, y sintió una emoción interna difícil de ocultar. Ella era su hogar, su refugio, y donde quiera que fuese, él la seguiría.

Darren la enlazó por la cintura y la apretó contra su cuerpo. Caminaron hacia el coche, estacionado cerca.

–He hablado con Jasmine Jones. Ha decidido regresar a Arkansas con la niña, a casa de su madre. Quiere estar cerca de su familia –dijo Stella. Lo miró de soslayo para observar su reacción.

–Espero que sea feliz –repuso él con sinceridad. La perdonó en el mismo momento que vio el vídeo y reconoció en ella a otra víctima de las maquinaciones de Kendall, sin olvidar el coraje que había mostrado al final. Quiso agradecerle ese gesto ayudándola a recuperar a su hija. Él había sufragado los gastos del abogado que hizo las gestiones y todo se resolvió de forma satisfactoria en pocos meses.

Jasmine le había comentado a Stella que Kendall falleció en una reyerta en la cárcel mexicana en la que estaba recluido desde varios meses antes; lo habían detenido en una redada en un burdel con gran cantidad de drogas. Cuando se enteraron, le auguraron una corta vida en prisión y así había sido. Pese al sufrimiento que le provocó al hombre que amaba, no se alegró de ese trágico final, que él mismo se había buscado.

No quiso comentarlo con Darren aún; lo haría en otro momento. A él no le gustaba hablar de su pasado y ella lo respetaba. Habían sido años traumáticos y quería dejarlos atrás lo antes posible. Tampoco le contentaría la noticia. Su nobleza de carácter le impedía regodearse de las desgracias ajenas por muy merecidas que fueran.

–¿Qué te parece si hacemos una escapada a la cabaña este fin de semana? Tengo unos días libres y me gustaría ver todo aquello antes de que la nieve comience a cubrirlo; si es que no tienes demasiado trabajo –propuso Stella entusiasmada.

Darren no tuvo que pensarlo. A él también le ilusionaba regresar al lugar donde la había conocido, donde compartieron la primera semana juntos, la que puso los cimientos de su actual felicidad. Solo esos días compensaban los cinco años anteriores de tristeza y soledad.

–Nada que me impida complacer a mi chica, ya lo sabes –le aseguró con una sonrisa pícara.

Stella soltó una risita maliciosa mientras se introducía en el auto.

–En ese caso, tengo un par de cosas en mente que quiero poner en práctica antes de la cena.

El ruido del motor al arrancar no logró sofocar la carcajada feliz de Darren. Y, como cada vez que las escuchaba, Stella sintió aquel regocijo interior al que hacía tiempo que le había puesto nombre: se llamaba amor.

NOTA DE LA AUTORA

Me gusta leer poesía y hasta me he atrevido a escribir algunos poemas. Fue de una de esas lecturas de las que surgió la inspiración para esta novela, que he ido aplazando durante años porque siempre me encontraba inmersa en otros proyectos.

Se trata del poema *No te rindas*, que durante años se le ha atribuido a Mario Benedetti, y que la fundación que lleva su nombre se ha encargado de desmentir su autoría. En realidad, parece haber sido escrito por el autor argentino Guillermo Mayer.

No lo he puesto aquí por cuestiones de derechos de autor, pero os animo a que lo leáis; seguro que os emociona por su belleza.

TÍTULOS PUBLICADOS EN TIFFANY

Mayte Esteban
(La chica de las fotos; Comer y amar, todo es empezar
y Con suerte... en Navidad)

Susan Mallery
(Dos almas gemelas y Seducida por el millonario)

Brenda Novak
(Un completo desconocido y La otra mujer)

Claudia Cardozo
(Magia peligrosa y A contraluz)

Diana Palmer
(Huida hacia un sueño y Flor de deseo

Claudia Cardozo
(La melodía del silencio y Renacer entre brumas)

Christine Rimmer
(El regreso de la princesa, La dulce espera y
Unidos por el destino)

Sarah Morgan
(El ático de la Quinta Avenida y Una noche sin retorno)

Sherryl Woods
(Atrapar a un ladrón y El dilema)

Amber Lake

La luz de tu mirada

A Ana le llama la atención un anuncio en el que solicitan una joven para cuidar de una persona inválida. No puede imaginar que lo que parecía una sencilla y relajada ocupación se complica al surgir sentimientos que no puede controlar.

Luis, torturado por los recuerdos y por un secreto, vive apartado de la sociedad y se niega a la posibilidad de recuperarse. Por eso rechaza la pasión que despierta en él aquella joven que trastoca su triste existencia.

Amber Lake
La luz de tu mirada
Un día más en el paraíso

♦ HARLEQUIN

Un día más en el paraíso

Darren Burke, ídolo del fútbol americano, es acusado de agresión por una aspirante a actriz. La joven retira la denuncia a cambio de una importante cantidad de dinero, no así la acusación pública. Cuando el escándalo se desata, la sociedad en general le considera culpable sin que ningún tribunal haya dictado sentencia.

La periodista Stella Owens se siente fascinada por el misterioso D. Morgan, autor superventas, y decide desenmascarar su identidad. No escatima recursos, algunos poco éticos, para encontrar al esquivo escritor, sin imaginar que en esa investigación va a poner en juego bastante más que su prestigio profesional.

BARBARA HANNAY
DÍAS DE AMOR EN PARÍS

Cuando la sexy Camille Devereaux y el guapísimo ranchero australiano Jonno Rivers se conocieron, la pasión surgió al instante. Pero
Camille no tardó en sentirse aterrada por el vértigo de comenzar
una nueva relación y huyó a París. Sin embargo, Jonno no estaba
dispuesto a darse por vencido y decidió hacer todo lo necesario para
convencer a Camille de que aceptara su proposición.

MADELINE BAKER
VIDAS DISTINTAS

Carly Kirkwood había acudido a Texas
en busca de tranquilidad, pero en cuanto
conoció a su profesor de equitación, empezó a no poder dormir por las noches.
Zane Roan Eagle provocaba en ella sensaciones desconocidas, y no tardaron
mucho en dar rienda suelta a la pasión.
Y, aunque Carly siempre pensó que Los
Ángeles era su ciudad, solo pensar en
separarse de Zane hacía que se le des-
garrara el corazón.

CARLA CASSIDY
EL HOMBRE MÁS ADECUADO

Colette Carson no necesitaba a ningún hombre, pero lo que más
deseaba era tener un hijo. Así que se dirigió al banco de semen de
la ciudad dispuesta a hacer realidad su sueño. Fue entonces cuando
apareció el guapísimo ranchero Tanner Rothman y puso su mundo del revés. Colette no dejaba de repetirse que Tanner reunía todo
lo que no quería en un hombre y, sin embargo, no podía negar la
increíble atracción que sentía por él.